译文经典

柏林，亚历山大广场

Berlin Alexanderplatz

Alfred Döblin

〔德〕阿尔弗雷德·德布林 著

罗炜 译

上海译文出版社

译者前言

提起阿尔弗雷德·德布林（Alfred Döblin，1878—1957），中国的广大读者可能会感到陌生。然而，在德国文学发展史上，这个名字却有着非同寻常的意义。德布林不仅是屈指可数的现代德语经典作家，而且就其对二十世纪，尤其是战后德国文学所产生的直接、广泛而又持久的影响而言，恐怕连一代文豪托马斯·曼都难以企及。戏剧大师布莱希特生前就曾高度赞赏德布林的叙事艺术，把他尊为自己戏剧创作上的"教父"①；诺贝尔文学奖获得者君特·格拉斯也把他奉为"恩师"②，坦言自己在写作方面深受德布林的启迪。此外，现当代一批具有代表性的优秀作家，如克劳斯·曼，沃尔夫冈·科彭和阿尔诺·施密特等，均不同程度地受到德布林的影响。德布林对德语文学的杰出贡献，使他无可辩驳地成为国际公认的语言大师和文坛巨匠。

一

"我始终明白，我属于穷人的行列。这决定了我的全部秉性。"③德布林晚年的这番自白可以视作他坎坷人生的真实写照。

1878 年 8 月 10 日德布林在什切青城（今波兰境内）出生。父母均是犹太人，一共养育了五个子女。德布林排行第四。十岁那年，开裁缝店的父亲抛弃家庭，和店里一名年轻的女工一起私奔去了美国。迫不得已的母亲只好拖着一身的债务和一群孩子离开什切青，来到柏林，靠做苦工和亲戚的接济勉强维持生活。在舅舅和大哥的帮助下，德布林中学毕业后考入大学学习，是家里唯一的大学生。1905 年德布林获得医学博士学位，成为一名精神病医师。几年后，德布林结婚生子，在柏林东部的工人区开设自己的诊所。直到离开德国之前，德布林都在这里行医。这段拮据清平的职业生涯成为德布林积累创作素材的一个重要来源。希特勒上台后，作为犹太人和进步人士的德布林不仅作品被付之一炬，而且人身安全也受到严重威胁。1933 年 2 月 28 日，国会纵火案的第二天，德布林逃离德国，开始了漫长而又艰辛的流亡。他先在瑞士短暂停留，随后转到法国并于 1936 年取得法国国籍。当纳粹德国入侵法国时，德布林不得不再次逃往美国。在美国的最后几年里，德布林的物质生活几乎濒临赤贫的边缘。战争还使德布林晚年丧子，他的二儿子沃尔夫冈在法国军队抵抗法西斯入侵的战斗中牺牲。但德布林并未失去对未来的信心。所以，纳粹德国战败投降的消息传来之后，德布林是最早返回德国参加重建工作的流亡作家之

　① Meyer, Jochen: Alfred Döblin 1878—1978. Deutsche Schillergesellschaft Marbach, 1978. S. 279.
　② Grass, Günter: Über meinen Lehrer Alfred Döblin. In: Döblin, Alfred: Die drei Sprüngedes Wang-lun. Walter-Verlag. Olten 1977. S. V-XIII.
　③ 转引自 Links, Roland: Alfred Döblin. Leben und Werk. Volk und Wissen. Berlin 1980. S. 14。

一。回国之后，德布林着手创建了美因茨科学和文学院，参与创办了美因茨大学，并从 1946 至 1951 年主持发行文学杂志《金门》(*Das goldene Tor*)，致力于清除纳粹余毒和促进德国民主化的启蒙工作。可是事与愿违。国际局势和战后德国的发展似乎与德布林的期望相去甚远。1953 年，贫病交加的德布林怀着深重的失望再度离开德国，定居巴黎。1957 年 6 月 26 日德布林在弗赖堡附近的埃门丁根州立医院逝世。

二

文学似乎注定要和苦难结缘。德布林的发展轨迹也没有背离这一规律。不可遏止的旺盛的创作激情在灾难、困顿和凄凉的催化下勃发。从中学时代文学青年式的习作开始，直至临终前病床上的口授，德布林可谓生命不息，笔耕不止。他的著述从小说、诗歌、戏剧到传记，还有政论、杂文、哲学论著，形式多样，内容广泛，其中尤以短篇和长篇小说最为见长。从古老的东方智慧、神话传说，到后工业时代的科幻人类，从中国、印度、柏林，到格林兰和美洲大陆，德布林的文学之旅历时上下五千年，纵横古今中外，其气势之磅礴，着实令人叹为观止。由于篇幅所限，这里只按发表的顺序对德布林重要的叙事作品作一简略介绍。

德布林的早期创作受到表现主义运动的影响。1910—1915 年他是表现主义杂志《风暴》的主要撰稿人。他面世的第一部作品、长篇小说《黑窗帘》(*Der schwarze Vorhang*, 1911—

1912) 便发表在该杂志上。小说讲述的是一个青年性虐待狂的故事。1913 年德布林的中短篇小说集《一朵蒲公英的被害》(*Die Ermordung einer Butterblume*) 由慕尼黑的一家出版社出版,内容仍以展示人的精神病态和倒错现象为主。但叙事手法上却不同于传统的铺陈,德布林在这里有意识地借鉴了精神病理学的研究方法。

德布林对于"德国小说的资产阶级传统"所作的"决定性突破"[1]则是通过他的中国小说《王伦三跳》(*Die drei Sprünge des Wang-lun*, 1915) 来完成的。这部作品以 18 世纪晚期乾隆年间的中国社会为背景,既影射了威廉时代德国的黑暗现实,又探讨了诸如精神与权力、有为与无为等一系列抽象而富于哲理的命题。《王伦三跳》被评论界誉为"表现主义叙事艺术的经典"[2]和"现代德语小说的开山之作"[3],德布林因此一举成名并获得冯塔纳大奖。《王伦三跳》同时也是德布林和表现主义分道扬镳并形成所谓的"德布林主义"[4]的开始。

《王伦三跳》之后,德布林又相继创作了长篇小说《瓦德策克和汽轮机的斗争》(*Wadzeks Kampf mit der Dampfturbine*, 1918) 和两卷本大型历史小说《华伦斯坦》(*Wallenstein*, 1920)。前者讲述小人物和垄断资本所进行的

---

[1] Muschg, Walter: Nachwort des Herausgebers. In: Die drei Sprünge des Wang-lun. Walter-Verlag. Olten 1977. S. 481.

[2] Muschg, Walter: Ebd.

[3] Falk, Walter: Der erste moderne deutsche Roman "Die drei Sprünge des Wang-lun" von A. Döblin. Zeitschrift für deutsche Philologie 98, 1970. S. 510 - 531.

[4] Döblin, Alfred: Futuristische Worttechnik. Offener Brief an Marinetti. In: Ders.: Schriften zu Ästhetik, Poetik und Literatur. Walter-Verlag. Olten 1989. S. 119.

绝望的斗争，后者则取材于三十年战争，讨论的重心仍然是形而上学意义上的权力问题。

在《柏林，亚历山大广场》(*Berlin Alexanderplatz*, 1929) 之前，德布林还著有长篇科幻小说《山、海和巨人》(*Berge, Meere und Giganten*, 1924) 以及神话史诗《马纳斯》(*Manas*, 1927)。两部作品均表现了德布林对人类的可能性及其创造的物质文明的前景的超前思考，是惊人的想象力的产物。

流亡期间德布林也创作了许多作品。除直接涉及阶级斗争题材的长篇小说《毫不留情》(*Pardon wird nicht gegeben*, 1935) 和批判西方文明的《亚马孙河三部曲》(*Amazona-Trilogie*, 1935—1948) 外，德布林最重要的代表作当属鸿篇巨制、四部曲的长篇小说《1918 年 11 月》(*November* 1918, 1937—1950)。小说由《市民和士兵》(*Bürger und Soldaten*)、《被出卖的人民》(*Verratenes Volk*)、《部队从前线归来》(*Heimkehr der Fronttruppen*) 以及《卡尔与罗莎》(*Karl und Rosa*) 组成，规模宏大，史诗性地记录了德国革命惊心动魄的过程，全新演绎了斯巴达克团领袖李卜克内西和罗莎·卢森堡等历史人物形象，体现了德布林对历史进程的严肃思考与基本见解。

德布林的最后一部长篇小说是《哈姆雷特，或漫漫长夜的结束》(*Hamlet oder die lange Nacht nimmt ein Ende*, 1956)。全书围绕战后德国具有重大和现实意义的战争罪责问题而展开。德布林从家庭模式入手，认为家庭大战和世界大战之间存在着某种内在联系，表达了每一个人都对历史和社会的发展后果负有责任的思想。小说首先在民主德国出版，一年后又在联邦德国出版，反响热烈。德布林复杂而独特的心理分析使之成为"当代散文作品的典范"①。

三

在德布林包罗万象的小说体系中，以《柏林，亚历山大广场》最为著名。小说标志着德布林文学创作的顶峰，体现了内容和形式，思想性和艺术性的完美结合。因此，小说一经发表，便立即引起巨大轰动，不仅成为当年的畅销书，而且还受到评论界异口同声的大力推崇。更有评论家热情撰文，提议德布林做"诺贝尔文学奖的候选人"②。

小说的副标题是"弗兰茨·毕勃科普夫的故事"③。小说的主要内容就是这位名叫弗兰茨·毕勃科普夫的人在现代大都市柏林的经历和遭遇。弗兰茨·毕勃科普夫本来是个普通的运输工人，因为怀疑女友不忠，盛怒之下将她打死，为此被判入狱四年。现在，他刑满释放，离开监狱，进入柏林城。小说就从这里开始。来到柏林的毕勃科普夫虽然对大都会的喧嚣嘈杂感到不适，但仍在心中下定决心，要做个正直而诚实的人。他先靠做小买卖谋生，却不料遭到骗子吕德斯的无情愚弄。这使他深受打击。接着，他又因一念之差而陷入犯罪团伙，他和犯罪团伙的头目赖因霍尔德来往密切。在

---

① 《德国近代文学史》（上），苏联科学院编，人民文学出版社 1984 年版，第 272 页。

② 转引自 Prangel, Matthias: Alfred Döblin. Metzler. Stuttgart 1987. S. 67。

③ Döblin, Alfred: Berlin Alexanderplatz. Walter-Verlag. Olten 1977.

一次盗窃活动中，赖因霍尔德出于报复把他推出车外，使他致残。但他并不汲取教训，继续和赖因霍尔德混在一起。他的新女友米泽想帮助他，最后也遭到赖因霍尔德的残忍杀害。毕勃科普夫在接二连三的沉重打击下，终于精神崩溃。他被送到精神病医院治疗。在这里，他认识到了自己的错误，并为过去的生活感到后悔。"在这个黄昏时分，弗兰茨·毕勃科普夫，从前的运输工人，小偷，流氓，杀人犯，死了。"[①]成为"新人"的毕勃科普夫出院之后，在一家工厂做门卫。面对外界的诱惑，他保持冷静和沉着。因为，他既认识到团结的力量："许多不幸的根源就在于个人的踽踽独行"，同时又认识到作为人的真正的意义："人是有理性的，傻瓜才扎堆。"[②]

值得注意的是，与毕勃科普夫的大故事同时进行的还有无数个小故事，与毕勃科普夫所牵引的明线同时并行的还有一条由中世纪的死神所执导的暗线，而在大小故事和明暗线之间又穿插着众多关于柏林的真实的情况介绍、《圣经》的片段、古希腊的神话传说等等，它们错综复杂地相互交织纠结，共同构筑了"浑浊得见不到底的生活本身"[③]。这种内容上、内涵上的高度的丰富性和艺术表现手法及风格上的多元化使得读者在理解和诠释小说时具有了广泛的可能性，真可谓仁者见仁，智者见智。下面是最为常见的几种阅读

---

① Döblin, Alfred: Berlin Alexanderplatz. Ebd. s. 488.

② Ebd. S. 500.

③ 《德国近代文学史》（上），苏联科学院编，人民文学出版社 1984 年版，第254 页。

方式：

一、犯罪小说。小说的主人公毕勃科普夫从工人堕落为罪犯，他活动的范围以柏林的黑社会为主，小偷、流氓、妓女和拉皮条的在亚历山大广场一带出没，酗酒、嫖娼、卖淫、凶杀、斗殴等各种犯罪随处可见，所以，小说出版后，立刻被许多人看作情节紧张、引人入胜的犯罪小说或描绘都市底层生活的风习小说。《柏林，亚历山大广场》的普及性和通俗性显然与这种阅读方式不无关系。然而，这种阅读方式只关注小说描写的一个"奇特的角度"①而忽略了这后面的更重要的东西，难免流于简单化和浅显。

二、大城市小说。在小说中，德布林对主人公活动的场所柏林进行了细致入微的介绍。柏林的地理位置，它的天气，它的交通布局和行车路线，它的光怪陆离的市中心亚历山大广场及其周围繁华喧嚣的商业区，它的血流成河的屠宰场，它的幸福的与不幸的人们……大量的数据和新闻报道式的写实把一个既充满着魅力，又充斥着丑恶的现代大都会呈现在读者的面前，让人触目惊心，也让人爱恨交加。二十世纪二十年代的柏林风貌就这样在德布林的笔下化作了永恒。因此，自《柏林，亚历山大广场》出版以来，很多评论家都乐意把它定义为一本关于大城市柏林的小说。这虽是一种具有浓郁的地方主义情结的阅读方式，但却一直流传至今并得到普遍的认可。

---

① Döblin, Alfred: Mein Buch, Berlin Alexanderplatz. (1932) In: Ders.: Berlin Alexanderplatz. Walter-Verlag. Olten 1977. S. 505.

三、宗教小说。1941年流亡美国期间，德布林携家人退出犹太教，改信天主教。而在《柏林，亚历山大广场》中人们可以找到为数不少的《旧约》片段，诸如《约伯的故事》、《以撒的故事》等等。于是，便有人将这两件事情联系起来考察，从而得出《柏林，亚历山大广场》是一部宣扬基督教教义的小说的结论。[①]这种尝试本身虽然无可厚非，但其结论却是建立在无视具体时代背景，把手段和目的混为一谈的基础之上的，因而不能令人信服。

　　四、政治小说。《柏林，亚历山大广场》写于世界性经济危机来临之际和希特勒攫取政权的前夜，魏玛共和国摇摇欲坠，各种党派林立，社会矛盾和政治斗争日趋尖锐和白热化。而从政治观念上看，德布林属于具有人道主义思想的资产阶级作家中的左派。他同情革命，研究马克思主义。拥护社会主义，但反对有组织的阶级斗争。德布林的这种政治观无疑也在《柏林，亚历山大广场》里得到反映。因此，小说发表后，便立即遭到来自无产阶级革命作家联盟机关刊物《左翼路线》的激烈批判。《左翼路线》指责德布林所塑造的毕勃科普夫严重损害了革命工人的高大形象，所以，"所谓的资产阶级左翼作家对无产阶级意味着一种政治上的危险"[②]。《左翼路线》的过激言辞无疑是有失偏颇的，因为它没能正视德布林通过这个"蒙昧"[③]的人物所要传达的一种

---

① 请参阅 Muschg, Walter: Nachwor des Herausgebers. In: Döblin, Alfred: Berlin Alexanderplatz. Ebd. S. 519。

② Neukrantz, Klaus: Berlin Alexanderplatz. In: Die Linkskurve 1 (1929), Nr. 5 vom Dezember 1929. S. 30f.

③ Ebd.

鉴于当时的局势而显得更为迫切的意图。在德布林笔下，毕勃科普夫是个流氓无产者，谈不上任何的政治觉悟，他和革命的工人发生冲突，对革命进行恶毒攻击，而与此同时，他却崇拜钢盔团的首领，热衷于卖种族报纸，为自己的雅利安血统感到自豪……种种迹象表明，他很有可能成为纳粹运动的追随者。德布林对这个人物显然持批判和否定的态度。他让旧的毕勃科普夫死亡，把新的毕勃科普夫重新定位为工人。小说在一阵又一阵的警告声中结束。对于小说的反法西斯内涵，学术研究界基本上达成了共识，其中，以评论家罗兰德·林克斯的总结最具代表性："今天，经历了十二年的野蛮之后，……我们被德布林的小说深深打动，我们震惊地断定，在这里，在离1933年1月30日还差五年的时候，德布林就已经凭着一种非同寻常的敏感，对日益临近的法西斯疯狂……提前进行了预言。"[1]

　　五、哲理小说。从哲学的角度入手去解析《柏林，亚历山大广场》，应该说是最符合德布林个人愿望的一种阅读方式。1932年，在一篇关于小说的文章里，德布林强调指出了《柏林，亚历山大广场》和他的哲学著作《自然之上的我》的密切关系："我还要触及一条哲学的……的路线。我的每部规模较大的叙事作品都以一种精神的基础为前提。我想说，叙事作品是用艺术的形式发挥、体现和检验那种在精神的准备工作中已经获得了的思想观念。"[2]《自然之上的

　① Links, Roland: Alfred Döblin. Leben und Werk. Volks und Wissen. Berlin 1980. S.
　② Döblin, Alfred: Mein Buch, Berlin Alexanderplatz'. (1932). In: Ders.: Berlin Alexanderplatz. Walter-Verlag. Olten 1977. S. 506.

我》发表于 1928 年，其重要论点后来又在德布林 1933 年发表的另一部哲学著作《我们的存在》里得到保留和发挥。由于这两本书概括了德布林哲学思想的基本内容，因而，在研究《柏林，亚历山大广场》的哲学内容时一般都要把这两本著作同时考虑进去。根据德布林的哲学反思，人和自然是一种辩证统一的关系，人既是"自然的一部分"，同时又是"自然的对立面"。[1]一方面，作为"自然的一部分"的人是渺小的，他必须放弃自我，进入永恒的自然循环，这其中也包括进入社会集体的关联之中；另一方面，作为"自然的对立面"的人又因为拥有意识而在自然中占据独一无二的特殊地位："既然世界是由一个自我所承载，具有精神的性质，那么认识就是一种巨大的力量。而我们身上蕴涵着这种能力。"[2]用德布林的这种哲学观念来审视毕勃科普夫，就不难发现，毕勃科普夫是一个完全受制于欲望和本能，受制于周围的环境并在充满敌意的世界面前束手待毙的人的典型。他不自觉，无知，傲慢，狂妄，孤独，生活随波逐流，处处表现出非理性的本质特征。他和德布林哲学对人的要求相距甚远。所以，德布林强制他走完了一条"通向彻底清除、消灭和摧毁的道路"。[3]然而，在小说的结尾，德布林虽然发出"旧世界必然灭亡"的呼喊，但获得认识和理性的新人毕勃科普夫却只能以旁观者的姿态出现，最终没能迈出任何实质性的行动的步伐。德布林思想观念上的矛盾在此暴露无遗。

---

① Döblin, Alfred: Unser Dasein. dtv. München 1988. S. 51, 475.

② Döblin, Alfred: Das Ich über der Natur. S. Fischer Verlag. Berlin 1928. S. 244.

③ Döblin, Alfred: Unser Dasein. Ebd. S. 476.

与小说内容的多层次和多维性相辅相成的则是小说在艺术风格上的多元化和多样性。《柏林，亚历山大广场》几乎汇总了过去五十年里涌现出来的各种艺术风格。自然主义的对社会底层的细致入微的描写，象征主义的朦胧隐喻，未来主义的运动感，表现主义的象征荒诞以及新实际主义的准确记载事实，等等，都在德布林这里得到了娴熟的运用。无论是从语言上，还是从形式上，小说集中体现了现代小说所应有的一系列特点：蒙太奇、时空错乱、意识流、放弃心理化的叙述、强调无意识的过程、叙述姿态的交替变换、自由掌握叙述时间，等等。其中，尤以蒙太奇和意识流最为突出。

蒙太奇原本是电影艺术中的一种剪辑和组合的技术。在文学上，蒙太奇意味着把语言上、文体上和内容上来源完全不同，甚至是风格迥异的部分并列、拼合在一起。德布林将这一技巧用于《柏林，亚历山大广场》，故又有人称之为"电影式的写作方法"①。柏林方言、黑话、书面语、口语、流行歌曲、说明书、打油诗、公共指示牌上的图案、科学公式，五花八门，应有尽有。小说的蒙太奇化不仅表现在语言素材的层面，而且深入到了结构之中。除前面已经说过的各种大小故事、《圣经》、神话和关于柏林的事实报道与描述错综交织以外，德布林还把画面、意识流、内省独白、心理直觉与联想糅合在一起。人物的心理活动和别人随口的一

---

① Kaemmerling, Ekkehard: Die filmische Schreibweise. In: Prangel, Matthias (hrsg.): Materialien zu Alfred Döblin Berlin Alexanderplatz. Suhrkamp. Frankfurt am Main 1981. S. 185 - 198.

句话，或报纸上一则标题，或电影院里正在放映的一部电影挂钩，城市与人汇集，汹涌澎湃的城市生活与人物的内心世界紧密结合。因此，《柏林，亚历山大广场》被视为"蒙太奇写作手法的样板"[①]。

意识流是小说中另一独具特色的创作方法。意识流最初是心理学上的一个概念。意识流小说主张作家退出小说，注重表现人物的心理活动本身，而所描述的人物的心理活动具有流动性、飘忽性、深刻性和复合性。意识流小说的这些根本特点在《柏林，亚历山大广场》中得到了完美的发挥。所以，不少评论家常把它和爱尔兰作家詹姆斯·乔伊斯（1882—1941）的《尤利西斯》进行比较。但德布林的意识流比乔伊斯的更为"物质化"，因为它像迅速闪过的电影镜头一样，展示的更多的是生活的外在印象。在亚历山大广场上，人与世界之间的壁障变得更薄了。[②]

《柏林，亚历山大广场》自1929年出版以来，先后被改编为广播剧、电影和系列电视剧，通过大众媒体的传播而家喻户晓。在德国，它不仅是大学德文系的必修课程，而且还是中学生的推荐读物。近年来，几乎每年都有新的版本推出，真是常印常新，愈久弥坚，雅俗共赏。

《柏林，亚历山大广场》同时还是世界文学中的一枚瑰宝。1930年它被译成意大利文和丹麦文；1931年它的英文版面世；在接下来的1932—1935年中它被相继译为西班牙

[①]《德国近代文学史》（上），苏联科学院编，人民文学出版社1984年版，第252—253页。

[②]同上，第253页。

文、法文、瑞典文、俄文和捷克文；1958 年它又被译为匈牙利文。今天，时隔七十年之后，它的中译本也得以问世了。谨以此书献给愿意走近德布林的朋友们。由于译者水平有限，不当之处在所难免，欢迎读者批评指正。

——罗　炜

目 录

这是一本关于弗兰茨·毕勃科普夫的书。他先前在柏林的水泥厂和运输行打工，后来因为犯事而坐牢。现在，他刑满释放，重返柏林，并决心规矩做人。

　　开始还算顺利。然而，尽管他经济条件尚可，可后来还是被卷入了一场同某种外来的、无常的，且看似命运决定的东西所展开的实实在在的搏斗之中。

　　那个东西分三次向这个男人扑来，扰乱他的生活计划。它满载着诡计和欺诈冲向他。他可以重新站起来，他还站得稳。

　　它用卑鄙撞击他。他爬起来时已是相当艰难，差点就被判输。

　　最后，它以闻所未闻的、令人发指的残暴袭击他，速度之快犹如鱼雷。

　　我们善良的人儿，就这样一直坚守到被击倒的最后一刻。他不再抱有希望，他不知所措，整个人似乎都垮掉了。

　　然而，在他准备给自己找个极端的结局之前，一种我不想在此加以描述的方式让他明白了事情的真相。他通过最为清晰的方式得知了发生这一切的原因，而那就是他自己，这一点人们从他的生活计划中便能得知。在以往看来，这计划似乎正常得很，但现在它却突然呈现出完全不同的面目，并非简单和近乎理所当然，而是傲慢，无知，狂妄，其中还包括胆怯和彻头彻尾的懦弱。

那成为其生活的可怕之物获得了一种意义。对弗兰茨·毕勃科普夫的强制疗法完成了。我们看到，这个男人重新站在了亚历山大广场，虽然面目全非，一蹶不振，但终归是得到了纠正。

对于众多的、同弗兰茨·毕勃科普夫一样有着血肉之躯的人，以及同这个弗兰茨·毕勃科普夫有过相同经历，即对生活的要求多于黄油面包的人，对他们而言，研究和倾听这个故事将是值得的。

第一章

弗兰茨·毕勃科普夫被他先前那种毫无意义的生活投进了特格尔监狱,本书从他离开那里开始。他重新艰难地在柏林立足,最后总算成功了,他对此感到高兴,他现在发誓要规矩做人。

坐 41 路进城

　　他站在特格尔监狱的大门前，他自由了。昨天他还同别人一道穿着囚犯制服，在后面的土豆田里耙地，此时，他却一袭黄色夏装地走了出来，他们在后面耙地，他则自由了。有轨电车一辆一辆地从他跟前驶过，他却把背紧靠着红色的大墙不走。看门人几次踱步过来给他指路，他就是不走。那可怕的时刻来临了（可怕，弗兰茨，为什么可怕？），四年到了。那两扇一年以来令他越来越反感的黑色铁门（反感，为什么反感），在他身后关上了。他被放出来了。别人坐在里边，做木器，刷油漆，分拣和粘贴物品，还得坐上两年，三年。他站到了车站所在的地方。

　　惩罚开始。

　　他抖抖身子，咽下一口唾沫。他踩踩自己的脚。然后他一跃而起，坐进了电车。置身于人群之中。出发。感觉像是坐在牙医那里，很像牙医用铁夹子钳住一颗牙往外拔，疼痛加剧，脑袋快要爆炸了。他回过头去追寻那面红色的大墙，但行驶在铁轨上的电车却载着他的人呼啸而去，只有他的脑袋尚停留在监狱的方向上。车子转了一个弯，树木，房屋跃入眼帘。热闹的人行道出现了，海洋大街，人们上车下车。他的心里有个声音在惊恐地叫喊：注意，注意，开始了。他的鼻尖冻僵了，他的面颊嗡嗡作响。"《12 点午报》"，"《柏林报》"，"《最新画报》"，"新出的《广播报》"，"还有人要上车吗？"警察们现在穿蓝色制服。他又悄悄地下了车，融入人流。怎么了？没什么。站住，饿鬼，振作点儿，尝尝我拳头的滋味吧。拥挤，真是拥挤。叫人动弹不得。我这只家畜脑子大概一点脂肪也没有了，可能全被风干了。这都是什么事啊。鞋店，帽店，白炽灯，小酒店。人每天跑那么多的路，得有鞋穿才行呀，我们还有一个制鞋厂，我们愿意把这个记录下来。一百面发光的玻璃，就让它们发光，你不用费什么心的，你还可以打破它们，怎么回事，刚刚擦得锃亮的。罗森塔尔广场的铺石路面被人挖开，他同别人一道走在木板上。混在人群里，一切都被淹没了，你什么也看不出来，伙计。橱窗里的模特穿着西服，大衣，还有裙子，长筒袜和鞋。外面万物涌动，可——里面——一片虚空！它——没有——生命活力！一张张欢乐的面孔，一阵阵纵声长笑，人们三三两两地在阿辛格尔对面马路的安全岛上等候，抽烟，翻看报纸。那景象就像伫立的路灯一样——而且——变得更加僵硬。它们和房屋连成一体，全是白色，全是木头。

他沿着罗森塔尔大街往下走，看到一家小酒馆里一男一女紧靠窗子而坐，这时恐惧袭上他的心头：这对男女一杯接着一杯地往喉咙里灌啤酒，这有什么，不就是喝点酒吗，他们用叉子将肉块戳进自己的嘴里，然后又把叉子拔出来，也不流血。哦，他的身体抖作一团，我摆脱不了，我该去哪里？回答是：惩罚。

开弓没有回头箭，他乘电车走了好长的路来到这里，他已经获释出狱，必须从这里进去，而且还要进入到最里面去。

这个道理我明白，他独自叹息着，我必须呆在这里，我已经出狱了。他们必须放我出来，刑期已满，有规定的，当官的要履行自己的职责。我也确实进去了，可我不想，我的上帝，我不能。

他从罗森塔尔大街上的蒂茨百货商店门口经过，向左拐入狭窄的素芬街。他想，这条街暗些，暗的地方会好一点的。监狱对囚犯实行隔离监禁、单独监禁和集体监禁。被隔离监禁的囚犯白天黑夜都不让出去，并且同其他的犯人隔开。受单独监禁的犯人住在单人牢房里，但在户外活动、上课和做礼拜的时候却和其他人一起。喧哗的车辆，伴随着持续的铃声，不停地从一栋栋楼的门前飞驰而过。屋顶在房子的上面，它们悬在房子的上面，他的双眼向上乱看：屋顶可千万别滑下来，但房子立得很直。我这可怜鬼该去哪儿，他拖着脚沿屋墙走动，没完没了。我是一个十足的大笨蛋，这里应该是可以穿过去的，五分钟，十分钟，然后喝杯白兰地，坐下来歇歇。相应的钟声响起之后，劳动随即开始。劳动只允许在规定的吃饭、散步和上课的时段内中断。散步的时候，犯人们必须展开双臂前后挥动。

一栋房子出现在眼前，他把目光从石板路上移开，他撞开一扇房门，他咕噜着从胸腔里发出一串悲伤的"哦、哦"声。他环抱双臂，这样，小子，你在这里就不会挨冻了。院门打开，有个人趿拉着鞋从他跟前走过，走到他身后站住。他此时呻吟起来，这让他觉得十分舒服。在第一次被隔离监禁的时候，他曾经一直这样呻吟，并且还为听见自己的声音感到喜悦，总算还有点东西，并非什么都完了。很多关在单间里的犯人都这样做，有的是开头，有的则是后来感到孤独的时候。他们于是开始这样做，起码还算有点人气，这使他们得到安慰。这个男人现在站在走廊里，街上可怕的喧嚣听不见了，叫人神经错乱的房子也没有了。他噘起嘴嘟哝着，以此给自己壮胆，双手握拳插在口袋里。他那裹在黄色夏装里的双肩紧绷着，做好了防御的准备。

一个陌生人站到了这位出狱的囚犯身旁，拿眼打量着他。"您怎么了，不好吗，身子疼吗？"来人问了好几声，他才回过神来，于是赶紧停止了嘟哝。"您不舒服，您住在这房子里？"这是一个长着红色络腮胡的犹太人，只见他个子矮小，身着风衣，头戴一顶丝绒帽，手里拄着一根拐杖。"不，我不住这儿。"他必须离开这个走廊，这个走廊曾经很不错。于是街景重现，门面，橱窗，穿着裤子或浅色长筒袜的模特一闪而过，全是那么迅速，那么敏捷，转瞬即变。由于他决心很大，所以他又来到了一幢房子的过道里，那里正好有人打开大门放车进去。他于是赶紧闪进邻屋楼梯口的一条狭小的过道内。这里没有车能够进来。他紧紧抓住栏杆柱子。他知道，在他握住它的时候，他想逃脱惩罚（哦，弗兰茨，你想干什么，你不会行的），他肯定要干，他已经知道出路在哪里。他又轻轻地哼起了他的音乐，嘟哝和咕噜，我再也不到街上去了。那个红胡子犹太人又进了屋，并未马上发现栏杆处那另外的一个人。而后，他听见了他的哼唱。

"说说，您在这里干什么？你不好吗？"他松开紧抓栏杆的手，向院子走去。他的手触到门时，发现来人正是他在另一幢房子里遇见过的那个犹太人。"您走开！您到底想要干什么？""什么都不干，行了吧。您如此叹息呻吟，问问您怎样总该可以吧。"对面的门缝里重又现出一幢幢房屋，云集的人群，滑动的屋顶。这位获释出狱者拉开院门，犹太人跟在后面喊道："好了，好了，该发生的事情不会有多严重的。您是不会变坏的。柏林大得很。成千上万的人都能过的地方，哪还在乎增加个把人呢。"

这是一个高大阴暗的院子。他站在垃圾箱旁。突然，他对着墙响亮地唱了起来。他像手摇风琴的街头艺人那样从头上取下帽子。声音被墙反射回来。这很好。他的声音灌满了他的两耳。监狱里可是从来不许他用如此大的声音唱歌的。而他所唱的居然还从墙上发出回音？"一声吼叫如雷鸣。"战士般的坚定和强劲。接下来唱的是：一首歌里的"哟喂哇嘞啦嘞啦"。没人注意他。那个犹太人在门口接待他："您唱得很好。您真的唱得很好。您可以用您的嗓子赚到金子。"犹太人随他来到街上，挽住他的胳臂，拉着他说个没完，直到最后他们——犹太人和这个着夏装的，五大三粗的，嘴巴紧闭、否则非吐出苦胆不可的家伙——一起拐进了葛尔曼大街。

始终还未到达

他把他带进一间烧着铁炉子的屋子里，让他坐到沙发上去："好了，就这儿。只管放心地坐下来吧。帽子随您的便，可脱可不脱。只是我要去叫个人来，您会喜欢他的。我本人并不住这儿。跟您一样，不过是这里的客人。好了，就这么回事，只要房间里暖和，一个客人便会带来另外一个客人。"

那出狱的人儿独自坐着。一声吼叫如雷鸣，如刀剑呼啸，似波涛汹涌。他坐上电车，侧脸往车外望去，红色的大墙在绿树丛中显现，五彩的叶子纷纷落下。大墙伫立在他的眼前，他靠在沙发上凝视它，目不转睛地凝视它。住在这样的高墙之内是一种极大的幸福，你知道，日子就是这样开始，这样继续。（弗兰茨，你可别想藏起来，你已经藏了四年，拿出勇气来吧，看看你周围的人，老躲躲藏藏的也不是个长久的办法。）严禁歌唱、吹口哨、喧哗。早上的起床号一响，犯人们就必须马上起来。铺床、洗漱、梳头、洗衣和穿衣。肥皂管够。咚，一声钟响，起床，咚，五点三十，咚，六点三十，开门，咚咚，出去，领早饭，工作时间，自由活动，咚咚咚，中午，小子，别撇嘴，这里是不会让你长肉的，唱歌的人要报名，唱歌的人五点四十集合，我的嗓子哑了，六点关门，晚上好，我们的任务完成了。住在这样的高墙之内是一种极大的幸福，他们把我往死里整，我都快变成杀人犯了，其实只是把人打死了而已，是殴打致死，没有那么严重，我成了一个大流氓，一个无赖，和流浪汉差不了多少。

一位身材高大的犹太老者已在他对面坐了很长时间，此人留着长发，头上戴着一顶黑色小帽。从前，书珊城里有个名叫末底改的男子，他抚育着他叔叔的女儿以斯帖，这姑娘身段美丽、容貌俊俏。老头将眼睛从他身上移开，转过头来对红胡子说："您从哪儿弄来这么个人？""他从这家蹿到那家，还跑进一个院子里唱歌。""唱歌?""战争歌。""他会冻着的。""也许。"老头凝视着他。非犹太人应当在第一个节日举行葬礼，以色列人也该在第二个节日，这对两个元旦都有效。谁是下述拉巴南①教义的作者：食用纯洁之鸟腐尸的人，并非不纯洁；但倘若他吃肠子和嗉囊，就不纯洁了吗? 老头拿他那黄黄的长手去触摸出狱人放在夏装上的手："喂，您不想把大衣给脱了? 这里很热。我们上年纪了，一年四季都怕冷，可您穿得也太多了。"

他坐在沙发上，低下头瞟他的手，他想站起来，朝门口走去，想从一个院子走到另一个院子，穿过大街，得好好看看这世上都有些什么东西，都在哪儿。他的双眼在昏暗的空间里搜寻门的位置。老头把他按到沙发上："好好呆着，您想干什么呀。"他想出去。老头却抓住他的手腕，并不停地把他往下按："看看谁的力气大，是您还是我。我说话的时候，您要好好坐着别动。"老头喊道："好了，您这就会坐着不动的，您这就会听我说话的，年轻人。振作点，坏蛋。"接着又对抓住此人肩膀的红胡子说："您走吧，离开这里。我叫您来了吗。我这就让他服了我。"

这些人想对他干什么。他想出去，他用劲站了起来，可老头又把他按了下去。他于是叫道："您要把我怎样? ""只管骂，还会骂得更多。""您应该放开我。我必须出去。""上街还是到院子里去?"

老头这时从椅子上站起身来，双脚重重地在房间里踱来踱去："让他喊，随他的便好了。让他去吧。可别在我这儿。

---

① 犹太教法师。

给他把门打开。""怎么了，没事您乱嚷什么。""别把些吵吵嚷嚷的人给我带进屋来。我闺女的孩子都生病了，在后面躺着呢，我被吵够了。""行了，行了，真不幸，我事先不知道，您可要原谅我。"红胡子抓住他的手："跟我来，拉伯①家的事太多。孙子都病了。我们继续走吧。"但他不愿意起来。"来吧。"他不得不起来。于是他悄声说道："别拉。您就让我呆在这儿吧。""他家里事多，您是听见了的。""您就让我呆在这儿吧。"

老头用闪亮的目光打量这个请求留下的男子。耶利米说，我们本想治好巴比伦，但它不可救药了。离开它，我们每个人都要回到他自己的国家去。有刀剑已经临到迦勒底人的头上，临到巴比伦居民的头上。"如果他老实的话，可以和你们一起呆着。如果不老实，他就得走。""行行，我们不会闹的。我就坐他边上，您可以相信我。"老头没再说话，拖着沉重的脚步出去了。

查诺维希作为前车之鉴的启示

这着夏装的出狱者重新坐在了沙发上。红胡子从房间的一侧走到另一侧，又是叹息，又是摇头："好了，别生气，老头的脾气太暴躁了。您是刚从别的地方来的吧？""嗯，我是，我过去是……"那红色的大墙，美丽的大墙，一间间牢房，他在不由自主的思念中凝视它们，他的背紧贴着那面红色的墙，一个聪明人建造了这面墙。他不走。这个男人像个

---

① 意第绪语对犹太教法师的称呼。

木偶似的从沙发上滑到地毯上，身子向下落的时候把桌子推到了一边。"怎么了？"红胡子大叫起来。出狱者的身体蜷缩在地毯的上方，帽子滚落在他的手旁，他的头往上顶，嘴里呻吟着："到地里去，到地里去，那儿暗。"红胡子扯住他说道："看在上帝的分上。您这是在别人家里。要是老头来了的话。起来。"但怎么也拉他不起来，他附着在地毯上，继续呻吟。"轻一点儿，看在上帝的分上，要是老头听见的话。我们这就会好的。""谁也休想让我离开这里。"像只鼹鼠。

　　红胡子见无法使他起来，便挠了挠自己太阳穴处的鬈发①，把门关了，随即一屁股坐到了这男人的边上。他抬起膝盖，看着面前的桌腿说道："这下好了。安心呆着吧。我也坐下了。虽然不大舒服，但干吗不呢。您是不会说自己的事的，那我就给您讲点事吧。"出狱者发出呻吟，头枕在地毯上。(他为何叹气呻吟？必须下定决心，必须走出一条路来，——而你却找不到任何路，弗兰茨。从前的破烂你不想要，在监狱里你也只是呻吟、躲藏而没有思考，没有思考，弗兰茨。)红胡子愤怒地说道："人不该太难为自己。应当听听别人的话。谁说您出的事多了。上帝是不会让任何人从他的手中溜掉的，不过还另外有那么一些人。大洪水来临之际，诺亚往他的方舟，他的船上，都放了些什么，您难道没有看书吗？每件东西都是一对。上帝没有忘记他们中的每一个。他甚至连头上的虱子也没忘。对他而言，都是可爱的宝贝。"这人在地上哀鸣起来。(哀鸣是不用花钱的，一只生

---

　　① 正统犹太教徒所特有的发型。

病的老鼠也会哀鸣。)

红胡子没去管他，挠着自己的脸说道："世上的事很多，人年轻时和年老时可以说的事很多。我要讲给您听的，呃，就是查诺维希的故事，斯特凡·查诺维希。您大概还没听过。您如果感觉好些，就坐起来吧。血都涌到脑袋上对身体不利。我的父亲在世时给我们讲过很多事，他跟我们本族的其他人一样，云游四方，他活了七十岁，母亲过世后他也跟着去了，见多识广，是个聪明人。我们是七只饿狼，没有东西吃的时候，他就给我们讲故事。虽说填不饱我们的肚子，却也能让我们忘掉饥饿。"地上那低沉的呻吟仍在继续。(一头病骆驼也会呻吟。)好了，好了，我们知道，世上不光只有黄金、美女和福来登。那么，查诺维希是谁，他的父亲是谁，他的父母都是谁？乞丐，和我们中的大多数人一样，小商小贩，做生意的。老查诺维希从家乡阿尔巴尼亚跑到了威尼斯。他很清楚自己去威尼斯的原因。有的人离开城里去到乡下，有的人又离开乡下进到城里。乡下更安静些，乡下人什么事都爱来回折腾，你可以说上几个小时，如果运气好的话，能挣几个小钱。再来城里看看，也很难，不过，这里的人相互靠得更紧一些，而且他们没有时间。非此即彼。见不到牛的影子，有的是拉车的快马。有所失便有所得。老查诺维希心里有数。他首先卖掉手头能卖的东西，随后拿起牌和人玩了起来。他这人不诚实。他利用城里人没有时间又想娱乐的心理做起了生意。他使他们得到娱乐。这花掉了他们好多钱。老查诺维希是个骗子，作弊者，但他很有头脑。农民让他难受，他在这里活得轻松一些。他过得很好。直到有一天，有个人突然发觉自己被骗了。这恰恰是老查诺维希做梦也没有想到的。挨打，警察，最后老查诺维希只好带着他的孩子们溜之大吉。威尼斯的法庭四处通缉他，老查诺维希心想，可千万不要和法庭对上话，他们不理解我。他们也没能抓住他。他身边有马，身上有钱，他又返回阿尔巴尼亚住下，购置了一份田产，是整整一座村子，他把孩子们送进高等学校念书。他活了很大年纪，寿终正寝，受人尊敬。这便是老查诺维希的一生。村民们为他的死痛哭流涕，而他生前却不愿容忍他们，因为他始终记得，当他站在他们面前，拿出他的那些小玩意儿——戒指、手镯、珊瑚项链——的时候，他们只是翻来覆去地摆弄、触摸，最后一个个地走掉，而把他孤零零地晾在那里。

"您知道，父亲如果只是一株小草，他就想要儿子变成一棵大树。老查诺维希对他的儿子们说过：我在阿尔巴尼亚这地方做货郎，做了二十年，却一事无成，这是为什么呢？因为我没把自己的脑袋扛到属于它的地方。我送你们去上大学，去帕多瓦①，骑马、坐车去，学完之后别忘了我，这个和你们的母亲一起曾挂念过你们的人，这个晚上同你们一起，像头公猪似的，同你们一起睡过树林的人：我过去也是自作自受。那帮农民榨干了我的血汗，就跟对付灾年一样，我都快要枯萎了，我钻进了人群，我这才没有丧命。"

红胡子自顾自地大笑起来，摇着脑袋，晃着身子。他们坐在地毯上，旁边是地板："谁要是现在进来，只怕会以为我们俩都疯了呢，有沙发，却偏要坐到地上。得，随他的便好了，干吗不，只要喜欢就成。小斯特凡·查诺维希年轻有

---

① 意大利北部城市。

为，二十岁的时候就是一名了不起的演说家了。他很会上下周旋，使自己人见人爱，他很会和女人调情，对男人则彬彬有礼。在帕多瓦，贵族们向教授学习，斯特凡则向贵族们学习。在他眼里，他们个个都好。当他回到阿尔巴尼亚的家时，他的父亲还活着，见到他很高兴，也很喜欢他，还对人说：'你们看哪，这才是闯世界的人，他不会像我似的和农民做二十年的买卖，他比他的父亲先进二十年。'那小子拂了拂他那真丝质地的袖子，往上捋了捋搭在额头处的漂亮鬈发，然后便去亲吻他那幸福的老父亲：'而您，爸爸，为我省去了这糟糕的二十年。''这应是你一生中最好的年华，'老头一边说一边抚摩他的小子。

　　"于是年轻的查诺维希过起了奇迹般的生活，但那可不是奇迹。人们从四面八方向他涌来。他的钥匙可以打开每一扇心灵之门。他去了门的内哥罗①，是以骑士的身份去游玩，带着车马和仆人，他的父亲看见儿子大有出息，心里十分高兴——父亲小草，儿子大树，——在门的内哥罗，他们把他称为伯爵和亲王。如果他说：我父亲叫查诺维希，我们住在帕斯特罗维希的一座村子里，我父亲为此很自豪！人们是不会相信他的。人们恐怕不会相信他的，于是，他把自己装扮得像个来自帕多瓦的贵族，看上去很是那么一回事，而且见人就熟。斯特凡大笑着说过：你们应该有自己的主意。他在人前冒充一个波兰富翁，他们也这样看待他，把他当作某个瓦尔塔男爵，而且，他们和他，双方都皆大欢喜。"

　　出狱者忽地一下从地上爬了起来。他双膝跪地并偷偷地

---

　　① 即现在的黑山共和国。

拿眼俯视那另一个人。这时，他目光冷冷地说了一句："猴子。"红胡子鄙夷地回敬道："那我就是一只猴子。反正猴子比有些人知道得还多。"那另一个又被迫重新躲到了地上。（你应该后悔；去认识发生了的事情，去认识什么是当务之急！）

　　"既是这样，我便可以继续往下说了。该向别人学的东西还多着呢。年轻的查诺维希已经上了这条道，还要继续这样走下去。我没有亲眼见过他，我的父亲也没有亲眼见过他，但你完全可以想象出他的模样来。如果我问您，您，一个把我叫做猴子的人——人不应该鄙视生活在上帝的土地上的每一只动物，它们把自己的肉供给我们，除此之外，它们也为我们做许多好事，想想马，狗，唱歌的鸟儿，我只在定期举办的集市上见过猴子，被链子圈着不说，还得玩把戏逗人开心，真是苦命，没有哪个人的命有这样苦的——，好了，我要问您，我叫不出您的名字，因为您不说您的名字：查诺维希，老的和小的，是如何取得进展的？您认为，他们有脑子，他们很聪明。但别的人也很聪明，活了八十岁却赶不上二十岁的斯特凡。人身上最重要的是他的眼睛和脚。必须具备会看世界的能力，并且还要进去闯一闯。

　　"那么听着，斯特凡·查诺维希都做了些什么，他见过世面，而且深知，完全没有必要去害怕人。看看，他们是怎样把路铺平的，又是怎样到了快要给盲人指路的地步的。他们愿意他如此：你就是瓦尔塔男爵。好的，他说，我就是瓦尔塔男爵。后来，他，或者他们，觉得这个还不够过瘾。既然能做男爵，为何就不能做做别的呢。阿尔巴尼亚有个名人，已经过世很久了，但老百姓纪念他，就跟纪念英雄一样，他叫斯坎德尔伯格①。要是查诺维希能够的话，他就会说：他本人就是斯坎德尔伯格。他在斯坎德尔伯格死去的地方说，我是斯坎德尔伯格的后代，他挺胸腆肚，说他就是阿尔巴尼亚的卡斯特里奥塔王子，他将重振阿尔巴尼亚的雄风，他的追随者在等着他呢。他们给他钱，好让他能够过上与斯坎德尔伯格之后相配的生活。他很讨人喜欢。他们去戏院倾听那些令他们感到惬意的无稽之谈。他们是付了钱的。如果那些惬意的事情下午或者上午落到他们的头上，如果他们本人也能在其中扮演某个角色的话，他们也是可以付钱的。"

那个穿着黄色双排扣夏装的男子重新爬了起来，一张有皱纹的脸阴沉着，他从高处俯视红胡子，清了清嗓子，声音完全走了样："您说说，您，您这个小矮子，您大概有点不正常吧，不是吗？您大概脑子出了问题吧？""不正常，也许。我先头是只猴子，这会儿又成了疯子。""您说说，您，您坐在这里跟我胡说八道，到底想干什么？""是谁坐在地上不愿起来？是我？沙发不就在我身后吗？那好，如果打扰您，我这就不说了。"

另一个人于是在环视房间的同时，抽出双腿，背对着沙发坐了下去，并将两只手支着地毯上。"您这样坐着就会舒服多了。""这下您的胡言乱语也可以慢慢地停下来了。""悉听尊便，反正我经常在讲这个故事，我无所谓。如果您无所谓的话。"但没过多久，另一个重又转回头来对他说："您放心地把这个故事讲下去好了。""您瞧。讲讲故事，互

① 阿尔巴尼亚民族英雄（1403—1468），原名格奥格·卡斯特里奥塔。

相说说话，时间就好过一些。我只希望让您开开眼。您刚才听说过的那个斯特凡·查诺维希搞到了好多钱，多到可以拿它们去德国旅游了。在门的内哥罗，他们没有揭穿他。从斯特凡·查诺维希身上能够学到的东西是他对自己和对人的了解。他是无辜的，就像一只叽叽喳喳的小鸟。瞧，他对世界没有丝毫恐惧：所有最伟大、最有权势的人物，最最令人敬畏的人物，均是他的朋友：萨克森选帝侯，普鲁士王储，他后来成为一名伟大的战争英雄，在他面前，御座上的奥地利女皇特蕾莎也会发抖。在他面前查诺维希却没有发抖。当斯特凡来到维也纳，被侦探他的人捉住的时候，女皇甚至抬头说道：放开那个年轻人！"

故事的突然完结令出狱者元气大增

另一个笑了起来，他靠在沙发边沿狂笑道："您这人好不古怪。您真可以去马戏团当小丑了。"红胡子跟着咯咯地附和："您瞧您。小声点儿，老头的孙子们。我们不如干脆坐到沙发上来。您看如何。"另一个笑着，慢慢爬起来，坐进沙发的一角，红胡子则坐进另一角。"坐在软和一些的垫子上，这样衣服就不会压皱了。"穿夏装的人倚在角落里，目不转睛地对红胡子说道："像您这样滑稽的人，我可是好长时间没有碰见过了。"红胡子沉着地应道："您也许只是没有留意罢了，还有的是呢。您把衣服弄脏了，这里的人不擦鞋。"这位获释者，一个三十出头的男人，目光活跃起来，面部露出一些生气："嘿，您说说，您到底是做什么营生的？莫非您住在月亮上？""这下可好了，那我们就来说说月亮吧。"

一个留有褐色鬈毛胡须的男人已经在门口站了将近有五分钟了。这时，他走进来坐到了桌边的椅子上。他年纪不大，戴一顶同红胡子一样的黑色毡帽。他用手在空中划了一个弧，尖声叫嚷："那人是谁？你和那家伙在一起干什么？""你来这里干什么，艾利泽尔？我不认识他，他不说他的名字。""你给他讲故事了。""这跟你有什么关系。"褐胡子冲着那个囚犯说道："他给您讲故事了，是他吧？""他不说话。他来回晃悠，还在院子里唱歌。""让他走吧。""我做什么，与你无关。""你说了些什么，我都在门口听到了。你给他讲了查诺维希的事。你除了讲这，还会干啥。"陌生人用眼睛盯住褐胡子，嘴里咕噜道："您到底是谁，跑到这里来干什么？凭什么管他的事？""他有没有给您讲查诺维希？他给您讲了。我这内弟走到哪里讲到哪里，完全不能自已。""我可没要你来啊。你没看见，他不太好，你这个坏蛋。""就是要在他坏的时候。上帝并没委派你什么，看呀，在他来之前，上帝一直等着。光上帝自己帮不了忙。""坏蛋。""您离他远点吧，您。他大概给您说了，查诺维希，除了他还有谁，是怎样成功地混世界的。""你还不赶紧走开？""听听这骗子的话，还行善呢。想要和我讲。这是他的家吗？你这次又说了你那查诺维希的什么事，人们怎样才能向他学习呀？你真该当我们这里的拉比。我们还会把你喂得饱饱的。""我不需要您的施舍。"褐胡子重新嚷道："我们也不需要靠人养活的寄生虫。他还告诉过您，他的查诺维希最后落了个什么样的下场吗？""无赖，你这个坏蛋。""他给您讲了这个吗？"囚犯疲惫地冲着红胡子眨眨眼，后者挥动着拳头朝门口走去，他在红胡子身后嘟囔道："您不是要走嘛，别激动，您让他嚼舌头去。"

这下褐胡子火了，双手急速地来回划动，舌头咂咂作响，脑袋颤动不已，一秒钟一个表情，一会儿冲着陌生人，一会儿又冲着红胡子喊道："他把人弄得发疯。他应该告诉您，他的查诺维希落了一个什么样的结局。他不说，他为什么不说，为什么，我想问。""因为你是一个坏蛋，艾利泽尔。""总比你强。他的查诺维希（褐胡子鄙夷地举起双手，两眼可怕地鼓了出来）被人像小偷一样地赶出了佛罗伦萨。为什么？因为人家认清了他的真面目。"红胡子走到他跟前，摆出威胁的架势，褐胡子摆摆手："现在我来说。他给诸侯们写信，有个诸侯收到很多信，从笔迹上看不出这人是干什么的。他随即自吹自擂，以阿尔巴尼亚王子的身份去了布鲁塞尔，混迹于政界要人之中。这便是他的恶毒天使要他干的好事。他找到政府那里，你来庇护斯特凡·查诺维希这小子呀，许诺支持一场战争，我知道同谁，人数成千上万或者两百，这不重要，政府回了一封短信表示感谢，但不愿贸然去干没有把握的事情。于是恶毒天使又对斯特凡说：拿着这封信去借钱。反正你有大臣的来信，那上面署着地址：尊贵的殿下，阿尔巴尼亚王子先生敬启。他们借钱给他，这骗子不久就完蛋了。他当时多大来着？三十岁，因为他罪有应得，所以一岁也没多活。他还不起钱，他们就在布鲁塞尔把他给告了，于是东窗事发。你的英雄，纳胡姆！他在牢里割脉自杀的悲惨结局你讲了吗？他是怎么死的哟——美好的生活，美好的结局，照理应该这么讲，刽子手，屠夫，随后推着专运死狗、死马和死猫的车子来收尸，把他，斯特凡·查诺维希运到绞刑架旁的空地上一扔，用城里的垃圾埋了。"

穿风衣的男子目瞪口呆："这是真的？"（一只生病的老鼠也会呻吟。）红胡子把他姐夫说出的每一个字都数了一遍。他用抬起的食指指着褐胡子的脸，好像在等待一个关键词，他这时拍着后者的胸脯并把唾沫吐到他面前的地上，呸，呸："这是给你的。你居然是这种人。我的姐夫。"褐胡子不耐烦地朝窗户走去："那现在由你来讲吧，说呀，这不是真的。"

大墙已不复存在。一间斗室，一盏吊灯，两个犹太人来回走动，一个褐色，一个红色，均头戴毡帽，相互争吵。他的目光追随着他的朋友红胡子："喂，您听着，您，他所讲的这个男人被埋掉、杀掉的事当真吗？"褐胡子喊道："被杀，我说过被杀吗？他是自杀的。"红胡子："他大概是自杀的。"出狱者："那别的人，都干了些什么？"红胡子："谁，谁？""别的人大概也有像这个、这个斯特凡那样的。大概不会所有的人都当过大臣、屠夫和银行家吧。"红胡子和褐胡子交换了一下眼色。红胡子说道："是啊，他们该做什么呢？他们当观众呗。"

那个身穿黄色夏装的刑满获释者，那个慓悍的家伙，走至沙发后面，拿起自己的帽子，拍了拍上面的灰尘，把它放到桌上，然后掀开外衣，一切都在沉默中进行，他解开马甲的扣子："这儿，您来瞧瞧，我的裤子。我原先有这么胖，现在它离得这么开，相当于两个大拳头加起来，这是饿的呀。全没了。整个肚子都见鬼去了。因为你没有始终如一地做你应该做的人，所以就得受作践。我不相信别的人就强得多。不，我不相信这个。他们想把人整疯。"

褐胡子偷偷对红胡子说道："这下你有了。""我有什么？""这不，一个囚犯。""没什么要紧的。"获释者："然后就是：你被放出来，接着又进去，一塌糊涂，还是和从前一样的糟糕。这没什么可笑的。"他重新扣好自己的马甲："您都看见了，这些人都做了些什么。他们把那死了的人拖到屋外，杀猪的家伙推来那狗日的车，将自杀而死的人往上一扔，这帮该诅咒的畜生，他们不马上把人打死，却对一个人犯下这样的罪孽，而且想怎么样就怎么样。"红胡子显得十分难过："真不知该说什么好。""是的，因为我们犯过事，所以我们就一无是处？所有坐过牢的人都可以重新站立起来，而且能够做到他们想要做的事情。"（后悔什么？心里有火就得发泄出来！痛痛快快地打场架！然后就把什么事情都抛在脑后，然后就什么都过去了，恐惧和一切的一切。）"我只是想要让您知道：我的姐夫对您说的话，您不要全信。有时候人并不能想做什么就做什么，有时情况也会发生变化。""这不公平，把人像狗一样地扔到垃圾堆上不说，还要往他身上堆垃圾，而这就是对一个死人的公平。呸，魔鬼。现在我就要和你们告别了。把您的手伸过来。您是好意，您也是。（他握了握红胡子的手）我叫毕勃科普夫，弗兰茨。您真不错，招待了我。我的小鸟已经在院子里唱了歌。好了，为新人道喜吧，事情过去了。"两个犹太人微笑着同他握手。红胡子抓住他的手久久不放，喜形于色："嘿，您真的好了吗？欢迎您有时间过来玩儿。""谢谢，尽量照办，时间不成问题，只是没钱。也请您向先前的那位老先生问好。他的手可比您有劲儿，您说，他以前恐怕当过屠夫吧？哎呀，要快点把地毯整理一下，全滑下来了。不，我们什么都自己做，桌子，这样放。"他一边弄地毯，一边冲着红胡子的脊梁骨笑道："我们坐在地上聊了天。真是个好位子，对不起。"

他们送他出门，红胡子仍然十分担心地说道："您一个人走能行吗？"褐胡子捅了捅他的腰部："别在背后说人家。"那个刑满获释者这下挺直腰杆，迈开步伐，他摇摇脑袋，双臂在空中挥动（心里有气就得发出来，不是别的，就是气，气）："您别担心。您只管放心让我走好了。您刚才可是说过眼跟脚的。它们还长在我身上呢。没被人搞走。早上好，先生们。"

他越过狭窄拥塞的院子，那两个人站在楼梯上看着他的背影远去。那顶帽子斜罩在他的脸上，当他的脚踏上一只汽油桶时，他开始喃喃自语："尽是些有毒的玩意儿。弄杯白兰地喝喝。来了的人都要喝上一杯。看看，哪里有白兰地卖。"

走势无力，稍后行情大跌
汉堡萎靡不振，伦敦更趋疲软

天上下起雨来。在明茨大街的左侧，电影院的招牌闪闪发光。拐角处他挤不过去，一栅栏门前站着一群人，行情跌至谷底，架在原木板上的电车轨道自由地在空中奔驰，刚有一辆电车慢悠悠地驶过。看啊，他们在建地铁，柏林肯定有活儿干。那儿还有一家电影院。十七岁以下的青少年禁止入场。巨型的宣传画上，一位先生红得扎眼地立在一级台阶上，另有一位妙龄女郎拥住他的双腿，她躺在台阶上，而他则在上面做出一副潇洒的面孔。下面写着：无父无母，一个孤儿的命运，六幕剧。对，我看这个。管风琴响了起来。门票六十芬尼。

一男子对女售票员说道："小姐，能不能对一个没有肚子的战时后备军的老队员便宜一点呀？""不能，只对含着奶嘴的五个月以内的婴儿。""一言为定。我们就这么大。分期付款的新生活。""行了，五十芬尼，进去吧。"在这人之后，一个年轻人，是个脖子上围着方巾的瘦子，磨磨蹭蹭地凑了上来："小姐，我想进去，但不付钱。""我又能怎样。让你的妈妈把你弄到顶层楼上坐去。""那我可以进去了？""进哪里？""进电影院呀。""这里不是电影院。""嚯，这里不是电影院。"她通过售票处的窗户对看门人喊道："马克斯，过来一下。教教他，这里是什么。""这里是什么，年轻人？你还没看出来吗？这里是贫民救济基金，明茨大街分部。"他把那瘦子从窗口推走，亮着拳头说道："你要是愿意的话，我马上就跟你算账。"

弗兰茨慢腾腾地走了进去。正碰上中场休息。长方形的空间被挤得满满的。百分之九十是戴着便帽却不摘下的男人。天花板上悬挂着三盏吊灯，发出红色的光芒。前面是一台上边放有几个包裹的钢琴。管风琴隆隆作响。随即灯光熄灭，电影开始。应该让某个牧羊姑娘接受文化教育，为什么，因中途入场不太清楚。她拿手捂鼻子，站在台阶上挠屁股的痒，电影院里哄堂大笑。当咯咯的笑声在他的四周爆发出来的时候，弗兰茨浑身上下感到奇妙无比。尽是些人儿，自由的人们，消遣找乐。没人对他们说三道四，美妙极了，而我就站在他们中间！故事情节继续发展。尊贵的男爵有一个情妇，她躺在吊床上，并让自己的两条大腿垂直地向上伸展。她穿着裤子。这还像那么一回事。那个脏兮兮的牧羊女有什么好看的，竟然连盘子都舔得一干二净的。她再次向上抖动两条修长的大腿。男爵把她一个人撇下不管，这时她忽地从吊床上翻滚下来，迅速掉进草丛里，好长时间躺在地上不能动弹。

弗兰茨凝视着那面墙，虽然已经换了别的画面，但他眼前浮现的始终还是她滚到地上一动不动的情形。他咬着自己的舌头，他妈的，刚才是怎么回事。但后来，当他看到这漂亮女人居然偎依在牧羊女男友的怀中时，弗兰茨感到胸口一阵燥热，似乎搂着她的不是别人，而是他自己。这种感觉在他的体内弥漫，令他浑身无力。

女人。（烦恼和恐惧还不是生活的全部。尽说废话干什么？空气，人，女人！）他怎么没有往这方面想呢。囚犯站在牢房的窗户前，透过栅栏向院子里张望。有时会有女人经过，不外乎是探亲的或者小孩，或收拾屋子的。牢房里的犯人全都站在窗户前张望，所有的窗户都占满了，恨不得把每个女人都一口吞下去。有个警察，他的老婆从艾伯斯瓦尔德来探了一次亲，呆了十四天，以前都是他每隔两周回去一趟，她这次把时间利用得很充分，那男的上班的时候无精打采地耷拉着脑袋，连路都快走不动了。

弗兰茨冒雨出来，走到外面的街上，我们干什么呢？我自由了。我必须有个女人。女人我必须有。美好的情欲，外面的生活真精彩。只要站稳了能跑就成。他两腿轻飘飘的，脚下的土地似乎消失了。威廉—皇帝—大街拐角处的一排市场购物车后面就有一个，他马上凑了上去，管她是个什么样的。活见鬼，我们到哪里能一下弄来白煮腌猪蹄。他同她一起往前走，紧咬下唇，浑身抖得厉害，你要是住得远，我就不去了。不远，穿过布罗夫广场，走过几道篱笆，过走廊，进院子，下六级台阶就是。她转过身来，笑道："你这家伙，别太馋了行不行，弄得我都喘不过气来。"她刚把身后的门锁上，就被他一把抱住。"你这家伙，总得让我先把伞放下吧。"他贴在她的身上，挤压、捏摸，双手在她的外衣上揉搓，他的帽子还戴在头上，她恼怒地把伞扔到地上："放开我，你这家伙，"他呻吟着，佯装笑脸，晕乎乎地问道："到底怎么了？""你把我的衣裳撕破了。你可得出钱赔我。就这么办吧。也没人会白送东西给我们。"见他还不松手，便又说道："我喘不过气来，傻瓜。你大概有点神志不清了吧。"她肥胖而迟钝，个子矮矮的，他只好先付给她三个马克，她小心翼翼地把钱放进五斗橱，钥匙则塞进自己的口袋里。他的两眼没有一刻离开过她："因为我坐了几年牢，肥妞。在郊外，特格尔，你很容易想到的。""哪儿？""特格尔。你很容易想到的。"

那臃肿的女人放开喉咙大笑起来。她解开上身衬衣的扣子。那正是国王的两个相互爱慕不已的孩子。当狗衔着香肠跳过下水道的时候，她伸手抓住他，让他使劲贴住自己。咯，咯，咯，我的小母鸡，咯，咯，咯，我的雄鸡。

他的脸上不一会儿便沁出了汗珠，他呻吟着。"喂，你哼什么呀？""是哪个小子在隔壁走动？""不是什么小子，是我的女房东。""她干啥？""她还能做什么。那里是她的厨房。""是这样。可她应该停止走动。她现在能有什么要跑腿的。我受不了。""看在上帝的分上,我这就去,我这就跟她说去。"这个大汗淋淋的家伙,人家正巴不得把他甩掉呢,这个讨厌的流浪汉,我马上让他走人。她去敲隔壁的房门:"普利泽太太,您安静几分钟吧,我这会儿正和一位先生说话呢,是要紧事。"行了,这下我们的事情完成了,亲爱的祖国,你可以放心了,你来到我的心里,却旋即飞了出去。

她将头枕在枕头上,思忖着:那双黄色的低帮鞋换个底还能用,基蒂的新未婚夫做这个要收两马克,如果她不反对的话,我就不抢她的男人,还可以让他替我把鞋染成棕色来配那件棕色的衬衫,那已是相当讨厌的破布了,用它做咖啡壶的暖罩倒挺合适,那几根带子必须熨平了,我马上跟普利泽太太说,她大概还有火,她今儿正在煮着什么。她用鼻子闻了闻。生鲱鱼。

莫名其妙的词句在他的脑子里盘旋翻滚:你煮汤,施泰茵小姐,我拿到一把勺子,施泰茵小姐。你煮面,施泰茵小姐,给我面吃,施泰茵小姐。我落下去,我落上来。他大声地呻吟:"你是不是不喜欢我?""为什么,过来吧,从来都是六芬尼一爱。"他落在床上,嘟囔,呻吟。她揉着脖子:"我快要笑死了。安心地躺着别动。我没什么。"她笑着抬起两只肥厚的臂膀,把双脚塞进长筒袜里,走下床来:"我无能为力。"

到街上去!透透气!雨仍在下着。这究竟是怎么回事?我必须给自己再找一个。先好好睡一觉。弗兰茨,你到底是怎么回事?

男性的性功能要通过 1.内分泌系统，2.神经系统，以及 3.性器官的共同作用来实现。与性功能有关的腺体是：脑垂体，甲状腺，肾上腺，前列腺，精囊和副睾。在这个系统内，生殖腺处主导地位。全部的性器官，从大脑皮层到生殖器，均载有它所制造的物质。性的印象引起大脑皮层的性紧张，性的兴奋感沿着大脑皮层流动到间脑的控制中心。然后，兴奋感向下滚涌至脊髓。并非没有阻碍。因为在离开大脑之前，必须通过抑制的缓冲，主要是那些精神性的，表现为道德顾虑、缺乏自信、害怕出丑、害怕传染和怀孕等等的抑制，反倒起着很大的作用。

傍晚沿艾尔泽大街逛了逛。不要犹豫了，小子，别找借口说累了。"玩一次多少钱，小姐？"这黑女人不错，有屁股，像块松脆的 8 字形烘饼。一个姑娘如果拥有一位她爱并且喜欢她的男士，那有多好啊。"你真有意思，亲爱的。继承了点什么财产呀？""那还用说。再给你一个塔勒。""干吗不。"但他仍心存恐惧。

随后在屋里，窗帘后面是花，干净的屋子，玲珑的屋子，这姑娘甚至还有一台留声机，她在他面前演唱，穿着贝姆贝格牌的人造丝袜，没穿衬衣，眼睛乌黑："你可知道我是为人助兴的歌女。你知道，在哪儿？在适合于我的地方。你可知道，我正好现在没有演出。我到漂亮的酒馆去拉生意。然后就是：我的畅销歌。我有一支畅销歌。喂，别搔我的痒痒。""拉倒吧，你这娘儿们。""不，把手拿开，这会坏了我的生意。我的畅销歌，放乖点，亲爱的，我在酒馆里搞拍卖，不收盘子：谁对此有意思，就可以来吻我。棒极了，是不是。在露天酒馆里。没有人低于五十芬尼。喂，你不给点儿。这儿，肩膀上。好了，你也可以来一下。"她将一顶男礼帽戴到头上，冲着他的脸引吭高歌，臀部扭动，双手叉腰："特奥多尔，当昨夜你对我展开笑颜时，你都想了些什么？特奥多尔，当你请我吃白煮腌猪蹄配香槟时，你到底心怀何意？"

她坐在他的膝上，轻快地从他的马甲里抽出一支香烟塞进自己的嘴里，忠诚地同他的眼睛对视，温柔地同他耳鬓厮磨，还柔声柔气地说道："你知道什么叫乡愁吗？乡愁又是怎样令人心碎？周围的一切是多么的冷漠和空虚。"她哼起一支歌曲，四肢舒展着躺到了长沙发上。她一边吞云吐雾，一边连唱带笑地抚摩他的头发。

瞧他额头上的汗！那恐惧又来了！他突然觉得脑袋掉了。咚，钟声，起床，5点30，6点开门，咚咚，赶紧再把夹克刷刷，那老头如果查账的话，今天就不来了。我马上出狱。嘘，你轻点儿，昨晚有个人逃跑了，叫克罗泽，绳子还挂在外面墙上呢，他们都牵着警犬去了。他呻吟着，头抬了起来，他看着那姑娘，看她的下巴，她的脖子。我究竟是怎么出的监狱。他们不放我。我还在里面没出来。她在一旁对着他吐出一串串蓝色的烟圈，咯咯地笑道："你很可爱，来，我给你倒杯玛姆泊，三十芬尼。"他人躺在那儿，好长时间不动："玛姆泊又能让我怎样呢？他们把我给毁了。所以我在特格尔坐了牢，还能为什么。先是和普鲁士人一起蹲战壕，然后在特格尔蹲大狱。我已经不像个人了。""哎，你可别在我这儿哭啊。汤姆，把嘴张开，大男人得喝酒。我们这里有的是幽默，人在这里很快活，这里从早到晚都是欢声笑语。""而这一切的代价则是肮脏。他们本来是可以立马割断我的喉咙的，这帮狗日的。本来还可以把我扔到垃圾堆上去的。""汤姆，大男人，再来一杯玛姆泊。那是两只眼睛，去给自己倒杯玛姆泊，和灯泡干杯。"

"姑娘们竟跟阉羊一样死乞白赖地缠人，对她们甚至连唾沫都懒得吐一口，只消直挺挺地躺着就成。"她又从他摔到地上的香烟中拾起一根来："是的，你得到警察那里去跟他说。""我这就走。"他寻找他的吊裤带。没再吱声，也不瞧那姑娘一眼，这个有着一张流口水的嘴的女人叼着烟，一边微笑着在一旁观看，一边忙不迭地拿脚将地上的香烟踢到沙发底下。他拿起自己的帽子，走下楼梯，乘 68 路坐到亚历山大广场，坐进酒馆里对着一杯淡啤酒沉思。

特斯帝弗丹，商标专利号 365695，卫生顾问玛格奴斯·希尔施菲尔德博士[1]和伯恩哈德·夏皮洛博士研制的回春药物，性科学研究所，柏林。阳痿的主要原因是：A.由内分泌腺体的功能紊乱而引起的负载不足；B.由过强的心理抑制而引起的过分拘束，阴茎勃起中枢的衰竭。阳痿患者何时恢复性的尝试为宜，只能依据各个病例的具体情况而定。休息一段时间往往大有裨益。

吃饱，喝足，第二天他来到街上，心中暗想：我就要这个，我就要这个，但他没有去碰任何女人。橱窗里的这个，多么浑圆的小家伙，可能适合我们，但我谁也不碰。于是又蹲在小酒馆里，埋着头谁也不看，又吃得饱饱的，而且喝了个痛快。我现在成天什么事都不干，就只知道吃喝睡，我这

---

① 玛格奴斯·希尔施菲尔德（1868—1935），性科学家五卷版《性学》的作者，致力于维护同性恋者的权利。

辈子完了，完了，完了。

全线胜利!
弗兰茨·毕勃科普夫买了一份小牛里脊

　　到了星期三，第三天，他穿上衣服。这一切都是谁的错？全是伊达的错。还能有谁。这该死的东西，我当时打断了她的肋骨，为此我不得不进了班房。现在她得到了她早就想要得到的，这该死的东西死了，而我现在却站在了这里。为自己嚎叫，在寒风中沿着大街快跑。去哪里？她和他住过的地方，她妹妹那儿。穿过莫瓦利登大街，进入阿克尔大街，一溜烟进到屋里，第二个院子。监狱不存在了，和犹太人在德拉戈勒街的谈话也不存在了。那婊子在那儿，是她的错。在街上什么都没看见，可去那里的路找到了。面部抖一抖，手指抖一抖，我们走进去，咿呀咿呀咿呀哟，咿呀咿呀咿呀哟，咿呀哟。

　　丁零!"谁呀？""我。""谁？""开门，你这娘儿们。""天哪，是你，弗兰茨。""开门。"噜姆儿得卟姆儿得叽呵得嘞儿，噜姆儿。吐掉舌头上的合股线。他站在门厅里，她在他身后把门锁上。"你到我们这里来干什么。万一有人在楼梯上看见你的话。""怕什么。让他看去。早上好。"他径自向左拐进客厅。噜姆儿得卟姆儿。讨厌的合股线粘在舌头上下不去了。他拿手指去揭。没什么，只是舌尖感觉有点笨拙罢了。原来这就是客厅呀，嵌板沙发，皇帝挂在墙上，一个穿红裤子的法国人把宝剑交给他，我投降了，皇帝递交宝剑，皇帝必须再把宝剑交给他，世道就是这样。"你这家伙，你如果不走，我就喊救命，我就叫打人了。""为什么呀？"噜姆儿得卟姆儿，我大老远地跑来，我就呆在这儿，我就坐在这儿。"他们已经把你给放了？""是的，时间到了。"

他瞪大眼睛看着她并站起身来："他们把我放了，所以我就来了。他们已经把我放了，还要怎样。"他想说，怎样，但他却嚼起了口里的合股线，喇叭砸碎了，事情过去了，他浑身颤抖，却不能嚎叫，他的目光射向她的手。"你这家伙，到底要干什么。难道出了什么事吗？"

那里是伫立了几千年并仍在伫立着的群山，部队拖着大炮翻山越岭，那里是岛屿，上面有人，拥挤不堪，一切都很强大，资金雄厚的商店，银行，企业，舞蹈，低级舞厅，进口，出口，社会问题，终有一天发出：得儿，得儿，得儿的声音，不是来自那让自己一跃而起的战舰，——而是来自地下。地球猛地抖了一下，夜莺，夜莺，你的歌声多么动听，船只飞上天空，鸟儿跌到地下。"弗兰茨，我喊了，干什么呀，放开我。卡尔马上就回，卡尔肯定随时回来。你当初也是这样对伊达下手的。"

夹在朋友之间的女人有什么价值可言？由于妻子同自己的战友，浮尔伯上尉，通奸，伦敦离婚法庭根据贝肯上尉的申请作出判决，允许他离婚并获得 750 镑的赔偿。对于他那不忠诚的、马上就要和情人结婚的配偶，上尉似乎未曾有过太高的评价。

哦，那是静静地伫立了几千年的群山，部队拖着大炮和笨重的人群翻山越岭，如果他们因为地下发出"轰隆隆"的声音而猛地开始"嗖"地一跳，旁人该怎么办才好呢。我们不愿对此发表任何意见，我们只想随它去吧。米娜的手怎么也挣脱不开，她的眼前呈现着他的两只眼睛。这是一张男人的脸，上面布满铁轨，此时，一辆火车呼啸而过，看呀，它浓烟滚滚地行驶着，长途特快，柏林至汉堡—阿尔托纳，18点05分到21点35分，3小时35分，你对此毫无办法，这种男人的胳臂是用铁铸成的。我喊救命了。她尖叫起来。她已经躺在了地毯上。他把胡子拉碴的脸贴到她的脸上，他的嘴喘着大口的粗气向她的嘴逼来，她转过身子。"弗兰茨，哦，上帝啊，发发慈悲吧，弗兰茨。"而——她这下子看了个真切。

现在她明白了，她是伊达的妹妹，他有时就是这样看伊达的。他两手搂着伊达，她就是伊达，所以他才这样紧闭双眼，露出幸福的表情。所以不再有那可怕的殴打和浪荡，监狱也不复存在！这就是克雷普托①，是燃放着大型焰火的伊甸园，此情此景，他同她相遇并送她回家，那小巧玲珑的缝纫女工，刚才掷色子时赢了一个花瓶，在门厅里，他先吻她，手里还拿着她的钥匙，她踮起脚尖，脚上穿着亚麻布鞋，钥匙从他的手中滑落，然后，他再也没法离开她了。这就是从前的那个善良的弗兰茨·毕勃科普夫。

而现在，从脖子上，他重又闻到了她，这相同的肌肤，这气味，令人晕眩，没了方向。而她这位妹妹，浑身出现奇异的感觉，它通过他的脸、他的停顿向她袭来，她只有屈服，她反抗着，可那种传递到她身上的感觉改变了她，她的脸舒展开来，她的胳膊再也无力把他推开，她的嘴显得十分

---

① 葡萄酒店名，伊甸园是其下设的一家酒馆。

无助。这男人一言不发，她把自己的嘴让，让，让给了他，她整个人软绵绵的，仿佛躺在浴缸里，你爱怎么弄我，就怎么弄吧，她像冰一样地瘫作一团，就这样，只管来吧，我什么都明白，我对你而言肯定也不错。

魔力，抽搐。鱼缸里的金鱼在闪烁，整个屋子闪闪发亮，这不是阿克尔大街，不是房子，不是重力，离心力。什么都消失了，下沉了，溶解了，太阳力场中辐射的红色偏向，气体的动力学理论，热能向功的转换，电磁波，感应现象，金属的密度，液体，坚固的非金属质地的物体。

她躺在地上，来回扭动。他四肢舒展地笑道："怎么着，掐死我吧，只要你做得到，我不还手。""你就该死。"他爬了起来，因为幸福、狂喜和快乐大笑着转了几个圈。那些喇叭吹的什么曲子，轻骑兵们出来，哈利路亚！弗兰茨·毕勃科普夫又回来了！弗兰茨放出来了！弗兰茨·毕勃科普夫自由了！她穿起了裤子，从一只腿瘸到另一只腿。她坐到一张椅子上，很想大哭一场，"我要告诉我的丈夫，我要告诉卡尔，他们真该马上就让你再在里面呆上个四年的。""告诉他吧，米娜，只管去告。""我会的，我马上就去叫警察来。""米娜，小米娜，算了吧，我太高兴了，我可是又像个人了，小米娜。""你这家伙，疯了吧，你这脑袋真的是被特格尔的那帮人给搞歪了。""你没什么可喝的吗，一罐咖啡或别的什么。""那又有谁花钱为我买围裙呢，瞧瞧，破布一块。""凡事都有弗兰茨，凡事都有弗兰茨！弗兰茨又活过来了，弗兰茨又回来了！""快拿上你的帽子走人吧。要是让他碰见你，我的眼睛就会被打青的。你也不要再来了。""再见，米娜。"

但他第二天还是来了，带来一个小包裹。她不情愿给他把门全部打开，他便把一只脚卡在中间。她对着门缝悄声说道："你这人哪，应该走你自己的路，我可是有话在先的。""米娜，只不过是几件围裙。""要围裙做什么。""你该给自己选几件。""你还是把这个偷来的玩意儿留着自己用吧。""不是偷的。把门打开吧。""见鬼，邻居会看见你的，走吧。""开门吧，米娜。"

　　她于是把门打开，他把包裹扔到客厅里，而她手里拿着扫帚把，并不打算进到客厅里来，他便独自在客厅里跳来跳去。"我很高兴，米娜。我一整天都很高兴。夜里还梦见你了。"

　　他在桌上将包裹打开，她向前走了几步，用手摸了摸料子，选了三件围裙，但当他一把抓住她的手时，她却始终很坚定。他收拾好包裹，她重又拿起了扫帚，站在那里催促道："嘿，你快点，出去。"他在门口招了招手："再见，小米娜。"她用扫帚把门撞上。

　　一周之后，他再次出现在她的门口："我只想问问你的眼睛怎么样了。""都很好，这里没你的事。"他的气色较好，身上穿着件蓝色的大衣，头戴一顶硬礼帽："我只想叫你看看我的这副样子，还有这身打扮。""这不关我的事。""那让我喝杯咖啡总可以吧。"这时，楼梯上传来下楼的脚步声，只见一只儿童玩的皮球在顺着楼梯滚动，女人吓了一跳，赶紧打开门把他拉了进去。"快过来，是卢姆克一家，行了，你现在又可以走了。""我就只喝一杯咖啡。一小罐你总会有吧。""这你可用不着我来管。看你这样子，你肯定是已经有人了。""就一杯咖啡。""你把人害惨了。"

她站在门厅的衣帽架旁，见他在厨房的门口乞求地望着自己，便撸起那件崭新的漂亮围裙，摇着头哭道："你这家伙，可把我害惨了。""出什么事了。""不管我怎么说，卡尔也不相信这眼睛是我自己撞青的。问我怎么可能在窄柜上撞成这样。要我撞给他看看。如果门开着，眼睛是可以被窄柜撞青的呀。他可以试嘛。可我不知道为什么，他就是不相信。""米娜，这我就不明白了。""因为我这儿，脖子上，还有长条的伤痕。我自己根本没有发现。是他指给我看的，我去照镜子，却不知道是怎么来的，叫我说什么好呢。""嗨，说是自己抓的不就得了，挠痒痒总该可以吧。你可不要让卡尔这样欺负你。我真要好好教训教训这家伙。""你还是那么容易上火。卢姆克家恐怕看见你了。""得了，他们有什么可炫耀的。""你就快点走吧，弗兰茨，别再来了，你害惨我了。""他也问过围裙吗？""我本来就一直是要买围裙的。""那好，米娜，我这就走。"

　　他搂住她的脖子，她没有反抗。过了一会儿，当他既不挤压她，也不松开手的时候，她发现，他在抚摩她，于是惊讶地抬起头来："那你走吧，弗兰茨。"他轻轻地把她拉到客厅里，她起初拒绝，但还是一步一步地跟了过去："弗兰茨，难道又要重新开始吗？""干吗要呢，我只想在你的客厅里坐坐。"

　　他们平和地并肩坐在沙发上说了一会儿话。随后他便自个儿起身离去。她把他送到门口。"别再来了，弗兰茨，"她哭了并将头靠在他的肩上。"再一次见你的鬼去吧，米娜，你怎么能这样对人呢。为什么我不该再来。算了，从今往后我再也不来了。"她紧紧握住他的手："是的，弗兰茨，别再来了。"他打开门后,她仍旧抓住他的手不放并且攥得更紧。当他人都站到了门外时,她还攥着他的手。最后,她把手松开,谨慎而迅速地将门阖上。他在街上买了两大块小牛里脊,让人给她送上楼去。

弗兰茨现在对全世界和自己发誓,
在柏林永远诚实正直,不管有钱与否

他已经在柏林完全立足——他把原来的旧家当变卖成钱,在特格尔攒了几个铜板,他的房东和朋友梅克借点给他——就在这时,他还受到一次来自官方的打击。但事后证明,那不过只是一纸空文罢了。在一个平素看来根本不赖的早晨,他的桌上出现了一张黄色的纸片,官气十足,印刷体,并且是用打字机打的:

警察局长,五处,商号标志,请在递交受理事物的呈文时注明上述商号标志。我所掌握的档案资料证明,您曾因威胁、暴力侮辱和人身伤害致死服过徒刑,所以认定您为不利于公共安全与伦理的危险人物。因此我依据 1842 年 12 月 31 日颁布的法律第二条和 1867 年 11 月 1 日颁布的迁徙自由法第三条以及 1889 年 6 月 12 日和 1900 年 6 月 13 日颁布的法律决定,以州警察局的名义将您驱逐出柏林、夏洛腾堡、新克尔恩、柏林-舍内贝格、威尔默斯多夫、利希滕贝格、施特拉劳以及柏林-弗里德劳、施玛根多尔夫、腾珀尔霍夫、布里茨、特雷普托、赖尼肯多夫、魏森湖、潘科和柏林-特格尔各行政区,并要求您在十四天以内离开上述驱逐区域,且一并通知,如果规定期限已过而您仍在驱逐区域以内逗留或返回那里，根据1883年QⅡE7月30日颁布的普通国家管理法第132条第2款将首先对您处以一百马克的罚款或在没有经济能力的条件下拘禁十天。同时提请您注意，如果您在下述环柏林地区——波茨坦、施潘道、弗里德里希斯菲尔德、卡尔斯霍尔斯特、弗里德里希斯哈根、奥伯勒勒魏德和伍尔海德、菲希特劳、兰斯多夫、卡洛夫、布赫、弗洛劳、科佩尼克、兰克魏茨、施特格里茨、策伦多夫、特尔托夫、达勒姆、万湖、克莱因-格利尼克、诺瓦维斯、诺依恩多夫、艾希、波尔尼姆以及波恩施台特居留，您将在相关地区遭到驱逐。I.Ve.表格编号968a。

　　他不禁毛骨悚然。在亚历山大附近，格鲁勒尔大街1号，环城铁路边上，有一幢漂亮的房子，囚犯帮助所就在里面。他们看着弗兰茨，来回地提问题，签名：弗兰茨·毕勃科普夫先生已经接受我们的监护，我们将对您是否工作进行调查，而您每个月都必须来自荐。好了，句号，一切就绪。

　　忘掉恐惧，忘掉特格尔和那面红色的围墙吧，还有呻吟什么的，——让伤害走开，我们开始新的生活，老的它已经结束了，弗兰茨·毕勃科普夫又回来了，普鲁士的人们兴高采烈，欢呼雀跃。

　　在随后长达四周的时间里，他用肉、土豆和啤酒把自己的肚子撑了个溜圆，并且又去了住在德拉戈勒大街的犹太人那里一趟，以示感谢。纳胡姆和艾利泽尔恰好又在吵架。他们没有认出他，只见他装扮一新，胖嘟嘟的，喷着酒气走了进来，把帽子取至嘴前作出恭敬的样子，轻声询问那位老先生的孙子们是否还病着。他在小酒馆的角落里款待他们，他们问他做什么生意。"我和生意。我不做生意。我们那儿都这样。""那您从哪儿弄钱呢?""以前的,积蓄,我攒了点儿。"他捅了捅纳胡姆的腰部,张大鼻孔,目光狡黠而神秘:"你们还记得查诺维希的故事吧。了不起的家伙。真棒。他们后来把他杀了。你们都知道什么。我也想那样做个王子、上个大学。算了,我们不上大学。也许我们结婚。""祝您走运。""到时候你们都来,吃他个够,嘿,喝他个痛快。"

纳胡姆目不转睛地望着他,手指轻挠着下巴:"您大概还要听个故事。有个男子从前有个球,您知道,就是孩子们玩的那种,但不是塑料的,而是赛璐珞的,透明的,里面有几个小小的铅丸。这样孩子们就可以同时听到咯吱咯吱的声音,也可以把球抛出去。那男人于是就拿起球来把它抛了出去并且心里盘算着:里面是铅丸,我就可以抛,球不会跑远的,我想让它停在哪里,它就停在哪里。可是,当他把球抛出去的时候,它却并没有按照他所设想的路线飞行,而是又弹了一下,紧接着还又滚了滚,就这么顺便多出了两个巴掌。""别烦他了,纳胡姆,用你的故事。这男人需要你。"胖子:"那球到底是怎么回事儿,你们为什么又吵起来了?老板,您瞧这哥俩,从我认识他们那天起,他们就吵个不停。""这人哪,该是什么样,就是什么样,随他去吧。吵吵架对肝有好处。"红胡子:"我要告诉您,我在街上看见您了,在院子里还听见您唱歌了。您唱得很好。您是个好人。但火气别太大了。平和一点。在社会上混要有耐心。我知道,您心里是怎么想的,还有上帝对您的安排。那球,您瞧,它并不按照您抛它时的意愿飞行,它只这样飞个大致,它还要向前多飞一小段，也许是一大段，说不定再往旁边去一点点。"

胖子把头向后一甩，大笑起来，展开双臂，一把搂住红胡子的脖子："您可以吹牛，那个男人可以吹牛。弗兰茨自有他的经验。弗兰茨了解生活。弗兰茨知道自己是什么人。""我只是想要告诉您，您曾经非常忧伤地唱过歌。""唱过，唱过。曾经就是曾经。我们现在又让我们的背心重新充实了起来。我的球飞得很好，瞧！没人能把我怎样！再见了，我结婚的时候，你们可要在场啊！"

就这样，水泥工人、后来的家具搬运工人弗兰茨·毕勃科普夫，一个粗鲁、粗笨、外表可恶的男人，重新回到了柏林的大街上，这样一个男人，曾有一个漂亮的锁匠之女为他牵肠挂肚，而他却使她沦为妓女，最后在一场毒打中将其伤害致死。他已向全世界和自己发誓，永远正直诚实。在他有钱的时候，他可以一直正直诚实。然后，他的钱花光了，这才是他期待已久的时刻，好向世人显示一下男子汉的样子。

第二章

我们以此顺利地把我们的这条汉子带到了柏林。他发下了他的誓言,而现在的问题是,我们该不该就这样打住算了。结尾似乎会令人愉快而非难堪,似乎已经有了一个结尾,从而在整体上显示出简短的巨大优势。

然而,这个弗兰茨·毕勃科普夫,他可不是随随便便的一个什么人。我把他叫过来不是为了做游戏,而是要让他去体验他那艰难、真实和令人警醒的存在。

弗兰茨·毕勃科普夫是个受过严重挫折的人,此时的他叉开两腿,站在柏林的土地上,心情十分愉快,而且,如果他说,他要规矩做人的话,那么,我们可以相信他,他会是这样的。

你们将会看到,他的规矩做人长达数周。然而,这在某种程度上仅仅只是一段宽限的日子。

从前，在天堂里生活着亚当和夏娃两个人。他们被主安置到这里，主还创造了动物和植物、天和地。而天堂便是那壮丽的伊甸园。这里长满了鲜花和树木，动物们四处玩耍，谁也不折磨谁。太阳升起又落下，月亮也是一样，这是天堂里一整天中唯一的快乐。

我们愿意这样高兴地开始。我们愿意唱歌、活动：小手啪嗒、啪嗒、啪嗒，小脚踢嗒、踢嗒、踢嗒，一回去，一回来，一点也不难。

弗兰茨·毕勃科普夫进入柏林

商业和手工业

 城市清洁和运输业

 健康事业

 地下工程

 艺术和教育

 交通

 储蓄所和城市银行

煤气厂

消防事业

金融和税务

公布施潘道桥 10 号的地皮计划。

　　现将必须受到持续限制的、位于柏林—中心所属地区的施潘道桥 10 号地产的房屋临街外墙安装圆花窗的计划连同附件列出，供各位审阅。在此期间，每个参与者可根据自身需要对该计划提出不同意见。所属地区的领导机构也有权提出异议。这些意见必须以书面形式交至地址设在柏林 C2 克罗斯特大街 68 号 76 室的中心区政府或者口述笔录。

　　——经警察局长同意，我已将有关在 1928 年下述时间内允许随时撤销懒人湖公园一带射杀野兔和其他有害鸟兽的决定转告狩猎承租人波提希先生：夏季从 4 月 1 日至 9 月 30 日 7 时以前，冬季从 10 月 1 日至 3 月 31 日 8 时以前，禁止射杀。特此通知。在所注明的射杀时间内进入相关地段将受到警告。市长为狩猎主任。

　　——皮衣加工师阿尔伯特·潘格尔担任名誉公务员的历

史可以追溯到大约三十年以前，鉴于年事已高、行动不便，他退出所在的代理区，放弃他的名誉职务。他在过去那段漫长的时间里坚持从事福利委员会主任以及福利工作者的工作，毫不间断。区政府在写给潘格尔先生的一封致谢函中称颂了他的功绩。

罗森塔尔广场人声鼎沸。

天气多变，以晴为主，零下一度。就德国而言，低压区在蔓延，它所控制的全部区域均结束了迄今为止的天气状况。气压目前发生的微小变化说明低气压正在缓慢南移，因此，未来天气仍将继续受到它的影响。日间气温可能比现在低些。柏林及其周边地区的天气预报。

68路电车沿途停靠罗森塔尔广场、魏腾劳、火车北站、疗养院、维丁广场、什切青火车站、亚历山大广场、斯特劳斯贝尔格广场、法兰克福大道火车站、利希滕贝格、赫尔茨贝格精神病院。柏林的三家交通运输企业，有轨电车、高架和地下铁路，公共汽车，实行统一收费。成人票价二十芬尼，学生票价十芬尼。十四周岁以下的儿童，学徒和学生，没钱的大学生，残废军人，行走严重不便者，凭各区福利局的证明乘车打折。你了解一下交通线路网。冬季月份前门不许上下车，三十九个座位，5918，谁要下车，及时吱声，严禁司机与乘客交谈，行车期间上下有生命危险。

罗森塔尔广场中央，一名男子拎着两只包裹跳下41路，一辆空载的出租车刚好同他擦肩而过，警察凝望着他的背影，一个有轨电车检票员冒了出来，警察和售票员互相握手：那家伙，拎着他的包，可真是太走运了。

批发各种果子烧酒，贝尔戈尔博士，律师加公证人，卢苦塔特，印度的大象回春术，弗洛姆的行动①，最好的海绵橡胶，要那么多的海绵橡胶干吗。

离开广场便是著名的布鲁隆大街，它向北延伸，通用电气公司位于街道的左边、洪堡林苑的前面。通用电气是一家巨型公司，根据1928年的电话簿它包括：电气照明及电力设备，中央管理，西北40，弗里德里希-卡尔-湖滨2－4，市内电话，长途电话局北部4488，决策机构，门卫，电值银行股份公司，灯泡分部，俄国分部，上施普雷数家金属厂分部，特雷普托的几家仪器工厂，布鲁隆大街的几家工厂，亨尼希斯多夫的几家工厂，绝缘材料厂，莱茵大街的工厂，上施普雷电缆厂，威廉米伦霍夫大街的变压器厂，卢美尔斯水库，西北87涡轮机厂，胡腾大街12—16。

英瓦利登大街向左边转。通往什切青火车站，来自波罗的海的火车都在那里进站：这些火车被煤烟熏得黢黑——这里的确是尘土飞扬。——日安，再见。——先生有什么要抬的，五十芬尼。——您可是休养得很不错呀。——啊呀，棕色褪得快。——那些人到处游玩，哪来的这么多钱。——昨天早上有对情人在一家地处昏暗街巷的小旅馆里双双开枪自杀，男的是德累斯顿的一个服务员，女的是有夫之妇，但他们没有如实登记。

罗森塔尔大街从南面并入广场。对面有阿辛格尔为人们提供食品和啤酒，音乐会和大面包房。鱼营养丰富，有些人很高兴有鱼吃，另有些人又不能吃鱼，你们吃鱼吧，那样你

---

① 商标名，是弗洛姆公司生产的一种避孕套。

们就会永远苗条、健康、朝气蓬勃。长筒女袜，真正的人造丝，您这儿有自来水笔，是很棒的金笔。

在艾尔萨斯大街，他们用栅栏把整个车行道都给围上了，只留出一条小水槽。建筑围栏的后面有辆蒸汽机正噗噗地喷气行驶。贝克尔-菲比希，建筑企业主股份公司，柏林西 35。施工声隆隆作响，翻斗车一直排到街角，那里坐落着商业和私营银行，储蓄银行 L，有价证券的保管，银行储蓄账户的存款。五个男子跪在银行门前，是工人，正将小块石头敲进地里。

在洛特林大街站，有四个人刚刚上了 4 路，两位中年妇女，一位忧郁简朴的男子和一个头戴软帽及护耳的小青年。两位妇女是一起的，是普绿克太太和霍培太太。她们要去为霍培太太，年纪较大的那位，买条腹带，因为她生就了爱得脐疝的毛病。她俩先去了布鲁隆大街的绷带商那里，然后打算去接她们的丈夫吃饭。那位男子是马车夫哈则布鲁克，他的痛苦来自一只电熨斗，这是他替他的老板买来的便宜旧货。人家把一只差的给了他，老板才试了几天，这玩艺儿便怎么也通不上电了，他得去换一个，那些人不愿意，他这已经是第三次坐车去了，今天他得再加付一点钱。那小青年，马可斯·卢思特，后来成为白铁工，另外七个卢思特的父亲，加入一家名叫哈利斯的公司，安装，格绿老一带的屋顶维修工作，五十二岁时在普鲁士分组抽奖中中了四分之一彩，不久退休并在要求哈利斯公司给予补偿的诉讼期间去世，终年五十五岁。他的讣告内容将是：我挚爱的丈夫，我们亲爱的父亲、儿子、兄弟、姐夫和叔叔，保尔·卢思特，因心脏病突发，于 9 月 25 日逝世，终年还不到五十五岁。

这一深表悲痛的通告以遗孀玛丽·卢思特的名义发布。葬礼过后的答谢辞如下：致谢！由于我们无法对你们的出席一一致谢，所以谨在此向所有亲戚、朋友，以及克莱斯特大街4号的各位租户和所有熟人一并表示我们最衷心的感谢。我们尤其要特别感谢戴能先生真挚的安慰。——此时的卢思特有十四岁，刚刚离开学校，应该是在去咨询处的路上了，那是专为语言有缺陷者、听力困难者、弱视者、弱智者和难以教育者而设置的地方，他已是那里的常客，因为他口吃，不过已经好转了。

罗森塔尔广场旁的小酒馆。

前边有些人在打台球，后面的一个角落里有两个男人一边吞云吐雾，一边喝茶。其中一个脸部松弛，头发灰白，身上罩着披肩："您开讲吧。可您得平和点，别那么坐立不安的。"

"您今天休想让我摸台球。我没有把握。"

他啃着一只干巴巴的小面包，没去碰茶。

"您根本就不该摸。我们坐在这里不是好好的嘛。"

"总是老一套。现在成了。"

"谁成了？"

另一个，年轻，浅色的金发，脸部结实，身体结实："当然也有我的份啦。您以为，就他们行？我们现在解决了。"

"换句话说，您出来了。"

"我跟经理说德语讲实话，他马上便冲我大发雷霆。傍晚就通知我从1号起被解雇。"

"有些场合是从来不该讲德语说实话的。如果您和那男人说法语，他就听不懂您的话了，那您就还在里边。"

"我还在里边呀，瞧您想到哪里去了。我这不刚来嘛。您以为，我会让他们轻松过关。每天，一到中午两点，我就露面让他们不好过：您只管相信我好了。"

"了不得，真了不得。我想，您结婚了。"

这一个用手支着脑袋："要命的是，我还没有告诉她，我没法告诉她。"

"事情说不定又会重新好起来的。"

"她怀孕了。"

"第二个？"

"是的。"

披肩里的那个把身上的大衣拉拉紧，对着另一个露出嘲讽的笑容，随后他点头说道："嗯，不错。孩子给人勇气。您现在可以把他要着。"

这一个向前挪了挪："我不能把他要着。有什么用。我背着一屁股债。分期付款没完没了。我不能告诉她。偏偏这节骨眼上把人撵出去。我习惯了秩序，而这家公司从上到下一片混乱。经理有自己的家具厂，我是否替制鞋部把订单收进来，在他原本就是完全无所谓的。就这么回事儿。你是车上的第五只轮子，多余。在办公室里闲站着问了又问：报价都出来了吗？什么报价？我去客户那儿究竟是为什么，我都告诉过他们六遍。你让自己显得可笑。他要么让部里停业，要么不停。"

"您喝口茶吧。目前他让您停了业。"

一位只穿着衬衣的先生离开台球桌走了过来，拍着年轻人的肩头说道："来一局？"

年长的那个替他搭腔："他挨了一记上钩拳。"

"台球对上钩拳有好处。"他随后便离开了。披肩里的那个品着热茶；不错，喝着加糖和朗姆酒的热茶听另一个人聊天。呆在这小店里真舒服。"您今天不回家去，格奥尔格？"

"没勇气，没勇气。我该怎么对她说啊。我没法面对她。"

"去吧，只管去吧，平静地面对。"

"您知道什么。"

这个一边用手指摆弄披肩边，一边将身子扑到桌上："您喝点，格奥尔格，吃点，您就别说了。这种事我懂的。这一切我都明白。您还是这么小的时候，我就已经为这种事跑断了腿。"

"可总该有人设身处地地替我想想。一个多好的位置，这下他们把什么都给毁了。"

"我曾经是首席教师。战前。战争爆发时，我已是现在这个样子了。那时候，这家小酒馆和今天的一样。他们没有招我入伍。他们不可能需要像我这样的人，用注射器打针的人。或者正确地说：他们招我入伍了，我想，我被打中了。他们当然拿走了我的注射器，还有吗啡。接着进工厂。我忍了两天，当时我还有些储备，滴剂，然后就是拜拜，普鲁士，我则进了疯人院。然后他们把我放了出来。嗯，我想说什么来着，然后学校也把我给开除了，吗啡，有时候是有些迷迷糊糊，刚开始时，现在不再这样了，可惜。嗯，那老婆呢？孩子？再见吧你，我亲爱的故乡。哎呀，格奥尔格，我还可以讲浪漫的故事给你听呢。"头发灰白的这个喝着茶，两手捧起杯子，慢慢地喝着，态度真诚，眼睛盯着杯里的茶："老婆，孩子：似乎这就是世界。我不后悔，我没感到内疚；人必须容忍现实，还有自己。人对他的命运要有耐心。我这人是不信命的。我不是希腊人，我是柏林人。您干吗要让这美好的茶水冷掉？您加点朗姆酒进去。"年轻人虽然把手举到了玻璃杯上方，但另一个把它推到一边，抽出兜里的一只小铁罐，替他从中倒了一点进去。"我得走了。谢谢。我得去走走，发泄一下怨气。""安安静静地呆在这里吧，格奥尔格，喝点儿，然后玩玩台球。只是别再添乱了。这是毁灭的开始。我回到家里，发现老婆孩子都不在了，只有一封信，说什么去西普鲁士娘家了等等，失败的生活，这样的男人和耻辱等等，我当时就拿刀在这儿给自己划了一道口子，左臂这儿，看上去像是一次自杀的尝试。永远不要耽误了学东西，格奥尔格；我以前甚至会说普罗旺斯话，而解剖学——我曾把肌腱当脉搏。方位至今都没怎么搞清楚，不过，也用不着再去管它了。一句话：痛苦，后悔，都是扯淡，我活着，老婆也活着，孩子也活着，她那里甚至还有更多的孩子出现，在西普鲁士，两个，我在远处发挥作用；我们都活着。罗森塔尔广场让我开心，艾尔萨斯街角的警察让我开心，台球让我开心。偶尔有人跑来说，他的生活改善，而我对女人一窍不通。"

金发的这个反感地看着他："您的确是个老朽了，克劳泽，这一点连您自己都知道。您算什么榜样。您把我想得跟您一样倒霉，克劳泽。您可是亲口对我说过，您给人当家教也填不饱肚子。我可不想就这样被葬送了。"灰白头发的这个将杯中的茶一饮而尽，和着披肩一起躺回到铁椅里，不无敌意地冲着那年轻人眨了一下眼睛，随即发出扑扑哧哧的声音，抽搐着大笑起来："不，不是榜样，在这一点上，您是对的。我从来没有要求过。我不是您的榜样。苍蝇，瞧啊，不同的角度。苍蝇跑到显微镜下，而且以为自己是匹马。苍蝇应该飞到我的望远镜跟前来。您是谁，先生，格奥尔格先生？您给我自我介绍一番：XY 公司的城市代表先生，鞋类商品部。不，您别开玩笑了。对我讲述您的烦恼，烦恼Kummer 这个词的首字母 K 是傻瓜 Kalbskopf 的 K，第二个字母 U 是胡闹的，粗野的胡闹、最最粗野的胡闹的 U，对，第三个字母 M 是胡说 Mumpitz 的 M。那您打错了，打错了，我的先生，完全打错了。"

一个年轻姑娘走出 99 号，马林多夫，利希腾拉德水库，腾珀尔霍夫，哈勒门，海德维希教堂，罗森塔尔广场，巴德大街，塞俄大街和托果大街拐角，星期六至星期日的夜间，乌弗尔大街和腾珀尔霍夫之间，弗里德里希·卡尔大街，继续运营，十五分钟的间隔。这是晚上 8 点，她的腋下夹着乐谱垫，她把羊皮衣领高高竖起，在布鲁隆大街—魏茵贝格路拐角处徘徊。一名身着貂皮大衣的男子同她搭话，吓了她一跳，赶紧走到另一边。她站在高高的路灯下面，观察对面的拐角。一位身材矮小、戴副角边眼镜的中年绅士在对面出现，她马上跑了过去。她咯咯地笑着同他并肩而行。他们沿着布鲁隆大街往上走。

"我今天不可以太晚回家，真的，不行。我根本就不该来的。可你硬是不让我打电话。""是的，除非意外，非打不可。办公室里耳目太多。是为你好，孩子。""是的，我害怕，可千万别露馅了，您肯定没告诉任何人。""肯定。"
"爸爸，如果他听到什么，还有妈妈，哦，上帝。"中年绅士
欢快地挽住她的胳膊。"不会露馅的。我没对人说一个字。
你在课上学得好吗？""肖邦。我演奏小夜曲。您懂音乐
吗？""当然，如果有必要的话。""如果我会了，我想给您
表演一下。可我怕您。""哟嗬。""是的，我总是怕您，有
点儿，不是很怕。不，很怕谈不上。可我不需要怕您呀。"
"一点也不。竟有这事。可你已经认识我三个月了。""我本
来也只怕爸爸。如果事情露馅的话。""姑娘，你这就可以
晚上独自出来走走了。你又不是三岁小孩。""我每次都对
妈妈说过了。而且我现在出来了。""我们走，敏感的小女
人，去适合我们的地方。""您可别对我说小女人。我对您
说这个，只是为了——顺便说说而已。我们今天能去哪儿？
我9点必须回家。""这上面。已经到了。住着我的一个朋
友。我们可以无拘无束地上去了。""我害怕。没有人看见
我们吧？您先走。我一个人在后面跟着。"

　　他们在上面相视而笑。她站在墙角里。他脱下大衣和帽
子，她让他拿走自己的乐谱垫和帽子。然后她跑到门边，咔
嚓一声关掉电灯："今天时间可不长，我时间很少，我得回
家，我不脱衣服，您别弄疼我了。"

弗兰茨·毕勃科普夫开始寻找
人必须挣钱，没钱人不能活。
谈论法兰克福陶器市场

　　弗兰茨·毕勃科普夫和他的朋友梅克一道找了张桌子坐

下，那里已经坐了几个爱嚷嚷的男人，耐心等待会议的开始。梅克解释道："弗兰茨，你别去领失业救济金了，也别去工厂，土方作业天气太冷。做生意，这是最好的办法。在柏林或乡下。你可以选择。这可以维持生计。"服务员喊道："小心，把头让开。"他们喝自己的啤酒。这时他们的头上响起了脚步声，温舍尔先生，二楼的管理员，跑到急救值班室，他的老婆昏过去了。梅克重新解释道："我叫戈特利布，千真万确，你看看这儿这些人。瞧他们那模样。他们是不是没吃饱啊。是不是都不是规矩人哪。""戈特利布，你知道，我不许别人和我开有关规矩的玩笑。说真话，这是不是一个正派的职业？""你自己看看这些人，我不说什么。好极了，你倒是看看他们呀。""一种规规矩矩的生活，重要的是，一种规规矩矩的生活。""这是最规矩的了，这里所有的。吊裤带，长筒袜，短袜，围裙，可能还有头巾。利润在于购买。"

　　一驼背男人在讲台上谈论法兰克福博览会。对外地派人参加博览会的警告不够强烈。博览会设在一个污浊的广场上。尤其是陶器市场。"女士们先生们，尊敬的同行们，参加过上周日法兰克福陶器市场的人，将可以和我一同提议，不能对观众指望这个。"戈特利布捅了捅弗兰茨："他在说法兰克福陶器市场。你可别去那儿。""没事，是个好人，他知道他要什么。""了解法兰克福仓储广场的人，不会再去第二次。这是毫无疑问的了。肮脏透顶，泥泞不堪。我想进一步提议，法兰克福市政府给自己留了时间，直到限期的前三天。然后它说了：仓储广场给我们，不是平时的市场广场。为什么，我想给同行们透透风：因为周市在市场广场举行，如果我们还来的话，就会扰乱交通。法兰克福市政府的这种做法真是太不像话了，这无异于当头一棒。扯出这种理由来。周市已经占了四个半天了，那我们就该走？为什么偏偏是我们？为什么不是卖菜的和卖黄油的？法兰克福为什么不建一座室内市场？水果、蔬菜和食品商贩也和我们一样受到市政府的恶劣对待。我们大家都得忍受市政府的失策之苦。不过现在就叫它结束。仓储广场上的收入一直很低，根本不是那么回事，不值得。又肮脏，又下雨的，没人来。在那里呆过的同行们，大部分都没有挣到能推着自己的车离开广场的钱。道路费，摊位费，等候费，用车运来，用车运走。也罢，我想在全体公众面前明白无误地提议并呈递上去，法兰克福的厕所现状令人难以启齿。去过那里的人，谁没有亲身体会。这样的卫生状况不配为一座大城市，而公众必须对此进行严厉批评，在他们力所能及的地方。这样的状况不能把参观者吸引到法兰克福来，从而损害商贩们的利益。再加上狭窄拥挤的摊位，比目鱼似的一个挨着一个。"

董事会也因为至今未采取任何行动而遭受攻击，讨论过后，一致通过以下决议：

"商贩们感到，把博览会移至仓储广场犹如当头一棒。商贩们的商业成绩已经大大地落后于上几届博览会。仓储广场用作博览会广场是绝对不合适的，因为它远远容纳不下博览会的参观人数，而在卫生方面简直令人替奥德河畔的法兰克福市惭愧不已，且不说，一旦发生火灾，商贩们恐怕会连同他们的货物一起丧命了。与会者希望市政府把博览会移回市场广场，因为这才是维持博览会的保障。与会者同时恳请降低摊位费，因为他们没有能力在现有的条件下履行，即使

只是大致地履行他们的义务，从而沦为该市福利事业的
负担。"

弗兰茨被那演讲人深深吸引。"梅克，这才是个演讲
家，是条汉子，生就闯世界的料。""上去会会他，说不定能
捞点好处。""这你可就不知道了，戈特利布。你要知道，是
犹太人帮我摆脱了困境。我进了院子，唱着《莱茵河守卫之
歌》，脑子里是一片混乱。这时是犹太人让我得到解脱，还
讲故事给我听。言语倒也真的挺管用，戈特利布，就是一个
人说的话。""那个波拉克，那个斯特凡的故事。弗兰茨，你
可真有点异想天开。"这一个耸了耸肩膀："戈特利布，异想
天开来，异想天开去的，你把自己换到我的位置上，然后再
说话。台上那人，那驼背的小个子，就是好，我给你讲，就
是棒，棒极了。""行，我没意见。你最好还是关心关心做
生意吧，弗兰茨。""我会的，一切都会来的，一个接着一
个。我的确不反对做生意。"

他拐弯抹角地挤到驼背那里。虔诚地向他询问。"您要
干什么？""我想打听一下。""再不讨论了。已经完了，现
在结束了。我们也够了，到此为止。"驼背十分刻薄："您到
底想要干什么？""我——刚才这里讲了好多法兰克福博览会
的事，您干得漂亮极了，棒极了，先生。我就只想亲口告诉
您这个。我完全同意您的意见。""我很高兴，同行。请问
尊姓大名？""弗兰茨·毕勃科普夫。您是如何办事，又是
如何把它交给法兰克福人的，我都很高兴地看到了。""是
给市政府。""棒极了。您出色地把它熨平了。他们不会对
此吱声的。您再也用不着坐到这张椅子上去了。"小个子收
拾好他的纸片，从讲台进到烟雾缭绕的大厅："不错，同

行，很不错的。"弗兰茨满面红光，像个仆人似的跟在他的后面。"您不是还想打听什么吧？您是会员吗？""不是，很抱歉。""您可以马上在我这儿办手续。您一起到我们这桌来吧。"弗兰茨在董事会长桌的下首落座，挨着那些通红的脑袋，喝酒，问候，手里得到一张证书。他答应下个月一号缴齐会费。握手。

他远远地就拿着那张纸片冲梅克招手："是啊，我是会员。我是柏林东组的成员。你可以念念这儿，这儿写着：柏林东组，帝国协会，这叫什么来着：德国流动经营者。正派的事情，怎么样。""那你算什么，纺织品商贩？这儿写着纺织品。从什么时候开始，弗兰茨？你的纺织品都是些什么呀？""我根本就没说过纺织品呀。我说的是长筒袜和围裙。他坚持要，纺织品。反正无关紧要。我1号才交钱呢。""行了，龟儿子，首先，要是你现在做瓷盘，或者厨房用桶，或者没准儿搞起牲畜的买卖，就像这里的这些先生那样：先生们，这个人给自己拿到一张纺织品的会员证，而他说不定做的是牛的生意，这不是胡闹吗？""我劝你别做牛生意。牛太不景气了。您做小家畜吧。""可他实际上还没开始做任何生意。真的。我的先生们，他只是一个劲儿地闲坐在这儿想呢。您也可以对他说，是的，弗兰茨，您去卖捕鼠器或者石膏头得了。""如果有必要的话，戈特利布，如果能活命的话。就是捕鼠器不行，因为药店的老鼠药竞争太大，不过石膏头嘛：为什么不该把石膏头弄到那些小城市里去呢？""得，您瞧：他给自己拿的是一张围裙证，却要去卖石膏头。"

"戈特利布，肯定不是，先生们，你们确实有道理，但你也不必把此事歪曲成这个样子。对一件事情也应当作出正确的说明，显示出它的长处，就像那个小矮子驼背处理法兰克福一事那样，这正是你没有用心去听的地方。"因为我和法兰克福没有任何关系。而且这些先生也没有。""好的，戈特利布，不错，先生们，也没有什么可责备的，我只是为我个人、鄙人我自己，用心去听而已，那也的确很不错，他阐明所有的事情，冷静，但很有力量，用他那微弱的声音，他的肺的确不大好，但一切安排得井井有条，决议紧接着产生，每一点都干净利落，是件正经的事情，是个有头脑的人，心细得连他们不喜欢的马桶都想到了。我还和犹太人相处过，这你是知道的。先生们，两个犹太人，在我，在我很不舒服的时候，用讲故事的办法，帮助过我。他们与我说话，那都是些规矩人，我根本不认识他们，然后他们给我讲了个波兰人、或者是这一类的故事，那仅仅只是一个故事而已，不过也不赖，对处在当时那种情况下的我很有教益。我当时想：白兰地也应该行的。可天知道。后来我又重新精神抖擞地站了起来。"有个牲口贩子吞云吐雾地咧嘴嘲笑道："那您的脖子大概事先就已被一块沉甸甸的石头砸过吧？""别开玩笑，先生们。此外您也是对的。那是一块很大的石头。您在生活中也会碰到的，碎砖块雨点般地落到您的头上，让您两腿发软。每个人都有可能碰到的，这样的不幸。那双膝发软之后做些什么呢？您在街上乱跑，布鲁隆大街，罗森塔尔门，亚历山大。您有可能碰到的，您四处乱跑，却说不出街道的名字来。当时是聪明的人们帮助了我，告诉我并给我讲故事，有头脑的人们，事后您就知道：人可不该对金钱或者白兰地或者几个小钱的会费指望过高。重要的是，有头脑，会运用它，知道自己周围发生的事情，不至于马上惊慌失措。那样的话，一切就不会显得那么严重了。事情就是这样，先生们。这就是我的感受。"

"先生，也算是同行吧，让我照这种方式喝上一杯。为我们的协会干上一杯。""为我们的协会，干杯先生们。干杯戈特利布。"这一个大笑不止："哎，问题一直没有解决呢，你要从什么时候开始缴你的会费，下月1号？""年轻的同行，您现在有了一张会员证，是我们协会的一员，您到时候也留意一下，协会也会帮助您获得像样的收入的。"牲口贩子们大笑着和戈特利布打赌。其中一个牲口贩子："您带上证件到迈宁根去一趟，下周有集市。我届时会站到右边去的，您对面左边，我倒要看看，您的店子如何运转。你想啊，阿尔伯特，他有证，又是协会的会员，且站在他的小店里。他们在我这里喊道：维也纳小香肠，正宗的迈宁根茨瓦克尔①，而他则在对面吼叫：招呼招呼，还没来过，协会成员，迈宁根市场的头号大新闻。于是人们蜂拥而至。雅各布，雅各布，你是怎样的一个笨蛋哟。"他们用拳头敲击桌面，毕勃科普夫也跟着。他小心翼翼地将那张纸片塞进胸前的口袋里："一个人如果要跑路的话，就会给自己买双鞋。我还一点也没说过呢，我要去做赚钱的好买卖。我现在可是一点也不笨呀。"他们起身离去。

在街上，梅克和那两个牲口贩子激烈地争论起来。两个牲口贩子所代表的是他们其中一人进行诉讼时的观点。他在

---

① 拟为当地出产的一种小面包，现已失传。

边界地带做了牲口交易，但他只有权在柏林做交易。一个竞争对手不久就在一座村子里和他撞了个正着，并到警察那里去把他给告发了。然而，这两个一同出游的牲口贩子，随后便把事情巧妙地扭转过来：被告在法庭上辩解，说他只不过是另一个的陪同，并受另一个之托处理一切事宜。

牲口贩子们解释道："我们不付钱。我们发誓。现在开始在地方法院发誓。他发誓说，他只不过是我的陪同，而且他已经当过多次了，他对此起誓，随之锵的一声。"

梅克此时已经气得不能自制，他紧紧抓住两个牲口贩子的大衣不放："果不其然哪，你们两个疯子，你们应该回傻瓜村去。你们将来还会在这样一件愚蠢的事情上发誓的，正中那无赖的下怀，好让他把你们完全弄进去。这非要登报不可，法庭居然支持这样的事情，这不是秩序，那些戴着单片眼镜的先生。但我们现在开始审判。"

第二个牲口贩子坚持道："我发誓，行了吧，难道不是吗？难道付钱，三级审判，那无赖会觉得开心？一个嫉妒鬼。我这里的烟囱，免费排放。"

梅克用拳头擂着自己的额头："德国傻瓜，你应该陷进泥潭，你的处境很糟。"

他们同两个牲口贩子分手，弗兰茨挽住梅克的胳膊，他们独自穿过布鲁隆大街。梅克冲着牲口贩子的背影威胁道："这两个家伙。应对我们的不幸负责。全体人民，所有人的不幸，都应由他们负责。""你说什么，戈特利布？""他们是胆小鬼，不敢向法庭举起拳头，胆小鬼，全体人民，商贩们，工人们，穿过银行。"

梅克突然停下脚步，站到弗兰茨面前："弗兰茨，我们必须一起谈谈。否则我就不能让你陪着我。决不。""那好，开始吧。""弗兰茨，我必须知道，你是谁。看着我的脸。在这里用每一句诚实的话告诉我，你在这儿，在特格尔，已经尝到了滋味，你知道，什么是法律和正义。那么，法律也必然永远是法律。""确实如此，戈特利布。""那么，弗兰茨，说真话：他们在郊外给你弄了一绺什么样的鬈发呀？""这尽可以放心。你可以相信我：如果你头上长角，你就让它们美美地呆在外面。在我们那儿，他们读读书，学学速记，然后下象棋，我也下了。""你还会象棋？""嗯，我们就继续敲我们的斯卡特①，戈特利布。也是，你闲坐在那儿，没有很多的脑筋去思考，我们运输工人更多的是力气，等到有一天你会说：该死的，别和那帮人搅在一起，走你自己的路。别去碰那帮人。戈特利布，对我们这样的人，法警和政治又有什么用？我们在外面有过一个共产主义者，他比我胖些，一九年那会儿就在柏林参加活动了。他们没有抓住过他，但那人后来变得有理智了，认识一个寡妇后就一心帮她做生意去了。你瞧，多精明的小伙子啊。""那他是怎么到了你们那里的呢？""大概是企图做黑市生意吧。我们在外面一直是抱成一团的，谁要是去告了密，他就会挨揍的。不过最好不和别的人沾边。这是自杀。还是顺其自然吧。永远正派，永远独行。这就是我的誓言。"

"这样一来，"梅克说着并拿眼睛死死地盯住他，"那大家真的都可以拉倒不干了，你这样做真是胆小如鼠，我们都会因此毁灭的。""谁愿意，只管拉倒不干好了，这不是我们

---

① 德国人爱玩的一种牌。

操心的事。""弗兰茨，你就是个胆小鬼，我就不改口。你这样会自食其果的，弗兰茨。"

弗兰茨·毕勃科普夫沿着英瓦利登大街一路溜达下来，他的新任女友，波兰人莉娜，与他同行。在肖瑟恩大街拐角处有一家设在走廊上的报亭，那里站着一些人，喋喋不休地闲扯。

"注意，不要站在这里不走。""看看图片总该可以吧。""您倒是买呀。您别把过道给堵了。""笨蛋。"

旅游增刊。当这段介于雪花飘扬的冬日与白桦嫩枝的新绿之间的令人不悦的时光在我们寒冷的北方来临之际，我们满怀——千年古老的冲动——向往阿尔卑斯山彼岸那阳光灿烂的南方，向往意大利。能够服从这一漫游本能的人们，该是多么的幸福。"别对这些人发火。您看看这儿，现在的人怎么变得这样粗野：这家伙在环城铁路里袭击人家女孩子，为了五十马克把她打了个半死。""为此我也会这样干的。""什么？""您知不知道，您，五十马克是什么。您根本就不知道，五十马克。对像我们这样的人，这可是一大笔钱哪，一大笔，您啊。那好吧，等您知道了五十马克是什么之后，我再继续和您说话。"

帝国首相马尔克斯关于宿命的演讲：什么应该来临，根据我的世界观，这在于上帝的天命，上帝对每一个民族都有确定的意图。在它面前，人造之物永远都是不完整的。我们只能以合乎我们信仰的方式，竭尽全力地不懈工作，因此，我将忠诚地履行我现在所占据的这一位置的职责。尊敬的先生们，我最后衷心地祝愿你们，在辛勤而忘我地致力于美丽的巴伐利亚的繁荣的工作中取得成功。祝你们在今后的奋斗中走运。好好地活着吧，就像你现在这样，当你死去的时候，我希望你已经享尽天下美食，不枉活一场。

"您现在大概念完了吧，先生？""怎么了？""也许我该把这张报纸从夹子上拿下来给您？有过那么一位先生，叫我给了他一把椅子，好让自己可以舒舒服服地看。""难道您把您的画片挂出来，仅仅只是为了它们——""我用我的图片作何打算，是我自己的事，与您无关。您又不会给我的摊位付钱。我可不需要那些尽吃白食的货色站在我的摊子前晃荡，他们只会吓跑人家的顾客。"

脱下，靴子也该送去让人刷刷了，可能在弗略伯街的那棵棕榈树①里睡觉呢，上电车。那人肯定用的是假车票或者留了一张没用，那家伙有这个企图。如果他们逮住他，他就输掉了那张真的。尽是这些吃白食的，已经又有俩了。我过几天就把栅栏装上。得吃一下早点了。

弗兰茨·毕勃科普夫头戴圆顶硬礼帽漫步而来，胳膊上挽着浑圆的波兰女郎莉娜。"莉娜，眼睛向右，往那走廊里面看。这天气对失业的人不合适。我们看看画片。多美的图片，可这里有穿堂风。同行，说说，你的生意怎么样。呆在这里真的会把人冻死的。""本来就不是暖和的接待室。""莉娜，你想站在这劳什子里？""走吧，那家伙笑起来下流得很。""小姐，我的意思只是说，如果您就这样站在走廊里卖报纸的话，可能会让一些人高兴的。来自温柔之手的服务嘛。"

---

① 柏林市立流浪者收容所设在弗略伯大街 15 号。

寒风一阵阵刮起，报纸在夹子下飞舞。"同行，你得在这外面撑把伞。""免得人家看。""到时候你给自己装块薄玻璃。""走吧，弗兰茨。""哎，等会儿。一秒钟。那男的在这儿站了好几个小时也没被风吹倒。不能太娇气了，莉娜。""不，是因为他那副冷笑的样子。""我脸上就是这个表情，这副尊容，小姐。我对此毫无办法。""这人一直在咧嘴冷笑，你听啊，莉娜，这可怜的家伙。"

弗兰茨把头上的礼帽向后推了推，眼睛看着卖报人的脸，止不住脱口而出，大笑起来，莉娜的手攥在他的手里。"他确实毫无办法，莉娜。他这可是吃娘奶的时候就有了的，你知不知道，同行，你在冷笑的时候，脸上是副什么样子？不，不是这样，如果你像先前那样笑呢？你可知道，莉娜。就好像他躺在他妈怀里吃奶，而那奶却变成了苦味。""这在我这儿是不可能的。他们是用奶瓶喂的我。""讨厌的胡闹。""同行，你说说，你这生意挣多少？""红旗，谢谢。同行，让那人过去一下。让开，箱子。""你挤在这儿倒挺美气的。"

莉娜拉他离开，他们沿着肖瑟恩大街一路向下，来到奥拉林堡门。"这事对我倒挺合适的。我不会那么轻易就得感冒的。只是呆在走廊里等得烦人。"

两天后，天气变暖，弗兰茨卖掉自己的那件大衣，穿上加厚的、也不知莉娜从哪儿弄来的内衣，站在罗森塔尔广场边上，法比施的服装店前，法比施公司，精美的男装定做，纯正的工艺和低廉的价格是我们的产品特色。弗兰茨大声叫卖领带夹：

"为什么在西方文雅的男人戴蝴蝶结而无产者却不戴呢？诸位女士先生，您只管走近些，小姐，您也是，和老公一起来，允许青少年入场，这里对青少年不再收费，无产者为什么不戴蝴蝶结？因为他不会打它们。所以，他非得给自己买只领带夹不可，而他买了它之后，他又很为难，他这下连领带也不会打了。这是欺骗，这令人民痛苦，这还促使德国在不幸的泥潭里陷得更深。举个例子说吧，为什么人们都不戴这些很不错的领带夹呢？因为他们不愿意把这些铲垃圾的玩意儿系在脖子上。男人女人都不愿意这样，甚至连婴儿，如果它能够开口答话的话，也不愿意这样。不要取笑，诸位，您可别笑，我们并不知道，孩子那可爱的小脑瓜里都在想些什么。啊，小神仙，这可爱的脑袋瓜儿，多么可爱的脑袋瓜儿，还有那细细的茸毛，不是吗，美得很，可计算抚养费的时候，就没有什么好笑的了，只会让人发愁犯难。您到蒂茨或维尔特海姆去给自己买这样的领带，要么，如果您不想买犹太人的东西，您就去别的什么地方。我是雅利安人。"他把礼帽高高举起，金色的头发，两只红红的招风耳，一双欢快的公牛眼。"那些大商场没有理由让我来替它们做广告，它们没有我也能活。您买我这儿的领带，然后想想，您每天早上该怎么系它。

　　"诸位女士们先生们，如今谁还有时间每天早上给自己打领带，谁都宁愿让自己多睡上一分钟的觉。我们大家需要很多的睡眠，因为我们必须干很多的活儿却挣得很少。一只这样的领带夹会使您更加轻松地进入梦乡。"它同药店竞争，因为谁买了我这里的这种领带夹，他就不需要安眠药和催眠酒以及任何东西了。他就像母亲怀里的孩子，不用摇晃就能睡着，因为他知道：早上不必紧张匆忙了；他需要的东西已经完全准备好了，就放在梳妆台上，只用把它往领子里面一塞就行了。您为很多一钱不值的东西花钱。去年您看见那些个骗子，在鳄鱼①里，前边是热气腾腾的粗香肠，后边却是强尼②躺在了玻璃箱里，嘴上糊满了酸泡菜，难以下咽。这个你们每一个人都看过了，——您尽管靠拢些，我也好爱惜爱惜自己的嗓子，我的这一票还没有保障，我的第一笔款子还没交呢——强尼躺在玻璃箱里的情形，这你们都看到了。可他们是如何暗中往他口里塞巧克力的，你们却没有看到。您在这儿买的是诚信的商品，它不是赛璐珞的，它是用橡胶碾压而成的，一个二十芬尼，三个五十。

年轻人，您快离开车行道，否则您让车给撞了，事后谁来收拾这堆垃圾呢？我将告诉您，如何打领带，但用不着拿着木槌往您头上敲。您马上就会明白的。您从这边捏住这儿三十到五十厘米，然后把领带叠起来，但不是这样的。这看上去就像一只被压扁了的臭虫紧贴墙壁，一只打屁虫，文雅的人是不会戴这种玩艺儿的。那就由您来买我这玩艺儿吧。要节省时间。时间就是金钱。浪漫已经一去不复返了，我们大家今天都必须估计到这一点。您不可能每天都在自己的脖子上慢悠悠地拉扯这块跟狭长的煤气管不相上下的布片，您需要这件精致的成品。您过来看看，这是您过圣诞的礼品，这符合您的口味，诸位，这对您的

①　柏林的一家酒馆。
②　流浪艺人，因行骗受到起诉。1928 年 10 月 15 日的《柏林日报》有相关报道。

健康有益。如果说道威斯计划①还给您留下了点儿什么的话，那就是帽子下面的脑袋，而脑袋肯定会对您说，这东西适合您，您把它买下带回家去，这会让您得到安慰的。

诸位女士先生，我们需要安慰，所有跟我们一样的人都需要，而我们要是愚蠢的话，我们就会到小酒馆里去寻找它。理智的人光是为了钱袋，也不会这么做的，因为，今天的小酒馆老板从桶里放出什么样的劣质酒来卖，说起来令人发指，而好的又很贵。因此您买这玩艺儿吧，把狭长的一条从这里塞进去，您也可以要宽的，就像那些搞同性恋的男孩，在他们出门的时候，把它们戴在脚上，您从这儿拉过去，现在您抓紧这一端。德国男人只买实在的商品，您在这儿就能买到。

莉娜回敬那些搞同性恋的男孩

但是，弗兰茨·毕勃科普夫并不因此而满足。他眼珠一转。他和大大咧咧、却很热心的莉娜一道，观察亚历山大和罗森塔尔广场之间的街道生活，并决定做买卖报纸的生意。为什么？人家给他介绍过有关情况，莉娜可以帮忙，这事情适合他做。去一下，来一下，转个圈，一点也不难。

"莉娜，我不会说话，我不是那种能当着大伙的面演讲的人。要是我叫卖什么东西的话，人家懂是懂，可言语用得

---

① 1924 年 8 月伦敦赔款大会通过协议，鉴于德国的支付困难，对德国的战争赔款进行了新的调整。该协议以美国银行家、后来的副总统查尔斯·道威斯的名字命名。

并不是很恰当。你知道，什么是精神吗？"不知道，"莉娜充满期望地瞪圆眼睛看着他。"你瞧瞧那些站在亚历山大上的，还有这儿的这些小青年，他们全都没有精神。那些开小饭馆的、推小车的，也是什么都不是。他们很精明，是很精明的弟兄，生气勃勃的小伙子，你只管跟我说好了。可你想想，那些在帝国大厦演讲的人，俾斯麦或倍倍尔，他们现在什么都不是的了，哎，他们就有精神。精神，这就是有头脑，不光只是这样的脑袋。这些软弱的脑袋瓜子全都休想在我这儿捞到点什么。演讲家，什么叫做演讲家。"你就是，弗兰茨。""你只管跟我说好了，我和演讲家。你知道，谁是演讲家吗？怎么样，你不会相信的，你的女房东。""那个施温克太太？""不，早先的那个，我从那里，从卡尔大街把东西取了回来。""马戏团附近的那个。你不必和她一般见识。"

弗兰茨神秘兮兮地向前俯下身子："那可是一个女演讲家，莉娜，标准得很。""绝对不行。来到我屋里，我还没有起床，只为了一个月，就要把我的箱子拎出去。""很好，莉娜，听着，她做得并不漂亮。而我当时在上面问她，箱子是怎么回事的时候，她就一发而不可收拾了。""我知道她的那些鬼话。我压根儿就没去听它。弗兰茨，你不必去上这种人的当。""我告诉你，一发而不可收拾了！莉娜，从法律条款讲起，法典，民法的，她是如何替她那死去的老头子奋力争取养老金的，当时那个老苦役正好中了风，这可是同战争没有任何关系的。打什么时候开始中风和战争有关了。这是她自己说的。但目的达到了，用她的头脑。这女人有精神，胖子。她想要什么，就去实现它，这不只是为了要赚几个芬尼。你是什么人物，这里就看得出来。这里有空气供你呼吸。哎呀，我至今还在惊奇不已。""你至今还在往她那上面跑吗？"弗兰茨用两手示意道："莉娜，你上她那儿去一趟吧。你要去取一只箱子，11点你准时到那儿，12点你打算做点什么，1点差一刻你还在那儿。她讲啊，对你讲啊，你还是没能拿成箱子，说不定你过后就走掉了，箱子却没拿。她真能说。"

他在桌面上方沉思，一只手指在一小摊洒落的啤酒里划拉："我随便找个地方申报，我做报纸买卖。这是个事儿。"

她一直不言语，有些生气。弗兰茨做他想要做的事情。一天中午，他站到了罗森塔尔广场边上，她给他送来夹着肉和黄油的面包片，接着，他在12点钟的时候溜走，把装有挂架和纸板的箱子往她怀里一塞，转身打听报纸的行情去了。

首先是一位上了年纪的男子，在奥拉林堡大街前面的哈克申广场边上，建议他留心性的启蒙。当前正在大力推行这个，而且走势很好。"什么是性启蒙？"弗兰茨问道，并不是很喜欢。白头发指着他的广告牌："嘿，先看，你就不会问了。""这是裸体的女孩子，画的。""别样的我没有。"他俩同时不停地抽闷烟。弗兰茨站着，好奇地把画片从上看到下，对着空气吞云吐雾，那人的目光从他身上扫过。弗兰茨直视着他："说说，同行，这让你很开心，这儿的这些姑娘，还有这些图片？欢笑着的生活。所以有人现在就画上一个裸体姑娘和一个小小女孩儿。她现在要和这个小小女孩干什么，在楼梯上。令人怀疑。打扰你了吧，同行？"这一个坐在折叠椅里虔诚地呼出一口气，随即倒吸一口："有些蠢驴，跟钟塔一般高，就像那些正宗的骆驼，青天大白日的中午跑到哈克申广场闲转，站到你面前来，你要是倒霉的话，他们还会喋喋不休地胡扯一通。"当白头发沉默的时候，弗兰茨从夹子上给自己拿了几本："可以吧，同行。这叫什么，费加罗。这个呢，婚姻。而这个是理想婚姻。这又是与婚姻不同的别的什么了。女人之爱。分别拥有一切。这样的确能够弄到不少信息。如果能追加点钱的话，可是贵得吓人。而且还多出一个钩子。""我倒想知道，这里应该多出怎样的一个钩子才算合适。这里一切都是允许的。这里什么都不禁止。我卖什么，我是有许可证的，那上面可没有钩子。这种事我是不会去管的。""可以告诉你，也只想告诉你，瞅画片一点好处都没有。我对此深有体会。这让一个人堕落，是的，这让你失败犯错。从瞅画片开始，然后，如果你愿意，你就会站在那里，再以后自然的方式就不行了。""我不明白，你这是什么意思。但别往我的册子上吐唾沫，值好多钱呢，不要老是在封面上摸来摸去的，念念这儿：单身一族。什么都有，专门讲这个的杂志。""单身一族，可不，难道不该有他们吗，我反正也没有和那波兰女人莉娜结婚。""你瞅，是这样吧，这儿：都写些什么，是不是不对，只是一个例子：想要通过合同解决两位丈夫的性生活，宣布法律所规定的与此相关的婚姻义务，这意味着最为残忍的、令人尊严丧失殆尽的奴役，简直是闻所未闻。怎么样？""什么怎么样？""嗯，同意还是不同意？""我没碰到过。一个女人，向别人提出这种要求，不，这种事情，这种事情真的可能吗？有这事儿？""你自己看嘛。""嗯，了不起。应该叫她来找我。"

弗兰茨大惊小怪地把那句话又念了一遍,这下他吓得跳了起来,他拿给白头发看:"瞧,这儿往下:为此我想举出德安奴恩齐诺①书中的一个例子,情欲,注意,那流氓头子就叫德安奴恩齐诺,是个西班牙人或者意大利人,或来自美国。这个男人满脑子想的全是他那远方的情人,以至于他在同另一个作为替代物的女人一夜销魂之时,不由自主地把那真情人的名字扔在了脑后。这时钟敲响了十三点。不,喂,同行,做这种东西,我可不想加进来。""首先,在哪儿写着呢,拿过来。""这儿,作为替代物。拿生胶作橡胶。用甘蓝代替正餐。你听说过吗,一个女人,一个姑娘,作为替代物?给自己另外找一个,因为他的那个正好不在,新来的发现了,然后又没事了,她也许不该唧唧喳喳?这个西班牙人,竟然让人把这种事情印成书。我要是排字工,就不会印。""哎呀,别那么过分嘛。你可不要以为,就在这儿,哈克申广场边上的人堆里,凭你那点智力就能弄明白,这样一个,一个正儿八经的作家,而且又是个西班牙人或意大利人,他所说的意思。"

弗兰茨继续往下念:"一片巨大的空虚和沉默随即充塞了她的灵魂。这真是要把人逼上树啊。就让他来愚弄我好了。叫他来吧,随便从哪儿。空虚和沉默是从什么时候开始的。那我也可以有发言权,和他一样多,那里的姑娘也不见得跟别的地方的姑娘有什么不同。我就曾碰到过一个,她已经有所觉察,我记事本上的地址,你会以为:她有所觉察并

---

① 德安奴恩齐诺 (1863—1938),意大利性爱作者,著有小说《情欲》。

随即沉默？你表面看上去是这样，你这下了解女人了，我的老弟。你真该听听她说的话才是。整座房子都是尖叫和吵闹。她就这样大声咆哮。我根本没法告诉她事情的真相。她一刻不停，好像插在了铁杆上似的。有人闻讯而来。我总算得以脱身。""哎呀，你真的什么都没发现，两件事情。""哪两件？""要是有人从我这里拿走报纸，他就是买它，保存它。就算上面写着污七八糟的玩艺儿，那也不打紧，他本来就只对图片感兴趣。"弗兰茨·毕勃科普夫的左眼对此表示反对。"而除此之外我们还有女人和友谊，她们可不是胡说，她们在斗争。是的，为人权。""她们到底哪儿不舒服了？""175 条，如果你还不知道的话。"今天正好有一场报告，在兰茨贝格大街，亚历山大广场，关于德国每天都有一百万人遭受不公正待遇的情况，弗兰茨倒是可以在那里听到一些。恐怕人人都会感到毛骨悚然的。那男人还把一叠旧杂志塞到他的腋下。弗兰茨一声长叹，两只眼里的目光落到自己怀里那大大的一捆上；是的，他会来的。我本该在哪儿，我就真的去哪儿，管它是不是拿这种杂志做买卖。那些发情的男孩，眼下人家把这东西堆到我身上，我就应该把它拿回家去看看。那些毛头小子的确叫人同情，可他们又关我啥事。

他带着那一大堆污七八糟的东西离去，这种事情在他眼里显得十分肮脏，所以他对莉娜只字未提，傍晚的时候就把她打发走了。那卖报纸的老头把他塞进一个小小的礼堂，里面几乎是清一色的男人坐在一起，大都很年轻，即使偶有几个妙龄女子，那可也是配对成双的。在长达一个小时的时间里，弗兰茨一言不发，躲在他的帽子里，咧着嘴没少冷笑。10 点过后，他再也控制不住自己了，他不得不溜了出来，这种事情和这些人儿太可笑了，这么多同性恋者挤成一堆，而他夹在中间，他不得不赶紧地跑了出去，一路大笑着来到亚历山大广场。他赶了个尾巴，听见报告人正在说起克姆尼茨，当地的警察局从 11 月 27 日起执行一项规定。届时同性恋者不许上街，不许上公共厕所，他们一旦被逮住，就得交三十马克。弗兰茨去找莉娜，但她已同女房东一起出去了。他躺下来睡觉。他在梦中笑了很多，也骂了很多，他和一个愚蠢的车夫来回厮打，后者驾着他坐的车，围绕着胜利大道旁的罗兰德喷泉不停地转了一圈又一圈。交通警也已追赶上来。这时弗兰茨终于跳下车子，而那车则像个疯子似的围着喷泉和他打转，它转啊转啊，没完没了，而弗兰茨始终和警察站在一起，他俩商量道：我们又能把他怎么样，他疯了。

第二天上午，他同往常一样，在小酒馆里等候莉娜，随身带着那些杂志。他要跟她说，这些小青年，可不会有好日子过了，克姆尼茨和有关那三十马克的条款，这同他毫不相干，而他们的条款应该由他们自己商量，到时说不定梅克也能来，他应该为那两个牲口贩子做点什么。不，他要安宁，他对别人不感兴趣。

莉娜一眼就看出他没有睡好。随后他，胆怯地把那些杂志推到她的面前，图片就在最上面。莉娜大惊失色，赶紧捂住自己的嘴巴。他于是开始重复精神的话题。寻找昨天洒在桌上的那摊啤酒，可是没有找着。她同他拉开距离：他是不是也做这种事情，是这种德性，就跟这些报刊上写的一样。她不明白，以前他可不是这样的呀。他胡乱地捣鼓着，用那只干干的手指在白白的木头上画出一根根线条来，这时，她从桌上拿起那整整一捆的报刊，把它扔到长凳底下，首先摆出一副疯狂女人的架势，他们互相凝视，他从下往上，犹如一个小男孩，然后她跺脚而去。他则和他的报纸一起坐在那里，可能正在思考那些同性恋的问题。

一个秃头某晚外出散步，在动物园碰到一个即刻过来挽他手臂的英俊男孩，他们兴致勃勃地转悠了一个时辰，这时秃头有了那种愿望，哦那种欲望，哦那种肉欲，无比强烈，转瞬间，那少年情意绵绵。他已结婚，他有时也觉察到这种苗头，但现在非要不可，这简直是太美妙了。"你是我的阳光，你是我的无价之宝。"

而这一个则极尽温存之能事。天下居然还有这等美事。"来，我们去找家小旅馆吧。你送我五个马克或十个，我一分钱也没有了。""听你的，我的太阳。"他把整个钱包都送给了他。居然有这等美事。这是天下最为美妙的事情。

然而，房间的门上有几个小孔。老板看见了就叫老板娘，老板娘也看见了。事后他们说，他们的旅馆不能容忍这种事情，他们已经看见了，他没法否认。而他们是永远不会容忍这种事情的，他应该感到羞耻，勾引人家小男孩，他们将去告发他。勤杂工和一个女服务员也跑过来咧嘴冷笑。第二天，秃头给自己买了两瓶阿思巴赫老窖，出门公干，他打算乘船去赫尔果兰岛，好在醉酒之后投海自尽。然而，尽管他喝了个酩酊大醉，也坐了船，却在两天之后重新回到孩子他妈身旁，那里的平静一如既往。

整整一个月，整整一年都过去了，一切均安然无恙。只发生了一件事情：他从一位美国叔叔那里继承了三千美元的遗产，从而可以善待一下自己了。于是，在他去了海滨浴场的某日，孩子他妈只好替他在一张法院的传票上签了字。她将它打开，和窥视孔、钱包以及那可爱的男孩有关的所有事情全都写在了上面。待到秃头疗养回来，周围的人都哭成了一团，孩子他妈，两个个子高高的女儿。他看了看那张传票，这哪里可能是真的，这简直就是卡尔大帝①教唆出来的官僚主义，而此刻他来到了官僚主义那里，可这是真的。"法官先生，我究竟做了什么？我并没有惹是生非。我走进一个房间，把自己锁在里面。人家在门上挖孔，我能有什么办法。而且也没有发生触犯法律的事情。"那个男孩对此作了证实。"那么我做什么了？"身穿貂皮大衣的秃头哭道："我去偷了？我去抢了？我只是闯进了一个可爱的人的心里。我对他说：我的阳光。而这个人就是他。"

他被宣告无罪。家里的那几个人仍在继续痛哭。

"魔笛"，舞厅，连同美式舞厅都在底层。东方赌场对团体庆祝活动免费开放。我送什么给我的女朋友过圣诞节呢？想做女人的男士们，经过多年的研究，我终于找到一种彻底根除胡髭的方法。身体各个部位的毛发均可去除。我同时也发现了快速拥有逼真乳房的途径。无须用药，绝对安全无害的方法。证明就是：我本人。全部战线上的爱情自由。

晴朗的星空俯视着人类黑暗的家园。克尔考恩宫沉浸在夜的静谧之中。然而，有个金发鬈曲的女郎却把脸埋进枕头里无法入眠。明天，就在明天，一个可爱的人儿，一个最最心爱的人儿，准备离她而去。一阵耳语穿（掠）过阴森、浓

---

① 这是德国人对查理曼的叫法。

密（黑暗）的夜幕：吉萨，留在我这里吧，留在我这里吧（别走，别乘车离去，别冲出去，请，您请坐）。别离开我。可这绝望的宁静既没有耳朵也没有心脏（也没有脚和鼻子）。而那边，只隔着不多的几堵墙，躺着一个没有闭上眼睛的、面色苍白的苗条女人。她那厚实的深色头发散在真丝被上（克尔考恩宫以其真丝被褥而著称）。一阵凉意使她浑身颤抖。她咬紧牙关，仿佛遭受严寒，句号。可她一动不动，逗号，不去替自己把被子盖得更严实，句号。她那修长、冰凉的双手静静地躺在（仿佛遭受严寒，一阵凉意，苗条女人没有闭上眼睛，著名的真丝被褥）床上，句号。她那明亮的目光不安地颤动，在黑暗中四处游移，而她的双唇也在战抖，冒号，引号，罗蕾，破折号，破折号，罗蕾，破折号，引号，小鹅腿，洋葱拌鹅肝。

"不，不，我不和你去，弗兰茨。我这里不欢迎你。你可以走了，省得占位置。""来吧，莉娜，我这就把那些破烂给他还回去。"而当弗兰茨取下帽子放到梳妆台上——这是在她的房间里——并几次伸出手去说服她时，她首先将他的手抓破，接着就哭了起来，随后她和弗兰茨一起离开。他们一人一半地拿着这些很成问题的杂志，取道罗森塔尔大街、新勋豪瑟大街、哈克申广场一线，向战斗前沿逼进。

阵地上，莉娜，这个热心的、大大咧咧的、小巧的、没洗脸的、哭肿了眼的女人，按照洪堡王子的方式，独自发起了进攻：我那高贵的伯父弗里德里希·冯·马克！娜塔莉！罢了，罢了！哦创世的主啊，他现在可是完蛋了，无论如何，无论如何！她直接地、径直地冲向那个白头发的报摊。

而弗兰茨，这个高贵的受苦受难者，竟然心甘情愿地躲在幕后。他隐蔽在施罗德进出口烟店门口，从那里，在视线很容易受到雾霭、电车和行人阻挡的情况下，观察精心策划的战斗进程。画面上，两位英雄都已逮住了对方。他们试探着彼此的弱点和裸露在外面的有效部位。来自塞尔诺维茨的莉娜·普尔兹巴拉，种地的农民斯塔尼斯劳斯·普尔兹巴拉唯一的婚生女——在她之前的两个胎儿都只怀了五个月就流产了，如果生下来的话也该叫了莉娜这个名字，莉娜小姐火冒三丈地把那捆杂志猛地扔了出去。接下来的情形就被淹没在熙熙攘攘的人流和车流里了。"这可爱的怪女人啊，这可爱的怪女人啊，"那位甘心于被阻挡的受苦受难者弗兰茨发出了这般钦佩的呻吟。他以后备军的身份逼近战斗的中心。而那位女英雄和女赢家，莉娜·普尔兹巴拉小姐，已经站到恩斯特·库默里希的小酒馆门口向他微笑，大大咧咧但又充满喜悦地尖声叫道："弗兰茨，扔给他了！"

弗兰茨早就知道了。一进酒馆，她便迫不及待地把头贴到他身体的某个部位上，她认为那里就是他的心脏，但更确切的说法则应是裹在羊毛衬衣里面的胸腔和左肺上叶。他十分得意地喝下第一口吉尔卡①："这下好了，他可以上街去搜罗他的破烂了。"

此刻，哦不朽的人儿，你只属于我，亲爱的，多么的光芒四射，祝您安康，祝您安康，洪堡王子，费尔贝林战役的胜利者，祝您安康！（宫女、军官和火把出现在王宫的斜坡上。）"再来一杯吉尔卡。"

_____

① 一种以制造商命名的茴香烧酒。

兔子原野，新世界①，不是这一个，
就是那一个，不必把自己的生活弄得
比生活本身还沉重

　　弗兰茨坐在莉娜·普尔兹巴拉的房间里，对她笑道："你可知道，莉娜，看仓库的女保管是怎么一回事吗？"他碰了她一下。她呆呆地瞪大眼睛："呃，是费尔施，她就是看仓库的女保管，必须到乐队的那个德国弗里茨那儿把唱片找出来。""我不是这个意思。要是我推你一下，你就躺在沙发上了，而我在你旁边，那你就是个看仓库的女保管，我是看仓库的男保管。""是的，你就是这副样子。"她尖声说道。

　　那我们还要，我们还要，哇啦啦勒啦勒啦啦啦，乐一回，乐一回，特啦啦啦啦。那我们还要，我们还要乐一回，乐一回。

　　他们于是从沙发上站了起来——您可没病，先生，要不您去找大夫大叔吧——快乐地漫步来到兔子原野，进入新世界，喜悦的烈焰在那里燃烧，为最细的小腿肚颁发奖金的仪式，正高潮迭起。身着蒂罗尔盛装的乐队坐在舞台上。乐声轻柔舒缓："喝啊，喝啊，小兄弟，喝啊，让忧愁回老家，避开烦恼、避开痛苦，生活是多有趣，避开烦恼、避开痛苦，生活是多有趣。"

　　大腿也开始行动，随着每一个节拍，夹在啤酒杯中间的

────────────
　　① 柏林西部的一家舞厅。

人们发出会心的微笑，他们一同哼唱，有节奏地挥动着双臂："痛饮，痛饮，小兄弟，痛饮，让忧愁回老家，痛饮，痛饮，小兄弟，痛饮，让忧愁回老家，避开烦恼、避开痛苦，生活是多有趣。"

查理·卓别林亲自亮相，操一口东北德语轻声诉说，穿着肥大的裤子和一双巨人之鞋在场子上摇晃蹒跚，紧紧把住一个不太年轻的女士的大腿，并同她一起沿着冰道飞旋而下。无数家庭断断续续地围住一张桌子。你花五十芬尼就可以买到一根长长的饰有纸流苏的手杖，用它来建立每一种任意的联系，那只脖子很娇气，那只膝盖也是，事后有人举起那只大腿旋转。呆在这里的都是些什么人？两种性别的平民，外加几个带着朋友的帝国国防军。喝啊，喝啊，小兄弟，喝啊，让忧愁回老家。

有人抽烟，空中飘浮着来自烟斗、雪茄和香烟的云朵，致使整个大厅雾气腾腾。当烟雾发觉自己十分过剩的时候，就会试图凭借自身的轻盈从上空溜走，倒也总能正确地找到那些乐意将其输送出去的隙缝、洞孔和排风扇。然而外面，外面是黑夜，严寒。烟雾于是十分后悔自己的轻率，就同自身的本质抗争起来，可是由于排风扇是单面旋转，一切都已无法挽回。太晚了。它眼睁睁地看着自己陷进物理法则的重围。烟雾不知道它这是怎么了，它去抓自己的额头，而那并不存在，它想思考却不能。风、严寒和黑夜把它拥有，它消失得无影无踪。

一张桌旁坐着两对儿，都向行人张望。这位穿得麻麻点点的男士将他那张蓄着小胡子的脸歪到身边的一个胖胖的黑女人的胸脯上。两颗甜蜜的心在震颤，两人的鼻子出声地嗅着，他在她的胸脯上，她在他埋下去的后脑勺上。

旁边一个穿黄格子的女人正在放声大笑。她情人的手臂绕在她坐的椅子上。他牙齿突出，戴着一副单片眼镜，没有镜片的左眼就跟死人似的黯淡无光，她微笑着，不停地抽烟，摇晃着脑袋："看你都问了些什么呀。"一个头顶金色大波浪的年轻女人在与之相邻的桌边坐着，更确切的说法应是她用她那发育得十分结实、但却蒙上了布片的臀部罩住一把低矮的园艺用椅的铁质表面。她受一份牛排和三杯淡啤酒的影响，带着鼻音幸福地和着音乐哼唱。她不停地唧唧喳喳，唧唧喳喳，把头靠在他的脖子上，靠在新奎恩一家公司第二任安装员的脖子上，这年轻女人是他今年的第四个情妇，而他反过来却是她的第十个，准确地说应是第十一个，如果算上她的大表兄的话，那可是她的常任未婚夫。她猛地睁开眼睛，因为场上的卓别林随时都有滑落下来的可能。安装员的两只手向冰道的方向伸去，那里也确实出了事情。他们点了些8字形椒盐脆饼。

一位三十六岁的男士，一家小食品店的合伙人之一，以每件五十芬尼的价格买下六只大气球，站在小型乐队前面的走廊里让它们一只接着一只地升上天空，靠此方法，缺乏其他魅力的他得以成功地把单个或三三两两结伴游玩的姑娘们、女士们、处女们、寡妇们、离婚的女人们、不忠和通奸的女人们的视线吸引到自己的身上来，从而舒舒服服地结交朋友。在交汇处的走廊里，花二十芬尼可以举重。未来展望：用充分湿润的手指轻轻粘取夹在两颗心之间的圆圈内的化学制剂并擦拭其上空白纸片数次，未来的画面便会显现出来。您从小就很规矩。您的心灵光明磊落，但您可以凭借敏锐的感觉事先觉察到那些心怀妒忌的朋友企图对您设下的任何圈套。此外您也要相信您自己的生活艺术，因为当年曾经照耀着您走进这个世界的您的星座，仍将是您永远可靠的向导，并会帮助您找到那应该使您获得完美幸福的生活伴侣。这位您可以信赖的终生伴侣和您性格相同。他的求婚来得并不狂热，但与他并肩而立所拥有的那种平和的幸福也因此更加持久。

在侧厅衣帽间附近，一支小乐队从阳台上向下吹奏。这支乐队穿着红色的马甲不停地叫喊，他们没有东西可喝。楼下站着一个大腹便便的身穿小礼服的本性诚实的男子。他的头上戴着一顶奇特的条纹纸帽，一边唱着歌，一边试着往扣眼里别进一枝纸丁香，可惜没有成功，因为他喝了八杯淡啤酒、两杯潘趣酒和四杯白兰地。他在鼎沸的人声之中面对那支乐队昂首歌唱，然后他又和一个胖得吓人的老女人跳起华尔兹，他带着她一大圈一大圈地转着，像旋转木马似的。那女人在跳舞的过程中更加厉害地膨胀起来，好在她有足够的本能，使自己抢在爆裂之前到三把椅子上落了座。

弗兰茨·毕勃科普夫和这个穿小礼服的男人在阳台下休息的时候相识，而阳台上的乐队正大声呼唤着啤酒。此刻，一只射出蓝光的眼睛死死盯住弗兰茨上下打量，仁慈的月亮，你是多么的宁静，而那另一只眼却什么也看不见，他们举起各自的白色的大啤酒杯，这个残疾人嘶哑地说道："你也是这么个叛徒，别的那些人可都在吃香的、喝辣的呢。"他吞下一口酒："别老是死盯着我的眼睛不放，看着我，你在哪儿干过？"

他们互相碰杯，乐队响亮的吹奏声，我们没有东西喝，我们没有东西喝。喂，这个您别去管它，孩子们，要轻松，永远要轻松，干一杯，轻松干一杯。"你是德国人吗，是正宗的德国人吗？你叫什么？""弗兰茨·毕勃科普夫。胖胖，这家伙不认识我。"那残疾人开始耳语，拿手捂着嘴，悄声说道："你是德国人吗？要说真话。你可别去和那些赤党搅和，否则你就是个叛徒。谁是叛徒，谁就不是我的朋友。"他抱住弗兰茨："波兰人，法国人，祖国，我们为她流过血，这就是民族的谢意。"随后，他抖擞精神，继续和那个重新振作起来的宽阔女人跳舞，无论什么曲子，始终都是古老的华尔兹。他摇摇晃晃地寻找着什么。弗兰茨大声吼道："在这儿。"莉娜过去叫他，他于是就和莉娜跳，和她手挽着手地来到已在柜台边等候的弗兰茨跟前："对不起，请问尊姓，尊姓大名。请问，您贵姓。"喝啊，喝啊，小兄弟，喝啊，让忧愁回老家，避开烦恼、避开痛苦，生活是多有趣。

两份白煮腌猪蹄，一份盐水猪颈，这位女士点了辣根，衣帽间，是的，您究竟在哪儿存的，这里有两个衣帽间，到底允不允许犯人在接受调查期间佩戴结婚戒指？我说不。划船俱乐部的活动一直持续到四点。那种路上开汽车，实在是太蹩脚，你总会火冒三丈地跳下车来，简直可以潜到水里去洗个澡了。

那残疾人和弗兰茨两人拥抱着坐在打酒的柜台旁："我可以告诉你，喂，他们已经削减了我的退休金，我就去找那些赤党。谁拿着火焰之剑把我们赶出天堂，是那天使长。这以后我们就不回那里去了。我们坐在哈尔特曼魏勒科普夫山峰上[①]，我对我的上尉说，他和我同是来自斯塔

[①] 第一次世界大战期间，德法两国曾为争夺这座具有重大战略意义的山峰进行激战。

尔嘉德①。""斯托尔科夫?""不，斯塔尔嘉德。我现在把我的丁香给弄丢了，没有，它挂在那儿呢。"在海滨接过吻、被舞动的海浪窥视过的人，他知道，世上最美为何物，他愉快地聊起了爱情，他愉快地聊起了爱情。

弗兰茨眼下做起了种族报纸的买卖。他并不反感犹太人，但他拥护秩序。因为秩序想必天堂才有，这一点恐怕每个人都明白。至于那个钢盔团，那些年轻人，他都看见过了，还有他们的元首，这事不可小瞧。他站在波茨坦广场地铁站的出口，弗里德里希大街的过道旁，亚历山大广场火车站的下面。他和新世界的那个残疾人，那个独眼龙，那个同那位胖太太跳舞的家伙，意见一致。

在基督降临节的第一个星期日正告德国人民：把你们的幻想产物彻底摧毁，惩罚那些愚弄你们的骗子！那一天正在临近，届时真理就会带着它那战胜敌人的正义之剑和雪亮盾牌从战斗的产物中显现出来。

"在我们写下这段文字的同时，针对帝国之旗骑士②一案的审理工作也正在进行，一种约莫 15—20 倍的优势竟使他们胆敢如此表现那与之纲领相符的和平主义和与之信念相符的勇气：他们向为数不多的几个国社党成员发动突然袭击，将其打翻在地，并在这一过程中把我们的党员同志赫尔施曼残忍地杀害。被告其实被允许并有可能依照所在党的命令撒谎，但从他们的证词中仍旧可以看出，这里干下的是何等蓄

---

① 什切青东边的一座小城，今在波兰境内。
② 一个旨在保护共和国、具有社会民主性质的组织，成立于 1924 年。

意的暴行，而它赖以存在的这个制度也因此暴露无遗。"

"真正的联邦主义就是反犹主义，反对犹太人的斗争也就是维护巴伐利亚主权国家的斗争。早在开始之前，偌大的马太斯礼堂就已挤得水泄不通，而且还不断有新的观众涌入。到大会开场时为止，我们那支把弦绷得紧紧的冲锋队小乐队一直在用欢快的进行曲和旋律为那个大胆的发言助兴。8点30分，党员首席教师以一个热烈的欢迎宣布大会开始，下面由党员同志瓦尔特·阿默尔发言。"

在艾尔萨斯大街，当他中午走进那家小酒馆的时候，里面的几个弟兄笑得前仰后合，那条绑带小心翼翼地揣在他的口袋里，他们把它扯了出来。弗兰茨将它锯断。

他对着那个失业的年轻锁工开了口，后者于是惊异地将手中的大杯啤酒放下："好啊，原来你在取笑我，理夏德，可能是为什么呢？因为你结婚了？你二十一，你的老婆十八，你对生活又能有多少见识？略知一二罢了。我告诉你，理夏德，等我们从姑娘们那儿找乐子的时候，虽说你已有了一个小男孩，那你就该有理了，因为那个爱吵闹的家伙。可除此以外呢？嘿嘿。"

磨工格奥尔格·德累斯克，三十九岁，目前已被解雇，挥动着弗兰茨的绑带。"带子上，格奥尔格，你只管仔细瞧瞧，不能负责的事儿这上面一件也没写。我可也是从局子里跑出来的哟，嘿，跟你一样，我也干过，但后来都成什么了。不管你戴上什么样的绑带，红的也好，金黄或黑白红的也罢，雪茄的味道都不会因此变得更好。重要的是烟草，小老弟，上等叶，下等叶，正确的卷法和烘干，哪儿产的。我说。我们都做了什么呀，格奥尔格，你可说说。"

这位默不作声地将那带子放到面前的柜台上，吞下他的啤酒，迟疑不决地说了起来，偶尔结巴一下，不时地润润嗓子："我只看你，弗兰茨，我只是说，我早就在阿拉斯①、在科伍诺②那会儿认识你了，他们可把你给骗惨了。""你的意思是，因为这条带子？""因为一切。算了吧。你没有必要这样做，混在人群里乱跑。"

弗兰茨此时站起身来，把穿着绿色衬衣、领口翻在外面、刚要问他点什么的年轻锁工理夏德·维尔纳往旁边一推："不不，理夏德，你是个好心肠，可这里是大老爷们之间的事。因为你有选举权，所以在我和格奥尔格之间，还远远轮不上你来说话。"于是他挨着磨工站在柜台边上沉思，罩着宽大蓝围裙的酒馆老板则站在里面放白兰地的架子前关注对面的事态，两只肉嘟嘟的手搁在盥洗池里。"那好格奥尔格，当时阿拉斯是怎么回事？""说这有什么用？你自己清楚。那你干吗逃走啊。接着又是这绑带。嘿，弗兰茨，我恨不得拿它上吊算了。他们真的把你给骗了。"

弗兰茨的目光十分确定，两眼紧紧盯住那个说话结巴并摇头晃脑的磨工不放："阿拉斯的事我还想搞个清楚。我们还要好好谈谈。如果你当时在阿拉斯的话！""你大概疯了吧，弗兰茨，我愿意什么都没说过，你大概有些醉了。"弗兰茨顿了一下，心想，我这就去要要他，这家伙装出什么都不懂的样子，他以为自己很聪明。"当然啦，格奥尔格，我们当然都是去过阿拉斯的了，和阿尔图尔·波泽，还有布鲁

---

① 法国北部城市。第一次世界大战时德军曾为之进行过长时间激战。
② 立陶宛境内的一座城市，1914 年 8 月为德军攻陷。

姆，还有那个小个子的上士上校，他那会儿还叫什么来着，他的名字好不滑稽。""我忘了。"让他说，他有点醉了，别人也都看出来了。"等等，他那会儿叫什么来着，比斯塔或比斯克拉或诸如此类的名字，那小个子。"让他说，我什么都不说，他已经语无伦次了，然后他就不会再说什么了。"是的，这些人我们大伙都认识。但我指的不光是这件事情。我们后来去了哪儿，在阿拉斯，事情是怎样结束的，一八年过了之后，另一件事情又是怎样开始的，在柏林这儿，在哈雷，在基尔，在那儿……"

格奥尔格·德累斯克斩钉截铁地进行拒绝，这对我而言也太愚蠢了，我到这小酒馆来可不是为了听这派胡言乱语的："不，你打住吧，我马上就走。把这说给小理夏德听吧。过来，理夏德。""他在我面前装得可真像啊，这个男爵先生。他现在只同男爵们交往。但他居然还到我们这样的小酒馆里来，这个高贵的先生。"明亮的眼睛和德累斯克慌乱的眼睛对峙："这也就是我要说的，正是这个，格奥尔格，我们在阿拉斯那儿一八年后都去过哪儿，是野外炮兵、步兵、高炮部队，还是报务员、挖土的或随便别的什么。那之后的和平时期我们又在哪儿？"是一个煮皂工人让我明白过来，等等，小子，你本不该动手去摸它的。"我现在只想平心静气地品尝我的啤酒，那你呢，小弗兰茨，你后来都到过哪些地方，跑过还是没跑过，站过也好，坐过也罢，你看看你的证件就知道了，如果你正好带在身上的话。做生意的可是随时都得把证件带在身上的。"你现在大概懂我意思了吧，号码无误，可要把它记牢了。平静的目光与德累斯克狡黠的目光对峙："一八年以后的四年我在柏林。先前的那场战争整个的也就只打了那么长时间，不错，我是到处乱跑了，你也到处乱跑了，只有眼前的这个理夏德还坐在妈妈的围裙上。好了，阿拉斯的事儿我们这下看出来了吗，比方说你？我们经历了通货膨胀，各种纸币，百万，亿万，没有肉，没有黄油，比先前更糟，这些我们都看出来了，还有你，奥尔格，可阿拉斯又是哪儿，你可以扳着你自己的手指头好好数一数。一无所获，到底在哪儿？只是一个劲儿地乱跑，还偷了农民的土豆。"

革命？把旗杆旋下来，把旗子用防雨布罩包好了，放进装衣服的箱子里。让妈妈给你把拖鞋拿来，把这红得像火似的领带解开。你们只会用嘴巴干革命，你们的共和国—— 一场工伤事故！

德累斯克心想：这将是一个十分危险的家伙。理夏德·维尔纳，这个年轻的迷糊，重新张口说道："那么你大概更喜欢、大概也更希望这样了，弗兰茨，我们再搞一场战争，你们大概想把它推到我们身上来吧。我们愿意痛痛快快地把法国揍扁。到时候你可就要屁滚尿流喽。"弗兰茨心想：这个笨蛋，黑白混血的杂种，升天去吧黑鬼，他只看过电影里的战争，头部中上一枪，啪的一声栽倒在地。

老板用他那蓝色的围裙把手擦干。他那明亮的镜片前放着一本绿色的宣传手册，他一边看一边喘粗气：客尔惠得烤咖啡，手工精选，无与伦比！大众的咖啡（劣质豆和烤咖啡）。纯正的未经研磨的咖啡豆 2.29 元，桑脱斯纯正可靠，高级桑脱斯家庭混合装用量少、味道浓，凡·冈比拉思精品牛奶咖啡口味纯正，墨西哥牛奶咖啡选料精良，价廉物美的种植园咖啡 3.75 元，铁路发送各种商品 36 磅起价。一只蜜蜂，一只马蜂，一只红头丽蝇在炉子与烟囱接管附近的天花板上盘旋，一个发生在冬季的完美的自然奇迹。它的种属、气质、观念和类型上的同类，都死掉了，已经死了或者还没有出世；这就是那只孤独的红头丽蝇正在顽强坚持的冰期，但它不知道怎么会是这种结局，而且为什么偏偏是它。而阳光则在无声地占据着前排的几张桌子和地面，被一只写有"帕岑霍夫雄狮啤酒"的招牌分成明亮的两大块，它是很古老的，所以只要看见了它，任何事物都会显得更加短暂和无足轻重。它不远 x 里而来，从星球 y 的边上飞射而过，太阳几百万年来一直在照耀，早在内布喀德内扎尔①之前，早在亚当和夏娃之前，早在鱼龙之前，此时它通过窗户的玻璃照进这家小小的啤酒馆，被一只写有"帕岑霍夫雄狮啤酒"的铁皮招牌分成两大块，躺到几张桌子和地面上，不知不觉往前挪动。它躺到他们身上，他们也知道是它。它是轻快的，轻盈的，超轻盈的，光一般轻盈的，我从那高远的天空而来。

两只裹着布片的身材高大的成年野兽，两个人，男人，弗兰茨·毕勃科普普夫和格奥尔格·德累斯克，一个卖报的小贩和一个已被解雇的磨工却双双站在打酒的柜台旁，在他们下身那穿着裤子的肢体上保持着垂直的姿势，把插在肥大的外衣袖管里的胳膊支到木头上。各人都在思考、观察和体验着什么，但各人又有所不同。

"格奥尔格，知道也好，看到也好，你只管放心，根本就没有过什么阿拉斯。我们就是没把事办成嘛，我们没办

---

① 巴贝尔的国王，公元前 587 年灭掉耶路撒冷，将犹太人关在巴比伦的监狱里。

成，愿意心平气和地把它说出来。要么是你，要么是当时在场的人。没有纪律，也没人下过命令，总是一个反对另一个。我从战壕里逃了出来，你跟着，然后还有奥泽。这不，回到这里的家，当初出发的地方，到底都有谁逃出来了？通通。没人留下来，你是看见了的，也许有几个，上千，免了吧。"这家伙原来是从那儿吹来的，这头蠢牛，他会上当受骗的。"因为我们被出卖了，弗兰茨，一八和一九年那会儿，被那些官僚，他们把罗莎杀掉了，还有卡尔·李卜克内西。人们应该团结起来做点什么了。瞧瞧人家俄国，列宁，他们正在坚持，这是废话。等等再说吧。"必须流血，必须流血，必须血流成河。"我根本无所谓。再等下去世界就要完蛋了，你也跑不了。我是不会再去为这样的菖蒲发疯了的。依我看，证明就是：他们没把事情办成，这就够了。一丁点儿事情都没办成，就跟在哈尔特曼斯魏勒科普夫山头一样，有人劝我对这种事情要当心一点好，就是那个残疾人，他曾在那上面呆过，你不认识他，甚至连这个都做不到。怎么样——"

弗兰茨站起身来，从桌上拿起他的绑带，把它塞进风衣里，一边用左臂沿水平方向来回摩擦，一边慢慢回到他所在的那张桌子："我说的话，都是我一直在说的话，你明白吗，克劳泽，你也可以记住这些话，理夏德：你们的事情不会有什么结果的。用这种方式不行。不知道，这些带绑带的会不会搞出点名堂来。我根本没有说过，但这可是件不同的事。让世界太平，这样说话才算正确，谁愿意工作，就去工作好了，我们才不干那些蠢事呢。"

他坐在靠窗的长凳上，用手抹了抹腮帮子，眯缝着眼扫视这间明亮的厅堂，从耳朵里扯出一根毛来。电车嚓嚓作响地拐过街角，是9路，奥斯特灵，赫尔曼广场，威尔登布鲁赫广场，特雷普托火车站，华沙大桥，巴尔腾广场，克尼普罗德大街，勋豪瑟大道，什切青火车站，海德维希教堂，哈雷门，赫尔曼广场。老板撑在黄铜质地的啤酒龙头上，不住气地用舌头舔吮着他那颗刚补好的位于下颌处的新牙，散发出一股药房的味道，小女埃米莉今夏又得参加夏令营去乡下或辛诺维茨，这孩子又有点犯病了，他的目光重又落到那本绿色的宣传手册上，它放歪了，他把它摆正，同时显出一丝不安来，他见不得把东西放歪了。俾斯麦鲱鱼配鲜美调味汁，去骨嫩肉，鲱鱼卷配鲜美调味汁，黄瓜馅，口感柔软，肉汁鲱鱼，大块，鲜嫩鱼肉，油炸鲱鱼。

一席话语，滔滔不绝的波浪，声响的波浪，挟裹着内容，在这间厅堂里来回晃荡，它们出自德累斯克的喉管，这个结巴正冲着地面发笑："那好，弗兰茨，祝你走运，如牧师所说的那样，在你新的生活道路上。要是我们一月份去弗里德里希斯菲尔德，去罗莎和卡尔那里，你这次就不用跟着去了，同平时一样。"让他结巴去吧，我卖我的报纸。

当只剩下他们两人的时候，老板对着弗兰茨笑了笑。后者惬意地将两条腿伸到桌子底："为什么，您说说看，亨施克，为什么他们跑了？这条绑带？他们搬救兵去了！"他没完没了起来。人家还会把他从这里轰出去的。必须流血，必须流血，必须血流成河。

老板品着他的那颗新补的牙，要把那只金翅雀挪到离窗子更近的地方，这种小动物也乐得有点阳光。弗兰茨给他帮忙，在柜台后面钉一根钉子，老板从另一面墙上取来装着那只扑腾的小动物的笼子："今天的光线很暗。房子太高了。"弗兰茨站在椅子上，挂好鸟笼子，跳下来，打了个呼哨，抬起食指，悄声说道："现在先别过来。就会习惯的。是只金翅雀，母的。"两人大气不出地互相点着头向上看去，抿嘴微笑起来。

弗兰茨是个讲规格的人，他知道，
他欠自己什么

晚上，弗兰茨将被人实实在在地撵出亨施克。9点的时候，他独自跑来查看那只小鸟的动静，它已把头埋在了翅膀的下面，蹲在角落里的杆子上，这小家伙睡着了竟然不会掉下来；弗兰茨在老板耳边偷偷说道："对这小家伙您还有什么可说的，睡在您这乱哄哄的地方，您还有什么可说的，它太棒了，它肯定累了吧，这里烟气大，对它合适吗，它的肺那么小？""它在我这儿就没见过什么别的，这里总是烟气，酒馆嘛，今天还算是少的呢。"

弗兰茨随后坐下："那我今天就不抽烟了，免得烟气太浓了，待会儿我去把门打开一点，不会再有穿堂风了。"格奥尔格·德累斯克、年轻的理夏德和另外三个人分别在对面的一张桌子旁落了座。两个陪坐的，弗兰茨没见过他们。酒馆里就只有这么几个人。弗兰茨刚才进馆子来的时候，馆子里面还是大吵大嚷和破口大骂。而现在，当他正推开门的时候，他们却立刻压低声音，那两个新面孔则时不时地往弗兰茨身上扫两眼，先把身子猫到桌子上方，然后又猛地向后靠去，互相敬酒。当漂亮的眼睛彼此示意的时候，当斟满酒水的杯子闪闪发光的时候，那就又有、又有了一个喝下去的理由。亨施克，那个秃头的老板，正在啤酒龙头和水池边上忙碌，没像平时那样出来走走，他一直在那儿忙作一团。

接下来，邻桌一下子提高了聊天的嗓门，新面孔中的一个说起了大话。他要唱歌，他觉得这里太安静了，连个弹钢琴的也没有；亨施克回敬道："弹给谁听，这个不赚钱。"他们要唱什么，弗兰茨心里很清楚，不是《国际歌》，就是《兄弟们，为了光明，为了自由》，如果他们拿不出什么新玩意的话。开场了。对面的人唱起了《国际歌》。

弗兰茨边嚼边想：他们是冲我来的。随他们的便，只要他们不乱抽烟就成。他们唱歌的时候就不会抽烟，就不会危害那只小动物了。他简直不敢相信，格奥尔格·德累斯克这个老头子竟然会同这帮毛头小子坐在一起而不过他这边来。这个讨厌的家伙，结了婚，也算个老实的规矩人，却坐在这群二愣子边上听他们叽里呱啦。新面孔中的一个冲这边嚷道："嘿，同行，你觉得这歌好听吗？""我，好听。你们蛮有嗓子的嘛。""你可以一起唱呀。""我现在更想吃饭。等我吃完了，我再和你们一起唱，或者自己也唱点什么。""一言为定。"

他们继续自娱自乐，弗兰茨惬意地吃着、喝着，心里想着莉娜和那只睡着了的小鸟会不会掉下来，还拿眼往那边扫射，看到底都有谁在抽烟斗。他今天的买卖做得很不错，只是天气很冷。那边总有几个人在不停地关注他吃饭的模样。他们大概担心我会吃呛着了。从前有个人，他吃了一块夹香肠的三明治，三明治来到胃里，想了想，就又重新向上返回到喉咙管，说道：刚才忘了放芥末！然后它才算是真正地滑下胃里去了。好心的父母配制的纯正的香肠三明治就是这样来的。弗兰茨刚刚显出酒足饭饱的样子，对过的那人就结结实实地朝他喊道："嘿，怎么样，同行，你现在要不要给我们唱上一曲呀？"这些人大概正在组建一个歌唱协会，我们可以加入，他们唱歌的时候就不会抽烟了。我这里没有点火。我答应的事情，我就会去兑现。弗兰茨通过擤鼻涕的方式沉思默想，身子暖和了，穿堂风就不管用了，他在想莉娜在哪儿，我本该允许自己再多吃一两根小香肠的，可我长胖了，长得太胖了，对那些人唱什么都是白搭，他们压根儿就不懂得生活，不过，君子一言总归是驷马难追。他的脑海里忽然胡乱地冒出一个句子，一行词语，这是一首诗，一首他在监狱里学过的诗，他们常常背诵它，它在所有的牢房里传诵。他此刻屏气凝神，他的脑袋热血喷涌、涨得通红并低垂了下来，他的神情严肃而意味深长。他手拿啤酒杯说道："我知道一首诗，是从监狱里，从一个犯人那里学来的，他名叫，等等，他叫什么来着，就是那个多姆斯。"

就是他。已经出来了，但却是一首美丽的诗。他独自一人坐在桌旁，亨施克在他的盥洗池后面，和别的人一起倾听，没人进来，小圆铁炉噼啪作响。弗兰茨用双手支撑着头部，朗诵起一首诗，多姆斯作了这首诗，牢房就在眼前，还有那放风的院子，他可以从容地忍受它们，现在陷在那里的都可能是些什么样的小子；他现在甚至于觉得自己正在放风的院子里行走，眼前这帮人的所能概不及此，他们对生活一窍不通。

他说道："哦，人啊，如果你想在这人世间成为一个男人，那么，你要考虑周全，在你被睿智的女人领升到日光之前！这人间就是痛苦之窗！请相信这些诗篇的作者吧，他经常在把这无聊的，把这生硬的菜肴咀嚼！歌德《浮士德》中的词句被抄袭：人为自己的生命欣喜，通常只会在娘胎里！……这里有好心的父亲大人——国家，国家从早到晚把你管教。国家根据写满条款和禁令的乐谱使你痛苦和抖动！它的第一个戒条叫做：人，交钱来！第二个：好了，别再说了！你于是就生活在昏暗中，生活在纷扰的状态里。你不时地尝试在酒馆里一醉方休，借啤酒或葡萄酒浇灭忧愁，接踵而来的就是酩酊大醉之后的难受。此间岁月显形，蛀虫般蚕食着华发，屋梁正在令人忧虑地嘎嘎作响，四肢变得虚弱和萎靡；大脑的机灵开始变味，棉线也越来越细了。一句话，你发现，秋天此刻已来临，你放下勺子，行将死去。我要激动地问你，哦，朋友，什么是人，什么是生活？我们伟大的席勒已经说过："那不是无比巨大的财富。但我要说：那跟鸡棚的窄梯没有什么不同，从上到下凡此种种。"

他们全都静默无声。停顿片刻之后，弗兰茨说道："是的，那人写下了这首诗，他来自汉诺威，而我却把它记住了。不错，生活需要的东西，但很苦涩。"

对面传过话来："喂，那你就好好记住国家吧：这好心的父亲大人——国家，还有谁把你管教，除了国家。背熟喽，同行，靠这个是成不了气候的。"弗兰茨的头还被支撑着，那首诗还未消逝："是的，牡蛎和鱼子酱他们没有，我们没有。人总得挣钱糊口，对一个穷鬼来说肯定很难。如果人长着两条腿在外闯荡，他应该感到知足了。"对面的那群继续连珠炮般地发射，这家伙还是会清醒过来的："挣钱糊口的方法多种多样。从前俄国出过间谍，这些人顺道挣了不少钱。"另一个新面孔嚷道："我们这里尽是些别样的人，他们高高在上，弄得个肥缺，把工人出卖给资本家，以此捞取酬劳。""比妓女们强不了多少。""更坏。"

弗兰茨想着他的诗，还有那些好心的小子们眼下在那外边可能干些什么，那里将会有不少新来的，每天都有一批被运走，他们这时总是高呼："出发！我们的歌该怎么办？我们没有音乐，许诺却不信守。"他们还能拥有一首歌：我许诺，我信守诺言。先润润嗓子。

弗兰茨拿起他新要的一杯啤酒，喝了一口，我该唱点什么；此刻，他看见自己站在院子里，把他今天想得起来的东西对着墙壁乱吼一气，当时到底是怎么了？他平和而缓慢地唱了起来，从他的嘴里汩汩地流出："我曾有个战友，比他更好的不会再有。战斗的鼓声响起，他与我肩并肩步调一致。步调一致。"休止。他唱起第二段："飞来一颗子弹，不是打中我，就是打中你；子弹把他的生命夺走，他倒在我的脚边，仿佛就是我自己。仿佛就是我自己。"唱到最后一段时他提高声音："我多想伸出手，可我正把子弹推上膛。我不能向你伸出我的手，你永远是我的好战友，我的——好战友。"

最后，他响亮、庄严地，昂首挺胸地把歌唱完，他唱得英勇而满足。对过的那帮人也在结束的时候从他们的诧异中恢复过来，跟着一起起哄、敲击桌子、尖叫、胡闹："我的好战友。"弗兰茨却在歌唱的中途想起他本来想要唱的歌。那时他是站在院子里，现在，他为他找到了它而知足，他无所谓自己在哪里；他现在在唱歌，他必须唱出来，他非唱这支歌不可，犹太人就在眼前，他们在争吵，那个波兰人，还有那个优雅的老先生，叫什么来着；温柔，感激；他在这家酒馆里放声高歌："一声吼叫如雷鸣，似刀剑的搏击，似惊涛和骇浪：向莱茵河挺进，向莱茵河挺进，向德国的莱茵河挺进，我们都愿做守卫的斗士！亲爱的祖国，你尽管放心，亲爱的祖国，你尽管放心。莱茵河畔的守卫，守卫，坚定而忠诚，莱茵河畔的守卫，守卫，坚定而忠诚！"我们知道，我们经历了这一切，而现在我们坐在这里，生活真美，真美，一切真美。

那帮人随即一片沉寂，那新来的一个安抚着他们，他们无动于衷；德累斯克弯腰勾背地挠头，老板出现在打酒的柜台后面，一边拿鼻子四处嗅闻，一边在弗兰茨旁边坐下。弗兰茨在歌曲结束的时候向全部的生活发出祝愿，他摇晃着酒杯："干杯，"捶打着桌子，满面放光，一切都很好，他酒足饭饱，只是莉娜在哪儿，他感到了自己的那张圆鼓鼓的脸，他是一个强壮的男人，膘肥体壮。无人作答。沉默。

对面有个人挥动大腿，越过座椅，扣紧夹克，拉紧腰带，是个高高的的、腰板挺直的家伙，是个新来的面孔，这下可糟糕了，只见那人迈开阅兵式般的步伐向弗兰茨走来，他的头上将会挨上一拳的，也就是说，如果那个新面孔够得着的话。来人"嗖"地一跃，骑坐到弗兰茨面前的桌子上。弗兰茨看着这一切，等待着："嘿，伙计，这酒馆里还是有那么几把椅子可坐的。"那人从上向下地指着弗兰茨的盘子说道："你都吃了些什么呀？""告诉你，你如果长着眼睛的话，这酒馆里还是有那么几把椅子可坐的。你自己说说，人家大概把你当个孩子，洗澡水调得过热了吧，你自己说说。""我们用不着谈这个。我倒想要知道，你都吃了些什么。""奶酪面包片，傻瓜。这里还剩着面包皮等你来吃呢，蠢货。你要是不懂礼数的话，你现在就给我从桌子上下去。""奶酪面包片，我一闻就知道了。只是从哪儿来的。"

然而，两耳涨得通红的弗兰茨站了起来，另一张桌子上的那伙人也站了起来，弗兰茨抓起他的桌子猛地一掀，那个新面孔连同盘子、啤酒杯和芥末罐一起稀里哗啦地翻倒在地。盘子摔碎了。亨施克担心的事情还是发生了，他冲着一地碎片跺脚道："不行，我这里可没有打架一说，不要在我的酒馆里斗殴，谁破坏和平，谁就赶紧打这儿出去。"高个子重新站立起来，把老板往旁边一推："您让开，亨施克，这里可不是斗殴。我们在算总账。谁要是打破了东西，他就得出钱赔偿。"我退让了，我夹着尾巴跑到百叶窗后，只要他们不来动我，我就从这里走掉，嘿嘿，只要他们不来动我；我对谁都好，只要他不至于愚蠢到来动我的地步，否则，是会有点小麻烦的。

那高个子将裤子向上拉起，他的进攻就这样开始。弗兰茨明白会有事情发生，德累斯克现在将作何反应，他也只是在那里干站着当观众。"格奥尔格，你瞧瞧这个就值八分钱的贱小子，你从哪儿给自己拖来这么一个，找来这么一个流着鼻涕的野孩子？"那高个子来回整理着他的裤子，它们大概正往下滑呢，他得让人缝上新扣子才成。那高个子当着老板的面嘲讽道："尽管说好了。法西斯分子可以讲演。他们能说什么，他们在我们这里享有言论自由。"德累斯克从后面来回地挥动着左臂："不，弗兰茨，我可没有插过手，你瞧，你的那摊子事和你的歌曲，你这是自讨苦吃，不，我可不管，这里还从没发生过这种事情呢。"

一声吼叫如雷鸣，啊，原来如此，庭院里的那支歌，他们这下想要触及此事，他们这下想要参与决定。

"法西斯，嗜血的恶狗！"那高个子在弗兰茨面前咆哮，"交出那条绑带来！嗯，怎么还不赶快交出来？"

从现在开始，他们四个人都想冲我而来，我一直背对着窗子，先拿把椅子再说。"交出那条绑带来！我要把它从他的口袋里掏出来。我要这个家伙的绑带。"其余的人都在他那里。弗兰茨手里攥着椅子。先把它紧紧抓住。先抓紧不放。然后我就把它扔出去。

老板从后面抱住那高个子，央求道："您走吧，毕勃科普夫，这就走吧，您只管走了吧。"他为他的店子担忧，恐怕没有给这些玻璃碎片上过保险，好了，就看在我的面子上吧。"亨施克，那是当然，柏林有的是酒馆，我刚才只是为了等莉娜。您难道就只维护这些人？他们为什么要把人给撵出去，我每天都来这里坐坐，而这两个新面孔今天晚上才是第一次来。"老板把那高个子推了回去，另一个新面孔啐道："因为你是个法西斯分子，那条绑带就在你的口袋里，你是纳粹党徒。"

"我就是。我对格奥尔格·德累斯克作过解释。还有为什么。这个你们是不会懂的，所以你们就咆哮。""不，咆哮的是你，莱茵河畔的守卫！""如果你们无事生非，就像现在这样，一个人坐到我的桌子上，靠这种方法，世界根本就别想太平。必须安宁，人才能工作和生活。工厂的工人，商贩，以及所有的人，有安宁才有秩序，否则就是没法工作。你们到底想靠什么谋生，你们这些自吹自擂的家伙？你们被连篇的空话搞得晕头转向！你们什么都不会，只会无事生非，只会使别人变得阴险，直到人家也真的变得阴险起来并把你们揍上一顿，才觉甘心。你们当中有谁会让自己被人踩上一脚？"

忽然间，他咆哮起来，心中油然而生的想法，被他滔滔不绝地道出，他人放得很开，一股血流从他的眼里一涌而过："你们这些罪犯，混蛋，你们并不知道你们在做什么，非得把你们脑子里的愚蠢念头打掉不可，你们在毁坏整个世界，当心，你们别给自己找事，喜欢流血牺牲的家伙们，无赖们。"

他心潮翻涌，他在特格尔坐过牢，生活十分可怕，这是什么样的一种生活啊，那歌里的人知道，我是怎么过来的，伊达，不要去想这个。

他胸怀恐惧地继续咆哮，某种东西显现出来，他抵御着它，他用脚把它往下踹，它必须通过咆哮得以发泄、得以克制。整座酒馆隆隆作响，亨施克站在他面前的桌子旁，不敢上前靠近他，于是就站在那里袖手旁观，他于是就从喉咙里发出一阵阵胡乱的咆哮，还大发雷霆："你们对我根本无话可说，没有谁，没有哪一个人，可以跑来对我说三道四，我们大家都清楚得很，我们并不是为了这个才去坐的牢，才跑到战壕里去躺着的，而你们居然煽风点火，你们这些煽风点火的家伙，必须有安宁，我说的是安宁，真恨不得把这个词写在你们的耳朵背上，不要别的，只要安宁（是的，就是它，我们终于到了，这一点也不错），谁现在跑来闹革命，搅得人不得安宁，就应该把他们绞死，挂满一整条街（黑色的杆子，电报机的杆子，沿特格尔公路整整一排，我知道），到时候他们就会相信了，到时候，到他们摇晃的时候。到时候你们就可以记住这个，还有你们的作为，你们这些罪犯（是的，安宁就是这样来的，到时候你们全都静默无声，这是唯一的真实，我们会经历的）。"

弗兰茨·毕勃科普夫时而狂躁，时而僵硬。他扯开喉咙盲目地叫喊，他的目光呆滞无神，他的脸色铁青，面颊肿胀，他口吐唾沫，他的两手滚烫，这个男人的头脑已经不大清醒。与此同时，他的手指抠住椅子，但他只是紧紧抓住那把椅子。现在，他马上就会拿起那把椅子扔出去。

注意，危险已经临近，保持道路通畅，商店，火灾，火灾，火灾。

与此同时，这个站在那里咆哮的男人也在倾听自己的声音，从远处观察自己。那些房子，那些房子又要冲过来了，那些屋顶想要盖过他的头顶，没有那么回事，他们不该这样对待我，这帮罪犯不会得逞的，我们需要安宁。

他的心里一片混乱：马上就要开始，我将做点事情，掐住一个人的脖子，不，不，我马上就把他掀翻在地，大打出手，还等一会儿，等一会儿。我想过了，世界是安宁的，有秩序的。他朦朦胧胧地感到一阵惊恐：这世界有点不大正常了，他们如此可怕地站在对面，他似有千里眼，正对此进行体验。

从前，在天堂里生活着两个人，亚当和夏娃。那天堂就是壮丽的伊甸园。鸟儿和动物们四处玩耍。

得了，趁他还没发疯。那帮人保持沉默，就连那高个子也只是从鼻孔里发出呼哧呼哧的声息并冲着德累斯克眨眼；我们倒是更愿意在桌子边上坐下来，我们愿意互相聊聊别的事情。德累斯克结结巴巴地打破沉寂："就这样吧，你现在经验说够了。"这个人的心中已趋平静,那片浮云过去了,过去了。谢天谢地,过去了。他的脸逐渐褪色,如释重负。

他们站在他们的桌旁,那高个子坐着喝酒。木材实业家们坚持自己的借口,克虏伯让它的退休职工挨饿,一百五十万人失业,十五天内增加了二十二万六千人。

那把椅子从弗兰茨的手中滑落下来,他的手变软了,他的声音听起来很寻常,他的头还一直低着,他们不再令他激动:"我走。我祝你们玩得快活。你们脑袋里的东西不关我的事。"

他们听着,并未作答。你们就让那些令人可鄙的、作出变节行为的无赖在资产阶级和社会沙文主义者们的喝彩声中去诋毁议会宪法吧。这更加速了欧洲革命工人同谢德曼①之流等等的决裂。被压迫阶级的群众是支持我们的。

弗兰茨拿起他的帽子:"我很遗憾,格奥尔格,我们竟然是这样,因为这种事情,而分道扬镳的。"他向他伸过手去。德累斯克并未去握它,而是坐到了椅子上。必须流血,必须流血,必须血流成河。

"那好,我这就走。我该付多少钱,亨施克,那只玻璃杯和盘子也算上。"

这就是他们的秩序。十四个孩子共用一个瓷杯。德国天主教中央党部长赫尔茨菲尔的一项福利公告称:必须放弃这项公告的发布。鉴于我所支配的资金十分有限,只能考虑下述这些情况:子女极其众多——大约达到十二个,对子女的

---

① 菲利普·谢德曼(1865—1939),社会民主党的政治家,1918年11月9日宣布共和国成立。

悉心教育，尽管由于经济状况的原因而受到极其不利的影响，但仍能模范性地得以进行。

一个声音在弗兰茨身后吼道："用胜利者的桂冠，用鲱鱼尾拌土豆，好好养养你自己吧。"这个蠢货，应该把自己屁股上的芥末揩掉。真可惜，他没落到我的手心里。弗兰茨戴上了他的帽子。他想起了哈克申广场，那些搞同性恋的男孩子，那个白头发的报摊，他本来是不想的，他犹豫着，他离去。

他来到了门外的严寒里。莉娜恰巧正对着店门站着，她刚到。他缓缓地走着。他恨不得返回去告诉那伙人，他们都疯成什么样子了。他们都疯了，他们正被人弄得头晕目眩，他们原来根本就不是这样的，甚至连那个高个子，那个冒失鬼，那个扑通落地的家伙，都不是。他们只是不知道，那么多的热血该往哪里洒，是的，他们太容易冲动，他们若是在外边、在特格尔呆过，或者经历过一些事情，他们的心中就会亮起一盏明灯，那可是一百支光的灯。

他挽着莉娜的胳膊，在阴暗的街道上四处张望。要是能再多点上几只灯该有多好。这些人到底想把人怎么样，先是那群搞同性恋的小子，现在又是这帮赤色分子。这一切都跟我有什么关系，他们自己拉的屎应该自己去擦。人家生在哪儿，就应该让人家坐在哪儿；搅得人甚至连杯啤酒都不能安心喝完。我真恨不得返回去把亨施克的那个店子全都砸他个稀巴烂。弗兰茨的目光里又有某种不安在震颤和涌动；他的额头和鼻子变得肿胀起来。但这种状况逐渐消退，他紧紧抓住莉娜，他挠她的手腕，她微笑道："你尽可以放心去做，弗兰茨，你的小痒痒挠得可真带劲儿。"

"我们现在跳舞去，莉娜，我们不进这家臭气熏天的店子了，我受够了，他们一个劲儿地抽烟，而一只小小的金翅雀就蹲在旁边，它完全有可能会丧命的，但他们却一点儿也不在乎。"他向她描述，他刚才是多么有理，而她也是这样认为的。他们登上电车，一路经过雅诺维茨大桥驶进小瓦尔特的舞厅。他就这样不修边幅地乘车而去，莉娜甚至连去换下衣服都不行，她那模样也和他一样俊俏。行车途中，这胖女人坐在电车里面，还不忘从口袋中拿出一小张报纸，那已经完全皱得不成样子了。她这是特意为他带来的，这是一份星期日出的报纸，叫《和平信使》。弗兰茨说，他不卖这种报纸，他握着她的手，冲着那漂亮的题头和首页上的标题直乐："因祸得福。"

两只小手啪啪，啪啪，两只小脚踢嗒，鱼儿，鸟儿，整日，天堂。

电车一路盘旋，他俩在车厢里，就着昏暗的灯光，头挨头地一起读首页上那首被莉娜用铅笔圈下来的诗："两个人过得更好，"作者艾·菲舍尔："独自行走，步履糟透，脚时常折扭，心是如此担忧，两个人过得更好。你若跌倒，谁来支撑你的步伐？你若疲惫，谁来拉你一把？两个人过得更好。你这个沉默的旅人，穿过世界和时代，带上耶稣基督与你同在，两个人过得更好。他知道路不只一条，他认识那条小道，他全力以赴，帮你不动摇，两个人过得更好。"

可我仍然感到饥渴，弗兰茨一边读一边想，两杯太少，那长篇的讲演使嗓子干得冒了烟。随后，他想起了他的歌唱表演，他觉得回到了家里，他挽紧莉娜的胳臂。

她嗅到了清晨的空气。在穿过亚历山大大街去往木材街的路上，她软绵绵地偎依在他的身旁："这可不是马上就要去订婚了吧？"

弗兰茨·毕勃科普夫这个人的能耐。
他可以和古代的英雄们媲美

这个弗兰茨·毕勃科普夫，从前的水泥工人，后来的家具搬运工等等，现在的卖报小贩，体重大约两公担。他健壮得如同一条眼镜蛇，而且，他又重新成为一家田径俱乐部的会员。他裹着绑腿，蹬着钉鞋，穿着风衣。你们不可能在他身上找出多少钱来，钱持续地，始终是少量地，进入他的腰包，然而，即便如此，人还是应该尝试着去亲近钱。

以前，比如伊达等等，从那时起，内疚，梦魇，烦躁不安的睡眠，痛苦，来自我们原始祖母时代的复仇女神们，都一直在追捕他吗？无能为力。人要对已经有所变化的局势进行思考，一个罪犯，从他自己的角度来看，就是那个在祭坛边上受到上帝诅咒（你是从哪里知道的，我的孩子？）的男人，俄瑞斯忒斯，杀死了克吕泰涅斯特拉，几乎说不出名字，毕竟是他的母亲。（你指的是在哪座祭坛边上？在我们这里，您可以去寻找一座夜间开放的教堂。）我在说，有所改变的时代。哎呀嘀追捕，可怖的野兽，披头散发的女人们，与群蛇为伴，外加没上口套的众狗，整一个令人生厌的动物展览，它们都想伸出嘴去咬他，可就是够不着，因为他站在祭坛的边上，这是关于古代希腊的一幕，然后，全体畜生气急败坏地围着他乱舞，众狗始终居中。正如歌里所唱的那样，没有竖琴的伴奏，复仇女神的舞蹈，缠绕着这个猎物的是疯狂的惊恐，感官的迷惑，准备进疯人院。

它们并不追捕弗兰茨·毕勃科普夫。我们还是说出来吧，祝你胃口好，他在亨施克或别的什么地方喝酒，兜里揣着那条绑带，啤酒一杯接着一杯，中途还来上一份多恩卡特，他感到心花怒放。这就是来自柏林东北区的家具搬运工之流，卖报小贩弗兰茨·毕勃科普夫，在1927年底，同那位著名的古人俄瑞斯忒斯的区别所在。谁都愿意躲在自己的皮囊里不出来。

弗兰茨打死了他的相好，伊达，她姓什么无关紧要，她那时正值如花似玉的青春年华。这件事情发生在弗兰茨和伊达互相争执的情况下，在她妹妹米娜的家里，在这一过程中，这个女人的以下器官首先受到了轻度损伤：鼻尖及鼻中部的表皮，表皮以下的骨头和软骨，但这些却是到了医院之后才被发现，并在日后作为法庭案卷发挥作用，此外，右肩和左肩处轻度压伤，并伴有出血。然而，随之而来的言语也变得十分激烈。"找婊子的孬种"和"逛窑子的嫖客"这类的用词极大地鼓舞了弗兰茨·毕勃科普夫，他虽然已经严重地堕落，但仍旧对荣誉十分敏感，更何况他对此还有其他可以表示激动的理由。他浑身的肌肉只感到一阵阵的哆嗦。他的手上只拿了一只小小的、木质的掼奶油用的搅拌器，因为他那时就已开始了训练并因此而扭伤了自己的手。他通过两次剧烈的挥舞，使这只缠有金属罗纹线的搅拌器同对话的女伴伊达的胸部发生碰撞。伊达的胸部在这一天之前可是绝对的完好无损，这整个的小人儿，她的外表曾经是非常可爱的，当然——倒不如，顺便说一下：这个由她供养的男人的猜疑并非不无道理，她想和他结束而使一位新近露面的布雷斯劳人受益。无论如何，这个娇小玲珑的女郎的胸腔可是肉长的，经不起搅拌器的数次接触。早在第一次撞击的时候，她就嗷嗷地嚎叫起来，不再说下流坯，而只顾着喊哎呀了。第二个动作是在伊达的右边，是通过弗兰茨旋转四分之一圈之后稳稳立定的姿势来完成的。伊达随即一声不吭了，她的嘴则以撅着的方式奇怪地张开着，两只胳膊同时向上伸去。

这个女子的胸部在一秒钟之前的经历同僵硬和弹性、碰撞和对立的定律有着内在的联系。如果不了解这些法则，就根本无从谈起。人们将借助以下公式：

牛顿（流腾）第一定律，其内容是：然后物体，只要没有外力作用推动它去改变它的状态，它就始终保持静止状态（比如伊达的肋骨）。流腾第二运动定律：运动的改变与作用力之间是成正比的，它们的方向相同（作用力是弗兰茨，更确切地说是他的胳臂和他的握有内容物的拳头）。力的大小由以下公式表示：

$$f = c \lim \frac{\overline{\Delta v}}{\Delta t} = cw_\circ$$

由力所引起的加速，即对静止所产生的破坏程度，用这个公式来说明：

$$\overline{\Delta v} = \frac{I}{c} f \Delta t_\circ$$

据此可以推知，而且实际情况也是如此：搅拌器的螺旋线被紧紧压在了一起，甚至于木头都露了出来。而在另一面，惰性及对立面：肋骨折断，第七—第八肋骨，左下腋一线。

在这种应时的观察中，即便没有复仇女神也完全能够对付。人们可以一段一段地密切关注弗兰茨的行径和伊达的受难。上述方程式中所阐明的一切尽显无遗。剩下的只是罗列一下过程的进展情况，它是这样开始的：即垂直线在伊达一方的消失，向作为粗暴碰撞之后果的水平线的过渡，同时呼吸受阻，剧烈疼痛，惊恐及生理平衡紊乱。如果不是那位妹妹从隔壁的房间里跳将出来，弗兰茨只怕早就会像一头咆哮的雄狮那样，把这个受伤的人儿打死，尽管他和她十分的熟悉。他在那个女人的拧掐之下撤离了，晚上，巡逻的警察在他家附近将他逮住。

"哎呀嗬追捕，"古代的复仇女神们在叫喊。哦罪恶，目睹罪恶，祭坛边上有个受到上帝诅咒的男子，他的双手沾满了鲜血。她们发出怎样的鼾声：你睡了吗？赶走你们的瞌睡。起来，起来。阿伽门农，他的父亲，多年前离开特洛伊踏上征程。特洛伊沦陷了，接着从那里传来报急的火焰，从伊达山越过阿索斯，熊熊燃烧着松脂木火炬一直来到基太隆森林。

顺道提一下，这从特洛伊来到希腊的炽热的烈焰通报是何等的壮丽。这火焰的队伍越过大海，多么伟大，这就是光明，心灵，灵魂，幸福，呼唤！

这暗红的火焰，火红地越过戈尔歌皮斯海，然后被一个守卫发现，他呼喊起来，充满欢乐，这才叫做生活，点燃并继续传递，这消息，这份激动人心和欢乐，一切都交织在一起，跨越大海的怀抱，向着阿拉赫雷翁山冲锋，始终只有呼喊和你所见到的飞奔，火红：阿伽门农来了！我们无法和这样浩大的声势相比。所以我们再次放弃。

我们正在报道中使用的一些结论来源于海因里希·赫尔茨①的试验，他曾在卡尔斯鲁厄②生活，早逝，从慕尼黑版画收藏馆的照片上看，他很少留过络腮胡子。我们发无线电报。我们通过各个大规模观测站的机械发射台制造高频率的交流电。我们通过谐振电路的振荡产生电波。电磁波呈弹壳状蔓延。然后还有一根玻璃质地的电子管和一只电话机，它的圆盘时多时少地振动着，声音于是就这样传了出来，跟先前进入话机时的它一模一样，而这真是令人惊异，妙不可言，恶意刁难。人们很难为此感到振奋；它发挥着作用，就此完事。

然而，那报告着阿伽门农返回消息的松脂木火炬却是完全不同！

它燃烧着，它火光冲天，每一个瞬间，每一个地点，都在诉说它，感受它，万物在它的烈焰中欢呼：阿伽门农来了！所到之地，成百上千的人们热血沸腾：阿伽门农来了，而现在则是成千上万，越过大海的怀抱后竟达上十万之众。

于是，言归正传，他回到了家里。那情形却是两样。完全两样。玻璃镜片在旋转。那女人见他回了家，便把他推进浴池。她用迅雷不及掩耳之势告诉人们，她是一个举世无双的贱货。她在水中把一张渔网向他撒去，他束手无策，而她已经准备好了一把斧子，就像要去劈柴一样。他呻吟着："我真可怜啊，被砍中了！"人们在外边问道："是谁在那里声嘶力竭地喊叫？""我真不幸啊，又来了一下！"古代希腊

---

① 海因里希·赫尔茨（1857—1894），德国物理学家。
② 德国西南部城市。

的这只野兽把他弄死，连眼皮都没眨一眨，她甚至还在外边大言不惭地吹嘘说："我干成了，我用一张渔网把他罩住，砍了两刀，他叹息了两声之后就四脚朝天了，我又给他补上第三刀，好让他去见阎王。"元老院的元老们听闻之后十分忧伤，但终究还是找到了恰当的措辞："我们对你勇敢的言论感到惊异。"就是这个女人，古代希腊的这头野兽，凭着与阿伽门农合法的床笫之欢，成为一个男孩的母亲，这个男孩在他出生的时候取名俄瑞斯忒斯。她后来被自己的这个欢乐的结晶所杀，他随即就受到复仇女神们的折磨。

在我们的弗兰茨·毕勃科普夫这里，情形却并不相同。五周后，他的伊达还是死了，在佛里德里希林苑医院，复杂性肋骨骨折，胸膜撕裂，小面积肺撕裂，并发脓胸，胸膜化脓，肺炎，哎呀，高烧不退，你怎么成了这副模样，你自己拿镜子照照，哎呀，你完蛋了，你去了，你那一套可以收起来了。人家解剖了她的尸体，把她埋进兰茨贝格大街的墓地里，地下三米深。她满怀着对弗兰茨的仇恨死去，他对她的暴怒，即使是在她死后也未见消减，她的新男友，那个布雷斯劳人，还来探望过她。如今她躺在地下，已经五年了，仰面朝天，木板开始腐烂，她逐渐溶化，变成脓水，她，这个当年曾经脚蹬帆船鞋、在特雷普托的天堂公园里与弗兰茨共舞的女人，这个爱过、又放荡过的女人，她完全沉默了，不再存在了。

而他则结束了他的四年牢狱生活。这个杀害她的人，四处游荡，生龙活虎，兴旺发达，大吃大喝，播撒着他的种子，继续拓展生命。甚至伊达的妹妹也未能逃过他的手心。他总有一天会被逮住的。又得有人去死，但我不知道是谁。

不过，离那一天还很有一段时日。这个他心里清楚。此间，他仍将继续在各家酒馆里享用早餐，以他的方式赞美高悬在亚历山大广场上的天空：你的祖母是从什么时候开始吹长号的，以及：我的鹦鹉不吃煮得太老的鸡蛋。

特格尔监狱的红色大墙曾经给他带来过何等的恐惧，它现在在哪儿，当时他背靠着它，怎么也不想离去。门卫站在黑色的铁门边上，这门曾让弗兰茨极度地反感，这门仍旧还是和那附着于它的铰链在一起，它不打扰任何人，它一直发挥着良好的通风去浊作用，晚上它被关上，这正是每扇完好的大门的必然经历。现在是下午，门卫站在门口，抽着他的烟斗。太阳出来了，仍旧是那同一个太阳，人们可以准确地预言，他将何时在空中的某一地点出现。它是否出来，取决于居民。41 路上正好有几个人下车，他们手里拿着花和小包，看样子好像是要径直往疗养院里去，他们向左沿公路下行，全都冻得厉害。树木站成黑糊糊的一排。犯人们仍旧蹲在他们的牢房里，工作时间里则忙着干活，排成一列纵队走过散步的院子。严格的命令，自由活动时间只能带上鞋、帽子和毛巾。检查牢房时总是老一套："昨天晚上的汤怎么样？""还可以做得更好些，只管多放点盐。"他如果不想听，就会装聋："您隔多长时间换床单？"他好像对此一无所知似的。

隔离牢房的一个犯人写道："让阳光进来吧！这是当今响彻全球的呼唤。只有这里，监狱的大墙后面，它还没有得到回应。难道我们不配享受太阳的照耀？劳改所的建筑方式致使一些建筑物的侧翼面、东北面，常年得不到阳光的照射。没有阳光融进囚室，给住在里面的人带来问候。长此以往，这些人见不到勃勃生机的阳光，必然会精疲力竭，凋零枯萎。"有个专门的委员会准备参观这幢建筑物，看守们于是就从一个牢房跑到另一个牢房。

另一个犯人写道："致州法院检察署。在州法院大刑事法庭对我的案子进行审理期间，庭长、州法院院长某某博士先生，通知我，说在我被捕之后，有一陌生人将我在伊丽莎白大街76号寓所的物品取走。这一事实已有文件为证。既然此事已有文件为证，那么肯定也由警察局或检察署进行过事后的调查。关于我被捕之个人物品失窃一事，我是在开庭之日才得知的，而此前并没有哪个方面对我通报过任何有关的情况。我请求检察署，将调查的结果通知我，或者给我寄一份附在文件内的报告的抄件，那样的话，一旦发现此事是由于我的房东方面的失职造成，我就有可能起诉索赔。"

至于伊达的妹妹米娜女士，她过得还行，谢谢，您真是太好了。现在是11点20分，她刚从市场出来，市场在阿克尔大街，是座黄色的城市建筑，它有个出口通往英瓦利登大街。但她选择了通向阿克尔大街的出口，因为这个出口对她而言较近一些。她买了菜花和猪头，外加一点芹菜。她还从市场门前的货车上买了一条又大又肥的比目鱼和一袋甘菊茶；谁说得准呢，这东西总能派上用场的。

第三章

这里，弗兰茨·毕勃科普夫这个规矩的、听话的家伙遭到了第一次打击。他被人欺骗了。这一下打中了。——

毕勃科普夫发过誓，他愿意规矩做人，而你们也看见了，他规矩了好几个星期，可这在某种程度上只是他能得到的一个宽限期。生活始终认为这个誓言太过纯洁，于是就阴险地把他绊倒。可是，在他弗兰茨·毕勃科普夫看来，生活的这次捉弄似乎并不显得特别高明，而且，这种鄙俗的、下流的，与一切善良的意图针锋相对的存在，将在很长的一段时间内把他搅得心神不宁。

他不明白，生活为什么会是这样。他必须走完一条很长的路才能对此有所认识。

昨天还在趾高气扬

因为圣诞节快到了，所以，弗兰茨劳逸结合地推销各种时令商品，上午或下午头枕着鞋带躺上几个小时，先是一个人，后来则是和奥托·吕德斯一起。后者已经失业两年，他的老婆给人家洗衣服。是莉娜，那个胖女人，把他介绍过来的，他是这胖女人的叔叔。他夏天曾在鲁德斯多夫做过几周披流苏、穿制服的薄荷人。弗兰茨和他结伴，走街串巷，辛苦奔波，挨家挨户，按响门铃，然后会合。

有一天，他来到这家小酒馆。那胖女人也在。他此刻的兴致特别高。他狼吞虎咽地吃掉胖女人的夹肉面包片，嘴里一边嚼着，一边又为他们三人要了豌豆猪耳朵。他长时间地抱住胖女人狂吻，害得她满面通红地趿拉着鞋去取猪耳朵。"她走了，就好了，这个胖女人，奥托。""她又不是没有自己落脚的地方。老是趿拉着个鞋跟在你的屁股后面。"

弗兰茨趴到桌上，抬头仰视吕德斯："你有什么想法，奥托，出什么事了？""什么什么事？""得了，说出来听听吧。""那好吧，还能有什么事。"

两杯淡的，一杯柠檬。又有一位客人气喘吁吁地走进酒馆，他用手背揩了揩鼻子，咳了两声："来杯咖啡。""加糖吗？"老板娘正在冲洗玻璃杯。"不，但要快点。"

一个头戴棕色运动软帽的青年人在馆子里搜寻，在圆铁炉旁取暖，找到弗兰茨，随后站到他的身旁："您见过一个穿黑大衣的人吗，棕色领子，毛皮领子？""常来这儿吗？""是的。"同桌上那个年长的转过头来对身边那个脸色苍白的邻座说道："棕色的毛皮？"后者闷闷不乐："这里经常有穿棕色毛皮的人来。"那个灰白头发说道："您到底是从哪里来的？谁派您来的？""这可无关紧要。如果您没有见过他的话。""这里穿棕色毛皮的人多的是。人家一定要知道，是谁派你来的。""我可没有必要把我的事情告诉给您。"那脸色苍白的人发起火来："如果您问他，这里是否来过一个人，那他就可以问您，是谁派您来的。"

那位客人已经站在了下一张桌子旁："就算是我问他，那么我是谁，也跟他毫不相干。""喂，如果您问他，他也就可以反过来问您。否则，您就没有必要去问他。""我可没有必要告诉他，我是做什么的。""那他就没有必要告诉您，是不是有个人来过这里。"

那位客人朝门口走去，随后又转过身来说道："如果您真是这样聪明，那您就永远这样聪明下去吧。"转过身去，拉开门，走了。

桌边的那两个人："你认识这人吗？我反正是不认识他的。""这人从没来过这里。天知道，他想要干什么。""有过一个巴伐利亚人。""那家伙，是个莱茵兰人。来自莱茵兰。"

弗兰茨对冻得可怜兮兮的吕德斯咧嘴笑道："你竟然没

有想到。好吧，我有没有钱？""这么说，你有一些？"

弗兰茨一拳砸在桌子上，松开拳头，自豪地咧嘴笑道："那么有多少呢？"吕德斯，这个可怜巴巴的小矮子，弯下身去，一颗被虫蛀空的牙齿发出咝咝的风声："两个十芬尼，见鬼去吧。"弗兰茨把几张面值为一百马克的钞票往桌上一扔："瞧，我们现在的情形怎么样。我们仅用十五分钟，二十分钟，就成了。时间不会比这更长了，打赌。""真了不得呀！""不，不是你想的那样，在桌子底下，从后面包抄。说真的，奥托，规规矩矩的，靠正当的方式，你懂吗。"

他们开始窃窃私语，奥托·吕德斯紧挨着他。在一位太太家门口，弗兰茨按响了门铃，马可鞋带，给您自己，给您尊贵的丈夫，给您的小孩子们。她看了看鞋带，又顺带着看了看我，她是个寡妇，保养得还可以，我们在走廊里聊了聊，我便问她，能不能弄杯咖啡给我喝，今年冷得够呛。她陪着我，喝了咖啡。后来嘛，还不止这些呢。弗兰茨往手上哈了口气，笑声从鼻孔里穿出，他挠了挠腮帮子，用自己的膝盖碰了碰奥托的膝盖："我把我所有的破烂都放在她家里了。她发现什么没有？""谁？""嘿，还能有谁，这胖女人呗，因为我这里什么都没有了。""让她去发现吧，都卖掉了，那地方到底在哪儿？"

弗兰茨打了个呼哨："我还会再去那里的，但不会马上就去，艾尔萨斯后面，一个寡妇。哎呀，二十马克，这是笔生意。"他们一直吃喝到 3 点，奥托分得一枚五芬尼，但这并未让他兴奋多少。

是谁第二天上午拎着他的鞋带偷偷摸摸溜过罗森塔尔

门？奥托·吕德斯。他在法比施拐角等候，直到看见弗兰茨沿着布鲁隆大街快步离去。他赶紧沿艾尔萨斯下行。对，就是这个号码。说不定弗兰茨已经上去过了。瞧，这些人都不吭不哈地沿街行走。我先站到楼道里面去一点。如果他来了，我就说，我说什么呢。我心里跳得厉害。他们成天价地让人生气，一无所获，大夫什么也没查出来，我却落下了病根。穿破衣烂衫的人在穷困潦倒，身上一直还是这套战时的旧制服。上楼。

他按响门铃："太太，要马可鞋带吗？不，我只想问问。喂，您倒是先听我说呀。"她要关门，他把一只脚插在中间不拿出来。"我可不是为自己来的，我的朋友，这您可是知道的，他昨天来过这儿，他把他的货放这儿了。""哦上帝。"她打开门，吕德斯进了屋，门在他的身后迅速地合上。"出了什么事，哦，上帝。""什么事也没出，太太。您干吗直打哆嗦呀。"他自己也在哆嗦，他如此唐突地进到屋里，现在继续，顺其自然吧，会行的。他应当温柔，他一时语塞，在他的嘴边，鼻子下方，有一张钢丝网，它越过两腮延伸至额头；如果两腮僵硬，我就完了。"我只是来取这些货物。"那秀丽的女人跑进客厅，要去把那包裹拿来给他，而他本人却已站在了客厅的门口。她咬咬嘴唇并看了他一眼："这就是那个包裹，哦上帝。""谢谢，多谢。太太，您干吗一个劲儿地哆嗦。这里可是暖和得很哪。这里暖和得很哪。您就不能也给我来杯咖啡？"只管站着不走，不住气地说话，只要不出去就成，要像橡树一样顽强。

这女人，瘦削，秀丽，站在他的面前，双手交叉于胸前："他还跟您说了什么？他到底跟您说了些什么？""谁？

我的朋友？"不停地说，说得多多的，说得越多，就越觉得暖和，此时，那张金属网还只让鼻子以下的朝前的部位感到痒痒。"哦，没别的，不，还能有什么。他干吗非要说咖啡的事呢。这货我可是已经拿到手了。""我这就去一下厨房。"她害怕，我会拿她的咖啡打什么主意，我最好还是自己去煮吧，我们去酒馆里喝更美气，我要悄悄溜走，耐心等候，我们不管怎么说还在这儿呢。我呆在这里，麻利地跑了进来，也不错嘛。然而，吕德斯仍旧心怀恐惧，他竖起耳朵去听门外、楼梯口和楼上的动静。他走回客厅。真见鬼，今天没睡好，约尔这孩子老是咳嗽，咳了整整一个晚上，我们坐下来吧。他坐到了红色的丝绒沙发上。

她和弗兰茨就是在这上面干的那事，她现在为我煮咖啡，我将把帽子取下来，冰凉的手指。"这是您的一杯。"她的心里可是害怕着呢，漂亮的俏娘们儿，倒真叫人有兴致试上一试。"您不也一起来一杯？做个伴儿？""不不，二房客马上就要来了，客厅是他的。"想把我撵走，她哪来的二房客，里面肯定有张床吧。"就这事儿？您就别去管他了。一个二房客，他上午不会来的，他可是有他的活计要干的。是的，我的朋友再也没有跟我说过别的什么了。只是让我来把这些货取走。"——舒服地趴在桌子上一小口一小口地喝着咖啡——"真热，今天很冷，他还能跟我说什么。您是个寡妇，对吧，您不是？""是的。""您丈夫怎么了，死了？大概阵亡了吧？""我很忙，我得做饭去。""您再给我来一杯吧。干吗那么着急。等我们再见面的时候，就不会这么年轻了。您有小孩吗？""您走吧，您已拿到您要的东西了，我没工夫。""得了，您不要觉得不自在，我们恐怕还会遇到突然袭击的，您别对我来这一套，去忙您的，我总该可以把咖啡喝完吧。您这下突然就没工夫了。不久前您可有的是工夫呢，您心里清楚是怎么回事。得了，祝您吃得好，我可不这样，我这就走。"

把帽子扶上头，起身，将那小包裹往腋下一夹，慢慢向门口走去，本来人都已经从她身边走过，却又猛地转过身来："好吧，把零钱拿出来。"伸出左手，食指作引诱状。她用手捂住自己的嘴巴，矮小的吕德斯紧挨着她："你要是叫的话。有多少给多少。行了，你瞧，我们什么都知道。朋友之间没有秘密。"真他妈的笨，是只讨厌的母猪，穿条黑裙子，真恨不得给她一耳刮子，不比我的老婆强多少。这女人的脸涨得通红，但只是右边，左边一片雪白。她手里拿着钱包，手指在里面翻来找去，瞪得圆圆的眼睛却盯着吕德斯不放。她的右手给他递过钱去。她的表情十分的不自然。他的食指继续作引诱状。她把整只钱包都倒到他的手上。现在，他走回客厅，来到桌边，抓住红色的绣花桌布。她发出沙哑之音，却说不出话来，静默无声地站在门边。他抓起两只沙发靠垫，然后进到对面的厨房，拉开桌柜，乱翻一气。尽是些铁片儿，我得赶紧跑掉，否则她还会大喊大叫的。这时，她栽倒在地，只管快跑。

穿过过道，慢慢关上房门，沿楼梯而下，进入隔壁的屋子。

今天已被射中胸膛

从前有座美妙的天堂。水里游着成群的鱼儿，树木从地里长出，犹如雨后的春笋，动物们嬉戏玩耍，有陆上的动物、海洋里的动物，还有鸟儿。

这时，一棵树上发出沙沙的响声。蛇，蛇，一条蛇伸出头来，一条蛇住在天堂里，而且它比这里所有的动物都要狡猾，它开始说话，对亚当和夏娃说话。

一周以后，弗兰茨·毕勃科普夫手拿包在绵纸里的花束，悠闲地走上楼来，想起他的那个胖女人，不免有些自责，但并不十分真心，停下脚步，她是一个忠诚可贵的姑娘，那些蠢婆娘有什么用，弗兰茨，呸，是生意，生意就是生意。他这时按响了门铃，胸有成竹地微笑，会心地微微一笑，热气腾腾的咖啡，一个小巧的布娃娃。里面传来脚步声，这是她。他挺胸凸肚，把花束举到木门前，锁链正被取下，他的心怦怦直跳，我的领带打得合适吗，她的声音问道："谁呀？"他咔咔地答道："邮差。"

门黑漆漆地开了一道小缝，她的两只眼睛，他温柔地躬下身子，会心地一笑，挥动着花束。啪的一声。门关上了，重重地关上了。得儿得儿得儿，插上插销。见鬼，门关上了。这个该死的东西。你干站着。这女人大概疯了。她认出我来了没有。棕色的门，门的镶板，我站在楼道上，我的领带打得很合适。简直无法相信。必须再按一次门铃，要么算了。他把目光落到两只手上，一束花，我刚才在拐角买的，花了一个马克，用绵纸包好。他再次按响门铃，第二次，很长时间。这女人肯定还在门后站着，在那里一把把门关上，一动不动，屏住呼吸，叫我挨站。可我的鞋带还放在她家里，所有的货，大概值三个马克，我总可以取走吧。现在，里面有个人在走动，现在她走开了，这女人去了厨房。这才真是——。

先下趟楼。然后再上来：我还会按响门铃，我倒要看看，她不可能没看见我，她把我当成别的什么人了，当成乞丐了，来的人不少。但当他站到门口时，他却没有去按门铃。他一点感觉也没有了。他只是等待，干站。也好，这女人不给我开门，我只想弄个明白。我不会在这房子里卖货了，这把花我该怎么处置，花了我整整一个马克，我把它扔进阴沟里去得了。忽然，他又一次按响门铃，好像在等待命令，静静地等候，千真万确，她甚至都懒得走到门口来了，这女人知道是我。那么，我给邻居们留张纸条吧，我非得要回我的货不可。

他按响了隔壁一家的门铃，没人在家。好吧，我们写张字条。弗兰茨来到走廊的窗户旁，从一张报纸上撕下空白的一角，用支短短的铅笔写道："因为您没开门，我想取回我的货，可交给克劳森，艾尔萨斯街角。"

婆娘，婊子，你哪里知道，我是谁，已经有个女人尝过我的厉害，否则你岂敢造次。嘿，我们总有那么一天的。真恨不得拿起一把斧头，把门砍烂。他轻轻地将纸条从门底下塞了进去。

弗兰茨闷闷不乐地溜达了一整天。第二天早上，和吕德斯碰面之前，小酒店的老板转给他一封信。是她写的。"再没有别的了？""没有，到底是什么呀？""包裹，装着货的。""没有，一个小男孩带过来的，昨天晚上。""竟有这种事情，恐怕还得我自己亲自去把货给取回来。"

——两分钟后，弗兰茨走到毗邻的陈列橱窗前，一屁股坐在了一张木头凳子上，把那封信攥在他那松弛无力的左手里，抿紧嘴唇，眼睛凝视着桌垫，吕德斯，那个可怜巴巴的家伙，正要走进门来，一眼看见弗兰茨，见他坐在那里，那模样不对劲儿，于是赶紧拔脚走掉了。

老板来到桌前："吕德斯干吗急匆匆地跑了呀，他还没把自己的货取走呢。"弗兰茨只顾坐着。这种事情满世界里有的是。我的两条腿被人砍掉了。这种事情满世界里都找不着。还没有出过这种事情。我起不来了。吕德斯只管跑吧，长着腿，他就能跑。竟是这等货色，真没想到。

"您要来杯白兰地吗，毕勃科普夫？是不是遇到丧事了？""不，不。"这人都说了些什么，我没听清，耳朵里塞着棉花。老板没有走开："吕德斯干吗要这样跑掉？又没人要害他。好像后面有谁在紧迫不舍似的。""哪个吕德斯？不错，这人大概有要紧事吧。是的，一杯白兰地。"他一饮而尽，思绪一再纷乱，活见鬼，这信里写的都是些什么事啊。"您的信封掉到地上去了。要不您来张晨报。""谢谢。"他继续苦思冥想：我只是想知道，这封信，这是怎么一回事，那女人把这样的事情写给我看。吕德斯是个明白事理的人，有几个孩子。弗兰茨想，这是怎样发生的，他的脑袋因此而感到沉重，像打瞌睡似的向前靠去，老板以为他累了，然而那却是空白，广袤和虚空，他的两腿也开始同时向下滑去，他整个人这时扑通一下跌了进去并向左一转，现在向下，完全向下。

他的胸部和头部趴在桌面上，他的眼睛斜视着胳膊以下的桌面，他的嘴在木桌的上方吹气，他紧紧抱住自己的头部："那胖女人，那个莉娜来了吗？""没有，她要到12点钟才来。"哦，是这样，我们现在才9点，我还什么都没干呢，吕德斯也走了。

该做点什么呢？他的心中下起了倾盆大雨，他紧咬嘴唇："这就是惩罚，他们放我出来，而别的人还在监狱后面的大垃圾堆下挖土豆，我只好坐上电车，该死的，呆在那里的时光是多么的美气。"他站起身来，到街上去走走，把这事先放在一边，只是别再害怕，我两腿直挺挺地站着，没人接近我们，没人接近："要是那胖女人来了，您就告诉她，我有件丧事要办。奔丧去了，叔叔什么的。我今天中午不来了，不，她不必等了。就这事，怎么样？""一杯啤酒，和平时一样。""就这样吧。""您把包裹放在这里？""什么包裹？""嗯，事情偏偏被您给碰上了，毕勃科普夫。别麻烦了，镇静些。这包裹我给保存着就是了。""什么包裹？""行了，您出去透透气吧。"

毕勃科普夫来到了街上。老板隔着玻璃目送他远去："她会不会马上又把他给带回来？就是这些事情。这样强壮的男人。那胖女人会瞪大眼睛的。"

一个身材矮小、面色苍白的男人站在楼前，右臂吊在绷带里，一只手上戴着黑色的皮手套。他已在阳光下站了一个小时，他不想上楼去。他刚从医院回来。他有两个大女儿，儿子是后来出生的，有四岁了，昨天死在了医院里。刚开始只是咽峡炎。那个大夫说，他马上再来，可他晚上才来，还马上说道：送医院，白喉可疑。儿子在医院躺了四周，本来已经痊愈了的，却又在这时染上了猩红热。两天之后，昨天，他去了，心力衰竭，主治医生说的。

这男人站在楼门口，楼上的女人将会跟昨天一样喊叫号嗨，整夜地责怪他，没在三天前就把儿子接出来，他可是完全好了的呀。但护士们都说，他的咽部还带菌，家里有孩子的人家，这种事情是很危险的。女人暂时还不愿意相信这话，但别的孩子出事却是很有可能的。他站着。邻楼前有些人在叫喊。突然他想起来了，当他带那孩子去的时候，医院里的人曾经问过他，这孩子打过血清的针没有。没有，还没有孩子打过。他等了整整一天，直到晚上，大夫来了，然后就是：马上走。

这个残废军人于是马上开始快步疾走，越过路堤，沿街而上，来到拐角，来到医生的居所，人家告诉他不在家里。他却咆哮起来，这是上午，大夫肯定在家。诊室的门开了。那个秃头的、肥胖的先生看着他，把他拉进屋里。这个男人站着，谈起医院，孩子死了，大夫同他握手。

"可就是您让我们等的，整整一个星期三，从早上到晚上6点。我们派人来找了您两趟。您都没有来。""我最后还是来了嘛。"这个男人又开始咆哮："我是一个瘸子，我们在战场上流过血，人家让我等着，人家可以随便处置我们。""您坐下来，您冷静点。孩子根本就不是死于白喉。医院目前出现了几例这样的感染。""左也是不幸，右也是不幸，"他继续咆哮。"人家让我们等着，我们是苦力，我们的孩子可以悲惨地死去，就跟我们已经悲惨地死去了一样。"

半个小时之后，他慢慢地走下楼来，在楼下的太阳光里转过身子，向楼上走去。女人正在厨房里忙着。"保尔？""孩子他妈。"他们的手握在一起，他的头低垂下来。"还没吃饭吧，保尔。我马上给你做。""我刚到大夫那边去过了，我对他说，他星期三没有来。我说了他了。""我们的小保尔，他根本就不是死于白喉。""这没用。这个我也对他说过了。可当时如果马上就给他打上一针的话，他根本就用不着上医院去了。完全不用去了。可他硬是没来。我说了他了。如果再发生这种事情，总还是得替别人想想。这种事情每天都在发生，天知道。""好了，吃点吧。那大夫到底说了些什么？""他也是个好人。人家也不是三岁的小孩子了，也得做事，像牛像马一样地辛苦工作。这我心里清楚。可事情都已发生了。他给了我一杯白兰地，要我镇静些。大夫的太太也进屋来了。""你是不是大声嚷嚷了，保尔？""不，根本没有，只在刚开始的时候，过后都很平和。他自己也承认了：是该有个人给他说说。他不是个坏家伙，但是该有个人给他说说。"

他吃饭的时候，颤抖得十分厉害。女人在隔壁的屋子里哭泣，然后他俩一起围着炉子喝咖啡。"保尔，是咖啡豆咖啡。"他嗅了嗅瓷杯子："闻得出来。"

明天进入阴森的坟墓，不，我们
将会懂得自我克制

弗兰茨·毕勃科普夫不见了。在他接到那封信的下午，莉娜来到她的住处。她给他织了一件棕色的毛背心，她想悄悄地替他放在屋里。然而，这个男人居然坐在家里，往常的这个时候，他可都是出去做生意的了的，尤其是像现在快要过圣诞节了，他蹲在床上，桌子已被拉到床边，他把闹钟拆开，正来回地忙活。她先是吃了一惊，怕他在场可能会看见

那件背心，然而，他几乎没有向她瞧上一眼，只顾着瞧他的桌子和他的钟。她觉得这样很好，她还可以赶紧把马甲整理好放在门口。但他此后的言语却是如此之少，这人怎么了，这人情绪不佳，瞧瞧他的那张脸就够了，我还从没见过他这样，摆弄着那只讨厌的闹钟，心不在焉地瞎忙活。"这闹钟原来不是好好的吗，弗兰茨。""不，不，不好，你别管，它老是嗡嗡地响，报时也不准确，我会找出病根来的。"于是乎一阵摆弄，重新放下，用手抓挠自己的牙齿；他根本不拿正眼看她。她于是悄悄溜走，她有点害怕，他应该好好睡上一觉。而当她晚上再来的时候，这个男人已经走掉了。付了房钱，收拾好他的行李物品，带上所有的东西走了。女房东只知道，他付了钱，要她在留言条上写下：出门旅行。他肯定是想挤挤紧吧，这人，什么？

然后，经过可怕的二十四个小时，莉娜终于找到了那个可能帮得上忙的戈特利布·梅克。此人也已搬家，她跑了整整一个下午，一家酒馆一家酒馆地找，终于找到了他。他一无所知，弗兰茨又能出什么事呢，这家伙可有的是肌肉，人也聪明，出次把远门说得过去。他是不是干了什么坏事？这在弗兰茨是完全不可能的。莉娜和弗兰茨，没准他们吵架了。可是根本没有啊，哪有这么回事哟，我还给他送去了一件背心呢。即使第二天中午梅克去找女房东，莉娜仍不松口。是的，毕勃科普夫从头到脚都搬走了，这里面就有鬼，这个人平时总是快快活活的，就是那天早晨他还是这样的，肯定出了什么事，别想找借口糊弄她；他把自己的东西全都搬走了，一丝一毫也没有留下，您过来看看。梅克于是对莉娜说，莉娜应该冷静点，他会对事情进行调查的。他沉思了片刻，他立刻找回了一个老商人所特有的嗅觉，他跑去找吕德斯。后者正同他的约尔一起坐在自己的屋子里；弗兰茨在哪里？是的，他这人脾气犟，让他坐了冷板凳，甚至还欠着他的一点钱没有给，弗兰茨忘了和他结账。梅克根本就不相信这一套，他们的谈话拖了一个多小时，从这人口里掏不出一点东西。晚上他们又逮住他，梅克和莉娜，在酒馆里和他对面而坐。事情总得有个眉目才行。

莉娜怒吼着开始发话。他肯定、肯定知道，弗兰茨在哪里，他们上午还是呆在一起的，弗兰茨很可能说了点什么，哪怕是一个字。"不，他就是一个字也没说。""他肯定出什么事了。""他出事了？他可能做了个胆小鬼，还能是啥。"不，他没有做什么坏事，莉娜一点也不听人劝，他什么都没做，她把手伸到火上取暖，得去警察局，打听一下。"你以为，他失踪了，而且人家肯定会要他的小命的。"吕德斯大笑起来。这就是这个矮胖子的悲伤。"我们怎么办，我们怎么办？"梅克本来一直坐着想他的心思，终于，他也忍不住了，于是，他用头向吕德斯示意。他要和吕德斯单独谈谈，这一切的确没有多大意义。吕德斯也紧跟着走了出来。他们一边装模作样地交谈，一边沿着拉那勒大街上行至街的尽头。

在那漆黑一团的地方，梅克以迅雷不及掩耳之势扑向矮小的吕德斯。他把他狠狠地痛打了一顿。见吕德斯躺在地上嚎叫，梅克又从夹克的口袋里拿出他的手帕塞进他的嘴里。然后他让他站起来，还向这个矮子亮了亮自己明晃晃的匕首。他们两人都喘不过气来。然后，还未清醒过来的梅克就给另一个提出建议，让他偷偷溜掉，明天去找弗兰茨。"伙计，你有什么办法找到他，我无所谓。如果你找不到他，那我们就三个人一起去找。我们总会找到你的，小子。哼，要是在你老婆那里的话。"

第二天傍晚，在梅克的示意下，小矮子吕德斯脸色苍白、一声不吭地走出酒馆，他们一起走进那间客房。过了好一阵子，老板才给他们把煤气点上。然后他们就站在那里。梅克问："怎么，你去过了？"那人点点头。"瞧瞧，还有什么？""没有什么。""他到底说了些什么，你如何才能证明，你是去过那里的。""你想想，梅克，他肯定会跟你一样，把我的脑袋打得开花。不，我是有备而去的。""那好，情况怎样？"

吕德斯悄悄走近一步："注意点，梅克，好好听着。如果你听我的：我愿意告诉你，如果弗兰茨是你的朋友，你看在他的面子上，也没有必要像昨天那样对我说话。那简直就跟杀人差不多。其实我们两人之间什么事也没有。看在他的面子上别这样。"

梅克死死地盯住他，他这就会再挨上一巴掌的，到时候，有多少人进来，就随他们的便好了。"不，这人可真是疯了！你没看出来吗，梅克？他的脑袋好像有点不大正常。""行了，别说了。他是我的朋友，你，看在上帝的分上，我的两条腿在发抖。"然后吕德斯开始叙说，梅克坐了下去。

他在5点和6点之间撞上了弗兰茨；他住的地方离他原来的住处很近，只隔三栋房子，人家看见他手拎纸箱和一双皮靴走进楼去，还真的接纳了他，把他安顿在阁楼上的一间斗室里。吕德斯敲门走进屋去，弗兰茨躺在床上，两条腿蹬着靴子悬在床边。吕德斯，他认出是他，墙上点着一盏灯，这就是吕德斯，这个流氓现在跑来，可他怎么了。吕德斯左边的口袋里揣着一把明晃晃的小刀，他的一只手插在里面。另一只口袋里放着他的钱，几个马克，他把它们搁到桌上，东说说，西说说，来回地晃动着身体，声音沙哑，用手指着头上的大包，那是被梅克打的，还有肿大的耳朵，他准备气急败坏地嚎叫一通。

毕勃科普夫坐了起来，有时，他的脸绷得很紧，有时，又有一小束一小束的东西在他的脸上颤动。他手指着门口轻声说道："出去！"吕德斯放下他的几个马克，心里想着梅克他们会在暗中监视，就请他写张字条，说他来过，要么能不能让梅克或莉娜自己上来。毕勃科普夫这下完全站起身来，转瞬之间，吕德斯滑到了门口，一手抓住门把。毕勃科普夫则绕到后面的晾衣架旁，操起脸盆——让你胡说——用力一泼，水穿过房间落到吕德斯的腿前。你本来自尘土，你应当重新归于尘土。吕德斯睁开眼睛，向一旁躲闪，人压到了把手上。毕勃科普夫拿起水壶，里面装的水更多，我们还有的是，我们算算账，你本来自尘土。他把壶往门口他的身上倒，溅得他的脖子和嘴上全都是水，冰凉的水。吕德斯滑向屋外，他跑了，门关上。

在客房里，他恨恨地窃窃私语："这个人疯了，你自己去看吧，你会明白的。"梅克问道："门牌号码是多少？在谁那里？"

事后，毕勃科普夫还在把一壶又一壶的水倒进那间斗室。他用手把水洒向空中：非要把所有的东西都洗个干净不可，非要把所有的东西都冲走不可；现在还要打开窗户透气；我们与此无关。（没有房子冲过来，没有屋顶滑下来，事情已经过去，一劳永逸地过去了。）窗户变得冰冷，他死死地盯住地面。得擦擦，会滴到楼下人家头上去的，会搞脏的。关上窗户，直挺挺地躺到床上。（死了。你本来自尘土，你应该重新归于尘土。）

两只小手啪啪，啪啪，啪啪，两只小脚踢嗒，踢嗒，踢嗒。

晚上，这个毕勃科普夫便已不再住在这间斗室里了。他搬到哪儿去了，梅克无法确定。他带着居心叵测的小矮子吕德斯一起去见那几个牲口贩子。他要他们向吕德斯问个究竟，到底出了什么事，酒店小老板收到的那封信又是怎么一回事。吕德斯铁了心，一副阴险奸诈的模样，他们只好让这个可怜鬼一走了之。梅克甚至说道："这个人是罪有应得。"

梅克低头沉思："这个弗兰茨，不是莉娜骗了他，就是他在生吕德斯或者别的什么事的气。"牲口贩子们说："那个吕德斯是个流氓无赖，他的话没有一句是真的。这个毕勃科普夫，他没准也真的是疯了。他拿营业执照那会儿就有点异想天开了，手里甚至连点货都没有。这种事一遇上麻烦就会抖落出来。"梅克坚持认为："这种事可以叫人伤肝动怒，但决不会伤着人的脑袋。脑袋是完全不可能的。这人可是个田径运动员，干重活的工人，这人曾经是个一流的家具搬运工，搬钢琴什么的，像他这样的人是伤不着脑袋的。""就是他这样的人才伤得着脑袋。这个人很敏感。脑子动得少，这样，一下子就能被打着。""好了，你们牲口贩子的事怎么样了，你们还在诉讼？你们可都是身体很结实的人啊。""牲口贩子的头脑理智坚强。那又怎么样。他们如果动不动就生气的话，那他们可能全都上赫尔茨伯格^①去了。我们一点也不生气。订货，让人坐冷板凳，要么就不付钱，对我们来讲，这可是天天都在发生的事情。人就是永远没钱。""他们要么就是一时周转不开。""也是。"

其中一个牲口贩子看着自己肮脏的背心："我在家用茶托喝咖啡，这样味道更好些，可老是溅到身上。""你得给自己系上一条小围嘴儿。""那我的老婆会笑话的。不，两只手发抖，瞧一瞧。"

梅克和莉娜没有找到这个弗兰茨·毕勃科普夫。他们跑遍了半个柏林城，但没有找到这个人。

---

① 柏林的一家疯人院。

第四章

事实上,不幸并未击中弗兰茨·毕勃科普夫。普通的读者会吃惊地发问:怎么回事? 然而,弗兰茨·毕勃科普夫却不是普通的读者。他发觉,他的原则尽管很简单,但肯定在什么地方出了错。他不知道在哪里,但它肯定出了错,仅此一点就足以让他陷入无穷的忧虑之中。

　　你们将看到这个人拼命地喝酒,几乎对生活不报任何的希望。然而,情况并没有这么严重,弗兰茨还得留下来,以便迎接更加糟糕的事情。

亚历山大周围的一撮人

亚历山大广场边上的地铁路堤被人挖开。人们行走在木板上。电车一辆二辆地越过广场，沿着亚历山大大街上行，穿过明茨大街，驶向罗森塔尔门。左右都是街道。街上的房屋鳞次栉比。地上地下全都挤满了人。下面是商店。

小酒馆，餐厅，水果和蔬菜交易，殖民地出产的农副产品以及珍馐美食，搬运站，装饰画，女装制作，面粉和各类磨房产品，车库，救火组织：微型电动消防水龙头的优点是结构简单，操作简便，重量轻，体积小。——德国的民众们，从来没有哪个民族像德意志民族这样，受到如此卑鄙的迷惑，受到如此卑鄙的不公正的欺骗。1918年11月9日谢德曼[①]站在帝国大厦的窗口里向我们许诺和平、自由和面包时的情形，你们还记得吗？可他又是如何遵守他的诺言的呀！——排水用具，窗户清洁协会，睡眠是良药，施泰内尔的天堂之床。——书店，现代人的图书馆，现代人的图书馆由我们顶尖的作家和思想家的全集组成。这都是欧洲精神生活的伟大代表。——租房者保护法是一堆废纸。房租不断地上涨，中等工商阶层被赶到大街上并以这种方式被扼杀，法院工作的执行人员却保持着丰厚的收益。我们要求国家对小工商企业发放一万五千马克以下的贷款，立即禁止所有对小工商经营者的财产扣押。——以充分的准备来迎接那个痛苦的时刻是每个女人的愿望和义务。未来母亲的全部思想感情都集中在那个未出世的宝宝身上。因此，对未来的母亲而言，选择正确的饮料极其重要。纯正的恩格哈特焦糖麦芽啤酒口感舒适，营养丰富，易于消化，提神醒脑，几乎没有哪种饮料能够同它所拥有的这些特点相比拟。——请参加一家瑞士生命保险公司，苏黎世养老金机构的生命保险，以使您的孩子和您的家庭有所保障。——您将心花怒放！您将高兴得心花怒放，如果您拥有一个用著名的赫夫勒牌家具布置的家。您对美好安逸家居的所有梦想将为一种预料不到的真实所超越。纵然岁月流逝，其赏心悦目之状永存，它的实用和耐久一如既往。——

门锁公司保护一切，它们四处走动，通行无阻，向里看，装入钟表，报警装置，守卫和保护服务的对象是大柏林及其外围，德国警备护卫队和从前的柏林地产主店主联合会警备部，联合行动企业，西部警备中心，警备协会，舍洛克-协会，柯南·道尔的舍洛克·福尔摩斯全集，柏林及其周边地区警备协会，蜡人为师，庸人为师②，洗衣作坊，阿波尔内衣出租，阿德勒洗衣店承接所有的手洗和贴身内衣，专业洗涤精致的男女内衣。

---

① 谢德曼（1865—1939），德国社会民主党右翼首领之一，曾积极支持帝国主义战争，残酷镇压工人运动。
② 奥托·恩斯特（1862—1926）著有《蜡人为师，庸人为师》的教育讽刺喜剧，1901 年首演，1920 年拍成电影。

商店的上面和商店的后面都是住宅居室，再后面还有庭院、侧楼、翼楼、背街房屋、带花园的房屋。利林大街，弗兰茨·毕勃科普夫遭吕德斯暗算之后得以藏身的地方就在这里。

前面是一家漂亮的鞋店，有四个光彩夺目的橱窗，有六个女孩子伺候，也就是说，如果有什么需要伺候的话，她们每月每人挣八十马克左右，遇上生意好，而她们都变成灰人的时候，她们能挣到一百。这家漂亮的大鞋店属一个老女人所有，她和自己店里的经理结了婚，从此她便睡在后面，她的日子过得不好。他是个能干的男人，他把这家店子办得很红火，但他还不到四十，不幸也就在这里，但当他很晚才回家的时候，老女人躺在床上，睁着两眼，由于生气而无法入眠。——一楼住着那位律师先生。在萨克森-阿尔腾堡公爵领地，野兔属不属于可狩猎的动物之列？对于州法庭认为野兔在萨克森-阿尔腾堡公爵领地可能算在可狩猎的动物之列的猜测，辩护人毫无道理地予以驳斥。哪些动物可以狩猎，哪些动物属于可以自由捕猎的范围，在德国各州之间经历了一个差别迥异的发展过程。当缺乏特别的法律规定的时候，就由不成文的习惯法来对此作出裁决。在 24.2.54 的狩猎警察法草案中，野兔还未被提及。——每晚 6 点，便有一个女佣来到办公室里，扫地，擦净等候间内的地毯。这位律师先生还没有达到拥有一个吸尘器的地步，真他妈的吝啬，这个男人甚至没有结婚，而那个自称为女管家的柴斯克太太应该是知道这一点的。女佣使劲地刷擦，她极其干瘦，却富有弹性，她是为她的两个孩子做牛做马。脂肪对营养的意义，脂肪覆盖住骨头的突出部位并保护位于其下的组织免受挤压和碰撞，高度消瘦的人因此主诉行走时脚掌疼痛。但这一点却并不适用于这位女佣。

列温洪德律师先生每晚 7 点坐在他的写字台旁，顶着两盏点亮的台灯工作。电话碰巧坏了。关于 A8780－27 格罗斯刑事案件，我在信的附件中提交了被指控人格罗斯太太对我的授权。我最为诚恳地请求，给予我普通的探视许可。——致俄依格妮·格罗斯太太，柏林。尊敬的格罗斯太太，我早就有意对您进行再次探访。无奈公务繁忙，身体欠佳，未能成行。我肯定是希望能够在下星期三就来看您的，我请您再耐心地等到那个时候。顺致崇高的敬意。附件、汇款和包裹的地址必须注明附有犯人编号的私人地址。寄达地必须写作柏林西北 52，莫阿比特 12a。

——致托尔曼先生。关于您女儿一事，我不得不请求另付酬劳，而且是两百马克。是否分期付款由您决定。第二：重新呈文。——尊敬的律师先生，我很想探望我那在莫阿比特服刑的不幸的女儿，但我却不知道该去找哪个部门，所以我诚恳地请求您，能否安排一下我到那里去的时间。同时提出申请，以便我能每隔十四天给这同一个人寄去一小包食品。希望即刻给予答复，最好在本周末或下周初。托尔曼太太（俄依格妮·格罗斯的母亲）。——列温洪德律师站起身来，嘴里叼着雪茄，两眼穿过窗帘缝向明亮的利林大街望去，心想，我是给她打电话呢，还是不给她打电话呢。性病作为咎由自取的不幸，法兰克福州高级法院Ⅰ,C5。对于未婚男子的性交在伦理上的许可性，人们的考虑恐怕算不上严格，但必须承认的是，合法的关系中存在着自我过错，婚外性交，如施道普所说，是一种同各种危险相连接的越轨，而且，那个能够作出这种越轨的人必须承担这些危险。尽管普兰克依据这一规定的精神，甚至把负有兵役义务的人由于婚外性交而引起的得病视为由于疏忽大意而造成的得病。——他拿起话筒，请接新科隆局，那号码现在是巴尔瓦尔德。

二楼：管理员和两对肥胖的夫妇，哥哥和他的妻子，妹妹和她的丈夫，还有一个生病的女孩。

三楼是一个六十四岁的男人，家具店领班，秃头。他的女儿是位离异的妇女，为他料理家务。这人每天早上轰轰隆隆地下楼，他的心脏不好，马上就会要医生开病假条（冠状动脉硬化症，心肌退化）。他以前划过船，他现在能做什么？晚上看报纸，抽烟斗，女儿这时肯定在楼道里背着他跟人窃窃私语。老婆不在了，四十五岁时死的，是个果断而容易激动的人，总没个够，您是知道的，有一天她倒下了，却什么也没有说，再过一年她也许就到了更年期，她去找那个女人，然后便进了医院，再也没有出来。

隔壁是一个车工，三十上下，有一个小男孩，客厅和厨房，老婆也死了，肺结核，他也在咳嗽，男孩白天在托儿所，这男人晚上去接他。男孩上床睡觉之后，这男人就给自己煮天然茶，修理收音机直到深夜，是无线电协会的头头，线路如果不接通，他是睡不着的。

然后是一个服务员和一个女人，客厅和厨房，收拾得很整洁，煤气灯架上悬挂着玻璃流苏。这个服务员上午，直至2点之前，只要他在睡觉和弹齐特尔琴，就都在家，与此同时，列温洪德律师则身穿黑色大礼服在州法庭1，2，3上来回奔忙，越过走廊，走出律师室，走进律师室，走进审判庭，走出审判庭，我们推迟审讯，我申请对被告作出缺席判决。这位服务员的新娘是一家百货商店的监督员。这是她说的，这位服务员以前结过婚，他的老婆狠狠地欺骗了他。但在他出走之前，她还是能够一再给他安慰的。他过了一段寄宿者的生活，一再跑到老婆那里，最后他还是被法庭宣布有罪，因为他拿不出任何证据并恶毒地遗弃了他的妻子。然后他在赫伯园认识了现在的这个，她很会追男人。这类老婆当然和他的第一个妻子一样，只是狡猾一些。当他的新娘每隔几天就为了她的全权代表生意出门的时候，他什么也没看出来，从什么时候开始一个监督员要出差，得，是个机要职位。眼下他却坐在他的沙发上，头上围着一条湿毛巾，哭泣，而她不得不伺候着他。他在路边滑倒了，一直躺在地上不能起来。这是他说的。有个男人让这个男人放识相点。她不去做全权代表生意了。他是否有所觉察，那样的话就很遗憾了，真是个可爱的笨蛋。我们会让他重新恢复正常的。

最上面是个卖肠子的，这里的气味自然难闻，这里多的是小孩的吵闹和酒精。旁边最后是一个面包房的学徒和他的老婆，这推纸女工在一家印刷厂做事，患有卵巢炎。这两人从生活里得到了什么？首先是一个人拥有另一个人，其次是上个礼拜天看戏和电影，然后就是一下这个，一下那个协会的座谈会以及看望他的父母。再没别的啦？嘿，先生，您别踩着自己的燕尾服。还加上美丽的天气，糟糕的天气，下乡踏青，站在炉边，早餐等等。您又拥有什么呢，上尉先生，将军先生，骑师先生？您可不要自欺欺人了。

毕勃科普夫处于麻痹状态，弗兰茨躲藏起来，
弗兰茨什么都不愿看见

弗兰茨·毕勃科普夫，你要当心，过纵酒放荡的夜生活会带来什么后果！老是懒散地在屋里躺着，就知道喝酒和不停地打盹！——

我做什么，和谁相干。我如果想要打盹，我就会呆在这地方一直打到后天为止。——他咬着自己的指甲，呻吟着，脑袋在汗湿的枕头上滚动，鼻子呼哧呼哧地出气。——我就这样躺到后天，只要我乐意。那女人要是生上炉子该有多好啊。她懒得很，光想着自己。

他的脑袋一转，不再面对着墙壁，地上是一份稀粥，一摊液体。——呕出来的。肯定是我干的。人总在他的胃里装上点东西四处闲荡。呸。墙角的蜘蛛网不能捉老鼠。我想喝水。这和谁相干。骷骨也疼。您只管进来吧，施密特太太。墙上蜘蛛网之间（黑色的裙子，长长的牙齿）。这是个巫婆（从天花板中走出）。呸！一个傻瓜跟我说过，我为什么要在家中停留。第一，我说，您这个傻瓜，您要问我点事儿，第二，当我八至十二岁在此停留的时候。然后就在臭气熏天的铺子里。他说，他很快活。不，这不是快活。商人也说过，那他就得去找这个人。我也许会如此这般，在二月份或三月份，三月份合适——

——您热爱自然吗？我不爱这个。虽然，当我面对那些阿尔卑斯山巨人而站或躺在汹涌的大海之滨的时候，我会产

生一种感觉，仿佛原始精神的本原愿意把我带走。这时，某种东西在我全部的四肢里起伏翻腾。我的心被剧烈地震动了，然而，我既没有爱上雄鹰筑巢的地方，也没有爱上矿工采掘地下矿藏的地方。——

——那到底是什么地方呢？

您热爱体育吗？热爱那令人迷醉的青年运动浪潮吗？热爱政治斗争的嘈杂吗？——

——我不爱。——

——您就没热爱过任何东西？

有些人从没热爱过任何东西，而是把心留给了自己，纤尘不染地将它保留，制成木乃伊，您属于这种人吗？

走向超自然的世界的道路，公开的报告。永恒的星期天：难道真的一死就百了了吗？星期一，11月21日，晚上8点：今天的人们还能有信仰吗？星期二，11月22日：人可以改变自己吗？星期三，11月23日：在上帝面前，谁是公正的？我们特别提请大家注意对"帕乌鲁斯"朗诵的改编。星期日，7点3刻。

晚上好，牧师先生。我是工人弗兰茨·毕勃科普夫，临时工。以前我做过家具运输工，我眼下失业。我想问您点事。也就是如何对付胃痛。我感到酸水往上涌。哎哟，现在又开始了。呸！这可恨的胆囊。当然是由于酒喝多了。对不起，请允许我就这样站在畅通无阻的大街上跟您聊上几句。这是妨碍公务。可我怎样对付这可恨的胆囊。一个基督徒必须帮助另一个。您是个好人。我不会上天堂。为什么？您只消问问施密特太太，她老是从屋顶的天花板中走出来。她来了，又来了，我老是应该起床。可没人有话要对我说。可如果有了罪犯，那就是我，一个对此有发言权的人。忠心耿耿。我们向卡尔·李卜克内西发过誓，我们向罗莎·卢森堡伸过手去。我死后将进入天堂，人家会在我的面前鞠躬并说：这是弗兰茨·毕勃科普夫，忠心耿耿，一条德国汉子，一个临时工，忠心耿耿，黑白红的三色旗高高飘扬，但他把心留给了自己，他没有像别的人那样成为罪犯，那些人想要做德国人却欺骗他们的同类。我要是有把刀，我就去把他给捅了。是的，我会这样做的。（弗兰茨在床上辗转，身体翻来滚去。）现在轮到你了，快去牧师那里，小子。小小子！喂，如果你还会给自己找乐，如果你还能够发出沙哑的声音。忠心耿耿，这个人的事我不插手，牧师先生，太好了不行，无赖甚至连监狱都进不了；我蹲过监狱，我正从以下几个方面对此进行了解，绝妙的机会，一流的商品，这是完全正确的，无赖在此列，尤其是这个人，对他本该做的事情，他甚至在他的女人面前都不感到羞耻，在全世界面前也不会。

2乘2等于4，这是完全正确的。

您在这里看到一个男子，对执行公务的人说对不起，我的胃好痛。我将懂得自我克制。一杯水，施密特太太。这个轻佻的女人肯定伸长了鼻子四处乱嗅。

弗兰茨在撤退的途中，
弗兰茨向犹太人吹响告别进行曲

弗兰茨·毕勃科普夫，他虽然强壮得像条响尾蛇，但他的两条腿却非常的软弱无力，他起了床，去明茨大街找犹太人去了。他不是径直而去的，他绕了好大一个圈子。这个人要和一切决裂。这个人要把账目结清。我们又去到那里，弗兰茨·毕勃科普夫。干燥的天气，寒冷，但却清新，在这个时辰，有谁愿意站在走廊里，做沿街叫卖的小贩，把自己的脚趾头冻掉。忠心耿耿。走出那间鸽子笼，不用去听女人们的尖声怪叫，真是福气。这里是弗兰茨·毕勃科普夫，他走上街头。所有的酒馆都是空空荡荡。为什么？迷糊还在睡觉。老板们可以独自品酩他们的臭水。股票的臭水。我们对此不感兴趣。我们喝烧酒。

弗兰茨·毕勃科普夫身着灰绿色的军大衣，平静地穿过人群，从那些等在货车旁购买蔬菜、奶酪和鲱鱼的娇小女人们中间穿过。有人在叫卖洋葱。

人们做自己力所能及的事情。家里有孩子，几张饥饿的嘴巴，几张鸟嘴，吧嗒张开，吧嗒闭上，吧嗒张开，吧嗒闭上，张开，闭上，张开闭上，张开闭上。

弗兰茨加快步伐，跺着脚拐过街角。哎，自由的空气。他更加平静地走过宽大的橱窗。靴子怎么卖？漆革皮鞋，舞鞋，看上去肯定呱呱叫，如此这般地穿在脚上，穿舞鞋的人儿多么娇小。那个爱慕虚荣的李萨雷克，那个波希米亚人，那个特格尔监狱的长着两只大鼻孔的老家伙，每隔几周就让他的老婆，或者是自称他老婆的女人，给他带来一双漂亮的丝质长筒袜，一双新的和一双旧的。真是可笑。如果她说袜子是偷来的，他就非要得到它不可。他们有一次逮住了他，他把长筒袜穿在他那脏兮兮的大腿上，这个笨蛋，他看着自己的两条大腿，色眯眯地哼哼着，两只耳朵涨得通红。这个家伙，真可笑。家具分期付款，橱柜分十二个月付款。

毕勃科普夫满意地向前溜达着。他只在偶有必要的时候才朝人行道上看两眼。他审视自己的脚步和那漂亮的、坚硬的、安全的铺石路面。但他的目光随后便沿着门面房向上滑去，他审视着这些门面房，认定它们是静止不动的，尽管如此，这样的一栋房子原本就是有着许多窗子的，是很容易向前倾斜的。这可以波及屋顶，使屋顶一同被拉动；它们有可能摇晃起来。它们有可能开始摇晃，晃荡，震动。屋顶有可能倾斜，像沙子一样地，像头上的帽子一样地滑落下来。所有的、所有的屋顶都是倾斜着搭到屋架上的，整整一排。然而，它们都被钉子钉得死死的，下面是结实的横梁，再下面是屋面油毡，焦油。守卫，莱茵河守卫，坚强而忠诚地放哨站岗。早上好，毕勃科普夫先生，我们这下挺直身子，挺起胸膛，竖起腰板，老弟，沿着布鲁隆大街而行。上帝怜悯所有的人，我们是德国公民，监狱长就是这么说的。

一个戴皮帽子的家伙，有着张松弛的白脸，用小手指挠下巴上的小疖子，下嘴唇吊着。还有个人，长着副宽大的脊梁，裤子的臀部往下垂着，他斜站在边上。他们挡住了他的去路。弗兰茨绕过他们。戴皮帽子的家伙挖着自己的右耳。

他满意地看到，所有的人都在默默地沿街而行，车夫们卸货，行政部门关心这些房屋，一声吼叫如雷鸣，那我们就可以在这里走路了。街角的一根广告柱，黄色的纸上写着黑色的拉丁字母："你在美丽的莱茵河畔生活过吗"，"中锋之王"。五个人围成一小圈站在沥青路面上，挥动着锤子，砸开沥青路面，那个穿绿色羊毛外套的男子我们认识，肯定的，他有工作，这个我们也能做，以后吧，右手握紧，向上提起，挥舞过去，然后向下，砸。这就是我们劳动群众，无产阶级，向右而上，向左而去，砸。向右而上，向左而去，砸。注意工地，斯特拉劳沥青公司。

他一路跟着咯吱咯吱的电车游逛，你们当心，行车期间不要下车！等等！等车停稳。那个警察在指挥交通，邮局的一个管理员还想冲过去。我不急，我只是要到犹太人那里去一下。这些人以后也会有的。靴子真脏，反正没人擦它们，到底该由谁来擦它们呢，比方说那个施密特，她什么事都不做（天花板上的蜘蛛网，酸水往上涌，他的舌头舔着他的上下腭，他把头转向窗玻璃：嘉果伊勒润滑油橡胶厂，娃娃头的保养，蓝底波浪，皮克萨风，精炼焦油制剂）。那胖胖的莉娜可不可以擦擦这些靴子呢？就在这时，他已经踏着轻快的步子到来了。

那个骗子吕德斯，那个女人的来信，我一刀捅进你的肚子。哦上帝，上帝，哎呀，这事就算了吧，我们会克制自己的，流氓，我们不会对任何人动手，我们已经在特格尔坐过牢。原来如此：服装订做，男装制作，这是其一，其二便是车身安装，汽车配件，对于快速行驶也很重要，但不可过快。

右腿，左腿，右腿，左腿，始终慢慢向前，别挤，小姐。在我这里：警察在乱哄哄的一群人那里。这是什么？欲速则挨揍。咕咕咕，咕咕咕，公鸡啼鸣。弗兰茨十分愉快，所有的面孔都显得更加和善。

他怀着喜悦向街道深处走去。一阵冷风刮起，根据房屋的不同，分别混杂着酒馆的温暖气息，水果和南国果品的芬芳，汽油味儿。冬天的沥青没有味儿。

弗兰茨在犹太人的沙发上坐了整整一个小时。他们说，他说，整整一个漫长的小时，他吃惊，他们也吃惊。当他坐在沙发上，当他们说，他说的时候，他吃惊什么呢？他居然坐在这里说话，而他们居然说话，而他首先吃惊的是自己。他为什么对自己感到吃惊？他知道甚至觉察到这一点，他确定了这一点，就像记录员确定了一个计算错误一样。他确定了一点点。

决定已经作出；他对自己作出的这个决定感到诧异。但他看着他们的脸的时候，这个决定说，笑，问，答：弗兰茨·毕勃科普夫，他们想说什么就可以说什么，他们有法衣，但不是牧师，那是一种东方式的长袖长袍，他们从加里西亚而来，他们自己说是在雷姆贝格一带，他们很狡猾，但他们骗不了我。而坐在这只沙发上的是我，我是不会和他们做生意的。我能够做的，我都做了。

上次，他在这里，和其中的一个一道坐在了地毯上。哧溜，滑下去，我很想试一试。可今天不行，那都是些过去时。我们的屁股一动不动地坐着，这讨厌的犹太人瞧着我们。

这个人什么也拿不出来了，人不是机器。第11诫说：别让人把你弄糊涂了。这些弟兄们有一套漂亮的居室，简朴，没有品位，不带一丝华丽。他们也没给弗兰茨摆出几盏灯来。弗兰茨能够克制自己。事情就这样过去了。上床，上床，有女人也好，没有女人也好，总得上床，上床。再也用不着工作了。这个人什么也拿不出来了。如果抽水机卡在沙子里了，你们可以随便处理这个玩意儿。弗兰茨领取没有养老金的退休金。这事怎样，他别有用心地想着，目光沿着沙发边缘移动，没有养老金的退休金。

"如果，一个身体如此强壮的人，能像你们一样得到退休金，那他就该去感谢他的造物主。他还能出什么事呢。他犯得着要喝酒吗？他不会去做这个，就会去做那个。去市场，站到店铺前，火车站边上：你们怎么看，这么个人前不久拿走了我的东西，我是上星期从兰茨贝格来的，我走了一天，你们怎么想，他拿走了。你猜一猜，纳胡姆，跟门这么高的一个人，一个巨人，上帝应该保佑我。五十芬尼。真的呀，五十芬尼。你们听见了吗，五十芬尼。搬只小箱子，从这里到拐角。我不想搬，那天是安息日。那个人拿走了我的五十芬尼。我则拿眼去瞧他。这下，你们也可以——你们知道吗，我知道什么合适你们。那不是在范特尔家里吗，那个粮贩子，你说说，你可是认识范特尔的。""范特尔，他的兄弟。""是的呀，他可有的是粮食。谁是他的兄弟？""范特尔的兄弟。告诉过你的。""难道柏林的什么人我都认识吗？""范特尔的兄弟。这个人的收入就像……"他摇晃着脑袋，羡慕中透着绝望。红胡子抬起一只手臂，抱头缩进脖子里："瞧你说的。不过是从什彻诺维茨来的而已。"他们忘记了弗兰茨的存在。他们俩一心只想着范特尔兄弟的财富。红胡子激动地四下走动，鼻子里发出小小的呼噜声。另外一个打着呼噜，散发出惬意，跟在他的背后阴笑，指甲弹得咔嚓响："是啊。""棒极了。瞧你说的。""从这个家里出来的，都是金子。金子不是说着玩儿的。金子。"红胡子四下里踱着方步，深受震动地坐到窗户前。对外面发生的事情，他的心中充满鄙视，只穿衬衣的两个男人在洗一辆车子，一辆旧车。其中一人的身上吊着西装背带，他们拖着两桶水，院子里污水横流。他用沉思着的、梦想着金子的目光打量弗兰茨："您对此有何看法？"这个人又能说什么，是个可怜的家伙，半个疯子，人家什彻诺维茨的范特尔有的是钱，这么个穷光蛋能懂什么；人家甚至连鞋都不会让他去擦。弗兰茨回敬他的目光。早上好，牧师先生，这些电车老是丁零当啷地响个不停，钟敲了几下，我们可是知道的，人只能量入为出，量力而行。用不着再工作了，当全部的积雪融尽的时候，我们不再动用一根手指头了，我们使自己变得僵硬起来。

蛇在树上发出窸窣之声。你应该和所有的牲畜一道受到诅咒，你应该用肚子爬行，一生靠尘土为食。应该在你和你的女人之间种下敌意。你应该在痛苦中生产，夏娃，亚当，尘世的土地也应当受到诅咒，因为你的缘故，荆棘和飞廉应该随之长出，你应该吃田里的野草。

我们不再工作，这不值得，当全部的积雪融尽的时候，我们不动用一根手指头。

就是这根铁撬棍，弗兰茨坐着的时候一直把它攥在手里，并在起身后带出门去。他的口中念念有词。他犹犹豫豫地、蹑手蹑脚地走了过来，几个月以前他被特格尔的监狱放了出来，他坐上电车，电车呼呼地沿着街道而行，沿着房屋而行，屋顶在滑动，他坐在了犹太人的家里。他站起身来，我们继续走走吧，我当时可是去了米娜那里，我在这里做什么，我们去米娜那里吧，我们仔细看看这一切，这到底是怎么一回事。

他离去。他在米娜所住的那栋楼前逛荡。小玛丽坐在一块石头上，一条腿上，一个人孤零零的。她关我什么事。他在那栋楼边嗅来嗅去。她关我什么事。她和她的老公在一起应该感到幸福。萝卜酸菜，他们把我赶了出来，要是我的妈妈炖了肉，我也就留在她的身边了。这里的猫们发出的臭味和别的地方没什么两样。小兔子，消失吧，就像橱柜里的香肠那样。我将充满感伤地闲站在这里，凝视这栋房子。整个中队都在喔喔喔。

喔喔喔。喔喔喔喔。梅内拉奥斯就是这么说的。他没有想到，他的话竟让那位特勒马赫如此伤心，眼泪顺着他的脸颊流淌，他不得不用两只手抓起那件紫色的大衣捂住眼睛。

与此同时，侯爵夫人海伦娜款款走出她的闺房，好似一位美丽的女神。

喔喔喔。母鸡的种类很多。要是别人真心实意地问我最喜欢哪种，我会直截了当地作出如下回答：煎母鸡。野鸡也属于鹑鸡亚目，布雷姆的动物生活所作的解释是：矮脚田鸡除其微小的外形以外与沼泽鸡的区别在于，两种类属都在春天长出近乎一模一样的羽毛。研究亚洲的学者也把它叫做莫那亚尔或莫那尔，科学家则称之为彩雉。其色彩的斑斓难以用语言形容。它那呼唤同类的叫声，一声如泣如诉的长鸣，一天二十四个小时都在森林里回响，黎明之前和傍晚时分最为频繁。

然而，这一切却发生在十分遥远的印度，介于锡金和不丹之间，对柏林来说，这不过是一种相当无益的图书馆智慧。

因为人和畜牲一样；
它怎么死，他也怎么死

柏林屠宰场。屠宰场和牲畜场的房屋、大厅以及畜栏分布在这座城市的东北部，在艾尔德那大街之间，越过塔尔大街，越过兰茨贝格大道，直至哥特纽斯大街，沿环形铁路一线展开。

它占地 47.88 公顷，相当于 187.50 摩尔干，除去兰茨贝格大道后面的建筑物不算，耗资 27 083 492 马克，其中牲畜场占 7 682 844 马克，屠宰场 19 410 648 马克。

屠宰场、牲畜场和大肉市构成一个不可分割的经济整体。管理机构为屠宰场和牲畜场特派代表团，由两位市政府成员、一位区政府成员、十一位市议员和三位市民代表组成。企业雇佣了二百五十八名官员，其中包括兽医、检验员、压印员、助理兽医、助理检验员、正式职员、工人。1900 年 10 月 4 日的交通规则，市场肉畜供应调节，饲料的提供。收费价目表：市场收费，船舶滞期费，屠宰费，猪市饲料槽清除费。

艾尔德那大街沿路贯穿着肮脏的灰色围墙，上面装有铁丝网。外面的树木是光秃秃的，时值冬季，树木把它们的汁液送进树根，耐心等待着春天的来临。屠夫的马车轻快地驶来，黄色和红色的轮子，轻盈的马儿跑在前面。一辆马车的后面跑着一匹瘦马，有个人在后面的人行道上喊艾米尔，他们在为那匹老马讨价还价，五十马克，再另外请我们八个喝一杯，那马转过身子，颤抖着，一点一点地啃着一棵树，车夫把它拉了回来，五十马克，再另外请酒一巡，奥托，不然就走。下边的那人拍拍那匹马：就这么定了。

黄色的管理大楼，一座战争阵亡者的方尖石塔。右边和左边是带有玻璃屋顶的长条形大厅，这都是畜栏，等待室。外面是黑色的布告牌：柏林各大屠宰场利益协会的财产，已登记注册。通知须经过批准方可在布告牌上发布，董事会。

长长的大厅有门，黑色的洞口用来把动物赶进厩里，上面的数字，26，27，28。肉牛大厅，肉猪大厅，屠宰间：动物们的死亡法庭，砍刀飞舞，你休想从我这里活着出去。宁静的大街与此相邻，斯特拉斯曼大街，李比希大街，普鲁斯考尔，公园草地，人们在其中散步。他们温暖地靠在一起居住，如果有谁生病嗓子疼，医生就会跑来。

可是在另一边，环形铁路的轨道伸展了十五公里。牲畜从各省滚动而来，羊，猪，牛，各种属的样品，来自东普鲁士、波莫瑞、勃兰登堡、西普鲁士。咩咩叫着越过牲畜装卸台，哞哞叫着跑下去，猪们咕咕叫着用鼻子嗅地面，它们看不见要去的路，赶牲口的人手持棍棒跟在后面跑。进入厩棚，它们在那里躺下身去，白白的，胖胖的，一个紧挨着一个地躺着，打呼噜，睡觉。它们受到了长时间的驱赶，然后又被摇晃着送进车里，现在它们全都纹丝不动，只是地面的瓷砖冰凉，它们苏醒过来，向旁边别的同类挤去。它们上下重叠地躺着。那里有两个打了起来，畜栏中有地方，它们头顶着头，啃着彼此的脖子耳朵，转着圆圈，发出呼噜声，有时它们非常安静，只是一个劲地咬。恐惧中一个爬到其他同类的身体上，另一个则在后面跟着爬来，啃咬，下面的同类翻身起来，这两个扑通落地，互相搜寻。

一个身着亚麻大褂的男人漫步穿过走廊，畜栏被打开，他手持一根棍子站到它们中间，门是开着的，它们蜂拥而出，吱吱尖叫，咕咕声和嚷嚷声四起。于是全都从一道又一道的走廊穿过。这些白白的、滑稽的动物越过院子，被赶到各个大厅之间，它们的大腿肥胖滑稽，它们的小尾巴卷成圈儿，十分有趣，而它们的背上则划着红红绿绿的记号。这就是光明，亲爱的小猪们，这就是土地，你们只管嗅吧，找吧，还有几分钟。不，你们是对的，不可以瞧着钟点干活，只管去嗅、去拱好了。你们将被屠宰，你们已经来到这里，你们看着这座屠宰场，这座生猪屠宰场。这里有旧房子，但你们走进的却是一个新模式。它明亮，用红砖砌成，如果从外面看，人家还会以为这里是个装配厂，是个车间，某个办公场所，或是某个设计大厅什么的。我想到另一头去，亲爱的小猪们，因为我是一个人，我穿过这扇门，我们在里面碰头。撞门，门弹跳起来，来回舞动。呸，瞧这蒸汽！他们在蒸什么，在这里你就好像是在洗蒸汽浴，在这里，这些猪也许在洗俄国一罗马浴。你在某个地方走动，你看不出这是哪里，眼镜蒙上了一层雾气，你也许在一丝不挂地走动，用发汗的办法治疗关节炎，光用白兰地不行，你的拖鞋发出啪嗒啪嗒的声响。什么都看不见，蒸汽太厚了。但却听得见那种尖锐刺耳的咯吱声，急促的呼噜声，轻微的啪嗒声，男人的叫喊声，工具的落地声，盖子的打击声。那些猪肯定在这里的某个地方，它们从对面过来，沿着船身进到这里。这厚密的白色蒸汽。猪们就在这里，有些就悬挂在这里，它们已经死了，它们被人砍死，它们几乎成熟到可以被狼吞虎咽的程度。一个人拿着一根管子站在这里，冲洗白色的劈成两半的猪身。它们被挂在铁质的分隔栏上，头朝下，有些猪是完整的，上面的两只蹄子被一只横梁封住，一只死亡的动物是无能为力的，它也不能跑掉。剁下的猪脚整齐地堆放在一起。两个人从雾气中抬来点什么，一根铁梁上有一只被开膛取出了内脏的动物。他们把铁梁向上抬至滚动圈环处。那里已有很多同伴向下悬浮，麻木不仁地瞧着地面上的那些瓷砖。

你在雾气中穿过大厅。刻有沟槽的石板既是潮湿的，也是血迹斑斑的。分隔栏之间是成排成排的被掏空了内脏的白白的动物。这后面肯定是宰杀栏，那里是一片劈啪声，啪嗒声，尖叫声，叫喊声，呼噜声，咕咕声。那里架着雾气腾腾的锅炉，椭圆的木桶，蒸汽就是从那里出来的。男人们把杀死的动物悬挂进沸腾的开水中，烫煮它们，再把变得白汪汪的它们抽拉出来，还有一个人拿刀把它们的表皮剥去，这只动物变得更白了，非常平滑。这些猪成排地躺在加工台上，案板上，非常柔顺和洁白，十分的知足，仿佛是经过了辛苦的洗浴、成功的手术或按摩似的，它们被裹在崭新、洁白的衬衫里，沉浸在心满意足的静默之中，一动不动。它们全都侧身躺着，有些猪的身上还露出两排乳头，你可以看到一头猪有多少只乳头，这肯定都是些能生产的猪。然而，躺在这里的它们全都在脖子上得到一条红色的、笔直的口子，正好在中线上，这是十分值得怀疑的。

现在，劈啪声重又响起，后面的一扇门打开了，蒸汽散去，他们又把一批猪赶了进来，你们在这里跑动，我已经在前面穿过了那扇滑动门，滑稽的、粉红色的动物们，有趣的大腿，有趣的小卷尾巴，背上扛着五彩的记号。它们在这间崭新的畜栏里嗅闻。它和那间旧的一样冰冷，不过，它还保留着一点不为人知的地面的湿润，一种红色的溜滑。它们用鼻子去磨蹭它。

一个面色苍白的年轻人头上粘着金色的假发，嘴里叼着一支雪茄。看，这就是最后一个照料你们的人！你们别把他往坏处想，他也只是在尽他的职责。他必须处理一下对你们的管理事宜。他只穿着鞋子、裤子、衬衫和吊带裤，鞋子高过膝盖。这是他的工作服。他从嘴里拔出雪茄，把它放进墙上的一个格子里，从角落里拿出一把长长的斧头。这就跟罪犯身上的铁皮标志一样，是他的官方尊严的象征，是他的优越于你们的等级的象征。他马上就会把它拿出来给你们看的。这是一根长长的木棒，这个年轻人把它举到齐肩处，高悬在下面那些尖叫着的小猪头上，它们不受干扰地挖着、嗅着、咕咕叫着。这个人四处走动，目光朝下，搜寻，搜寻。那是在 X 控告 Y 的案件中，对某个人，某个人的审讯。——追捕！有一个跑到了他的脚边，追捕！又有一个。这个人很敏捷，他显示了自己的身份，那把斧头向下砍去，潜入拥挤的猪流中，它那钝的一边落到一只脑袋上，又一只脑袋上。就那么一眨眼的工夫。这东西蹦跳着落到地上。这东西胡乱扑腾。这东西滑向一边。这东西什么都不知道了。它就躺在那里。这些腿怎么了，这只脑袋。但这并不是这头猪造成的，这是作为个体的这些腿造成的。已经有两个男人从煮烫间里向这边望来，他们正好在宰杀栏拉开一道门闩，把那只动物拉出来，把那把长刀贴在一根杆子上磨了磨并跪下身去，向那只喉管推进、推进，"哧"地一声拉开一道长长的口子，一道很长的进入喉管的口子，这只动物就像一只口袋似的被打开了，刀口上顿时注满了血液，这只动物颤抖着，胡乱踢蹬着，拍打着，它失去了知觉，现在只是失去了知觉，过会儿就不止这些了，它尖叫着，此刻颈部动脉被割开了。它深度昏迷，我们进入了玄学、神学的境界，我的孩子，你不再在尘世走动了，我们现在在腾云驾雾。

快把平底盒拿过来，黑色的滚烫的鲜血汩汩涌出，浪花飞溅，在盆子里泛起泡沫，快速地搅动。血液在身体内凝结成块，它应当制造血栓，止住伤口。它现在流出了体外，但不管怎样，它还是愿意凝结成块的。就像一个还在喊着妈妈、妈妈的孩子，他躺在手术台上，而妈妈根本无从谈起，因为妈妈根本就不愿意来，可是，乙醚面罩令人窒息，他仍然不停地叫着，直至声嘶力竭：妈妈。哧，哧，右边的动脉，左边的动脉。快速搅动。就这样。现在，颤抖减弱。现在，你静静地躺着。我们到达生理学和神学的终点，玄学开始。

跪下去的那个男人站起身来。他感到两膝疼痛。这只猪必须用开水烫，掏空内脏，剁碎，这些是一步一步进行的。吃得脑满肥肠的经理，叼着烟斗在蒸汽中来回穿梭，偶尔查看一下某个空空如也的腹部。那扇挥舞着的门边的墙上挂着一则海报：撒尔堡首批牲畜发送人舞会，弗里德里希林苑，柯姆巴赫乐队。外面是日耳曼尼亚各礼堂拳击比赛的广告，高斯塞大街 110 号，票价一点五到十马克不等。四场资格赛。

牲畜市场的肉畜供应：1 399 头牛，2 700 头小牛，4 654 只羊，18 864 头猪。市场行情：优质肉牛畅销，其他品种交易清淡。小牛畅销，肉牛清淡，生猪开始时坚挺，随后疲软，肥肉型无人问津。

这些牲畜的大街上刮起了风，下起了雨。牛群哞哞叫，男人们驱赶着一大群嚎叫着的头上长角的畜牲。动物们互相挡道，它们站着不走，它们跑错方向，赶牲口的人拿着棍子围着它们乱转。一头公牛甚至不顾拥挤地要同一头母牛交配，那头母牛左右躲闪，这头公牛紧随其后，不断地贴住它，一再有力地用腿站立起来。

一头高大的白色公牛被赶进了那个屠宰厅。这里没有蒸汽，没有那种为密集的猪群专设的畜栏。这只高大强壮的动物，这头公牛，被夹在它的驱赶者中间，独自走过那扇大门。这座血淋淋的大厅的门是敞开着的，出现在它的面前的是高悬着的、劈成两半、四瓣的身子，被剁碎的骨头。这头高大的公牛长着宽阔的前额。它在棍棒的打击下被赶到了屠夫跟前。屠夫为了让它站得更好，就又用扁平的斧子给予它的后腿以轻轻的一击。现在，一个赶牛的人从后面抓住它的喉咙。这只动物站着，屈服着，它以一种奇特的轻松屈服着，仿佛它同意并赞成这样做似的，因为它已经把一切都看在了眼里，而且知道：这就是它的命运，它是无能为力的。也许，它把赶牲畜的人的动作也视为一种爱抚，因为它看上去是如此的友善。赶牲畜的人用两只胳膊去拉它，它跟随着它们，弯下脑袋斜向一边，嘴巴向上。

这时，那个，那个屠夫，却站在它的后面，手里攥着已经举起的锤子。你可别回头看。那把锤子，被那个强壮的男人用双手握成的拳头举起，先是在它的后面，接着在它的上方，然后就：轰隆隆地向下击来。一个强壮的男人所拥有的肌肉的力量如同铁楔子一般，毫不留情地扎进它的颈部。就在锤子还未拿开的那个瞬间，这只动物的四条腿一跃而起，它的整个沉重的身体似乎开始腾飞，接着，好像它没长腿似的，这只动物，它那沉重的躯干，沉闷地落到地上，落到那几乎因为抽搐而僵成一团的腿上，将如此这般地躺倒片刻之后，跌向一边。刽子手从左右两边包抄它，在一片砰砰之声的伴随下，重新慈悲地在它的头部、太阳穴处补充麻醉的剂量，睡吧，你再也不会醒过来了。此后，他旁边的另一个拔掉自己嘴里的雪茄，骂骂咧咧地吆喝着，抽出刀来，这把刀有半支剑那么长，他蹲在这只动物的脑袋后面，它的几条腿已经不再抽搐了。刀子在一点一点地颤动，把它的后半个身子抛来甩去。屠夫在地上搜寻，他现在没有举起这把刀子，他喊人拿东西来接血。血液仍在体内，伴随着一颗强大的心脏的搏动，平静地，不急不躁地循环。脊髓虽然已被榨出，血液却依然平静地在血管里流淌，肺部在呼吸，肠子在蠕动。那把刀子正被举起，鲜血将会喷涌出来，那种情形我已经可以想象得到，胳膊一般粗壮的血柱飞溅四射，乌黑而美丽的鲜血欢呼雀跃。随后，这全部的有趣的节日欢呼将会离开这栋房子，客人们舞动而出，一片喧嚣之中，欢乐的草场，温暖的畜棚，飘香的饲料，一切的一切，都在消逝，消逝，随风而去，一个虚空的洞穴，浑沌阴森，此刻，一幅崭新的世界图景展现出来。哎呀，突然跑来一位先生，他买下这栋房子，街道打通，特别的景气，他要把它拆除。有人拿来那只巨大的碗，把它推过来，这只强壮的动物高高地甩起它的后腿。这把刀子扎进它的脖子，在喉管附近小心翼翼地寻找血管，这样的血管表皮强健，所处的位置十分安全。这时，血管开了，又开了一根，一股洪流，热气腾腾的乌黑，鲜血，欢呼雀跃的鲜血，滚烫的鲜血乌红地喷射而出，越过这把屠刀，越过屠夫的手臂，当人们走来，变形的仪式开始，你的鲜血是从太阳之中而来，太阳藏在了你的身体之内，它现在重新走了出来。这只动物开始急剧地深呼吸，这就像是窒息一样，像是一次剧烈的刺激，它发出急促的喘息声，呼呼作响。是的，整个屋梁已在嘎嘎作响。一个男人见这只动物的肋膜如此可怕地隆起，就过来帮助它。如果一块石头想要落下，你就给它一击。一个男人跳到这只动物身上，跳到它的身体上，两条腿，站在上面，不停地晃动，拽它的内脏，上下晃动，血应该出来得更快一些，全都出来。急促的喘息变得越来越强烈，那是一种绵延不尽的喘息，反常的喘息。与此同时，它的后腿通过轻微的敲击进行着反抗。它的腿微微地挥动。它的生命伴随着急促的喘息而终结，它的呼吸减弱。它的后身艰难地转动，翻倒在地。这就是地球，重力。那个男人向上倾斜。另一个在下面的已经回过头来解剖颈部的皮毛。

欢乐的草场，沉闷的、温暖的畜棚。

灯火通明的肉店。该店的照明和橱窗的照明必须协调一致。选择以直射为主的或半直射的光源。通常情况下，使用以直射光源为主的照明体较为适宜，因为柜台和砧板必须得到充足的照明。通过使用蓝色滤光器制造的人工日光不可以选作肉店之用，因为肉制品始终要求的是一种不损害自然肉色的照明。

鼓鼓囊囊的大腿尖。蹄子作完清洁处理之后，按照长度劈开，不去肉皮，喀嚓一声合拢，用线系好。

——弗兰茨，你现在已经在你的那间陋室里蹲了两个星期了。你的女房东马上就要把你撵出门去。你不能付钱给她，这个女人可是正儿八经地出租。你如果不马上振作起来，你就只有进避难所去了。那会是什么后果，那会是什么后果。你不给你的屋子通风，你不去理发，褐色的络腮胡子爬满了你的面颊，你就会筹集到十五个芬尼的。

和约伯的谈话，事情取决于你，
约伯，你不愿意

当约伯一点也不多，一点也不少地失去了能够失去的所有东西之后，他便躺倒在甘蓝园里。

"约伯，你躺倒在甘蓝园里，狗棚的附近，距离十分合适，正好叫那只看家狗咬不着你。你听得见它用牙齿发出的咯吱声。哪怕上前一步，那条狗就会汪汪地叫唤。只要你转个身，打算站立起来，它就会猃猃作声，向前冲去，撕咬它的链条，向上蹿，狂吠猛扑。

"约伯，这就是那座宫殿，这就是园林和田野，你曾经拥有过它们。这条看家狗，你根本不曾见过，这座甘蓝园，人家把你扔了进来，你也根本不曾见过，还有那些山羊，它们每天早上被人驱赶着从你的身边走过，当它们与你擦身而过的时候，它们拔草、磨牙、嘴里塞得满满的。它们曾属于过你。

"约伯，你现在失去了一切。你浑身疮癞，获准在晚上缩作一团。人们害怕你的麻风病。你曾经骑在马上，为你的财富神采飞扬，你受到众人的簇拥。而现在，你的鼻子正对着木栅栏，上面的小蜗牛们缓缓地向高处爬行。你还可以研究蚯蚓。它们是唯一不怕你的生物。

"你那布满脓包的双眼，你只偶尔睁开，你是一堆不

幸，你是有生命的泥浆。

"最折磨你的是什么，约伯？是你失去了儿子和女儿，是你的一无所有，是你在黑夜中的挨冻，是你咽喉里、鼻子上的肿块？是什么，约伯？"

"谁在问？"

"我只是一个声音。"

"一根喉咙管里发出的一个声音。"

"你认为，我肯定是个人。"

"是的，所以我不愿意看见。走开。"

"我只是一个声音，约伯，尽你的所能睁开双眼，你不会看见我的。"

"啊，我在做梦。我的头，我的脑子，我现在还会被人弄疯的，人家现在还会把我的念头夺走的。"

"如果人家这样做的话，遗憾吗？"

"我可不愿意。"

"你的念头虽然让你如此、如此地遭受痛苦，你却仍然不愿失去它们？"

"别问了，走开。"

"可我根本不会夺走你的念头。我只想知道，最折磨你的是什么。"

"这和别人不相干。"

"除你之外的任何人？"

"是的，是的！也不和你相干。"

那条狗叫了起来，猖猖作声，四下乱咬。过了一段时间后，那个声音重新响起。

"是你的儿子，是他们让你感到悲伤吗？"

"要是我死了的话，人们用不着为我祈祷。我是尘世里的祸害。人家肯定会在我的身后吐唾沫。人们必须忘掉约伯。"

"你的女儿们？"

"啊，女儿们。她们也死了。她们舒服了。她们曾是妇女们的象征。她们本可以为我带来孙儿，可她们却被夺去了生命。一个接着一个地倒了下去，好像上帝在抓她们的头发，拉上去，甩下来，她们被摔得粉碎。"

"约伯，你不能睁开你的眼睛，它们粘到了一起，它们粘到了一起。你悲伤哭泣，因为你躺在了甘蓝园里，而这狗日的脓包，你的疾病，则是你最后的所有。"

"声音，你这个声音，你是谁的声音，你躲在哪里。"

"我不知道，你为什么悲伤。"

"哦，哦。"

"你在呻吟，但你也不知道缘由，约伯。"

"不，我——"

"我？"

"我没有力气。这就是原由。"

"你想有力气。"

"连希望的力气都没有了，无愿无望。我没有一口牙齿。我很软弱，我感到羞愧。"

"这是你说的。"

"可这是真的。"

"是的，你知道。这是最为可怕的地方。"

"这已经写在了我的脑门上。我就是这样的一个破烂货。"

"这就是，约伯，你最痛苦的原因。你不想软弱，你想拥有反抗的能力，否则宁愿变成千疮百孔，你的头脑没了，念头没了，整一个畜牲。为你自己许个愿吧。"

"声音，你已经问了我这么多，我现在认为，你可以问我。为我治病吧！如果你做得到的话。不管你是撒旦，还是上帝，还是天使，还是人，你为我治病吧。"

"无论是谁，你都会接受他的治疗？"

"为我治病吧。"

"约伯，你好好想想，你不能看见我。如果你睁开眼睛，你也许会为我大惊失色的。我也许会把价格定得高高地吓人。"

"我们将会看见一切，听你的口气，你好像对此并不含糊。"

"如果我真是撒旦或者恶魔呢？"

"给我治病吧。"

"我是撒旦。"

"给我治病吧。"

那个声音于是退去，变弱，越来越弱。那条狗吠了起来。约伯恐惧地竖起耳朵聆听：他走了，我必须得到救治，否则，我只有去死。他发出尖锐刺耳的叫喊，可怕的一夜来临了。那个声音又一次响起：

"如果我是撒旦，你将如何对付我？"

约伯喊道："你不愿意给我治病。谁都不愿意给我治病，上帝不，撒旦不，没有一个天使，没有一个人。"

"那你自己呢？"

"我自己能怎样？"

"你是不愿意！"

"什么。"

"连你自己都不愿意，还有谁能够帮助你！"

"不，不，"约伯喃喃地说道。

那个声音在他对面："上帝和撒旦，天使和众人，大家都愿意帮助你，但你却不愿意——上帝出于爱，撒旦是为了以后抓住你，天使和众人则是因为他们是上帝和撒旦的帮手，可你却不愿意。"

"不，不，"约伯喃喃地说着，咆哮着，扑倒在地。

他叫喊了整整一个晚上。那个声音不停地呼唤："上帝和撒旦，天使和众人，大家都愿意帮助你，但你却不愿意。"约伯则不停地喊道："不，不。"他企图掐死那个声音，它却提高嗓门，越来越高，它始终抢在前面高他一度。整整一个晚上。清晨时分，约伯一头栽到地上。

约伯默默地躺着。这一天，他身上最初的一批包块开始消失。

大家全都拥有一样的气息，
人和畜牲没有丝毫不同

牲畜市场的肉畜供应：生猪 11 543 头，肉牛 2 016 头，小牛 1 920 头，肉羊 4 450 头。

眼前这个男人要对这头玲珑可爱的小牛儿干什么？它被绳子拴着，孤零零由他领了进来，这里就是那个巨大的厅堂，公牛们在这里嚎叫，现在，他把这只小动物领到一个工作台旁。有很多工作台,一个挨着一个,每一个的边上都放着一根木棒。他用双臂举起这只温顺的小牛,把它横放到工作台上,它任他处置。他从下面逮住这只动物,伸出左手去抓住它的一条后腿,不让它胡乱踢腾。随后,他又抓住了那根绳子,他就是用它把这只动物牵进来的,他把它牢牢地系到墙上。这只动物耐心地等待着,它现在躺在这里,它不知道将会发生什么事情,它躺在木头案板上,并不舒服,它拿头去撞一根棍子,却不知道那是什么:那可是木棒的顶端,它站在地上,它马上就会受到来自它的打击。那将是它和这个世界的最后的接触。真的,这个男人,这个淳朴的老人,他独自一人站在那里,一个操着浓声软语的温柔的男人——他和这只动物说话——他抓住那根棒子,将它稍稍举起,对付这种温顺的小东西无须太多的力气,他一棒子打在了这只温顺的动物的脖子上。他镇定自若地击打这只动物的脖子,就跟他当初领它进来并对它说"好好躺着"时的情形一样,没有愤怒,没有特别的激动,也没有悲哀,不,事情就是这样,你是一只好动物,你是知道的,这样的事情必须发生。

而这头小牛呢:扑尔尔尔——尔尔尔尔,小小的腿儿伸开,变得非常非常的僵硬。小牛的一双黑色的丝绒般的眼睛突然瞪得很大,一动不动,镶上了白边,它们现在转向一边。这个男人对此已是屡见不鲜,是的,动物们的眼睛就是这么看的,不过,我们今天还有一大堆事情要做,我们必须继续干下去,于是他在小牛身下的工作台上找寻,他的刀就放在那上面,他在下面用脚摆好那只装血的盆子。紧接着喀嚓一声,那把刀子横穿脖颈、喉咙,捅破所有的软骨,空气漏出,从侧面刺破肌肉,头部失去支撑,啪嗒向下落到工作台上。鲜血四溅，一股翻着气泡的暗红色的黏稠液体。好了，总算完事了。他心安理得地带着一成不变的平静表情进行更加深邃的切割，他用刀在深处探寻和摸索，从两节脊椎骨之间捅过，那里的组织非常幼嫩、柔软。然后，他松开这只动物，那把刀子在工作台上啪啪作响。他在一只桶内洗净双手之后离去。

这只动物被他拴在了一边，孤独地、悲伤地躺在那里。欢声笑语遍布大厅的每一个角落，人们忙碌着，拖着拉着，你呼我唤。那只啪嗒落地的脑袋令人恐怖地向下悬挂在兽皮上，两只桌腿之间，满是乌血和涎水。舌头乌紫，卡在牙齿之间。而这只动物还在工作台上发出可怕的、可怕的嘎嘎声和急促的呼噜声。它的头在兽皮上抖动。它的身体在工作台上翻滚。它的几条腿，纤细幼小、瘦骨嶙峋的腿，打着颤，踢着。可是它的双眼却完全僵硬、失明。那是死去的眼睛。这是一只死掉的动物。

那位平静的老人靠在一根柱子上，手里拿着小小的黑色笔记本，他的目光射向那个工作台，计算着什么。这年头物价昂贵，不好预测，竞争很难应付。

弗兰茨的窗户敞开着，这世界也有
快活的事情发生

太阳升起、落下，明媚的日子来临，童车在街上行驶，这是 1928 年 2 月。

弗兰茨·毕勃科普夫怀着对这个世界的反感，借酒浇愁，迎来了二月。他是有什么就喝什么，他不在乎后果。他本想规矩做人，可到处都是流氓、无赖和恶棍，所以，弗兰茨·毕勃科普夫再也不想同这个世界有任何的瓜葛了，而且他变成了个迷糊，他就会花掉自己的最后一枚芬尼去买酒喝。

弗兰茨·毕勃科普夫怀着这种愤怒走进了二月，有天晚上，他被院子里的一声响动惊醒。后面是一家大贸易公司。他睡眼惺忪地朝楼下望去，打开窗子，冲着院子喊道："蠢猪，给我从院子里滚出去，你们这些饶舌的家伙。"随后他又躺了回去，什么也懒得想了，那些人此时也都走了。

如此这般地过了一周。正当弗兰茨准备推开窗子，把木头板子扔下去的时候，他灵机一动：现在是一点钟，他何不去看看那帮小子。那帮老兄究竟在这深更半夜里做什么。他们到底要在这里干什么，他们根本就不是这栋楼里的居民，这事可得好好摸摸情况。

不错，那的确是一桩小心谨慎的干活，他们沿着墙壁滑动，弗兰茨站在楼上，伸出脖子，只见一个人站在院子门口，那小子帮忙望风，他们在干坏事，他们的目标是地下室的那扇大门。他们三人一组地忙活着。他们居然不怕被人看见。突然咣当一声，门开了，他们得逞了，其中一个留在了院子里的一个角落里，另外两个下到地下室去了。伸手不见五指的黑夜是他们放心大胆的资本。

弗兰茨轻轻关上他的窗户。空气使他的头脑清醒过来。这些人就干这种事，管它是白天还是晚上，骗子流氓就是这样四下活动，真恨不得操起一只花盆扔到院子里去。他们到底要在我住的这栋房子里干什么。这里什么都没有。

万籁俱寂，黑暗中他坐到了他的床上，他忍不住重新走到窗户旁向下张望：这帮老兄究竟把什么落在了我住的这栋楼里。于是，他点燃一支蜡烛，搜寻他的那只酒瓶子，待他找到之后，却并未倒出来给自己喝。飞来一颗子弹，不是打中你，就是打中我。

然而，中午时分，弗兰茨下楼来到院子里。那里围着一大群人，木匠格尔内尔也在场，弗兰茨认识他，他们说道："这里又被盗了。"弗兰茨捅了捅他的胳膊肘："我看见了这帮龟孙子，我不会去告发他们，可我住在这里，睡在这里，他们休想捞到什么，要是他们再进我的院子，我就要下楼去，只要我还姓毕勃科普夫，如果是三个人，我准叫他们粉身碎骨。"木匠紧紧拉住弗兰茨："你如果知道点啥，那里是刑事侦探，你过去找他们吧，你可以赚点钱用。""就让我和他们相安无事吧。我还没有检举过什么人呢，您可以自己去嘛，靠这个弄点赏钱。"

弗兰茨偷偷地走掉了。格尔内尔还站在那里，这时，两个侦探朝他走来，非要他说出格尔内尔住在哪里，也就是他自己。我吓了一跳。这个男人浑身上下除了鸡眼以外变得一片煞白。他于是说道："您瞧瞧，格尔内尔，就是那个木匠，我带您去。"他一声不吭，按响自家的门铃，老婆把门打开，全部随行人员紧跟在他的后面走进屋里。最后，格尔内尔用劲挤到他老婆跟前，捅捅她的肋骨，食指放在嘴里。她不知道发生了什么事情。他混到那些人中间，双手插在裤兜里，另外的两个人也在场，一家保险公司的先生们，他们在他的屋里东张西望。他们想知道，这里的墙壁有多厚，地面如何，他们敲击墙壁、测量和记录。那家大贸易公司接二连三地被盗，那帮家伙胆大包天，甚至企图在墙上打个洞，因为他们已经知道，门口和楼梯旁装有报警器。是的，墙壁太薄了，整栋楼摇摇欲坠，就像一枚扩大了的复活节彩蛋。

他们重新出来，大步走到院子里，格尔内尔始终像个小丑一样形影不离。他们现在开始考察地下室入口处那两扇新安的铁门，格尔内尔挨得很近。就在这时，他碰巧退后一步，他想腾出位子，碰巧的是，他正好踢到某个东西上，某个东西掉将下来，他赶紧用手去抓，是一只瓶子，它不偏不倚地落到纸上，所以没有发出一点声响。这院子里放着一只瓶子，人家把它放在了这里，我们把它带走，为什么不呢，那些大人物不会因此遭受丝毫的损失。他于是弯下身去，装作要把鞋带系紧的样子，乘机连纸一起一把抓起那只瓶子。而夏娃就是这样把苹果给了亚当的，要是苹果没从树上掉下来，夏娃是不会去捡的，那么，苹果也就不会落到亚当的手里了。后来，格尔内尔把这只瓶子藏进他的夹克衫里，带着它出发，穿过院子，向着屋内的孩子他妈走去。

孩子他妈会说什么呢？她两眼放光："奥古斯特，你这是从哪儿弄来的？""买的，里面没人。""不！""但泽利口酒，你有什么可说的！"

她两眼放光，仿佛她本人就是用闪闪发亮的黄金做成。她拉上窗帘："嘿，那里还放着一些，你是从那里弄来的，对不？""放在墙边，人家本该拿走的。""哎呀，你得把这个给人还回去。""什么时候兴交还捡到的利口酒了？孩子他妈，在这种困难的时期，我们什么时候让自己享受过一瓶白兰地了。那样做太可笑了，孩子他妈。"

这个女人，她最后也说，确实用不着这样做，一瓶，一小瓶，对这么一家大公司来讲算得了什么，而且，孩子他妈，你好好想想，它也不再属于那家公司了，它属于那些强盗，你居然还要我拿它去找这些人。这可真的是违法的事情了。他俩于是喝起酒来，喝了一口，再喝一小口，不错，人在这世界上就得睁开眼睛，并不是所有的东西都需用金子做成，银子也自有它的价值。

小偷们星期六来了，一桩经过筛选的事业开始发展起来。他们发现，有个陌生人在院子里蹑手蹑脚，确切地说是站在墙边的那一个发现的，于是，其他的几个，手里拿着带有遮光装置的提灯，如同侏儒家神一般地跑出洞来，全速奔向院门。可是那里站着格尔内尔，他们于是小步快跑，灵提似的越过院墙，上了隔壁的楼房。格尔内尔在后面追着，他们把他甩掉："你们可别胡闹，我不会伤害你们的，上帝啊，你们都是傻瓜。"他只好眼睁睁地看着他们翻过墙去，见已经有两个逃掉了，他的心都快要碎了，小子们，你们可不是疯了吧。只有刚好还骑在屋墙上的最后一个，用手里的提灯照着他的脸："你怎么了？"也许是某个同伙坏了我的事。"我跟你们一起干，"格尔内尔说道。这人怎么了。"我当然跟你们一起干啦，你们干吗逃跑呀。"

过了一会儿，那人真的从墙上爬了下来，独自打量着这位木匠，他虽然已经酩酊大醉，但还不至于让自己倒下。那个胖子则壮起了胆子，因为这个木匠不仅烂醉如泥，而且还一身酒气。格尔内尔向他伸出手去。"你的手呢，同行，你一起干吗？""恐怕是个陷阱吧，是不是。""怎么会呢？""你大概以为，我会上当吧？"格尔内尔受到伤害，十分沮丧，那另一个认为他没有醉，只要这家伙不跑就行，那利口酒简直是太美妙了，就是他的老婆也不会放过他的，上帝啊，如果他遭人耻笑地回家，她是不会放过他的。格尔内尔乞求道："不，那怎么会呢，你可以一个人进去嘛，我住在这里。""你到底是谁。""我是房屋管理员，嘿，我也可以为自己捞点什么嘛。"那个小偷沉思起来；他因此心中一亮，这家伙如果参与进来，那倒是一桩好事，只要不是陷阱就行；反正我们有手枪。

于是，他把他的梯子立在墙边，和格尔内尔一起穿过院子，那两个早已逃之夭夭，肯定以为，我进局子了。格尔内尔在底层按响门铃。"哎呀，你按什么铃啊，谁住这里呀？"格尔内尔十分自豪："除了我还有谁！当心。"他已经拉住门把手，大声地把门打开："怎么，是我不是我？"

灯啪地一声亮了，他的老婆已经站在了厨房的门口，直打哆嗦。格尔内尔和蔼可亲地介绍道："我的老婆，这是我的一个同行，古斯特。"她打着哆嗦，并不出来，她突然庄重地点点头，微笑起来，这的确是个可爱的男人，这的确是个年轻英俊的男人。她走了出来，她站在那里说道："保尔，你可不能就让这位先生站在走廊里，您只管进来好了，先生，把您的帽子取下来吧。"

那另一个想一走了之，可这俩并不退让，那人十分惊异，竟有这样的事，这可都是很正派的人，可能他们的日子不好过，中下层的日子不好过，通货膨胀什么的。这娘儿们老是给他抛媚眼，他喝着潘趣酒取暖，随后便晕晕乎乎的，直到最后他都没有完全弄清楚事情的来龙去脉。

不管怎样，第二天的上午，吃过第二顿早餐之后，这个年轻的男人就跑来找格尔内尔了，他显然是受他的团伙的派遣而来的，他非常仔细地询问，他是否落下了什么东西。格尔内尔不在家，只有那个女人在，她友好地甚至极其低三下四地接待了他，给他端上一杯酒来，他纡尊降贵地把它喝下。

小偷们整整一个星期没有露面，这令木匠夫妇感到十分遗憾。保尔和古斯蒂①把这种情况翻来覆去地讨论了几千遍，是不是他们把这帮小子吓跑了，两人都觉得自己无可指责。"也许你对他们太粗鲁了，保尔，你有时就用这种方式说话。""不，古斯蒂，这不赖我，应该赖你，因为你做出一副牧师的脸色来，这让人家反感，他们同我们合不来，这太可怕了。怎么办呢。"

古斯蒂这下哭了起来；要是再有人来一趟就好了；她总是听人责备，可事情不应该赖她。

不错，星期五是个伟大的时刻。有人敲门。我想，有人在敲门。她去开门，匆忙之中忘了开灯，尽管她在黑暗里什么也看不见，但她心里马上就明白了那是谁。是那个高个子，他的做派总是那么优雅，他想找她的丈夫谈谈，他的表情非常严肃，非常冷酷。她大惊失色：莫非出了什么事。他安慰她道："不，纯粹是生意上的谈话，"接着又提起场地的事，说了些任何事情都不会是无缘无故的之类的话。他们在客厅里坐下，有他在这里，她感到很幸福，现在保尔可不能说是她把他赶走的了，因此她说，她以前也一直是这么说的，反面的东西才是对的，任何事情都不会是无缘无故的。两人为此展开了长时间的争论，事实表明，两人所持的都是他们的父母、祖父母以及旁系亲属的意见，他们也说同样的

①古斯特的昵称。

话：任何事情当然都不是无缘无故的，从来就不是，甚至可以为此发誓，肯定是这样，他们的意见当时是一致的。他们从各自的过去，从邻居们那里，搜索出一个又一个的例子来举给对方听，正当他们还说得起劲的时候，门铃响了，两个男人走了进来，出示了侦探的证件，另有三个保险公司的官员和他们一起。其中一个侦探开门见山地对这位客人说道："您是格尔内尔先生，您现在必须协助我们，这是由于你们楼后发生的多起盗窃。我想，您将参加一次特殊的警卫行动。费用当然由这家公司的先生们和保险公司一同承担。"他们谈了十分钟，那女人从头到尾都竖着耳朵，他们在 12 点钟的时候离去。此后，这两个留在了屋里的人感到极其松弛，以至于在 1 点钟左右的时候，他俩之间发生了点无法启齿的事情，任何一种有关的描述都是可笑的，两人自己也为此羞愧万分。因为这女人三十五，而他也许才二十一二。然而问题不仅仅只是年龄上的差异——他 1 米 85，她 1 米 50，而是这件事情的发生，不过，它是在混杂着谈话、激动和嘲讽警察的过程中出现的，当时总的看来也不坏，只是事后难堪，至少对她是这样，确切地说，这事已经开始平息下来。不管怎样，格尔内尔先生在 2 点钟的时候所遭遇的那种情形，那份舒心惬意，是难以言状的，是他做梦也没有想到的。他甚至忙不迭地在一旁落了座。

他们坐在一起，直到晚上 6 点还不分开，他和他的女人一样洗耳恭听，为那个高个子所讲的每一句话心醉神迷。即便这些话里只有部分是真实的，那都是些一流的小伙子，他十分惊异，这么一个时下的年轻人居然对世界持有如此明智的看法。他已是未老先衰，头皮屑成斤成斤地往下掉，他恍然大悟。嘿，当他们在9点钟待那小青年走后上床睡觉的时候，格尔内尔说，他真没想到，这么一大帮年轻人居然还肯赏脸看得起他，——他身上肯定还是有两下子，有两下子的，这一点古斯蒂不得不承认，他也是有点身手的。古斯蒂和他的意见一致，这个老小子把四肢舒展开来。

清晨，在他起床之前，他对她说道："古斯特，我要是再闯进建筑工头的工棚里找活干的话，我就应该叫做保尔·疯子。我有过自己的营生，这已经过去了，这哪里是独立自主的男人要干的活，他们也巴不得把我给撵出来，因为我太老了。我为什么就不该赚赚下面这家公司的钱呢。你看哪，那些小子多有势力呀。要我说啊，时下谁没有势力，谁就会破产。你说呢？""这我早就说过了。""你瞧，可不是吗。我巴望重新过上好吃好喝的日子，不想把脚趾给冻掉喽。"她兴高采烈地拥抱他，对他给予她的一切、将要给予她的一切表示感激。"你知道，我们该怎么办吗，老婆，你和我？"他拧她的大腿，她大叫哎哟。"你跟着一起干，老婆。""不。""我说干。老婆，你以为呀，没有你地球也照样转。""你们已经有五个了，都是些结实的男人。"多么结实。"望风，"她继续闲扯，"我不能。我有静脉曲张。帮忙，要我怎么帮你们？""你害怕吗，古斯特乖乖。""害怕，干吗要怕。我有静脉曲张，那你就赶紧跑你的吧。因为猎獾狗跑得更快。如果人家逮住我，你也难脱干系，我可是你的老婆。""你是我老婆，这就是我的过错。"他拧她的大腿，情绪来了。"保尔，你住手吧，这还真是挺让人来劲儿的呢。""老婆，你瞧，要是出了这个泡菜缸，你就会跟变了个人似的。""哦，我真的也想了，你再舔舔我的嘴唇。"

"这还只是一点点，老婆，根本不算什么，你别用棉花塞耳朵了。这件事我要自个儿来弄。""那好吧！别的人怎么办？"哎呀，我的天哪。

"问题就在这里，古斯特。我们放弃他们。你知道，合伙的生意从来就好不了，这可是老话说的。怎么样，说得对还是不对。我要自己干。我们可是近水楼台啊，我住底层，院子连着我的屋子。对还是不对，古斯特？""保尔，但我不能帮你的忙，我可有静脉曲张呀。"这未免也太遗憾了。这个老婆用她的嘴酸酸甜甜地附和着，但她内心的感情却在说：不；她说：不。

这天晚上，那家公司的人员全都在2点钟离开地下室，与此同时，格尔内尔让自己和老婆一起关在屋里，9点，楼道里不见丝毫的动静，他正打算开始工作，看门的现在肯定在门口巡逻，会出什么事呢？有人在敲地下室的门。敲门。我想，有人敲门。谁会在这里敲门呢。我不知道，但有人敲了门了。这个时候这里是不该有人敲门的。店子关了。有人敲门了。又敲起来了。两人屏气凝神，一动不动，一声不吭。又敲起来了。格尔内尔碰了碰她："有人敲门了。""是的。""会是谁呢。"奇怪的是，她倒一点也不害怕，只是说："没准谁都不是，反正人家不会把我们给杀了。"不，这人不会杀我们的，来的这个人我认识，他不会杀我的，他长着两条长腿，留着山羊胡子，如果是他来了，我真的会高兴的。这时，敲门声虽然轻微，却变得十分急促。我的天哪，这是一个信号。"这个人认识我们。这是我们的一个小伙子。老婆，我早就想到了。""那你为什么不说。"

嗖地一跃，格尔内尔站到了楼梯旁，他们怎么会知道我们在这里，他们让我们吃了一惊，外面的那人悄声叫道：
"格尔内尔，开门。"

不管他愿意与否，他都必须开门。真他妈的下流无耻，真他妈的该死，真恨不得把全世界搡扁。他只好把门打开，来人是那个高个子，他一个人来的，她的情人，格尔内尔蒙在鼓里，是她出卖了他，她很想感激她的情人。见他在这下面，她容光焕发，她不能把自己的心事给暴露了，她的男人看上去像条叭儿狗，大声地骂道："你，咧嘴笑什么？"
"噢，我就是害怕，怕是门卫或楼里的什么人。"那就干活，分工，骂又有什么用，竟有这等糟心的事。

格尔内尔接着又试了一次，他让老婆到外面去，他骂骂咧咧，说是她让他背运，——这时，他们又开始敲门，现在可是三个，瞧那神情，好像是他把他们给请过来的，这下可一点办法也没有了，人就是在他自己的房子里也作不了主了，他敌不过这类诡计多端的家伙。格尔内尔于是精疲力竭地、气急败坏地对自己说道：今天我姑且和他们一起干，做拴在一条绳上的蚂蚱，可是明天就玩完儿；这帮猪狗要是明天再进我的房子，到我做管理员的这栋楼里来，插手我的事情，那我可就要让他们尝尝穿绿制服的滋味了。没错，这都是些剥削者，这都是些敲诈勒索之徒。

他们在地下室里忙活，忙了整整两个钟头，他们把绝大多数东西搬进格尔内尔的家里，尽是一麻袋一麻袋的咖啡、无核的黑葡萄干、白糖，他们来了个大扫除，然后是成箱成箱的酒，各种各样的白酒和葡萄酒，半个仓库被他们拖走。格尔内尔怒火中烧，竟然要他和他们一起分享这一切。他老婆在对过给他消气："我哪里能扛得动这么多东西呀，我有静脉曲张的毛病。"他十分气恼，他们还在拖个不停："你有静脉曲张，你早就该买有护踝的松紧长袜了，这病就是因为想省几个该死的钱，就知道省钱，大错特错。"然而，古斯特的眼睛只是盯在她的高个子身上，那家伙因此而在别的小子们面前显得得意洋洋，这里的生意是他的，他是个买空卖空的投机家。

他们走了，辛苦了，格尔内尔关上他的房门，把自己锁在屋里，开始和古斯特一起把酒痛饮，别的就不说了，这一点他可是决不放过的。他要把全部的品种尝遍，而且还是那些最好的品种，明天清晨，他还要把它们赶快脱手，卖给两三个商贩，两人为此沾沾自喜，古斯特也很得意，他毕竟是她的好男人，他终究是她的男人，她会帮他的，于是，从夜里2点到5点，两人坐着尝遍了所有的品种，彻底地，有计划地，斤斤计较地。这个夜晚，他俩沉湎于无与伦比的满足之中，他们烂醉如泥，像两只麻袋似的瘫倒在地。

将近中午时分，有人叫他们开门。铃声响起，丁零丁零，有人按门铃。不来开门的人则是格尔内尔夫妇。他们处于麻醉状态，怎么开门。但人家并不气馁，他们砰砰地捶门，古斯特终于有所察觉，猛地跳将起来，用力拍打保尔："保尔，有几个人敲门，你得先去开门。"他这才说："哪里，"她接着把他推了出去，因为人家会把整个门都给砸坏的，可能是邮递员。保尔起床，把裤子往上一拉，把门打开。他们于是从他的身边迈步走过，三个男人高高的，一个完整的团伙，他们想干吗，难道那帮小子这就要把东西取走，不，这是另外一拨人。是便衣警察，侦探，他们倒轻松了，他们感到惊异，这位管理员先生，地上堆满了东西，走廊上，客厅里，麻袋，箱子，瓶子，干草，交叉，重叠。探长说道："如此卑鄙的事情，我这辈子还没有碰见过。"

格尔内尔又能说什么呢？他将会说什么呢？他一声不吭。他只是一味地看着这些警察，他也觉得恶心，这群吸血鬼，我要是有把枪，他们休想把我活着带出门去，这群吸血鬼。你恐怕应该一辈子都站在工棚里，这些衣冠楚楚的先生把我的钱揣进了他们自己的腰包。哪怕他们再让我喝上一口也好啊。可是，没有用了，他必须穿好衣服。"我把吊裤带扣上总该可以吧。"

那女人一派胡言，哆哆嗦嗦地说道："警长先生，我一点也不知道呀，我们可都是规规矩矩的人哪，肯定有人栽赃陷害我们，拿这些箱子，我们睡得很死，这您刚才是看到了的，肯定是这楼里的什么人对我们搞恶作剧，您倒是说话呀，警长先生。保尔，我们到底怎么了？""您可以到派出所去把事情讲个清楚。"格尔内尔灵机一动："眼下，他们夜间也在我们楼里行窃，老婆，和后面的是同一伙，因此，我们应该去派出所。""您待会儿可以在派出所或警察局把事情全都讲出来。""我不去警察局。""我们开车吧。""上帝啊，古斯特，他们进我们这儿偷窃的时候，我什么声音也没听见。我睡得跟头猪似的。""保尔，我也没有听见。"

古斯特想乘机把放在梳妆台里的两封信取出来，都是那个高个子写的，却不巧被一个官员看见了："您交给我吧。要不您就重新放进去。待会抄家。"

她犟嘴道："您怎么可以，您应该感到羞耻，跑到别人家里。""快点。"

她哭着，不去看她的男人，她叫着，撒泼耍赖，她扑到地上，人家只好把她拉起来。她的男人破口大骂，他被捕了："你们连个女人也不放过。"这帮罪犯，这帮无耻的东西，这帮敲诈勒索之徒，他们走了，他们害我惹了一身臊。

快，快，快，马儿重新奔跑

楼道上，院子里，议论纷纷，弗兰茨·毕勃科普夫双手插在口袋里，领子竖到耳朵上，脑袋和帽子缩在两只肩膀之间，没有参与。但他始终站在三三两两的人群里倾听，站在三三两两的人群里四面倾听。后来，他在一旁做了观众，他们夹道欢迎，木匠和他那肥胖的婆娘穿过走廊，被人带到街上。脚步沉重地上了路。我也跑过的。不过当时天色昏暗。瞧，人家的眼睛瞪得多直。无地自容。是的，是的，你们可以说风凉话。你们知道人家心里是怎么想的。这都是些不折不扣的小市民，蹲在炉子后面，招摇撞骗，可就是没人来抓他们。弟兄们的骗术真是令人难以置信。他们现在打开绿衣亨利①。是的，进来吧，只管进来好了，孩子们，还有那位矮小的少妇，大概酒喝多了，她没错，她一点也没错。让人家笑话去吧。他们应该知道这是怎么一回事。一言为定，说话算话，完事。

人们仍然聚在一起交头接耳，弗兰茨·毕勃科普夫则站在楼门前，显得异常的冷静。他从外面看着那个楼门，目光越过这道堤坝，这个人现在爱做什么就做什么。他将重心从一只脚移到另一只脚上。该死的冷静，狗一般的冷静。我不

---

① 柏林方言，意为警车。

上去了。那我干什么呢。

他站在那里，转过身去——却不知道，自己就是这样被人吵醒的。他和那帮站在那里嚼舌头的人没有任何关系。我到别处去看看。人家把我从这里赶走。他于是轻快敏捷地上了路，沿着艾尔萨斯大街下行，沿着地铁的建筑围栏，向着罗森塔尔广场，向着任意的一个方向前进。

弗兰茨·毕勃科普夫爬出了他所在的那幢建筑物。那个被人家的议论驱逐着的男人，那个长得圆滚滚的、喝得醉醺醺的女人，那场偷窃，那辆绿衣亨利，和他一起行进。一家小酒馆在还不到广场拐角的地方出现，这下可来劲了。他的两手自动地往口袋里一伸，没有瓶子可灌。什么都没有。没有瓶子。忘了。落在楼上了。因为那件屁事。乱哄哄的，只想着穿上大衣，下楼，却没把酒瓶放在心上。见鬼。溜达回去？他的内心活动着：不回去回去，回去不回去。脉搏急促地跳动，翻来覆去，骂娘，放弃，推迟，唉，怎么办，让我尽兴吧，我要进去，这样的想法弗兰茨已经好久没有过了。我是进去呢，还是不进去呢，我渴了吗，渴了喝塞尔脱斯矿泉水就够了，如果你进去了，你就只会是乱喝一气，哎呀，真的，我都快渴死了，非常渴，渴极了，上帝呀，我多想狂饮一顿啊，你最好还是呆在这儿别动，不要进去，不然的话，你马上又会喝它个狗啃泥，喂，到时候你又要蹲在那个老婆子的阁楼里了。到时候又是绿衣亨利和那两个木匠，锵，向右转，不，这里我们不呆，或许别的什么地方，继续走，继续，跑啊，不停地跑。

就这样，弗兰茨揣着兜里的一点五五个马克跑到了亚历山大广场，他是喘着大口大口的粗气跑来的。接着，他对自己进行了强迫，虽然他并不情愿，但还是在一家小食店吃了一顿，好好地吃了一顿，几个星期以来的头一顿正经饭，五香小牛肉丁拌土豆。饭后，他的饥渴感稍有平息，还剩十五芬尼，被他攥在手里揉搓。我去找莉娜吗，莉娜对我有什么用，我不喜欢她。他的舌头发懵发苦，他的嗓子开始冒烟。我还得灌下一瓶塞尔脱斯才行。

于是——在吞咽的时候，在灌下清凉宜爽的时候，在碳酸气泡挠痒痒的时候，他知道他想去哪里了。去找米娜，他给她送去过小牛里脊，那几件围裙她没有要。是的，这样做是对的。

我们起来吧。弗兰茨·毕勃科普夫在镜子前打扮自己。人家对自己一点也不满意，他看着自己那苍白、松弛、长满疙瘩痘的面颊，那就是毕勃科普夫。这个家伙有着一副嘴脸。额头上的印子，哪里来的红印子，帽子勒的，还有这黄瓜鼻子，哎呀，这么肥厚的红鼻子，这可没必要说是白酒烧的了，因为今天很冷；只是这双可怕的、讨厌的金鱼眼，像头母牛，我怎么会长着这样的两只小牛眼呢，直愣愣的，好像我不会转眼珠子似的。好像人家把糖浆浇了我一身似的。不过，这在米娜面前不打紧。把头发梳整齐一点。就这样。我们继续往下走，去她那儿。她会给我几个芬尼的，我们先用着，等到了星期四再说吧。

走出鸽子笼，走上寒冷的街道。人很多。亚历山大一带人山人海，大家全都有事要做。全都需要有事做。弗兰茨·毕勃科普夫向他们走去，一双眼睛左顾右盼。湿漉漉的沥青路上，仿佛有匹老马滑倒了，肚子上挨了马靴的一端，痒得向上一跃，拉起车子发疯似的奔跑起来。弗兰茨有的是肌肉，他在田径俱乐部呆过；此时，他慢慢地穿过亚历山大大街，他知道自己迈着怎样的步伐，坚定的，坚定的，就跟普鲁士的禁卫骑兵一样。我们和别人一样地迈步前进，不差毫厘。

今天中午的天气预报：天气预计将稍有好转。虽然仍以严寒为主，但气压正在上升。太阳重又羞答答地露出笑脸。最近一段时间气温可望回暖。

谁要是能够亲自驾驶 NSU－6 缸型，谁就会感到激动万分。啊，我的情郎，让我和你一起去到那里，去到那里。

弗兰茨来到她住的那栋楼里，站在她的门口，那里有一只门铃。他猛地一把扯下头上的帽子，拉响门铃，谁来开门，那会是谁呢，当一个姑娘遇见一位男士的时候，我们就行屈膝礼，那到底会是谁呢，心里好痒痒。啪嗒一声。一个——男人！她的丈夫！这是卡尔！那位锁匠先生。但这一点也不打紧。做你们的苦相去吧。

"怎么是你？怎么回事？""得了，卡尔，只管让我进来好了，我不会咬人的。"他这就进了屋。看来我们都在这里。这种无赖，这种东西已经让人领教过了。

"尊敬的卡尔先生，虽说你是个正规的锁匠，我只是个临时工，可你也别太不把人放在眼里了。既然我说早上好，那你也可以说你好嘛。""喂，你到底想干什么？我叫你进来了吗？你干吗要挤进屋来？""得，你老婆在吗？也许我可以对她说声你好。""不，她不在。你休想。没有谁愿意见到你这号人。""是这样呀。""是的。没人。""得——可你在啊，卡尔。""不，我也不在。我只是回来拿毛背心的。我马上就得到下面的店子里去。""这生意，好兴旺啊。"

"那当然啦。""那我就是被人撵出去的。""我根本就没有叫你进来过。嘿,你到底落什么东西在这儿了?你一点也不觉得丑吗,跑上楼来,让我丢脸,这楼里的人全都认识你。""让他们发牢骚去吧,卡尔。我们犯不着为这种事情自寻烦恼。我又不是想进他们家的客厅。你可知道,卡尔,不要为这些人去自寻烦恼。我那里今天有人被穿绿制服的抓走了,是个正规的木匠,而且此人还是我们楼里的管理员呢。你想想。和老婆一起。把人给偷了个底朝天。我偷了吗?啊?""喂,我要下去了。你走吧。干嘛要把我和你扯在一起。要是让米娜撞上你,你可得准备好了,小心她操起扫帚打你个稀里哗啦。"这人知道米娜什么呀。这种被老婆戴上绿帽子的男人还想来教训我。真是让我笑掉大牙了。要是一个姑娘遇见一个她爱的、她喜欢的男士。卡尔走到弗兰茨跟前:"你还看什么?弗兰茨,我们不是你的亲戚,不是,根本就不是。如果你是刚从牢里出来的,那你可得自个儿瞧瞧你要干什么。""我还没求你呢。""是的,米娜忘不了伊达,姐妹就是姐妹,在我们眼里,你还是从前的那个你。你完了。""伊达不是我打死的。什么人一着急,都会有失手的时候。""伊达死了,你现在走你自己的路去吧。我们可是讲脸面的人家。"

　　这个狗娘养的,戴绿帽子的,这个恶毒的东西,真恨不得好好教训教训他,我要活脱脱地把他老婆从他床上抢走。"我坐了四年牢,一分钟也不少,你可不能像法院似的添油加醋了。""你的法院跟我无关。你现在走你自己的路去。一了百了了。这里没你的事儿。一了百了了。"这是个什么东西,这位锁匠先生,他还会加害于我的。

"我现在告诉你，卡尔，我愿意与你们和解，对我的惩罚已经结束了。我要与你握手言和。""我不会握你的手的。""这我倒想要弄弄清楚。(猛一把抓住这个家伙，拎起他的两条腿，狠狠地往墙上撞。)我现在明白了，心里有数了。"手跟先前一样，猛地一挥，啪地一声戴上帽子："那么早上好，卡尔，锁匠师傅卡尔先生。也问米娜好，告诉她我来过了，只是看看，过得如何。你这个杂种，可是天底下最最愚蠢的无赖。你给我好好记着，你要是打什么主意，当心我的拳头，可别来烦我。你是个流氓无赖，米娜跟着你，真让我难过。"

离去。平静地离去。平静地、缓慢地下楼。如果有人跟在后面，可要当心。到对面灌下一独杯白酒，一杯热辣辣的强心剂。他说不定也要过来。我等着。弗兰茨心满意足地继续前进。我总会在别的什么地方弄到钱的。他感到了自己的肌肉的粗壮，我会重新让自己得到充足的补给的。

"你企图在路上拦截我，把我打倒。可我有一只能掐死人的手，你根本不能战胜我。你含讥带讽地向我发起进攻，你企图用鄙视来把我埋葬——不是我，不是我——我非常强壮。我可以对你的嘲讽充耳不闻。你的牙齿咬不破我的铠甲，我不怕蝰蛇。我不明白，你哪来的权力，向我进攻。但我能够抵挡住你。我主支持我和敌人对峙。"

"你只管说吧。逃脱了鸡貂魔掌的鸟儿们，唱起歌来是多么的美妙。可是，鸡貂多的是，小鸟还是应该尽情地歌唱！你的眼睛还没有对准我。你还没有必要看着我。你在倾听人群的叨唠，街道的喧闹，电车的呼啸。尽情地呼吸吧，尽情地倾听吧。在这万物之中，你总有一天会听到我的声音的。"

"谁？谁在说话？"

"我不告诉你。你会看见的。你会感觉到的。武装好你的心。然后我再对你说话。然后你就会看见我了。你的双眼将满是泪水。"

"你还可以这样说上一百年。我只需付之一笑。"

"别笑。别笑。"

"因为你并不了解我。因为你并不知道，我是谁。谁是弗兰茨·毕勃科普夫。这个人什么都不怕。我有两只拳头。看哪，我的身上长着什么样的肌肉。"

第五章

迅速恢复,这家伙又站在他曾经站过的地方,他什么也没学会,什么也没认识。现在,第一次沉重的捉弄落到他的头上。他卷入了一场犯罪,他不愿意,他反抗着,但他别无选择。

　　他用双手和双脚英勇地、拼死地反抗,可是无济于事,它主宰着他,他别无选择。

亚历山大广场上的重逢，严寒。

明年，1929 年，还会更冷。

在亚历山大广场上的阿辛格尔门前，蒸汽打桩机隆隆作响，干劲十足。它有一层楼那样高，若无其事地把钢轨打进地里。

寒风刺骨。二月。街上的行人穿着大衣。有毛皮的就穿毛皮的，没有毛皮的就不穿毛皮的。女人们的腿上是薄薄的长筒袜，她们肯定冻得发抖，但这样看上去才有风度。瞌睡虫们因为寒冷而缩作一团。等天气暖和的时候，他们便又会不亦乐乎地四处打探。这期间，他们痛饮双份的白酒，可这算什么酒啊，人家可不想像个酒鬼似的沉湎其中。

亚历山大广场上的那架蒸汽打桩机轰隆作响，干劲冲天。很多悠闲的行人驻足观看打桩机的工作。上面有个男人在不停地拉一根链子，上面紧接着冒出烟来，咣当一声，杆子顶端挨了一下。站在一旁的男人、女人，特别是年轻人全都乐了，这活儿干得真顺溜：咣当一声，杆子顶端挨了一下。然后，它小得如同一根食指尖，可它依然始终不停地挨上一下，于是乎，它要干什么就可以干什么了。最后，它不见了，被人家干净利落地当肉给腌了，人们心满意足地离去。木板覆盖了一切。先前站在蒂茨门前的、伸出一只手来的贝罗丽娜①曾是一座巨型的女人雕像，也被人挖走了。说不定人家会把她回炉熔化，用于制造奖章。

他们像蜂群一样铺天盖地而来。他们成百上千，手脚不分白天黑夜地忙活。

挂着拖车的黄色电车，一辆一辆地、轰隆隆地驶过亚历山大广场上的木板路面，跳车危险。火车站已经清除了一大片，通往科尼希大街的单行道经过维尔特海姆。要去东边的人，必须从后面绕过总局大楼，穿过克罗斯特尔大街。一辆辆火车隆隆作响地从火车站驶向雅诺维茨桥，火车头的上部喷出蒸气，它正好停在普莱拉腾②的头上，王宫啤酒厂，再过一个拐角就是大门。

越过路堤，他们把一切都豁出去了，他们把城市铁路的全部房屋都豁出去了，他们哪来这么多钱，柏林城富得很，我们缴纳税金。

他们拆掉了带有马赛克招牌的罗厄泽尔和沃尔夫③，而在二十米开外的地方，它又重新站了起来，它还站到了对面火车站的门口。罗厄泽尔和沃尔夫，柏林-艾尔宾，一流的品质，一应俱全的口味，巴西，哈瓦那，墨西哥，贴心阿娇，莉莉普特，8 号雪茄，每支二十五芬尼，冬季叙事遥曲，一包二十五支，二十芬尼，10 号雪茄，散装，苏玛特拉

---

① 1895 年开始矗立在柏林亚历山大广场上的一座铜质雕像，二十年代广场改建时撤走，1933 年复位，1944 年被销毁。
② 酒家名。
③ 位于亚历山大广场的一家烟草店。

外皮，这一价位的特别奉献，一百支一箱，十芬尼。我所向披靡，你所向披靡，他所向披靡，用箱子，五十支一箱，用纸盒，十支一盒，销往世界各地，波叶罗二十五芬尼，这则新闻让我们结识了众多的朋友，我所向披靡，你从一旁打将过去。

普莱拉腾门口有空地，那上面停着一辆辆满载香蕉的车子。给你们的孩子香蕉吃。香蕉是最干净的水果，因为香蕉皮阻挡了昆虫、肉虫和芽孢杆菌的侵袭。这些经过外皮入侵的昆虫、肉虫和杆菌被排除了。内阁大臣什策尔奴已经强调指出，甚至连婴幼儿也有的吃。我砸它个稀巴烂，你砸它个稀巴烂，他砸它个稀巴烂。

风在亚历山大一带一阵阵地刮起，蒂茨拐角处的穿堂风令人生厌。有风，它在楼房之间肆虐，蹿上地槽。人们很想躲进酒馆，可又有谁能办得到呢，它吹过你的裤兜，你会有所察觉的，有事情发生，不要犹豫不决，在这种天气里，人只有保持愉快才行。清早，工人们从莱尼肯多夫、新科隆、魏森湖乘船而来。无论寒冷与否，刮风与否，咖啡壶拿来，包好夹肉面包片，我们必须累死累活，那些寄生虫高高在上，睡在他们的羽绒被里吸干我们的血汗。

阿辛格尔拥有一家大型的咖啡馆和餐厅。谁要是还没有肚子，就可以让自己长出一个来，谁要是已经有了，就可以尽情地去撑圆它。天性不可违！谁要是以为，可以通过人工添加剂的办法，来改善用营养价值已丧失殆尽的白面制作的面包和糕点，那他就是在欺骗自己和消费者。自然有其自身的生存法则，每一次滥用都会遭到报复。当代所有的文明民族之所以几乎都在健康状况方面令人震惊和忧虑，其原因就在于食用破坏了营养价值的人工精制食品。不只这家商场，外面也有精制的香肠制品卖，肝肠和血肠价格低廉。

饶有风趣的"杂志"只要二十芬尼，而不是一个马克，《婚姻》十分有趣，也十分刺激，只要二十芬尼。小贩们口吐烟圈，头顶船形软帽，我所向披靡。

黄色的电车从东边，从魏森湖、利希滕贝格、弗里德里希斯海因、法兰克福大街，跑来，驶上广场，穿过兰茨贝格大街。65路从中央牲畜场开来，大环形魏丁广场，路易森广场，76路昆德凯勒途经胡贝尔图大街。在兰茨贝格大街街角，他们对弗里德里希·汉恩，从前的商厦，进行了清仓大甩卖，准备积蓄力量做龙头老大。这里是各路电车和19路公共汽车图尔姆大街的停车站。在从前的于尔根斯纸品店，他们已经把房子拆掉了，加筑了一道建筑围栏。那里有一个老头和一架医用磅秤坐在一起：控制您的体重，五芬尼。哦，亲爱的兄弟姐妹们，你们云集在亚历山大广场，你们享受这一时刻吧，你们通过磅秤旁的空隙去看看这个瓦砾的广场，以前，于尔根斯曾在这里兴旺发达，汉恩商场此时还伫立在这里，它被清仓、掏空、挖出内脏，还只剩下些个红色的破烂贴在橱窗上。一个垃圾堆出现在我们的面前。你是来自尘土，你应该重新归于尘土，我们曾经建造过一幢雄伟的大厦，现在，这里已经没有人了，既不进也不出了。罗马就是这样没落的，巴比伦，尼尼维，汉尼拔尔，恺撒，一切都没落了，哦，你们好好想想吧。对此，我首先要说的是，正如上个周日版刊登的图片所显示的那样，人们目前又在重新发掘这些城市，其次，这些城市已经完成了它们的使命，人们现在又可以建造新的城市了。如果你的旧裤子腐了，破了，你可犯不着为它们难过伤心，你去买新的，世界就是这种活法。

　　警察对广场进行着强有力的统治。广场上站着好几个警察的样本。每一个样本都用行家的眼光扫射左右，把交通规则背得滚瓜烂熟。每一个都扎着皮绑腿，一根橡皮棍悬挂在他身体的右侧，双臂水平挥动，从西向东，于是南，北不能前行，于是东边涌向西边，西边涌向东边。随后，这个样本自动地作出转换：北边涌入南边，南边涌入北边。警察的腰身十分敏捷。随着他的猛地一动，约莫三十个行人越过广场走向科尼希大街，他们之中有一部分停在了安全岛上，有一部分则顺利地到达对过，继续漫步在木板路上。与此同时，也有数目完全相同的一批人向东边迈步启程，他们涌向对面而来的那一拨，他们也遭遇了完全相同的情况，但没人出事。这都是些男人、女人和儿童。孩子们绝大多数是牵在女人的手里的。把他们全都一个一个地数落出来，描述他们的命运，是很困难的，但如果只选择其中的几个来写的话，或许还有一些成功的可能。寒风均匀地把剁碎了的干草抛洒到每个人的身上。东行者的脸和西、南，及北行者的脸没有一丝一毫的区别，他们也在交换着他们的角色，而这些现在正在越过广场去往阿辛格尔的人，一个小时之后，你可以在那家空空如也的汉恩商场门口找到他们。同样，那些从布鲁隆大街过来、准备前往雅诺维茨大桥的人混合进来，加入到这些反向而行的行列之中。不错，很多人也在马路的一侧拐弯，从南向东，从南向西，从北向东。他们和坐在公共汽车、电车里的人们一样，步调一致。这些人全都摆出各种各样的姿势坐在里面，因而使得标在车厢外面的重量加重。至于他们内心深处的活动，又有谁能够传递得出来，整一个鸿篇巨制。假使真有人这样去做了，那又会对谁有用呢？新书？连那些老的都不行了，二七年的图书销售额同二六年相比，已经下降了多少多少个百分点了。这些人被当作付过二十六芬尼的个人来看待，月票持有人和只缴十芬尼的学生除外，于是，他们带着自身一公担①到二公担不等的重量，穿着自己的衣裳，带着提包口袋，包裹，碗盆，帽子，全副假牙，疝带，乘车驶过亚历山大广场并保留着那些神秘的细长纸条，那上面都写着：12路西门大街 DA，哥茨科夫斯基大街 C，B，奥拉尼恩堡门 C，C，科特布思门 A，神秘的符号，谁能猜出它们的意思来，谁能叫出它们的名字来，谁能承认，我要对你说，有三句话内容很深，这些纸片已经在固定的位置上打了四个孔，纸条上所写的德语也同样被用来写下了《圣经》和资产阶级法律：适用于到达旅行地的最近路线，转乘有误，概不负责。他们阅读各种倾向的报纸，借助他们耳朵的迷宫来保持平衡，吸入氧气，打盹，身体疼痛，身体不疼痛，想，不想，幸福，不幸，既非幸福，也非不幸。

那架打桩机轰轰地向下，咔咔作响，我所向披靡，也不放过一根钢轨，嗡嗡的声音从总局大楼传来，越过广场，他们铆接，一架水泥机把它的货物掀翻在地。阿道夫·克劳恩先生，勤杂工，聚精会神地观看，车辆的翻倒强烈地吸引着他，你所向披靡，他所向披靡。他一直在紧张地窥视，满载着沙子的敞篷货车的一边向上升起，等升到那个高度时，扑

---

① 一公担在德国为五十公斤。

通一声翻转过来。人可不愿意就这样被从床上掀下来，两腿朝上，头朝下，你躺在那里，有可能出事，但这些人总会排除这种险情。

弗兰茨·毕勃科普夫重又背上背包，卖起报纸。他换了一个住处。他离开罗森塔尔门，站在亚历山大广场边上。他完全恢复了昔日的强壮，1米80的块头，他的体重下降了，行动起来更轻松了。他的头上戴着用报纸叠成的帽子。

帝国大厦里的危机警报，人们谈论三月选举，也许是四月选举，路在何方，约瑟夫·维尔特①？德国中部的斗争在继续，应该组成一个仲裁人法庭，腾姆佩尔荷伦大街发生抢劫。他把自己的报摊摆在了地铁通向亚历山大大街的那个出口，对面就是乌法电影院，眼镜商弗洛姆又在这边开了一家新店。弗兰茨·毕勃科普夫向明茨大街望下去，他这是第一次站在拥挤的人流里思忖：这里离那两个犹太人大概有多远，他们住得一点也不远，那还是在我第一次倒霉的时候，我不如上他们那里去看上两眼，没准他们能买我一份《民族观察家》。干吗不，他们喜不喜欢它，我不管，只要他们买它就行。他一边这么想着，一边咧嘴冷笑起来，那个拖着拖鞋的犹太老头子当时也太滑稽了。他四下环顾，十指僵硬，旁边站着一个发育畸形的矮个子，这人的鼻子完全是扁着长的，恐怕是被人打碎了。帝国大厦里的危机警报，赫伯尔大街17号的那幢楼房因为存在倒塌危险，住户已被迫搬离，

---

① 约瑟夫·维尔特（1879—1956），德国天主教中央党的政治家，1920年任帝国财长，1921年5月被选为德国最年轻的首相，1922年11月14日辞职。

渔轮上的谋杀，是反叛者还是疯子。

弗兰茨·毕勃科普夫和这个畸形人都往自己的手心里哈气。上午的生意萧条。一个上了年纪的干巴男人，看上去像根刮了胡子的细草，他来到弗兰茨身旁。他戴着一顶绿色的毡帽，他向弗兰茨打听报纸的情况。弗兰茨也问了问他。"同行，这老天爷是不是为你着想，谁知道啊。""是的，我五十二岁了。""可不是嘛，所以，五十岁开始来神了。我们当兵那会儿曾遇见过这么一个预备役的老上尉，当时他才四十岁，来自萨尔布吕肯，发售彩票的——这就是说，他说，没准他以前雪茄抽多了，他四十岁就开始来神了，是在骶骨部位。他的姿势因此变得十分僵硬。他走起路来像扫帚打滚。他总是让人给自己抹黄油。到了 1917 年，黄油再也弄不着了，就只好用食用椰子油，上好的植物油，就连这个也是哈喇了的，他于是让人开枪把自己给打死了。"

"有什么法子，工厂里也不要人了。去年，他们还给我做了手术，是在利希滕贝格，胡贝尔图医院。拿掉了一只睾丸，说是得了结核，我跟你说，我现在还疼着呢。""唉，你可当心点，另外一只以后还会轮上的。最好坐着，最好做个马车夫。"德国中部的斗争继续进行，谈判没有结果，向承租人保护法求助，觉醒了，承租人，你正被剥夺着栖身之所。"是的，同行，你可以做报纸，可你必须能跑路，必须会叫唤，你的嗓子如何，红胸鸲，你会唱歌吗？这不，你瞧，这就是我们这帮人的关键，干我们这行必须能唱善跑。我们需要大嗓门。谁的声音最大，谁的生意就最好。我跟你说，这是个消过毒的社会。瞧瞧这个，这要几个铜板？""我要四个。""不错。你要四个。这很重要。对你而言。不过，人家要是有急事，他就会在口袋里搜寻，找出一枚六芬尼来，然后又是一个马克或十个马克，问问我们的兄弟，他们都可以换钱。人家唯利是图，这都是些不折不扣的银行家，他们擅长换钱，从中抽取他们的佣金，而你还蒙在鼓里，手脚可麻利了。"

老头叹了口气。"唉，都五十多岁的人了，又摊上这劳什子。同行，如果你胆大的话，你就别跑单帮了，你给自己找两个小伙计，当然得付钱给他们，也许来个五五分成，但生意必须由你来统筹，这样你就省得跑腿和叫唤了。你得有关系，有个好场地。要是下雨，就会弄湿。逢上体育比赛、政府更迭什么的，生意是不会差的。他们说，艾伯特死的时候，他们的报纸被一抢而光。哎呀，别做出这样一副脸色好不好，天不会塌下来的。你瞧瞧对面那架打桩机，您想一想，如果它落到你的头上，你还犯得着想入非非吗？"向承租人保护法求助。这是对崔尔吉伯尔①的报应。我和这个出卖原则的政党分道扬镳。英国有关阿曼奴拉②的审查，对印度绝对保密。

对面，广播网的小楼旁——在另行通知之前，我们暂时免费为一节蓄电池充电——站着一位面色苍白的小姐，她的脸被帽子深深地盖住，似乎在聚精会神地沉思。离她不远的那个两道杠司机心想：这女人在考虑自己搭不搭车，身上有

---

① 卡尔·崔尔吉伯尔（1878—1961），社会民主党人，曾任柏林警察局长至1930年11月。

② 阿曼奴拉（1892—1960），阿富汗巴拉克查依王朝国王，曾领导阿富汗人民掀起抗英战争，迫使英国承认阿富汗独立，在位期间频繁出访印度、埃及等国，寻求支持，后因国内发生叛乱，被迫退位。

没有足够的钱，要么就是在等人。不过，她只是稍微弯了弯
她那裹在丝绒大衣里的身体，好像它脱臼了似的，接着，她
又使自己重新活跃起来，她只是不大舒服，每次体内都会发
生这样的疼痛。她正在准备她的教师考试，她今天打算呆在
家里做热敷，不管怎么说，晚上做这个最好。

三分钟的清静，休息，
让自己的腰包重新鼓起来

  1928 年 2 月 9 日傍晚，奥斯陆的工人政府被推翻，头一
天夜里，在斯图加特举行的为期六天的比赛争夺激烈——弗
兰肯施太因的凡·肯姆佩恩以 726 分、2 440 公里的成绩卫
冕成功——萨尔地区的局势看来有所恶化，1928 年 2 月 9 日
傍晚，是个星期二（请等一下，您马上就会看到那个异国女
郎的神秘风情，这位美人的问题是提给每一个人的，也包括
您：您在抽嘉尔巴蒂·卡利夫吗？），在这个傍晚，弗兰
茨·毕勃科普夫站在亚历山大广场的一根广告柱前，仔细研
究特雷普托-新科恩和布里茨一带的小园艺主们发出的到伊
尔梅斯宴会厅集会抗议的邀请，议事日程：任意解雇。下面
是一则海报：哮喘的痛苦和化装舞会服装的出租，男女式样
品种丰富。这时，小个子梅克突然出现在他的面前。梅克，
这个人我们可是很了解的。你瞧啊，他在瞄准，他迈开
大步。

  "嗬，弗兰茨，弗兰茨，"这个梅克十分高兴，他十分高
兴，"弗兰茨，哎呀，我都不敢相信这是真的，又见到你了，
你像是从地底下冒出来似的。我敢打保票——""那又怎么

样？我心里有数，说我又做什么了。不，不，小子。"他们摇晃着彼此的手，摇晃着彼此的胳膊，直至肩膀，摇晃着彼此的肩膀，直至肋骨，拍打着彼此的肩膀，人整个地晃动起来。

"戈特利布，我们的确是难得见上一面，我在这一带做生意。""在亚历山大一带，弗兰茨，瞧你说的，那我早就该遇上你才是啊。从人家旁边经过，却没看见。""可不是嘛，戈特利布。"

于是挽着胳膊，沿着普伦茨劳大街向下走去。"弗兰茨，你不是打算做石膏头像生意的吗。""我对石膏头像不很在行。做石膏头像少不了文化，我没有文化。我又做起了报纸的买卖，这个可以糊口。你呢，戈特利布？""我在对面的勋豪瑟一带做男式制服、风衣和长裤。""那你是从哪儿弄来的这些东西？""你还是原来的那个弗兰茨，老是喜欢问从哪里来。只有那些想给私生子要抚养费的小娘儿们才这样问问题。"弗兰茨慢慢腾腾地、默不作声地与梅克并肩而行，脸色变得有些阴沉："你们干你们的骗子勾当去吧，总有一天你们会陷进去的。""什么叫陷进去，什么叫骗子勾当，弗兰茨，生意人就得是生意人的样子，必须懂得采购的窍门。"

弗兰茨不想再这样一起继续走下去了，他不想，他十分倔犟。可是梅克坚持着，没有放弃的意思，没完没了地唠叨，坚持着，没有放弃的意思："弗兰茨，一起去酒馆吧，说不定你还能在那里见到那两个牲口贩子呢，他们打官司的事，你可是知道的，那次开大会的时候，他们和我们同坐一桌，你当时还给自己拿了一个证呢。他们的官司被他们自己弄砸了锅。他们眼下正在宣誓，眼下正在传证人上来宣誓。哎呀，他们会从马上栽下来的，而且是头先着地。""不，戈特利布，我最好还是不和你一起去了。"

然而，梅克坚持不懈，他曾是他的好朋友、老朋友，现在也仍是所有人中最好的一个，那个赫尔伯特·维索夫当然除外，可是，这家伙却是个流氓，他不想再和他有任何瓜葛了，不，永远不了。于是挽着胳膊，沿着普伦茨劳大街向下而行，利口酒厂，纺织品作坊，果子酱，真丝，真丝，我推荐真丝，这是有身份的女人最具时尚的选择！

8点钟的时候，弗兰茨和梅克，还有另外一个不能说话、只打手势的人，一起坐在酒馆的一个角落里。他们的兴致都很高。梅克和那个哑巴两人十分惊讶，因为弗兰茨完全放开了手脚，挂着一脸的狂喜尽情吃喝，先是两个白煮腌猪蹄，然后是豆子和配料，一杯恩格尔哈特啤酒，接着又来一杯，而且，他还慷慨地为这两人付账。他们三人支撑着胳膊肘，围坐在一张小桌旁，还没有人过来打扰他们；只有那个干瘦的老板娘才可以过来收拾碗筷，添加新点的饭菜。邻桌坐着三个上了年纪的男子，他们中的一个有时用手去抚摩另一个的秃头。弗兰茨的腮帮子鼓鼓的，他微笑着，眯缝着眼睛朝那几个人看了过去。"他们到底在那儿干啥？"老板娘把芥末推到他的跟前，这是第二锅："哦，他们要相爱了。""没错，这个我相信。"他们三人于是一同咯咯地笑、吧嗒吧嗒地吃、把食物咽下肚去。弗兰茨一再宣告："人就该给自己补充能量，一个有力气的人就得吃。你的肚子要是没填饱，你就什么事也做不成。"

牲畜从各省，从东普鲁士、波莫瑞、西普鲁士、勃兰登堡运来。它们咩咩叫着和哞哞叫着越过牲畜装卸台。猪群咕咕叫着在地上嗅来嗅去。你在雾气中行走。一个面色苍白的年轻人拿起斧子，追捕，就那么一瞬间，一切便不得而知了。

9点钟的时候，他们放下了胳膊肘，把雪茄塞进肥厚的大嘴，一边打着嗝儿，一边开始散发出点心味儿的温暖烟雾。

事情于是拉开了它的序幕。

首先进酒馆来的是一个乳臭未干的毛头小子，他把帽子和大衣挂到墙上，然后就弹起了钢琴。

馆子里的人越来越多。有几个站在打酒的柜台旁讨论。在弗兰茨旁边，有几个人坐到了邻桌，几个上了年纪的、戴着软帽的男人，一个年轻一些的戴一顶圆顶硬礼帽，梅克认识这帮人，不时地和他们交谈。较年轻的那人长着两只亮晶晶的黑眼睛，这个狡猾的小子来自霍培园，他讲道：

"这些人初到澳大利亚的时候都看见了些什么？首先是沙子、荒原和草场，没有树木，没有青草，什么都没有。纯粹的沙漠。然后却是数以百万计的黄色的羊群。它们是当地的野生动物。英国人最初就是靠它们为生的。他们也把它们用来出口，运到美国，""人家正好需要澳大利亚羊。""南美，对此你可以放心。""那里的牛真多。那些人却不知道拿这些牛怎么办。""可羊呢，有羊毛。这个国家有许多黑人在挨冻。反正，英国人不知道该拿他们的羊群怎么办。这帮英国人，需要你为他们操持。那么，事后那些羊都怎么样了呢？你现在可以到澳大利亚去看看，有个人对我说，所到之处，你见不到一只羊。全都被猎捕得一干二净。为什么呢？这些羊都在哪儿？""猛兽。"梅克打了个手势："什么猛兽！畜瘟。这一直都是这个国家最大的不幸。它们全都死光了，然后你站到了那里。"那个戴圆顶硬礼帽的小子不认为畜瘟具有决定性作用。"畜瘟或许也算是吧。牲口如此多的地方，也会死一些的，然后死的这些就会腐烂，然后就会引发疾病。然而，原因并不在此。不，一见英国人来了，它们全都一溜烟小跑着跳进了大海。这就是这个国家的羊群所有过的一种恐惧，英国人一来，就不停地捕捉，不停地塞进瓦罐车，于是，这些牲畜就成千上万地跑，而且总是往海里跑。"梅克："那又怎么样，这很好嘛。让它们去跑。自然会有船停在那里。这样英国人就可以省下铁路费。""是的，铁路运费。你倒是听到了风声。可英国人花了好长时间才觉察到这一点。他们当然一直是在内陆捕捉驱赶，塞进瓦罐车，这么大的一个国家，又没有组织，开始的时候都是如此，而事后又太迟了，太迟了。羊群当然跑到海边把盐水喝了个够。""那又怎么样？""什么怎么样？你要是感到饥渴，却又没有什么可吃的，你就会毫不犹豫地大喝盐水。""大喝特喝，让盐水淹死。""那是肯定的，据说它们成千上万地躺在海边喝个不停，然后随着海水而去。"弗兰茨证实道："畜牲很敏感。畜牲的事情是很难办的。所以，人必须有能力对付它们。不懂行的人，就不该插手。"

　　大家一边喝酒，一边交流意见，对资本的浪费大为震惊，真是无奇不有，美国人甚至让小麦烂掉，全部的收成啊，真是无奇不有哇。"不，"来自霍培园的那个黑眼睛说道，"关于澳大利亚的事情还多着呢。没有人知道，报纸上也只字不提，他们什么也不写，有谁知道为什么吗，是因为移民，否则没人去他们那里了。据说那里有一种蜥蜴，就是史前的那种，米把长，根本就没在动物园里展出过，英国人不让。有人从一艘船上捉来一只，在汉堡巡回展出。可是，不久就全给禁止了。没有办法。它们就住在小水塘里，深水池里，没有人知道，它们靠什么为生。有一次，整个汽车营地都陷了下去；他们事后甚至都没去挖掘一下，找找那些人都到哪里去了。无影无踪。没有人敢去找。唉。""太妙了，"梅克说道，"那煤气又是怎么回事呢？"那小子想了想："试试总该是可以的。试试不碍事。"恍然大悟。

　　一个上了年纪的男子坐到梅克身后，胳膊支在梅克的椅子上，这是个生硬粗暴的矮胖子，胖厚的脸盘红得跟熟透的虾子似的，两只鼓眼睛瞪得大大的，不停地转来转去。那帮男人为他挪位置。不一会儿，梅克和他之间便开始了窃窃私语。这个男人脚上蹬着锃亮的长筒靴，胳膊上搭着一件亚麻大衣，好像是个牲口贩子。弗兰茨隔着好几张桌子和那个来自霍培园的年轻人聊天，他很喜欢他。这时，梅克拍了拍他的肩膀，用头示意，他们站起身来，那个生硬粗暴的牲口贩子，一边开怀大笑，一边也跟着站起身来。他们三人站到了一旁的铁炉子边上。弗兰茨心想，可能是那两个牲口贩子打官司的事。他本想马上打手势加以回绝。可是，这种闲站却是无关痛痒的。那个生硬粗暴的家伙只想和他握握手，打听一下他是做什么生意的。弗兰茨拍了拍自己那只装报纸的包。没准儿，他是否偶尔也愿意拿点水果卖卖；他，他叫普姆斯，做水果生意，偶尔也还有可能用得上车贩子。弗兰茨耸着肩膀答道："这就要看价钱了。"他们于是重新坐了下来。弗兰茨心想，这个小个子说起话来真够果断的；小心谨慎用人，根据需要握手。

谈话继续进行，现在又是霍培园独领风骚；他们说的是美洲。霍培园的那个人把帽子放在两个膝盖之间："也就是说，这人什么也没想，就在美洲娶了一个老婆。是个黑女人。'什么，'他说，'你是个黑女人？'砰！她飞也似的跑了出去。那个女人只好当庭脱掉了身上的衣服。只穿件游泳衣。她开头当然也不愿意啦，可她不该胡说八道。她可是有过纯白的皮肤的。因为她以前是个混血儿。那男的说，她就是个黑女人。为什么呢？因为她的指甲不是变成了白色，而是变成了棕色。她以前就是个混血儿。""那么，她打算怎么办？离婚？""不，赔偿损失。他可是娶了她的，她也许已经失去了她的职位。没谁愿意雇用一个离了婚的女人。她曾经是个有着一头雪白头发的美人儿。祖先没准是十七世纪的黑人。赔偿损失。"

柜台那边有人争吵起来。老板娘冲着一个激动的司机叽叽喳喳。后者反驳道："谁要是在吃的东西上耍花招，我可是不会容忍的。"那个水果贩子叫喊道："别吵了！"那个司机闻声转过头来，敌视着那个大肆讥笑着自己的胖子，接下来是柜台前充满恶意的沉寂。

梅克悄声对弗兰茨说道："那两个牲口贩子今天不来了。他们什么都准备好了。下次开庭，他们稳操胜券。你看那个穿黄衣服的家伙，他是这里的主角。"

梅克为他描绘的这个穿黄衣服的家伙，整整一个晚上都在观察弗兰茨。弗兰茨感到他对自己具有一种强烈的吸引力。他修长苗条，穿着一件褪了色的军大衣——这是不是个共产党？他的一张微微泛黄的长脸上颧骨高耸，他前额上的那几道深深的皱纹令他十分扎眼。这个男人肯定才三十出头，可是，从鼻子到嘴的两边都已严重地凹陷了下去。他的鼻子，弗兰茨时不时地去仔细凝视他，他的短鼻子长得扁平而又实在。他把头埋得很低，向下冲着他的左手，他的左手里攥着一只点燃的烟斗。他的一头黑发生得很有水准。后来，他向柜台走去——他拖着两条腿，好像他的两只脚卡在那里拔不出来似的，弗兰茨于是发现，他脚上穿的黄色靴子质量低劣，灰色的厚袜子露了出来。这家伙有肺结核吗？那可得把他送到疗养院去，贝利茨或者别的什么地方，怎么可以让他这样随便乱跑。这人到底是干什么的？这个男人飘然而至，嘴里叼着烟斗，一只手里拿着一杯咖啡，另一只手里拿着汽水和一把锡制的大勺。他拿着这些东西重新坐回自己的桌子，一会儿喝口咖啡，一会儿喝口汽水。弗兰茨的两只眼睛就没有离开过他。这家伙的眼神怎么如此忧伤。他大概也坐过牢吧；你们过来一下，注意，人家现在也在想，我是坐过牢的。不错，我的伙计，特格尔，我们坐了四年，你现在知道了，那怎么办呢？

这天晚上没再发生任何事情。不过，弗兰茨眼下去普伦茨劳大街的时候多了起来，他还喜欢和这个穿着旧军大衣的男人套近乎。这是一个很体面的小伙子，只是他说起话来结巴得厉害，他费了很长的时间才算套出了点东西来，他为此还瞪大眼睛作恳求状。结果是，他还没有坐过牢，只是参加过一次政治活动，几乎把一个煤气站炸上了天，他们被人给出卖了，但他还是跑掉了。"那你现在干什么呢？""卖水果之类的。帮忙。如果不行，就去领失业救济。"弗兰茨·毕勃科普夫陷进了一个黑暗的团伙，奇怪的是，这里的绝大多数人都做"水果"的买卖，而且生意都不错，那个脸跟熟虾一样红的小矮子为他们供货，他是他们的批发商。弗兰茨同他们保持着距离，而他们也同他保持着距离。他对这种事情不大了解。他对自己说：还是卖报纸为妙。

红火的女人交易

一天晚上，那个穿军大衣的人打开了话匣子，或者说是结巴了一大通，他叫赖因霍尔德，他比平时说得更快、更顺溜一些，他破口大骂女人。弗兰茨笑得直不起腰来，这小子还真把婆娘们当回事哩。这可是他没有想到的；这么说，他也有痛处，这里的每一个人都有痛处，这一个在这儿，那一个在那儿，完全不痛的没有。这小子爱上了一个车夫的老婆，那个车夫也是一家啤酒厂的合伙人之一。那女人为了他已经从丈夫的家里跑了出来，而现在的问题是，赖因霍尔德想把她彻底甩掉。弗兰茨乐得直打响鼻，这小子也太滑稽了："那就让她走好了。"那人结巴着，面有难色："这可太困难了。这些婆娘们就是不懂，她们还有什么放不下的嘛。""那么，赖因霍尔德，你有没有给她写过保证呀？"那人结巴着，吐了口唾沫，转过身来："说了不下一百遍了。她说，她就是不明白。说我肯定是疯了。这种事她就是不明白。也就是说，只要我还没死，我就得留着她。""那也没准儿。""她也是这么说的。"弗兰茨哈哈大笑，赖因霍尔德十分气恼："喂，别这么疯疯癫癫的好不好。"不，弗兰茨是不会答应这个的，这么英俊勇猛的一个小伙子，连煤气站都炸过的，现在却坐在这里吹奏葬礼进行曲。"你把她给我带走吧，"赖因霍尔德结结巴巴地说道。弗兰茨乐得直捶桌子：
"我要她做什么？""呃，你可以让她走啊。"弗兰茨感到一
阵狂喜："我帮你这个忙，赖因霍尔德，这件事包在我身上
了，不过——你还是太嫩了点。""你最好是等到见了她的人
之后再说话。"他们两人都很满意。

　　第二天中午，那个弗兰泽就蹦蹦跳跳地跑来找弗兰茨·
毕勃科普夫了。和他听说的一样，她叫弗兰泽，他的情绪马
上高涨起来；他们的确十分投缘，因为他就叫弗兰茨。赖因
霍尔德叫她给那个姓毕勃科普夫的人带去一双耐用的鞋子；
这是对他做犹大的奖赏，弗兰茨心里感到好笑，十个先令。
她居然还把鞋亲自给我送过来！这个赖因霍尔德真是个无耻
之徒。让别的人领赏去吧，他心里想着，在傍晚的时候，他
和她一起去找赖因霍尔德，却没能找到，因为见他是有规定
的，弗兰泽于是大发雷霆，两人在他的屋子里唱歌解气。第
二天一大早，车夫的老婆就站在了赖因霍尔德的面前，这家
伙甚至一个结巴都不打地说道：不，他可犯不着去穷折腾
了，是她不要他的，她又找了别人。而这个人是谁，她还对
他隐瞒了好长一阵子呢。她前脚出门，弗兰茨后脚就到，蹬
着他的新靴子来见赖因霍尔德，由于他穿了两双毛袜，靴子
就显得不是太大了，他们相互拥抱，拍打彼此的脊梁。"我
还会帮你的忙的，"弗兰茨谢绝了所有的溢美之辞。

　　车夫的老婆又在一夜之间爱上了弗兰茨，以前，她并不
知道，自己拥有一颗弹性十足的心。她感到自己充满了新的
活力，他为此而高兴，因为他不仅博爱，而且善解人意。看
到她一心一意地跟着他，他感到十分惬意。这种路数他是很
了解的；女人们开头总爱在内裤和撕破的袜子上做文章。每

天早上她还坚持为他刷那双靴子，恰好是赖因霍尔德的那双，这使得他每个早上大笑不止。当她问他为什么笑时，他说："因为它们大得吓人，一个人穿确实太大了。我们两个人都穿得进去。"他们也这么试过一次，一起把脚伸进一只鞋子里去，结果却是言过其实，穿不进去。

结巴赖因霍尔德，弗兰茨的铁哥们，眼下又找了一个叫做希莉的新女友，不管怎样，她自称是叫这个名字的。对此，弗兰茨·毕勃科普夫是完全无所谓的，他有时也在普伦茨劳大街看见那个希莉。只是，约莫四周之后，当这个结巴打听弗兰泽的情况并问他弗兰茨是否已经把她打发走了的时候，他的心中隐隐约约地产生了疑团。弗兰茨说，那是个怪人，起初并没有转过弯来。赖因霍尔德于是声明：弗兰茨可是答应过的，马上把她赶走。弗兰茨则加以否认，现在还为时过早。他准备等到开春再给自己找个新娘子。夏季的衣物，他已经看过了，如果弗兰泽没有，那他也不能给她买；那样一来，她就会在夏天的时候走掉的。赖因霍尔德故意挑刺，说弗兰泽的穿戴现在就已经显得很寒酸了，她根本就没有一件冬天穿的像样的衣服，尽是些春秋的过渡货，完全不适合眼下的气候。接下来便是长时间地谈论气温、气压和天气预报，他们还在报纸上查对。弗兰茨坚持认为，气候的变化是永远不可能得到正确的预报的，赖因霍尔德则预言会有严寒。直到这时，弗兰茨才发觉，赖因霍尔德也打算甩掉穿着一身假兔皮的希莉。他不断地提起那身漂亮的假兔皮。"我要兔子肉有什么用，"弗兰茨心想，"这家伙真磨人。""喂，你是不是不大清醒啊，两个我可是负担不起呀，我这里已经住进一个了，这种事情又不是什么香饽饽。你叫我上哪儿去搞钱呀。""两个,你根本就没有必要。两个,我什么时候说了。我会让别人为难,负担两个女人吗?你又不是土耳其人。""我可是告诉过你的。""可不是嘛,我根本也没说呀。我什么时候跟你说,你要负担两个女人。为什么不是三个。不,把她赶出去——你不就是一个了嘛?""什么样的一个?"这人又都说了些什么呀,这小子的肚子里总少不了些花花肠子。"别人也可以把她,那个弗兰泽,从你这里领走嘛。"我们的弗兰茨感到心驰神往,他捶打着他的胳膊:"小子,你真精明哪,毕竟是读过高等学校的人呀,见鬼,这下我可要站直喽。我们做转手的买卖,就是通货膨胀时的那种,怎么样?""干吗不呢,反正女人多的是。""多得不能再多了。真他妈的见鬼,赖因霍尔德。你真是个怪人,我总感到有点喘不过气来。""那现在怎么办?""我们干,这生意不错。我去找个人。我就会找到的。在你面前,我觉得自己特傻!我要张开嘴来好好地喘喘气。"

赖因霍尔德看着这个人。这个人犯下了一个不可挽回的错误。这个弗兰茨·毕勃科普夫,别看他外表长得高大,其实是个不折不扣的笨蛋。这个男人真的想过同时去照顾两个女人吗?

这个生意让弗兰茨兴奋不已,他立刻开始行动,来到小驼子艾德家里作客:问他愿不愿意从他那里弄个姑娘玩玩,他又找了另外一个,想把这一个甩掉。

这正中此人的下怀,他准备放下工作休息几天,那样他就可以领到病假津贴保养保养自己,这女人可以帮他买买东西、交交款。但他马上又说,想在我这里长时间地落脚,我这里可不搞这一套。

第二天中午，在他重新出门之前，弗兰茨就已经迫不及待地无事生非，没事找事地和车夫的老婆吵了个天翻地覆。她气得七窍生烟。他高兴得大喊大叫。一小时之后，一切恢复正常：那驼子帮她收拾好自己的东西，弗兰茨一怒之下摔门而去，车夫的老婆因为无处可去，便搬进了驼子的住所。而且，驼子这就去找了他的医生，声称自己身体不好，晚上，这两人一起大骂弗兰茨·毕勃科普夫。

　　而那个希莉则出现在了弗兰茨的家里。我的宝贝，你要干什么？你好痛，到底哪里被咬了，啊！上帝。"我只是受人之托，过来把这件皮领交给您。"弗兰茨把皮领子拿在手里表示赞赏。没用的玩意儿。只是这小子从哪儿弄来这么些漂亮的玩意儿。上次只不过是双靴子。希莉，这女人还蒙在鼓里，忠心耿耿地咯咯笑道："您大概和我的赖因霍尔德十分要好吧？""老天在上，那是当然啦，"弗兰茨哈哈大笑，"他时不时地给我送些食品和衣物，这些东西他有的是。上次他给我送了靴子。没别的，就是靴子。您等等，我去把它们拿来，也好让您鉴定鉴定。"都怪那个弗兰泽，那个臭婆娘，那个蠢货，把它们拖了过来；它们到底在哪儿，啊，它们在那儿。"您看，希莉小姐，这就是他上次送给我的。您对这大炮筒子作何感想哪？三个人都穿得进去。您把您的小脚伸进去试试。"她于是二话没说地把脚伸了进去，哧哧地笑着，她穿得很漂亮，是个俏佳人儿，你没得说的，恨不得上去咬她两口，她穿着毛皮镶边的大衣，看上去可爱极了，真不明白赖因霍尔德是怎么想的，要把这么一个人儿赶走，而这家伙也总能从哪儿搞来这么些个可爱的姑娘。她现在站在两只大炮筒子里。弗兰茨心里想着以前的情形，我们订购女人就像订购每个月穿在身上的衣服一样，人却已经站在她的身后，甩掉一只鞋，把脚伸进靴子里。希莉尖叫起来，可是他的大腿已经跟进，她想跑，但他们俩却都在跳，她不得不带上他。后来在桌子旁边，他把另一只脚伸进了大炮筒子。他们的身体开始倾斜。他们翻倒在地，尖叫声不断，小姐，管好您的想象，您就让这两个人私下里快活一番吧，人家现在不对外办公，医疗保险的成员得过一会儿，5到7点才接待。

"喂，弗兰茨，赖因霍尔德可是在等我回去呢，你可千万别对他说一个字啊，求你了，求你了。""我怎么会呢，小妞妞。"这天傍晚的时候，他见到了她，整一个小泪人儿。晚上，他们不住气地咒骂，而她也是一个很可爱的人，她身上的行头很漂亮，那件大衣几乎还是崭新的，一双舞鞋，她把所有的家当都随身带来了，哎呀，这些都是赖因霍尔德送给你的，他大概是在分期付款吧。

弗兰茨现在和他的赖因霍尔德会面的时候，心里每每感到羡慕和愉快。弗兰茨的工作并不轻松，他已经开始担忧，梦见月底的来临，到那个时候，平素沉默寡言的赖因霍尔德就会重新开口说话。一天傍晚，他正站在兰茨贝格大街前面的亚历山大广场地铁旁，这时，赖因霍尔德跑来问他晚上有什么打算。咳，这个月还没空呢，出了什么事，实际上希莉正在等弗兰茨——然而，要和赖因霍尔德一起走，当然是坐那辆最大的货车。他们于是慢慢地步行——您是什么意思，去哪儿，他们沿着亚历山大大街一路奔向王子大街。弗兰茨不停地催促，要赖因霍尔德告诉他想上哪儿。"我们是去小瓦尔特那儿吗？施沃芬？"他要去德累斯顿大街的救世军那儿！他要去那里听听。是这样啊。这倒很像赖因霍尔德要干的事。他有这样的念头。那是弗兰茨和救世军们一起度过的第一个晚上。非常滑稽，他大为惊奇。

9点半的时候，大厅里的人开始被一个个地唤到台前忏悔，赖因霍尔德突然变得行为怪异，他一头冲了出去，好像后面有人追他似的，他不停地向外跑去，哎呀，到底出了什么事呀。他在楼梯上冲着弗兰茨骂道："在这帮小子面前，你可得当心。他们会无休无止地调教你，直到把你弄得筋疲力尽、对什么都说是的时候才肯罢休。""嚯，嚯，对我早就不起作用了，该起早床的倒是他们。"等回到王子大街生吃油醋拌碎肉的时候，赖因霍尔德仍然骂不绝口，然后一鼓作气地亮出了底牌。"弗兰茨，我要甩掉这些娘儿们，我再也不想要她们了。""天哪，我早就盼着下一个了。""这可是你说的，我很高兴，下个星期再去你那里，你就会把那个特鲁德，那个金发姑娘，从我这里弄走吗？不，基础……""赖因霍尔德，责任不应该在我，为什么呢？你可以相信我。对我来说，再来十个娘儿们也算不了什么，我们全都接下来，赖因霍尔德。""你让我对娘儿们心满意足。弗兰茨，要是我不愿意呢？"人只有找对了地方，才会激动起来。"不，你要是不愿意要这些娘儿们，那也很简单，你就把她们扔掉好了。总会有我们来应付她们的。你现在有的这一个，我还会替你弄走，这一点你尽管放心好了。"2乘2等于4，你要是心里有数，你就会明白我的意思，没有什么好看的，他拿眼睛瞪着人家。如果你愿意，你也可以把最后一个留下来。哎，这是怎么回事，这家伙真滑稽，他现在给自己拿来咖啡、柠檬汁，他不能喝白酒，他两腿晃荡，话题总离不开娘儿们。很有一阵子，赖因霍尔德一声不吭，待他把三杯劣等咖啡灌进肚里之后，他才重新张口说话。

牛奶是一种营养价值很高的食品，对此，人们的认识恐怕并不存在严重的分歧，它有益健康，特别适宜于婴幼儿和病人，如果能同时和另外一种富含营养的食物搭配起来使用，效果更佳。比如羊肉就是一种为医学权威们普遍公认的药膳，然而令人遗憾的是，它没有受到应有的重视。这里丝毫没有鄙薄牛奶的意思。只不过这种宣传的形式应当巧妙、合乎情理才是。管它三七二十一，弗兰茨的想法是："我还是坚持喝我的啤酒；只要舒服，我是不会对啤酒说半个不字的。"

赖因霍尔德的两只眼睛盯在弗兰茨身上，——这小子不说话的时候，看上去就跟一只霜打的茄子一样："弗兰茨，救世军那里，我已经去过了两次。我还和那里的一个人说过话。我对他说'是的'，手抓住那根杆子，事后我晕了过去。""那是怎么回事？""你可知道，我对女人厌倦得特别快。哎呀，你瞧啊。四个星期一过，就什么都完了。我不知道，为什么。我不再喜欢她们了。而在此之前，我可以为了一个女人发疯，可惜你没看见，疯狂得很哪，都可以进疯人院了，疯极了。等弄到手后呢：就不行了，得让她们滚，见不得她们，只要能让她们走得远远的，哪怕事后扔点钱都无所谓。"弗兰茨惊呼道："哎呀，嚯，你也许真的是疯了。等等……""我曾去找过救世军，把事情对他们说了，然后我和人家一起祈祷……"弗兰茨惊叹不已："你祈祷了？""唉，情绪不好，自己又不知道该怎么办。"见鬼，见他妈的鬼。这小子有种，竟然干出这等事情。"这样做倒也有点作用，能够维持七八个星期，想些别的什么，人振作起来，还行，还行。""喂，赖因霍尔德，要不你去夏里特医院看看吧。你刚才在楼上的大厅里好端端的，真不该三下两下地跑掉。你完全可以放心地坐到前面的台子上去。当着我的面，你用不着不好意思。""不，我再也不要了，那已经没用了，那都是胡说八道。我干吗要爬到前面去祈祷，我又不相信它。""不错，这个我懂。信则有，不信则无。"弗兰茨凝视着他的朋友，他的朋友则两眼阴郁地盯着自己面前那只喝干了的杯子。"我能不能帮你呀，赖因霍尔德，我，——我也不知道。我得先让这件事情从脑子里过一遍再说。没准得想个法子什么的，好叫你完全厌恶女人。""这个金头发的特鲁德，当着她的面，我现在就能呕出来。可到了明天、后天，到那时候你再好好看看我，等到叫做莱莉、古斯特或随便什么的来了的时候，你再好好看看赖因霍尔德。他会面红耳赤。一心只想着把她们搞到手，不惜血本，非把她们搞到手不可。""你究竟特别喜欢什么呢？""你是说，她有什么让我着迷？咳，该怎么说呢。什么也没有。就是这么回事。这一个——我知道什么呀，她剪了这么一个娃娃头，要不就是她会说笑话。弗兰茨，我从来都不知道，我为什么喜欢她。这些娘儿们，你去问问她们吧，她们见我瞪着牛眼纠缠不休，也吃惊得很哪。你去问问希莉。可我就是离不开这个，就是离不开。"

弗兰茨目不转睛地看着赖因霍尔德。

有个割草人，他的名字叫死神，他拥有伟大上帝的威力。他今天磨刀霍霍，这把刀已经锋利了许多，它马上就要割下去，我们只好受苦。

一个奇怪的小子。弗兰茨面带笑容。赖因霍尔德一丝笑容也没有。

有个割草人，他的名字叫死神，他拥有伟大上帝的威力。它马上就要割下去。

弗兰茨心想：小子，我们将把你轻轻摇晃。我们将把那顶 10 厘米的帽子罩到你的头上。"好，一言为定，赖因霍尔德。我会去问希莉的。"

弗兰茨对女人交易进行思考，
他突然不想干了，他想做点别的事情

"希莉，你现在别坐在我怀里。别立马就捶我。你是我的小妞妞。你猜猜看，我刚才和谁在一起。""我才懒得管呢。""小噘嘴，格格格呵痒痒，知道是和谁在一起吗？是和——赖因霍尔德。"这小女人不知怎地变得多疑起来："赖因霍尔德，那好啊，他都说了些什么？""嘿，多着哪。""是这样啊。他讲什么，你就信什么，是不是？""小希莉，那可不是。""那好，我这就走。我等了你整整三个小时，你倒跑来对我胡说八道。""不是的。哎呀（这女人有点异想天开），该给我讲讲的倒是你。而不是他。""怎么回事？我这下一点也闹不明白了。"随后便一发而不可收拾。希莉，这个黑皮肤的小个子女人，开始了急促地叙述，时而语塞，她说话时的模样十分娇美，弗兰茨抱住她一阵狂吻，她也从中汲取力量，这么个红樱桃般的、光彩照人的小鸟儿，此时竟忍不住嚎啕大哭起来，所有的往事涌上了她的心头。"这个男人，这个赖因霍尔德，他不是你的情人，也不是个好人，他就不是个男人，只是个流氓。他像只麻雀似的在街上转悠，专啄人家女孩子。领教过他的人有一大排。你是不是在想，我是他的第一个或第八个？说不定是第一百个。你要是问他，只怕连他自己都不知道，他玩了多少个。可那都是怎么玩的哟。这样吧，弗兰茨，只要你去揭发这个罪犯，我就给你，不，我一无所有，不过，你恐怕可以到警察总局去领赏钱。这个人，他坐着想心事，喝用菊苣根制成的代用咖啡，尽是些劣等咖啡，这个时候，你是一点也看不出来的。然后他就去啃人家女孩子。""这些他都说了。""那时你首先会想，这小子想干什么，他应该跑到棕榈树下去好好睡上一觉才是。然后他又会跑来找你，好一个英俊潇洒的小伙子，好一个体面的花花公子，我跟你说，弗兰茨，你会丈二和尚摸不着头脑，这人是怎么回事，一夜之间跟变了个人似的？然后，他开口说话，还会跳舞……""什么，跳舞，赖因霍尔德？""根本不是那么回事。我是在哪里认识他的来着？在公路大街的舞场上。""他会玩九柱戏。""弗兰茨，不管你在哪儿，他都要把你弄走。就是有夫之妇，他也不会放手，他要得到她。""好体面的花花公子。"弗兰茨大笑不止。请别对我许诺忠诚二字，请别对我发誓，因为，时光飞逝，人人都受新潮的刺激。热烈的心灵从不平息，永远追寻鲜活的动力。请别对我许诺忠诚二字，因为我无法用情专一——这和你不差毫厘。

　　"哎呀，你还笑。莫非你也是一路货色？""不，希莉宝贝，只是那个家伙太可笑了，他又在我面前叫唤，说他离不开女人。"离不开，离不开，我离不开你。弗兰茨脱掉身上的夹克。"现在在他身边的是那个特鲁德，那个金发女人，说不定，不知你是什么想法，要我帮他吗，把她弄走？"这个女人尖叫起来！这个女人真能叫唤！希莉尖叫起来，像只狂怒的老虎。弗兰茨一把夺过那件夹克，把它扔到地上，我这衣服买的可不是旧货，不抢过来，她还会把它撕破，这她是做得出来的。"嘿，弗兰茨，人家大概用巧克力灌过你吧，怎么回事，特鲁德是怎么回事，你把这个再说一遍。"她尖叫着，像只疯狂的老虎。她要是再这样大喊大叫的话，人家会去报警的，会以为我在掐她的脖子。冷静，弗兰茨。"希莉，不要拿衣服出气。这都是些贵重的东西，这年头能弄到它们可不容易。这样吧，你把它们给我。我又没有得罪你。""不，你也太天真了点，弗兰茨。""那好，那我就该天真点。谁叫他赖因霍尔德是我的朋友，他的日子不好过，他甚至拖着两条腿，跑到德累斯顿大街的救世军那里祈祷，你想想，这种时候，如果我是他的朋友，我就有责任帮他。难道我不该帮他把那个特鲁德领走？""那我呢？"我想和你、和你一起去钓鱼。"行了，这个问题我们必须好好谈谈了，我们可以为此喝上一杯，我们倒也乐得这样。那双靴子放在哪儿了，那双高帮的？你找找看。""喂，你别烦我，好不好。""希莉，我只想让你看看那双靴子。这双靴子也是，也是他送给我的。你——这你是知道的，你当时给我带来的是一只毛皮领子。可不是嘛。在此之前，还有一个女人替他拿来过这双靴子。"心平气和地说出来，为什么不呢，用不着躲躲闪闪的，开诚布公，什么事都好办多了。

她坐到小板凳上，看着他。她一声不吭，她大哭起来。"事情就是这样。这个人的情况就是这样。我帮了他。他是我的朋友。我不想对你隐瞒什么。"瞧她看我的眼神。好一个怒火中烧:"真没想到你是这样一个十恶不赦的下流坏子、无耻之徒。你要知道,那个赖因霍尔德就已经是个流氓了,而你却比天底下最坏的流氓还要坏上十倍、百倍。""不,我不是这样的。""我要是个男人的话……""得了,你不是男人,这不是很好嘛。小希莉,你犯不着做出这么一副生气的样子来。这是怎么回事,我已经说过了。我看着你的时候,这当口儿,我把所有的事情都想了一遍。我不去帮他领走特鲁德了,你留下来。"弗兰茨站起身来,一把拎起那双靴子,把它们扔到窄柜上。这种事不能干,我不干了,他在害人,这种事我不干了。必须有所行动。"希莉,你今天就留下来,明天早上,等赖因霍尔德一走,你就去找他的特鲁德,和她谈谈。我会支持她的,她可以相信我。告诉她,等等,得让她上我们这里来,我们一起和她谈。"

中午,金头发的特鲁德坐在弗兰茨和希莉的屋里,她的脸色已经惨白,样子十分哀伤,希莉直截了当地告诉她,赖因霍尔德烦她了,对她上不了心了。此话一点不假。特鲁德大哭起来,对他俩想让她干什么却一无所知,弗兰茨见状,向她解释道:"这个人不是坏人。他是我的朋友,我不会让他有事的。但他做的事无异于折磨人。那是虐待。"她不应该被他吓跑,他,弗兰茨,此外还会……那么,我们就拭目以待吧。

傍晚,赖因霍尔德跑来,把弗兰茨从他的报摊前叫走,天气寒冷,弗兰茨可以被人请去喝上一杯滚烫的格罗格酒,赖因霍尔德在他心平气和的聆听之下作完开场白,随后赖因霍尔德单刀直入地提出特鲁德的事情,说她让他厌倦,他今天就必须把她赶走。

"赖因霍尔德，你大概又给自己另外找了一个吧？"他说他又找了一个。弗兰茨就说，他要把希莉留下，她在他这里已经过得很习惯了，是个规规矩矩的女人，而他，赖因霍尔德，也该有所收敛，规规矩矩做人，可不能再继续这样下去了。赖因霍尔德不明白，想知道，是不是因为那件领子、那件毛皮领子的缘故。特鲁德有可能给他带来一块表，一块银质的怀表，或是一顶皮毛帽，带护耳的，弗兰茨正好用得上。不，不行，结束这种没完没了的叨唠吧。我要什么，我会自己去买的。弗兰茨想用朋友对朋友的方式同赖因霍尔德进行友好的交谈。他于是说出了自己今天和昨天的想法。赖因霍尔德这次应该破破例，把特鲁德留下来。他应该让自己养成习惯，慢慢就会好的。人总归是人，女人也一样，要不然，他完全可以花上三个马克给自己买个妓女，马上就开溜，人家肯定乐得。可是，先用爱和感情去俘虏一个女人，然后又一个接着一个地把她们赶走，不行。

赖因霍尔德用他特有的方式倾听着他的这番谈话。他慢悠悠地品着他的咖啡，打着盹儿。他平静地说，如果弗兰茨不愿意从他这里领走特鲁德，那就算了。以前没他不是照样也干成了嘛。他随后告辞，他没有时间。

夜里，弗兰茨从梦中惊醒，直到早晨也没能睡着。屋子里彻骨地凉。希莉睡在他的旁边打鼾。我为什么睡不着呢？此时，运蔬菜的车队正驶向室内市场。我不想像马一样，在寒冷的夜晚奔跑。呆在马厩里吧，那里暖和。这种女人真能睡。她能睡。我不行。我的脚趾冻僵了，发痒，痒痒。他身上有个东西，那是心脏，是肺，是呼吸，是内在的感情，他在那里受到挤压、碰撞，受到谁的呢？他不知道那是什么东西，不知道那是谁。他只能说，他失眠了。

一只鸟儿蹲在它的树上，刚才，在它睡着了的时候，有条蛇从它的身边爬过，这只鸟被沙沙的声音惊醒，现在，这只鸟蹲在那里，浑身的羽毛竖起，它没有感到蛇的存在。哈，只管呼吸，平静地吸气。弗兰茨辗转反侧。赖因霍尔德的仇恨压在他的身上和他较量。它穿过木头门把他叫醒。赖因霍尔德也躺了下来。他躺在特鲁德的身边。他睡得很沉，他在梦中杀人，他在梦中发泄怨气。

本 地 新 闻

地点是在柏林，时间是在四月的第二周，天气已经渐露春意，新闻媒体全都异口同声地认定，复活节期间天气晴朗，可以到户外踏青。那时，柏林有个名叫亚列克斯·弗兰克尔的俄国大学生枪杀了他的未婚妻——二十二岁的工艺美术学院的女学生维娜·卡明斯卡娅，悲剧发生在女方的寓所里。原计划和他们一起自杀的同龄女教师塔吉亚娜·山夫特雷本，因为恐惧而在最后的时刻改变了自己的决定，她跑了出来，而她的女友却已经无声无息地躺在了地上。她碰到一队巡逻的警察，她向他们讲述最近几个月的可怕经历，领着这些官员来到现场，维娜和亚列克斯躺在那里，双双受伤而亡。刑侦警察接到报警，凶杀委员会派遣官员赶到出事地点。亚列克斯和维娜打算结婚，可是，他们的经济状况却使得这桩婚事化为泡影。

此外，赫尔大街有轨电车重大事故的责任问题尚未调查清楚。对有关人员及司机雷德里希的供词还要进行核实。技术专家的鉴定还未作出。只有等到他们的鉴定出来之后，才有可能确定，事故的责任是由于司机刹车过迟还是不幸的巧合所致。

交易所以平静的自由交易为主；自由交易的行情更加固定，因为据说刚刚公布的帝国银行证明展示了一幅十分有力的图景：减少纸币流通 4 亿，汇票库存 3.5 亿。4 月 8 日 11 时，人们可以听到：法本集团 260.5 至 267，西门子和哈尔斯科 297.5 至 299，德绍煤气 202 至 203，策尔斯多夫·瓦尔特霍夫 295。德国的石油在 134.5 价位左右有利可图。

我们再回过头来看看发生在赫尔大街的有轨电车事故，此次车祸中受重伤的所有人员均在逐渐康复。

早在 4 月 11 日，就有人使用武力救出关押在莫阿比特监狱的布劳恩编辑。那种场面有点像美国的西部电影，追查开始，刑侦法庭的副庭长立刻向上级司法部门作出相关报告。目前还在继续对目击证人和有关官员进行审讯。

最近这段时间，美国最重要的一家汽车制造厂希望资本雄厚的德国公司出面为它在北德地区独家代理没有竞争能力的 6－8 缸汽车，柏林的公众对此表现冷淡。

为了最终让人有个了解，我尤其要对施泰因电话局一带的居民说：伴随着一阵阵周年纪念式的赞誉，坐落在哈尔登贝格大街的文艺复兴剧院上演第一百场《红桃杰克》，这是一部极富魅力的喜剧，融典雅的幽默和较为深刻的思想于一体。各种海报纷纷要求柏林人推波助澜，使这部戏达到更高的周年纪念式的辉煌。人们在此当然必须仔细斟酌一番了：柏林人虽然普遍可以受到邀请，但他们却可能因为受到各种情况的阻碍而无法听从这一召唤。首先，他们有可能出远门了，从而对这一戏剧的存在不得而知。他们也许在柏林，但却没有机会看到广告柱上的演出海报，因为他们可能生病了，卧床不起。这在一个四百万人的城市里已经占了很大的比重。不管怎样，他们是有可能从每晚6点钟的电台广告中收听到这一消息的：《红桃杰克》，这部极富魅力的喜剧，融典雅的幽默和较为深刻的思想于一体，不久将在文艺复兴剧院第一次上演。不过，这个消息也只能让他们为不能乘车前往哈尔登贝格大街而感到遗憾，因为，他们若真的是卧床不起的话，他们是绝对不会乘车而去的。根据可靠消息，即使这些病床被救护车送到这里暂时停放，文艺复兴剧院也不会采取任何措施来接纳他们的。

此外，下面的提示不容忽视：柏林可能有人，而且事实上也毫无疑问地肯定有人，看到了文艺复兴剧院的这张广告，但却对它的真实性感到怀疑，不是怀疑这张广告的存在的真实性，而是怀疑其通过铅字所反映的内容的真实性及重要性。对于把《红桃杰克》说成是一部迷人的喜剧的断言，他们站在那里，很可能是怀着不快，怀着恶劣的情绪和反感，没准儿还是怀着气愤来阅读的，它让谁着迷了，它让什么着迷了，它凭什么叫人着迷，想让我着迷，亏他想得出来，我不需要由人家来让我着迷。他们可能会使劲撇嘴，这种喜剧居然能融典雅的幽默和较为深刻的思想于一体。他们不要典雅的幽默，他们的生活态度严肃，他们的思想忧郁，但却不乏庄重，他们刚刚为他们的亲友办完丧事。较为深刻的思想和令人惋惜的典雅幽默相结合，这种宣传休想迷惑他们。因为他们认为，典雅幽默的无害和中性化是根本不存在的。较为深刻的思想必然总是自成一体的，典雅的幽默必须铲除，就像罗马人铲除卡尔塔哥①或用他们意想不到的其他方式铲除其他的城市那样。有些人根本就不相信，能在《红桃杰克》这部戏里找出什么比较深刻的思想，广告柱把它吹得太神了。一种比较深刻的思想：为什么是一种比较深刻的，而非深刻的？难道比较深刻就要比深刻更深刻一些吗？这些人为此争论不休。

很清楚：在柏林这样一个大都市里，挑刺的人不会少，可供挑刺的事也不会少，剧院经理花高价做的每一句广告词自然逃脱不了这样的命运。他们根本不要知道什么剧院。就算他们不挑剧院的刺，甚至热爱剧院，尤其是坐落在哈尔登贝格大街的这家文艺复兴剧院，就算他们承认，这部剧作集典雅的幽默和比较深刻的思想于一体，即便如此，他们也不愿意前往观看，因为他们今天晚上已经另有打算。所以，涌向哈尔登贝格大街的，也就是可能迫使剧院在侧厅加演《红桃杰克》的人数，恐怕会大大减少。

我们在此插入了 1928 年 6 月发生在柏林公众和私人生活领域之中的富于教益的事件，现在，我们重新返回到弗兰茨·毕勃科普夫、赖因霍尔德及其对女人的虐待上来。可以推测的是，只有一小部分人对这些报道不感兴趣。我们不想讨论原因何在。但是，在我看来，这不应该阻止我去平静地追寻我的小人物在柏林、在市中心和东部的足迹，人人都做

---

① 此城市在第三次普尼西战争中（公元前 149—前 146）被罗马人夷为平地。

他认为有必要去做的事情。

弗兰茨作出一个毁灭性的决定。
他不知道自己已经引火烧身

那次和弗兰茨谈话之后，赖因霍尔德的感觉就不是很好。像弗兰茨那样，毫不客气地拒绝女人，这在他是没有过的，至少是到目前为止还没有过的事情。在这方面，他必须总有人帮他才行，现在，他干坐在那里，开始犯难。女人们跟在他后面穷追不舍，包括还留在他身边的这个特鲁德，还有上一个，希莉，还有上上个，名字他已经忘了。她们都在刺探他的情况，有的是因为担心害怕（上一套衣服），有的是由于报复心切（上上套衣服），有的是因为旧情复发（倒数第三套衣服）。最新的这一套，已经出现在地平线上，是市内中心市场的某个叫做雷莉的女人，是个寡妇，特鲁德和希莉先后去找过她，最后甚至还有个男人，某个叫做弗兰茨·毕勃科普夫的，以赖因霍尔德的朋友的身份跑到她那里，指天指地地向她发出誓言，她于是毫不犹豫地改变了主意。是的，这件事情是弗兰茨·毕勃科普夫干的。"拉普辛斯基太太——雷莉就姓这个，我到您这里来，并不是要对我的朋友或者别的任何人说坏话的。绝对不是为了这个。人家的衣服脏不脏我绝对不会去管。只是，对的就必须坚持。把女人一个接着一个地赶出门去，对此我是不能袖手旁观的。而且，这也不是真正的爱情。"

拉普辛斯基太太心潮起伏，一脸的鄙夷：赖因霍尔德，他和她在一起不应该算是吃亏。再说，她也不是第一次同男人打交道了。弗兰茨继续说道："听你说这话，我很高兴，这就够了。你以后也许就会明白的。因为您在做一件好事，在我看来，这件好事非做不可。这些女人叫人同情，她们也是和我们一样的人哪，然后就是赖因霍尔德自己。再和您继续这样下去，他会垮的。所以，他都不喝啤酒和白酒了，只喝淡咖啡，他一滴酒也不能沾。他应该好好地控制自己。他的本质还是好的。""是好的，是好的，"拉普辛斯基太太哭了。弗兰茨严肃地点着头说道："所以，这件好事我非做不可，他已经受了不少的苦了，可不能再继续这样下去了，所以我们必须把手伸出来。"

弗兰茨·毕勃科普夫起身告辞，拉普辛斯基太太向他伸出一只有力的大手："我相信你，毕勃科普夫先生。"她可以相信他。赖因霍尔德没有出门。他是个不爱走动的人，但他也让人捉摸不透。他已经和特鲁德一起多呆了三个星期，这女人每天都要把弗兰茨叫过去，向他汇报。弗兰茨欢呼道：下一个马上就会出现了。现在注意。一点不错：一天中午，特鲁德颤抖着向他报告，赖因霍尔德已经连着两个晚上外出，出门前衣着讲究。第三天中午她就知道那女人是谁了：一个叫罗莎的，是个锁扣眼的女工，三十出头，姓什么她还不知道，但知道她住哪儿。瞧，一切又恢复了正常，弗兰茨笑道。

然而，和命运的力量是不可能结成永久的同盟的。命运健步如飞，如果您行走不便，请穿莱泽尔的鞋。莱泽尔是紧靠广场的一家最大的鞋店。如果您不想走路，您可以乘车：NSU 邀请您试乘 6 缸型新车。就在这个星期四，弗兰茨·毕勃科普夫又一个人独自穿过普伦茨劳大街，因为他想起一件事来，他要顺便去探望一下他的朋友梅克，他已经好长时间没有见到他了，他还要跟他讲赖因霍尔德和那些女人的事，他要让梅克看看，羡慕他敢于管教和制止这样的一个人，这个人必须习惯秩序，而他也正在逐渐地养成习惯。

没错，弗兰茨背着他的报箱挤进这家酒馆，我这是看见谁了？梅克。正坐在那里和另外两人一起吃喝。弗兰茨也马上坐到边上跟着大吃了一通，等那两人走后，他们又在弗兰茨的邀请下放开手脚，要了几大杯啤酒，弗兰茨一边说，一边咕噜咕噜地喝，梅克一边听，一边咕噜咕噜地喝，满脸的惊异和满足，这都是些什么人哪。梅克准备装出满不在乎的样子，但这确实也是一件很了不起的事情。弗兰茨红光满面地讲述他在这件事情上的功绩，说他是如何劝说那个雷莉，即那个拉普辛斯基太太，离开赖因霍尔德的，迫使他不得不和特鲁德一起多呆了三个星期，现在又冒出个叫罗莎的来，是锁扣眼的女工，不过，这只扣眼我们会用针线替她缝上的。弗兰茨如此这般地坐在他的啤酒面前，酒足饭饱，生活优裕。亮出你们的嗓子，用你们充满青春气息的合唱，尽情地颂扬，歌声回荡在我们桌旁，嘣嘣，歌声回荡在我们桌旁。三三得九，让我们像猪一样地喝他个够，三乘以三，一就是十，我们再喝一大口，一、二、三、四、五、六、七。

谁站在打酒的柜台旁，喝酒的桌子旁，唱歌的桌子旁，在这间烟熏雾绕、臭气冲天的店子里，谁在微笑？是所有的肥猪中最肥的那一头，普姆斯先生。他在微笑，他称之为微笑，然而，他的两只小猪眼却在搜寻。如果他真想看清楚什么的话，他肯定是会操起扫帚，在这片烟幕上打出一个洞来的。这时，三个人向他匍匐而来。就是这几个小子，总和他一起做大生意，是很能干的弟兄。一样的弟兄，一样的帽子。宁可年轻上绞架，不要老来捡烟头。他们四人挠着自己的脑袋，他们在一起嘀咕，他们在店子里搜寻。如果他们要把这里的东西看清楚，他们就必须操起一把扫帚，一只排气扇也可以产生同样的效用。梅克捅了捅弗兰茨："他们还缺人。他们还要人替他们卖货，那胖子有多少人要多少人。""他也向我暗示过了。难道我会和这个人搞在一起。我要水果做什么？这个人，他大概货很多吧？""鬼知道，他都有些什么货。他说是水果。弗兰茨，不要问得太多。不过，和他来往，倒一点也不赖，总能捞到点好处。这老家伙，坏水多着呢，其他几个也一样。"

8 点 23 分 17 秒，又有一个人来到打酒的柜台旁，喝酒的桌子旁，——一、二、三、四、五、六、七，我的母亲，她在炖胡萝卜——这会是谁呢？他们说是英国的国王。不，英国国王带着随行浩浩荡荡地驶向议会的开幕式，是英国国家独立意识的一个标志，这不是那位英国国王。这个人不是的。那这到底是谁呢？这是那些在巴黎签署克洛格公约①的各国代表吗，在五十个摄影师的包围之下，那只合适的墨水瓶因为体积太大而拿不过来，难道只有用塞弗勒斯②餐具才能让人尽兴吗？这些都不是的。这就是赖因霍尔德，他懒洋洋地到来，灰色的羊毛裤子吊着，很不显眼的一个人，鼠灰鼠灰的一个年轻人。他们三个人站在一起挠头，在酒馆里搜寻。要想在这里把东西看清楚，就必须操起一把扫帚，用排气扇也行。弗兰茨和梅克坐在自己的桌旁，密切注视着这五

---

① 以美国国务卿弗兰克·比林斯·克洛格命名的反战和平公约，由十五国，其中包括德国，1928 年 8 月 27 日在巴黎签署。

② 巴黎附近的一座城市，法国最著名的瓷器制造之乡。

个弟兄，很想知道他们将会干些什么，现在，他们一起在一张桌旁坐了下来。

一刻钟后，赖因霍尔德会给自己取来一杯咖啡和一瓶汽水，两眼同时在店子里锐利地扫射。而谁将会从墙的那边对他哈哈大笑、招手示意？绝不会是纽伦堡的市长卢佩博士，因为他在这天的上午必须为丢勒纪念日致欢迎辞，在他之后发言的是帝国内政部长克伊德尔博士和巴伐利亚文化部长戈尔登贝尔格，这两位今天也不会被堵在这里。怀格莱 P.R. 牌口香糖健康牙齿，口感清新，促进消化。只有弗兰茨·毕勃科普夫是一脸的狞笑。见赖因霍尔德走了过来，他高兴坏了。这就是他的教育对象，这就是他的弟子，他现在可以把他招来给他的朋友梅克看看。瞧啊，他过来了。套住他的缰绳握在我们手里。赖因霍尔德拿着他的咖啡和汽水走了过来，在他们旁边坐下，一阵咕噜，结结巴巴地说了三两句。弗兰茨充满爱意，很想摸摸他的底牌，所以，梅克应该听到他问："在家里过得怎样，赖因霍尔德，一切都好吧？""好，特鲁德没走，我正在习惯。"他的话说得很慢，一点一点地像挤牙膏似的。哦，弗兰茨很高兴。他差不多高兴到了极点，他太高兴了。这件事他办成了。除了我，还能有谁。他在他的朋友面前红光满面，人家对他表示了钦佩。"不是吗，梅克，我们正在世界上建立秩序，我们会把事情办好的，我们应该有人站出来。"弗兰茨拍着赖因霍尔德的肩膀，那肩膀向后一缩："小子，你瞧，人就得振作起来，这样才能在世界上立足。我一直在说：振作起来，坚持到底，应该有人站出来。"弗兰茨为赖因霍尔德感到无比的高兴。一个后悔的罪人强过九百九十九个正人君子。

"特鲁德有什么话可说，一切都进展得这么平和，她难道不感到惊奇吗？嘿，那你呢，你甩掉了女人带来的全部烦恼，你不高兴吗？赖因霍尔德，女人是不赖，也能带来乐趣。不过，你瞧，如果你问我对女人还有什么看法，那我就会说：不要太少；也不要太多。太多了，会很危险，别去管她。在这方面，我可是吃过苦头的。"伊达的故事，天堂花园，特雷普托，帆船鞋，再就是特格尔。凯旋而归，这事已经过去了，慢慢淡忘了，喝。"赖因霍尔德，我会帮助你处理好女人的事情的。在这种事情上，你用不着去找救世军，任何事情，我们办得不会比别人差。干杯，赖因霍尔德，你再来一杯啤酒吧。"那个人不动声色地拿起他的咖啡和他干杯："弗兰茨，你又能处理什么，为什么，为什么？"

见鬼，说着说着，我差点误了事。"我只是这样想的，你可以相信我，你必须习惯喝白酒，喝低度的荷兰芹烧酒。"另外的那个人不露声色地说道："你莫非想给我治病？""为什么不呢。对这些事情我是很在行的。赖因霍尔德，你可是知道的，希莉的事情，还有在她之前，我都帮过你。我现在也会站在你这一边，难道你不相信我吗？弗兰茨仍然还是人类的朋友。他知道，路在哪里。"

赖因霍尔德抬起眼皮，用两只忧伤的眼睛看着他："这么说，你有办法啰。"弗兰茨长时间地同他对视，不让自己感到扫兴，那个人只管看好了，要是他能够看出别人是不会被压扁的话，那他就只会让他受用。"真的，这里梅克可以向你证明，我们有经验，我们相信这个。再比如说烧酒；赖因霍尔德，只要你能喝烧酒，我们就来庆贺一番，我请客，所有的账都记在我头上。"弗兰茨挺起胸膛，梅克好奇地凝视着他，赖因霍尔德的目光始终没有离开过这两个人。赖因霍尔德低下头去，两眼在自己的口袋里搜寻："你是不是想把我治成个婚姻的奴隶？""干杯，赖因霍尔德，婚姻的奴隶也应该活下去，三三得九，让我们像猪一样地喝他个够，赖因霍尔德，一起喝吧，万事开头难，可是没有开头也就没有结尾。"

全体立定。排列成行。向右转，齐步走。赖因霍尔德放下他的咖啡杯。普姆斯站在他的旁边，低声向他耳语了几句，一张肥脸涨得通红，赖因霍尔德耸了耸肩膀。普姆斯于是开始透过厚厚的烟幕吹响号角，发出欢快的啼鸣："毕勃科普夫，我已经问过您了，您的意见如何，您还要抱住您的一堆废纸不放吗？这能挣几个钱，一张两个芬尼，一个小时五个芬尼，对吧。"接下来是一阵鼓噪，弗兰茨应该同时承接一辆水果推车或蔬菜推车，由普姆斯供货，赚头很大。弗兰茨又想又不想，他不喜欢普姆斯手下的这帮弟兄，他们肯定会骗我的。结巴子赖因霍尔德在一旁沉默。弗兰茨征求他的意见，这时他也发现，这个人刚才一直在看他，直到现在才又把视线移进杯子里。"喂，赖因霍尔德，你是怎么想的。"那个人结巴道："我是、是会跟着一起干的。"梅克也说，干吗不呢，弗兰茨，弗兰茨见状，也答应考虑一下，他不愿意说不，也不愿意说是，他愿意明后天再来一趟，和普姆斯商量这件事情，看看货物的情况，取货，结账，哪个地带对他最好。

大家都走了，酒馆里空荡荡的，普姆斯走了，梅克和毕勃科普夫走了，打酒的柜台旁只剩下一个街头小贩在和老板讨价还价，嫌工钱给的太少了。此时，赖因霍尔德还蹲在他的座位上。他面前放着三只空空的汽水瓶，半杯汽水，还有那只咖啡杯子。他不回家。家里睡着那个金发的特鲁德。他苦思冥想。他站起身来，穿过酒馆，羊毛袜子吊在外面。这人面容凄惨，苍白中透着蜡黄，嘴的附近有两道八字形的凹陷，抬头纹阴森可怖。他又给自己拿来一杯咖啡和一瓶柠檬汽水。

耶利米[①]说，这个男人该死，他相信人，他依靠他的肉体，他的心背叛上帝。他就像荒原上的一个被遗弃的人，不会感到善的来临。他在干旱的沙漠中，在荒芜人间的盐碱地里停留。相信上帝的人，他的信心就是我主的人，得到恩赐，得到恩赐，得到恩赐。他就像一棵种在水边的树，树根舒展，扎进溪流。它不会感到炎热的来临，相反，它的枝叶常绿常青，干旱的年头，它可以无忧无虑，它永不停息地结出果实。这颗心最能骗人，这颗心已经堕落；又有谁能了解它？

漆黑浓密的森林里的水，漆黑一团的水，你们是如此的静谧。你们是多么的宁静。当林中狂风肆虐、松树开始弯腰、树枝间的蜘蛛网开始撕裂破碎的时候，你们的表面纹丝不动。可是你们，漆黑一团的水，你们的内部在沸腾，树枝纷纷落下。

狂风撕扯森林，狂风进入不了你们的内部。你们的底部没有蛟龙，猛犸的时代已经过去，那里并不存在任何可以引

---

① 耶利米（公元前650—约前570），公元前七至前六世纪犹大国的重要先知。

起恐惧的东西，植物在你们的怀中腐烂，鱼群和蜗牛进行着轻微的活动。这就是全部。可是，尽管如此，尽管你们只是水，你们却是漆黑一团的水，异常宁静的水。

星期天，1928 年 4 月 8 日

"有雪吗，莫非到了四月份还会见到白色？"弗兰茨·毕勃科普夫坐在他的小屋的窗户旁，左边的胳膊支在窗台上，一只手捧着脑袋。时值星期天的下午，屋内温暖、舒适。希莉已在中午生好了取暖的炉子，她现在正在后面的床上和她的小猫一起睡觉。"有雪吗？天空灰蒙蒙的。要有倒好了。"

弗兰茨双眼紧闭，他听到钟声响起。他一动不动地坐了好一会儿，他聆听钟声的响起：咚，叮叮咚，叮咚，咚咚叮。最后他把手从头上拿开，他听到：那是两声沉闷和一声清脆的钟声。钟声停了下来。

钟声为什么现在响起，他对自己发问。这时，钟声再一次猛烈地响起，非常强烈，好似饥渴难耐，犹如雷鸣。那是一阵可怖的喧哗。它随后终止。猛地一下归于平静。

弗兰茨把胳膊从窗台上拿开，走进屋里。希莉坐在床上，手里拿着一面小小的镜子，嘴里含着发卡，见弗兰茨走来，便哼哼唧唧地以示友好。"希莉，今天是什么好日子呀，是过节吗？"她整理着头发。"不就是星期天嘛。""不是节日吗？""也许是天主教的节日吧，不清楚。""因为外面的钟声敲得山响。""哪里呀？""就刚才。""我什么都没听见。弗兰茨，你听见了吗？""可不。吵得很哪，像打雷一

样。""哎呀，你大概是在做梦吧。"我的天哪。"不，我没做梦。我刚才就坐在那儿。""你大概是打盹去了。""不。"他坚持着，非常的顽强，他慢慢地移动，坐到桌旁的凳子上。"干吗要做这样的梦。我确实是听见了。"他喝下一口啤酒。恐惧并未消退。

他朝希莉看去，她的脸上已完全显出一副哭相："小希莉，谁知道谁会出什么事啊。"他接着问她要报纸。她于是笑了起来。"现在可没有，星期日怎么会有呢，真是的。"

他在晨报上搜寻，选看标题："尽是些无聊的琐事。不，这都不是事儿。一点事也没有。""弗兰茨，你那儿要是听见了钟声，你恐怕会上教堂去吧。""咳，让我去找神甫。这个我还没有想过。只是，这也太滑稽了：你听到了什么，等你去查看的时候，又什么都没有了。"他沉思着，她站在他的身旁爱抚他。"希莉，我现在下去一趟，透透气儿。就个把小时。我想打听打听，是不是出了什么事。晚上有《世界》或《星期一晨报》，我可得好好瞧瞧。""那好吧，弗兰茨，你去苦思冥想吧。那上面会写：一辆垃圾车在普伦茨劳门抛锚了，满车的垃圾散了一地。要么，等等：一个报贩子要把钱换开，由于疏忽却倒找了人家好多。"

弗兰茨笑道："行了，我走了。再见，小希莉。"

"再见，弗兰茨。"

弗兰茨随即下了四层楼梯，从此，他再也没有见到过希莉。

她在那间屋子里一直等到 5 点。见他还没回来，她便上街去找，问了好几家小酒馆，一直找到普伦茨劳街角。人家都说没有看见过他。她想，可是他说过的呀，他要出去看看报纸上有没有登他梦见过的怪事。他肯定是去了什么地方了。普伦茨劳拐角的老板娘说："不，他没来过这儿。但那个普姆斯先生问起过他。我就告诉他，毕勃科普夫先生住哪儿，他可能去那儿找他了。""不，我那里没人来过。""也许没找到地方吧。""也许。""要不就是在门口碰上他了。"

希莉于是在那里坐到晚上八、九点钟才走。酒馆的人越来越多。她不断往门口看去。她中途还回去过一趟。梅克倒是来了，他安慰她，和她一起逗了十五分钟的乐，他说："这家伙就会来的；这小子吃惯了面包。希莉，你别担心。"不过，他在说这话的时候想起了吕德斯的事，鞋带的事，当时，莉娜到处寻找弗兰茨，她也是坐在他的旁边的。当希莉走上泥污而昏暗的街道时，他真恨不得和她一起走算了；然而，他无意让她担惊受怕，没准都是瞎扯淡。

希莉一怒之下去找赖因霍尔德；说不定这家伙又说服弗兰茨要了别的什么女人，而让她坐冷板凳。赖因霍尔德的住处大门紧闭，没人在家，甚至连特鲁德也没在。

她于是重又、重又步履沉重地返回普伦茨劳拐角的那家小酒馆。下雪了，雪花飞舞。报贩子们在亚历山大广场一带叫卖《星期一晨报》、《星期一世界报》。她从一个陌生的报贩子手里买下一张，赶紧看了起来。是不是哪里出了什么事了，他今天下午说的话对头吗。这不，在美利坚合众国，在俄亥俄，发生一起铁路交通事故，还有共产党和纳粹发生冲突，不，弗兰茨不会参与的。威尔默斯多夫发生大规模的火灾。我该怎么办。她一路溜达，经过灯火通明的蒂茨大厦，越过路堤，走上阴暗的普伦茨劳大街。她没有打伞，浑身淋得透湿。在普伦茨劳大街的那家小小的饼屋前，站着一群打着伞的妓女，她们堵住了过道。一个没戴礼帽的胖子从一家楼道里走了出来，紧贴在她的身后和她搭讪。她赶紧走开了。再来一个我可就要答应了，这小子到底在想什么。我还从来没有碰见过这样下流无耻的事情。

九点三刻。一个可怕的星期天。此时，弗兰茨已经倒在另一个城区的地区，头落在阴沟里，两条腿摊在人行道上。

弗兰茨下楼去。一级，再一级，再一级，一级，一级，一级，四层楼，一直往下，往下，往下，再往下。昏昏欲睡，脑子里堵得慌。你在煮汤吗，施泰因小姐，你有勺吗，施泰因小姐——你有勺吗，小姐，你煮汤吗，施泰因小姐。不，我这里是一点法子也没有，这贱女人让我出了一身的汗。人还是要到外面去走走。楼道里没有正经的照明，指甲有可能划破。

二楼开了一道门，身后跟来一个笨重的男人。这人肯定长着一个大肚子，要不怎么光下下楼梯就会气喘吁吁呢。弗兰茨站在底层的门口，灰蒙蒙的天空显得无精打采，看来马上就要下雪了。楼梯上的那个男人站在他的旁边喘气，这是个矮小而又臃肿的男人，一张白脸圆鼓鼓的；他头上戴着一顶绿色的毡帽。"邻居先生，您大概胸口感到气短吧？""是的，瞧这身肥肉。还要爬这么多的楼梯。"他们一起沿街而行。气短的那个男人喘息道："今天已经爬了五个四层楼了。您算算：二十层楼，每层平均三十级，转弯的地方短一点，但爬起来更累人，这不，三十级，五层楼，一百五十级。爬上。再爬下。""实际上是三百级。因为我发现，您下楼的时候也很吃力。""没错，下的时候也很吃力。""我真要另找一份工作了。"

　　大雪纷飞，他们开始转向，见到您很高兴。"是的，我去登广告，我现在就必须去登。这个不分平日和星期天。星期天甚至是最多的。绝大多数人在星期天登广告，他们对这个的指望最大。""是的，因为人在这个时候才有时间读报纸。我不戴眼镜也能看懂。这正是我的老本行。""您也登广告吗？""不，我只卖报纸。我现在要去找张把报纸看看。""啊呀，我已经把所有的报纸都念遍了。这种天气。您见过这种天气吗。""瞧这四月份，昨天还是好好的呢。您注意，明天又会亮堂起来的。打赌怎么样？"这人重又开始喘息，路灯已经亮了，他拿出一本没有封皮的笔记本，两手把它拿得远远的，站在路灯底下读了起来。弗兰茨提醒他道："您会淋湿的。"他不听，把本子重新塞进口袋里，他们的交谈结束，弗兰茨心想，我告辞吧。这时，那小个子从绿色的帽檐底下拿眼瞧他："邻居先生，您说说，您到底靠什么谋生？""您干吗问这个？我是卖报的小贩，自由的报贩子。""原来如此。您就靠这个挣钱谋生？""还行吧。"这人想干什么，怪里怪气的。"是啊。您瞧，我以前也总是这样想过，找个什么地方，自由自在地挣自己的钱。但一定要美气，做自己愿意做的事，要是能干的话，日子就过得去。""有时也不行。不过，邻居先生，您这路倒是走够了。今天是星期天，天气又是这个样子，出来走走的人可不多啊。""正确，正确。我要走半天。我还没到终点，没到终点。今天身上都没多带钱。""邻居先生，要是允许的话，您会做什么生意？""我有自己的一点退休金。您瞧，我以前的想法是，做个自由自在的人，工作，挣自己的钱。我已经领了三年的退休金了，此前我一直在邮局做事，我现在除了走路还是走路。这不：我先看报纸，然后再去看看人家都登些什么广告。""也许是家具？""什么都有，旧的办公家具，贝希施泰因三角大钢琴，难看的波斯地毯，自动发声钢琴，集邮，集币，死人穿过的衣服。""死的人很多。""让您吓一大跳。好了，我上去看看，也买点东西。""那您就接着卖吧，我能理解。"

哮喘病人于是归于沉默，整个人在大衣里缩作一团，他们缓缓地穿过温柔的白雪。当他们走到下一个路灯底下的时候，肥胖的哮喘病人从自己的口袋里拿出一套明信片来，目光阴郁地看着弗兰茨，往他手里塞了两张："您看看吧，邻居先生。"明信片上写着："敬启者。邮戳日期。由于条件恶劣，我不得不遗憾地收回昨天的约定。致以崇高的敬礼。伯恩哈德·考尔。""您姓考尔？""是的，是用复制机印的。机器是我给自己买的。这是我给自己买的唯一一件东西。我自己给自己印东西。一小时可以印五十份。""瞧您说的。那，要这玩意儿到底有什么用。"这家伙的脑袋瓜儿不大正常，眼睛眨巴起来也是如此。"您看看哪：由于条件恶劣收回。我要买却付不起钱。不付钱，人家不会给你。你也不能生人家的气。我总是跑上去买东西，和他们讲好价钱，我高兴，人家也高兴，因为生意做得很顺利。我想，我是多么走运，有这么漂亮的东西，多么好的硬币藏品，您能说什么呢，人家突然没钱了，我上来，把所有的东西看一遍，人家也马上告诉我出了什么事情，如果他们只能挣到几个芬尼，他们是多么的不幸，我也在您家里买过东西的，人家是迫不得已，一台绞衣机，一台小小的冰柜，如果能脱手，他们会很高兴的。我因此下楼去，很想把什么都买下来，可等到了下面，我却犯了大难了。没钱，没钱。"您没准能找个把人买下您的这件玩意儿。""您行行好吧。我已经给自己买了这架复制机，我用它印明信片。每张明信片要花掉我的五个芬尼，这还只是手续费。算了，不说了。"

弗兰茨的眼睛瞪得溜圆："邻居先生，这下我可就忍不住了。您这怕不是当真吧。""我有时缩减一下手续费，那样我就可以省五个芬尼，只要我的明信片一印出来，我就把它扔进人家的信箱里。""您跑断了腿，上气不接下气，到底图个什么呀？"

他们来到亚历山大广场。

对面一阵骚动，他们跑了过去。那小矮子抬起头来，愤怒地看着弗兰茨："您每月就靠八十五马克过活，休想有任何进展。""哎呀，您必须关心销售。如果您愿意，我可以向我的熟人打听打听。""瞎扯淡，我可没有委托过您，我自己做自己的生意，不和别人合伙。"他们处在一片骚动之中，那是一场很普通的争吵。弗兰茨寻找着那个小个子男人，他已经走了，消失了。弗兰茨感到十分诧异，这人又去乱跑了，真叫我大吃一惊。只是，我的不幸到底发生在哪里呢？他走进一家小酒馆，喝了一杯酒，一边前进，一边翻开本地的广告。上面的东西也不比那张破邮报强多少，邮报上说英国有场盛大的比赛，巴黎也有；没准儿他们必须出好大一笔钱呢。这样的事情，哪怕能够听上一听，也算得上是三生有幸了。

他转过身子准备回家。他必须越过路堤，亲眼目睹熙熙攘攘的人流。大香肠沙拉！来吧，年轻人，大香肠。《星期一晨报》,《世界报》,星期一的《世界报》!

您看看这俩,没法说;已经打了半个钟头了,无缘无故的。嘿,我就要在这里呆到明天。这位子你、你预定了,你一个人居然要占这么大的地方。不,瞧那跳蚤样,休想多占位子。哎呀,看哪,他揍他了。

弗兰茨吃力地挤到了前面,这是谁打谁呀?这两个小子他可是认识的,这都是普姆斯的人。你又有什么办法。啪,那个高个子用肘窝卡住对手的脖子往下按,啪,他把他打了个人仰马翻。小子,你就这样让人打呀;你真没用。喂,你们挤在这里干什么。哎呀,不好,警察,穿绿制服的。警察,警察,你们赶快开溜吧。两个披着雨披的警察费劲地挤过人群。正在打斗的两人之中,有一个赶紧起身,钻进人群,溜之大吉。另一个,那个高个子,没能马上起来,他的肋骨上挨了一下,是重重的一下。弗兰茨见状走上前去。我可不能见死不救,这是什么世道,谁都不管。弗兰茨扶起他,转眼便消失在人群之中。穿绿制服的四处搜寻。"这里是怎么回事?""刚才有两个人打架。""都散了,都干自己的事去。"他们高声叫唤,做起事来却总是慢一拍。干自己的事去,我们这就去干,警官先生,只是希望您别生些无谓的气。

在普伦茨劳大街的一条昏暗的过道里坐着弗兰茨和那个高个子;从这里再往前数两个门牌号码就是那个不戴帽子的胖子的家,大约在四个小时之后,他将走出屋来和希莉搭讪;她没理他,她肯定会答应下一个的,弗兰茨这个流氓,无耻。

弗兰茨坐在过道里,摇晃着无精打采的埃米尔:"嘿,你准备一下,我们也好上酒馆去。就算我没帮你,你也会挺住的。你洗洗，和我一起坚持到终点。"他们越过马路。
"我现在把你安顿在这家一流的、最好的酒馆里，埃米尔，
我得回家了，我的相好正等着我呢。"弗兰茨和他握手，这
另外一个人再次转过身来："弗兰茨，你还能帮我一个忙
吗。我今天必须和普姆斯一起去取货。你到他那里去一趟
吧，就两步路，就在这条街上。去吧。""哎呀，这可如何是
好，我没有时间了。""就去通报一声，我今天不能去了，他
正等着呢。要不然，他没法干事。"

弗兰茨恨恨地离去，总让人扫兴，哼，我要回家，我
也不能老让希莉着急啊。这个狗东西，我又不是闲着没事
干。他加快步伐。一只路灯底下站着一个矮小的男人，手
里拿着个本子在念着什么。这是谁呀，这人我认识。这
时，那人迅速把目光射到弗兰茨身上："啊，是您呀，邻居
先生。那个去看过绞衣机和冰柜的人就是您吧。没错。您
把这张明信片发给我，等您回家之后，我们就可以节省邮
费。"他把那张明信片塞到弗兰茨手里，鉴于条件恶劣收
回。弗兰茨继续默默地漫步，他会给希莉看这张明信片，
又不是什么十万火急的事情。那个疯子，那个矮小的邮
差，让他觉得好笑，那人老是四处乱跑，倒尽是些花花肠
子，这已经不是普通的疯子了，这是一只让全家人吃不了
还得兜着走的老母鸡。

"您好，普姆斯先生。晚上好。您可能会觉得奇怪，我
怎么来了。我该怎么、怎么对您说呢。我路过亚历山大广
场。碰上兰茨贝格大街上有人打架。我想，我去看看。谁在
那里打架？啊？您手下的埃米尔，那个高个子，同另外一个
小个子，和我叫一样的名字，弗兰茨，您就会知道的。"普

姆斯先生接下来答道：不管怎么说，他都已经想到过弗兰茨·毕勃科普夫，他今天中午就已经发现这两人有点不大对劲了。"看来，高个子是不会来了。毕勃科普夫，那您就来顶他吧。""你说什么？我？""快6点了。我们9点必须去取货。毕勃科普夫，今天是星期天，您反正也没什么事，您的费用我会补偿的，然后还有——这样吧，五个马克一小时，怎么样。"弗兰茨开始动摇："五个马克。""小个子还会来的。""就这样吧，一言为定，五个马克，您的费用，算了，五点五吧，我不在乎钱。"

弗兰茨的心里乐开了花，他跟在普姆斯的后面走下楼去。这个星期天可真是个大吉大利的日子，这种美事怎么说来就来，可这都是真的啊，那钟声的确意味深长，我现在就要捞上一笔了，这个星期天搞十五或二十个马克，我的费用太可观了。他十分高兴，那个邮差发的那张明信片在他的口袋里沙沙作响，走到门口，他打算同普姆斯道别。人家对此感到奇怪："毕勃科普夫，我想，我们已经说好了。""那是，那是，对我尽管放心。只是我必须回去一趟，您知道，嘿嘿，我还有个相好，叫希莉，没准您认识她呢，赖因霍尔德跟她处过。今儿个星期天，我可不能一整天都把人家孤零零地扔在家里不管。""不行，毕勃科普夫，我现在不能让您走，否则事情砸了锅，我脸上也无光。不行，毕勃科普夫，为女人，这样干，不行，我们不能因此而坏了自己的生意。她不会跑的。""这我知道，您倒是说了一句大实话，对她我完全可以放心。但也正是为了这个，我才不想把她晾在一边，再说，我做什么，她都不知道，既没听见，也没看见。""走吧，问题会解决的。"

"我会做什么呢？"弗兰茨在心中思忖。他们重新来到普伦茨劳大街的那个拐角。妓女们已经三三两两地站在这里拉客，几个小时之后当希莉四处寻找弗兰茨的时候，将要看见的也正是她们这拨。时间在向前推移，形形色色的人在弗兰茨周围聚集；他不久将站在一辆车上，他将被人一把抓起。他现在想的是，怎样才能及时地把那个疯子的明信片送上楼去，怎样迅速地冲上楼去看希莉一眼，人家姑娘家正等着呢。

他和普姆斯一起走进位于老勋豪瑟大街的那幢侧楼，普姆斯说，那里是他的办事处。楼上也点着灯，房间里配有电话和打字机，像个正儿八经的办事处。弗兰茨和普姆斯坐了下来，一个年纪较大的女人时不时地走进屋来："这是我老婆，弗兰茨·毕勃科普夫先生，他今天愿意和我们一起干。"她走出屋去，好像她什么都没听见似的，普姆斯先生在他的写字台上查找着什么，乘着这个空隙，弗兰茨读起放在椅子上的一张《柏林日报》来：君特·普吕休夫架小舟航行 3 000 海里，假期定期航线，拉尼亚的《景气》，莱辛剧院的皮斯卡托①舞台。皮斯卡托自己当导演。皮斯卡托是谁，拉尼亚是谁？封皮是什么，内容是什么？这就是喜剧？印度取缔童婚，获奖牲畜的墓地。小编年史：布鲁诺·瓦尔特将在星期六，4 月 15 日，在国家歌剧院，指挥他在本次演出季节中的最后一场音乐会。计划演出莫扎特的降 E 大调交响曲，纯收入将用作维也纳古斯塔夫·马勒纪念碑的基金。已

---

① 列奥·拉尼亚是导演兼剧院经理艾尔文·皮斯卡托的合作者，皮斯卡托 1928 年初将拉尼亚的喜剧《景气》搬上柏林莱辛剧院的舞台。

婚汽车司机，三十二岁，驾照 2a，3b，希望承接私人业务或开货车。

普姆斯先生在桌子上找火柴点烟。这时，那个年纪较大的女人打开那扇裱糊过的房门，三个男人慢慢地走进屋来。普姆斯没有抬头去看他们。这些都是普姆斯的人，弗兰茨同他们握手。见那女人又要出去，普姆斯于是对弗兰茨示意道："喂，毕勃科普夫，您不是想捎封信吗？这样吧，克拉拉，你送一下吧。""普姆斯太太，那就谢谢您了，您真的愿意帮我这个忙吗？呃，不是信，只是一张明信片，送给我的相好。"——他说出了自己的详细地址，并向普姆斯要了一个商业信封，把地址写在上面，他要人家告诉希莉，别担心，他 10 点左右回来，再加上这张明信片——

如此这般，事情全都安排妥当，他感到轻松一截。那个干瘪恶毒的臭婆娘来到厨房，拿出信封，一把火把它给烧掉了；那张字条也被她揉烂，扔进了垃圾箱。然后，她就假在炉子旁，继续喝她的咖啡，什么也不想地坐在那里喝，浑身暖洋洋。当又有一个人披着军大衣、戴着鸭舌帽走进屋来的时候，弗兰茨高兴地跳了起来——这是谁啊？谁的脸上还会有两道这样深的阴沟？谁还会这样趿拉着鞋走路，好像他的脚被黏土粘住拔不出来似的？只有赖因霍尔德。弗兰茨于是有了一种回家的感觉。啊，这太好了！我和你一起干，赖因霍尔德，不管发生什么。"什么，你跟着一起干？"赖因霍尔德一边拿鼻子哼哼着，一边趿拉着鞋来回地踱步。"这可是你自己的决定。"弗兰茨于是开始讲述发生在亚历山大广场上的那场打斗，以及他是如何帮助那个叫埃米尔的高个子的。这四个人听得入了迷，普姆斯还忙不迭地写着什么，他们相互碰了碰，随即两人一组地窃窃私语起来。他们其中的某位一直没有放松对弗兰茨的揣摸。

8点钟出发。所有的人都把自己裹得严严实实的，弗兰茨也分得了一件大衣。他满面红光地说，他真想把这件大衣留着，还有这顶羔羊皮帽，哎呀呀。"干吗不呢，"他们说道，"你肯定能把它们挣到手。"

行动开始，外面是一片漆黑，道路极其泥泞。"我们到底要干什么？"当他们走上马路之后，弗兰茨这样问道。他们说："先弄一辆汽车，或者两辆。然后是货物，苹果什么的，有什么我们就拿什么。"很多汽车一一驶过，他们没去理会，他们要了停在梅茨大街的两辆，上车，出发。

两辆汽车一前一后地行驶了约莫半个小时，昏暗的夜色让人搞不清方向，可能是魏森湖或弗里德里西斯菲尔德。这帮小子说：老头子要先去办点事。随后，他们在一栋楼房面前停了下来，这是一条很宽的大道，说不定就是滕珀尔霍夫，另外几个人说，他们也不知道，他们拼命地抽烟。

赖因霍尔德和毕勃科普夫并肩坐在这辆汽车里。听，这个赖因霍尔德现在发出了多么不同的声音！他不结巴了，声音洪亮，直挺挺地坐在那里，俨然是一个首领；这小子甚至哈哈大笑，车里其余的人都听他的指挥。弗兰茨挽起他的胳膊："嘿，赖因霍尔德，你小子（他对着他帽檐下面的耳朵根子说起了悄悄话），怎么样，你对我还有什么可说的？在那几个娘们儿的事情上，我做得不对吗？你小子说说，对不对？""当然，都很好，都很好。"赖因霍尔德拍了拍他的膝盖；这小子蛮有劲的，那还用说，这小子的拳头可不是吃素的！弗兰茨呼哧呼哧地说道："我们犯得着为了个把女人生气吗，真是。这样的女人还没生下来呢，是不是？"

沙漠里的生活常常显得十分艰苦。

骆驼们找啊、找啊，却什么也没找到，终于有一天，人们找到的是它们的累累白骨。

普姆斯拎着一只箱子返回，他一上来，两辆汽车便开始在城里飞速地行驶起来。将近9点时，他们在毕洛夫广场下了车。现在他们分开步行，始终两人一组。他们从弯弯曲曲的城市铁路下面穿过。弗兰茨说："我们马上就到室内市场了。""可不，不过，先拿后运。"

等走到威廉皇帝大街、紧靠城市地铁一带的时候，前面的几个人突然没影了，随后弗兰茨和他的伙伴也消失在一个黑洞洞、空荡荡的过道里。"就是这儿，"弗兰茨旁边的那人说道，"你现在可以把烟给扔了。""为什么呀？"他按住他的胳膊，扯掉他嘴里的那根烟："因为是我说的。"不等弗兰茨反应过来，人家已经越过黑糊糊的院子走了。这是怎么回事，这是怎么回事，让人在黑地里干站着，他们都钻到哪里去了？正当弗兰茨准备在院子里摸索的时候，一只手电筒照到了他的身上，刺得他睁不开眼睛，来人是普姆斯。"您、您、您到底要干吗呀？毕勃科普夫，这里没您的事，您站到前面去，您放哨。您退回去。""呃，我想，要我拿货吗？""扯淡，您退回去，没有人告诉过您吗？"

灯灭了，弗兰茨退了回来。他的身体有点发抖，他很吃惊："这里是怎么回事，他们都钻到哪里去了？"他已经站到了前面的楼门口，只见两个人从后面跑过来——杀人越货，他们在偷东西，他们在破门行窃，我要离开这里，离开这里，滑冰场，冰道，嗖地一下跑掉，漂在水上，一直漂到亚历山大广场——他们拦住他不让走，其中的一个人就是赖因霍尔德，他有一双铁钳般的爪子："没人跟你说过话吗？你站在这里望风。""谁、谁说的？""喂，别扯淡了，我们忙着呢。难道你没长脑袋吗；你别装蒜了。你现在站在这儿，一有事就吹口哨。""我……""住口，他妈的。"随即飞来一拳，砸中弗兰茨的右臂，他于是缩作一团。

弗兰茨一个人孤零零地站在漆黑一团的楼道里。他的确在发抖。我站在这里干什么？我被他们骗得好惨。那个狗日的还打了我。他们在后面偷东西，谁知道他们在偷什么，这些人可不是什么水果贩子，这都是些罪犯。那条长长的大道两旁是黑漆漆的树木，那扇铁门，关上之后，全体犯人必须上床就寝，而在夏季，天黑之前，它则可以不关。这是一支由普姆斯指挥的队伍。我是走，还是不走，我该、我该怎么办。是他们把我哄到这里来的，这帮流氓。我不得不为他们望风。

弗兰茨站在那里发抖，他抚摩着自己那只挨了打的胳膊。犯人有病，不得隐瞒，但也不得编造病情，否则将受到惩罚。这栋房子是死一般的沉寂；从毕洛夫广场那边传来汽车喇叭的嘟嘟声。后面的院子里是一片嘈杂，偶尔还有手电筒的亮光闪动，忽地一下，有个人拎着安装了遮光装置的提灯，蹿进地窖。他们把我堵在这里，我宁愿啃干面包，吃盐拌土豆，也不要站在这里替这帮流氓卖命。好几只手电筒在院子里亮起，弗兰茨想起了那个印明信片的男人，奇怪的家伙，奇怪的家伙。他走不了了，他被圈在了这里；自从赖因霍尔德打了他之后，他就变成这样了，他就被钉在了这里。

他要，他想，但却不行，他就是动不了。这个世界姓铁，你是无能为力的，它像碾子一样向你轧来，你无能为力，它来了，它冲过来了，他们坐在里面，这就是一辆坦克，里面载着头上长角、两眼喷火的恶魔，他们把你碎尸万段，他们坐在那里，用他们的链条和牙齿把你撕成碎片。这一切正在发生，没有人能够逃避。这一切正在黑暗中蠢蠢欲动；如果有亮光的话，你就会看见这一切，知道正在发生和已经发生的情形。

我想走，我想走，这帮流氓，这帮狗娘养的，我根本不愿意干这种事情。他拖着两条腿，要是我不能走，那未免也太可笑了。他开始挪动脚步。好像我被人扔进了生面团似的，那玩意儿我怎么也弄不掉。不过，还行，还行。虽然很艰难，但还行。我往前去，让他们偷好了，我让位。他脱下大衣，慢慢地、胆战心惊地回到院子里，他真恨不得把这件大衣甩到他们的头上去，然而，他还是把这件大衣甩向了笼罩在黑暗之中的后楼。这时，又有灯光照射过来，两个家伙从他的边上跑了过去，都穿着大衣，抱着一大包，那两辆汽车停在大门口；有个人在经过的时候又打了一下弗兰茨的胳膊，那是钢铁般的一击："怎么样，都还正常吧？"这个人就是赖因霍尔德。现在，又有两个男人拎着筐子从弗兰茨身边跑过，接着又有两个，他们来回穿梭，没有点灯，弗兰茨见状，也只能咬牙切齿地攥紧拳头。他们像疯子似的在院子里和走廊上忙活，来回奔波于黑暗之中，要不然的话，他们准会被弗兰茨吓倒。因为，站在这里的这个人，已经不再是弗兰茨了。他没穿大衣，没戴帽子，他怒目圆睁，双手插在口袋里暗中窥视，有张面孔，不知他是否认了出来，这到底是谁，这是谁，没有看见刀，你等着，说不定在夹克里，小子，你们还不了解弗兰茨·毕勃科普夫，如果你们敢对他动手，你们就试试看。这时，那四个人全都一个接着一个地跑了出来，满载而归，一个矮胖子抓住弗兰茨的胳膊："快来，毕勃科普夫，开车了，一切正常。"

弗兰茨于是被塞进那辆大汽车里，卡在另外几个人中间。赖因霍尔德就坐在他旁边，他强行把弗兰茨往自己这边拉。这就是另外一个赖因霍尔德。他们坐在车子里，没有点灯。"你干吗拉我呀，"弗兰茨轻声说道；没有看见刀。

"喂，住口，闭上你的鸟嘴，不要出声。"前面那辆车在飞速地行驶；第二辆车的司机向右后方看了看，加大油门，通过打开的车窗对后面的人喊道："有人追上来了。"

赖因霍尔德把头伸向窗外："快，快，转过拐角。"那辆车始终穷追不舍。这时，赖因霍尔德借助路灯的灯光看到了弗兰茨的脸：他红光满面，他有一张幸福的笑脸。"蠢货，你笑什么，你大概神经有毛病吧。""我想笑就笑，跟你不相干。""你敢笑我们？"这个小偷，这个狗东西。突然，赖因霍尔德的脑海里有了一个闪念，这是他在整个的行车过程中从没想到过的：就是这个毕勃科普夫，让他坐了冷板凳，赶跑他的女人，证据确凿，这头放肆的肥猪，我居然还把自己的事情全都告诉给了他。突然，赖因霍尔德一下子忘了他是坐在车子上。

水啊，你们躺在漆黑一团的森林里，如此静默无声。你们是那样的宁静无比。当林中狂风肆虐、松树开始弯腰、树枝间的蜘蛛网开始撕裂破碎的时候，你们的表面纹丝不动。狂风无法进入你们的内部。

赖因霍尔德心想，这小子坐在这里得意得很哪，他大概以为后面的那辆车会逮住我们，而且，我坐在这里，他竟敢和我谈女人，这个蠢货，还要我约束自己。

　　弗兰茨继续无声地大笑，他转过头来，通过车后的小窗向街上望去，不错，那辆汽车正在跟踪他们，他们被发现了；你等着吧，这就是对你的惩罚，要是我也和他们一起被捕的话，这帮骗子，这帮流氓，这伙罪犯，他们可就没有理由对我暴跳如雷了。

　　耶利米说，这个男人该死，因为他相信人。他就像荒原上的一个被遗弃的人。他在干旱的沙漠中、在荒无人烟的盐碱地里停留。这颗心充满欺骗，这颗心已经堕落；这又有谁能知道呢？

　　此时，赖因霍尔德给坐在他对面的那个家伙发了一个暗号，车内时明时暗，围猎开始。赖因霍尔德把自己的手偷偷地伸向紧挨着弗兰茨的车门把手。他们呼啸着进入一条宽阔的大路。弗兰茨还在向后张望。他的胸部冷不防地被人一把抓住向前扯去。他准备站起身来，他向赖因霍尔德的脸上打去。然而，此人却显得极为强壮有力。寒风嗖嗖，吹进车内，雪花也飘了进来。弗兰茨受到打击，站立不稳，身体在成捆的货物的上方向着敞开的车门倾斜，他嚎叫着去抓赖因霍尔德的脖子。这时，一根棍子从侧面出击，击中他的胳膊。车里的第二个人推波助澜，对着他的左臂又一下。他从布袋上滚落下来，横躺着被人推出门外；他用两条腿死死地夹住他能夹住的东西。他的双臂紧紧抱住车子的踏板不放。

　　这时，他的后脑勺被一根棍子击中。赖因霍尔德弯下腰来，把他的身体扔到街上。车门砰地一声关上。跟踪而来的那辆汽车从这个人的身上呼啸而过。追捕在纷飞的大雪中继续。

如果太阳升起，灿烂的阳光普照大地，我们会因此感到高兴。煤气灯、电灯可以灭了。闹钟丁零零零响，人们起床，新的一天开始了。如果昨天还是 4 月 11 日的话，那现在就是 12 日，如果昨天还是星期天的话，那现在就是星期一，虽然年代没有变化，月份也没有变化，但变化还是有的。世界又向前进了一步。太阳升起来了。太阳是什么，对此还没有定论。天文学家在这个天体身上花了不少心思。他们说，它是我们这个行星系的中心，因为我们的地球只是一颗小行星，那我们到底是什么呢？若是这样的话，当太阳升起来的时候，人不应该感到高兴，而应该感到沮丧才是，因为，人到底算个什么呀，太阳是地球的 300 000 倍大，除了这些说明我们是零、什么都不是、什么全不是的数字和零之外，还有什么。真好笑，竟然还为太阳的升起感到高兴。

然而，当灿烂的阳光，白晃晃地、强烈地照射大街小巷的时候，人们还是感到高兴，千家万户开始有了生气，人们的脸上开始有了表情。用手去触摸自己的脸是件惬意的事情，不过，看到脸上的生气和皮肤的纹路则更是一种幸福。人们感到高兴，因为可以显摆显摆他们是什么了，他们在行动，他们在体验。我们也在四月里为这些许的温暖感到高兴，我们期待着花儿能够快快长大。那堆拖着那么一长串零的数字里肯定有误会和错误。

太阳，你只管升起来吧，你不会把我们吓跑的。那众多的公里数，直径，你的容量，我们全都无所谓。温暖的太阳，你只管升起来吧，明亮的阳光，你升起来吧。你不伟大，你也不渺小，你是一份快乐的源泉。

　　她刚刚兴高采烈地走下巴黎北方特快，这个矮小的不显眼的女人裹在镶有毛皮的大衣里，她的眼睛很大，胳膊上挎着她的两只小巧的北京哈巴狗黑黑和东东。摄影师们不停地拍照。拉克维尔用淡淡的微笑来面对这一切，最让她高兴的还是西班牙侨民送给她的一束黄玫瑰，因为，象牙黄是她最喜欢的颜色。"我太想了解柏林了，"这位名闻遐迩的女人一边说，一边坐上了她的车子，挥手致意的人群目送她消失在清晨的都市里。

第六章

你们现在看见的弗兰茨·毕勃科普夫，既不喝酒，也不躲藏了。你们现在看见他笑了：人必须量入而出，节约度日。他很生气他遭人强迫，别人，哪怕是最最强大的人，也休想再去强迫他了。他向黑暗的势力举起了拳头，他感到有某种东西在和自己对峙，但他看不见它，肯定还会有锤子向他猛击过来。

没有理由绝望。我将继续讲述这个故事,在我给它安排一个冷酷、可怖、惨痛的结局之前,我还会经常地使用这句话:没有理由绝望。因为,我所说的这个男人并不是一个普通的男人,然而,当我们设身处地地去为他着想的时候,他就变成了一个普通的男人,我们有时甚至会感叹:我们也有可能一步一步地做出他所做过的事情,经历他所经历的一切。虽然,对这个故事发表意见非同寻常,但我已经许下了这样的诺言。

　　弗兰茨·毕勃科普夫毫无准备地离开住处,毫不情愿地参与了一次盗窃活动并被人扔到了一辆飞驰而来的汽车面前,我所说的这些关于他的事情都是真实的,真实得让人感到毛骨悚然。这个为走上奉公守法之路而坚定不移地付出了最为忠诚的努力的人,现在躺在了车轮底下。可这不正是让人感到绝望的地方吗,这种放肆的、可恶而又可悲的胡闹意义何在,这里面具有何种的欺骗性,莫非弗兰茨·毕勃科普夫就真的命该如此吗?

　　我想说的是:没有理由绝望。我心里已经有数,本书的一些读者心里大概也已经有数了。一个缓慢的揭示的过程正在这里展开,人们将会像弗兰茨一样去体验这个过程,事情终究是会水落石出的。

不义之财招来好运

赖因霍尔德一不做、二不休。他直到星期一的中午才回到家里。尊敬的弟兄们，让我们把这块邻人之爱的面纱再展开十平方米，罩在处于其中的时间之上。可惜的是，我们无法把它罩在已逝的时间之上了。我们十分知足地发现了一点，即：星期一早上，当太阳准时升起、柏林那著名的喧嚣开始蠢蠢欲动之后——也就是当中午 1 点的钟声响起、13 点的时候，赖因霍尔德把那个过了期的、不爱动的、不愿意走的特鲁德赶出了他的家门。周末我是多么舒畅，嘟嘟，嘟嘟，公羊跑去找母羊，嘟嘟，嘟嘟。如果换了另一个作者，他现在也许已经想出一种惩罚赖因霍尔德的办法，可是我对此无能为力，我这里没有惩罚。赖因霍尔德兴致很高，为了使自己的兴致更高，为了自己那不断高涨的兴致，他把生性不爱动的、因而也是不愿意走的特鲁德赶出门去。他自己原本也是不想这样做的，可是，尽管他不情愿，事情却在某种程度上是自动地发生了，而且主要是在他的中脑的参与之下发生的：也就是说，他受到了强烈的酒精的刺激。这样看来，甚至连命运也在帮助这个男人。我们把喝酒算作头一天夜里的事情，为了能够继续地讲下去，我们还得迅速地清除一些残余。赖因霍尔德，这个怯懦得让弗兰茨感到好笑的家伙，这个从未能够对女人说过一句狠话或硬话的家伙，却可以在中午 13 点的时候对特鲁德大打出手，他扯掉她的头发，砸碎她的一面镜子，他无所不能，最后，当她叫喊的时候，竟然打得她满嘴是血，致使她晚上捂着极度肿胀的嘴去看大夫。这个姑娘在短短的几个小时之内失去了她的全部美貌，而这都是赖因霍尔德所进行的有力的打击的结果，她因此也准备让他承担赔偿的责任。她不得不往嘴唇上涂抹药膏，暂时把嘴闭上。我们已经说过了，所有的这一切赖因霍尔德都是能够干得出来的，因为一两杯烧酒麻痹了他的大脑，他的中脑因此得以自作主张，成为他整个人身上比较能干的部位。

他本人虽然在临近傍晚的时候感觉欠佳，但还算清醒，他甚至惊讶地发现了一些发生在他的寓所里的变化。特鲁德显然已经走了，而且是彻彻底底地走了，因为她的箱子没了。此外，那面镜子打破了，有人往地上吐过痰，而且是带血的，真粗俗。赖因霍尔德仔细地四处察看损失。他自己的嘴巴完好无缺，那么就是特鲁德吐的了，他把她的嘴巴打破了：他仰天长笑，还有什么事情能够让他兴致如此高涨、对自己如此地充满敬意呢。他捡起镜子的一块碎片照了起来：什么，赖因霍尔德，这是你干的，我真不敢相信这是真的！小赖因霍尔德，小赖因霍尔德！他感到十分高兴。他拍了拍自己的脸颊。

他思忖着：没准是另外一个人，那个弗兰茨，把她赶出了门？对傍晚和夜间发生的事情他还不是很清醒。他满腹狐疑地把女房东，那个老鸨，找了进来，对她暗示道："我这里今天是不是大吵大闹过？"这女人却说：他这样对待特鲁德完全正确，那个女人懒得抽筋，连自己的衬裙都不愿意熨一下。什么，她穿衬裙，他可是一丁点儿也受不了这个的。而他自己就曾这样做过。那时的赖因霍尔德是多么的幸福。突然，他想起了傍晚和夜间发生的所有事情。一次绝妙的行动，收获甚丰，胖胖的弗兰茨·毕勃科普夫上了老当，但愿他们把他轧死，特鲁德也被赶走了。哎呀呀，我们有个户头！

我们现在做什么？先把晚上要穿的衣服穿好。到时候应该有人和我一起喝酒聊天。我不想去、不想去，这是扯淡。这真省事，我们现在把什么都办好了。

正当他换衣服的时候，普姆斯派的人跑了进来，窃窃私语，叽里咕噜，看样子非常激动，一条腿挪到另一条腿上，说赖因霍尔德应当马上到酒馆那边去一趟。然而，整整一个小时之后，我们的赖因霍尔德才走下楼去。今天要去找女人，今天普姆斯是普姆斯，应该自己的事情自己做。对面酒馆里的人都吓破了胆，说赖因霍尔德对毕勃科普夫干下的事给他们惹来了麻烦。要是那家伙没死的话，他是会把我们全都供出去的。要是他死了，天哪，那、那我们全都要坐牢。随后，他们在他的家里问来问去，把所有的结果都问了个遍。

可是，赖因霍尔德很有运气，幸运是他的后盾。你就是拿他没辙。自他能够思考以来，这是他最有福气的一天。他现在有烧酒喝，他想要多少女人就有多少女人，他可以对她们招之即来，挥之即去。他还会故伎重演，把她们一个一个地甩掉，这真是件最新鲜、最来劲的事情。他打算马上行动，可普姆斯的这帮弟兄硬是拉着他不松手，直到他答应在魏森湖他们的住所里躲上两三天之后，方才放他走。他们必须等等看，以便弄清楚弗兰茨到底出了什么事，以及他们的事情是否败露。这不，赖因霍尔德正在许诺。

然而，他在当天夜里就已经迫不及待地冲了出去，把他的诺言忘到了九霄云外。但他什么事也没有。那伙人蹲在魏森湖的住所里吓破了胆。他们第二天偷偷地跑来，打算把他接过去，可他非要再去找某个叫做卡拉的女人不可，这是他昨天的新发现。

不过，赖因霍尔德说得没错。关于弗兰茨·毕勃科普夫的消息一点也没有。既看不到他的一丝踪影，也得不到他的任何音信。这个人一下子就从这个世界上消失了。这对我们倒合适了。于是，他们开始一个一个地起身，重新心满意足地回到自己的家里。

而在赖因霍尔德的屋子里，却有某个叫做卡拉的女人正在吞云吐雾，她的头发是清一色的淡黄，她给他带来三大瓶烧酒。他每次只抿一小口，而她却喝得比他多，有时甚至很猛。他心想：你喝吧，我要等我的时辰到了再喝，到时候就对你说：拜拜了您。

读者中有些人十分挂念希莉。如果弗兰茨不在了，如果弗兰茨没命了、死了，反正就是不在了，这个可怜的姑娘会变成什么样呢？哦，她会应付过来的，您别担心，您根本不必为她担心，这种人总会有办法克服困难的。就拿希莉来说吧，她还有够她用两天的钱，然后，正如我马上想到的那样，她和赖因霍尔德不期而遇，这个家伙正在找对象，他不愧为柏林中心一带最体面的花花公子，他的上身穿着一件正宗的真丝衬衫。希莉一见到他，就显得手足无措，她不知道，自己是否对这个家伙旧情复发，不知道该不该找他算总账。

她已经自觉自愿地按照席勒所说的那样，将那把匕首揣在了怀里①。那虽然只是一把菜刀，但她要让赖因霍尔德为自己的下流无耻付出代价，捅哪儿无所谓。现在，她站在他的楼门口，他十分友好地胡扯着，两朵红玫瑰，一个冰冷的吻②。她心想：让你胡说到明天，然后我就拿刀子捅你。可是捅哪儿呢？这让她此刻感到茫然。这么漂亮的料子可不能捅坏了，这个人穿的衣服可真高级，这衣服穿在他身上简直是棒极了。他们并排走在马路上，她说，肯定是他，是他弄走了她的弗兰茨。为什么呢？弗兰茨没有回家，直到今天也没回来，他不会出事的，此外，特鲁德也没在赖因霍尔德这里。也就是说，事情再清楚不过了，他休想抵赖，弗兰茨带着特鲁德跑了，是赖因霍尔德撺掇他这样做的，真是岂有此理。

赖因霍尔德十分惊讶，她怎么知道得这么快。可不是嘛，她刚刚上楼找过他，女房东把他和特鲁德吵架的事告诉她了。你这个流氓，希莉骂道，她很想鼓起勇气去拿出那把菜刀来，你现在又另外找了一个，别以为人家看不出来。

---

① 席勒 1799 年所作叙事诗《担保》中的词句："默罗斯，他怀揣匕首，悄悄地走向暴君迪奥尼斯。"
② 1926 年的一首流行歌曲。

赖因霍尔德在离她十米远的地方就发现：1.这女人没钱，2.她在生弗兰茨的气，3.她爱我——风度翩翩的赖因霍尔德。他穿上这样的行头，没有女人不爱他，更别说是吃回头草了，也就是所谓的旧情复发。于是他针对第一点给了她十个马克。针对第二点，他大骂弗兰茨·毕勃科普夫。只是这家伙藏到哪里去了，他本人也很想知道。（良心的谴责，哪里有良心的谴责，俄瑞斯忒斯和克吕泰涅斯特拉，赖因霍尔德甚至连这两位的名字都没有听说过，他就希望，衷心而诚恳地希望，弗兰茨彻底地死掉，再也找不着。）可是，希莉也不知道，弗兰茨在哪儿，这就说明，赖因霍尔德动情地论证道，这个男人跑了。对接下来的第三点，关于旧情复发的爱，赖因霍尔德说道：我眼下没空，不过，五月份的时候你可以再过来问一下。你的脑子怕是有毛病吧，她嗔骂着，高兴得不愿相信这是真的。在我这里没有办不到的事，他红光满面，告辞而去。赖因霍尔德，哦，赖因霍尔德，你是我的骑士，赖因霍尔德，你是我的赖因霍尔德，我只爱你。

他感激每家酒馆前的吊桶，感谢里面有酒。要是所有的酒馆都关了门，或者德国不产酒了，那我该怎么办哪？可不是嘛，那我就得及时地在家里存一些备用。我们这就去买。我是个精明的年轻人，他一边在商店里买着不同的品种，一边这样想着。他知道，他拥有自己的大脑，而一旦必要，他的中脑就会出马。

在赖因霍尔德这里，跨越星期日和星期一的那个晚上姑且就这样地结束了。谁如果还想问这世上是否还有公道可言，他将会从下面的回答中找到安慰：暂时没有，反正在本周五之前是没有的。

星期日夜里，星期一，4月9日

弗兰茨被人抬进一辆大型的私人汽车——他处于昏迷之中，医生给他用了樟脑和莨菪胺吗啡——这辆车一路狂奔了两个小时。随后抵达马格德堡。在一座教堂附近，他被人抬下车来，两个男人在医院里拼命地按门铃。医生连夜给他动手术。他的整个右臂从肩关节处被锯掉，肩部的几块骨头被切除，胸部和右大腿处的压伤就目前来看问题不大。内伤不能完全排除，肝脏也许存在轻微的破裂，但很可能没有。观察一段时间再说。他流了很多血吗？您是在哪里发现他的？在某某某公路上，那里有他的摩托车，他肯定是被人从后面轧的。您没有看见那辆汽车？没有。我们见到他的时候，他已经躺在那里了，我们分开走Z字形，他是向左开了。我们是知道的，非常暗。事情于是就发生了。这些先生还要留在这里吗？是的，还要几天；他是我的姐夫，他的妻子今明天就到。如果需要我们的话，我们就在对面住下。在手术室的门口，两位先生中的一位再次对医院的人说：这种事情的确很烦人，但我们特别请求医院方面不要去报告警察局。我们希望等他醒过来之后再听听他本人的意见。他不想把事情闹上法庭。他——自己已经撞过人，他的神经。随您的便。您就先让他脱险再说吧。

11点换绷带。这是星期一中午——此时，这起灾祸的制造者们，包括赖因霍尔德在内，正聚在魏森湖他们的窝主家里喝酒唱歌，一个个乐不可支、酩酊大醉——弗兰茨完全苏醒过来，他躺在一张雅致的床上，躺在一间雅致的房间里，他的胸部被包扎得严严实实，他问护士他这是在哪儿。她把夜班护士告诉给她的话以及她自己先前听来的话告诉给他。他醒了。明白了一切，他去摸他的右肩。护士把他的手重新放了回去：好好躺着别动。当时，街上一片泥泞，血从他的袖管里流了出来，他感觉到了。然后有人在他旁边出现，就在这个瞬间，一个念头在他的心中产生。就在这个瞬间，他的心里发生了一点事情。弗兰茨的心里在这个瞬间发生了什么事情？他作出了一项决定。当赖因霍尔德在毕洛夫广场的那条过道里挥动铁一般的胳膊打人的时候，他颤抖了，大地在他的脚下颤抖，弗兰茨茫然不知所措。

当那辆汽车载他而去的时候，大地仍在颤抖，弗兰茨不愿意看到这一点，可这是回避不了的。

然后，他躺在了泥泞的泥地里，五分钟的差别，他的体内开始活动。有个东西在突破，在穿透，在发出声响。弗兰茨木无表情，他在感觉，我被车轧了，他是冷静的，他一声不吭。弗兰茨看到，我走到这帮狗东西面前——他在发布命令。也许我要完蛋了，这不打紧，可我不会完蛋的。前进，有人用他的吊裤带为他绑紧那只胳膊。人家接着准备用车把他送进潘科医院。可他盯得很紧，不放过任何一个举动：不，不去医院，他说了一个地址。一个什么样的地址？艾尔萨斯大街，赫尔伯特·维索夫，是他早年，而且是进特格尔之前的一个同事！这个地址一下就冒了出来。当他躺在泥泞之中的时候，它在他的体内活动，突破，穿透，发出声响。转瞬之间，他的体内猛地一动，没有丝毫的犹疑。

不能让他们逮住我。他敢肯定，赫尔伯特还住在老地方，而且现在就在家里。有人跑进坐落在艾尔萨斯大街的那家饭馆，打听一个叫赫尔伯特·维索夫的人。一个瘦高瘦高的年轻男子应声而起，他的旁边坐着一个漂亮的黑女人，什么事，什么事，外面的汽车里，他和来人一起出了酒馆，向那辆汽车跑去，那姑娘跟在后面，半个酒馆都跟着出动了。弗兰茨知道现在来的是谁。他在对时间发号施令。

弗兰茨和赫尔伯特彼此相认，弗兰茨对着他一阵耳语，外面的人们腾出位子。弗兰茨被安置到酒馆地下室的一张床上，一名医生也被请来，埃娃，那个漂亮的黑女人，送来了钱。他们给他穿上别的衣服。在袭击发生一个小时之后，有人驾驶着一辆私人汽车从柏林开往马格德堡。

中午，赫尔伯特来到医院，他可以和弗兰茨交谈。弗兰茨有必要每天住在医院里，维索夫一周之后再来，这期间，埃娃住在马格德堡。

弗兰茨一声不吭地躺在床上。他极力控制着自己。他根本不去回想往事。2点钟的时候，他得到通知，说有位太太来访，不一会儿，埃娃拿着一束郁金香走进屋里，弗兰茨见状，一发不可收拾地痛哭起来，他哭着，抽泣着，埃娃不得不用毛巾为他揩脸。他舔着嘴唇，眯着眼睛，牙齿咬得嘎嘣响。可是，他的颌骨打颤，他不得不继续地抽泣下去，以至于惊动了外面的护士，她跑来敲门，请埃娃今天还是早走为好，这样的见面只会让病人过于疲劳。

第二天，他表现得非常冷静，他用微笑迎接埃娃的到来。十四天后，他们把他接走。他又回到了柏林。他又在呼吸柏林的空气。当他重新见到伫立在艾尔萨斯大街上的一栋栋房屋时，他的心潮涌动，但他这一次没有抽泣。他想起了和希莉在一起的那个星期天下午，想起了钟声，钟声敲响，我回到了家里，有什么事情正在等着我，我有点事情要处理，将会发生一点事情。对此，弗兰茨·毕勃科普夫的心里非常清楚，他一动不动地、一声不吭地让人给抬出车外。

我有点事情要做，将会发生一点事情，我不逃跑，我是弗兰茨·毕勃科普夫。他就这样被人抬进楼里，抬进他的朋友、自称是经纪人的赫尔伯特·维索夫的家里。他心里涌现出来的那种没有丝毫疑虑的、稳操胜券的感觉，同他被人甩出车外时的如出一辙。

屠宰场的供应充足：11 543 头猪，2 016 头牛，920 头小牛，14 450 只羊。猛地一击，追捕，它们躺倒在地。

猪，牛，小牛，它们遭到屠宰。没有理由为此伤神。我们呆在哪里？我们？

埃娃坐到弗兰茨的床边，维索夫问了一遍又一遍：喂，这是谁干的，这是怎么发生的？弗兰茨不会逃跑。他为自己铸造了一只铁箱，他把自己包围起来，他坐在箱子里，不让任何人走近。

埃娃、赫尔伯特及其朋友埃米尔坐在一起。自从弗兰茨那晚遭遇车祸找上门来之后，这个人就让他们丈二和尚摸不着头脑。他可不光是被车轧了那么简单，这里面肯定有鬼，10 点钟了，他还跑到城北去干什么，他才不会在 10 点钟去卖报纸，这时辰街上是不会再有什么人的了。赫尔伯特本人坚持认为：弗兰茨是在准备干某件坏事的时候出的事，他现在感到羞愧，因为他那肮脏的破纸片行不通了，此外，这件事后面还有别的人，他不愿意出卖他们。埃娃同意他的意见，他是准备干某件坏事的，但这到底是怎么发生的呢，他现在成了个残废。我们会搞清楚的。

弗兰茨把他以前的地址交给埃娃，托她找人去把他的箱子取过来，但别告诉人家取到哪里去，这样一来，事情很快就清楚了。赫尔伯特和埃娃很有办法，女房东起初不愿意交出那只箱子，但给了五个马克之后她就答应了，她还接着抱怨说：隔一两天就有人跑到这里来打听弗兰茨，还有谁呢，普姆斯的手下和那个赖因霍尔德之流呗。原来是普姆斯。这下他们明白了。是普姆斯的那个团伙。埃娃气得不得了，维索夫也是火冒三丈：就算他想二进宫，干吗非要和普姆斯混在一起呢？可不是嘛，出了事，他就想到我们了；他和这号人来往，要不是看他现在成了个残废，半个死人，我才不会对他讲客气呢。

赫尔伯特·维索夫和弗兰茨算账的时候，埃娃费了好大的劲儿才勉强让自己留了下来，埃米尔也在场，这件事花掉了他们整整一千马克。

"呃，弗兰茨，"赫尔伯特挑起了话头，"你也好得差不多了。你现在已经可以起来了，那——你今后打算做什么呢？你想过没有？"弗兰茨把自己胡子拉碴的脸转向他："等我能走动了再说吧。""那好，我们不催你，你也不要这样想。我们还会继续好好照顾你的。只是你先前为什么一次也不来找我们。你从特格尔出来可有年把了。""没有这么长。""那总有半年吧。你不想和我们有任何来往，是不是？"

那些房屋，那些向下滑来的屋顶，一座威严而又阴森的庭院，一声吼叫如雷鸣，哟喂哇勒啦勒啦，这就是开头时的情形。

弗兰茨仰面躺下，两眼望着天花板："我一个卖报纸的。你们怎么会和我沾边呢。"

埃米尔插进来吼道："喂，你没有卖报纸。"这个骗子，埃娃赶紧打圆场；弗兰茨发现事情有些蹊跷，他们知道了，他们能知道什么。"我卖了报纸。你问梅克去。"维索夫："梅克会说什么，我都能够想得出来。你是在卖报纸。普姆斯的人也做上那么一点卖水果的生意。还卖比目鱼呢。这你自己心里最清楚。""我不清楚。我卖报纸。我挣我自己的钱。那你去问希莉好了，她成天都在我那儿，她知道我都做了些什么。""一整天下来不是两个马克，就是三个。""还多一点；赫尔伯特，够我用了。"

屋里的人显得把握不大。埃娃冲着弗兰茨坐下："你说，弗兰茨，普姆斯你可是认识的。""是的。"弗兰茨什么也不想了，他们要对我刨根问底，弗兰茨记起来了，他活着。"那又怎么样？"埃娃抚摩着他："你可说说，普姆斯是怎么回事。"这时，赫尔伯特在一边忍耐不住，一股脑地说道："哎呀，你就只管说出来吧。我知道普姆斯是怎么回事。你们那天夜里在什么地方。你别以为我不知道。可不是嘛，你跟着一起干了。这当然和我不相干。这是你自己的事情。你去找他们，你认识他们，那个老流氓，我们这里你却懒得露面。"埃米尔吼道："你瞧。我们待人好，但只在——"赫尔伯特冲他摆了摆手。弗兰茨哭了起来。虽然没有在医院的时候厉害，但也够吓人的了。他抽泣着，出声地哭着，脑袋左右摇动。他的脑袋挨了打，人家给了他当胸一拳，然后又把他从一辆车上扔到另一辆车前。这辆车从他身上碾过。他的一只胳膊没了。他成了个残废。两个男人走了出来。他只顾不停地抽泣。埃娃一直在用毛巾替他擦脸。随后，他静静地躺在床上，闭上了眼睛。她看着他，心想，他睡了。他这时却睁开眼睛，非常清醒地说道："你去叫赫尔伯特和埃米尔，要他们进来。"

这两人低垂着头走进屋来。弗兰茨于是说道："你们知道普姆斯什么？你们知道他什么？"这仨人互相望了望，感到莫名其妙。埃娃拍着他的胳臂。"弗兰茨，你可也是认识他的呀。""那我要知道，你们都知道他什么。"埃米尔："这家伙是个老奸巨猾的骗子，只在太阳堡①呆了五年；实际上对他判的是无期，要不就是十五年。这种人竟然卖水果。"弗兰茨："他根本就不靠卖水果过活。""没错，他还吃肉，可能吃啦。"赫尔伯特："哎呀，弗兰茨，你可不是傻瓜，这种事你自己心里应该有数，这种人明眼人一看就知道。"弗兰茨："我开头以为他是卖水果的。""那你那个星期天和他搅在一起干什么。""我们准备把水果拖到市内市场去。"弗兰茨静静地躺在床上。赫尔伯特弯下腰去察看他的表情。"这你相信了？"

弗兰茨重新哭了起来，这次是无声的，他的嘴巴没有张开。他下了楼，一个男人在自己的记事本里找地址，然后他到了普姆斯家里，还托了普姆斯太太给希莉送字条。"我当然相信了。但后来我发现了，他们是雇我望风的，后来——"

这仨人来回变换着彼此的眼色。弗兰茨说的一点也不

---

① 此为意译，音译应为"宗伦堡"，柏林的一座监狱。

假，这简直让人难以置信。埃娃摇晃着他的胳膊："那后来呢？"弗兰茨的嘴巴已经张开，现在说出来，现在就要把事情说出来，事情马上就要被说出来了。他说："后来我不愿意干了，后来他们看见后面有车跟来，就把我从车里甩了出去。"

沉默，不再说什么，我被车轧了，我差点就死了的，他们是想把我干掉的。他没有抽泣，他咬紧牙关，把两腿伸开。

这仨人听他说话。他现在终于说出来了。说的全是真话。他们仨人眼下全都明白了。有个割草人，他的名字叫死神，他拥有伟大上帝的威力。

赫尔伯特又问道："我们马上就出去，你只用告诉我们：你不上我们这儿来，是因为你想卖报纸吗？"

他不能说，他想：是的，我是打算永远规规矩矩做人的。我虽然没有过来找你们，但你们也不必为此自寻烦恼。你们一直是我的朋友，我没有出卖过你们当中的任何人。他一声不吭地躺着，他们走了出去。

看见弗兰茨又吃下了安眠药，他们于是来到楼下的酒馆落座，无言以对。他们谁也不看谁。埃娃只是一个劲儿地发抖。当年弗兰茨和伊达交往时，这个姑娘曾想过他，尽管伊达已经移情别恋，和那个布雷斯劳人好上了，可他就是不放手。她和赫尔伯特一起过得不错，他对她是百依百顺——可她心里始终还是惦念着弗兰茨。

维索夫让人端来热气腾腾的格罗格酒，他们仨人一饮而尽。维索夫又点了新的。他们一言不发。埃娃手脚冰凉，凉意一点点地袭上她的后脑勺和脖子，鸡皮疙瘩甚至还爬上了她的大腿，她于是跷起了二郎腿。埃米尔把头放在自己的两只相距很开的胳膊上，他自顾自地嚼着，舔着他的舌头，咽下口水，忍不住地往地上吐痰。赫尔伯特·维索夫，这个年轻人，直挺挺地坐在椅子上，就像骑在一匹马上一样；他看上去像个站在自己队伍前列的少尉，他的脸上毫无表情。他们都没有坐在这家酒馆里，他们的魂已经飞走了，埃娃不叫埃娃，维索夫不叫维索夫，埃米尔不叫埃米尔。环绕着他们的一面墙倒了，一阵别样的风，吹了进来。他们还坐在弗兰茨的床边。一个寒战从他们的身上传到了弗兰茨的床上。

有个割草人，他的名字叫死神，他拥有伟大上帝的威力。他今天磨刀霍霍，那把刀已经快了许多。

赫尔伯特把身子转向桌子，声音嘶哑地说道："到底是谁干的呢？"埃米尔："是谁呢？"赫尔伯特："把他扔出去的是谁。"埃娃："赫尔伯特，如果抓住了那个家伙，你可要答应我一件事。""这还用你说。这世上居然还有这样的事情。只是，只是。"埃米尔："哎呀，赫尔伯特，这种事情哪里想得到啊。"

什么也别去听，什么也别去想。埃娃的两腿发抖，她恳求道："赫尔伯特，埃米尔，想想办法吧。"乘着这股风。有个割草人，他的名字叫死神。赫尔伯特作出推论："如果不知道是怎么回事的话，做什么。他们首先要搞清楚是怎么回事。可能的话，可能的话，我们要让普姆斯的流氓团伙全完蛋。"埃娃："那弗兰茨也要跟着完蛋吗？""我说的是，可能的话，我们这样做。弗兰茨并没有参加，并没有真正地参加，这个瞎子也看得出来，每个法官都会相信他的。这是可以得到证明的：他们把他甩到了另一辆汽车前面。要不然的话，他们不会这样干。"他猛地感到一阵惊颤，这帮狗杂种。竟然有这种事情。埃娃："也许他会告诉我是谁干的。"

有个人躺在床上，像块木头，谁也休想从他的口里掏出半个字来，这个人就是弗兰茨。让他安息吧，让他安息吧。那只胳膊没了，它再也长不出来了。他们把我扔出车外，他们让我留下了这颗脑袋，我们必须向前进，我们必须挺过去，扭转乾坤。首先要能爬才行。

在这些温暖的日子里，他开始有了活力，速度之快，令人吃惊。他本该继续卧床休养，可他却已经起床了，而且感觉行。赫尔伯特和埃米尔手里总有用不完的钱，他们照顾他，给他买他想要的东西和大夫认为是必要的东西。弗兰茨要站立起来，无论给他什么，他都只管吃下去、喝下去，也不问他们哪儿弄来的钱。

这期间，他和另外几个人虽有交谈，但尽是些鸡毛蒜皮的话题，他们不在他面前提普姆斯的事。他们说起特格尔，多次说起伊达。他们说起伊达的时候，充满赞赏和忧伤，为她年纪轻轻就落得这样的结局感到难过，可是，埃娃又说，这姑娘没走正路。在他们之间，一切都好像又回到了特格尔之前，至于那些房子曾经摇晃过，那些屋顶曾经恨不得要滑下来过，弗兰茨曾经在那个院子里唱过歌，发过誓，只要他还叫弗兰茨·毕勃科普夫：他就永远要规矩做人，过去的事情都过去了、结束了，这些没有人知道，或者说没有人提及。

弗兰茨静静地躺在、坐在他们这里。形形色色的老熟人也带着他们的相好和老婆跑来看他。大家伙全都只字不提，他们和弗兰茨聊天，好像他是刚从特格尔放出来才遇上了车祸似的。与此同时，这帮小兄弟们也不提问题。他们知道什么是工伤事故，他们能够想象得到。谁往人堆里钻，不是手上青一块，就是把腿折断。唉，不管怎样，总比在太阳堡喝清汤寡水、得肺痨死掉要好。这不是明摆着的嘛。

与此同时，对于弗兰茨的下落，普姆斯的人也听到了一些风声。到底是谁把弗兰茨的箱子拿走了？他们三下两下地就把事情定了下来，这个人他们认识。而且，不等维索夫回过神来，他们就已经搞清楚了，知道弗兰茨·毕勃科普夫就躺在他家里，他也是他以前的朋友，他在那件事情上只掉了一只胳臂，这家伙真走运，别的没什么，这小子还有两条腿，谁知道啊，没准他会去告密。八九不离十，他们真恨不得冲到赖因霍尔德跟前去，骂他愚蠢之极，把弗兰茨·毕勃科普夫这样一个家伙弄进他们的团伙。不过，谁要是反对赖因霍尔德，那可得好好掂量掂量，以前不行，现在就更不行了，甚至连普姆斯这个老东西都惧他三分呢。那小子看人的眼神就够让人胆战心惊的了，更不用说那张蜡黄蜡黄的脸和额头上那几道阴森可怖的抬头纹了。这家伙身体差，活不到五十岁，不过，身体有毛病的人可也是最危险的人。他会冷笑着把手伸进口袋里去，然后扣动扳机，他可是做得出来的，由不得人不信。

不过，弗兰茨的事以及他还活着的事实终归是很危险的。只有赖因霍尔德把脑袋摇得像个拨浪鼓似的说道："不要激动。他躲不了多久就会露面的。要是他觉得一只胳臂还不够味的话，他会露面的。那就看我们的吧。他没准还要把脑袋给搭上呢。"

他们不必害怕弗兰茨。埃娃和埃米尔两人一起坐到弗兰茨面前，要他说出出事地点和凶手，而且，如果他一个人对付不了那个人的话，总会有人支持他的，柏林不缺这方面的人。尽管如此，可是，只要人家对他提起这个，他就底气不足，不停地摆手：算了。然后，他的脸色变得苍白，呼吸急促，他可千万别又开始哭了：老说这个，有什么意思，有什么用，这又不会让我的胳膊再长出来，要是行的话，我真恨不得离开柏林，一走了之算了，可一个残废又能做什么呢？埃娃："不是这样的，弗兰茨，你可不是残废，只是，他们这样对你行凶，把你从车子上甩下来，这怎么行呢，不能就这样算了。""这又不会让我的胳膊再长出来。""那就该让他们出钱。""什么？"

埃米尔把身体向前弯去："要么我们去把凶手打他个头破血流，要么，如果他是什么协会的人的话，就要他的协会承担你的全部费用。我们会去找他的协会来了结这件事情。要么别的人为他作保，要么普姆斯和他的协会把他赶出去，那样的话，就有得他们好看的啦，让他们上法庭，让他们完蛋。这只胳膊必须得到赔偿。是右边的。为此，他们必须付你一笔养老金。"弗兰茨直摇头。"干吗摇头。谁做的，我们就把谁打个头破血流，这是罪犯，你要是不能去告的话，那就让我们去告。"埃娃："埃米尔，弗兰茨没参加过任何组织。你可是听见了的，就是因为他不愿意，他们才这样对他的。""就算他不要，这也是他的正当权利。可以随便逼人做事，哪有这种道理？我们可不是野蛮部落。那样的话，他们就该找印第安人去了。"

弗兰茨直摇头："你们为我用的钱，我会一分不差地还你们的。""我们根本不是这个意思，我们没有这个必要，我们不需要。这件事必须有个说法，真是活见鬼。这种事可不能就这么算了。"

埃娃也十分坚决地说道："不，弗兰茨，不能就这么算了，他们摧毁了你的精神，所以你不能说个是字。可是，你可以相信我们：普姆斯没有摧毁我们的精神。你应该听听赫尔伯特说的话：柏林将因此血流成河，这些人将会大吃一惊的。"埃米尔点头道："肯定的。"

弗兰茨·毕勃科普夫目光坦然，心想：他们说什么，这和我不相干。如果他们要做什么，这也和我不相干。我的胳膊不会因此长出来，这只胳膊没了，这倒也蛮不错的。它早该掉了，省得大声叫唤。不过，这还算不上是最坏的。

他对过去发生的一切进行思考：赖因霍尔德恨他，因为他没有带走他的女人，所以，他把他甩出车去，所以他躺在了马格德堡的那家医院里。他本想永远规规矩矩做人，所以他才到了现在这个地步。他在床上伸开四肢，放在床单上的手握成了拳头：正因为如此，所以才到了现在这个地步。我们走着瞧吧。我们会的。

是谁把他甩到车轮底下去的，弗兰茨没有透露。他的朋友们没有激动。他们想，他总有一天会说出来的。

弗兰茨没有被击倒，他们也没有把他击倒

钱多得不得了的普姆斯团伙从柏林消失了。他们中有两人乘船去了他们在奥拉宁堡一带的小农庄，普姆斯因为哮喘进了阿尔特海德①的疗养浴场，让人给他的机器上润滑油。赖因霍尔德独自喝点烧酒，每天都要抿上那么几小口，这个男人要享受，他习惯了，人总得从生活中得到点什么吧，他觉得自己太傻了，居然过了那么长时间的没有酒的日子，只知道喝咖啡和柠檬汽水，那哪里称得上是生活呀。没有人知道，这个赖因霍尔德已经存了几千马克。他想用这笔钱做点什么，但还不知道做点什么。只是别跟那两个人那样跑到小农庄里去。他又认识了一个漂亮的女人，这女人也过了几天好日子，他正在纽伦堡大街为她租一间漂亮的房子，那样一来，如果他想装阔佬或者嫌空气不够清新的时候，就可以到这里来藏身。如此这般，万事顺利如意，西边有他的诸侯屋，此外，他的老屋里当然还住着个女人，每隔几个星期就换个新的，这种游戏，这小子没法放弃。

转眼到了五月底，普姆斯团伙里的一些人在柏林碰头，仍然三句话不离弗兰茨·毕勃科普夫。他们听说，因为他的原因，协会里的人议论纷纷。那个赫尔伯特·维索夫鼓动这些人来反对我们，骂我们是杂种，说毕勃科普夫根本不愿意和我们一起干，所以我们就对他大打出手，最后还把他扔出车外。不过我们听人说是：他想出卖我们，谈不上大打出手，没人碰过他，只是后来我们别无选择了。他们坐在那里直摇头，谁也不想和协会发生争执。不能随心所欲，省得丢了饭碗。他们于是合计：必须把好意表达出来，必须为弗兰茨筹钱，因为他的表现总的说来还是十分规矩的，必须想办法解决他的康复问题，以及医院的费用。别太吝啬，慷

---

① 布雷斯劳附近的一个疗养地。

慨点。

赖因霍尔德坚持认为：必须干净利落地干掉这个家伙。其余的人并不反对这样做，实际上是不反对的，只是谁也找不到马上下手的办法，反正，让这个一只胳膊的可怜虫四处晃悠也没有什么大不了的。他们不知道，如果对他下手结果会如何，这家伙的运气出奇的好。算了，他们把钱凑在一起，有几百马克，只有赖因霍尔德一分钱没出，而且，还得派一个人给毕勃科普夫送上去，不过要乘那个赫尔伯特·维索夫不在的时候。

弗兰茨静下心来阅读过期的报纸，他读他最喜欢的《绿色邮报》，因为那上面没有什么政治的东西。他正在研究 27 日、11 月 27 日的那一期，已经有很长时间了，还是圣诞节之前的，那时那个叫做莉娜的波兰女人还在，她现在大概在干什么呢？报上说，前任皇帝的新妹夫举行了结婚仪式，公主六十一岁，这个年轻人二十七，这将花掉她的大笔金钱，因为他成不了王子。为侦探特制的防弹背心，我们早就不相信这个了。

突然，埃娃和一个在门口胡乱转悠的人吵了起来，哎呀，这声音我挺耳熟嘛。她不让那人进来，我得自己去看看。弗兰茨于是跑去开门，把那张《绿色邮报》攥在手里。来人是施莱贝尔，曾在普姆斯那里一起干过。

哎呀，怎么回事？埃娃冲着屋里喊道："这家伙就知道乘赫尔伯特不在家的时候蹿上来。""施莱贝尔，你想对我干什么，你想干什么？""我已经对埃娃说过了，她愣是不让我进门。为什么，你是这里的犯人吗？""不，我不是。"埃娃："你们就是害怕他会去告发你们。别让他进屋，弗兰茨。"弗兰茨："那你想干什么，施莱贝尔？埃娃，让他进吧，你也一起进来吧。"

他们坐在弗兰茨的屋里。那张《绿色邮报》放在桌上，那位前任皇帝的新妹夫正在举行结婚仪式，两个男人站在他的身后，把王冠举过他的头顶。捕狮，猎兔，真实的荣誉。"你们为什么要给我钱？我又没帮一点忙？""哎呀，你放过哨啊。""不，施莱贝尔，我没有放过哨。我什么都不知道，是你们让我站到那里去的，我不知道，我都该做些什么。"我很高兴，我离开了那里，我再也用不着站在那个阴暗的院子里了，我没站在那里，为此，我还要付点钱给他呢。"不，这是胡说八道，你们犯不着害怕，我这辈子还没出卖过人。"埃娃冲着施莱贝尔挥动拳头；旁边还有人看着呢。嘿，你好大的胆子，竟敢跑到这里来。赫尔伯特可是不会饶了你的。

突然，可怕的事情发生了。埃娃发现施莱贝尔把手伸进了裤兜。他其实是想把那笔钱拿出来，用钞票引诱弗兰茨。可是这个动作却让埃娃产生了误会。她想，这家伙要掏手枪了，他要打死弗兰茨，以便灭口，他要把弗兰茨彻底干掉。说时迟，那时快，她从椅子上站了起来，脸色煞白，脸上的各个器官急剧扩张，她不停地尖叫，自己绊了一跤，又重新爬起来。弗兰茨吓了一大跳，施莱贝尔吓了一大跳，怎么回事，她怎么了，真见鬼。她绕过桌子冲向弗兰茨，我可怎么办哪，他要开枪了，死亡，完了，一切都完了，杀人犯，世界在毁灭，我不想死，不想掉脑袋，一切都完了。

她站着，跑动，跌倒，站在弗兰茨面前，煞白，怒吼，浑身颤抖："快到柜子后面去，杀人犯，救命，救命。"她大声吼叫，眼睛瞪得跟灯笼似的："救命。"两个男人感到毛骨悚然。弗兰茨不知道出了什么事，他的眼里只有那个动作，会有什么事情发生呢——这下他明白了：施莱贝尔的右手插在了裤兜里。弗兰茨的身体于是开始摇晃。这情形就跟在院子里望风时一样，又要出事了。可是，他并不愿意，我跟您说，他不愿意，他不愿意让人扔到车轮下面。他开始呻吟。他甩开埃娃。那张《绿色邮报》躺在墙角，那个保加利亚男人正和一位公主举行结婚仪式。我得去看看，我们首先得抓把椅子在手里。他大声地呻吟着。由于他的眼里只有施莱贝尔，没有椅子，所以他撞倒了椅子。我们就得操起这把椅子去对付那个家伙。我们就得这样——在驶往马格德堡的汽车上，他们猛按医院的门铃，埃娃始终不停地叫喊，啊，我们正在拯救自己，我们向前推进，情况紧急，我们强行通过。他弯下身去捡起那把椅子。魂飞魄散的施莱贝尔见状，赶紧魂飞魄散地逃出门去，这里的人真的全都疯了，走廊上的门一扇一扇地打开。

下面酒馆里的人也听到了他们的叫喊和吵闹。有两个人迅疾往楼上冲去，恰巧在楼梯上和施莱贝尔撞了个正着，他从他们身边跑过。不过，这家伙很有头脑，一边招手，一边叫道：快请医生，有人中风了。这只狡猾的狐狸，就这样跑掉了。

楼上的屋子里，弗兰茨无力地躺倒在一把椅子的边上。埃娃蹲在一旁，处于窗户和柜子之间，她蹲在那里尖叫，好像看见了鬼似的。他们小心翼翼地把弗兰茨抬到床上。女房东对埃娃的情况已经有所了解。她拿水浇她的头。然后，埃娃小声地说道："来一个小面包。"男人们大笑起来："她要一个小面包。"女房东按住她的肩膀扶她起来，他们让她坐到一把椅子上："她每次犯病，都要说这个。这可不是中风。不过是神经紧张，照顾那个病人太疲劳所致。他大概当着她的面摔倒了。他干吗要起来呢。他肯定老是起来，所以她很生气。""喂，那家伙喊什么来着：中风？""谁？""还有谁，就是刚才从楼梯跑下去的那个人呗。""哎呀，这只是打盹儿。我了解我的埃娃，已经五年了。她的母亲也是如此。她尖叫的时候，也是只用浇点水就行了。"

赫尔伯特傍晚回家的时候，递给埃娃一把手枪，以防不测，而且不要等人家先开枪，那就太迟了。他自己则出门去找施莱贝尔，当然是没能找到啦。普姆斯的人都在度假，谁也不愿意和这件事情挂上钩。施莱贝尔自然也是逃之夭夭。他把给弗兰茨的钱装进了自己的腰包，跑到他在奥拉宁堡的小农庄里去了。他还跑到赖因霍尔德面前说假话：毕勃科普夫没要钱，不过，那个埃娃很好商量，他把钱塞给她了，她会办好这件事情的。原来如此。

不管怎么说，柏林已是六月份了。天气一直暖热多雨。世界上发生着许多事情。载有诺比勒将军的伊塔利亚号飞船从它坠毁的地方，即斯匹茨卑尔根群岛以北，发出求救电报，可是，该地区却难以接近。另一架飞机就要幸运得多，它一口气从弗兰西斯科历经七十七个小时的飞行顺利抵达澳大利亚。再就是西班牙的国王，他和该国的独裁者普利莫不和，唉，我们衷心希望，这场风波能够得到平息。愉快的接触，而且是一见钟情，巴登—瑞典的一次联姻：来自这个火柴之国的一位公主和巴登的一位王子共浴爱河。只要想想巴登和瑞典之间远隔千山万水，那么，人们就不免会为这种产生于万里之遥的爱情烈焰感到惊异不已。是的，女人是我的嗜好，我会为她们而死，我的嘴吻着第一个，我的心想着第二个，我的眼睛已经开始和第三个偷情。是啊，女人是我的嗜好，我该怎么办，我对此毫无办法，如果有一天我因为女人而破产，那我就变卖所有的家当，给我的心灵之门写信。

查理·阿姆贝格补充道：我扯掉我的一根睫毛，我用它来扎你，叫你命难保。我再拿出一支唇膏，我用它来涂你，叫你把命送掉。如果你还不变好，我就只有一个办法了：我给自己点一只荷包蛋，我把菠菜往你身上撒，让你难看。你呀你，你呀你，我给自己点一只荷包蛋，我把菠菜往你身上撒，让你难看①。

天气持续地暖热多雨，中午摄氏 22 度。然而，这种天气并不影响杀害女人的凶手卢托夫斯基在柏林出庭受审，他将会为自己洗刷罪名。与此相关的一个问题是：死者埃尔泽·阿恩特是不是就是那个神学院督学已经离家出走的妻子？因为，此人在来信中认为，被害人埃尔泽·阿恩特有可能是他的妻子，没准这正是他所希望的呢。如果情况属实，他愿意向法庭提供重要证言。事实还未确定，它还未确定，还未确定，还未确定。愚蠢的事情还未确定，催眠的事情还未确定，它还未确定，它还未确定，而它是永远也不会得到确定的了。

不过，环城电气铁路将在下个礼拜一开始启用。帝国铁道部以此为契机，不断指出各种危险，注意，小心，不要上

---

① 阿姆贝格是这段歌曲的词作者。

车，站着别动，违者罚款。

起来吧，你这个弱者，你快快
行动起来吧

有些虚弱无异于活体内的死亡。弗兰茨·毕勃科普夫感到十分虚弱，他又躺到了床上，他躺着，他在躺的过程中迎来这些暖热的日子，他确信：我已濒临死亡，我有感觉，真的就要倒毙了。弗兰茨，如果你现在无所事事，不拿点真东西、最后的绝招、有力的措施出来，如果你的手不去拿起棒子、军刀为自己挥舞搏斗，如果你不能操起什么家伙就冲上去的话，弗兰茨，小弗兰茨，小毕勃科普夫，老伙计，那样的话，你就完了，一点救也没有了！那样的话，你就可以找格林哀森①来给你订做棺材了。

他在呻吟：我不愿意，我不愿意，我也不会死。他环顾这间屋子，壁钟在滴答滴答地响，我还活着，我还活着，他们想逼我就范，施莱贝尔差点一枪把我给崩了，可这种事是不该发生的。弗兰茨抬起他剩下来的那只胳臂：这种事不应该发生。

一种真正的恐惧把他赶下了床。他不再躺着了。而他如果将在大街上倒毙的话，他就必须从床上爬起来，他就必须出去。赫尔伯特和黑皮肤的埃娃去措波特②了。她有个年长的很有支付能力的情人，是个交易所的投机家，她

---

① 一家至今仍在营业的安葬公司。
② 位于但泽湾的一个海滨浴场。

很会利用他。赫尔伯特和她在一起,但隐瞒了真实的身份。这姑娘干得很好,他们每天见面,一起走路,分开睡觉。在这美丽的夏日,弗兰茨·毕勃科普夫又走上了街头,他又是孤零零的一个人,孤零零的弗兰茨·毕勃科普夫,虽然有些摇晃,但毕竟是在走路。你们看哪,那条眼镜蛇,它在爬行,它在跑动,它受到了伤害。虽然有了黑眼圈,它还是从前的那条眼镜蛇,不过,这只肥胖的动物瘦了,凹陷了下去。

现在,为了不至于倒毙在那间屋子里,这个老伙计开始在街上溜达,这个逃避着死神的老伙计,对于有些事情,对于有些事情的认识,可要比从前清醒多了。生活于他还是有所裨益的。他现在用鼻子嗅着空气,窥探着街道,想知道它们是否还属于他,是否愿意接纳他。他好奇地瞪着一根根的广告柱,好像它们是什么了不起的东西似的。是的,我的伙计,你现在的步子迈得并不大,你现在要抓紧点.别松手,你现在要咬紧你的牙关,攥紧你的十个指头,死死不放,就是为了不被人甩掉。

生活,它像一座地狱,是不是?这一点你早就在亨施克的酒馆里领教过了,当时,他们要把你和你的绑带赶出去,那个家伙对你进行攻击,尽管你根本就没有得罪过他。我也曾想过,世界是宁静的,有秩序的,可是,情况有些不妙,他们站在对面,样子可怕极了。转瞬即逝,很有点千里眼的味道。

你现在过来吧,你,过来吧,我想给你看点东西。这是大淫妇,淫妇巴比伦,她坐在水边。你看见一个女人坐在一只猩红色的动物身上。这个女人臭名昭著，有七个脑袋，十只角。她穿着紫色和猩红色的衣服，一身的黄金、宝石和珍珠，手里还拿着一只金杯。她的额头上写着一个名字、一桩秘密：大娼妓巴比伦，世间一切暴戾之母。这个女人吸食了所有圣徒的鲜血。这个女人的手上沾满了圣徒的鲜血。

弗兰茨·毕勃科普夫穿过大街小巷，他快步疾走，毫不懈怠，一心想着恢复健康，肌肉强壮。这是暖热的夏日，弗兰茨从一家酒馆走到另一家酒馆。

他找地方避暑。在酒馆里，一杯接着一杯的啤酒被端到了他的面前。

第一杯啤酒说：我来自酒窖，来自啤酒花和麦芽。我现在很凉，我的味道如何？

弗兰茨说：苦，很好，很凉。

不错，我为你降温，我为男人们降温，然后，我让他们发热，再然后，我带走他们那些多余的念头。

多余的念头？

是的，大部分念头都是多余的。难道不是这样吗？——当然。你的话不无道理。

一小杯烧酒放在了弗兰茨的面前。他们是从哪里把你给弄来的？——哎呀，他们酿制了我。——喂，你咬人，你张牙舞爪。——那又怎么样，谁叫我是烧酒呢。你大概好长时间没有沾过酒了吧？——是的，我差点没了命，烧酒宝贝，我差点死了的。有去无回。——从你的样子也看得出来。——看得出来，你可别胡说。还要尝尝你的味道，过来。啊，你真好，哎呀，你好辣，你好辣。——烧酒从他的喉咙管里潺潺流过：真辣。

那股火辣辣的烈焰在弗兰茨的体内燃烧，令他口干舌燥，他只好又要了一杯啤酒：你是第二杯啤酒，我已经喝了一杯了，你要对我说什么？——胖子，你先尝尝，然后你对我才有发言权。——原来如此。

这杯啤酒于是说道：喂，你可得当心，如果你再喝两杯啤酒、一杯烧酒和一杯格罗格的话，那你就跟泡涨的豌豆没有什么两样。——真的吗？——当然啦，那你又会胖起来，哎呀，看你都是什么样子啊？你能这个样子去见人吗？再喝一口。

弗兰茨又去抓第三杯：我这就喝下去。一杯接一杯地来。自始至终井然有序。

他问第四杯：你知道什么，宝贝？——它只是兴奋地怪叫。弗兰茨把它一饮而尽：我信。宝贝，你说的我全信。你是我的小绵羊，我们一起上牧场。

第三次占领柏林

弗兰茨·毕勃科普夫这已是第三次来柏林了。第一次是屋顶要往下滑，犹太人来了，他得救了。第二次是吕德斯欺骗他，他喝了个烂醉如泥。现在是第三次，他掉了一只胳臂，尽管如此，他仍然勇敢地走进这座城市。这个男人有勇气，有两倍的和三倍的勇气。

赫尔伯特和埃娃给他留了一大笔钱，由楼下的酒馆老板保存。但弗兰茨只要了几个芬尼，他决定：这笔钱我一分也不要，我必须自立。他跑去找"社会救济"，要求帮助。"那我们首先得进行调查。""那我这段时间怎么办?""您过几天再来。""再过几天人可能都饿死了。""在柏林是不会这么快就饿死人的,人人都这一套。只有马克,没有钱,房租从我们这里出,房子没问题吧?"

弗兰茨于是离开"社会救济",重新走下楼去,到了楼下,他恍然大悟:调查,嘿,调查,他们说不定还要调查我的胳膊是怎么掉的呢。他站在一家卖雪茄的店子前苦思冥想:他们会问我的胳膊是怎么回事,谁出的钱,还有我在哪里躺过。他们会问这些的。而且还要问,我最近几个月是靠什么生活的。等等。

他一边继续往前走,一边苦思冥想:这可怎么办?我现在应该去问谁呢,我现在该怎么来办这件事呢,其实,我也不愿意靠他们的钱过活。

于是,他在亚历山大和罗森塔尔广场之间转悠了两天,他在寻找梅克,他可以和他谈谈;而他也在第二天下午,在罗森塔尔广场一带,找到了他。他们彼此打量着对方。弗兰茨希望和他握手——以前,吕德斯的那件事情过后,他们这两个朋友是如何相互问候的呀,可是现在——梅克迟疑着向他伸出手去,没有握。弗兰茨希望再抽出右手来握,但矮小的梅克的脸上显出十分严肃的表情;这小子怎么了,我得罪他什么了吗?他们沿着明茨大街不停地向上走啊、走啊,然后又返回罗森塔尔大街,弗兰茨一直等着,看梅克会不会问起那只胳膊。然而,他一个字也没问,他老是往边上看。也许他觉得我太脏了。弗兰茨于是自己找乐,问起了希莉,问她在做什么。

她啊,过得不错,她干吗不该过得好呢,关于她的情况，梅克啰里啰嗦地说了一大通。弗兰茨努力地让自己笑出声来。可人家还是不问那只胳膊，就在这时，弗兰茨的心里突然一亮，他于是问道："你还常去普伦茨劳的那家酒馆吗？"梅克摆出轻蔑的样子："是的，有时候去。"弗兰茨于是明白了，他放慢脚步，落在了梅克的后面：不是普姆斯，就是赖因霍尔德或者施莱贝尔跟他讲过我的什么坏话，所以，他也把我看作一个罪犯。我现在要是想说的话，我肯定会把一切都告诉他，不过，既然他能够长时间地等下去，那我就不说了。

弗兰茨加了一把油，站到了梅克的面前："那好吧，戈特利布，我们这就道别吧，我得回去了，残废人得早点上床睡觉。"梅克第一次瞪大眼睛看他，拔出嘴里的烟斗，想要问他点什么，可是弗兰茨把手一摆，没什么好问的，他已经和他握了手，他于是离去。梅克挠着自己的脑袋，心想，我非要把这个人找来教训一顿不可，他对自己很不满意。

弗兰茨·毕勃科普夫迈步走过罗森塔尔广场，高兴地说道：尽说废话有什么用，我必须挣钱，我要梅克干什么，我必须去弄钱。

照理说，你们接下来应该看到的是弗兰茨·毕勃科普夫追逐金钱的场面。可是，他这里有新情况出现，他怒火中烧。本来，人家埃娃和赫尔伯特已经把他们自己的房子让给他住了，可弗兰茨想要有间自己的房子，否则他就做不了事。当弗兰茨找到一间房子、女房东将登记表放到他的桌上时，那令人诅咒的瞬间便来临了。我们的弗兰茨坐在那里，不得不一遍又一遍地苦思冥想：我将在这上面填上，我叫毕勃科普夫，那他们马上就会翻箱倒柜地查看，还会给警察总局打电话，然后就是，您过来一下，为什么见不着您的影儿，您的胳膊究竟是怎么一回事，您在哪儿躺过，谁出的钱，没有一件事情是对头的。

他在桌子的上方发怒：关怀，我需要关怀和救济吗？我不要这个，这不符合一个自由的男子汉的身份；他一边怒气冲冲地苦思冥想，一边把名字写到那张登记表上，最先写的是弗兰茨三个字，与此同时，他眼前浮现出派出所、格鲁内尔大街的那家社会救济机构以及一辆汽车，他正好是被人扔出了那辆汽车。他把手伸进夹克里去摸那只没了胳膊的肩膀，他们会问起这只胳膊的，让他们问去吧，这一点也不碍我的事，他又骂了一句，我写。

他把他的字母一个一个地写到那张纸上，字迹很粗，好像是用棍子写出来的似的；我还没有做过胆小鬼呢，是我的名字，我就不会让别人偷去，我就叫这个名字，我生下来就叫这个名字，我永远叫这个名字：弗兰茨·毕勃科普夫。粗壮的字母一个接着一个，那座特格尔监狱，那条大道，那些黑漆漆的树木，那些囚犯坐在里面，粘贴，做木工，缝补。再蘸一点墨水，我要在字母 i 上面加一点。我不怕那些穿绿制服的和佩戴铁皮标记的警察。我要么是一个自由的男子汉，要么就不是。

有个割草人，他的名字叫死神。

弗兰茨把那张登记表交给女房东，行了，事情办好了，解决了。解决了。我们现在提起裤子，绷紧两腿，一心一意地向柏林挺进。

人靠衣装，人变样了，
眼睛也会变样

　　布鲁隆大街的地面被人挖开，一匹马掉进了坑里。人群站在那里围观已达半个小时之久，消防队开着一辆车挪上前来。消防队员在那匹马的肚子上系上带子。这匹马的四条腿下面尽是些自来水管道和煤气管道，天晓得它是不是折断了一条腿，它一边颤抖，一边嘶鸣，人从上面只能看见它的头。一架卷扬机正准备把它向上拉起，这只动物拼命扑腾。

　　弗兰茨·毕勃科普夫和梅克均在场。弗兰茨跳进坑里。帮忙，和那个消防队员一起把那匹马往前推去。弗兰茨用一只胳膊所显示出来的能耐，让梅克和所有在场的观众惊奇不已。他们拍打着那只大汗淋漓的动物，它什么事也没有。

　　"弗兰茨，真不知说什么才好，你有种，只是你一只胳膊哪来这么大的力气呀？""因为我有肌肉；只要我愿意，我就能够做到。"他们沿布鲁隆大街向下走去，他们刚才是第一次重逢。梅克的身子迅速向弗兰茨靠拢。"戈特利布，这是因为吃得好，喝得好。要我告诉你我还在做什么吗？"我会让这个人吓一大跳的，这个梅克可休想再对我胡说八道了。我感谢这样的朋友们。"听我说，我现在可有事做了。我在艾尔宾格大街隆美尔广场上的一个马戏团里招徕行人跳小马，女士们先生们，一圈五十芬尼，而在罗明腾内尔大街那后面，我是只有一只胳臂的最强壮的男人，但是，从昨天开始，你可以和我打拳了。""哎呀，一只胳臂打拳。""你过来就会看到。我上面没法对付的时候，我就用腿功。"弗兰茨把梅克好好地捉弄了一番，梅克吃惊不小。

他们跟从前一样，慢悠悠地走向亚历山大，途经吉普斯大街，在那里稍作停留，弗兰茨乘机把他往那家老舞厅里带："这家舞厅已经修过了，这下你可以站在吧台边上看我跳舞了。"梅克不明白他这是怎么了："你到底是怎么回事，说来听听。""不错，我又重新开始了，和从前一样。干吗不呢。你有什么意见吗。进去吧；好好瞧瞧，我是怎样用一只胳臂跳舞的。""不不，我宁愿是在明茨霍夫①。""也好，我们这个样子，人家也不会让进的；不过，你星期四或星期六来看看吧。嘿，你大概以为，人家把我的胳膊打掉了，我就会变成个太监吧。""谁开的枪？""我当时和警察打了起来。其实一点事也没有，地点是在毕洛夫广场后面，那里有几个人想偷东西，很规矩的家伙，但他们一无所有，得上哪儿弄点去。我跟你说，我正在外面走着，发现有人在干违法的事，而且就在后面的拐角处，有那么两个修面刷的、形迹可疑的人正在受到盘问。要我告诉你吗：我走进那栋房子，偷偷地把情况告诉了那个望风的小子，可人家不愿意走，两个警察算什么，还差得远呢。你瞧这帮小子，人家非要先把货弄走不可。这下好了，警察找到你跟前来了，要搜查整栋房子。肯定有人在房子里发现了什么，毛皮制品，煤不够的时候，女人用的东西。我们赶紧躺到地上埋伏起来，警察要过来的时候，你猜怎么着，他们愣是开不了门。其他人当然从后面跑掉了。然后，见警察开始撬锁，我就对着锁眼开了枪。怎么样，梅克？""这是在哪里呀？"他惊讶得说不出话

_____

① 位于明茨大街的一家小食店。

来。"在柏林的某个拐角，在皇帝大道。""可别瞎说啊。""可不是嘛，我胡乱开的枪。没想到子弹却准得很，穿过了房门。但他们没捉到我。在他们把门打开之前，我们早就跑光了。只是我的胳臂。你也看到了。"梅克咕哝道："怎么了？"弗兰茨慷慨地向他伸过手去："再见吧，梅克。如果你需要什么的话，我住在——我以后再告诉你吧。祝你生意兴隆。"

离去，穿过魏因迈斯特大街。梅克十分沮丧：要么是这个家伙在耍我——要么我非得去问问普姆斯不可。他们给我讲的可完全是另外一码事。

而弗兰茨穿过几条大街之后又重新折回到亚历山大广场。

阿喀琉斯①的伟大盾牌是个什么样子，他当年是如何全副武装地参加战斗的，我说不出个所以然来，只隐隐约约记得臂铠和胫甲。

然而，弗兰茨现在是以一副什么样的模样投入新的战斗的，对于这一点，我非得说说不可。原来，弗兰茨身上穿的是灰尘满布的、并被那匹马弄得一身泥污的旧衣服，头上戴一顶水手蓝的大盖帽，上面的一只锚已经弯曲变形，褐色的夹克和裤子已经穿成了破烂。

他走进明茨霍夫，十分钟后，一杯啤酒下肚，和一个被人甩了的、但仍很精神的人儿一起出来，他和她一起散步，因为里面空气污浊，外面却十分舒服，只是在经过魏因迈斯特大街和罗森塔尔大街时下了一点毛毛雨。

---

① 希腊传说中的英雄，全身刀箭不入，唯独脚后跟是他的致命之处。

而弗兰茨呢，他心花怒放，茅塞顿开，他所到之处，看见的全是欺骗和尔虞我诈！不同的人，不同的眼光。他仿佛现在才长了眼睛似的！这姑娘和他，瞧他们都看见啥了，笑得那样前仰后合的！六点已经过了一点，天下着雨，噼噼啪啪地打在地上，谢天谢地，幸亏这小女人带了一把伞。

小酒店，他俩往橱窗里瞧。

"酒店老板在卖他的啤酒。注意，看他这样打酒。看见了吧，埃米，你看见了吧：泡沫到那儿。""那又怎么样呢？""泡沫到那儿？这是欺骗！欺骗！欺骗！他没错，这小子很精明。我感到高兴。"

"瞧你！这可是个骗子！""这小子很精明！"

玩具店：

"见鬼，埃米，你可知道，我往这里一站，看着这小玩意儿，瞧瞧，我就不再说什么了：我很高兴。真气人，他的这些彩蛋，喂，我们小时候必须帮妈妈做这些彩蛋。人家付了多少工钱，我是一点也不想告诉你的。""瞧你说的。""这都是些猪狗不如的东西。最好把玻璃砸碎了算了。破烂货。利用穷人就是一种下流无耻。"

女式大衣。他想赶紧走过去得了，她却猛地停了下来。"如果你想知道这方面的情况，我可是又有得说的了。缝制女式大衣。喂。给那些贵妇人。你猜猜，缝这东西能挣几个钱？""走吧，姑娘，我一点也不想知道。如果你让人给你钱的话。""别说了，你到底想干什么。"

"我要是头牛就好了，我要能让人给我几个芬尼就好了。我希望自己能穿上一件真丝做的衣服，这是我说的。""那你就说这个吧。""我会想办法让自己穿上一件真丝做的衣服的。不然的话，我就是一头牛，他是对的，他往我的手里塞了八分钱。""尽胡说八道。""就因为我的裤子脏吗？埃米，你要知道，这是地下那匹马弄的，它掉进了坑里。不，八分钱在我这里派不上任何用场，我需要的也许是一千马克。""你弄到这个数了？"

她窥视着他。"没有，我只是说说而已，不过我——会弄到这个数的，而不是八分钱。"她紧紧地贴在他的身上，又惊又喜。

美国快速熨衣店，敞开的橱窗，两只热气腾腾的熨衣板，后面是好几个少了些美国味的男人，坐在那里抽烟，前面是一个只穿了件衬衣的年轻的黑人裁缝。弗兰茨把自己的目光投了过去。他欢呼起来："埃米，小埃米，我今天找到了你，这真是太好了。"这番话是什么意思，她并不清楚，她只觉得受到了莫大的恭维；这下可以好好气气那个抛弃她的男人了。"埃米，可爱的埃米，你瞧瞧这店子。""这有什么，他靠熨衣服挣不了大钱。""谁？""那个小个子黑人。""是的，他挣不了，但别的人可以。""是这里的这些人吗？你怎么会知道呢。我不认识他们。"弗兰茨欢呼道："我也没有见过他们，可我了解他们。你瞧瞧他们。再瞧瞧那位店主先生；他在前面熨衣服，而在后面——他做的却是别的事情。""下流的营生？""也许吧，不，他们全都是些骗子。挂在这里的衣服到底是谁的？我真想是个戴铁牌子的警察，好上去把他狠狠地盘问一番，你可当心，他们的手脚快着呢。""什么！""偷来的东西，只是存放一下！快速熨衣店！体面的小子，可不是嘛！瞧他们吞云吐雾的样子！日子过得多逍遥啊。"

他们继续散步。"埃米，我也必须像他们那样去做。这才是唯一实在的事情。只是千万别去工作。你就打消工作的念头吧。工作给你带来满手老茧，而不是金钱。搞不好脑袋还会开花。我跟你说，还没有人是靠工作富起来的。只有靠欺骗才行。你瞧着吧。"

"那你究竟要干什么呢？"她一副满怀希望的样子。"继续往前走吧，埃米；我这就跟你说。"他们重新汇入罗森塔尔大街拥挤的人流之中，经过索菲恩大街进入明茨大街。弗兰茨一路走着。小号在一旁奏起进行曲。战斗在野外打响，咪抬抬抬，啦抬抬抬，咪抬抬抬，我们攻陷了城市，拿了、偷了好多好多好多的钱，啦抬抬抬，抬抬嗒抬抬！

他们两人大笑起来，被他偶然发现的这个姑娘是个人物。她虽然叫做埃米，却已经领过救济、离过婚。他们俩情绪极佳。埃米问道："你的另外一只胳膊哪里去了。""留在家里、我的相好那里了，她不愿意放我走，我只好把胳膊留下给她作抵押。""但愿她也和你一样高兴。""当然啦。你还没听说吧：我用我的这只胳膊开了一家商店，这只胳膊站在一张桌子上，整天地发誓说：只有工作的才有饭吃。谁不工作谁就应该挨饿。我的胳膊成天价地发誓说这个，一分钱一进，穷人跑来，乐个没完。"她捂住肚子笑个不停，他也大笑道："哎呀，你还要把我的另一只胳膊也扯掉啊。"

人不同，脑子也不同

一辆奇怪的小车在城里穿行：车架上有个残疾人，他的两只胳膊向前方伸起。小车的车身四周插着许多五颜六色的三角旗，它沿着勋豪瑟大街行进，它在所有的拐角里停车，人们围拢过来，他的伙计开始出售明信片，十芬尼一张：

"环球旅行家！约翰·基尔巴赫，1874年2月20日生于慕尼黑-格拉德巴赫，世界大战爆发前身体健康、乐于创造，右边中风使我勤奋工作的追求有了一个目标。不过，我恢复得很好，使我在从事我的职业时能够独自步行达数小时之久。我的家庭因此得以免受巨大的痛苦。1924年11月国家铁路脱离荷兰占领军的压制，整个莱茵兰地区的居民为之欢呼雀跃。许多德国弟兄因为高兴而喝得酩酊大醉，我的厄运由此开始。这天，我正在回家的路上，在离我的住处不到三百米的地方，碰上一伙刚从酒馆里出来的男人，其中的一个把我打倒在地。这是一件非常不幸的事件，我因此而成为终身残废，再也不能下地走路了。我没有得到退休金或其他的补助。约翰·基尔巴赫。"

这几天天气很好，弗兰茨·毕勃科普夫在这家酒馆里四下打探，他在寻找机会，寻找任何一个崭新的、实实在在的、能够让人有所发展的机会。这时，一个乳臭未干的毛头小子发现了那辆载有那个瘸子的车子，它停在但泽大街的火车站处。酒馆里于是炸开了锅，人们议论纷纷，甚至连人家是如何对待他爸爸的都不放过，这人胸口挨了一枪，他现在并不轻松，没准哪一天就会突然冒出神经方面的毛病来，人家扣发了他的退休金，最后一点也没有了。

对于这种叨唠，另外一个年轻人一直在仔细倾听，他头戴一顶大大的职业赛马骑师帽，和他一样，坐在同一条长凳上，面前却没有啤酒。这年轻人长着一个拳击运动员似的下颏。他嚷道："呸！这帮瘸子——对这些人，他们一分钱也不该给才对。""你想得倒美。先弄去打仗，然后又不付钱。""哎呀，理应如此嘛。如果你在别处干蠢事，你就甭想人家付钱给你。一个小年轻如果因为扒车摔倒了，折断了腿，他也得不到一个子儿。为什么呢：谁叫他自己这么蠢呢。""哎呀，战争是个什么样子，你还根本没经历过呢；你当时还是个吃奶的孩子呢。""胡说，胡说，德国的愚蠢就在于他们发放津贴。这样一来，成千上万的人游手好闲，啥事不干，却还可以因此得钱。"

同桌的另外几个人插嘴道："你可真的别太激动了，维利。你又在做什么工作呢？""没做什么，我也不会做什么。只要他们还在发给我一天的钱，我就还会歇上两天。只要他们发钱给我，这就永远是件蠢事。"别的人大笑起来："这家伙真能叨唠。"

弗兰茨·毕勃科普夫也坐在同一张桌旁。对面那个头戴职业赛马骑师帽的小子十分狂妄地将两手插在口袋里，目不转睛地盯住这个坐在一边的独臂人。一个姑娘抱住弗兰茨："喂，你怎么只有一只胳臂。说说看，你拿多少救济。""是谁叫你来打听这个的？"那姑娘引诱着对面的那个年轻人："那里的那个人。他对这个很感兴趣。""不，这一点也不会扫我的兴。我只是说：谁那么傻，跑去打仗——算了，不说了。"那姑娘对弗兰茨说道："他现在害怕了。""在我面前用不着。他犯不着怕我。我也说了，我又没说别的。你知道，我这儿的这只胳臂，掉了的这只，哪儿去了吗？我把它浸到酒精里去了，它现在放在我家里的窄柜上，成天价地冲着下面的我说：你好，弗兰茨。你这个笨蛋！"

哈哈。这才叫有种，有本事。一个上了年纪的男人打开报纸，拿出几片厚厚的夹肉面包片来，用随身带来的水果刀将它们切成小块，然后一块一块地塞进嘴里："我没有参战，整个战争期间我都被人关在了西伯利亚。这不，我现在在家里呆着，浑身上下的关节痛得要命。要是现在有谁跑来拿走我的救济，哎呀，你是不是吃饱了撑的呀？"那个年轻人说道："你的关节炎是哪儿来的？是因为上街做生意，对不对？你要是身子骨有病，你就不要上街去做买卖。""那我没准就成了个无赖。"那个年轻人一拳砸到桌上，拳头落到包夹肉面包片的报纸前方。"是的。这就对了。这一点也不好笑。你只消看看我兄弟的老婆、我那嫂子就行了，他们都是些讲究的人，敢和任何人较量，你以为呢，他们觉得不自在，领了这么点小钱，救济金？他忙着四下里找工作，她不知道拿着这几个铜板能上哪儿去，而家里还有两个小的。女人就不能去上班吗。她于是认识了一个，也许过没多久又认识了另外一个。最后被我的兄弟发现了。他于是把我找去，他和他老婆讲条件，要我在一旁听着。他这下可是找对了人了。咳，你们真该去听听这场闹剧。他像条落水狗似的败下阵来。只拿几个臭钱的他被她狠狠地剋了一顿，我的兄弟，这位可怜的丈夫，甚至连路都走不稳了。她要他别再上来找她了。""他没再上来吧？""反正她不要他来。不，她根本就不愿意和这种笨蛋有关系，这种人，自己跑去吃救济不说，人家挣钱，他却还要说三道四的。"

　　在这一点上，他们的意见基本上是一致的。弗兰茨·毕勃科普夫坐在那个被人称作维利的年轻人边上，举起酒杯对他说道："你们可知道，你们虽然只比我们年轻十到二十岁，但你们要比我们狡猾一百岁。孩子们，我真不敢说我二十岁时是个什么样子。嗬,用普鲁士人的话说就是:两手去摸裤裆。""我们也一样。只是不摸我们自己的。"一阵哄笑。

店堂里坐满了人;服务员打开门,后厅没人。整张桌子于是移到了厅内的煤气灯下。灯光很热,厅内满是苍蝇,地上横着一只草袋,它被人提起来,倒放到窗台板上,透气。闲聊继续进行。那个维利坐在他们中间,毫不示弱。

这时,那个先前表现欠佳的毛头小子因为发现维利的手腕上戴着一只金表而惊奇不已:"这表你买得可真便宜。""三个马克。""是偷来的吧。""这不关我的事。你也想来一只吗?""不,谢谢。好让人逮住我,问我:您的这块表是从哪里来的?"维利当众大笑:"他害怕人家说他是小偷。""喂,你住嘴吧。"维利把自己的一只胳膊横在桌子的上方:"他不大喜欢我的手表。对我来讲,这只是一块表,能走,而且是用金子做的。""花三个马克买的。""我还打算给你看点别的东西。把你的啤酒杯给我。你说说,这是什么?""一只啤酒杯。""正确,一只喝啤酒的杯子。""我不会说不的。""那么这又是什么呢?""这是你的表。哎呀,你怕不是在装疯卖傻吧。""这是一块表。这不是靴子,也不是金丝雀,可是,只要你愿意,你也可以叫它靴子,你想怎么叫都可以,这完全取决于你自己。""我不明白。你葫芦里卖的是什么药啊?"维利似乎胸有成竹,他把胳膊拿开,抓住一个姑娘说道:"你走一下。""什么?为什么呀?""只是在这里沿着墙走走。"她不愿意。旁边的人冲她喊道:"哎呀,走一下嘛,又不伤你一根寒毛。"

她于是站了起来,眼睛看着维利,人走到墙边。"哼,你真是个讨厌的黑小子。""你走走，"维利喊道。她对着他伸长舌头，开始迈步，同时摇晃着臀部。一旁的人笑了起来。"你现在再走过来。那么，你说说：她做什么了？""她冲着你伸舌头了！""还有什么？""她走路了。""很好。走路了。"那姑娘插话道："不。刚才是在跳舞。"那个面前放着夹肉面包片的上了年纪的男人说道："刚才那不是跳舞。从什么时候开始扭屁股叫跳舞了。"那姑娘："要是你扭你自己的，就不叫。"有两个人喊道："她走路了。"维利大笑着，摆出一副胜利者的姿态对他们说："那好，让我来说吧：她刚才是在迈步前进。"那个毛头小子十分气恼："这究竟是怎么回事？"

"什么事也没有。你这下看见了吧，走路，跳舞，迈步前进，随你说。你还是没有明白。我来给你解释吧。这个东西先前是只啤酒杯，但你也可以说它是口水，那么，没准大家全都得叫它口水，不过仍旧用它喝酒。而当她在迈步前进时，那她就是在迈步前进，或者是在走路，或者是在跳舞；但刚才到底是什么，你自己也已经看见了。用你的眼睛。你看见是什么，它就是什么。如果有谁拿走别人的一块表，那还远远称不上是偷。你瞧，现在你懂我的意思了。表是，从口袋里或是从某个橱窗里、商店里拿的，怎么是偷的呢？谁会这样说？"维利把身子往后靠靠，双手重新插进裤兜里："我就不会。""那你会说什么呢？""你听好了。我会说：是拿的。它只不过换了主人罢了。"好家伙，看哪。维利伸着他的那只拳击运动员般的下巴，不再说话。其余的人沉思起来。一桌人被阴云笼罩。

突然，维利用他那刺耳的声音向独臂人弗兰茨发起进攻。"你迫不得已跑到了普鲁士人那里,你参加了那场战争。这在我看来就是对自由的剥夺。可是人家有自己的法庭和警察,正因为他们有这些东西,你的嘴就被他们给封上了,于是,如你这个傻瓜所想的那样,这就不叫对自由的剥夺了,而是义务。你必须履行义务,就像你必须交税、却并不知道这些税钱的去处一样。"

那个姑娘嘟囔道:"别搞政治好不好。今天晚上可不是时候。"那个毛头小子咯咯地笑着使自己脱身:"胡说什么呀。我看这天气是好过头了。"维利于是唆使他出去:"那你就上街去吧。伙计,你以为,政治只是在这间屋子里,我也许在给你上政治课。我就是需要它来作示范。小子,不管你走到哪里,它都会让你从头到脚感到恶心。只要你能忍受就行。"有人喊道:"别说了,住嘴吧。"

又有两位客人进来。那个姑娘轻盈地摆动着身子,沿着墙壁迤逦而行,臀部摇晃着直奔维利而去,一副甜蜜蜜的样子。他一跃而起,和她共舞,跳的是一种放肆的一步摇摆舞,他俩抱在一起长时间地狂吻,十分钟燃烧器,用粉末烧制的模子被牢固地砌在地里。没有人朝这边望。弗兰茨这个独臂人开始喝下他的第三杯,他抚摩着自己那只断了胳膊的肩膀。那个部位在燃烧,在燃烧,在燃烧。维利这小子,该死,该死,真该死。那帮家伙把桌子拖出屋去,把那只草袋扔出窗外,来了一个拉手风琴的,他坐在门口的凳子上,大吃起来。我的约翰内斯,啊,他能行,我的约翰内斯是男人的典范。

他们开心地逗乐,脱掉了夹克,开怀痛饮,胡说八道,大汗淋漓。要是没人能行的话,那就只有我的男人约翰能行。弗兰茨于是起身付账,并对自己说道:我已经过了在大庭广众之下跳舞的年龄，再说我对此也没有兴趣，我得去弄钱。只要能弄到钱，我上哪儿都可以。

戴上帽子出门。

中午，有两个人坐在罗森塔尔大街喝豌豆汤，其中一个的边上放着一张《柏林日报》，这个人笑道："发生在德国西部的可怕的家庭悲剧。""怎么了，有什么好笑的。""你继续听。一位父亲把他的三个孩子扔进水里。一下子扔了三个。真是个粗暴的家伙。""这是在哪儿？""哈姆，威斯特法伦。一了百了。哎呀，肯定是这样的。这种人什么事做不出来。等等，我们倒要看看，他是如何对付他老婆的。他也会把她——不，她是自己一个人干的，在此之前就干了。你说什么？这家人真会找乐子，马克斯，他们对生活看得很开嘛。他老婆的信：骗子！带感叹号的标题，他应该好好听听这个。继续这样生活下去已令我感到厌倦，因此，我决定去投河。你找根绳子上吊吧。尤丽叶。句号。"他笑弯了腰："这家人不和睦：她投河，他上吊。老婆说：你上吊吧，他于是就把孩子扔进水里。这男人听不得一点话。这种婚姻不可能有好的结果。"

这两人都上了年纪，是罗森塔尔大街的建筑工人。他俩的意见不大一致，一个不同意另一个的说法。"这是一件叫人伤心的事情，你要是在戏院里或书里看到这类事情，你就会嚎啕大哭。""那也许是你。可是马克斯，如果真有人会为这种事情嚎啕大哭的话，那又是为什么呢？""为那女人，三个孩子，你现在别说了，好不好。""依我看，我觉得这事很有趣，我喜欢这个男人，孩子们可能会让人难过，不过，就这么一下子，把全家人一锅端掉，我对此肃然起敬，所以——"他又一次脱口而出，"所以我觉得这件事情，就算你把我打个粉身碎骨，我仍然觉得这件事情滑稽得很，他俩直到最后还在吵架。老婆要他拿根绳子上吊，而他却说：偏不，尤丽叶，反而把孩子们扔进河里。"

另一个戴上了他的钢眼镜，开始重读这个故事。"这个男人没死。他被抓起来了。那可不嘛。我可不想落到他那样的下场。""天知道啊。你根本就不会知道。""这种事情我怎么会不知道呢。""你知道什么。他是什么样子，我可以想象得出来。他坐在牢房里，有烟就抽，而且还会说：随你们处置。""是吗，那你可要知道。我的伙计，良心的谴责。他要么就在牢里哭喊嚎叫，要么就一言不发。他不会睡上安稳觉的。哎呀，你这么说简直是罪过。""我一点也不同意你的说法。他可以睡得很香。如果他真是这么个粗鲁的家伙的话，我敢说，他是不会怠慢自己的吃喝拉撒睡的，没准比在外面过得还要更好些呢。"另一个严肃地看着他。"那他就是个畜生。如果砍的是这种人的头，我会举双手赞成的。""你说得也对。要是他也这么说就好了，那你就是完全正确。""算了，不谈这种污七八糟的事了。我给自己要份黄瓜。""这种报纸倒是蛮有意思的。真是个粗鲁的畜生，这件事说不定会让他感到难过的，有些人干起活来太卖力气了。""我吃黄瓜和猪头。""我也一样。"

一个不同的人也就需要，或者根本也就
需要一个不同的职业

当您发现袖子上有了第一个洞的时候，您心里就会明

白，您非得想法买套新衣服不可了。您立即行动，找对地方，在一目了然的仓库里，在明亮漂亮的屋子里，在宽宽的桌子旁，将会有人向您展示您所需要的每一件衣服。

"我又能怎么样呢，瓦格纳太太，您想说什么，就说出来好了：掉了只胳膊，而且还是只右胳膊的男人，没戏。""这一点我也没有什么办法可以否认，确实很难，毕勃科普夫先生。但也没有必要这么气呼呼地拉着一张脸。哎呀，您这样着实叫人害怕。""那我拖着一只胳膊该怎么办呢？""去领救济金，要不摆个小摊子。""什么样的摊子？""报纸或布匹，或者您到蒂茨门口或别的什么地方卖吊袜带或领巾。""做报贩子？""或者水果，果品。""做这种事必须年轻一些才行，我年龄太大了。"

这是以前的事，我再也不会去干了，我再也不想干了，就这么定了，没什么可说的了。

"毕勃科普夫先生，您得找个女人才成，她有什么事都会跟您说，而且还会在困难的时候帮助您。她可以和您一起推车叫卖，或者在您必须走开的时候帮您站摊。"

戴上帽子，下楼，全是胡说八道，接下来我该把手摇风琴绑在身上到处去咿咿呀呀了。维利在哪儿？

"你好，维利。"后来维利说："不，好多事你做不了。不过，你如果精明的话，你还是可以做点事情的。比方说，我每天给点东西你拿去卖，或者私下里偷偷销售，你有好朋友，你们可以抱成一团，那样的话，你卖这个可就来钱了。"

弗兰茨愿意干这个。他完全愿意干这个。他愿意自食其力。只要来钱快的事，他都愿意。工作，扯淡。他冲着报纸吐唾沫，只要他看见那些傻瓜，那些报贩子，他就来气，有时他也十分吃惊，人怎么会这样傻呢，就只知道拼命干活，而人家就在自己跟前开汽车。我想得倒好。我的伙计，就这么一次，下不为例。特格尔监狱，大街两旁是黑乎乎的树木，那些房屋在摇晃，那些屋顶要落到人的头上，而我却非要规矩做人！真可笑，弗兰茨·毕勃科普夫非要非要洗心革面地规矩做人不可，你有什么可说的，你于是一拳打将过去。真滑稽，我肯定是坐牢坐疯了，不大正常了。弄钱来，挣钱，人需要钱。

你们现在看见的弗兰茨·毕勃科普夫是个窝主，是个罪犯，他换了个人，也换了个职业，不久以后，他还会变得更坏。

有一个女人，她穿着紫色和猩红色的衣裳，她金光闪闪，缀满宝石和珍珠，她的手上拿着一只金杯。她在浪声大笑。她的额头上写着她的名字，一桩秘密，这位大淫妇巴比伦，世间一切罪恶和淫荡之母。她吸食了圣徒的鲜血。这个妓女巴比伦，她坐在那里，她吸食了圣徒的鲜血。

当弗兰茨·毕勃科普夫住在赫尔伯特·维索夫家里的时候，他穿的是什么样的衣服呀？

他现在穿的是什么呀？一下子花掉二十马克的现金买来一套考究的夏装。遇上特殊的庆典，他还会在左边佩戴上一枚铁十字[1]来为他的那只胳膊作证，他享受着行人的崇高敬

---

[1] 普鲁士国王弗里德里希·威廉三世在1813年解放战争期间设立的奖章。第一次世界大战时，皇帝威廉二世用之表彰特别勇敢的士兵。

意和无产者的气恼。

他看上去像个俗气的、吃得胖胖的酒馆老板或屠夫，熨烫得笔挺的长裤，手套，圆顶硬礼帽。为防不测，他把证明材料随身携带，全是假的，材料上的人叫弗兰茨·莱克尔，在1922年的骚乱[①]中丧生，他的材料已经帮过不少人的忙了。写在那上面的所有东西，就连他的父母住在哪里，什么时候生的，弗兰茨都背得滚瓜烂熟，您姊妹几个，您做什么工作，您最后一次工作是在什么时候，对于此类警察可能突然发问的事情，他全能对答如流，其他的嘛，就是顺理成章的了。

此事发生在六月。在那个美妙的六月份，蝴蝶经过变蛹之后，发育成熟。而当赫尔伯特·维索夫和埃娃一起从措波特的那个海滨浴场回来的时候，弗兰茨的手上已经有些小钱了。海滨浴场发生的种种事情，说来话长，弗兰茨惬意地听着他们讲述。埃娃的那位股票投机家倒了大霉。他的投机生意倒是十分顺利，然而，就在他从银行取出一万马克的当天，他说他所住的饭店房间被盗，其间他正和埃娃外出，共赴晚宴。怎么可能发生这种事情呢。房间没有任何被撬的痕迹，是用配制的钥匙打开的，他的那块金表不翼而飞，外加他散放在床头柜里的五千马克。这本身就已经够粗心大意的了，可谁又能想到会出这种事情呢。这么一家一流的饭店居然能让小偷溜了进来，门卫的眼睛长到哪里去了，我要去告

---

① 可能指的是同年5月2日德共支持者与警察发生在柏林市政厅门前的流血冲突。

你们，这里怎么没有人看管。我们对放在房间里的贵重物品概不负责。那个男人冲着埃娃大发雷霆，因为是她催促他急急忙忙赶去赴晚宴的，为什么呢，只为能见见那位男爵先生，然后心怀敬畏地亲吻他的双手，从我的口袋里，拿出一盒装潢精美的糖果送给他。这就是你的不是了，你太较真了。那五千马克？能怪我吗？咳，我们回家吧。那位银行家于是怒火中烧地说道：这主意不赖，只要离开这里就成。

如此一来，赫尔伯特又住回了艾尔萨斯大街，埃娃则不得不搬进西边一套讲究的房子里，她对此一点也不奇怪，她想，用不了多久，他就会厌烦我的，到时候我再回艾尔萨斯去。

她和这位银行家一起坐在火车的头等车厢里，她这时已对他的爱抚感到乏味，她虽然表面上装出一副欢娱的样子，心里却做梦想的都是：弗兰茨到底在干什么呢。车到柏林之前，银行家走出包厢，她一个人坐在里面，她猛地一惊，一股恐惧袭上心头：弗兰茨又走了。而在此后的 7 月 4 日（星期三），赫尔伯特、埃娃和埃米尔又经历了怎样的惊喜和目瞪口呆啊，嘿，可想而知，那是谁来了。衣着讲究，干净整洁，英雄的胸前挂着那枚铁性十字勋章，两只棕褐色的眼睛一如既往地射出兽性和忠诚的光芒，热情的拳头充满阳刚之气，握起手来结实有力：好一个弗兰茨·毕勃科普夫。喂，你可站直了。你正在失去平衡。埃米尔对这种变化已经有所了解，他高兴地转动着两只羊羔般的眼睛去欣赏赫尔伯特和埃娃的表情。弗兰茨成了一个花花公子。"嘿，你小子怕是在用香槟酒洗脚吧？"赫尔伯特喜不自禁。埃娃坐下来，有些弄不明白。弗兰茨把右边空荡荡的袖子塞在口袋里，这只胳臂怎么着也是长不出来了的。她搂住他的脖子吻他。"天啊，弗兰茨，我们呆在那边，没少费心思想你，弗兰茨在干什么呢，我们好担心啊，这你不会相信的。"弗兰茨来回走动，亲吻埃娃，亲吻赫尔伯特，还有埃米尔："为我担心，别犯傻了。"他的两眼闪烁着狡黠的光芒："怎么样，你们喜欢我这个穿波比西装的战斗英雄吗？"埃娃欢呼起来："这到底是怎么回事，这到底是怎么回事，看到你这样，真让我高兴。""我也是。""那么——弗兰茨，你都和谁来往啊？""来往？啊，是这样。不不。这没什么。我没什么人。"他于是娓娓道来，并向赫尔伯特许诺，他要把所有欠他的钱，在几个月之内，一分不少地，一个子不差地，如数还清。赫尔伯特和埃娃听罢，大笑起来。赫尔伯特在弗兰茨的面前晃动着一张面值为一千马克的棕褐色钞票："弗兰茨，你愿意要它吗？"埃娃在一旁恳求道："拿着吧，弗兰茨。""绝对不行。我们没有这个必要。不过，我们倒是可以拿着这一千马克到下面去喝个痛快，好好地庆贺一番。"

又有一个姑娘出现，
弗兰茨·毕勃科普夫的生活重新变得完满

　　他们祝贺弗兰茨万事如意。仍旧对弗兰茨情有独钟的埃娃很想帮他找个姑娘。他马上反对，这姑娘我认识，不，你不认识，赫尔伯特都不认识她，你又能上哪儿去认识她呢，不，她来柏林的时间还不长，她是贝尔瑙人，她晚上总是跑到什切青火车站来，我在那里碰到她并对她说：孩子，你要是还不罢手，继续往这儿跑，你是会堕落的，这样呆在柏林是长久不了的。她笑着说道，她只是想找找乐子。弗兰茨，你瞧——这事赫尔伯特已经知道，埃米尔也知道，有一次，她在咖啡馆里坐到 12 点。我走过去问她：嘿，姑娘，脸色怎么这样难看，在这种地方你可别太激动了。她于是大哭起来，告诉我，她被迫去了值班室，她没有证件，她还没有成年，她不敢回家。雇她做事的人把她赶了出来，因为有警察过问，她妈妈也把她赶了出来。她说：就因为我想找点快活吗？贝尔瑙的晚上能做什么？

听到这里，一如既往地撑着两只胳膊的埃米尔开口说道："在这一点上，这个姑娘完全正确。我也了解贝尔瑙。那里晚上冷清得很。"

埃娃："那好，我现在要来关心一下这个姑娘了；我再也不许她到什切青火车站去了。"

赫尔伯特抽着一支进口的雪茄："弗兰茨，如果你是个明白事理的男人，没准你能调教调教这个姑娘。我见过她。性格很奔放。"

埃米尔说道："年纪虽小了点，但她性格很奔放。身子骨很结实。"他们继续大杯大杯地痛饮。

这个姑娘身手敏捷，第二天中午便跑来敲他的门，弗兰茨一眼就被她迷住了。埃娃把他的胃口吊起来了，他也不想让她扫兴。不过，这女孩也的确是很棒，很出色，是个数一数二的人儿，这样的美味在他从前的菜谱里是没有过的。她身材小巧，穿一身又轻又薄的白色衣裙，两只胳膊露在外面，看上去像个中学生，她的动作柔和、舒缓，一下子便悄无声息地站在了他的身旁。她在这间屋子里还没呆上半个小时，他就已经无法想象没有她的日子该怎么过了。她真名叫埃米莉·帕尔松克，但她更喜欢叫索妮亚，埃娃就一直是这样叫她的，因为她的颧骨长得很像俄国人。"埃娃，"这个姑娘恳求着，"埃娃也不叫埃娃，她也和我一样叫埃米莉。这是她亲口对我说的。"

弗兰茨把她抱在自己的怀里摇晃，望着这个玲珑而又丰满的尤物，他只觉得万分惊喜，亲爱的上帝让怎样的福祉降临到了他的家里啊。人的一生潮起潮落，这真是太神奇了。那个也是这样为埃娃施过洗礼的男人，他很了解，那就是他自己，她在伊达之前曾是他的女友，要是他更愿意呆在埃娃的身边该有多好啊。这不，他现在有了这一个。

不过，她只在他这里叫了一天的索妮亚，他随即便请求她，说他不能容忍这类过于怪异的名字。既然她是贝尔瑙人，那她也是可以叫个别的什么的。他已经交过不少女朋友了，这一点她大概能够想到，还没有一个叫过玛丽的。他很想有个叫这名字的女友。于是，他就开始把她叫做"他的小米泽"。

没过多久——也就是在七月份里，他和她经历了一件好事儿。不是生孩子，她也没有生病。而是件别的事，这件事虽然让弗兰茨感到心寒，但结局并不糟糕。时值施特雷泽曼①前往巴黎，他也有可能没去，在魏玛，电报大楼的楼顶坍塌下来，没准还有一个失业的家伙乘船去追他的女人，她跟另一个男人去了格拉茨，这个家伙将会枪杀这俩，然后再

---

① 当时的外交部长。

把一颗子弹射进他自己的脑袋。无论天气如何，这类事情都会发生，白埃尔斯特河里出现的鱼群大批死亡就属此列。这种事你若是从报上看到的，你会感到惊讶；你若是在现场的话，就根本不会觉得有什么大不了的啦；其实，谁家里会没有一点事呢。

弗兰茨常常站在老勋豪瑟大街的那家当铺门口，他在里面的美食厅里和人讨价还价，大家彼此都很熟悉，弗兰茨研究报纸上的下述专栏：购买，出售；他中午和米泽见面。他们在亚历山大广场边上的阿辛格尔吃饭，有一次弗兰茨发现，米泽来的时候显得非常的疲惫不堪。她说，她睡过头了——但他总觉得这姑娘哪儿有点不大对劲。不过，他很快就又把这事给忘了，这姑娘是如此的温柔，让人不敢相信这是真的，他们的屋子里放着鲜花和一个小姑娘少不了的布块和带子，一切都显得干净整洁、很有教养。屋里的通风也一直很好，还用薰衣草味的香水喷过，所以，当他们晚上一起回家的时候，他着实感到高兴。此外，在床上，她也柔软得像片鹅毛，每次都是那么的宁静、温柔和幸福，就跟第一次似的。但她总是有点严肃，他还不能完全猜透她的心事：她是不是在想什么，她就这么坐在那里，什么事也不做，她会想什么呢。而当他问她的时候，她总是笑着这样说道：她什么都没想。人也不可能成天价地想什么心事。这也是他的看法。

不过，门口有个信箱，上面标的是弗兰茨的那个假名字：弗兰茨·莱克尔，因为他一直以来都在用这个名字登广告和收发邮件。有一次米泽告诉他说：她清清楚楚地听见的，邮递员上午往信箱里投了点什么，可等她去取的时候，里面却什么都没有了。弗兰茨十分吃惊，便问这是怎么一回事。米泽就说，肯定是有人把信给掏出去了；就是对面的那家人，他们老是躲在猫眼后面偷看，他们大概看见邮递员来了，所以等他一走，他们就把信掏出去了。弗兰茨大怒，脸涨得通红，心想：好啊，竟然有人在盯我的梢，于是，他晚上跑过去找人家。敲门，出来一个女人，她马上说，她要去把她的丈夫叫来。这是一个老头——那女人年轻些，这男人有六十，那女人三十。弗兰茨问他，是不是有人把一封信错送给了他。这男人看着他的老婆："有人给我们家送过信吗？我刚回家。""没有，没人给我送过。""米泽，那大概是在什么时候？""约莫 11 点；邮递员总是在 11 点左右来。"那女人说道："是的，邮递员总是在 11 点左右来。不过，每次只要有信，这位小姐可都是自己亲自去拿的呀，邮递员每次也都是按门铃的呀。""您怎么会对这个知道得这样清楚？我在楼梯上碰见过他一次，所以他给过我一封；我也把它扔进那个信箱里去了。""您是不是把信放进信箱里了，这个我不知道。我只看见他把信给您了。那么，这事我们该怎么办呢？"弗兰茨："这就是说，你们没有拿我的信喽，莱克尔是我的名字，是不是没有人送过信给你们？""上帝保佑，我干吗要拿别人的信。您瞧，我们没有信箱，看人家能来我们家几次。"弗兰茨十分沮丧，他举起帽子，和米泽一起告辞："请原谅，晚上好。""晚上好，晚上好。"

此后，弗兰茨和米泽翻来覆去地说这件事。弗兰茨考虑的是，可能有人在暗中调查他，他要把这件事去说给赫尔伯特和埃娃听。他再三嘱咐米泽，告诉那位邮递员，要他一定要按门铃。"我会的，弗兰茨，只是有时来的是临时工，不认识。"

几天后的一个中午，弗兰茨冷不防地回到家里，此时米泽已经去了阿辛格尔，这下弗兰茨可找到了答案，发现了新大陆——这事真让他感到心寒，但也不至于万分痛苦。他走进屋里，屋里自然是没人，干净得很，但有一盒准备好了的雪茄在那里等他，米泽写了一张纸条放在上面："献给弗兰茨"，外加两瓶阿拉希①。弗兰茨感到十分幸福，心想，这姑娘多会持家啊，就得找这样的女人结婚，他喜不自禁，你还有什么可说的，人家连小鸟都给你买好了，就像我要过生日似的，等等，我的小老鼠，我也要为你买点什么。他在自己的口袋里找钱，这时门铃响了，不错，这就是那位邮递员，可恶的是他今天来得太晚了，已经 12 点了，我自己会去亲口对他说的。

弗兰茨走上过道，把门打开，竖起耳朵听了听楼里的动静，没见邮递员的影子。他等了等，还没来，咳，没准他在什么人家里坐着呢。弗兰茨取出那封信，回到屋里。信封没有封口，里面还有一封封了口的信，外加一张纸条，上面横着几个歪歪扭扭的字："投错了"，以及一个无法辨认的名字。这信原来还是从对面过来的嘛，他们在刺探呀。封了口的那封信上的收信人是："弗兰茨·莱克尔先生转索妮亚·帕尔松克。"这可就奇怪了，这些信都是谁写给她的，是从柏林，是个男人。信上的内容让弗兰茨浑身一阵寒噤："心爱的宝贝，你让我等得好苦——"他读不下去了，直挺挺地坐着——边上放着雪茄，还有那只装着金丝雀的小

_____

① 一种用调香剂配制的甜味烧酒。

鸟笼。

弗兰茨于是走下楼去，他没去阿辛格尔，他去了赫尔伯特那里，他脸色惨白地把信拿给他看。他跑到隔壁和埃娃窃窃私语。接着埃娃也走进屋来，还送给赫尔伯特一个吻，把他赶出门去，然后她搂住了弗兰茨的脖子："怎么样，弗兰茨，也给我一个吻吧？"他只愣愣地看着她。"饶了我吧。""弗兰茨，就一个吻。我们可是老朋友了。""哎呀，这是怎么回事，你规矩点吧，赫尔伯特会怎么想啊。""我刚才已经把他赶出去了；你来，看你找不找得到他。"她领着弗兰茨在屋里转了一圈，赫尔伯特已经走了，可不是嘛，让他走好了。埃娃把门关上："这下你可以送我一个吻了吧。"她随即抱住他，此刻的她已是饥渴难耐。

"姑娘，姑娘，"弗兰茨喘息着，"你怕是疯了吧，你到底想要我干什么？"但她已经无法自制，他也拿她没辙，他诧异地把她推开。他随即也感到了体内的某种变化！他不明白，埃娃这是怎么了，他们两人有的只是盛怒和狂野。此后，他俩带着胳膊上和脖子上的咬痕并排躺下，她的背横到他的胸脯上。

弗兰茨嘟哝道："喂，赫尔伯特真的不在？""你不信吗。""我真混哪，做出对不起朋友的事情来。""你是个多么可爱的男人啊，弗兰茨，我太爱你了。""哎呀，你的脖子上面会留下好多印子的。""我恨不得把你一口吃掉，我太喜欢你了。刚才你拿着那封信来的时候，哎呀，我差点就要当着赫尔伯特的面去搂你的脖子了。""埃娃，要是赫尔伯特回来看见这些青紫的印子，他会怎么说呢。""他根本就不会知道。我待会儿去找我的银行家，然后我就说，这是他弄的。""这太妙了，埃娃，瞧，你还是我的好埃娃。我是容忍不了这种鬼事的。不过，要是你的银行家看见这个，他会说什么呢？""哎呀，管他七大姑八大姨的说什么呢，你害怕啦，真是的。"

随后，埃娃把身体躺正，抱住弗兰茨的头，好一阵狂吻，她甚至把她那滚烫的面颊贴到了他肩部的残臂处。随后，她拿起那封信，穿好衣服，戴上帽子："我现在该走了，你知道我要去干什么吗，我现在就去阿辛格尔找米泽谈。""不，埃娃，你这是为什么呀？""因为我愿意。你在这儿呆着。我一会儿就回来。哎呀，你别管我啦。对这样的小姑娘我还是能够关得上心的，她在柏林这地方还没有经验。就这样吧，弗兰茨——"她又亲了他一下，激情眼看着就要迸发，但她却站起身来走了。弗兰茨丈二和尚摸不着头脑。

此时是一点半；两点半的时候她就已经回来了，严肃而平静的表情中流露出满足，她帮睡了一觉的弗兰茨穿好衣服，用自己的香水为他拭去脸上淋漓的汗水。然后，她张口说了起来，人坐在五斗橱上，嘴里抽着香烟："弗兰茨，这个米泽呀，她笑得可欢啦。我不会让她有事的。"弗兰茨十分惊讶。"不，弗兰茨，我一点也不为那封信生气。她还坐在阿辛格尔等你呢。我把那封信拿给她看了。她就问我，烧酒和金丝雀有没有让你感到高兴。""那还用说。""你现在好好听着。我可以告诉你，她连眼皮都没眨一下。她的表现无可指责。这是个好姑娘。我可没有骗你。"弗兰茨阴沉着脸，显得有些不耐烦；到底是怎么一回事。埃娃从柜子上跳下来，拍着他的膝盖说道："你真可爱，弗兰茨。你还不明白啊。还不是姑娘家想为男人做点什么呗。她得到什么了，你整天东奔西跑，做生意什么的，她给你煮咖啡，收拾屋子，就这点事。她想送点东西给你，她想引起你的一点注意，让你高兴。这就是她这样做的原因。""就为这个？你居然相信她的话。她是不是在骗我？"埃娃于是变得严肃起来："这不是欺骗。这她马上就说了：没那事。弗兰茨，如果有人给她写信，那算不了什么的，想念什么人，就会给他写信，就这么回事，这你又不是不知道，就这么着了吧。"

弗兰茨开始慢慢地、慢慢地转过弯来。啊，我来了，所以兔子就跑了。她发现，他开始明白过来了。"当然。这又有什么呢。她想挣钱。她不对吗？我也在为自己挣钱嘛。她觉得，让你养活不大合适，而且你拖着一只胳膊也不是很方便。""哦哦。""她马上就对我说了。连眼皮都没眨一下。喂，这是个不错的姑娘，你对她完全可以放心。她说，你应该爱惜自己，你今年什么都有了。哎呀，以前，你过得也没有什么特别的嘛，在特格尔那边，这你是知道的。让你如此辛苦，她会感到很惭愧的。所以她就为你去工作了。只是不敢说出来。"

"哦哦，"弗兰茨一边点头，一边把头垂到胸前。"你根本就不相信，"埃娃来到他的身旁，抚摩着他的脊背，"这姑娘是多么依恋你啊。你不愿意要我。或许——你愿意要我，弗兰茨？"

他搂住她的腰，她小心翼翼地坐到他的大腿上，他只用一只胳膊就能把她抱紧，他把头贴在她的胸前，轻声说道："埃娃，你是个好女人，别离开赫尔伯特，他需要你，他是个好人。"在伊达之前，她曾是他的女朋友，别去碰她，不要重蹈覆辙；埃娃心里明白。"弗兰茨，那你现在就去找米泽。她肯定还在阿辛格尔，不在里面，就在门口。如果你不想要她的话，她也就不想再回去了。"

弗兰茨非常平静、非常温柔地和埃娃道别。他看见娇小的米泽正站在亚历山大广场边上的阿辛格尔门口，是后面有只摄影师的匣子的那一边。弗兰茨站到另一边的建筑围栏前，长时间地从后面注视着她。她向拐角走去，弗兰茨的目光追随着她。那是一个决定，那是一个转折。他的双腿开始挪动。他看着她在街角的剪影。她是多么的娇小。她穿着棕色的半筒靴。注意，现在马上就要有人上前去和她搭讪了。好一个扁平的小鼻子。她在寻找。是的，我是从对面，从蒂茨那边，过来的，可人家却没看见我。阿辛格尔的一辆面包车挡住了去路。弗兰茨沿着建筑围栏一直走到拐角，那里堆着好多沙子；工人们正在和水泥。她现在大概能够看见他了吧，可她就是不往这边看。有位上了年纪的男士一直在打量她，她的目光从他身上扫过，她继续向罗泽尔和沃尔夫的方向走去。他跟在她的后面，始终严格地保持着十步远的距离。这是七月里的一个艳阳天，有个女人把一束鲜花递到他的跟前，他给她二十芬尼，把花拿在了手里，依然保持着那个距离。始终保持着那个距离。可是，花香却在四溢，她今天已经把花给他放进了屋里，还有一只鸟笼和一份烧酒。

她这时转过身来。她马上看见了他，他的一只手上拿着花，他可来了。她于是向他飞奔而去，她看见了他拿在左手里的鲜花，她的脸开始泛红，眨眼的工夫，她就已是红光满面。不久，红潮退去，只剩下红色的斑点。

他的心怦怦直跳。她抱住他胳膊下面的部分，他们默默无语地越过人行横道，朝着兰茨贝格大街的方向走去。她不时地拿眼去瞟那些拿在他手里的野花，可弗兰茨和她走在一起却偏要把身子挺得直直的。19 路公共汽车轰隆隆地驶过，车身是黄色的，有两层，上下都坐满了人，右边的建筑围栏上贴着一张老掉了牙的海报。帝国党支持工商业者，车行道不让上，从警察总局开来的车子正在一辆一辆地驶过。对面的弗兰茨站在贴有"宝莹"的柱子旁，发现那束花还在自己手里，就想把花给她。而当他的目光落到他的手上的当口，他却还在问自己，他在心里叹息，他还在犹豫：我把花给她，还是不给她？伊达，这和伊达有什么关系，特格尔，我是多么喜爱这个姑娘啊。

而在这座立着"宝莹"广告柱的小岛上，他已别无选择，只好把这些花儿塞到她的手里。她时常抬起头来，向他射去恳求的目光，他没有吱声，她现在抓住他的左前臂，抬起他的那只手来，把它紧紧地贴到自己的脸上，她的脸又重新开始变得滚烫起来。一股暖流从她的脸上涌进他的身体。随后，她独自站在那里，让那只胳膊无精打采地垂下，她的头顺理成章地搁到了他的左肩上。她的气息吹到弗兰茨脸上，他将她拦腰搂住，吓了她一跳。"不要，弗兰茨。别这样。"工人正在拆除车行道旁的汉恩商场，他们于是斜穿而过，继续往前走去。米泽的步子重又显得吃力起来。"你怎么了，米泽？"她按住他的胳臂，"我先头可担心死了。"她把头转向一边，眼里已满是泪水，可是她却能够很快地破涕为笑，不让他有所察觉，那真是几个可怕的时辰。

他们回到楼上他的屋里，这姑娘身穿白色的裙子坐在他面前的凳子上，他们把窗子全都打开了，天气变得十分炎热，那是一种非常浓郁的闷热，他坐在沙发上，只穿了件衬衣，他坐在那里，目不转睛地看着这个姑娘。他是多么地爱她呀；她在这里真让我高兴，姑娘，你的两只小手是多么的漂亮，我也要给你买双羔羊皮的手套，你瞧着吧，你以后还该有件衬衫，你想做什么就做什么吧，有你在真是太好了，哎呀，我真高兴啊，你又回来了。他把头埋进她的怀里。他把她往自己这边拉，看她，搂她，触摸着这个姑娘，怎么也没个够。现在我又像个人了，现在我又像个人了，不，我不放开你，我不放开你，天塌下来了也不管。他张嘴说道："姑娘，米泽，你愿意做什么都可以，我就是不放开你。"

他们是多么的幸福啊。他们彼此拥抱着去看那只金丝雀。米泽找出自己的包来，把今天中午的那封信拿给弗兰茨看："你是因为这些鬼话才生的气，里面都写了什么呀？"她先把信揉碎，然后扔到身后的地上："你呀，这种东西我可以给你一大包。"

反对资产阶级社会的保卫战

在以后的几天里，弗兰茨·毕勃科普夫外出散步的时候，表现出极大的平和。他在做非法交易，做从窝主到窝主或到买主的黑市买卖，不过，从前做这种事情会有的那种狂躁倒是再也没有了。遇到失败他也不在乎了。弗兰茨有的是时间，有的是耐心和平静。要是天气好点的话，他就会做米泽和埃娃对他说过的事情：去斯威内明德①，让自己也享受

---

① 乌泽多姆岛上的海滨浴场，今在波兰境内。

享受；可是天公一点也不作美，每天都在下雨，不是倾盆大雨，就是毛毛细雨，气温也很低，霍培园的树全都断了枝杈，外面又能怎么样。弗兰茨和米泽形影不离，同她一起进出赫尔伯特和埃娃的家。米泽也已找到一个经济条件较好的先生，弗兰茨认识他，弗兰茨以她的丈夫自居，他偶尔还喜欢和这位先生以及另一位聚在一起吃喝，就像是三个好朋友似的。

我们的弗兰茨·毕勃科普夫现在正处于怎样的巅峰啊！他过得多好啊，一切都经历了怎样的转变啊！他曾经濒临死亡，他的境况有了怎样的改善啊！他现在是多么的满足呀，他什么都不缺，不缺吃，不缺喝，也不缺穿。他找了一个能使他幸福的姑娘，他有钱，多得花不完，欠赫尔伯特的债，他已经分批分期全部还清，赫尔伯特、埃米尔、埃娃是他的朋友，他们都为他好。他成天闲坐在赫尔伯特和埃娃的家里，等待米泽的到来，他乘车去米格尔湖，在那里，他和另外两位一起划船：因为弗兰茨的左臂变得一天比一天地灵活和有力。有时他也在明茨大街，在那家当铺附近，打探消息。

弗兰茨·毕勃科普夫，你是发过誓的，你愿意永远规矩做人。你过过肮脏的生活，你堕落过，最后你打死了伊达并为此蹲了大狱，那真是不堪回首的往事。而现在呢？你仍然坐在老地方，伊达就叫米泽。你掉了一只胳膊，你瞧着吧，你还会去酗酒，一切还会重新开始，而且还会更糟，到时候，你就完蛋了。

——胡说，这能怪我吗，我自己想过要变成一个无赖吗？这是胡说，我告诉你。我能做的，我都做了，人能做的我都做了，我的这只胳膊也让车给轧断了，都这份上了，谁爱来就让他来好了。我反正是厌了的。难道我没有做过生意吗，难道我没有起早贪黑地东奔西跑过吗？是可忍，孰不可忍。不，我不规矩，我是个无赖。这一点也不让我觉得难堪。你到底是什么人，你靠什么生活，没准靠的是别的什么东西，而不是别的人吧？莫非我正在盘问什么人？

——弗兰茨，你会在牢房里了此一生，你会让人在肚子上捅一刀的。

——让他捅好了。他以前试过我的身手。

德意志帝国是一个共和国，谁不相信，谁的脖子就会挨上一下。在科佩尼克大街和米哈依尔教堂大街交汇的地方有人集会，大厅长而窄，工人，把绿色的衬衣领子翻在外面的年轻男人，前前后后地坐在一排排的凳子上，姑娘和妇女，卖宣传手册的，来回走动。主席台上的那张桌子后面站着一个半秃的男子，他夹在另外两人中间，正在煽动、引诱、大笑、挑逗。

"站在窗口对外发表演讲，这毕竟不是我们的目的。这个帝国议会的那些人就能做到。一次，有人问我们的一位同志，问他愿不愿意进帝国议会。进上面是金顶、里面有安乐椅的帝国议会。他回答说：同志，你知道吗，如果我这样做了，进了帝国议会，那里也只是多了一个流氓而已。我们没有时间对着外面滔滔不绝，那样什么也成不了。没有计谋的共产党人于是就说：我们要推行揭露政策。这样做的结果是什么，我们都已看到了；这些共产党人自己都堕落了，对他们的揭露政策，我们也无须再去多说。这是欺骗，在德国，该揭露的是什么，就是瞎子也会看见，这用不着进帝国议会，谁看不见这一点，谁就是无可救药，不能和帝国议会搅在一起，也不能没有帝国议会。这个废话连篇的铺子别无所长，只会哄骗人民，除了那些所谓的劳动人民的代表，所有的党派全都知道这一点。

"我们的善良的社会主义者们。瞧啊，现在又有了信教的社会主义者，而且，这还是走向完美的最后一招：所以这些人都必须信教，所有的人都必须去找牧师。而他们跑去找的这个男人是牧师，还是和尚，这并不重要；重要的是：听话。（喊叫声：还有相信。）这是不言而喻的事情。这些社会主义者什么也不愿意，什么也不知道，什么也不会。他们虽在帝国议会里拥有最多的议席，但他们却不知道该用它来做点什么，就知道坐安乐椅、抽烟、当部长。而工人们却为此投上了他们的一票，还在发薪水的当天傍晚掏出自己口袋里的几个铜板；还有五十或一百个男人靠工人的钱发福。社会主义者还没有占领国家政权，相反，倒是国家政权占领了社会主义者。人即使老得像只母牛，也总还是能够学到点什么的，然而，像德国工人这样的母牛还应该多生才是。德国的工人们一而再、再而三地拿着选票，走进投票站，把票投进票箱，并且以为，这就够了。他们说：我们愿意让我们的声音在帝国议会里回响；可不是嘛，他们更希望马上能够成立一个歌唱协会。

"同志们，我们不去拿选票，我们不选举。在这样的星期天，下乡踏青反倒更有益于我们的健康。为什么呢？因为选举人受到法制的束缚。而法制则是粗鄙的暴力，是统治者的野蛮暴力。那些竞选牧师想引诱我们逆来顺受，他们想隐瞒事实，他们想阻止我们去发现什么是法制，什么是国家，而我们也不能通过任何的孔穴和门槛进入国家。最多只是国家的驴子和挑夫而已。而那些竞选牧师的目的就在于此。他们想让我们上钩，把我们训练成国家的蠢驴。这一点他们在大多数工人那里早就办到了。在德国，我们接受的都是法制精神的教育。可是，同志们，水火不能相容，是个工人，就应该知道这一点。

"资产者、社会主义者和共产主义者同声叫喊，喜悦满怀：所有的恩惠自上而来。来自国家，来自法律，来自崇高的秩序。实际情况倒也与此相应。宪法为所有生活在国家里的人确定了各种自由。它们被固定在里面了。我们所需要的自由，没有人给我们，我们必须为我们自己去争取。这个宪法让有理智的人失去自制，可是同志们，你们要写在纸上的自由，要书面的自由，干什么呀？当你们在某个地方需要某种自由的时候，一个穿绿制服的就会跑来，敲打你们的头；你要是喊叫：这是怎么回事，宪法里明明这么写着的嘛，他就会说：不要胡说八道，而有理的是他；这个男人不知道什么宪法，他只知道他的规章制度，为此他还有根棒子，所以你非得闭嘴不可。

"在最重要的工业部门举行罢工的可能性马上就不会有了。那么得到的是调停委员会的断头台，你们可以在它的下面自由地活动。

"同志们，选了又选，还说，这次会更好，你们瞧着吧，你们只管努力，在家里，在厂里作宣传，还有五票，还有十票，还有十二票，等着吧，待会儿你只管看好了，待会儿你就会大吃一惊。是的，你们可以大吃一惊。那只不过是盲目性的一种永久的循环，只不过是一切照旧罢了。议会主义延长了工人的痛苦。他们谈到司法的危机，而司法必须改革，彻底地改革，应该对律师界进行革新，使之具有共和政体的性质、维护国家的功能和公正。我们不想要新律师。我们根本不愿意用任何一种别的司法来取代这一种。我们通过直截了当的行动去推翻全部的国家机构。我们为此所能用的手段是：拒绝劳动。所有的轮子停止运转。但这并不是唱歌。我们，同志们，我们不能被议会主义，被社会救济，被全部的社会政策的欺骗所麻痹。我们只知道要与国家为敌——，不要法律，要自由。"

弗兰茨和那个狡黠的维利一道在大厅里四下走动，他又听演讲，又买宣传手册，还把它们塞进自己的口袋。他对政治不感冒，维利对他进行灌输，弗兰茨好奇地听着，伸出手指去领会，他时而受到触动，时而又无动于衷。但他就是缠住维利不放。

——现行的社会制度建立在对劳动人民进行经济的、政治的和社会的奴役之上。其表现形式为所有权，即财产的垄断，和国家，即权力的垄断。当今生产的基础不是满足人的自然的需求，而是对利润的期盼。技术的每一个进步都极大地增加着统治阶级的财富，与广大社会阶层的困苦形成无耻的反差。国家的作用在于保护统治阶级的特权和镇压广大群众，它运用一切阴谋和暴力手段来维持垄断和阶级差别。人为的自上而下的组织的时代随着国家的形成而开始。现在，个人变成傀儡，是一个巨大的机制中的一只死气沉沉的轮子。觉醒吧！和其他所有的人不同的是，我们追求的不是对政治权力的占领，而是对它们的彻底摧毁。你们不要到那些所谓的立法机关去工作：一个奴隶只可能被叫去做这样的事情：为其自身的奴役打上法律的印记。我们摒弃一切任意划分的、政治的和民族的界限。民族主义是现代国家的宗教。我们摒弃任何一种民族的统一：这后面隐藏着的是有产者的统治。觉醒吧！——

　　弗兰茨·毕勃科普夫一点一点地吞咽着维利给他的东西。集会之后有个辩论，他们呆在酒馆里，和一个上了年纪的工人争吵起来。维利认识这人，而这位工人以为，维利和他一样，是来自同一个工厂的同事，因而有意敦促他多作些宣传鼓动。狂放的维利大笑不已："哎呀，我什么时候开始成了你的同事了。我可不给工业巨头们干活。""那好，你在哪里，在哪里工作，就在哪里做点事吧。""那地方不需要我做任何事情。在我干活的地方，大伙儿早就知道自己该干什么了。"维利笑得把身子弯向桌子的上方。扯淡，他拧着弗兰茨的大腿，不久还会有人拎着糨糊桶为他们四下里张贴海报。他对着这位留有铁灰色长发、敞开着胸脯的工人大笑："你知道不，你可是在卖报纸啊，《牧师镜报》，《黑旗》，《无神论者》，里面写的都是什么，你到底有没有看过？""同志，你好好听着，别把你的嘴巴张得太大了。我，我要给你看看我自己写的东西。""那就拿出来瞧瞧吧。你小子还真有两下子。不过没准你过不了多久也会读到你自己写的东西，并且照此行事。看这里写的是什么：文化和技术。注意了：'埃及的奴隶在没有机器的条件下，用长达几十年的时间建了一座国王的陵墓，欧洲的工人在有机器的条件下，为一份私有财产苦干几十年之久。进步？也许。可是为谁呢？'怎么样。我不久也会去工作的，好让克房伯，这个柏林之王，在埃森或波尔西格每月多得一千马克。哎呀，同志，如果我没看错的话，你到底想干什么呀？你愿意做个直接行动的人。那么，你的行动在哪里？我没看见。你看见什么了吗，弗兰茨？"拉倒吧，维利。""不，哎呀，你说说，你看见了没有，这里的这位同志和社民党有什么区别。"

这位工人稳稳地坐进了椅子里。维利："同志，我可以告诉你，对我而言没有区别。区别只在纸上，在报纸上。我没意见，好得很，你们有什么想法，你们就只管去吧。只是你们要拿它去干什么，你瞧，这才是我要问的。如果你现在问我你正在做什么，那我就会直截了当地说：和社民党的人没什么两样。完全是、恰好是一模一样；你站在车床边上，你把你的六个铜板带回家去，你的股票公司分配来自于你的劳动的红利。欧洲的工人在有机器的条件下，为一份私有财产苦干几十年之久。这没准是你自己写的。"

这位头发灰白的工人用他的眼睛来回地打量弗兰茨和维利，他又一次回过头去，打酒的柜台后面还坐着几个人，这位工人往桌子跟前挪了挪，小声问道："那好，你们要干什么？"维利看着弗兰茨："你说吧。"但弗兰茨起初不愿意，他说，他对政治性的谈话不感兴趣。这位头发灰白的无政府主义者却咬住不放："这不是什么政治性的谈话。我们只谈谈我们自己。你到底是做什么工作的？"

弗兰茨在自己的椅子上挺了挺身子，伸出手去拿起他的啤酒杯，两眼死死地盯住这位无政府主义者。有个割草人，他的名字叫死神，我只好在高山上哭泣和嚎叫，在沙漠中，在牧群里哀怨，因为它们遭到了如此的毁灭，所以，无人在那里漫步，天上的鸟儿和这些牧畜，两样全都没有了。

"同行，我做什么工作，我可以告诉你，因为我不是同志。我四处闲荡，我做一点点事情，可我不做工作，我让别人为我工作。"

这人胡说什么呀，他们想要我。"这么说，你是雇主，你有雇员啰，你到底雇了几个人呢？如果你是资本家，你跑到我们这里来干什么？"我想把耶路撒冷变成石头堆和亚洲胡狼的家园，我还想摧毁犹大的那些城市，那里面不该住人。

"哎呀，你没看见啊，我只有一只胳膊，另一只掉了。这就是我做过工的代价。所以，我再也不去想什么规规矩矩的工作了，你懂吗？"这个你懂吗，这个你懂吗，你没长眼睛吗，要我给你买副眼镜吗，让你好好地看看我。"不，同行，我始终还是不明白，你做的是什么工作。如果不是正经活儿的话，那就是不正经的啦。"

弗兰茨一拳砸在桌上，他用一根手指头指着这位无政府主义者，同时把头向他伸了过去："瞧啊，他明白了。正是如此。不正经的工作。你的正经工作只是奴役而已，这可是你自己说的，这就是你的正经工作。这个我已经记住了。"没有你也记住了，在这种事情上我根本就不需要你，你这个软蛋，是个在报纸上乱涂乱写、废话连篇的家伙。

这位无政府主义者十指尖尖，两手雪白，他是个精密机械工人，他看着自己的指尖，心想：也好，揭露一下这种流氓的嘴脸，真丢人哪，我还要去叫个人来，让他也来听听。他站起身来，维利拦住他不让走："上哪儿，同行？我们这就完事了？你还是先和这位同行把事办完为好，你不会逃跑吧。""我只想再去找个人来，让他也好好听听。你们这是二对一。""你就在这儿等吧，你要去找人来，我什么人都不想要。你说说，看你会对这位弗兰茨同行说些什么？"这位无政府主义者重新坐下，那我们也会单独把事情办好的："原来这位不是同志啊，而且他也不是同事。因为他没有工作。看来他也没去领失业救济。"

弗兰茨的脸上现出冷酷的表情，两眼冒火："是的，他没去。""那他就不是我的同志，也不是我的同事，更不是失业人员。那么，我只想问一个问题，其余的跟我毫不相干：他来这儿干什么？"弗兰茨的脸上现出了异常坚定的表情："我已经料到你会说、会问：你想在这儿干什么。你在这儿卖纸片、报纸和宣传册子，要是我问你，卖得怎样，上面都写了些什么，那你就会说：你怎么想起来问这个呢？你在这里干什么？这该死的雇佣奴役，还有我们都是无家可归，我们动弹不得，这难道不是你自己写的、你自己说的？"觉醒吧，这世间被上帝罚入地狱的人们，他们依然还在被迫挨饿。"是这样吗，那你可没把话听完。我还讲到过拒绝工作。为了做到这一点，人首先必须工作。""我就拒绝这个。""这对我们毫无益处。你干脆往床上一躺得了。我讲的是罢工，大罢工，总罢工。"

弗兰茨抬起他的那只胳膊，大笑起来，整个人怒火中烧："你又在做什么呢，你把这叫做直接行动：四处闲逛，贴纸片、搞演讲？而这中间你又跑去让资本家变得更强大？你这位同志，你这个笨蛋，你为他们造榴弹，他们再拿它来炸死你，这就是你要对我鼓吹的东西？维利，你意下如何！

我甩手打过去。""我再问你一遍，你是干什么工作的？"
"那我再跟你说一遍：不是干什么工作的！屁事！什么都不
干！我真想让你们尝尝我的厉害。可我不能。根据你们自己
的理论。可我不会让资本家变得更强大。对这些个嘟囔，对
你的罢工，还有你的那些个该来的小伙计，我毫无兴趣。男
子汉当自立。我需要什么，我自个儿弄。我是个自给自足的
人！嚯！"

　　这位工人抿了一口汽水，点头道："那好，那你就自个
儿去试试看。"弗兰茨大笑不已。这位工人："这一点我已
经给你讲过三十六遍了：你一个人什么事也做不成。我们需
要有组织的斗争。我们必须到群众中去，让他们明白什么是
国家的暴力统治，什么是经济的垄断。"弗兰茨大笑不已。
从来就没有什么救世主，也不靠神仙皇帝，要摆脱水深火
热，只有靠我们自己。

　　他们默默地、面对面地坐着。这位翻着绿色衬衣领的老
工人死死地盯着弗兰茨，这一位也毫不示弱地与他对视，小
子，你看什么看，你并不了解我，不是吗。这位工人开口说
道："我告诉你，我已经看出来了：同志，像你这样的人，说
什么话都是多余的了。你的头脑很迟钝。你会因此而撞个头
破血流。你不知道无产阶级最重要的就是：团结。你不知
道这一点。""那好，同行，你知道，我们现在在赶紧拿上帽子
走人，怎么样，维利。够了吧。你的说服工作可是一直没有
停过呀，全是一样的话。""不错，我倒也是在做这件工作。
你们可以跑到地窖里去藏起来。但不许你们去参加集会。"
"对不起了，师傅。我们刚好用了半个小时的时间。我们不
胜感激。老板，结账。你瞧着，我现在结账：三杯啤酒，两

杯烧酒，一马克十芬尼，这不，我正在结账，这才是直接的行动。”

　　"你到底是什么人，同行？"这位穷追不舍。弗兰茨收好找回的零钱："我？无赖。你没看出来吗？""嗯，你也差不了多少了。""我。无赖，你懂吗。我说过没有？原来如此。维利，你说，你是什么。""和这人不相干。"见鬼，这都是些地痞，真的。这不可能有错。我估摸着他们就是这种人。我被这些地痞耍了，这些无赖，他们还想和我较劲。"你们是资本家泥潭里的沉渣。你们只管滚吧。你们甚至连无产者都不是。这种东西就叫做流氓。"弗兰茨已经站了起来："可我们不进避难所。你好，直接行动先生。您只管去把那些资本家养得肥肥的吧。早上 7 点进厂干重活，工资袋里放五个铜板给老婆。""别让我再看见你们。""不会的，你的直接行动就是胡说八道，我们不和资本家的仆人打交道。"

　　心平气和地走出门去。这两人手挽着手地漫步在尘土飞扬的大街上。维利深深地吸了一口气："弗兰茨，这家伙挨了你好一顿剋呀。"弗兰茨此时的寡言少语令他十分吃惊。弗兰茨心情郁闷，奇怪，弗兰茨是怀着仇恨和愤怒走出那个大厅的，不满在他的心中积聚，他不知道为什么。

　　位于明茨大街的穆哈-菲克斯咖啡馆人声鼎沸，他们在那里见到米泽。弗兰茨非要和米泽一起回家不可，他非要和她说话，和她坐在一起。他把他与那个头发灰白的工人的谈话告诉给她。米泽对他非常温柔，但他只想从她那里知道，他说得对不对。她微笑着，并不理解，她抚摩着他的手，那只鸟儿已经醒了，弗兰茨唉声叹气，她不能使他平静下来。

女士的阴谋，我们亲爱的女士们开始发言，
欧洲之心不会衰老

然而，政治在弗兰茨这里并未停止。（为什么？什么在折磨着你？你在为自己辩护什么？）他看见了什么，他看见了什么，他要打那些人的脸，他们老是刺激他，他读《红旗》，读《失业者》。他现在去赫尔伯特和埃娃那里的时候，常常带上维利。可他们并不喜欢这个家伙。弗兰茨自己也不是很喜欢他，但和这小子能够说到一起去，他在政治上比他们可都要高出一截来。每当埃娃请求弗兰茨，要他别和这个维利搅和在一起，这家伙就只会从他口袋里往外掏钱，跟个小偷没什么两样，每当这个时候，弗兰茨跟她的意见总是完全一致；说真的，弗兰茨和政治毫不相干，他这辈子都在厌倦政治。可是，他今天许诺让维利走，明天却又和这个捣蛋鬼一起散步，还带着他一起去划船。

埃娃对赫尔伯特说："要不是弗兰茨，要不是他遇上了掉胳膊这样的倒霉事，我想，我是有法子来摆脱这个人的。""是吗？""这个我可以向你打保票，不出两个星期，他就会和那个毛头小子断绝来往，那家伙只会把他掏空。谁会和这种人搅和在一起呀。首先，我要是米泽的话，我就有能力让这个人滚蛋。""谁，是那个维利吗？""维利也好，弗兰茨也罢。我都无所谓。只是他们心里应该有数。一个坐在牢里的人，是会好好地想一想谁对谁错的。""埃娃，你怎么对弗兰茨发这么大的火呀。""哼，为了这个，我帮他得到了米泽，而她却为了让弗兰茨能够腾出手来不干活儿，把所

有的心思都放在了她的那两个家伙身上。不，弗兰茨也该听听别人的话了。他现在只有一只胳臂，又能上哪儿找事呢？所以他想搞政治，让人家姑娘很生气。""是的，她非常生气。我昨天还碰到过她呢。坐在那里等他，说他也该来了。说真的，这姑娘到底图个啥呀。"埃娃吻着他："我的情况也和她一模一样。嘿，你也该离开这么一阵子，去干干这种蠢事，往集会上跑跑！赫尔伯特！""真要那样了，你会怎么样啊，小老鼠？""我首先抠出你的眼珠子，好让你乘着月光来看我。""我很乐意这样做，小老鼠。"她吧嗒吧嗒地和他亲嘴，笑着把赫尔伯特推开："我告诉你，我是不会让索妮亚这个女孩子就这样垮下去的，我觉得她太善良了，不该落得这样的下场。这就好比一个人，不碰个头破血流，他是不会赚到五个芬尼的。""那好吧，你就去对我们的弗兰茨做点什么吧。就我对他的了解，他一直是个挺不错的好人，不过，你要想说服他，那只能是对牛弹琴，他不会听的。"埃娃在想，当年冒出来个伊达的时候，自己是如何纠缠他的，而事后她又是如何警告他的，她为这个男人吃了多少苦头啊，她直到现在都不觉得幸福。

"我只是不明白，"她站在屋子中间说道，"既然这个人的这件事和普姆斯有关，而这又都是些罪犯，他却没动你半根指头。他现在倒是自在了，可一只胳膊终归是一只胳膊呀。""我也和你想得一样。""这件事他不愿意说，这不是明摆着的嘛。赫尔伯特，我现在要和你说点事。这只胳膊的事，米泽当然也知道些。只是是在哪儿发生、是谁干的，这个她也不清楚。我已经问过她了。她不知道，也不想去沾边。这个米泽，有点像个软蛋。你瞧着吧，没准她现在正在考虑呢。她一个人孤零零地坐在那里傻等，而我们的弗兰茨，他在哪里，在这种事情上，他当然有可能受骗上当啦。这个米泽，她哭得已经够多的了，当然并不当着他的面。这个人正在自取灭亡。他应该关心他自己的事情。米泽应该鼓励他去做普姆斯这件事才是。""哎呀呀。""这样更好。这是我说的。弗兰茨理应如此。如果他拿把刀或拿杆枪什么的，他难道就有错吗？""我早就这样说了。我自己还四下里问了个够呢。普姆斯的人嘴绝对的紧；谁也休想知道什么。""总会有人知道点什么的。""那你到底想干点什么？""弗兰茨应该关心的是这件事，而不是那个维利、那些无政府主义者和那些共产主义者，以及那些个全都不能生钱的屁事，""埃娃，你不要去招惹是非。"

埃娃的情人去了布鲁塞尔，这样她就可以邀请米泽过来参观，了解一下体面的人家到底是怎么一回事。因为类似的东西米泽还从未见识过。这个男人对埃娃非常痴情，甚至为她布置了一间小小的儿童房，里面住着两只小猴子。"索妮亚，你是不是以为，这是给这两只小猴子准备的？不错，点心是的。我把它们放进去，只是因为这小房间太漂亮了，是不是，还有这两只小猴子，每次赫尔伯特来，都对它们赞不绝口，总是高兴得很。""什么，哎呀，你带他上这儿来？""这有什么？那老头认识他，可吃醋了，你瞧，这才叫美呢。你以为呢，他要是不吃醋的话，早就把我给甩了。这人很想我给他生个孩子，你想想啊，这个房间就是专门为此准备的！"她俩大笑起来，这间用带子装饰的小房温暖舒适，色彩斑斓，里面放着一张矮矮的儿童床。小猴子在床架上爬上爬下；埃娃抱起一只来贴到自己的胸前，目光迷离："要是喜欢的话，早就给他生了，可是我不想要他的孩子。不，不要他的。""那么，是赫尔伯特不想要小孩啦。""不，我想生一个赫尔伯特的。或者是弗兰茨的。索妮亚，你生气了？"

然而，索妮亚的所作所为完全出乎埃娃的想象。索妮亚尖叫着，面部的器官急速地扩张，她推开埃娃胸前的小猴子，猛烈地、幸福地、极度快乐的、充满喜悦地抱住埃娃，埃娃莫名其妙，赶紧扭过脸去，因为索妮亚老是想去和她接吻。"来吧，埃娃，来吧。我不生气，你喜欢他，我高兴着呢。你说说，你喜欢他到什么程度了？你想要他的孩子，那你就去告诉他啊。"埃娃终于把这姑娘赶开，得以脱身。"哎呀，你疯了吧。索妮亚，你说说，你这是怎么啦？你说实话：你愿意帮我得到他吗？""不，为什么呀，我很想把他留住，这是我的弗兰茨。可你又是我的埃娃。""我是什么？""我的埃娃，我的埃娃。"

这下埃娃无力招架了，索妮亚吻她的嘴、鼻子、耳朵、脖颈儿；埃娃忍着没动，随后，就在索妮亚把脸埋进埃娃的胸脯的时候，埃娃猛地扳起索妮亚的头："哎呀，你是同性恋。""根本不是，"她一边结结巴巴，一边把自己的头从埃娃的两只手中抽出来，把它贴到埃娃的脸上，"我喜欢你，这一点我是现在才知道的。刚才，像你所说的，你愿意要个他的孩子——""是又怎样呢？所以你就有借口耍花招了？""不，埃娃。我并不知道哇。"索妮亚的脸涨得通红，两眼自上而下地看着埃娃："你是真想要个他的孩子吗？""你到底怎么了？""不，我只是说说而已。""没错，你是愿意要一个的，你只是口里这样说罢了，你愿意，你愿意。"索妮亚再次让自己贴到埃娃的胸脯上，搂紧埃娃，充满喜悦地嗡声说道："这太好了，你想要个他的孩子，啊，这真好，我太幸福了，啊，我真幸福。"

埃娃于是把索妮亚领进隔壁的房间，让她躺到沙发榻上："哎呀，你真是同性恋啊。""不，我不是同性恋，我还从来没有碰过一个女人呢。""可你想碰我。""是的，因为我太喜欢你了，因为你希望有个他的孩子。而且，你也应该有个他的孩子。""姑娘，你疯了。"她已经忘乎所以，埃娃想站起来，她却紧紧地抓住埃娃的两只手不放："啊，别说不，你是愿意要个他的的，你得向我保证。你这就向我保证，你会生个他的孩子。"埃娃只好使出蛮力让自己从她的手中挣脱出来，索妮亚无力地躺在那里，双眼紧闭，两片嘴唇吧嗒吧嗒地亲个不停。

接着，索妮亚爬了起来，坐在桌子边上、埃娃的身旁，女佣给她们端上配有葡萄酒的早餐。她为索妮亚拿来咖啡和香烟，索妮亚神情恍惚，仍似在梦中。她同平常一样，穿的还是一件朴素的白裙子；埃娃则穿着一件黑色的真丝和服。"好了，小姑娘，索妮亚，现在可以和你谈点正经事了吧？""随时都可以。""那么，你喜欢我这里吗？""那还用说。""瞧你。那你还喜欢弗兰茨吗？""当然。""那好，我想，如果你喜欢弗兰茨的话，那你就好好地看着这小子。他老往那些不好的地方瞎跑，还总是和那个维利，那个捣蛋鬼混在一起。""是的，他喜欢他。""那你呢？""我？我也喜欢他。只要弗兰茨喜欢他，我也就喜欢他。""小姑娘，你怎么是这样的啊，你真是没有眼光，你还是太年轻了点。我告诉你，弗兰茨和这种人来往不合适，赫尔伯特也这么说。这是个捣蛋鬼。他在引诱弗兰茨。难道他掉了只胳膊还嫌不够吗？"

此刻，索妮亚的脸色开始一点点地发白，她拔掉嘴里的香烟，放到桌上，轻声问道："到底出了什么事？天哪。""谁知道会出什么事。我又没跟在弗兰茨的后面，你也没有。我当然知道，你也是没有时间。可你得叫他告诉你都上哪儿去了，他都说了些什么？""哦，尽是政治，我也不懂。""你瞧瞧，他在搞这个，在共产主义者和无政府主义者以及这些个屁股上穿破裤子的无赖那里搞政治，不搞别的，只搞政治。弗兰茨和这种东西混在一起。而你还说喜欢，哎呀，你去干活就是为了这个呀？""可我也不能对弗兰茨说：你去这儿，你去那儿；埃娃，我说不出口啊。""要不是你太小，还不到二十岁，你真该挨一巴掌才是。一眨眼的工夫，你就没话跟他说了。难道再让他堕落不成？""他不会堕落的，埃娃。我会留神的。"奇怪，这个小小的索妮亚怎么满眼是泪，她的头支在胳膊肘上，埃娃看着这姑娘，有点莫名其妙；她居然这么爱他吗？"这是你的红酒，索妮亚，我那老头儿总是喝红酒，来吧。"

她给这个小姑娘倒了半杯，反复地劝她喝酒，与此同时，一颗泪珠顺着这小女孩的面颊滚落下来，她的表情始终显得十分哀伤。"再来一小口，索妮亚。"埃娃放下酒杯，抚摩着索妮亚的面颊，心想，她还会激动起来的。可是，她始终作沉思状，目光呆滞，她站起身来，走到窗前向外看去。埃娃走到索妮亚身边，这姑娘的心谁也猜不透。"小索妮亚，对弗兰茨的事你可不要太上心，我刚才都是说着玩的，不算数。只是你不该让他和那个愚蠢的维利搅和在一起，弗兰茨这人心肠太好，你看，他更应该关心普姆斯才是，多在是谁轧断了他的胳膊这件事上下些功夫才是。""我愿意留心此事,"娇小的索妮亚轻声说着,头也不抬地用一只胳膊揽住埃娃,她们就这样站了约摸五分钟的样子。埃娃心想:我不把别的女人,就把她赐给弗兰茨。

此后,她们在房间里和那两只猴子一起疯闹,埃娃是有什么就让看什么,搞得索妮亚惊叹不已:埃娃的礼服,家具,床,地毯。您梦见自己做皮哈翁①女王了吗?这里可以抽烟吗?当然可以。这样的高级香烟,这样的价位,您竟然能够让它上市行销,经年不衰,您用了什么办法,这真令我惊讶,我不得不向您承认,我个人十分高兴。喂,这气味可真香啊!是那种神奇的白玫瑰香,既香得得体,符合有教养的德国妇女的要求,又香得浓郁,足以展示全部的丰腴。啊,这位美国电影明星的生活实际上同围绕着她的神话所赋予的猜测大相径庭。咖啡来了,索妮亚唱起一支歌曲:

阿普路德潘塔附近,有一群强盗肆虐猖狂,但他们的首领古多,善良而又思想高尚。一天,他在黑暗的森林里,和元帅的女儿遇上,爱情的誓言很快就在林间回响:我永远、永远都是你的新娘!

好景不长,他们被人发现,浩浩荡荡的队伍围追进逼。他们从幸福之中惊醒,吓得不知所措,没了主意;这可怜的女儿遭到父亲的破口大骂。首领本人也危在旦夕。父亲,她恳求说,行行好吧,我要和他一起去死。

古多很快便被关进阴暗的钟楼里忍受煎熬,哦,可怕的

---

① 一种洗发水。1928 年夏厂家大搞广告促销,号召女顾客参加"皮哈翁女王"加冕活动。

存在! 伊莎贝拉全力以赴,要把情人解放。她理应成功,他很快来到安全的地方;他一旦摆脱绳索,就能够将死亡阻挡。

他重新奔向城堡,和解放他的妇人一道,伊莎贝拉双膝跪下,已经在祭坛前,准备好,她受到逼迫,对她憎恶的婚姻说"是",正在这时,古多用他惨白的嘴宣布了这桩罪行。

伊莎贝拉脸色惨白,死亡的昏厥在她的周身展开,啊,任你怎样亲吻,也无法唤她醒来! 他自豪而高尚地对那位父亲说道:我对她的死不负责任,是你让她伤心欲绝,是你让她的双颊失去红色。

在那死气沉沉的尸架上,首领再次把她端详,
他俯身凝视她的模样,发现还有一线生的希望。
所有的人都大吃一惊,因为他抱起情人飞奔,
她将会重新苏醒,他现在是她的保护神。

可他们必须现在就走,他们再也没有安身之地;法官对他们严厉追究,他俩互相发誓:我们愿意相伴相依。当毒酒被一饮而尽之时,上帝会对我们作出评判。我们将在上界展露欢颜。

索妮亚和埃娃知道,这是每周集市上的一首普通的歌曲,站在画板前面的人单调地把它哼唱;不过,她俩却忍不住为它的结局哭泣,所以不能马上再往嘴里塞香烟了。

结束政治,但永远的无所事事
还要危险得多

弗兰茨·毕勃科普夫又继续在政治的泥潭里陷了那么一

小会儿。那位果敢潇洒的维利并没有多少钱，他虽说头脑聪明敏锐，做起小偷来却很低级，因此，他正在把弗兰茨掏空。他曾是工读学校的学生，在那里开始接触共产主义，人家告诉他，这不顶事，而一个有理智的人只相信尼采①和施迪尔内尔②，并且只做他感兴趣的事情；其他的全是扯淡。因此，这个狡猾的爱说风凉话的家伙现在极其喜欢参加政治集会，只是一出门就反目。他利用这些集会挑选他想与之做买卖的人，或是他要嘲笑的对象。

弗兰茨只和他继续搅和了一小会儿。然后，政治就结束了，即便没有米泽和埃娃也是如此。

一天傍晚，他和一个上了年纪的木匠一起坐在桌旁，他们是在一次集会上认识他的；维利此时站在打酒的柜台边上，看中了另外一个人。弗兰茨把胳膊支在桌上，头放在左手里，倾听这位木匠的谈话，这人说道："你知道吗，同行，我来参加这个集会，只是因为我老婆有病，她晚上不需要我在家里，她需要安静，一到8点，钟敲八下，她就吃安眠药，喝药茶，接着我就得关灯，我呆在里面还能干啥。所以啊，有个生病的老婆，就可以去酒馆里过活。"

"哎呀，你把她送医院嘛。呆家里有什么用。"

"医院早就去过了。我又把她重新接回来了。那里的饭菜她不爱吃，再说病也没见有个好转。"

"你老婆是不是病得很厉害？"

---

① 弗里德里希·尼采（1844—1900）：德国哲学家。一切价值的激进批评者。对二十世纪存在哲学和生命哲学具有重大影响。
② 马克斯·施迪尔内尔（1806—1856）：哲学家。鼓吹极端的个性主义和唯我论。

"说是子宫和直肠长到一块去了什么的。人家后来给她开了刀，可是没什么用。在肚子里。那个大夫现在说，那只是神经紧张，她什么事也没有。可她就是觉得疼，整天叫个不停。"

"真没想到是这么一回事。"

"他不久就诊断她没病，你瞧瞧。你可知道，她早就应该去找顾问医生两次了，可她就是没法去。那人还是诊断她没病。一个人如果病的是神经，那他就是健康的。"

弗兰茨仔细地听着这些话，他也病过，他被轧掉了一只胳膊，他在马格德堡的那家诊所里躺过。他不需要这些，这是另外一个世界。"再来一杯啤酒好吗？""这儿。""一杯啤酒。"这位木匠看着弗兰茨。"你不属于这个党吗，同行？"

"以前是。现在不是了。没多大用处。"

老板到他们这桌落座，用"晚上好，埃德"来问候这位木匠，还问起他的几个孩子，接着他压低嗓门偷偷地说道："哎呀，你怕是再也不会去搞政治了。"

"我们正说这个呢。你根本就想不到。""瞧把你美的。我说，埃德，我那小子也和我说得一样：靠政治我们赚不了一分钱，这不会让我们发财，只会让别人。"

木匠于是眯起眼睛来看他："哦，小奥古斯特也这么说了。"

"这小子不赖，我告诉你；你根本就骗不了他，要不你就先来试试看。我们要挣钱。而且——日子也过得蛮不错的。但愿不要炮声隆隆。"

"干杯，弗兰茨。我祝你万事如意。"

"我对全部的马克思主义，对列宁、斯大林，还有他们所有的弟兄，不感兴趣。有没有人给我贷款，给我钱，给多长时间，给多少——你瞧，世界是围着这个打转的。"

"看来，你已经干出点名堂来了。"弗兰茨和木匠随即沉默不语。那老板仍在滔滔不绝，而木匠却发起了脾气：

"对于马克思主义，我是一窍不通。可是，弗兰茨，你瞧着吧，这玩意儿也不像你脑袋瓜子里想的那样简单。马克思主义，或者像人家说的，俄国人，或者那位维利和他的施迪尔内尔，我要它们干什么。我也可能是错的。我需要什么，我每天扒拉扒拉手指头就清楚了。可我也知道，自己如果被人毒打一顿，那会是什么滋味。或者说，如果我今天还在工棚里，明天就会滚蛋，没有订单，师傅留下，经理先生自然也留下啦，只有我必须走上街头去领失业救济。再者——如果我有三个正在上学的孩子，老大是女孩，得过软骨病，落下个弓形腿，我不忍心让她退学，没准她能跟上。没准我老婆还可以上青年福利局去，我知道，这女人要做事，她现在有病，她平时可是很能干的，站着卖熏鲱鱼，孩子们也不轻松，有很多功课要学，这个你能想得到。你瞧。不过，这个我也能理解，别人家的孩子学习外语，夏天坐车去海滨浴场，而我们的孩子想稍微出出门，哪怕是只去趟特格尔，我们连这点小钱都拿不出来。而且，体面人家的孩子绝对不会这么快就落下个弓形腿。在我不得不去看大夫的时候，我有风湿病，我们三十个人坐在一起，把个候诊室挤得满满的，他后来问我：您大概以前就得过风湿吧，您工作多长时间了，您拿到了您的证明材料没有？他一点也不相信我，于是就要去找健康保险组织的顾问医生，我想让国家保险公司派我去，他们在这上面老是大打折扣，我告诉你，在他们送你去之前，你非得夹着尾巴做人不可。弗兰茨，这些我全懂，用不着戴眼镜。谁要是连这个都不懂，那他肯定就是动物园里的一只骆驼。在这一点上，没人今天需要卡尔·马克思。可是，弗兰茨，可是啊：人家说的却是真话呀。"

这位木匠抬起他灰白的头，瞪大眼睛去看那位老板。他又把烟斗叼在嘴里，一边抽，一边等待回音。那位老板咕哝着，噘起嘴巴，一副很不满意的样子："哎呀，你有理。我家老么也是弓形腿，我也没钱去乡下玩。但不管怎么说：穷人和富人是自古有之。这不是你我两个人改变得了的。"

木匠满不在乎地喷着烟雾："只是：谁乐意受穷，谁就应该受穷。好啊，让别人在我面前受穷吧。我反正是不乐意受穷的。反正长此以往，让人厌恨。"

他们心平气和地谈话，慢悠悠地喝着他们的啤酒。弗兰茨始终在一旁倾听。维利从柜台那边走了过来。弗兰茨只好起身，拿上他的帽子，离去："不，维利，我今天要早点上床。昨天太那个了，这你是知道的。"

弗兰茨独自走在那条炎热的、满是尘土的大街上，隆隆嘀咚嘀隆隆儿嘀哒。隆隆嘀咚嘀隆隆儿嘀哒。你等等啊你别急，长毛人这就来找你；他要用你做香肠，要拿小刀把你剁成肉泥，你等等啊，你别急，长毛人这就来找你。该死，我这是去哪儿，该死，我这是去哪儿。他停下步子，无法越过路堤，随后他转过身去，又沿着那条炎热的大街原路折了回去，他经过那家酒馆的时候，看见人家还坐在里面，那位木匠坐在那里喝啤酒。这里我是不会进去的。那个木匠说了实话。事实就是如此。政治，这等屁事，我要它干吗。什么都帮不了我。什么都帮不了我。

弗兰茨重新走在那些炎热的、满是尘土的、喧嚣的街道上。八月。罗森塔尔广场上的人越来越多，一个人站在那里卖报纸，柏林工人报，马克思主义法庭，捷克一犹太男子玩弄男童，诱奸了二十个男童，却没人抓他，我也卖过。今天热得难受。弗兰茨停下脚步，买下了这个男人的一张报纸，他顶着个绿色的万字符，是"新世界"的那位独眼龙残疾人，喝喝喝，小兄弟，让忧愁留在家里，喝喝喝，小兄弟，让忧愁留在家里，避免烦恼和痛苦，生活是多有趣，避免烦恼和痛苦，生活是多有趣。

他继续围着广场转悠，走进艾尔萨斯大街，鞋带，吕德斯，避免烦恼和痛苦，生活是多有趣，避免烦恼和痛苦，生活是多有趣。去年的圣诞节，那还是老早的事了，哎呀，那是老早的事了，当时我站在法比施这里，大声叫卖，那都是些什么东西啊，配领带的，领带夹，还有莉娜，那个波兰女人，那个胖女人，跑来把我接走。

弗兰茨走着，他不知道他想要什么，他回到罗森塔尔广场，站在阿辛格尔对面，法比施门前的车站旁。等车。这才是他想要做的！他站在那里等车，觉得自己像根磁针——指向北方！指向特格尔，监狱，监狱的大墙！他要去那里。他只有去那里。

接下来发生的事情是，41路来了，弗兰茨上了车。他觉得，这样做是正确的。开车，这辆电车载着他，驶向，驶向特格尔。他付二十芬尼，他买了车票，他坐车去特格尔，一路顺风，妙极了。他觉得非常的舒服！他真的在乘车而去。布鲁隆大街，河岸大街，一条条大道，莱尼肯多夫，真的，这一切都是真的，他在乘车去到那里，车停在了那里。没错，就是这里！他坐着，感觉变得越来越真实，越来越精确，越来越强烈。他感到了极大的满足，那种惬意是如此的深厚和不可抗拒，弗兰茨坐着，两眼紧闭，整个人陷入沉睡之中。

电车在昏暗里驶过市政厅。柏林大街，西莱尼肯多夫，特格尔，终点站。售票员把他叫醒，帮他站起身来："车不往前开了。您到底想上哪儿啊？"弗兰茨摇摇晃晃地说道："特格尔。""哦，那您就到了。"这家伙可是醉得不轻，这些残疾人就是这样喝光他们的几个津贴的。

巨大的睡眠的需要攫住了弗兰茨，他在广场上徘徊，最后游到一只路灯后面的第一条长凳上。一队巡逻的警察把他叫醒，3 点，他们没有把他怎么样，这男人看上去很规矩，他喝醉了，不过，他可能会被人抢个精光的。"您不可以在这里睡觉，您住哪儿？"

这下弗兰茨够了。他打着哈欠。他想躺进窝里去。是的，这就是特格尔，我还在这儿干什么，我在这儿干什么，他思绪万千，我得上床，没别的。他伤心地打着盹：是的，是的，这就是特格尔，他不知道要它干什么，他以前确实在这里坐过牢。一辆汽车。那时还有什么，我要在特格尔干啥。喂，我正睡得香着呢，您把我给吵醒了。

沉重的睡意再次袭来，他猛地睁开眼睛，弗兰茨什么都明白了。

这是一座山，山上站着一位老人，老人对他的儿子说：跟我来。跟我来，老人一边对儿子说，一边走，儿子跟着，跟在他身后，他们走进山里，一会儿向上，一会儿向下，走过高山，走过峡谷。父亲，还要走多久？我不知道，我们上山，下山，进山，你只管跟着我就是了。孩子，你累了，跟不上了吗？啊，我不累；如果你要我跟着你，那我就跟着你。那好，你只管来吧。上山，下山，穿过峡谷，那是一条很长的路，那是个中午，我们到了。你看看四周，我的儿子，那里有一座祭坛。我害怕，父亲。你为什么害怕，孩子？你早早地把我叫醒，我们出门，我们准备的那头羊，我们把它给忘了。是的，我们把它给忘了。上山，下山，那一条条长长的峡谷，我们把它给忘了，那头羊没有一起跟来，那里就是祭坛，我害怕。我得脱下大衣，你害怕吗，我的儿子？是的，我害怕，父亲。我也害怕，儿子，走近些，别害怕，我们必须做这件事。我们必须做什么？上山，下山，那一条条长长的峡谷，我起得多早啊。儿子，你别怕，你要愿意做它，走近些，到我这里来，我已经脱掉了大衣，我的袖子再也不会沾上血了。可我害怕，因为你拿着刀子。是的，我拿着这把刀子，我必须把你杀掉，我必须把你牺牲，这是主的命令，你要乐意去做它，我的儿子。

不，我做不到，我喊了，别碰我，我不愿意被杀掉。你现在两腿跪下来，别喊了，我的儿子。是的，我在喊。别喊了；如果你不愿意，我就没法办，你就愿意了吧。上山，下山，为什么我就不该再回家去。你要家干什么，主胜过家。我不能，不能，不我不能。靠近些，瞧，我已经拿着这把刀，你好好看看，它非常锋利，它要架到你的脖子上。它要穿过我的喉咙吗？是的。那血会喷出来吗？是的。这是主的命令。你愿意吗？父亲，我还不能。你快来吧，我不可以杀你；如果我这样做的话，那就非得是你自己去做不可。我自己做？啊。是的，别害怕。啊。不要太爱你的这条命了，你把它献给主。靠近些。这是主，我们的上帝的意志？上山，下山，我起得多早啊。你不愿意做胆小鬼吧？我知道，我知道，我知道！你知道什么，我的儿子？你把刀扎进我的脖子吧，等等，我要把领子扒开一些，脖子应该完全露在外面才是。你似乎知道什么。你只需愿意，而我必须愿意，这件事将由我们两人来做，然后主就会呼喊，我们将听到他的呼喊：住手。是的，过来，伸出你的脖子。来吧。我不害怕了，我愿意做。上山，下山，那一条条长长的峡谷，来吧，下刀子吧，砍吧，我不会喊的。

儿子于是把脖子向后一仰，父亲走到他的后面，按住他的额头，右手举起了那把屠刀。这是儿子愿意的。主在呼喊。他们俩的脸贴到了一起。

主的声音是怎样呼喊的？哈利路亚。穿过高山，穿过峡谷。你们听我的话，哈利路亚。你们应该活着。哈利路亚。住手，把刀扔进深谷。哈利路亚。我是主，你们听他的话，而且始终必须听他一个人的话。哈利路亚。哈利路亚。哈利路亚。哈利路亚。哈利路亚。哈利路亚。哈利路亚。哈利路亚。路亚，路亚，路亚亚，哈利路亚，路亚亚，哈利路亚。

"米泽，小猫咪儿，小小猫咪儿，你就痛痛快快地把我骂个够吧。"弗兰茨想把米泽拉到自己的大腿上来。"你可说话呀。我到底做什么了，因为我昨晚回来迟了吗？""哎呀，弗兰茨，你这还是在毁你自己，你都和什么人搅和在一起啊。""怎么了？""人家司机没法子，只好把你扶上楼来。我还想和你说点什么，可愣是一个字也没说成，你只会躺在床上睡大觉。""告诉你，我去特格尔了，是的，一个人，就我一个人。""那你说说，弗兰茨，这是真的？""就我一个人。我在那里坐过几年。""那现在还有事吗？""没有了，我一直坐到了最后一天。我只是想去看看，米泽，你犯不着为此生气。"

她于是坐到了他身上，温柔地看着他，一如既往："你呀，别搞政治了。""我不搞政治了。""集会你也不去了吗？""我想，我不会去了。""那你会告诉我吗？""会的。"

米泽于是用她的一只胳膊勾住弗兰茨的肩膀，把自己的头和他的头挨在一起，两人默默无语。

我们的弗兰茨·毕勃科普夫，他让政治去见了鬼，而再也没有什么事情比这个更令人满意的了。他会为此而撞得头破血流的。他坐在酒馆里，又唱歌，又玩牌，而米泽已经结识了一位先生，这人几乎和埃娃的那位一样富裕，只是已经结婚，他还为她置好一套体面的居室，由两间没有家具的房间组成。

而米泽想要的东西弗兰茨也不回避。一天，埃娃来到他的住处，对他进行突然袭击，干吗不呢，如果米泽本人都愿意的话，可是埃娃，如果你真的怀上个小东西，哎呀，如果我怀上了，我那老头，他就会给我造十座宫殿，乐得都不知道自己姓什么了。

这只苍蝇往上爬，沙子从它身上落下，它不多久又会重新嗡嗡地叫起来

关于弗兰茨·毕勃科普夫，该说的差不多都说了，对于这小子，人们也已经了解。一头母猪进了猪圈会做什么，人们是能够想到的。只是这头母猪的境况要比一个人的好些，因为它的成分就是一块肉和脂肪，接下来吃食的时候，能够发生在它身上的事情并不多：它充其量还能再产一窝仔，而那把屠刀则横在它生命的尽头，这终究也不是什么特别糟糕和特别激动的事情：在它有所觉察之前——而这个畜生又能觉察到什么呢——它已经没命了。可是一个人呢，他长着两只眼睛，里面藏着许多东西，所有的东西都胡乱地纠缠在一起；他可以胡思乱想，他必须想（他长着一个可怕的脑袋），将会有什么事情落到他的头上。

我们的这位非常肥胖的、非常可爱的独臂人弗兰茨·毕勃科普夫，这只小海狸头儿，就这样按部就班地过着他的小日子，晃晃悠悠地迎来了八月份，他对自己还是比较节制的。弗兰茨已经能够用左臂很好地划船，他现在根本就不去登记了，尽管如此，他也没有听到警察局那边有任何的动静，人家也要在他们的管区里过暑假嘛，上帝啊，这类官员也只长着两条腿，就挣那么两个小钱，他们也懒得去卖力气，干吗人就该四下里搜罗：这个弗兰茨·毕勃科普夫究竟是怎么回事，什么毕勃科普夫，怎么偏偏是毕勃科普夫，他为什么只有一只胳膊，以前他可是长着俩的；就让他烂在文件堆里吧，一个人说到底还有不少别的事要操心呢。

大街上毫无遮拦，你可以听见各种各样的声音，看见形形色色的人和物，你想起了根本不愿意想起的往事，而生活就是这样往下过的，日复一日，今天有什么事，你错过了，明天又有什么事，你又忘了，人总是有没完没了的事。生活自有巧安排，他在做梦，他在打盹儿。所以，人可以找个暖和的日子，从窗户上抓一只苍蝇放进花盆里，再往它身上吹沙：如果这是一只健康能干的苍蝇，它就会重新爬出来，你怎么往它身上吹，也不会损害它的一根寒毛。弗兰茨有时就在思考这个问题，他如何看待这个问题，又如何看待别的事情，我过得不错，这和我有什么关系，我跟这有什么关系，政治和我毫不相干，那些人要那么蠢，甘心受人剥削，我又能有什么办法。谁又该去为所有的人伤这份脑筋呢。

　　只是在喝酒的问题上，米泽不得不花大力气阻止他，这是弗兰茨的弱点。他有一种天生的嗜好喝酒的需要，这是他骨子里生就了的，老是忍不住地冒了出来。他说：那样才能长肉，免得想得太多。赫尔伯特则对弗兰茨说："哎呀，你别喝得太多了。你是个幸运儿。瞧，你以前是什么人？报贩子。现在呢，你是没了一只胳膊，可你现在有米泽啊，你的生活来源，你可别再像和伊达时那样，又开始瞎喝呀。"

　　"这根本就是不可能的，赫尔伯特。我只在闲的时候才喝个痛快。你坐着，那你做什么呢：喝，接着喝，再喝一杯，再喝一杯。再说，你瞧瞧我，我受得了。""哎呀，你还说你受得了。不错，你的确又胖了好多，可你去照照镜子，看看你的眼睛都变成什么样了。""我的眼睛变成什么样了？""你倒是摸摸看，跟老头的泪囊似的；你才多大岁数，你会把自己喝老的，喝酒的人老得快。"

"我们不说这个了。你们有什么新闻吗？赫尔伯特，你到底在干啥？""马上就又会有事的，我们新收了两个小子，穿戴得很不错。你认识克诺普吗，就是那个能够吞火的家伙？你瞧，这俩小子就是他找来的。他对他们说：什么，你们想和我一起干？那你们首先得让我看看，你们都有哪些能耐。十八九岁。于是，克诺普就站在对面的但泽拐角里看他们施展能耐。这俩盯上了一个老太太，他们看着她到银行去取钱。一直跟在她后面。克诺普心想，他们会找个地方对她小推一把，把钱弄到手后拜拜了您。不，他们在暗中耐心地窥视，然后跟着她一起走，当她，那老太太，走到自家门口的时候，他们已经站在了那里。喂，您是米勒女士吗，这的确也是她的真名，接着他们便开始和人家胡侃，直到对面的电车开来，于是往人家脸上撒胡椒，抢走她的包，砰地一声把门关上，跑过路堤。克诺普一边骂，一边说，他们根本没有必要上到电车里去；在老太太打开房门之前，在那里的人弄明白出了什么事之前，他们是可以不动声色地坐到对面的酒馆里去的。一跑，反而引起人家的怀疑。""他们至少没过多久就跳下来了吧？""是的。克诺普四下里埋怨，说这俩接着又做了一件事：他们带上克诺普，然后在晚上九点钟的时候，干脆拣起一块砖头，跑到罗明腾大街，砸碎一家钟表店的玻璃，赤手空拳地进去就抢。而且没被逮住。这俩小子像奥斯卡，滑头得很，事后呆在人群里不出来。不错，这种人我们正需要。"弗兰茨垂下脑袋："调皮的小子们。""你是用不着这样的。""是的——我用不着这样。我也不会为往后伤脑筋。""可千万别再瞎喝了，弗兰茨。"

弗兰茨的脸开始抽搐："赫尔伯特，干吗不喝个痛快，你们都想让我干什么。我没有法子，我没法子，我是个百分之百的残废。"他直视着赫尔伯特，他的嘴角向下撇了撇："你知道吗，你们全都看我不顺眼，这一个说：我不该瞎喝酒，另一个说，别和维利混在一起，第三个说：哎呀，千万别搞政治。""政治，我对它又一点也不反感了，这个你行。"

弗兰茨坐在椅子上，身体向后靠去，他时不时地拿眼去瞟他的朋友赫尔伯特，后者心想：这个人的脸都鼓起来了，这是个危险的家伙，虽说我们的弗兰茨平时心肠是那样的好。弗兰茨说起悄悄话，伸出手臂去捅他："他们把我变成了个废人，赫尔伯特，你看看我，我做什么都不中了。""别太过分了。你把这话去说给埃娃或米泽听听。""是的，上床躺着，这我知道。可是你，你有事做，你在做事，还有那俩小子。""那你想怎么样呢，你如果真想的话，凭你的一只胳膊也能做买卖。""是人家不让我做。米泽也不愿意。她花了不少工夫劝我。""那你就做吧，干脆重新开始。""是啊，现在又要重新开始。停下，开始。好像我是条小狗似的：跳上桌，跳下桌，跳上桌。"

赫尔伯特倒了两杯白兰地；我得好好点点那个米泽，这小子不大对头，让她小心一点，到时候他又发起雷霆来，那情形就会和伊达当年一样。弗兰茨把自己的杯子反扣下来："我是个残废，赫尔伯特；你瞧瞧这只袖管子，里面空荡荡的。你哪里知道啊，我这肩膀夜里疼得厉害着哪；都睡不着觉。""那你就去看看大夫嘛。""我不想，我不想，我不想去看什么大夫，马格德堡已经让我受够了。""那我就跟米泽说，让她陪你出去，那样你就可以离开柏林，到外地散散心了。""赫尔伯特，就让我喝个痛快吧。"赫尔伯特对着他的耳朵根子悄悄说道："你对米泽竟然就跟对伊达一样！"弗兰茨竖起耳朵听着："什么？""就是的。"你瞧你，你现在好好地看着我，好好地看着我，你那四年，你是不是还觉得不够啊。弗兰茨的那只手在赫尔伯特的眼皮子底下攥成了拳头："嘿，你没事吧？""是的，我没事。有事的是你！"

埃娃在门口听了一阵，她很想走开，她穿着漂亮的浅棕色的套装进来，给了赫尔伯特一拳："让他喝个够，小子，你疯了。""哎呀，你没看见啊。再让他变成从前那个样子吗？""住嘴，你管得太宽了。"

弗兰茨把目光转向埃娃，死死地盯住她不放。

半个小时之后，他在自己的屋里问米泽："你说说，我可以喝个痛快吗？""当然可以，只是别喝得太多了。别喝得太多了。""你没准也想来个一醉方休吧？""是的，和你一起。"弗兰茨欢呼起来："嘿，米泽，你想一醉方休，你是不是还从来没有醉过？""哪里呀。来，我们愿意一醉方休。马上。"

刚才他很伤心，现在他看到，她在如何不安地颤动，而这就跟不久前她对付埃娃和那孩子时的情形一模一样。接下来，弗兰茨站到她身边，多么可爱的姑娘，多么善良的姑娘，如此娇小地站在他的身旁，他可以把她裹进自己的夹克衫里，她搂着他，他用他的左臂揽住她的臀部，接着——接着——

接着弗兰茨走神了，这样一秒钟的工夫。他的手臂缠在她的腰间，他浑身僵硬。可是，在他的脑海里，弗兰茨却下意识地用他的那只胳膊做了一个动作。与此同时，他的脸硬得跟石头似的。在他的脑海里，他把———一只小小的木器——攥在了手里，他把它举起来——对着米泽打了过去，对着她的胸腔，一下，两下。而且还打碎了她的肋骨。医院，墓地，那个布雷斯劳人。

弗兰茨松开米泽，她不知道，他这是怎么了，她躺在他身旁的地上，他咕哝着，前言不搭后语，嚎叫着，吻她，痛哭流涕，她也跟着他一起痛哭，却不知道是为什么。随后，她拿来两瓶烧酒，他却直说"不，不"，然而，这东西让人心醉，心醉，上帝啊，这俩在找乐子，他们在大笑。米泽早就该去找她的情人去了，这姑娘该怎么办，她留在了她的弗兰茨身边，她站都站不住，哪里还谈得上走呢。她把弗兰茨嘴里的烧酒吞掉，他又要去喝，可是酒已经从她的鼻子里流了出来。接着，他们咯咯地笑了起来，而他则胡噜胡噜地鼾睡到天明。

我这肩膀上的剧痛是从哪儿来的，他们砍掉了我的那只胳膊。

我的肩膀怎么痛得这样厉害，我的肩膀痛得厉害。

米泽去哪儿了。她让我一个人躺在这里。

他们砍掉了我的那只胳膊，胳膊没了，肩膀疼，肩膀。狗日的该死，我的胳膊掉了，是他们干的，那些狗日的，就是他们干的，狗日的，胳膊掉了，是他们让我躺在地上。这肩膀，我这肩膀，好疼，是他们让它留在了我的身上，他们当时要是能够的话，他们还会把我的这只胳膊扯掉。他们还会把我的这只胳膊扯掉。要是他们也把我的这只胳膊扯掉了的话，我就不会觉得这么疼了，该死的。他们没有要我的命，这帮狗日的，他们在这件事情上落空了，他们休想在我这里得逞，这帮坏蛋，可是现在也不好，我现在可以躺着，身边却没一个人，谁会跑来听我叫唤呢：我的这只胳膊很疼，还有这肩膀，这帮狗日的真该把我轧死，那样更好些。我现在只能算半个人。我的肩膀，我的肩膀，我再也受不了了。这帮该死的坏蛋，这帮坏蛋，他们把我给毁了，我该怎么办，米泽到底在哪里，他们让我躺在这里。哎哟，哎哟哟，哎哟，哎哟哟，哎哟哟。

这只苍蝇爬个不停，它蹲在花盆里，沙子从它的身上落下，沙沙作响，它丝毫不受影响，它抖掉沙子，它伸出黑色的头来，它爬出来了。

大淫妇巴比伦坐在水边，她是淫荡和世间一切暴戾之母。你可以看到，也必须看到，她坐在一只猩红色的动物身上，她有七个脑袋，十只角。你每走一步都令她高兴。她把圣徒碎尸万段，她沾满了圣徒的鲜血。她用这些角来冲撞，她来自深渊，她领你走向地狱，你看她呀，那一颗颗珍珠，那种猩红，那种紫，那一颗颗牙齿，她在咬牙切齿，她那丰满而厚实的嘴唇沾满了鲜血，她就是用它们来喝的血。妓女巴比伦！恶毒的眼睛泛着金黄，脖颈膘肥！看哪，她在冲你大笑。

前进，齐步走，鼓声咚咚
和大队人马

喂，注意了，如果榴弹飞来，就会有垃圾，前进，抬腿，径直通过，我得出去，前进，我只有骨头可以被打碎，咚隆咚，齐步走，一、二，一、二，左右，左右，左右。

弗兰茨·毕勃科普夫迈着坚定的步伐穿过大街，左右，左右，来吧，别喊累，不进酒馆，滴酒不沾，我们倒要看看，飞来一颗子弹，我们倒要看看，我接住它，我倒下了，左右，左右。战鼓咚咚和大队人马。他终于松了一口气。

队伍穿过柏林。当士兵们迈步穿过这座城市的时候，哎为什么，哎就为这个，哎只是因为锵得拉哒砰哒拉，哎只是因为锵得拉哒，哒哒。

一幢幢房屋静静地伫立，任风儿随处刮起。哎为什么，哎就为这个，哎只是因为锵得拉哒哒。

在他那肮脏发霉的房间里——肮脏的房间，哎为什么，哎就为这个，肮脏的房间，哎就为这个，哎只是因为锵得拉哒——坐着赖因霍尔德，普姆斯团伙的老主顾，当士兵们迈步穿过这座城市的时候，姑娘们把头探出窗外，探出门口，他正在读报纸，左右，左右，不是打中我，就是打中你，读奥运会①的消息，一、二，南瓜子居然可以打绦虫。他读得很慢，声音很大，以防止结巴。当他一个人独处的时候，他也过得不错。当士兵们迈步穿过这座城市的时候，他把那篇关于南瓜的文章剪了下来，因为他的肚子里曾经长过一条绦虫，他的肚子里现在很可能还有一条，没准就是以前的那条，没准是条新的，老的那条下了小的，应该试试这些南瓜子，而且必须连壳子一起吃掉，不能去壳。一幢幢房屋静静

---

① 此届奥运会 1928 年 7 月 28 日至 8 月 12 日在阿姆斯特丹举行。

地伫立，任风儿随处刮起。阿尔滕堡举行斯卡特代表大会，我不玩。世界之旅，每周全部的开销只有三十芬尼，又搞这种一看就是骗人的把戏。当士兵们迈步穿过这座城市的时候，姑娘们把头探出窗外，探出门口，哎为什么，哎为什么，哎只是因为锵得拉哒砰得拉哒砰。有人敲门，进来。

一跃而起，前进，前进。赖因霍尔德旋即把手伸进口袋里，左轮手枪。飞来一颗子弹，不是打中我，就是打中你。子弹把他的生命夺走，他躺在我的脚边，仿佛就是我自己，仿佛就是我自己。他就站在那里：弗兰茨·毕勃科普夫他少了一只胳膊，残废军人，这家伙喝醉了，或者没醉。只要他敢动一动，我就一枪把他撂倒。

"是谁让你进来的？""你的女房东，"进攻，进攻。"是她，这个臭婆娘，她疯了不成？"赖因霍尔德走到门口。"蒂琪太太！蒂琪太太！这是怎么回事？我在家还是不在家？要是我说，我不在家里，那我就是不在家里。""对不起，赖因霍尔德先生，没有人跟我说过。""那我就是不在家里，真见鬼。不知道你还会让什么人进到我的屋里来。""您大概是对我女儿说的；她下楼去了，什么也没说。"

他拉上房门，左轮手枪握得紧紧的。那些士兵。"您想在我这儿干什么？我们彼此并没丢、丢什么东西在对方那里吧？"他结巴着。这是个什么样的弗兰茨啊？你马上就会知道的。这个男人不久前被汽车轧掉了一只胳膊，这个男人曾经十分规矩，有他的誓言为证，现在他是个无赖，我们还想解释一下，这是谁之过。战鼓咚咚，大队人马上来了，他就站在那里。"嘿，赖因霍尔德，你还有把左轮手枪。""那又怎么样？""你拿着它干什么？你想干什么？""我？不干什

356 ｜ 译文经典

么！""那好。你可以把它放下了。"赖因霍尔德把左轮手枪放到自己面前的桌子上。"你怎么跑到我这里来了？"他站在那里，他就在那里，这个人在楼道里打过我，这个人把我从车子里推了出去，这之前什么事也没有，当时希莉还在，我走下楼去。这事都一点一点想起来了。月亮悬在水面上，傍晚的月光白得耀眼，钟声响起。他现在有把左轮手枪。

"你坐吧，弗兰茨，说说，你是不是喝了一桶？"因为这家伙这么死盯着人看，那他肯定是醉了，这家伙酗酒，他离不开这个。就会是这样的，这家伙醉了，反正我有这把左轮手枪。哎，只是因为锵得拉哒砰得拉哒砰。弗兰茨于是坐了下来。他坐着。那皎洁的月亮，那整个的水面，光芒四射。他现在坐在赖因霍尔德的家里。就是这个男人，他曾经帮他玩姑娘，为他甩掉一个又一个的姑娘，他接着还要他去望风，可是，他什么都没说，我现在是无赖，而又有谁会知道，米泽将会是个什么样的结局，而实际情况就是如此。不过，这都是脑子里想的。正在发生的只有一件事情：赖因霍尔德，赖因霍尔德坐在那里。

"我只是想来看看你，赖因霍尔德。"这就是我的本意；看看这个人，看看就够了，我们坐在这里。"你企图，施压，是不是，敲诈，因为那个时候？是不是？"保持沉默，没有抽搐。小子们，向前挺进，这一两颗榴弹算什么呀。"敲诈，是不是？那你想要多少？我们是有准备的。我们也知道，你是个无赖。""我就是无赖。就一只胳膊，我又有什么办法？""那好，你想干什么？""什么都不想干，什么都不想干。"只是好好地坐着，稳稳当当地坐着，这就是赖因霍尔德，他蹑手蹑脚地来回走动，可千万别让他给弄倒了。

然而，弗兰茨已经感到了一阵颤抖。从前有三个国王，他们来自东方，他们把香拿在手上摇晃，他们不停地摇晃。他们让烟雾围着一个人缭绕。赖因霍尔德寻思着：这家伙要么喝醉了，那样的话，他过不了多久就会走，别的什么事也没有，要么他就是真的有什么企图。不，这家伙有企图，可是什么呢，他不想敲诈，但肯定有企图。赖因霍尔德拿来烧酒，心想，我要用这个来把我的弗兰茨的话套出来。只要不是那个赫尔伯特派他来探底的就行，那是会让我们完蛋的。他把两只蓝色的小玻璃杯放到桌上，就在这一瞬间，他看见，弗兰茨在颤抖。月亮，皎洁的月亮，它耀眼地高悬在水面之上，所以没有人能够抬头仰望，我看不见了，我这是怎么了。瞧，他不行了。他不行了，别看他身子挺得直直的。一股喜悦于是涌上了赖因霍尔德的心头，他慢慢拿走桌上的左轮手枪，把它塞进自己的口袋，然后他倒酒，他又看到：这家伙的爪子在颤抖，这家伙的手在发抖，这个脓包，这个吹牛不打草稿的东西，他害怕左轮手枪或者害怕我，算了，我不去管他。赖因霍尔德于是变得非常非常的平静、友好，是的。他看到了他的颤抖，他感到狂喜，不，这家伙没喝醉，这个弗兰茨，他害怕了，他撑不住了，他吓得屁滚尿流，他还想在我的面前装大，真是不自量力。

　　于是，赖因霍尔德开始从希莉说起，我们昨天好像见过面似的，她又跑到我这里来过了一阵子，一两个星期，倒是有这种情况，如果我几个月没有见到某个女人，我可能会重新要她，这就叫做旧情复发，是件很滑稽的事情。随后，他拿来香烟和一包下流的图片，还有照片，希莉也在里面，和赖因霍尔德一起。

弗兰茨无话可说，他只是一个劲儿地去看赖因霍尔德的手，这家伙有两只手，两条胳膊，他只有一条，赖因霍尔德把他推到车轮底下用的就是这两只手，啊为什么，啊就为这个，难道我不该把这个家伙打死吗，啊只是因为锵得拉哒。赫尔伯特的意思是，可这都不是我的意思，我到底是什么意思。我干不了什么事，我一点事也干不了。可我非干不可，我可想做点事了，啊只是因为锵得拉哒砰得拉哒——我哪里还像个男人，我是个戴绿帽子的窝囊废。他瘫作一团，随后他又颤抖着挺起腰板，他抿了一口白兰地，接着又是一口，全都无济于事，赖因霍尔德接着用很小很小的声音说道："我，我想，弗兰茨，我想看看你的伤口。"哎只是因为锵得拉哒砰得拉哒。弗兰茨·毕勃科普夫于是扯开——就是它——自己的夹克衫，把罩在衬衫袖子里的断臂处露给他看，赖因霍尔德的脸开始变形：看上去很恶心，弗兰茨猛地合上夹克："以前更糟。"接着，赖因霍尔德继续看他的弗兰茨，这个人什么话都不会说，什么事也不能做，胖得像头猪，连嘴都张不开，赖因霍尔德忍不住对着他继续冷笑，而且笑得没完没了。

"喂，你总是这么着吗，把这根袖管子揣在这只口袋里？你是不停地往里塞它呢，还是事先就缝好了的？""不，这个，这个我一直是往里塞的。""用另外一只手？不不，那么，要是你还没有穿衣服呢？""那就一会儿这样一会儿那样呗；如果我穿这件夹克，就没这么顺当了。"赖因霍尔德站在弗兰茨身旁，扯着那根袖子。"你可得随时当心，别往右边的口袋里放什么东西。那样是很容易被人偷的。""在我这里不会。"赖因霍尔德仍在不停地想心事："你说说，你穿双排扣大衣时怎么办，那肯定很不舒服。两只空袖子。"
"现在可是夏天。大衣要等到冬天。""你会有感觉的，不会
好受。你干吗不给自己买个人造的手臂呢，掉了腿的人，就
给自己安个假的。""那是因为他不这样做就不能走路。"
"你可以给自己弄只假臂，那样好些。""不，不，那只会
让人觉得沉。""要是我，我就给自己买一个，要不就把袖子
塞满。来，我们来试试。""干吗呀，我不想，真是的。"
"你可别拖着这样松松垮垮的袖子到处乱跑，看上去可棒
了，没人看得出来。""我又能怎么办。我不愿意。""来
吧，木头是假的。你瞧着吧，往里面塞几双袜子或衬衫，你
瞧着吧。"

而赖因霍尔德是说干就干，他抽出那只空荡荡的袖子，
把手伸了进去，他站在他的五斗橱边，开始往里塞袜子、毛
巾。弗兰茨反抗着。"干吗呀，真是的，又没有什么东西撑
着，像根香肠，饶了我吧。""不，我可以告诉你，你得找个
裁缝做一下，得撑紧了才行，又会很好看的，你可别像个残
废似的到处乱跑，你这只口袋里只有这只手。"长筒袜又掉
了出来："没错，这是裁缝的事。我见不得残废，残废在我
的面前就是个废物。我要是看见一个残废，我就会说：还不
赶快滚开。"

弗兰茨一边听啊听，一边不住气地点头。他浑身情不自
禁地颤抖起来。他正在亚历山大广场的某个地方溜门撬锁偷
东西，一切都在远离他，这肯定和那次事故有关，这是神经
过敏，我们倒要看看。可是，他的身体继续处于疼痛和战栗
之中。起身，离开，下楼，再见赖因霍尔德，我得赶紧开
溜，齐步走，右，左，右，左，锵得拉哒。

肥胖的弗兰茨·毕勃科普夫回到家里，他刚才去过赖因霍尔德那里，他的那只手和手臂仍在颤抖和摇晃，他回家的时候，烟从他的口里掉了出来。米泽正在楼上他的屋里，同她的情人坐在一起，等弗兰茨，因为她要和这位情人出去两天。

　　他把她拉到一边。"我到底从你这儿得到了什么？""那我到底该怎么办呢，弗兰茨？哦上帝，弗兰茨，到底出了什么事？""没出什么事，推掉他。""我今天晚上就回来了。""推掉他。"他几乎吼了起来。她朝那位情人望了望，飞快地在弗兰茨的脖颈上吻了一下，之后便出去了。她到楼下给埃娃打电话："你要是有时间的话，就到弗兰茨这儿来看看吧。他这是怎么了？我真的不知道。你过来吧。"可是，埃娃后来也没能来成，赫尔伯特来来回回地把她骂了一整天，她无法脱身。

　　在此期间，我们的弗兰茨·毕勃科普夫，这条眼镜蛇，这位钢铁般的斗士，孤独地、非常孤独地坐着，在此期间，他坐在自家的窗前，他的手紧紧地抓住窗台板，他在沉思，他刚才跑到赖因霍尔德的家里去，是不是有点胡闹，是不是做了件该死的蠢事，那就让这件事见鬼去吧，这是胡闹，当士兵们迈步穿过这座城市的时候，这就是胡闹，顽固不化，所以我必须出去，我必须做点别的什么事情。而在此期间他就已经在想，我就这样办，去必须去，不能继续这样下去了，他让我丢尽了脸，他把我的夹克塞得满满的，这件事我不能告诉任何人，竟然有这种事情发生。

　　于是，弗兰茨把头紧紧地抵住窗台板，使劲往里钻，他感到羞愧，感到无地自容：我竟然干出这种事情，我容忍了这种事情，我真是个白痴，我不由自主地在这个家伙面前发抖。这种羞愧是如此的巨大和如此的强烈。弗兰茨咬牙切齿，差点就把自己咬碎，这不是我的本意，我可不是胆小鬼，虽然我只有一只胳膊。

我必须去找这个家伙。使出浑身解数。已是傍晚时分，弗兰茨作好了准备，从椅子上站了起来。他在屋子里四下环顾，烧酒米泽已经拿出来放好，我不喝。我不愿意感到羞愧。应该让人看看弗兰茨的眼睛。我——去找他。隆得咚，大炮，长号。前进，下楼，穿着那件夹克，他还想把我的这件夹克塞满，我坐到他跟前去，我的脸上不会有任何表情。

柏林！柏林！柏林！海底悲剧，潜艇沉没。全体人员窒息而亡。如果他们是窒息而亡，那他们就是死了，这种事不该问，事情过去了，事情了结了，别提了。前进，前进。两架战斗机坠毁。他们掉下来了，他们死了，这种事不必问，死了就是死了。

"赖因霍尔德，晚上好。你看，这不，我又来了。"这家伙瞧着弗兰茨："谁让你进来的？""我？没谁。门是开着的，我就进来了，就这么简单。""是吗，那你不会按门铃吗。""上你这儿来我是不会按门铃的，我又没喝醉。"

接着，他俩面对面地坐着，抽烟，而弗兰茨·毕勃科普夫没有颤抖，他顽强地坚持着，为自己活着感到高兴，自他落到车轮底下以来，今天是他最好的日子，而这也是他自那时以来所做过的一件最好的事情：坐在这里，该死的，这很不错。而且，这样比集会强，甚至要强过——强过米泽了。是的，这是所有的事情之中最美的事情：他不来把我推倒。

这是晚上 8 点，赖因霍尔德盯着弗兰茨的脸："弗兰茨，你要知道，我们两个之间得有个约定。你说吧，你要我干什么，你就直截了当地说出来好了。""要我和你约定什么？""那辆汽车的事。""这有什么用，我的胳膊又不会因为这个重新长出来。再说——"弗兰茨一拳砸到桌上："再说我也受够了。我再也不能继续那样下去了。这你是应该想得到的。"嗬嗬，我们到了这个份上，我们早就到了这个份上。赖因霍尔德试探道："你是说街头买卖。""是的，这个也算上。我脑子里有只小鸟。瞧，它现在飞出来了。""那只胳膊却掉了。""可我还有一只，而且我还有一个脑袋和两条腿呢。""你要干什么？是一个人搞事呢，还是和赫尔伯特一块？""就这条胳膊？凭着它我什么也干不了。""可你要知道，只做个无赖，这可是太单调了。"

赖因霍尔德一边想，一边拿眼去瞅这个人，只见他又肥又壮地坐在那里：我倒有心要耍耍这小子。这家伙在奋力抵抗。必须折断这家伙的骨头。这家伙掉一只胳膊还嫌不够。

他们于是开始谈起女人，弗兰茨说起米泽，她以前叫索妮亚，她很能挣钱，是个乖巧的姑娘。赖因霍尔德于是就想：这可好了，我先把她从他那里夺过来，然后再泼他一身脏水。

虫子一边吃土，一边又不停地从后面把土拉出来，尽管如此，它们仍在不断地吃新土。而畜牲是不会讲客气的，你要是今天填饱了它们的肚子，它们明天肯定还会再来，肯定是张口就咬。人的情况跟火的情况是一样的：有燃烧就肯定有消耗，不能消耗就会熄灭，肯定就会熄灭。

弗兰茨·毕勃科普夫对自己感到高兴，他是有能力坐在这里的，没有颤抖，镇定自若，庄严喜悦，俨然获得新生一般。而当他和赖因霍尔德一起下楼时，他又重新找到了感觉：当士兵们迈步穿过这座城市的时候，右，左，活着，真不错，这些都是我的朋友，这里会有什么事，这里没人会把我扔下，看谁敢这样做。哎为什么，哎就为这个，姑娘们把头探出窗外，探出门口。

"我去跳舞，"他对赖因霍尔德说道。这家伙问他："你的米泽和你一块去吗？""不，她和她的客人一起出去两天。""要是她再去，我也跟着一起去。""行，她会乐意的。""嗯，嗯？""要我跟你说啊；她不会咬你的。"

弗兰茨极为快活，他，这个获得新生的人，这个有福之人，跳了整整一夜的舞，先是在老舞厅，然后又在赫尔伯特住处附近的那家酒馆，大伙儿都和他一起高兴，而他高兴得最多的时候却是和他自己。在他和埃娃跳舞的时候，他最为真切地爱着、爱着两个人：一个是他的米泽，他真希望她也在这里，另一个是——赖因霍尔德。然而，他不敢说出口来。在这个美妙的夜晚，他和这样那样的女人跳了整整一个通宵，而他所爱的两个人却没有到场，他觉得和他们在一起很幸福。

拳头落在了桌子上

每一个读到这里的人都会看见，这是一个怎样的转变：一个向后的转变，而它是在弗兰茨这里完成的。弗兰茨·毕勃科普夫，这个壮实的家伙，这条眼镜蛇，真的又重新露面了。过去的日子并不容易，可是他又回来了。

当他成为靠着米泽吃软饭的男人，拿着只金烟盒，头戴划船俱乐部的帽子，自由自在地四处闲逛的时候，他似乎就已经开始露面了。然而，只有现在，当他如此欢呼雀跃、丝毫不再感到恐惧的时候，他才算是完全地露面了。现在，屋顶在他的眼里不再摇晃了，而他的胳膊，算了，他就是因为这个才变成这样的。他脑子里的古怪念头已经被顺利地摘除。他现在是无赖，他将重新沦为一个罪犯，然而，这一切并不令他感到痛苦，正好相反。

而这一切就跟开头一样。不过，人们也会明白，这已经不是原来的那条眼镜蛇了。人们就会发现，这已经不是我们原来的弗兰茨·毕勃科普夫了。第一次是他的朋友吕德斯欺骗了他，他因此而大惊失色。第二次是人家要他望风，但他不愿意，赖因霍尔德就把他扔出了车外，让汽车把他轧扁。现在，弗兰茨受够了，每一个普通人都会无法忍受。他没有去出家，他没让自己倒下，他走上抗争之路，他不仅会成为无赖和罪犯，而且，照现在这个样子：那是非要不可的了。现在你们将要看到的弗兰茨，并不是一副独自起舞、对生活知足常乐的模样，相反，他正在和另外的某个东西跳舞，跳得丁零当啷，而这另外的一个将会让人们知道，它有多强，谁更强，是弗兰茨，还是它。

当弗兰茨·毕勃科普夫从特格尔出来、又能重新立足的时候，他大声地发了一个誓：我要规矩做人。但他未能遵守这个誓言。他现在要看看，他到底还有什么可说的。他要问一问，他的那只胳膊是不是，而且为什么，就该被车轧掉。也许，谁知道，这种人的脑袋瓜子是怎么想的，也许，弗兰茨希望再从赖因霍尔德那里找回自己的那只胳膊。

第七章

这是锤子,锤子在飕飕地击向弗兰茨·毕勃科普夫。

普茜·乌尔，美国人蜂拥而至，
沃尔玛的开头字母是 W 还是 V？

亚历山大广场四周仍有人在继续不断地瞎忙活着。他们准备在科尼西大街拐角、新弗里德里希大街萨拉曼德鞋店的上方把这幢房子拆除，旁边的那幢他们已经开始拆了。环城铁路弧线亚历山大下面的行驶变得异常艰难：人们正在为铁路桥造新桥墩；从那上面往下看，可以看见一口用泥灰封得严严实实的深井，桥墩们就在这里落脚。

想进城市火车站的人，必须在一个小小的木质台阶上走上走下。柏林的天气较凉，时常哗啦哗啦地下场雨，为此，汽车和摩托车吃了不少苦头，每天都有那么几辆要滑倒，相撞，要求赔偿损失什么的，人在此类事故中遭受形形色色的伤害，则更是屡见不鲜的事情，这全是天气所致。您听说过飞行员贝泽-阿尔尼姆的命运悲剧吗？他今天受到刑事侦察科的审讯，他是那起发生在干瘪的老妓女普茜·乌尔家中的枪杀案的主犯；她已经长眠不醒。贝泽，爱德加尔，在乌尔的家中乱射一气，他过去的情况，刑事警察们说，就一直十分奇怪。他在战争中有一次被人从 1 700 米的高空击落，所以就有了飞行员贝泽-阿尔尼姆的命运悲剧，他被人从1 700米的高空击落，他的遗产被骗，他用假名坐牢；再加上这最近的一桩事情。他被人击落，他回了家，一个保险公司的经理骗走他的钱。可那人却是个骗子，所以飞行员的钱就以最简单的方式进了那个骗子的腰包，这个飞行员再也没有钱了。从这一刻起，贝泽自称是奥克莱尔。他没脸去见他的家人，因为他是如此的穷困潦倒。警察总局的警察今天早上得知并记录了这一切。那上面还写着，他现在走上了犯罪的道路。他曾被判过两年半，因为他那时叫做克拉赫托维尔，后来跑到波兰去了。看来，和普茜·乌尔相关的这段特别恶劣并且让人捉摸不透的历史是后来在柏林发展起来的。在这里，普茜·乌尔通过我们不大愿意说起的特殊仪式为他取名"冯·阿尔尼姆"，而他所做的蠢事，均是他以冯·阿尔尼姆的名义所为。这不，在星期二，1928 年 8 月 14 日，冯·阿尔尼姆把一颗子弹射进了普茜·乌尔的体内，为什么，而且还是这样射的，这帮歹徒对此守口如瓶，就是把刀架到他们的脖子上，他们也不会说出半个字来。因为，他们为什么要把事情告诉给他们的敌人——这些警察呢？只有一点是清楚的，即拳击运动员海因和这件事情有关，自诩是通晓人情世故的人会错误地以为：这是一出争风吃醋的戏。我个人完全放心的是，这里不存在争风吃醋的问题。即便是争风吃醋，那也是以金钱为基础的争风吃醋，钱是主要的。贝泽，刑事侦察科说，彻底崩溃了；谁如果相信，谁就会死后升天。这个年轻人，你可以相信我，即便是崩溃了的话，那最多也是因为警察要对他进行调查，而且特别是因为他恨自己把那个可恶的乌尔一枪给崩了。因为他现在该靠什么过活呢；他在想：这婊子可千万别死，撇下我不管。至此，我们对于飞行员贝泽-阿尔尼姆的命运悲剧已经有了足够的了解，他被人从1 700米的高空打下，他的遗产被骗，他用假名坐牢。

造访柏林的美国人潮水般地涌来。在那成千上万的造访这座德国大都会的人流之中，也不乏为数众多的知名人士，他们出于因公或因私的理由访问了柏林。这不，各国议会联盟美国代表团总干事、来自华盛顿的卡欧博士，在此逗留（艾思普拉纳德饭店），一周之后，还会有一批美国参议员步其后尘，接踵而至。此外，纽约消防事业总裁，约翰·凯伦，将在近日抵达柏林，他，同前劳动局国务秘书戴维斯一样，将下榻于阿德龙饭店。

世界宗教的、自由的犹太人协会8月18日—21日在柏林举行会议，协会主席克劳德·格·蒙特费尔已从伦敦抵达柏林；他和他的随行女工作人员莉莉·哈·蒙太古女士一道住在艾思普拉纳德饭店。

鉴于天气情况的极其恶劣，我们最好还是进屋为妙，进中心市场大厅，可那里面又太嘈杂，人几乎要被手推车撞倒，而那帮家伙连喊都不喊一下。这样的话，我们最好还是上齐默尔大街的劳动法庭去，在那里用早餐。和小人物打交道多的人——弗兰茨·毕勃科普夫终究也不是什么名人——，也喜欢乘车去西部，看一看那里都有些啥玩意儿。

劳动法庭，房间号60，茶点室；一间相当小的屋子，里面配有柜台、咖啡速煮器；黑板上写着"午餐：浓稠米汤，牛肉卷（尽是 R①）1 马克"。一位年轻的、戴副角边眼镜的胖先生坐在一张椅子上吃午饭。只要看看他就会知道：他面前放着一只热气腾腾的、盛着肉卷、调味汁和土豆的盘子，他正在把所有这些东西一一吞下肚去。他的两只眼睛在盘子的上方来回地转悠，又没有人要去抢他的东西，附近没有坐人，他完全是独自一人坐在他的桌旁，然而，他却是满怀忧虑地去切割、挤压他的食物并将其送进自己的嘴里，快速地，一，一，一，一，当他忙活的时候，一进，一出，一进，一出，当他切割、挤榨和狼吞虎咽、嗅闻、品尝和吞食的时候，他的两眼在观察盘子里越来越少的残余，像两条爱咬人的狗似的，守卫在它的周围，打量着它的规模。又一个一进，一出。句号，现在吃完了，他现在站起身来，松弛而肥胖，这家伙把所有的东西都吃了个精光，他现在可以结账了。他一边把手伸进胸前的口袋，一边吧嗒着嘴巴："小姐，多少钱？"然后，这个胖家伙走出门去，呼哧呼哧地喘着粗气，他松了松自己背后的裤腰，好给他的肚子腾出足够的位置。他的胃里装着足足三磅的重量，尽是些食物。他肚子里的工作现在开始，肚子现在要来对付这家伙一股脑儿吃进来的东西。肠子在颤动和摇晃，跟蚯蚓似的迂回盘绕，腺体在做它们能做的事情，它们将它们的汁液射进这劳什子里，它们射起来就跟消防队似的，唾液源源不断地自上而下，这家伙吞咽着，唾液流进肠子，争先恐后地涌向肾脏，犹如白色周②时商店里拥挤的人流，慢一点儿，慢一点儿，

---

① 德文的米 Reis，牛 Rind，肉卷 Roulade 开头字母均是 R。
② 在这一周内百货商店特价出售白色的棉麻织物。

瞧啊，已有一小滴落入膀胱，一小滴接着一小滴。等等，我的小伙计，等等，过不了多久你就会沿着同一条路从这里折回到那个门口，那个门上写的是：男厕。这就是世界的进程。

有人在门后做交易。女佣沃尔玛，您的名字怎么写，我原以为，您开头的字母写作 V，这里写着呢，那好，那我们就准备写个 W 吧。她变得非常的放肆，她的举止很不得体，收拾好您的东西，您做好准备走人吧，有人为此做证。她不干，她太爱面子了。到 6 号为止，包括三天的差额，我愿意付十个马克，我的太太正躺在诊所里。您可以要求，小姐，二十二马克七十五芬尼有争议，但我可要把丑话说在前头，我是不会对什么都加以容忍的。"不要脸的臭婆娘，不要脸的畜生，"我的老婆如果病好了，可以被传讯，这位原告本人已经变得厚颜无耻。双方达成以下和解。

司机帕普克和影片出租商威廉·托茨克。这是怎么一回事，刚刚放到桌上去的。那您这样写吧：影片出租商威廉·托茨克亲自到场，不，我只是受他的全权委托，很好，您做过司机，时间不长，我开的这辆车被人反撞了，您把钥匙给我带来，也就是说，您开这辆车倒了霉了，您对此有什么可说的吗？28 号是星期五，他本该去阿德米拉司浴场接回经理太太的，那是在维克多利亚大街，有人可以做证，他当时完全喝醉了。他在那一带是出了名的酒鬼。劣质啤酒我反正是不喝的了；那是辆德国车，修理费要 387.20 马克。到底是怎么撞的车？那节骨眼上我已经开始打滑，他没有四轮刹车，我的前轮挨着了他的后轮。那一天您喝了多少，您大概早餐的时候就喝酒了吧，我上经理那儿，我在那儿吃的饭，经理对员工很照顾，因为他是个好人。即使造成了这一损失，我们也不会让这个人去坐牢，但是要无限期解雇；他是由于醉酒而犯下这样的错误。把您的破烂衣服取走；维克多利亚大街的人潦倒得很。那位经理于是在电话里说了：这是个大笨蛋，他把这辆车撞坏了。这话您不可能听见，是的，您的电话机声音可大了；另外他打过电话，说我偷了那只备用轮子，我请求审问证人。我根本没有想到这一点，您二位都有责任，这位经理说过傻瓜或者笨蛋，指名道姓地，您愿意用三十五马克和解吗，11点三刻，现在还有时间，您可以给他打电话，可能的话，让他12点三刻过来。

　　齐默尔大街，楼下，门口，站着一位姑娘，她只是顺路经过这里，她高举着一把雨伞，同时把一封信塞进信箱里。信里写着：亲爱的费尔迪南德，你的两封信已经收到，谢谢。可你太让我失望了，没想到，你会有如此巨大的转变。那么，你自己肯定会说，我们俩还太年轻，结婚不合适。我以为，你最终肯定会想明白的。你大概以为，我也和别的姑娘一样，那你可就错了，我的老弟。要么，你大概在想，我是个富裕的结婚对象？那你可也错了。我只是个工人家的女儿。我把这个告诉你，以便你在行动上有所依据。要是我早知道这样会造成什么后果的话，我根本就不会开始写这些信了。好了，你现在知道了我的想法，你看着办吧，你必须清楚你自己心里是怎么想的。祝好，安娜。
　　一个姑娘坐在这同一幢房子里，坐在侧翼里，坐在厨房里；她妈妈出去买东西去了，这姑娘正在偷偷地写日记，她二十六岁，无业。7月10日写的最后一篇的内容是：从昨天下午开始，我又感觉好多了；不过，这样的好日子总是少得可怜。我是怎么想的，我无法对任何人倾诉。所以我现在决定，把一切都写下来。要是发病的话，我就什么也做不成了，一丁点儿小事都会给我带来巨大的困难。到了那个时候，我所见到的一切，都会不断地在我心中唤起新的想象，我摆脱不掉这些想象，我的情绪就会变得十分激动，我只能勉强地迫使自己去随便做点什么。一股巨大的内心不安来回地驱使着我，而我却束手无策。例如：每天早上，当我醒来的时候，我根本就不想起床；但我强迫自己起床并鼓励自己。然后，仅穿衣一项就已让我感到十分吃力，而且要花很长的时间，因为无数的想象又会同时在我的脑海里萦绕不散。随便做点错事，以此造成损失，这个念头一直在折磨着我。当我给炉子上煤、看见火花同时溅起的时候，我常常感到非常惊恐，不由自主地要把浑身上下都仔细地检查一遍，看看是不是真的一点火星也没碰着，我的某个部位有没有可能因此受损，一场大火有没有可能在我的身上燃烧起来。而且在接下去的一整天里都是这个样子；我必须做的所有事情在我看来都异常困难，而当我强迫自己去做的时候，总是需要很长很长的时间，尽管我一直在努力，争取做得更快一些。一天于是就这样晃悠过去了，而我却一件事情也没做成，因为我每做一件事情都非要在脑子里想半天不可。当我付出所有的努力却仍然在生活中找不到正确的定位的时候，我就会变得绝望起来，我会大哭一场。我发病的时候总是这个样子，我第一次发病是在十二岁的时候。我的父母认为，这一切都是装出来的。二十四岁那年，我曾因为这个病，企图自杀，却被人救了过来。那时我还没有过性交，我于是就把希望寄托在这个身上,可惜白费功夫。我只进行过很有节制的性交,最近一段时间我根本就不想它了,因为我自己也觉得身体太虚弱了。

8月14日。一周以来,我又感觉非常糟糕。我不知道,长此以往,我会变成什么样子。我想,假如我在这个世界上没有一个亲人的话,我就会毫不犹豫地拧开煤气阀,可是,我不能对我的母亲做出这样的事来。不过,我倒是真的希望,自己得上一种重病,死了算了。我在此写下的这一切,均为我内心的真实想法。

角斗开始!多雨的天气

然而,是什么原因(我吻你的手,太太,我吻),是什么原因,想一想,想想,赫尔伯特脚穿毡鞋,坐在他的屋里思考,天上下着雨,天上下着小雨,一滴一滴地往下掉,完全不能下楼,雪茄抽完了,楼里没有卖雪茄的,是什么原因,致使八月份一个劲地下雨,整整的一个月就这样地漂走了,就这样伴随着哗啦哗啦的雨声去了,仿佛根本就不存在似的,是什么原因,使得弗兰茨往赖因霍尔德那里跑,不住气地说起这个人?(我吻你的手,太太,不是哪个小人物,而是西格丽德·奥涅金①,用她的歌声带来愉悦,直到他完全放弃那项事业,拿他的生命作赌注,从而赢得他的生命。)为什么,是什么原因,他就会知道的,这个人就会知道的,而接下来便是不停地下雨,他也很有可能上这里来。

①瑞典女歌剧演员(1891—1943),1928年4月在柏林举行了客场音乐会。

"哎呀，你竟然为这个苦思冥想，高兴点儿，赫尔伯特，不管怎样，他已经不再去搞那讨厌的政治了——如果这人是他的朋友的话，也许。""行了，埃娃，他的朋友，您打住吧，小姐。我心里可比你清楚。这家伙对那家伙有企图，这家伙有企图——"（可是什么原因呢，管理总局承认这次销售，这样一来，这个价格就可以被视为是合理的。）"他有企图，那他有什么企图呢，他为什么往那儿跑，不住气地说这个：——这家伙想到那儿去挨打！这家伙想做乖乖儿，你瞧着吧，埃娃，他要是进去了，他就会'嗷嗷'尖叫，没人会知道以前的事了。""你以为呢？""绝不，见鬼啊。"这件事情是明摆着的，我吻你的手，太太，这雨下的。"哎呀，克莱欣尔，克莱欣尔宝贝。""你以为呢，赫尔伯特？我当时就已经觉得这事有点蹊跷了，自己的一只胳膊被人轧掉了，他事后居然还往那上面跑。""克莱欣尔，我们有了！"我吻。"赫尔伯特，你真是这样看的吗，这事一点也不和他讲，要装做我们都不知道的样子，什么都没看见，是不是？""我们是笨蛋，我们随便人家怎么捉弄都行。""是的，赫尔伯特。这件事对他没错，我们做，我们必须做。这家伙也确实很滑稽。"管理总局承认这次销售，这样一来，已经出台的价格，可是什么原因呢，是什么原因呢，想想，想想，这场雨啊。

"埃娃，当心，我们守口如瓶是没有问题的，但我们必须小心。你说，要是普姆斯的人听到风声了，怎么办？嗯？""我可说了，我马上就想到了，哦上帝，他干吗非要拖着一只胳膊往那儿跑啊。""因为这样做好。只是必须特别小心，包括米泽。""我会告诉她的。我们能做什么呢？"

"盯紧他,这个弗兰茨。""只是她的那个老头子要留点时间给她才行。""应该把他赶走。""人家正在谈结婚的事呢。""哈哈哈。那我非得喘口气不可了。这家伙想干什么?那弗兰茨呢?""只是瞎说罢了,是她让那老头瞎说的,干吗不呢。""应该多留心弗兰茨才是。这家伙正在这个团伙里找他的对手,你瞧着吧,总有一天会有个把死人运到这里来的。""看在上帝的分上,赫尔伯特,别说了。""哎呀,埃娃,弗兰茨当然是不必的啦。我是说,米泽应该小心。""我也会多去关心的。你知道,这可是比政治还要糟糕得多啊。""你不懂,埃娃。这种事女人是不懂的,埃娃,我告诉你,弗兰茨已经开始了。他现在正在小步疾跑呢。"

我吻你的手,太太,他拿生命去孤注一掷,从而迫使自己得到生命,赢得生命,我们今年有一个八月份,你瞧瞧,天上下起小雨,一滴一滴地往下掉。

"他想在我们这儿干什么?我说过了,他是疯子,他就是笨蛋,我真的跟他说过了,只有一只胳膊还想跑来和我们一起混。而他呢。"普姆斯:"那么,他到底是怎么说的?""他是怎么说的:他大声狞笑,他就是个愚蠢之极的笨蛋,这家伙的脑子不大正常,肯定是那时留下的后遗症。我开始以为,我没听清楚。什么,我说,用这只胳膊?那好,干吗不呢,这家伙狞笑着,说他这另一只有的是力气,他要我看看,他可以举重,射击,如有必要,甚至还可以攀援。""这是真的?""跟我有什么关系。这家伙我不喜欢。我们愿意要这种人吗?你恐怕还行,普姆斯,我们干那活儿的时候还能用上。反正呀，我看见他的那张公牛脸就有了，不，住嘴吧。""那好，随你吧。我没意见。我现在得走了，赖因霍尔德，去弄梯子。""但要弄个结实的，钢一类的。可以移动或折叠的。而且不要在柏林。""知道。""还有那瓶子。汉堡或者莱比锡。""我这就去打听。""那我们怎样把它弄过来呢？""让我来办。""这家伙，这个弗兰茨，我是不会要的，已经说好了。""赖因霍尔德，与弗兰茨沾边的事，我想，这家伙只会是我们的一个负担，不过，我们是不会去管这事的，你自己去和他讲好吧。""哎呀，等等啊，你难道喜欢他的那张脸吗？您想想看：我把他扔出车外，他却跑了回来，跑到这上面来，我想：我这脑子有点不大对劲，这人站在那儿，你想想看，这难道不是个笨蛋吗，还直打哆嗦，为什么这笨蛋偏偏先往我这上面跑呢。他后来开始咧嘴冷笑，非要跟着一起干。""那你就照着自己的意思去和他把这事讲好。你这就让我走吧。""这家伙没准还想出卖我们呢，是不是。""也有可能，也有可能。你知道，你最好离这家伙远点，这是最好不过的了。晚上好。""这家伙会出卖我们的。要不，他就会乘着天黑，拿枪撂倒一个。""晚上好，赖因霍尔德，我确实得走了。去弄那梯子。"

这个毕勃科普夫，真是个傻帽儿，可是，这家伙对我有企图。他在装疯卖傻。想和我较劲什么的。如果你以为我会坐以待毙，那你可就大错特错了。我要用我的鞋跟把你绊倒。烧酒，烧酒，烧酒，烧酒儿暖手，就是好。保拉阿姨躺在床上吃西红柿。一位女友恳切地向她提出了建议。[1]这家

---

① 一首狐步舞曲的副歌。

伙以为，我非得关心他不可，我们又不是残疾人的保险公司。如果他只有一只胳膊，他就该去，就该贴邮票。（他趿拉着鞋，在屋子里四处走动，他去看那些花。）这里放着花盆，那女人每个月一号多拿两个马克，这样她也能够顺带着把花盆也给浇了，怎么又变成了这个鬼样子，尽是沙子。这个蠢货，懒婆娘，只会要钱。我得想法把这女人的话给套出来。再来一杯烧酒。我这是向他学的。没准我会带上这个无赖，等一等，如果你非常愿意的话，这件事就可以发生在你的身上。他没准在想，我害怕他。小卡尔，看上去倒是如此。让这家伙来好了。这家伙，钱他不需要，这个他用不着骗我，有那个米泽在，还有那个捣蛋鬼也在，那个吹牛不打草稿的赫尔伯特，这个讨厌的犟瓜，他就会陷进一个烂摊子里的。那双靴子在哪儿，我要把这家伙的两条腿踢断。过来，贴到我的胸口上，小心肝。只管过来，贴得紧紧的，小伙计，贴着这条忏悔的长凳，我这里有一条忏悔的长凳，你可以忏悔。

他在他的屋子里趿拉着鞋四处走动，用手指去轻叩那几只花盆，花了两个马克，这女人却不浇水。坐到这条忏悔的长凳上来，我的伙计，你来了，这很好。去救世军那里，我也会把这家伙弄到那里去的，他应该上德累斯顿大街去一趟，在那里，他必须坐到那条忏悔的长凳上去，这只猪猡有两只鼓鼓的眼睛，这个无赖，这个畜生，这确实是个畜生，他坐在那前面，这个畜生，他在祷告，我在一旁瞧着，笑弯了腰。

这个弗兰茨·毕勃科普夫，他为什么就不该坐到那条忏悔的长凳上去？这条忏悔的长凳难道不是他该去的地方吗？这是谁说的？

怎么可以说救世军的坏话呢，赖因霍尔德怎么会对救世军如此放肆无礼呢，偏偏又是这个赖因霍尔德，这家伙可是不止一次，而是好几次，至少有五次，亲自跑到德累斯顿大街的救世军那里，去时的那个样子啊，没法说，是他们帮助了他。当时的情况是，他跑得上气不接下气，是他们修理了他，当然不是为了叫他变成这样的一个恶棍。

哈利路亚，哈利路亚，这种歌唱，这种呼唤，弗兰茨体验到了。那把刀曾向着他的喉管扎来，弗兰茨，哈利路亚。他伸出他的脖子，他要找寻他的生命，他的鲜血。我的鲜血，我的内心，结果终于出来了，在它出来之前，这是一次长途跋涉，上帝，这很艰难，它来了，我拥有了你，我为什么不想坐到那条忏悔的长凳上去呢，要是我早来一点就好了，啊，我真的来了，我已经到了。

为什么弗兰茨就不该坐到那条忏悔的长凳上去，那个死后升天的时刻什么时候来临，到时候，他会拜倒在那位可怕的死神面前，张开嘴巴，获准和他身后的许多人一道齐声歌唱：

来吧，罪人，到耶稣这里来，哦，不要犹豫，醒醒吧，你这个被束缚的人，醒醒吧，到光明这里来，你可以得到彻底的拯救，就在今天，哦相信吧，光明即将来临，还有欢乐。合唱：因为救世主无往而不胜，他打破一切桎梏，救世主无往而不胜，他打破一切桎梏，他用有力的大手引导我们走向胜利，他用有力的大手引导我们走向胜利。[1]音乐！吹

---

[1] 此歌传唱至今。

奏，响亮地吹奏，锵得拉哒哒：他打破一切桎梏，他用有力的大手引导我们走向胜利。特啦啦，特啦里，特啦啦！锵！锵得拉哒哒！

弗兰茨并不屈服，他没有安静过一天，这个人不去过问上帝和世界，好像他喝醉了似的。他在赖因霍尔德的屋子里，同普姆斯的其他各位弟兄一道，蹑手蹑脚地走动，可人家不愿意要他。然而，弗兰茨四下挥舞，向他们亮出自己仅剩的那只拳头，大声嚷道："你们如果不相信我，把我当成个骗子，认为我要出卖你们，那你们就这样想去好了。我如果真打算做什么的话，我还会找你们吗？我也可以上赫尔伯特那里去，去我想去的任何地方。""那好，你就去吧。""你就去吧！你这个笨蛋，你何必要对我说'你就去吧'呢。你瞧瞧我的胳膊，嘿，这里的这个人，这个赖因霍尔德，把我弄出了车子，那可是猛地一下子哟。我挺过来了，现在我到了这里，所以你就不要说什么'你就去吧'了。如果我到你们这里来对你说：我要一起干，那你们可要搞清楚，弗兰茨·毕勃科普夫是谁。他还没有骗过什么人呢，你随便上哪儿打听都成。我不在乎过去发生的事情，那只胳膊已经没了，我了解你们，我跑到这里来，这就是原因，你现在总该知道了吧。"那个小个子的白铁工始终还是没有明白。"那我只想知道，你现在怎么突然一下子愿意了，那时你可是在亚历山大一带卖报纸，谁又敢跑来对你说：和我们一起干吧。"

弗兰茨把他在椅子里的身子坐正，好长时间没有吱声，他们也没有。他是曾发过誓，他要规矩做人，而你们也看见了，他是如何规矩做人达数周之久的，然而，那只是一段宽限的日期。他正在陷入犯罪的泥潭，他不想，他在反抗，他抵挡不住，他只有迫不得已。他们长时间地坐着，一声不吭。

然后，弗兰茨说道："如果你愿意去打听打听谁是弗兰茨·毕勃科普夫的话，那你就去一趟兰茨贝格大街的教堂墓地，那里躺着一个女人。为此我坐了四年的班房。那时我的那只胳膊还在，这事就是它干下的。后来我卖起了报纸。我当时想，我要规矩做人。"

弗兰茨轻轻地呻吟，咽着口水："你看，这就是对我的惩罚。等你得到了应有的惩罚之后，你就不会再去卖报纸了，就不会再做更多别的事情了。所以我就跑你们这儿来了。""我们恐怕有义务再为你把那只胳膊接好，因为它是被我们搞断的。""这个你们办不到。马克斯，对我来说，能够坐在你们这儿，用不着围着亚历山大乱跑一气，这就够了。我不怪赖因霍尔德，你去问问他，我有哪一次说过什么没有。我要是坐在车里，而一个可疑的人就在旁边，我也知道我要做什么。我的蠢事就说到这里为止吧。马克斯，如果你有一天做下一桩蠢事，那我也很希望你能从中得到一点教训。"弗兰茨一边说，一边去拿他的帽子，随即便走出了那间屋子。原来如此。

屋里，赖因霍尔德一边说，一边拿小酒壶替自己倒了一小杯烧酒："对我而言，这事就算是最后说定了。既然我制服过这个家伙第一次，那我就会继续去制服他第二次。你们可能会说，这样太冒险了，和这里的这个家伙较量。但是，最重要的却是，他已经陷得很深了：他是无赖，这一点连他自己都承认了，规矩做人在这个家伙身上已经结束了。问题只是：他为什么跑来找我们，而不去找他的朋友赫尔伯特。我不大明白。我一直在想。不管怎样，我们要是连这样一位弗兰茨·毕勃科普夫先生都制服不了的话，那我们就真的是大笨蛋了。只管让他和我们一起干好了。他要是居心不良的话，他的脑袋瓜儿就会开花。我的意思是：让他来好了。"弗兰茨于是紧跟着就来了。

盗窃犯弗兰茨，弗兰茨没有躺在汽车底下，
他现在坐在了里面，上面，他完成了任务

八月初，这些所谓的罪犯先生仍在按兵不动地作准备，忙于休养生息，以及芝麻绿豆大的琐事。即便是在天气还算晴朗的时候，作为行家里手，他们反正是不太会去行窃或者使出哪怕是一丁点儿的劲来的。这要等到冬天再说，冬天肯定会倾巢出动。比如说弗兰茨·克尔希，这是个撬保险箱的高手，大名鼎鼎，早在八个星期之前，即七月初，就和另外一个人一起，溜出了太阳堡看守所。太阳堡，这名字倒是很美，但却一点也满足不了休养的目的，现在，他已经在柏林狠狠地休养了一把，心平气和地过了不好不坏的八个星期，接下来没准就会想到要去随便做点什么工作的。那样一来，麻烦是免不了的，这就是生活。这个人肯定要坐电车。警察来了，现在是八月底，在莱尼肯多夫-西，他们把他从电车上带了下来，休养就此结束，他什么也干不成了。不过，外面的人还多的是，他们会慢慢地行动起来的。

我还要根据柏林公共气象站的预报，先赶紧把天气的情况介绍一下。一般的天气情况：西部高压区的影响已向德国

中部扩展，引起普遍的天气好转。该高压区的南部已经开始重新缩小。所以我们必须考虑到以下情况：业已出现的天气好转将不会持久。我们星期六的天气仍由该高压区决定，到时候，天气将会相当的不错。一股低气压目前正在西班牙上空形成，但要等到星期日才会干预我们的天气进程。

柏林及其周边地区：一部分阴，一部分晴，空气流动较弱，气温缓慢上升。在德国：西部和南部多云，德国其他地区阴转晴，东北部还有点风，逐渐恢复转暖。在这种非常温和的天气情况下，普姆斯的团伙，其中包括我们的弗兰茨，开始慢慢地行动起来，与这个团伙勾搭上了的各位女士也赞成她们的情人活动活动腿脚，因为事后她们可以上街去，没有哪个女人喜欢这样做的，除非她是万不得已。喏，首先要研究一下市场，找到买主，如果成衣不行，就得一心一意搞毛皮制品，这些女士心想，这种事一眨眼就做了，她们自始至终做的都是同一件事情，这种手艺一学就会，可是，对于经济不景气时的改行转向，她们是一窍不通的，她们在这一点上没有发言权。

普姆斯认识了一位白铁工，这人对氧气鼓风机很在行，那么，这人我们要了，随后又来了一位破产的商人，这家伙是个外面光，这无赖实际上不干活，所以他妈妈把他轰出了家门，但他会骗人，而且这人也懂生意，派他上哪儿都行，因为他可以四处去看看，为外出行动作准备。普姆斯对其团伙里的那些老部下说道："其实我们是没有必要去考虑竞争的，当然，和其他所有的地方一样，我们这里也免不了这个，我们不会互相干扰的。不过，我们要留心那些能人高手，他们很懂行，知道有什么样的装置，否则的话，我们就会自然而然地落后一大截。那样一来，你就干脆改行，去搞些偷偷摸摸的勾当得了，这个我们每个人自己都能干，不需要七八个扎堆逞强。"

因为他们现在的目标是成衣和毛皮，所以一切有腿的东西都得赶紧行动起来，以便找到商店，既能轻而易举地把东西销掉，又不至于被人过多地盘问，而且刑事警察科也不会马上就跑来检查。什么都是可以改做的，你可以先缝制成别的样子，最后只消摆整齐放好就行了。先找到地方再说。

普姆斯也从未同他在魏森湖的那位窝主断绝关系。要是人都跟他那样干活的话，你没法和他做生意。自己活也让别人活。好的。因为他去年冬天可是自愿输的呀——这是他自己说的！——因为他愿意亏本嘛，他债台高筑，而我们这个夏天玩得倒蛮快活，所以耿耿于怀地找人要钱，跑到人前叫苦：他的投机失败了！那他的投机就是失败了呗，那他就是个笨蛋，就是个不称职的商人，就是对生意一窍不通，这种人哪，他对我们一文不值。我们必须再给自己另外找一个。当然，说起来容易，做起来难，但也只能如此了，而在整个的团伙里，也只有我们的普姆斯老头为这种事情操心。可奇怪的是，所闻之处，其余的小子们关心的也是这商品能换得什么，因为还没有人是靠单纯的偷窃吃饱肚子的；还非得变成钱不可，但是，正如前面已经说过的：只有在普姆斯这里，他们才会游手好闲并且说："普姆斯，那人来了，他这就会去做的。"他会的，他也在做。可是，如果普姆斯不行了，会出什么事呢？哈！普姆斯也不是总行的。普姆斯也有可能出事的，他也只是个人嘛。到时候你们就能看到，那好吧，这东西放哪儿，你们就能看到，整个的入室偷窃对你们毫无益处。今天的世界不仅要有榫凿和鼓风机，今天大家伙儿都得是商人。

因此，普姆斯也不仅仅只是关心氧气鼓风机，虽说这事让他关心到了九月初，而他此外还关心的是：谁会买走我的商品。早在八月份，他就已经开始着手此事了。而你如果想知道谁是普姆斯的话：他是整整五家小皮草行、皮毛制品商店——在哪儿，是无所谓的——不参与经营的股东，而且，他还跟着加了点钱，办了几家熨衣店，美式的，橱窗里放着熨衣板，一个只穿着衬衣的裁缝站在一旁，他不停地把熨衣板翻上翻下，熨衣板冒着蒸汽，而后面则挂着那些套装，那好吧，就是这些最重要，最重要的就是这些套装，至于是从哪里弄来的嘛，这不，那里有人正说着呢：从顾客那里，他们是昨天拿来熨平和改做的，这里是他们的地址，如果警察进来查看，不会出任何问题。就这样，我们的这位和气的肥胖的普姆斯已经为冬天作好了准备，所以，我们只能说，现在可以开始了。如果真要出事的话，你是防不胜防的；没有一点运气是不行的，我们不愿意为此去伤脑筋。

我们现在言归正传，继续往下讲。也就是说，时间是九月初，我们那位优雅的流氓，他同时还是一位动物声音的模仿者——但我们不会听到他的模仿——，这个无赖自称是瓦尔德玛尔·赫勒，他倒真的还值得上个把赫勒呢，这人在皇冠大街和新瓦尔大街打探到，那些大的制衣厂有需求。他知道进口和出口，前门，后门，谁住上面，谁住下面，谁锁门，怀表都在哪里。费用由普姆斯支付。有时赫勒还得以一家刚刚成立的波森公司的采购员的身份出现；那好，我们的人想先了解一下这家波森公司的情况，很好，让他们去了解吧，我原本只想看看，如果从上面往下的话，你们的天花板有多高。

星期六到星期日夜间的这次外出行动，弗兰茨是第一次参加。他完成了任务。弗兰茨·毕勃科普夫，他坐在汽车里，他们全都知道，要做什么，他所扮演的角色和他们一样。完全是公事公办，必须另外找一个人来望风，也就是说：实际上并没有正儿八经的望风，早在傍晚时分，就已有三个伙计事先溜进了那家印刷厂的二楼，梯子和鼓风机被他们整齐地放在纸卷的后面，用箱子暗地里抬了上去，送东西来的车子被一个人开走了，11点他们为其他的人开门，楼里静悄悄的，连个鬼影也见不着，尽是些办公室和铺子。随后，他们坐下来，以和平的方式进行工作，一个人始终站在窗口，向外张望，一个人向院子里张望，接着鼓风机开始运作，贴在地上，半个多平方米，负责此事的是那个戴着防护眼镜的白铁工。当他们通过天花板上的木头的时候，木头发出嘎嘎的声响，劈劈啪啪地落到地上，不过，这一点儿也不打紧，这都是些从那厚厚的石膏花饰上落下来的碎片，天花板因为高温而爆裂，他们将一把精致的真丝阳伞插进第一个打出来的洞里，一块块灰泥于是落入伞中，也就是说，落进去的是绝大部分，不可能把所有的全都截住。然而，什么事也没有，下面是一片黑暗和死寂。

10点他们开始上车，首先是那位优雅的瓦尔德玛尔，因为他认识那家酒馆。这家伙像只猫似的从绳梯上爬下来，他是第一次干这种事，他没有丝毫的恐惧，因为这都是些善于赛跑的灵猩，他们的运气大大的，当然，东窗事发之际，便是运气消失之时。接着，还有一个人必须下来，这把钢梯只有2.5米高，够不着天花板，他们在下面拖来桌子，然后慢慢地顺着梯子爬下，梯子被支在了最上面的那张桌子上，唉，我们总算下来了。弗兰茨呆在上面，他趴在那个洞口的上方，像个渔夫似的，用他的那只胳膊迅速地抓起人家递上去的一捆捆织物，把它们放到自己的身后，那里另外还站着一个人。弗兰茨是强壮的。赖因霍尔德已经和那个白铁工一起到了下面，连他都禁不住为弗兰茨的能耐感到诧异。和独臂人一起搞事，可真是滑稽。他的胳膊抓起东西来就像一架起重机，这是一枚重磅炸弹，一只呱呱叫的老虎钳。他们后来把那些筐子拖了下来。尽管下面院子的出口处已经有人放哨，赖因霍尔德仍然巡视了一遍。两个钟头，一切顺利，那个看门人在楼里走动，千万不要惊动此人，他什么都不会发现的，蠢着呢，这家伙总有一天会为了他所挣的那几个小钱而被人一枪给崩了的。你瞧，他慢慢走远了，是个正派人，我们会让人在他的怀表上放张蓝色的票子的。随后是两点，两点半汽车来了。这期间，人家还在上面美美地吃了一顿早点，只是不要喝太多的烧酒，喝多了就会有人嚷嚷，接下来便到了两点半。今天有两个人是第一次和这个团伙一起搞事，一个是弗兰茨，一个是那位优雅的瓦尔德玛尔。这两人还抓紧时间抛了一枚硬币，瓦尔德玛尔赢了，他要为今天的这次外出行动盖章，他必须再沿着这把梯子下去一次，进到那阴暗的、被洗劫一空的仓库里，在那里，他整个人蹲了下去，他脱下裤子，把他肚子里的东西拉到了地上。

在他们三点半卸完货之后，他们还抓紧时间做了一件事情，因为待我们再次相聚的时候，就不会像现在这样年轻了，而且，谁知道我们什么时候才能在这青葱的施普雷河畔重逢啊。万事大吉。只是在回来的路上，他们撞死了一条狗，这种事情怎么偏偏就要出在他们的身上不可呢，普姆斯为此显得异乎寻常的激动，因为他喜欢狗，他把那个白铁工一顿臭骂，这家伙就是司机，他完全可以按喇叭嘛，人家是因为交不起税，才让这些狗流浪街头的，而你倒好，还是跑来把它给轧死了。见这老头为了一条野狗而装模作样地生气，赖因霍尔德和弗兰茨都笑了个半死，其实，这条狗的脑子是真的有点毛病。这条狗的耳朵很背，我按过喇叭了，是的，一次，那是从什么时候开始有耳朵背的狗的呀，那好吧，要不我们再开回去，把它送医院吧，胡说什么呀，你最好当心点，我可容不了这个，这种事不吉利。随即，弗兰茨把这位白铁工推到了一边：这家伙指的是母猫。所有的人都狂笑起来。

对于发生过的事情，弗兰茨·毕勃科普夫在家里守口如瓶已有两天之久。普姆斯给他送来两张一百马克的票子，并说，如果他不需要的话，还可以再把钱还回去，只是到了这个时候，弗兰茨才大笑起来，这票子他什么时候都用得上，我应该用它们来还赫尔伯特替我在马格德堡付的账。而他将上谁那里去呢，他在家里用眼睛瞅谁呢，到底瞅谁呢，到底瞅谁呢，嗯，还会有谁呢？我保持着这颗纯洁的心，是为了谁，是为了谁？为了谁，为了谁，就只为了你，今夜会有幸运落到我的头上，因此我不揣冒昧地邀请你，今夜我准备热烈地向你发誓，我们俩是一个不可分离的整体。小米泽，我的米泽小宝贝，看上去就像是一位用杏仁糖果做成的新娘，还有一双金光闪闪的小鞋子，你站在那里翘首等待，你的弗兰茨拿着那只钱包究竟会惹出什么样的麻烦来。他把钱包夹在两只膝盖之间，然后从中抽出钱来，是一两张大面额的钞票，他把它们拿到她的跟前，把它们放到桌上，喜气洋洋地看着她，对她极尽温柔之能事，这个大男孩，紧紧地抓住她的手指头，她的手指头儿长得是多么的纤细可爱哟！

"喂，米泽，小米泽儿？""怎么了，弗兰茨？""没什么；我就看着你高兴。""弗兰茨。"让她瞅吧，让她说出个把名字来吧。"没别的，我只是高兴。你瞧，米泽，生活可真是滑稽得很哪。我的生活和其他的人完全不同。人家过得多好，东奔西跑地忙着挣钱，把自己打扮得漂漂亮亮的。而我呢——我是不能和他们比的。我会不由自主地去看自己的这身皮，看我的夹克，这根袖管子，我缺了一只胳膊。""弗兰茨，你是我的好弗兰茨。""咳，小米泽，你瞧瞧，事情也就这样了，我也不会去改变什么了，没有人能够改变得了，可你拖着它四处跑的时候，那地方总是空荡荡的。""咳，弗兰茨，到底出什么事了，我这不是还在吗，不是早就说好了的吗，你不要再提这事了。""我不提了。正是因为如此，我才不提这事了。"于是仰起头来，冲着她的脸微笑，这姑娘的脸是多么的光滑、富有弹性和漂亮啊，她的眼睛是多么的美丽动人啊："那你就瞧瞧桌上放的东西吧，是一两张大面额的钞票。我自己挣的，米泽。——我送给你。"喂，怎么了。你怎么做出这种脸色来，到底是为什么呀，怎么用这种眼光看钱哪，又不烫手，多好的钱呀。"是你挣的？""是啊，你看，姑娘，我把任务完成了。我必须去干活，否则我就不中用了。否则我就完蛋了。你别到外面去说，是和普姆斯及赖因霍尔德一起干的，星期六夜里。别告诉赫尔伯特，也别告诉埃娃。哎呀，不要让他们听到什么风声，对他们而言，我已经死了。""你是从哪儿弄来的？""我们大干了一场，小老鼠，不是说了吗，和普姆斯一起，喂，怎么了，米泽？我把这个送给你。吻我一下吧，看你有什么可说的？"

她的头一直靠在他的胸脯上，接着，她把自己的面颊贴到了他的胸脯上，吻他，紧紧地搂住他，默默无语。她不去看他："你要把这个送给我？""没错，哎呀，那还能送谁呀？"这姑娘真的是的，这女人在演戏。"为什么——你要送钱给我？""这么说，你不想要？"她动了动嘴唇，从他的怀中挣脱开来，她现在用眼睛去看弗兰茨：这女人看上去就跟当时在亚历山大广场上的情形一样，那时他们刚离开阿辛格尔，她变得苍白，她让人感到疲惫。她已经坐到了椅子上，两眼盯着蓝色的桌布发呆。这是怎么了，女人的心真让人摸不透。"姑娘，真的不想要啊，我可是很高兴呀，你看一看啊，我们可以做一次旅行，嘿，上哪儿呢。""这是真的吗，弗兰茨。"

她把头靠到了桌子的一只角上，哭了起来，这姑娘哭了起来，这女人到底是怎么了？弗兰茨抚摩着她的面颊，对她好得不得了，是那种发自内心的好，我保持着这颗纯洁的心，是为了谁，只是为了谁。"姑娘，我的米泽，我们要是能够做一次旅行该有多好啊，你到底愿不愿意，愿不愿意，和我一起去呢？""愿意，"她于是抬起头来，可爱的光滑的小脸蛋和脸上全部的胭脂，被泪水冲成了泥浆，她将一只胳膊绕在弗兰茨的脖子上，把她的小脸蛋使劲地贴到他的脸上，迅猛的攻势随即开始，好像她在撕咬着什么东西似的，接着，她又在桌子一角的上方哭将起来，不过，你根本看不出她是在哭，因为这姑娘非常安静，她没有发出一点声音。我这又是做错什么了，她不愿意我去干活。"来，把小脑瓜儿抬起来，来吧，小脑瓜儿，你为什么哭啊？""你是不是想，是不是想，"她赶紧避开，"你是不是想甩掉我啊，弗兰茨？""姑娘，看在上帝的分上。""你不想吗，弗兰茨？""是的，看在上帝的分上。""那你为什么还要往外跑；我赚的钱不够你用吗；我赚的可是不少啊。""米泽，我只是希望送点什么给你。""不，我不要。"她又把头贴到了那只坚硬的桌角上。"那么，米泽，那我就不该做一点事吗？我不能就这样活着。""我没这么说，如果只是为了钱，你就不必了。我不愿意要这种钱。"

　　米泽坐着不去睡觉，一把抱住她的弗兰茨，满怀喜悦地看着他的脸，喋喋不休地说个没完，尽是些甜蜜蜜的胡话和接二连三的乞求："我不愿意要这种钱，不愿意要这种钱。"他有什么想法，但为什么一个字也不说呢，可是姑娘，我有的是，我什么都不缺。"那我就不该做一点事吗？""我在做呀，不然的话，还要我在这里干什么，弗兰茨。""可我——我……"她搂住他的脖子。"啊，别离开我。"她喋喋不休地说着，吻着，引诱着他："你把钱送人吧，把钱给赫尔伯特吧，弗兰茨。"在这个姑娘身边，弗兰茨是多么的幸福啊，要是这女人找个人，他是无话可说的，他刚才说的关于普姆斯的事，全是胡说八道，当然喽，她对此也是一窍不通。"弗兰茨，你向我保证，你再也不会做这种事了。""米泽，我做这种事情也的确不是为了钱。"直到这时，她才想起埃娃曾经对她说过的话，她应该对弗兰茨多加注意才是。

她的心里于是渐渐地有些明白过来了，原来他做这种事情真的不是为了钱，而是以前掉胳膊那事，他总是情不自禁地想起他的那只胳膊。而他所说的钱的事，没错，他一点也不在乎钱，他从她这里拿就是了，要多少有多少。她想了又想，双臂将他紧紧地抱住。

爱的痛苦与情欲

她让弗兰茨亲了个够，然后抽身上街，去找埃娃。"弗兰茨给我带回来二百马克。你知道是从哪儿弄来的吗？是从那些人那里，你可是知道的。""普姆斯？""正是，这是他自己告诉我的；我该怎么办？"

埃娃把赫尔伯特喊了进来，弗兰茨星期六和普姆斯一起出去了。"他说了是哪儿没有？""没有，可我现在该怎么办哪？"赫尔伯特惊叫道："你看你看，他竟然直截了当地跑去和那帮人一起干了起来。"埃娃："赫尔伯特，你明白这是怎么回事吗？""不。妙极了。""我们现在该怎么办？""只管让他去好了。你以为，他看重的是钱吗？我不是说了吗，果不其然。他开始猛烈进攻，我们马上就会看到他的表现。"埃娃坐在米泽的对面，这个小妓女脸色苍白，正是她把她从英瓦利登大街捡了回来；她们俩正好同时都在回忆她俩第一次见面的地方：波罗的海饭店旁边的那家小酒馆。埃娃和一个乡巴佬一起坐在里面，她本来不必这样做的，但她就是喜欢自作主张，接着又进来许多年轻姑娘和三四个小伙子。10点钟的时候，中心警察局的巡逻队慢慢悠悠地溜达了过来，所有的人全都得到对面什切青火车站的值班室去，他们排成一队走，香烟叼在嘴里，放肆得跟个奥斯卡似的。警察们一前一后地迈着大步，那个醉醺醺的万达·胡布里希，这老娘们，当然是走在队伍的最前面啦，接着便有吵闹声从对面传来，而米泽呢，索妮亚当着埃娃的面嚎啕大哭，因为伯尔瑙的事全露馅了，后来，一个穿绿制服的一把从醉醺醺的万达手中拔掉了她的香烟，她一个人进了拘留所，她砰地一声把门关上，人在里面破口大骂起来。

　　埃娃和米泽互相凝视着对方，埃娃刺激她说："米泽，从现在开始你可得留心呀。"米泽看着她，做乞求状："只是我该怎么做呢？""这是你的事，一个人必须做什么，他自己心里应该清楚。""我就是不清楚。""哎呀，你不要一个劲地嚎了。"赫尔伯特两眼放光："我告诉你们，这小子不赖，他现在开始进攻，这让我感到高兴，他有一个计划，这是个老奸巨猾的家伙。""上帝啊，埃娃。""别嚎了，哎呀，不要嚎，我也会留心的。"你真的不配得到弗兰茨。不，如此装腔作势，她不配。这个蠢货，这个臭婆娘，嚎什么嚎。再嚎，我就扇她一巴掌。

　　小号！大会战已经开始，各军团在前进，特啦啦，特啦里，特啦啦，炮兵和骑兵，骑兵和步兵，步兵和飞行，特啦里，特啦啦，我们进驻敌国。拿破仑紧接着说道：向前，向前，坚持到底，上面干来下面湿。可是，当下面变干的时候，我们会攻占米兰，你们会得到一枚勋章，特啦里，特啦啦，特啦里，特啦啦，我们走过来了，我们马上就到，哦，做个战士，乐趣无穷。

她该做什么，米泽用不着为此而长时间地号啕和思考。人家会主动地找上门来的。这不，那个赖因霍尔德坐在他的小屋里，和他的那位漂亮的女友呆在一起，普姆斯为销赃而建的店子，他要一家一家地去检查，现在还有时间考虑一点问题。这家伙不断地感到无聊，这对他的身体不好。如果他有钱的话，则对他的身体不利，而乱喝酒也对他的身体不好，这家伙已经好些了，他趿拉着鞋，在酒馆里四处走动，他听人说话，他干活、喝咖啡。眼下他坐着，不管他上哪儿，普姆斯那儿也好，别的什么地方也罢，这个弗兰茨总是在他的鼻子底下晃来晃去，这个笨蛋，这个捣蛋鬼，拖着一条胳膊不说，还要摆出个派头来，好像他就是那位胖胖的威廉皇帝似的，这样仍嫌不够，又要装大，一副老虎的屁股摸不得的样子。二乘以二肯定得四，没错，这个人也肯定对我有所图谋。这个无赖老是乐呵呵的，我在哪里，他就在哪里，我在哪里干活，他就在哪里干活。那好吧，那我们就来给自己消消气吧。那我们就来给自己消消气吧。

可这位弗兰茨又会做什么呢？这个人？啊，他将要做什么呢？对您而言，在这个世界上闲逛，就是最大的宁静和平和，这是可想而知的。这小子可以任您处置，他总能侥幸逃脱。有这种人，虽说不多，但有。

在波茨坦，在波茨坦一带曾经有过那么一个人，他后来被人家称作了行尸走肉。也是这号人。做出这种事来的那个家伙，是某个名叫波内曼的人，他忍受着十五年牢狱生活的煎熬，已经感到体力上十分的不支，他逃了出来，也就是说，他逃了出来，此外，那可不是在波茨坦一带，而是在安克拉姆一带，那小地方叫作高尔克。在那里，在他散步的路上，我们这位来自洛依嘉尔德的波内曼看见了一个死人，漂在水面上，漂在施普雷河里，于是洛依嘉尔德，不，来自洛依嘉尔德的波内曼，就说道："其实我已经死了，"他走过去，把他的证件全都塞到那个死人身上，他于是就成了个死人。而波内曼太太则说："我又能有什么法子？做什么都不中了，他人死了，至于这是不是我男人，哎，谢天谢地，就是他，这种男人确实没有什么值得留念的，你能图他个啥，半辈子都坐在牢里，这下可好，一了百了。"我的奥托儿，啊，上帝呀，他根本就没死。这人来到安克拉姆，因为他刚好发现，水是个好东西，所以，他现在对水有了偏爱，他在那里做起了鱼贩子，他在安克拉姆卖鱼并取名芬克。波内曼已经不复存在了。然后，人家还是把他给逮住了。为什么，怎么了，您扶好，在您的椅子上坐稳喽。

偏偏他的继女非要来安克拉姆就职不可，人们也许会想，这世界也太大了点吧，她恰好去了安克拉姆，碰见了这条死而复生的鱼，这条鱼呆在此地已达百年之久，其老家就是洛依嘉尔德那边的，而这姑娘已经在此期间长大成人，并且还被赶出了家门。当然啦，他根本就认不出她来，可她却认得他。她对他说："您说说看，您不就是我的父亲吗？"他说："哎，哪里呀，你这人是不是脑子有毛病啊？"见她不相信，他还把他的老婆和他那千真万确的五个孩子叫来，他们也能够证明："他是芬克，卖鱼的。"奥托·芬克，村里没有人不知道他的。谁都知道他，这个男人就是芬克先生，那另外的一个，他已经死了，名叫波内曼。

可她就是不相信，他没有做过一件伤害她的事情，在她看来，这什么也证明不了。这姑娘走了，女人的心里在想什么，她脑子里的毛病算是得定了。她给柏林刑事侦察科所属的 4a 处写了一封信："我多次在芬克先生那里买鱼，可是，既然我是他的继女，那么，他并不把自己视作我的父亲并且欺骗我的母亲，因为他和另外一个女人生了五个孩子。"最后，这些孩子获准保留他们的名字，但名字后面的姓氏却被涂掉。他们姓洪特，末尾的字母为 dt，随他们的母亲，一下子全变成了私生子，民法典里与此相关的条款是：非婚生子女及其父亲不被视为亲属。

那么，在您的眼里，弗兰茨·毕勃科普夫和这位芬克一样，就是最大的宁静和平和。一头野兽袭击了这个男人，咬掉了他的一只胳膊，但是，他随即就对它进行了还击，任它七窍生烟、大声嚎叫、跟在他的后面爬。他对那头野兽进行了还击，任它在地上爬、七窍生烟、跟在他的后面大声嚎叫，这情形，在和弗兰茨来往的人当中，只有一个人看见。弗兰茨的腰板挺得可直了，他的那只顽固不化的脑袋仰得可高了。尽管他和别的人一样无所事事，但他的眼睛却是雪亮的。他并没有伤过哪一个人的一根寒毛，可人家却在发问："这家伙想干什么？这家伙对我有企图。"别人没有看见的东西，这个人全都看见了，也全都明白了。其实，弗兰茨那满是肌肉的脖子，那挺得直直的腰板，弗兰茨那良好的睡眠，原本都碍不着他一点事。可他们却要加害于他，他不能坐以待毙。他必须进行回击。那么又怎样回击呢？

一阵风吹来，大门就会打开，一群牲畜就会从畜栏里跑出来。一只苍蝇向一只狮子寻衅，狮子就会用自己的前爪去抓它，同时发出极度恐怖的吼叫。

一个看守拿起一把小小的钥匙，轻轻地一拉门闩，一群罪犯就可以跑出来，谋杀、伤害致死、入室行窃、偷盗、抢劫杀人就会泛滥成灾。

赖因霍尔德在他的小屋里，在普伦茨劳门旁边的那家小酒馆里来回地走动，思前想后，想来想去。一天，当他得知，弗兰茨正和那个白铁工一起对一项新设想可能造成的后果进行鉴定的时候，他就乘机跑去找了米泽。

她这是第一次和此人见面。光看表面，是看不出这个家伙的真面目的，米泽，你是对的，他看上去不赖，这小子，有点忧伤，沮丧，还有点病，蜡黄蜡黄的。但是不赖。

但是，你可要把他给看仔细喽，把你的小手也伸给他吧，你专心点，好好地看看他的那张脸吧。小米泽，就是这张脸，对你来讲，它的重要性超过了世界上的任何一张脸，它比埃娃的重要，甚至比你热爱着的弗兰茨的还重要一些。现在这个人顺着楼梯上来了，今天也的确是个非常平常的日子，星期四，9 月 3 日，你瞧，你毫无觉察，你一无所知，你并没有预感到你的命运。

这到底是怎么一回事，来自伯尔瑙的小米泽，你的命运？你很健康，你能挣钱，你爱弗兰茨，正因如此，人家现在跑上楼来，站到你的面前，抚摩你的手，它是弗兰茨的命运，而且——它现在——也是你的命运。他的脸，你不用去细看了，你只用看他的手，看他的那双手，那双普普通通的、戴着灰色皮手套的手，就行了。

赖因霍尔德穿着他的那身漂亮的行头，米泽一开始并不知道该怎样对他才好，说不定是弗兰茨派他来的呢，没准这是弗兰茨设下的一个圈套，但这是不可能的。这时，他开口说道，绝对不能让弗兰茨知道他到楼上来过，他这人太敏感。他之所以跑来，是因为他想和她谈谈，弗兰茨的日子可真的不好过，他的那只胳膊可是在哪里弄掉的呀，他跑出去干活，他有这个必要吗，他们大家伙对此都很感兴趣。现在的米泽已经精明得过了头了，她是不会上当的，她知道，弗兰茨想干什么，赫尔伯特说过，她于是就说道：不，挣钱，如果是为了挣钱的话，他是没有很大的必要这样去做的，帮助他的人有的是。不过，他也许并不感到满足，一个大男人还是想有点事做的。赖因霍尔德说道：很对，他也应该。只是，很难，他们所做的事情，并非一般的工作，并不是人人都能做的，就是一只胳膊也不缺的健全人也是如此。这不，谈话绕来绕去，米泽对他的意图并不十分清楚，赖因霍尔德于是开了口，请她给他倒杯白兰地来：他只是想了解一下他的经济状况，如果情况是这样的话，那他们将会考虑从各个方面来照顾这位同事，这是不言而喻的。接着，他又喝了一杯白兰地，他接下来问道："小姐，您真的不认识我吗？他还没有对您说起过我吗？""不，"她答道，这男人到底想干什么，要是埃娃在就好了，对付这类谈话，她比我强多了。"弗兰茨和我，我们两个早就认识了，那时他还没您呢，那时围在他身边的还是另外一些女人，那个希莉什么的。"没准这就是他的居心所在，此人想到我这里来败坏他，这可是个好斗的家伙。"那有什么，他为什么就不该有过别的女人呢。我也有过另外一个男人，因此，他始终还是我的。"

他们面对面地坐着，非常平静，米泽坐在椅子上，赖因霍尔德坐在沙发上，他们两人都很随意。"他肯定是她的啦；可是小姐，您可千万不要以为，谁比我高，我就要开除谁。那只是他和我之间的一些个滑稽事，难道他没有对您说起过吗？""滑稽事，什么滑稽事啊？""小姐，那都是些非常滑稽的事情。有件事，我不得不坦率地告诉您：这个弗兰茨，他之所以呆在我们的队伍里，那也只是冲着我一个人来的，只是为了我，只是因为以前的那些故事；因为那时的事情，我们两人一直都守口如瓶。我也许可以把这些滑稽事说给您听听。""是这样啊。那好，只是您能坐在我这里讲吗，这难道不会耽误您的工作吗？""小姐，连上帝都会时不时地给自己放上一两天假，更何况我们人呢，我们至少要给自己放两天。""啊，我想，您还会给自己放三天。"他们两人笑了起来。"您的话也不无道理；我省下自己的力气，懒散可以延年益寿，总会有什么地方要人出大力气的。"她于是对他微笑道："那就非得省着点不可。""小姐，您很在行。人和人不一样，一个这样，一个又那样。那您知道吗，小姐，弗兰茨和我，我们过去一直互相换女人玩，您又怎么看待这件事情呢？"他把头歪向一边，嘴抿着杯里的酒，等待着，看这小女人都会说些啥。这女人，是个漂亮妞，我马上就会把她搞到手，我先去拧她的大腿。

"换女人的事，您应该去讲给您的奶奶听。这种事有人说给我听过，俄国人做这种事，您大概是那里的人吧，我们这里没有这种事。""要是我告诉您呢。""那也只是些胡说八道的脏话罢了。""也可以让弗兰茨告诉您。""那肯定都是些漂亮的女人，值五十芬尼，是不是，收容所里出来的，是不是？""小姐，您打住吧，我们可不是这样的。""那您倒是说说，您干吗要当着我的面说这些乱七八糟的事情？您跑来对我说这些，到底居心何在？"人家看着这个小调皮鬼。不过，这女人倒真是很可爱，她对那个家伙蛮依恋的，这很好。"哪里呀,小姐,哪里有什么居心哟。咳,我只是想打听打听(甜蜜蜜的小调皮,潘科,潘科,咯吱咯吱挠痒痒,蹦蹦往上跳),是普姆斯委托我直接过来的,那好吧,我现在也该告辞了,你不打算到我们的协会去看看吗?""只要您不在那里讲这种事情就行。""小姐,没那么糟。我原以为,您都知道了呢。那好吧,还有点公事。普姆斯说了,弗兰茨因为胳膊的事变得很敏感,我跑上来找您,问您钱一类的问题,这您可千万不要告诉他。弗兰茨用不着知道这个。其实,我本来是可以呆在家里打听此事的,我原来想的只是,干吗要偷偷摸摸的呢。您就坐在楼上,我最好还是直截了当地上您这儿来问得了。""要我什么都不跟他讲?""是的,最好别讲。当然,如果您非要讲不可的话,我们也没法拦您。随您的便。好了,再见吧。""不,门在右边。"好一个漂亮的女人,要把这小东西给做了,托唧托唧托唧。

而屋里的这个小米泽,她靠在桌旁,什么也没有看见,什么也没有觉察,她看到那只酒杯立在那里,她心里只想着——是的,她想什么呢,她刚才是想过什么的,现在,她把那只杯子拿走,她一无所知。我很激动,这家伙让我很激动,我浑身都在颤抖。这家伙要讲一件事。他有什么企图,他这样做到底有什么企图。她看着那只杯子,它放在柜子里,右边最后的那只。我浑身都在颤抖,坐一坐吧,不,不要坐沙发,那家伙刚才还在上面龇牙咧嘴,坐椅子上吧。激动得要命,这究竟是怎么回事,两条胳膊,还有这心里,浑身上下都在颤抖。弗兰茨可不是这种下流坏,他们竟然换女人玩。这种事,我相信,这个家伙,这个赖因霍尔德,是做得出来的,但是弗兰茨,他——就算是真有其事的话,那他也只是处处被人当傻瓜耍了而已。

她咬着她的指甲。如果真有其事的话；可是这个弗兰茨，他是有点傻，他做什么都容易被人利用。所以，他们把他从车里甩了出去。他们都是这种人。他进的就是这种协会。

她不住气地咬着她的指甲。告诉埃娃？我不知道。告诉弗兰茨？我不知道。我谁也不告诉。什么人也没有来过这里。

她感到羞愧，她把两只手平放到桌上，她咬着自己的食指。没用；嗓子里火辣辣的。以后，他们也会用同样的办法对待我的，他们也会把我卖掉。

手摇风琴的声音在院子里响起：我把我的心丢在了海德堡。我也把，把我的心献给了他，现在可完了，她哇地一声大哭起来，完了，我什么都没有了，我在做什么，我可以看见，人家要是取笑我的话，我也没有办法。可是，我的弗兰茨是不会做出这种事来的，他不是俄国人，说他换女人玩，这全是胡说八道。

她站在敞开的窗户前，穿一件蓝格子的睡袍，她和那位手摇风琴的艺人一起唱道：我把我的心丢在了海德堡（这是一个虚伪的社会，这个人用烟熏的办法为它消毒，他是对的）在一个温和的夏夜（他到底什么时候回家，我到楼梯上去迎接他）。我曾经热恋过（我对他一个字不说，我不会和这种道德败坏的人为伍，一个字不说，一个字不说。我是多么的爱他。啊，我将穿上我的衬衫）。她的嘴巴笑了，就像一朵小玫瑰。当我们在门口告别的时候，吻最后一个吻的时候，我清楚地认识到（赫尔伯特和埃娃的话没错：他们现在有所觉察，他们只想在我这里探听一下情况是否属实，那就让他们去听吧，爱听多久，就听多久，非得给自己找个蠢女人不可），我把我的心丢在了海德堡，我的那颗心，它在内卡河畔怦怦地跳。①

大丰收在望，
但人也有失算的时候

在这个世界上游手好闲，永远在这个世界上游手好闲，永远在这个世界上游手好闲，这对您而言，就是最大的宁静和平和。这小子可以任您捉弄，他总是能够侥幸逃脱。有这种人。在波茨坦有过那么一个人，在安克拉姆附近的高尔克，此人名叫波内曼，他从牢里逃出来，跑到施普雷河边。河面上漂着一个死人。

——"嘿，我们一起出去玩玩吧，弗兰茨，怎么样，你的那个女朋友，她叫什么来着？""米泽，你是知道的呀，赖因霍尔德，她以前叫索妮亚。""是这样啊，可你没把她带来看看呀。是不是太漂亮了，所以不想给我们看呀。""咳，我又不是开动物园的，非要把她拿出来展览不可。人家自己会上街。有自己的靠山，挣大钱呢。""你就是不把她带来看看。""看什么呀，赖因霍尔德。这姑娘有事。""你带她来一次总可以吧，应该很漂亮。""那倒是。""我想见见她，你不愿意吗？""你知道吗，赖因霍尔德，我们以前做过那些个交易，靴子和毛皮领子什么的，这你是知道的。""再

---

① 1925 年的一首流行歌曲。

不会有这种事的。""是的，这种事不会再有了。谁也别想叫我去做这种脏事。""很好，哎呀，我只是问问而已。"（这个狗杂种，还不改口，还在坚持说那是脏事。你只管等着吧，小子。）

那个波内曼来到河边，河里漂着一具新鲜的尸体。波内曼的眼前一亮。他掏出自己身上所有的证明材料，把它们给了他，把它们给了他。这一段虽然已在前面讲过，但为了便于记忆，我们现在再重复一遍。接着，他把那尸体绑到一棵树上，否则，它就漂走了，人家恐怕就发现不了它了。他自己则紧跟着坐上了开往什切青的小火车，手里拿着一张票，待他到达柏林之后，他从一家小酒馆里打电话给波内曼妈妈，让她快来，他在那里等她。她给他带来钱和衣物，他对她一阵耳语，随后，他不得不离她而去，很遗憾。她答应去认尸，他如果有钱，他就会给她寄钱，可你得有啊。他得赶紧，赶紧走了，否则，还会有人找到那具尸体的。

"我想知道的是，弗兰茨，你大概很喜欢她吧。""你不要再提那些姑娘了，不要再胡说八道了，好不好。""我只是想打听一下嘛。这又不碍你什么事。""是的，这不碍我什么事，赖因霍尔德，只是你，你就是个流氓。"弗兰茨笑起来，另外的那个人也笑了起来。"你的那个小女人到底怎么样，弗兰茨。你真的就不能带来给我看看吗？"（瞧，你可真会开玩笑，赖因霍尔德，是你把我扔出了汽车，你现在倒找上门来了。）"嘿，你到底想干什么，赖因霍尔德？""什么也不想干。我就想见见她。""你是不是想看看她喜不喜欢我？我告诉你，这姑娘，她从头到脚，都是我的心，我的肝。她只知道爱和喜欢，别的一概不知。你知道吗，赖因霍尔德,她痴到什么地步,你根本都想不到。你还认识那个埃娃吗?""那又怎么样。""你瞧,呃,米泽愿意,她……算了,我不跟你说。""到底是什么事,你就说出来吧。""不,这太叫人难以置信了,可她就这样,这种事你还没有听说过呢,赖因霍尔德,我这辈子还没遇上过这种事呢。""那么,究竟是怎么回事?是和埃娃吗?""是的,可你得保密,是这样的,这姑娘,这个米泽,她竟然希望:埃娃和我生个小孩。"

咚。他俩坐在那里互相凝视。弗兰茨一拍大腿,大笑起来,赖因霍尔德跟着微笑,开始微笑,却没能笑出声来。

后来,这家伙取名芬克,去了高尔克,做了渔夫。一天,天气很好,他的继女来了,她在安克拉姆任职,她要买鱼,她拿着网兜去找芬克并和他搭讪。

赖因霍尔德跟着微笑,开始微笑,却没能笑出声来:"她也许是同性恋吧?"弗兰茨一边继续拍他的大腿,一边咯咯地笑道:"不,她爱我。""这我还真没想到呢。"(竟有这事,真叫人难以置信,这个笨蛋,碰上这种事情,他还有心思咧嘴傻笑。)"那埃娃是怎么说的呢?""这俩,她们是好朋友,她早就认识她,我还是通过埃娃认识米泽的呢。""弗兰茨,你现在可是把我的胃口全给吊起来了。你倒是说说呀,我就真的不能和米泽见上一面吗,二十米的距离,你要是害怕的话,我宁愿隔着栅栏看。""哎呀,我一点也不害怕。你是知道的,我那时对你说过,你不该跟这么多姑娘,这毁身体,再好的精神也会受不了的。这会引起中风。所以你必须振作起来,这样对你才有好处。赖因霍尔德,现在你真的应该看到,我是多么的正确。我会把她带来让你看看的。""但不能让她看见我。""为什么不能?""不,我不想。你只让我看见她就成。""一言为定,哎呀呀,我真高兴。这会让你很受用的。"

时间是下午3点,弗兰茨和赖因霍尔德,越过马路,各种搪瓷招牌,搪瓷制品,德国的和正宗的波斯地毯,分十二个月付款,长条台布,桌布和卧式长沙发布,羽绒被,窗帘,莱斯勒连锁店,您为自己挑选时装吧,如果不行,您就要求即时免费邮寄,注意,危险,高压电。他们进了弗兰茨的住处。你现在进了我的住处:我很好,我刀枪不入,你应该看到这一点,我就站在这里,我的名字是弗兰茨·毕勃科普夫。

"轻一点儿,我来开门,看她在不在。不在。喏,我就住这里,不过,她肯定马上就回来。我们怎么做,你现在可得注意了,虽说纯粹是闹着玩的,那你也不能弄出什么响动来。""我会小心的。""最好的办法是:你躺到这张床上去,赖因霍尔德,这床白天是不会用的,我会看着的,不让她过来,然后你就通过上面的金属网去看她。你躺下吧,你能看见吗?""没问题。只是我还得把这双靴子给脱了。""不用了,这样更好。注意了,我把她给你弄到走廊上去,然后,你走的时候,她就是你一个人的了。""哎呀,弗兰茨,不会露馅吧。""你害怕了?你知道吗,就算她发现了,我也一点不害怕,你应该和她认识认识。""不,不能让她发现我。""你躺下吧。她随时都可能回来。"

搪瓷招牌,各种搪瓷制品,德国的和非常正宗的波斯的波斯地毯,波斯人和波斯地毯,您要求免费邮寄。

什切青的那位布卢姆警长于是说道:"您是怎么认识这个男人的?您的依据是什么,为什么,您肯定是依据什么才把他认出来的吧？""这个人就是我的继父。""那好，我们打算去高尔克一趟。如果情况属实，我们马上就把他带走。"

有人在关这套单元房的门。弗兰茨站在走廊里："嘿，米泽，你吓了一跳吧？嘿，小宝贝，是我。快进来。别往床上躺。那上面有件礼物，我要让你大吃一惊。""那我马上就过去看看。""别动，先发誓再说。米泽，把手举起来，发誓，站好喽，你必须跟着我说：我发誓。""我发誓。""我不会上床。""我不会上床。""在我说话之前。""在我上床之前。""你呆在这里别动。再来一遍：我发誓。""我发誓，我不会上床。""在我亲自把你抱上去之前。"

她的神情庄重肃穆，她搂住他的脖子，长时间地呆在原地不动。他发现，她有点不大对劲，就想赶紧催她到外面的走廊上去，这件事今天办不成了。可是，她站在原地不动："我不会上床的，算了吧。""我的小米泽到底怎么了，我的米泽小猫咪，小乖乖？"

她坚持要求坐到沙发上去，他们于是并肩而坐，互相拥抱着，她什么话也不说。随后，她在下面喃喃自语，开始用手去拉他的领带，紧接着脱口说道："弗兰茨，我能跟你说点事吗？""当然可以啦，小米泽。""有件事，和我的那个老头子有关。""说吧，小米泽。""好的。""嘿，你这是怎么了，小米泽？"她拨弄着他的领带，这家伙偏偏要在人家姑娘今天有事的时候躺在这里凑热闹。

警长说："您怎么会叫芬克呢？您有证件吗？""当然有啦，您只消到户籍登记处去查查就行。""户籍登记处写的东西，和我们无关。""证明我也有。""很好，我们会把证明一起带走的。门口还站着一位从洛依嘉尔德来的官员,在他的管辖范围之内,曾经有过那么一个来自洛依嘉尔德的叫做波内曼的人,我们要让他进来一下。"

"弗兰茨,那老头最近几次老是和他的侄子照上面,其实,他根本就没有请过他,他完全是不请自到。"弗兰茨觉得浑身一阵发冷,喃喃自语道:"我明白了。"她让自己的脸贴住他的脸不放:"你认识他吗,弗兰茨?""上哪儿认识啊?""我原以为呢。他总是跑来,有一次还是一起来的呢。"弗兰茨开始发抖,他突然感到两眼发黑:"嘿,你为什么先前一个字也没跟我讲过?""我原以为,我可以甩掉他的。而且,如果人家只是随便跑来坐坐的话,又有什么必要呢。""那现在呢……"他的嘴更加厉害地抽搐起来,他的嗓子眼发紧,随即变湿,她的手紧紧地抓住弗兰茨不放,这女人把我抱得好紧,她就是这种固执的人,她什么都不说,她让人摸不着头脑,她为什么只是一个劲地嚎,那家伙正躺在床上,我真恨不得操起一根棍子往床上打去,叫他再也站不起来,该死的蠢婆娘,让我丢尽了脸。可是他在发抖。"到底是怎么回事?""没什么,弗兰茨,别担心,不会把我怎样的,再说,也真的没有出过什么事。那天他又来了,偷偷在外面等了整整一上午,我从老头家出来,一下楼,就看见他站在那里,非要我和他一起坐车不可,非要不可,非要不可。""你自然就跟着去了,你也只能如此了。""我、我也只能如此了,我又能有什么法子呢?弗兰茨,他太纠缠不休了。人又是那么年轻。所以就……""你们到底去哪里了?""以前总是上柏林,格鲁勒森林,去走走,我自己也不知道,我总是请求他,让他走。他又是哭,又是求的,像个孩子，还跪倒在我的面前，人很年轻，是个锁工。""哼，他是应该去干活，这个懒惰的家伙，省得四处闲逛。""我不知道。别生气，弗兰茨。""我还是不知道出了什么事。喂，你干吗哭啊？"她又开始一声不吭，只是一个劲地把身子往他身上贴，拨弄他的领带。"别生气，弗兰茨。""你是不是爱上这个家伙了，米泽？"她一声不吭。他极其恐惧，从头凉到了脚。他对着她的头发一阵耳语，全然忘记了赖因霍尔德的存在："你是不是爱上他了？"她的身体和他的身体紧紧缠在一起，他感觉到的是她整个的人，她开口说道："是的。"啊，啊，这话他听见了，是的。他想把她推开，要我揍她一顿吗，伊达，那个布雷斯劳人，现在又来了，他的胳膊变得麻木起来，他的人麻木了，可她像只动物似的，把他抱得紧紧的，她想干什么，她一声不吭地把他紧紧抱住，她的脸贴在他的脖子上，他的两眼在她的上方，冲着窗户的方向，射出铁石般的光芒。

弗兰茨一边摇晃她的身体，一边吼叫道："你想干什么？赶紧把我放开。"我该如何处置这个狗杂种？"我在这儿呢，弗兰茨。我没有离开你，我还在呢。""你滚吧，我根本就不想要你了。""你别吼，啊，上帝，我做什么了。""你到那个家伙那里去呀，你不是爱他吗，你这个臭婊子。""我不是臭婊子，你行行好吧，弗兰茨，我已经对他说过了，这不行，我是属于你的。""我根本就不想要你了。像你这样的女人我不想要。""我是属于你的，我对他说过了，然后我就走了，你应该安慰我才是。""什么，你怕是疯了吧！放开我！你疯了！你爱上那个家伙，反倒要我来安慰你。""是的，弗兰茨，你应该这样做才是，我可是你的米泽呀，而且你是喜欢我的，所以你能够安慰我，啊，他现在四处游荡，这年轻人……""不，你打住吧，米泽！你必须去那个家伙那里，你找他去吧。"米泽于是尖叫起来，他根本无法脱身。"不错，你这就去，你放开我。""不，我不放。你不爱我了吗，你不喜欢我了吗，我到底做了什么了。"

弗兰茨终于抽出了他的那只胳膊，得以脱身，她跟在后面追他，弗兰茨猛地转过身来，照着她的脸上打去，她摇晃着向后退，他紧接着撞击她的肩膀，她倒了下去，他骑在她的身上，他的那只手在她的身上乱抽。她呜咽着，扭动着，哦哦，他打人了，他打人了，她趴在了地上，脸冲着地面。等他停下来喘气的时候，整个屋子在围着他打转，她翻过身来，起身说道："别拿棍子了，弗兰茨，够了，别拿棍子了。"

她坐在那里，身上的衬衫已被撕破，一只眼睛已经睁不开了，血从鼻子里流了出来，左脸和下巴沾满了血。

而这位弗兰茨·毕勃科普夫呢，——毕勃科普夫，利勃科普夫，齐勃科普夫，这个人没有名字——，屋子在旋转，屋里有几张床，他抓住了其中的一张床。赖因霍尔德就躺在这张床上的被子下面，这家伙，他就穿着靴子躺在里面，他会把床弄脏的。他到这里来干什么？他不是有他自己的屋子吗。我要把这个家伙拖出来，我们把他赶出门去，我们这就动手。我们这就动手。我们一动手就手软。只见弗兰茨·毕勃科普夫，齐勃科普夫，尼勃科普夫，魏德科普夫，嗖地一下来到那张床边，一把伸进被子，抓住了那个人的头，那个人扑腾着，被子向上掀起，赖因霍尔德坐了起来。

"出来，赖因霍尔德，你给我出来，你去看看那女人，然后你就跟我走人。"

米泽的那张嘴被撕破了，地震，闪电，打雷，铁轨断裂了，弯曲了，火车站，管理员的小房子倒了，呼啸，咆哮，烟，雾，什么也看不见，一切都完了，完了，横着的，竖着的，全被刮走了。

"怎么回事，什么东西破了？"

喊叫，喊叫，不停地从她的嘴里发出，撕心裂肺的喊叫，冲着床上烟幕后面的那个更高的地方而去，一堵迎接喊叫的墙，迎接喊叫的长矛，迎接喊叫的石头。

"闭嘴，东西都破了，不要叫，房子都要叫塌了。"

源源不断地叫喊，喊声，无时无刻地，不分年月地，奔着那个地方而去。

而弗兰茨已经截住了那叫喊的声波。好一个躁狂、躁狂、躁狂症患者。他在床边挥舞着一把椅子，椅子向地上倒去，咔嚓一声从他的那只手中落下。随后，他整个人斜跨到米泽的身上，米泽还是一个劲地坐在那里埋头尖叫，尖叫，尖叫，尖叫，他从后面捂住她的嘴，把她仰面朝天地掀翻在地，两腿骑在她的身上，整个人趴在了她的脸上。我——要——杀——死——她。

尖叫停止了，她的两条腿胡乱地向上踢腾。赖因霍尔德一把把弗兰茨扯开："哎呀，你要把她憋死呀。""走你的，伙计。""站起来。起来。"他把弗兰茨拖开，那女人趴在地上，转过头来，呜咽着，大口大口地吸着气，拍打着两只胳膊。弗兰茨把脚一跺："你看看这个无赖，这个无赖。你想打谁，你这个无赖？""你走开，弗兰茨，把你的夹克穿上，等你的气消完了之后，你再上来。"米泽在地上嘤嘤地哭泣，她睁开眼睛；她的右眼皮是红的，已经肿了。"哎呀，你还不快走，还要把她打死不成。快把夹克穿上。在那儿。"

弗兰茨呼哧呼哧地喘着粗气，让他帮自己穿上夹克。

米泽这时开始从地上爬了起来，她吐了口唾沫，准备开口说话，她爬起来，坐好，沙哑着声音叫道："弗兰茨。"他正在穿夹克。"这是你的帽子。"

"弗兰茨……"她不再喊叫，她有嗓子，她吐唾沫。"我——我——我跟你一起去。""不，您就呆在这儿，小姐，我待会儿就来帮您。""弗兰茨，来吧，我——跟你一起去。"

他站着，转动着头上的帽子，品尝着，喘着粗气，吐着唾沫，向门边走去。砰地一声。门关上了。

米泽呻吟着，站了起来，一把推开那位赖因霍尔德，摸索着过了房门。在走廊的门口，她再也动弹不得了，弗兰茨已经出了门，顺着楼梯下去了。赖因霍尔德把她抱进屋里。他把她放到了床上，她独自坐了起来，爬下床，吐血，非要到门口去。"出去，出去。"她就坚持一点："出去，出去。"她的一只眼睛始终凝视着他。她让两条腿吊了下来。胡扯什么呀。这种胡扯让他感到恶心，我不要留在这里，一会儿还会来人，说是我把她打成这个样子的。这种破事和我有什么关系。早上好，小姐，戴上帽子，从中间走出去。

在楼下，他洗掉自己左手上的血，全是胡扯，他大声地笑了起来：他把我带上楼去看这个，什么鬼把戏，这个笨蛋。就为了这个，他让我不脱靴子躺在他的床上。现在可好，这个笨蛋的肺都快给气炸了。他遭遇了一记上钩拳，他现在跑到哪里去了呢?

开路。搪瓷招牌,品种齐全的搪瓷制品。刚才在上面呆着,感觉很不错,感觉很不错。这种笨蛋都有,你干得很好,我的儿子,谢谢,只管这样地继续努力下去吧。我的腰都要笑弯了。

波内曼于是又被重新关押在了什切青的警察局里。人家把他的太太,那位原配加正房,带来。警长先生,您就让这位太太过几天安稳日子吧,什么是对的,她也已经发过誓了。我还会再多坐上两年,对此我一点也不在乎。

晚上,在弗兰茨的屋子里。他们俩在笑。他们彼此搂住对方亲吻,彼此都对对方心存善意。"我差点就把你给打死了,米泽。哎呀,我怎么把你打成了这个样子呢。""这不要紧的。只要你回来了就好。""那个赖因霍尔德,他是不是马上就走了?""是的。""他为什么跑来,米泽,你真的不想问一下吗?""不想。""你一点也不想知道吗?""不想。""可是米泽。""不。这不是真的。""什么呀?""你想把我卖给这个人。""什么。""这可不是真的。""可是米泽。""那事我知道,不过没关系的。""他是我的朋友,米泽,但却是个玩女人的下流坯。我想让这个家伙见识见识,规矩的女人是个什么样子。他应该好好看看才是。""那好吧。""你还爱我吗。要么,你只爱那个家伙。""我是你的,弗兰茨。"

星期三,8 月 29 日

她让她的靠山等了足足两天,她把这段时间全都花在了她亲爱的弗兰茨身上，她和他一起乘车去了埃尔克内尔①和波茨坦，痛痛快快地和他一起玩了个够。她现在和他共守着一个秘密，现在比以前更加保密，这个该死的小东西，她一点也不害怕，她亲爱的弗兰茨会在普姆斯的人那里干出什么事情：她还将采取一些行动。她将独自去观察，看都有谁参加舞会或玩九柱戏什么的。有这类活动的时候，弗兰茨是不会带上她的，赫尔伯特却会带上埃娃，而弗兰茨则会说：这对你不合适，我不愿意你和这帮下流坏混在一起。

然而，小索妮亚，小米泽，希望能为弗兰茨做点什么，我们的小猫咪希望为他做点什么，这比赚钱要强得多。她将把所有的事情都弄个水落石出，她要保护他。

当下一场舞会来临之际，普姆斯团伙和他们的朋友们全都跑到了兰恩斯多夫②，清一色的自己人，其中有个女人，谁也不认识，是那个白铁工带她进来的，她是他的，她戴着一个面具，她甚至还和弗兰茨跳了一次舞，但只跳了一次，后来他去闻那香水味。那是在米格尔宝地③，晚上花园里点上了灯笼，一艘星光闪闪的轮船开始起航，船上人头攒动，当船离开的时候，乐队奏起一支响亮的告别曲，而他们则在船上跳舞、喝酒，直至 3 点以后还不罢休。

小米泽和那个白铁工一起四处游荡，那白铁工摆出一副得意洋洋的模样，他有一个多么漂亮的女朋友啊；她看见了普姆斯和他的夫人，还有赖因霍尔德，他脸色阴郁地坐在那里——这个人总是情绪不佳——，还有那位优雅的商人。2

---

① 柏林东郊的一个小地方。
② 曾是米格尔湖畔的一个小渔村。
③ 餐馆名。

点钟的时候，她和那位白铁工一起钻进汽车离开；他在汽车里还能够对她进行狂吻，干吗不呢，现在，她的心里已经比以前有数多了，她是不会惊慌失措的。小米泽都知道些什么？普姆斯的人全是什么模样，因此，她可以任他长时间地狂吻，她的人还是弗兰茨的，夜幕深沉，在这样的黑夜里，那帮家伙把她的弗兰茨从汽车里甩了出去，而现在，他要来找那个人了，他就会知道，那个人是谁了，而他们全都怕他，否则的话，那个赖因霍尔德怎么会跑上来呢，而这可是个肆无忌惮的家伙，我的弗兰茨，可是个好青年，我真的可以把这个白铁工吻死，我是这样地爱弗兰茨，是的，你只管把我亲个够吧，我会咬断你的舌头，哎呀，他还在开车呢，他还会把我们坐的车开进沟里去的，呼啦，今天夜里你们这里就跟天堂似的，要我怎么开，向左还是向右，你想怎么开就怎么开，你真是个可爱的人儿，米泽，可不是吗，我很好吃吧，卡尔，你今后还要多带我出来，喔唷，这个傻瓜，他喝醉了，他还会把我们坐的车开进施普雷河的。

　　这是不可能的，除非我真的喝醉了，我还有很多事情要做，我还要去跟踪我那亲爱的弗兰茨，我不知道，他想干什么，他不知道，我想干什么，只要他愿意，我愿意，这就应该永远成为我们两人之间的秘密，我们俩都愿意如此，这样做是我们俩共同的愿望，哦，真热啊，再亲亲我，这里，抱紧我，卡尔，哎呀，我浑身发软，我浑身发软。

　　小卡尔，小卡尔，你，你就应该是我的白马王子，街上的橡树黑压压地一晃而过，我把一年之中的128天，一天之中的早上、中午和晚上，送给你。

嘛扑啪，两个穿蓝色制服的警察来到墓地。他们坐到一块墓碑上，举止文雅，当有人从他们的身边走过的时候，他们就会问人家有没有见过某个名叫卡西米尔·布罗多维西兹的人。这个人三十年前犯了点罪，但具体是什么罪，人们并不清楚，因而很有可能还会出点别的事情，这类人绝对是靠不住的，我们现在想获取他的指纹，确定他的身长，而最好的办法是先把他抓住，让人把他带到我们跟前来，特啦里，特啦啦。

赖因霍尔德拉起裤子，趿拉着鞋在他的房间里走来走去，宁静和钱多并不让他觉得受用。他的最后一位女友已经被他打发掉了，这个漂亮的女人现在也不能讨得他的欢心了。

必须做点别的事情。他想从弗兰茨这里下手。这个笨蛋现在又开始四处闲荡，满面红光地炫耀他的女人；好像蛮了不起似的。我也许可以把那女人从他手里夺过来。她前两天的胡扯让我觉得恶心。

那个白铁工，名字叫做马特，当然，他在警察局登记的姓名却是奥斯卡·菲舍尔，当赖因霍尔德向他问起索妮亚的时候，他的表情十分惊讶。见人家开门见山，问起索妮亚，马特也就不假思索地承认了，咳，既然你都知道了，那就是这么回事呗。赖因霍尔德于是就用自己的一只胳膊揽住马特的腰，同时问道：马特是否愿意把她让给他，他想带她去做一次小小的郊游。真相于是大白：索妮亚不是属于马特，而是属于弗兰茨的。那好，那么马特就可以把这姑娘给他弄来，他要开车带她去弗莱恩森林①兜风。

"那我可管不了，你得去问弗兰茨才行。""我不能去问

① 奥德河畔的弗莱恩森林浴场，是位于柏林东北的一个疗养地。

弗兰茨，我和他以前有点过节儿，而且，我认为，这个女人是不会喜欢我的。这一点我已经感觉出来了。""我可不愿意干这种事情。我自己说不定什么时候就想她了呢。""咳，不会碍你的事的。就出去兜一次风。""你把天下所有的女人都占了，我都不在乎，还有她，只是，上哪儿去弄呢，除非去偷。""嘿，她不是在和你一起玩嘛。喂，卡尔，要是我给你一张褐色的大票子呢。""只管拿来吧。"

两个穿蓝色制服的警察坐到一块石碑上，他们向所有的过往行人打听询问，他们拦住所有的车辆：他们有没有见过一个黄脸、黑头发的家伙。他们正在找他。他做过什么事，或者会做什么事，他们并不清楚，这些都写在警察局的报告里。可是，谁也没有见到过他，或者说，谁也不愿意自己见到过他。因此，这两个警察还得继续沿着一条条的道路走下去，另有两个警察被派来和他们做伴。

星期三，1928 年 8 月 29 日，这一年已经失去了 242天，再没有太多的日子可以失去的了——马格德堡之行，恢复健康，赖因霍尔德染上酒瘾，米泽的出现，他们进行该年度的第一次偷盗，弗兰茨重展欢颜，归于平静，极尽温和，伴随着这一切的发生，那些日子一去不复返——，就在这一天，那位白铁工和小米泽一起乘车向着郊外飞奔。她对他，也就是弗兰茨，说，她要和她的那位靠山一起坐车出去。她为什么要坐车出去，她并不知道。她一心只想帮助弗兰茨，但怎样帮，她并不知道。她夜里做了一个梦：她的床和弗兰茨的放在了他们的房东的起居室里，床的上方是一盏灯，接着，门边的帘子动了起来，一个灰蒙蒙的东西，一个幽灵，慢慢地从里面绕出来，走进屋子。唉，她叹了口气，然后，她爬起来，坐在床上，而弗兰茨则在一旁酣睡不醒。我要帮他，他不会出什么事的。然后，她又躺了下去，真滑稽，我们的床怎么会滚到前面的那间起居室里去呢。

就那么一下子，他们就到了弗莱恩森林，弗莱恩森林真漂亮，是个疗养的好地方，有座漂亮的疗养花园，铺满黄色的鹅卵石，很多人在上面走。他们刚刚在疗养花园旁边的露台上吃过中饭，那他们将碰到的人会是谁呢？

地震，闪电，闪电，打雷，铁轨断裂，火车站倒塌，咆哮，烟，雾，一切都完了，雾气狼烟，什么都看不见，雾气狼烟，源源不断的叫喊……我是你的，我也是你的。

让他来吧，让他坐吧，我不怕他，就是不怕他，我直视他，我镇定自若。"这是米泽小姐；你认识她吗，赖因霍尔德？""见过一两面。认识您很高兴，小姐。"

他们就这样坐在了弗莱恩森林的疗养花园里；饭店里有人弹得一手好钢琴。我坐在弗莱恩森林，这个人就坐在我的对面。

地震，闪电，雾气狼烟，一切都完了，不过，我们碰见了他，这很好，普姆斯那里发生过的所有事情，还有弗兰茨正在干什么，我全都要从这个人的口里掏出来，我要让这个人垂涎三尺，用这个法子来对付他，就能够把事情办成；好好地扑腾扑腾，这个人随后就到。米泽梦见幸运正在向她招手呢。那个弹钢琴的人唱道：对我说 oui，我的宝贝，这是法语，对我说是，就算用中文也无妨，你想怎样就怎样，这完全是无所谓的，爱情是全世界的。通过鲜花来对我说，通过鼻子来对我说，轻声地对我说，迷醉地对我说，对我说

oui，说 yes 或者说是，——别的什么都可以，只要你愿意！

几杯烧酒端了上来，每个人喝了一小口。米泽透露，她参加过那场舞会，一次开心的谈话由此开始。应大家的要求，那位乐队队长先生坐在钢琴旁演奏：在瑞士，在蒂罗尔，弗里茨·罗勒尔、奥托·斯特兰斯基作词，安东·普洛菲斯作曲。在瑞士，在蒂罗尔，人在那里的感觉真是很不错。因为蒂罗尔有母牛产下的温热的牛奶，而瑞士则有处女，啊啊！我们这里——我们说老实话吧，很难找到这类东西。所以我觉得瑞士，还有蒂罗尔，棒极了！曜咯咯咿啼！音乐书店有售。曜咯咯咿啼，米泽笑了，眼下，我那可爱的弗兰茨还以为，我在我的那个老头子那里呢，可是——我就在他自己身边，他却没有觉察。

我们待会儿准备坐小车在这一带转转。这是卡尔、赖因霍尔德和米泽的意思，倒过来，米泽、赖因霍尔德和卡尔，还可以说，赖因霍尔德、卡尔、米泽，这是他们大家的意思。电话铃声偏偏在这个时候响起，服务员叫道：马特先生有人找，难道你事先没有眨过眼睛吗，赖因霍尔德，你小子，好吧，我们没得说的，米泽也跟着微笑，你们俩也不反对，看来，下午会过得很快活。这时，小卡尔又回来了，哦，小卡尔，小卡尔，你就该是我的白马王子，你不舒服吗，不，我得马上回柏林去，你呆着吧，米泽，我非得回去不可了，谁知道会有什么事呢，他还吻了米泽一下，但没有透露任何情况，卡尔，非要我留下来吗，小老鼠，任何男人，只要逮住机会，就会一个人甩单帮，再见，赖因霍尔德，复活节快乐，圣灵降临节快乐。他从衣帽钩上取下帽子，走了。

我们还坐在这里。"真没有办法。""所以呀，小姐，您前两天就不该那样大喊大叫的。""那只是因为我吓坏了。""那可是当着我的面啊。""我什么人都能习惯。""多讨人喜欢呀。"瞧这小女人的眼睛滴溜溜地转的，好一个漂亮可爱的小婆娘，我敢打赌，我今天就会把她弄到手；那你就好好等着吧，我的伙计，我先让你扑腾个够，然后你就该把你知道的事情全都告诉我。他在瞪眼睛。大概把一整棵芹菜吞到肚子里去了。

　　那位钢琴演奏家的歌唱完了，那架钢琴也累了，也要去睡觉了，赖因霍尔德和米泽于是爬上山坡，漫步进入森林。他们手挽着手地聊天，这小子一点也不赖。而当他们6点钟重返疗养花园时，卡尔已经在那里等他们了，他又开着汽车回来了。我们这就回家吗，晚上有满月，我们一起到林子里去，多美呀，我们就这样定了。于是，他们仨在8点钟的时候一起向森林走去，可是，卡尔却还得赶紧回旅馆定房并查看一下他那辆汽车。我们待会儿在疗养花园里碰头。

　　这是一座茂密的树林，很多人手挽着手地来这里散步，这里也有几条僻静的小路。他们并肩而行，如梦如痴。米泽一直想问，却又不知道问什么，多美呀，和这个人手挽着手地走在一起，唉，算了，我再找别的机会问他吧，这是一个多么美妙的夜晚。上帝啊，弗兰茨肯定对我有想法，我要赶紧离开这座林子，在这里散步真是美极了。赖因霍尔德用胳膊揽着她，这个人有着一只右臂，这个男人走在她的左边，弗兰茨总是走在她的右边，这样走很奇特，这只胳膊是多么的强壮有力，这是一个什么样的家伙哟。他们在树林间穿梭，地面十分柔软，弗兰茨艳福不浅，我要把他的这个女人抢过来，要她在一个月里为我所有，这以后就随他的便，干什么都行。如果他图谋不轨的话，就在下次外出行动时收拾他，叫他趴在地上起不来，这是一个漂亮的女人，这是一个可爱的女人，而且对他也很忠诚。

他们一边散步，一边海阔天空地闲聊。天色渐渐地暗淡下来。这样谈起话来倒更方便了；米泽叹了一口气，只走路而不说话，只感觉到另一个人的存在，这样下去太危险了。她不停地往那条通向外面的小路看去。我不知道，我为什么要和他呆在一起；可是上帝啊，我到底为什么要和这个人呆在一起啊。他们转着圈。米泽偷偷地冲着公路的方向往回走。睁开眼睛吧，你到了。

现在是 8 点。他拿出随身带着的手电筒，他们走进旅馆，森林落在了我们的身后，小鸟们，啊，小鸟们，它们的歌声是如此的美妙、动听。他的身体开始颤抖。那是一条奇特而宁静的小路。他有一双雪亮的眼睛。他心平气和地走在她的身旁。那个白铁工形单影只地等候在露台上。"你弄到房了吗？"赖因霍尔德回过头去找米泽；她已经走了。"那位女士在哪里？""回她的房间去了。"他于是跑去敲门。"那位女士已经定了房间，她睡觉去了。"

他的身体开始颤抖。刚才的情形真美。那座暗淡的森林，那些鸟儿。我到底想对这个女孩干什么；我想得到她。赖因霍尔德和卡尔一起坐在露台上；他们抽着粗大的雪茄。他们相视而笑：说真的，我们跑到这里来干啥呀？我们原本也是可以睡在家里的。——赖因霍尔德仍在慢悠悠地作着深呼吸，慢悠悠地抽着他的雪茄烟卷，那座暗淡的森林，我们转着圈子，她又把我领了回来："随你的便，卡尔。我今晚就呆在这里。"

随后，他们两人再次来到森林边上，他们坐在那里，看着一辆辆的汽车驶过。这是一座茂密的树林，人们走在柔软的土地上，很多人手挽着手地来这里散步，我就是一个猪狗不如的畜生。

星期六，9月1日

这是 1928 年 8 月 29 日，星期三。

这一切在三天之后又重复了一遍。那位白铁工开着一辆汽车跑来，问她愿不愿意再到弗莱恩森林去，而且赖因霍尔德也希望跟着一起去，米泽——米泽二话没说就答应了。我这次会变得更加坚强一些的，她一边坐进汽车，一边在心里对自己这样说道，我不和他一起进林子里去。

她二话没说就答应了，因为弗兰茨头一天的情绪极其阴郁，他又不说是什么原因，所以我必须去搞个清楚，我必须去探出个究竟来。我给他钱用，他什么都有了，他什么都不缺，还会有什么事情让这个男人感到痛苦呢。

赖因霍尔德挨着她坐在汽车里，他的那只胳膊马上就绕在了她的腰际。一切都经过精心的策划：今天你是最后一次离开你亲爱的弗兰茨，今天你就呆在我这里，呆多长时间由我决定。你将是我所得到的第五百个或第一千个女人，迄今为止，事情全都进行得十分顺利，而且是秩序井然，这一次也同样会是十分的顺利。她坐在那里，并不知道接下来将会发生什么事情，我不知道，这很好。

他们把车停在弗莱恩森林的那家客栈前，卡尔·马特单独和米泽一起在弗莱恩森林里散步，这是９月１日，星期六，４点。赖因霍尔德还想在客栈里睡上一个小时。６点过后，赖因霍尔德晃晃悠悠地出了门，贴着那辆汽车一阵磨蹭，一杯酒下肚之后，上路离去。

在森林里，米泽感觉十分愉快。卡尔真好，这个人真能说，没有什么他不知道的，他有一项专利，他以前工作过的那家公司把他的这项专利骗了过去，雇员们就是这样遭受欺骗的，他们事先就必须以书面的形式把专利交上去，公司紧接着成了百万富翁，他之所以跟在普姆斯这里一起干，只是因为他正在造一个新模型，这个模型将使那家公司偷去的一切变为一堆废物。这个模型值很多钱，他不能把数目告诉她，这可是一桩天大的秘密，如果成功了的话，整个世界都将为之改变，全部的有轨电车，消防，垃圾的清除，任何东西，适用于任何东西，任何东西。他们谈起了那次假面舞会之后的驾车兜风，街上的橡树黑压压地一晃而过，我把一年之中的１２８天，一天之中的早上、中午和晚上，送给你。

"喂，喂，"赖因霍尔德的喊声在这座森林里回荡。这是赖因霍尔德，他们答道："喂，喂。"卡尔见赖因霍尔德走来，就随便找了个藏身之处，米泽则变得越来越严肃。

那两个穿蓝色制服的警察于是从墓碑上站了起来。他们说，这次监视没有取得任何结果，他们悄悄地溜掉了，我们没有办法，这里发生的尽是些无关紧要的琐事，我们只能给主管部门写个书面的报告。如果真有什么事情的话，那是很容易发现的，那是会写在广告柱上的。

然而，森林里却只有米泽和赖因霍尔德在散步，几只小鸟发出轻声的唧唧和喳喳。树梢开始歌唱。

一棵树先唱，另一棵树后唱，然后它们合唱，然后它们又停了下来，然后它们在这两个人的头顶上歌唱。

有个稻草人，他的名字叫死神，他拥有伟大上帝的威力。他正在磨刀霍霍，那把刀现在锋利了许多。

"啊，我现在能够重游弗莱恩森林，我感到非常高兴，真的，赖因霍尔德。您还记得前天吗，真美，难道不美吗。""只是时间短了点，小姐。您当时大概很累，我去敲过您的门，您没有开门。""空气闷人，再加上坐车什么的。""这么说来，难道一点美也谈不上了吗？""当然，您是什么意思？""我只是说，如果这样散步的话。而且还是和这样一位漂亮的小姐一起。""漂亮的小姐，您可别太夸张了。我可是不会说：漂亮的先生。""既然您和我一起散步——""那又怎么样？""唉，我想，我内心的很多东西别人是看不出来的。您和我一起散步，小姐，您尽管相信我，这真的让我感到十分高兴。"一个多么可爱的小伙子。"您真的没有女朋友吗？""女朋友，现在什么人都可以自诩为女朋友。""嘎。""咳。什么人都有。这个您并不了解，小姐。您有一个男朋友，他很可靠，他为您办事。可是姑娘家呢，她只想寻欢作乐，真心诚意，这类东西她没有。""那您可倒霉了。""您看，小姐，所以，换——换女人，也和这个有关。不过，这种事您是不想听的。""哦，您说吧。那到底是怎么回事？""我可以把这件事情的详细经过告诉给您，即使是现在，您对此也是会理解的。如果一个女人一无是处，您和她相处的时间能长过几个月或几个星期吗？嗯？没准她会四处游荡，或者她一无是处，什么都不懂，却要事事插手，说不定还要酗酒呢？""确实很恶心。""您看，米泽，我就是这样过来的。而人过的就是这种日子。尽是碎片，垃圾，肠子。这是从垃圾箱里捡来的东西。您想和这种货色结婚吗？嘿，我是一个小时也不想的。那好，你就忍上那么一小会儿吧，也许几个星期，然后怎么着都不行了，那她就非得走人不可，我又一个人干坐在那里。一点也不美气。不过，这里很美气。""恐怕也是为了调剂一下吧？"赖因霍尔德大笑起来："您对此作何感想，米泽？""啊，啊，您也想和别的女人试试吗？""干吗不呢，咳，大家都是人嘛。"

他们大笑起来，他们手挽着手地漫步，9月1日。树林没有停止歌唱。那是一次长长的布道。

每一样东西，每一样东西都有它的时日，天底下的一切高贵都有其终点，每一样东西都有它的年月，出生与死亡，播种与除根，每一样东西，每一样东西都有它的时日，扼杀与治愈，打碎与建造，寻找与丢失，它的时日，持有与扔弃，它的时日，撕碎与缝合，沉默与健谈。每一样东西，每一样东西都有它的时日。因此我很早就发现，最好的办法莫过于快乐。莫过于快乐。快乐，让我们快乐。光天化日之下，最好的办法莫过于欢笑和快乐。

赖因霍尔德拉住米泽的手，他走在她的右边，他有着一只多么强壮的胳膊呀。"您知道吗，米泽，我原来根本就不敢斗胆请您，从那时起，您是知道的。"我们接着散了半个小时的步，很少说话。长时间地散步，而不说话，这是很危险的。可是，你能感觉到他的那只右臂的存在。

我把这甜甜的人儿安置到哪里合适呢，这是一个极其特别的女人，没准我会把这姑娘省下来，留着好好享受才是，没准我会把她拖进旅馆，在这个夜晚，在这个月光如水的夜晚。"您手上怎么尽是疤子，您还文过身，胸前也文了吗？""是的，您想看看吗？""您为什么给自己文身呢？""这要看是在哪里了，小姐。"米泽咯咯地笑了起来，身子在他的那只胳膊里摇晃："我并不觉得奇怪，在弗兰茨之前，我也有过这么一个男朋友，他把浑身上下全都文了个遍，简直没法说。""很疼，但很美。您愿意看看吗，小姐？"他于是放开她的胳膊，三下两下地解开胸前的衣扣，露出胸脯，这里。是只羊角砧，圈在月桂花环里。"您赶紧把衣服扣上吧，赖因霍尔德。""这里，你放心看好了。"烈焰在他的体内燃烧，那无名的欲望，他一把揪住她的头，把它按到自己的胸脯上："亲，你，亲，你必须亲。"她不亲，她的头被他的双手紧紧地压住："您放开我。"他放开她："嘿，你别假正经了。""我这就走。"这个臭婆娘，我掐你的脖子，这女人竟敢这样和我说话。他把衬衫拉到胸前。我会把她弄到手的，她在装模作样，和这种女人打交道，要始终保持镇静，别着急，小子。"我又没把你怎么样，我这就把扣子扣上。这不。行了，个把男人，你总该是见过的吧。"

我跑到这里来，和这个家伙在一起，到底图的是什么呀，他弄乱了我的头发，他的确是个流氓，我要走。万物皆有时日。每一样东西，每一样东西。

"您不要这样，小姐，这只不过是一眨眼的工夫罢了。一个瞬间，您知道吗，人的一生中，是会时常冒出一些个瞬间来的。""那您也犯不着抓我的头啊。""别骂人，米泽。"我还会去抓你身上其他的地方的。那股疯狂的燥热再度袭来。我只想抓住她。"米泽，我们重新讲和，好吗？""那好吧，可您要规矩点。""一言为定。"手挽着手。他望着她微笑，她冲着草地微笑。"刚才没那么糟糕吧，米泽，不是吗？我们只是叫得凶，我们并不咬人。""我在想，您干吗要在那里文一个羊角砧呢？有些人在那里文上女人，或者心之类的东西，但却不是羊角砧。""那您是怎么想的呢，米泽？""没什么想法。我也不知道。""那是我的徽章。""羊角砧？""是的。必须有个人睡到那上面去。"他对着她狞笑。"您可真是个无赖。您真该让人给自己文上一张床才是。""不，羊角砧更好。羊角砧更好。""您是铁匠吗？""也算得上是一点点吧。步调一致就是我们的一切。不过，您还没有完全弄懂这块羊角砧的意思，米泽。我不允许任何人离我太近，小姐，否则马上就会有麻烦。但也不要以为，我马上就会咬人，对您就完全不是。我们在这里散步，多美啊，我也非常想找个小坑坐下来。""在普姆斯那里干的大概全都是你们这样的小年轻吧？""这要看是谁了，米泽，跟我们相处是很难的。""那么，您都做些什么呢？"我这样才能把你弄进一个小坑里去呢，这里再没有第三个人了。"啊，米泽，这个嘛，你最好去问你的弗兰茨，他什么都清楚得很，一点也不比我差。""可他就是什么也不说。""这很好。他很狡猾。最好什么都不说。""连我也不说。""你到底想要知道什么呀？""你们都在做什么？""可以吻我一下吗？""如果你告诉我的话。"

他于是用双臂将她搂住。这小子有两条胳膊。他搂得多紧啊。每一样东西都有它的时日，播种与除根，寻找与丢失。我透不过气来。他不松手。这样太热了。松手啊。他如果再这样做一两次的话，我就走。哦，他首先必须告诉我，弗兰茨是怎么一回事，弗兰茨的真正意图是什么，事情的全部经过，以及他们是怎么想的。"你现在把我放开，赖因霍尔德。""好吧。"他于是放开她，他站着，他跪倒在她的面前，吻她的鞋子，这家伙大概疯了，吻她的长筒袜，继续向上，她的裙子，她的手，每一样东西都有它的时日，向上到脖子。她笑了起来，左右躲闪着："走开，走开，哎呀，你大概疯了吧。"瞧他的脸涨得多红呀，非得叫人把他拖到水龙头底下去淋一淋不可。他呼吸急促，喘着粗气，他打算贴到她的脖子上去，嘴里结巴着，然而，莫名其妙的是，他单方面地离开她的脖子，他就像一头公牛。他的胳膊挽着她的，他们一起散步，树林在歌唱。"瞧，米泽，那里有一个很不错的小坑，好像是专门为我们俩挖的——瞧啊。一个度周末的小坑。有人在里面烧烤过。我们来收拾收拾吧。不然会弄脏裤子的。"要我坐下去吗。也许他待会儿就会好好地说了。"好吧，我没意见。如果能在下面垫上一件大衣，那就更好了。""等等，米泽，把我的夹克脱下来。""你真好。"

　　他们于是身体向下地斜躺在一个草洼里，她用脚踢开一只罐头盒，她转动着身子趴下，平静地把一条胳膊放到他的胸脯上。我们在这儿呢。她望着他微笑。他掀开他胸前的马甲，那只羊角砧熠熠生辉，她并没有把头扭开。"你现在跟我说说吧，赖因霍尔德。"他把她按到自己的胸脯上，我们在这儿呢，很好，这个姑娘就在这里，一切进展顺利，漂亮的姑娘，漂亮极了，我要把她留给自己长时间地享用，让弗兰茨去大喊大叫吧，随他的便好了，他甭想早一分钟得到她。赖因霍尔德于是向下一滑，把米泽拉到自己身上，用双臂将她搂住，亲吻她的嘴唇。他拼命地哑吮，脑子里是一片空白，只有极乐，情欲，疯狂，这是雷打不动的，谁也休想跑来阻挡。接下来就是稀里哗啦，四分五裂，什么飓风，什么塌方，全都不是对手，这就是大炮的发射，一个地雷，它飞上了天。飞来什么，就打落什么，就把它赶走，继续，继续，继续。

"啊，别太紧了，赖因霍尔德。"他让我感到浑身无力；我如果挺不住，他就会占有我。"米泽。"他仰起头来，两眼放光，并不松手："啊，米泽。""啊，赖因霍尔德。""你在研究我什么呢？""喂，你这样对我，你可真够坏的。你认识弗兰茨有多长时间了？""你的弗兰茨？""是的。""你的弗兰茨，嘿，他还是你的吗？""那他又是谁的呢？""那么，我又是谁呢？""怎么了？"她想把她的头埋在他的胸脯上，但他却迫使她把头抬了起来："那么，我又是谁呢？"她扑到他的身上，贴住他的嘴，他又开始热血沸腾，我对他来讲还是不赖的，瞧他四脚八叉地躺着，躁动得很。没有水，没有消防队的巨型水龙头，这些东西可以灭火，烈焰从房子里蹿了出来，从里面冒了出来。"这样吧，你再把我放开。""你要干什么，姑娘？""不干什么。呆在你身边。""是这样啊。我也是你的，是不是？你和弗兰茨吵架了？""没有。""你和他吵架了，米泽？""没有，你还是给我讲讲他的事吧，你认识他的时间可不短哪。""我不能跟你讲关于他的任何事情。""哦嗬。""我什么都不会讲的。"他抓住她，把她推向一边，她奋力反抗："不，我不要。""别太犟了，姑娘。""我要起来，这里会把全身都弄脏的。""要是我现在告诉你呢？""那行，这很好。""我又能得到什么呢，米泽？""随你。""什么都随我？""呃——看看再说吧。""什么都随我？"他们的脸贴在一起，脸色通红；她不再言语，我会做什么，连我自己也不知道，他的脑海里猛地一个闪念，一片空白，空白一片，意识丧失。

他起身，擦了一把脸，呸，这座森林，的确，呆在这里是会弄脏身子的。"关于你的弗兰茨的事情，我这就跟你讲。我早就认识他了。你知道吗，嘿，这可是个非同寻常的人哪。我是在酒馆里认识他的，就是普伦茨劳大街的那家。去年冬天。他卖报纸，他那时还认识了一个人，叫梅克，没错。我就是在那个时候认识他的。然后我们就坐到了一起，有关那些个姑娘的事，我已经跟你说过了。""这是真的吗？""那还用说，当然是真的啦。不过，这个毕勃科普夫，这个木鱼脑袋，他确实是个笨蛋，这可不是他自封的，这是我说的，你大概以为，是他替我弄女人吧？哦上帝，他的女人。不，要是照他的意思的话，我们早就去了救世军，好让我弃恶从善。""但你并没有弃恶从善，赖因霍尔德。""是的，你也看到了。谁也拿我没有办法。我肯定到死都是这个样子。这无疑就像是教堂里的阿门，休想有一丝一毫的改变。可是，米泽，你可以对这个人，对这个人，有所改变。米泽，这个靠你过活的男人，你倒真是一个漂亮的女人。姑娘，你怎么会找上这样的一个家伙呢，只有一条胳膊，这么漂亮的姑娘，你的每根手指头都会有十个男人来追求，不是吗？""哎呀，别胡说了。""好吧，爱情是盲目的，两只眼睛全看不见了，可是，竟有这等事情！你可知道，靠你过活的这个男人，他现在为什么往我们那里跑吗？他想在我们那里扮演胖威廉的角色。还偏要在我们那里。当初他就企图把我送上忏悔的长凳，送进救世军，可惜没有得逞。现在他又来这一套。""不，你不要这样骂他。我听不得这个。""挠你的痒痒，挠你的痒痒，我明白，他是你亲爱的弗兰茨，你的小弗兰茨，始终还是？对不对？""他可没做对不起你的事情，赖因霍尔德。"

每一样东西都有它的时日，每一样东西，每一样东西。这是一个可怕的家伙，他应该放开我，我不想和他有任何关系，什么事情也用不着他来告诉我。"是的，他没做对不起我们的事情，他也很难去做，米泽。可你却抓住了这么一个体面人儿，米泽。他跟你说过他的胳膊没有？什么？你可是他的女朋友，或者曾经是他的女朋友啊！过来吧，小米泽，你是我的心肝宝贝，别装模作样了。"我该怎么办哪，我不要跟他。播种有它的时日，还有除根，缝合与撕碎，痛哭与舞蹈，哀怨与欢笑。"来吧，米泽，和这种人，和这个花花公子，你图个啥呀。你是我的宝贝儿。别装了。因为你和他呆在一起，所以你还不是伯爵夫人。你摆脱了他，你应该高兴才是。"你应该高兴才是，我为什么要高兴呢。"他现在怎么嚎叫都可以，米泽现在已经不是他的了。""喂，到此为止吧，别这么压着我，哎呀，我又不是铁做的。""是的，是肉做的，是好肉做的，米泽，把你的小嘴嘴伸给我。""这算怎么一回事呀，嘿，你不该这样压着我。你别痴心妄想啦。我哪里是你的米泽呢？"

起身出坑。帽子拉在了坑里。他会打我的，我得赶紧跑掉。她于是就——他还没有从坑里爬起——扯起喉咙喊，一边喊"弗兰茨"，一边跑。与此同时，他也站起身来追赶，一下子就把她撞倒在地，他只穿着衬衣。两人来到一棵树下，躺在地上。她胡乱踢腾着，他压在她的身上，捂住她的嘴："叫你喊，臭婆娘，叫你再喊，你为什么要喊，我对你做什么了，你闭嘴，好不好？他前些时把你的骨头都打断了。你瞧着吧，我和他不一样。"他把手从她的嘴边拿开。"我不喊了。""这样就好。你现在站起来，你，回去取你的帽子。我是不会对女人动手的。我这辈子还没有打过女人呢。但你不要把我逼急了。从这边走。"

他跟在她的后面。

"喂，你在弗兰茨面前也没有这样放肆吧，你充其量也只不过是他的一个婊子。""我现在就走。""现在就走，这是什么意思，你大概有点不清白吧，你大概不知道，你在和谁说话吧，你可以用这种态度去对你的那位花花公子说话。""我——不知道，我该怎么办。""到坑里去，放乖点。"

如果要宰杀一头小牛，首先得在它的脖子上系一根绳，然后把它牵到工作台。然后再把这头小牛抬起来，放到工作台上捆紧。

他们向那个坑走去。他说："躺下来。""我？""你再喊，你就试试看！姑娘，我喜欢你，否则我是不会跑到这里来的，我告诉你：你充其量也只是他的一个婊子，你还不是伯爵夫人。喂，你可别和我作对。要知道，没有人喜欢这个。不管男人、女人，还是小孩，没人喜欢，我在这方面是很敏感的。你当然可以去找你的那个吃软饭的男人。他可以把事情的经过告诉你。如果，这个家伙，他不害臊的话。不过，我也可以讲给你听。我可以把事情告诉你，好让你知道，他是一个什么样的人。只要你愿意跟我。他这上面的脑袋瓜子里原本也是这样想的。没准他还打算出卖我们呢。那一次，在我们干活的时候，他为我们望风。但他突然却说，他不干了，他是一个规矩人。这小子，他想开溜。我于是就说，你必须一起走。他只好和我们一起上了车，我还不知道该怎么处置这个家伙，他平时太爱吹牛了，等等再说吧，这时，我们的后面来了一辆汽车，我心想，小子，你当心点吧，吹什么吹，你要规矩，竟敢和我们作对。从车子里给我滚出去吧。这下你该知道他的胳膊上哪儿去了吧。"

两手冰凉，两脚冰凉，原来是他干的。"你现在躺下去，放乖点，该怎么样就怎么样。"这是一个杀人犯。"你这个不要脸的狗东西，你这个流氓。"他红光满面地说道："看哪。你只管叫，叫个够。"你就会听话的。她在吼叫，她在嚎啕："你这个狗东西，你想杀死他，是你剥夺了他的幸福，现在你又要来占有我，你这个下流坯。""不错，我要的就是这个。""你这个下流坯。呸，我吐你唾沫。"他一把捂住她的嘴："你现在要吗？"她脸色乌紫，在他的手掌里挣扎："杀人犯，救命，弗兰茨，弗兰茨，快来。"

它的时日！它的时日！每一样东西都有它的时日。扼杀与治愈，打碎与建造，撕碎与缝合，它的时日。她扑倒在地，企图逃跑。他们在那个坑里搏斗。救命弗兰茨。

我们就会大干一场，我们会让你的弗兰茨高兴一把的，这一整个星期可有得他的好看了。"我要走。""还想走。有些人早就想走了。"

他跪在她的背上，他的一双手掐住了她的脖子，两只拇指陷进脖颈子里，她的身体开始发紧，开始发紧，她的身体开始发紧。它的时日，出生与死亡，出生与死亡，每一样东西。

你说我是杀人犯，你引诱我到这里来，你大概想给我摆迷魂阵吧，臭婆娘，你也太了解赖因霍尔德了。

威力，威力，有个割草人，他拥有来自至高无上的上帝的威力。放开我。她还在扭动，她在不停地扑腾，她在后面踢打。我们会把这件事情办妥的，群狗可以来了，可以吃你剩下来的东西了。

她的身体，她的身体，开始发紧，发紧，米泽的身体。杀人犯，这是她说的，那她就应该亲自体验一下，你的甜蜜的弗兰茨，这大概就是他委派给你的任务。

接着再用一根木棒击打这只动物的脖颈儿，用刀割开脖子两边的动脉。流出的血用金属盆来接。

现在是 8 点，这座林子也适度地黑了下来。树木在晃荡，摇曳。这是一项艰巨的工作。她还在说什么吗？这娘儿们，她不喊了。和这样的臭婆娘一起出游，就是这种结果。

灌木枝被扔过来了，手绢被系在了下一棵树上，以便再找起来方便，我结果了这个女人，卡尔在哪里，得把他叫过来。过了整整一个小时之后，和卡尔一起返回，这真是个没用的东西，这家伙浑身颤抖，双膝发软，就应该和这种生手一起干。伸手不见五指，他们打开手电筒寻找，手绢在那儿。他们从车里拿出铁锹。尸体被埋藏起来，洒上沙子，堆上灌木枝，千万别留下脚印，哎呀，全都抹掉，嘿，卡尔，你要保持镇静，就像你自己已经受到盘问一样。

"这样吧，你拿上我的护照，一本很好的护照，卡尔，这里是钱，你出去躲躲吧，只要风声紧就别露面。你会得到钱的，别担心。有事就找普姆斯。我再开车回去。没有人看见过我，谁也不会把你怎么样的，你有不在犯罪现场的证明。就这样说定了，你走吧。"

树木在晃荡，摇曳。每一样东西，每一样东西。

漆黑一团。她的脸被打死了，她的牙齿被打死了，她的眼睛被打死了，她的嘴巴，她的嘴唇，她的舌头，她的脖子，她的躯干，她的大腿，她的怀抱，我是你的，你应该安慰我，什切青火车站的派出所，阿辛格尔，我不舒服，你快来吧，我们马上就到家了，我是你的。

树木在摇曳，风儿开始刮起。呼，哗，呼——呜——呜。黑夜在继续。她的躯干被打死了，她的眼睛，她的舌头，她的嘴巴，你快来吧，我们马上就到家了，我是你的。喀嚓一声，路边的一棵树被吹断了。呼，哗，呼，呜，呜，这是风暴，它伴随着鼓声和笛声而来，它现在位于森林的上方，它正在让自己下降，当它开始怒号的时候，那就是它已经下来了。那一声声的呜咽来自那堆灌木枝。这声音听起来，就仿佛是什么东西被抓伤了似的，就像是一条被关禁闭的狗在嚎叫，尖叫，哀鸣，听啊，它在怎样地哀鸣呀，它肯定是被人，但却是被穿带跟的鞋的人，踹了几脚，现在，它又停了下来，不吱声了。

呼，哗，呼——呜——呜，风暴再度袭来，黑夜深沉，森林里一片静谧，一棵树挨着一棵树。它们在静谧中长大，它们站在一起，如同牧群，当它们这样紧密地站在一起的时候，风暴就不会那么轻易地吹倒它们了，在劫难逃的只是那些站在外面的和体格羸弱的。可是，我们会抱成一团，我们现在静静地伫立，黑夜深沉，不见太阳，呼，哗，呜，呜，大风再次刮起，它又来了，它现在处于上下左右前后。橘红色的光亮在天边闪烁，黑夜再度深沉，橘红色的亮光，黑夜深沉，哀鸣和呼啸变得越来越强烈。边上的那些树儿明白，等待它们的将是什么，它们在哀鸣，而那些小草呢，它们会弯腰，它们会随风摆动，可是这些粗壮的树儿又会什么呢。突然，风不刮了，它放弃了，它不干了，它们还在为它尖叫，它现在要做什么。

人如果想要推倒一幢房子，他是不能用手去做这件事情的，他必须动用打桩机，或者在房子下面安装炸药。风所做的事情仅仅只是让自己的胸怀变得稍稍宽广一些。你们看哪，它先吸气，然后再把气排空，呼，哗，呼——呜——呜，然后它又吸气，然后它又把气排空，呼，哗，呼——呜——呜。每一次吸气都沉重得像一座山，当它把气排空时，呼，哗，呼——呜——呜，那座山就开始滚动，向回滚，当它把气排空时，呼，哗，呼——呜——呜。来来回回。吸气就是一个重力，一颗撞击和射向森林的子弹。当森林像牧群一样地伫立在山丘上时，风就会在狂奔的过程中撞倒这个牧群，呼啸而过。

风在刮：呼啦啦——呼啦啦，没有鼓声，也没有笛声。树木左右摇晃。呼啦啦——呼啦啦。可是，它们不能跟上风的节奏。当树木刚到左边的时候，风却得寸进尺，呼啦啦地向更左的地方吹去，树木于是开始弯曲，发牢骚，发出嘎嘎的声响，爆裂，劈里啪啦，变得昏昏沉沉。狂风呼啦啦地刮，你必须向左。呼哗，呜，呜，返回，它过去了，它走了，你只需等待右边的那个瞬间的来临。呼啦啦，它又来了，注意，呼啦啦，呼啦啦，呼啦啦，这是空投炸弹，它要摧毁这座森林，它要彻底镇压这座森林。

树木在哀号，在摇晃，劈里啪啦，它们断裂了，发出嘎嘎的声响，呼啦啦，狂风肆虐，呼啦啦，呼啦啦，不见太阳，排山倒海的重力，黑夜深沉，呼啦啦，呼啦啦。

我是你的，快来吧，我们马上就到了，我是你的。呼啦啦，呼啦啦。

第八章

没有用。还是没有用。弗兰茨·毕勃科普夫遭到了锤击,他知道,他输了,他还是不知道为什么。

弗兰茨毫无察觉，地球照转不误

9月2日。弗兰茨像往常一样四处闲逛，和那个极爱时髦的商人一道驱车前往万湖露天浴场。3号，也就是星期一的时候，他开始有些纳闷了，小米泽怎么还没有回呢，她临走时什么也没说，女房东什么也记不得了，她也不打个电话来。算了吧，没准她和她的那位高贵的男友加靠山一起外出游玩去了，过不了多久，他就会把她送回来的。我们先等到晚上再说吧。

中午，弗兰茨坐在家中，门铃响了，她的靠山通过管道风动传送装置给米泽发来一封邮件。嘿，这是怎么回事，我想，要么就是她已经到了，要么就是出了什么事。我把信打开看看："我很纳闷，索妮亚，你怎么连个电话也不打呀。昨天和前天我一直都在办公室里等你，我们可是约好了的呀。"这是怎么回事，她跑到哪里去了。

弗兰茨赶紧起身寻他的帽子，我这下可真闹不明白了，下楼去找这位先生，出租车。"她没有来过您这里？那她最后一次在这里是什么时候？星期五？是这样啊。"他们彼此看着对方。"您不是有个侄儿吗，没准和他在一起呢？"这位先生大怒，什么，让他马上到我这里来，您呆在这里别走。他们慢悠悠地品尝着红葡萄酒。那位侄儿来了。"这是索妮亚的未婚夫，你知道，她在哪里吗？""我，出了什么事？""你最后一次见到她是在什么时候？""可是，这也太叫人不可思议了，那还是在两个星期以前呢。""不错。这事她跟我说起过。后来就再没有了？""没有了。""一点消息也没有听到过吗？""一点也没有听到过，这是为什么呀，究竟出了什么事了？""这位先生自己会告诉你的。""她不见了，从星期六开始，一个字也没说，所有的东西都在，去哪儿了，一个字没说。"那位靠山："没准她又认识了别的什么人。""我才不信呢。"他们三个人一起品尝红葡萄酒。弗兰茨静静地坐在那里："我想，只有先等等再说了。"

她的脸被打死了，她的牙齿被打死了，她的眼睛被打死了，她的嘴唇，她的舌头，她的脖子，她的躯干，她的大腿，她的怀抱被打死了。

第二天她仍然没有回来。她仍然没有回来。她留下的所有东西都保持着原样。她仍然没有回来。埃娃是不是知道什么呢。"你和她吵架了吗，弗兰茨？""没有，两个星期以前有过，但很快就和好了。""是不是又认识别的什么人了？""不，她也曾经跟我提起过她的那位靠山的侄儿，但人家也来了呀，我和他见过面了。""没准，对这个人有必要观察一下，没准她就在他那里呢。""这就是你的想法？""留个心眼是应该的。米泽有些让人捉摸不透。她是很任性的。"

她没有回来。弗兰茨两天里什么事都没做，他心里想的是，我是不会死皮赖脸地去找她的。在随后的时间里，一点音讯也没有，一点音讯也没有，他于是用了整整一天的工夫去跟踪那位侄儿，并在第二天的中午，乘那位侄儿的女房东出门的时候，弗兰茨和他的那位时髦的商人一起溜进人家屋里，他们用钩子轻而易举地开了门，屋里没人，他的房间里全是书，连个女人的影子都见不着，墙上挂着精美的图片，书籍，她不在这里，她用什么香粉，我很熟悉，不是这种气味，走吧，什么都别拿，留给这可怜的妇人吧，人家要靠出租过活呢。

出了什么事。弗兰茨坐在他的小屋里。达数小时之久。米泽在哪儿。她不见了，音信渺茫。外人会怎么说呢。屋子里一片混乱。床被拆开之后，又被重新装好。她要让我坐冷板凳。这不可能。这不可能。让我坐冷板凳。我做了什么了，我没有做一件对不起她的事情。关于那位侄儿的事，她是不会记恨我的。

谁来了？埃娃。“弗兰茨，黑魆魆的，把煤气灯点起来吧。”“这个米泽要让我坐冷板凳了。有这个可能吗？”“哎呀，得了吧。她就会回来的。她很喜欢你，不会离开你的，我了解她的为人。”“这我全知道。你以为，我是在为这个难过吗？她就会回来的。”“瞧你。这姑娘可能有什么事去了，碰上了以前的熟人，做次小小的郊游，我以前就很了解她，那时你还根本不认识她呢，她就是这样做事的，她可有主意了。”“可我就是觉得奇怪。我不明白。”“她是喜欢你的，哎呀。看看这里，弗兰茨，摸摸我的肚子。”“怎么了？”“嘿，是你的，你可知道，一个小东西。这可是米泽，她自己，愿意的哟。”“什么？”“真的。”

弗兰茨把他的头贴到埃娃的肚子上：“是米泽愿意的。让我下崽。这不可能。”“嘿，弗兰茨，走着瞧吧，等她回来了，她是会喜形于色的。"埃娃甚至不能自制地吼叫起来。
"埃娃，你瞧，谁是这里最激动的人？就是你自己。""唉，
这件事太让我伤神了。我真弄不懂这个姑娘。""哎呀，那
我必须来安慰安慰你了。""不用了，只是神经紧张所致，也
许是这个小东西闹的。""你瞧着吧，等她回来了，她还会因
此跟你大惊小怪的。"她不停地吼叫："我们打算怎么办哪，
弗兰茨，她平时根本不是这个样子的呀。""你先前说：她就
是这样做事的，和别人一起去郊游，现在倒好，她平时又不
是这个样子了。""我不明白，弗兰茨。"

埃娃用自己的一只胳膊搂住弗兰茨的头。她低头凝视弗兰
茨的头：马格德堡的那家诊所，人家把他的胳膊轧掉了，
伊达被他打死了，上帝啊，这个男人是怎么回事呀。不幸与
这个男人同在。米泽会死的。有人在暗中搞他的鬼！米泽已
经出事了。她跌倒在一把椅子上。她惊恐地举起两手。弗兰
茨吓了一大跳。她止不住地抽泣。她知道，有人在搞他的
鬼，米泽已经出事了。

他一再追问，她就是什么也不说。随后，她振作精神：
"对这个孩子，我是不会放手的。我才不管赫尔伯特会怎么
样呢。""他说什么了吗？"大踏步、跳跃性的思维。"不。
他以为是他的。可我会把孩子留下来的。""很好，埃娃；我
做教父。""你的心情居然这样好，弗兰茨。""因为没有人
能够这样快地得到我了。高兴一点吧，埃娃。再说，我还是
了解我的米泽的，是不是？她不会跑到公共汽车底下去的，
事情会弄清楚的。""你应该是对的。再见，弗兰茨。""怎
么样，吻一下。""你居然这么高兴，弗兰茨。"

我们有大腿，我们有牙齿，我们有眼睛，我们有胳膊，谁要来，就让他来好了，让他来咬我们好了，让他来咬弗兰茨好了，让他来好了。他有两条大腿，他有肌肉，一切的一切全都被他揍扁。要让他认得弗兰茨，他可不是王八蛋。前有狼，后有虎，管它呢，谁爱来，就让他一起来好了，我们为此干一杯，为此干两杯，为此干九杯。

我们没有大腿，哎，天哪，真糟糕，我们没有牙齿，我们没有眼睛，我们没有胳膊，所以谁都能来，谁都可以来咬弗兰茨，此人是个王八蛋，哎，天哪，真糟糕，他无力反抗，他只会喝酒。

"我要做点什么，赫尔伯特，我不能看着不管。""你要做什么呢，姑娘？""我不能看着不管，这个男人毫无觉察，他在那里干坐着，就会说，她会回来的，会回来的，我每天都翻报纸，上面什么也没有。你听到什么了吗？""没有。""你能不能到外面去打听打听，看有没有人知道什么，知道什么人？""埃娃，你说的这些，全都没用。你觉得这件事情很蹊跷，我可是一点也不觉得蹊跷。会有什么事呢？这姑娘离开他了呗。上帝啊，这种事，你是卖不上力气的。他就会另外再找一个的。""换了我，你大概也会这样说吧？""你打住吧，埃娃。人家要这样，你有什么办法。""她不是这样的。她是我介绍给他的，我已经去验尸房查过了，你瞧着吧，赫尔伯特，她出事了。哎呀，弗兰茨祸不单行哪。有人在暗中搞他的鬼。哎呀，你真的什么都没听见吗？""我确实什么也不知道。""得了吧，协会里，总会有人时不时地说点什么的。有没有谁看见过她呢？她是不可能钻到地底下去的呀。我——如果她不马上回来的话，我就去，就去警察局。""你真做得出来呀！你还要去那种地方啊！""别笑，我做得出来的。我必须去把她接回来，赫尔伯特，这里面肯定有鬼了，她不是一个人走的，她是不会这样离开我的，也不会这样离开弗兰茨。可他却毫无察觉。""这些话我根本就不想听，这全都是废话，我们现在看电影去吧，埃娃。"

他们在电影院里看戏。

在第三幕里，那位高贵的骑士装作惨遭强盗杀害的样子，埃娃于是开始叹息不已。赫尔伯特把眼睛转向一旁，就在这个节骨眼上，她却从座位里滑落下来，陷入昏迷状态。事后，他们手挽着手，默默无语地走在大街上。赫尔伯特大惊小怪地说道："你的那位老头子要是看见了你的这副样子，是会很高兴的。""那个人一枪把那个人打死了，你看见了吗，赫尔伯特？""那只是做戏而已，一个机关罢了，你没有注意看。而且，你后来还浑身发抖。""你必须做点什么，赫尔伯特，不能这样继续下去了。""你必须出去玩玩，跟你的那个老头子说，你病了。""不，做点什么。赫尔伯特，你就做点什么吧，当初弗兰茨的胳膊出事的时候，你不是也帮过他吗，你现在就再帮帮他吧！我求你了！""我无能为力，埃娃，我又能做什么呢？"她哭了。他只好把她扶进车里。

弗兰茨用不着去乞讨，埃娃偷偷地塞了点给他，他从普姆斯那里得知，九月底又要有什么行动了。九月底左右，那个白铁工马特又露面了。他前一阵子去了国外，去搞装配什么的。当他再次见到弗兰茨的时候，他说，他疗养去了，肺不大好。脸色也难看得很，一点也没有养好。弗兰茨说，米泽跑了，他可是认识她的；但是让他不要告诉别人，男人的婆娘跑了，这种事只会叫人笑掉大牙。"千万别叫赖因霍尔德听到半点风声，我以前和他一起做过女人的交易，他如果知道了，是会笑死的。别的女人嘛，"弗兰茨微笑着，"我也还没有，我也不想要了。"他的额头和嘴角现出哀伤。然而，他强忍着仰起头来，咬紧牙关。

这座城市热闹非凡。汤尼曾经一直是世界冠军，但美国人的心里并不高兴，这个男人不讨他们的喜欢。第七回合时，他在人数到9的时候倒地。德姆普西随即筋疲力尽。这是德姆普西最后的伟大一击。这件事情在1928年9月23日的4时58分结束。人们可以听到这个故事，听到有关科隆-莱比锡航线的这一飞行纪录，此外，据说还爆发了橙子和香蕉之间的价格大战。不过，人们听这些消息的时候，都是睁一只眼、闭一只眼地趴在窗户上的。

植物如何保护自己免受严寒？许多农作物甚至连轻微的霜冻都抵御不了。另有一些能够在它们的细胞中制造具备化学性质的防寒保护剂。最重要的保护就是把蕴含在细胞里的力转化为糖。但是，有些经济作物的可利用性并不因为拥有这种制糖的功能而得到很大提高，因为寒冷而变甜的土豆就是最好的证明。也有这样的情况，即某种植物或水果只是因为霜冻所产生的含糖量才获得了可利用性，一些野果就是如此。在没有经受轻微的霜冻以前，不要采摘这些野果，以便让它们制造尽可能多的糖分，从而使其味道得到改变和根本性的改善。这同样也适用于野蔷薇果。

两个在多瑙河划船的柏林人溺水，奴恩格瑟驾驶他的"白鸟"号在爱尔兰附近坠毁，诸如此类，又有什么大不了的呢。那些人在大街上喊破了嗓子，十芬尼的玩意儿，买了就到处乱扔。他们想用私刑处死匈牙利总理，因为他驾车轧死了一个农家子。要是他们真的用私刑处死了他的话，那标题就应该叫做："匈牙利总统在卡波斯瓦尔城郊被私刑处死"了，那样一来，叫喊声就会更多了，那些有教养的人就会把私刑处死改念为进午餐，并且不失时机地加以嘲笑，另外的百分之八十不是说：遗憾的是太少了，就是说：既然都这样了，又跟我有什么关系呢，这事其实也非得这么办不可。

柏林城里一片欢声笑语。在多布林糖果店，在威廉皇帝大街拐角，三个人围桌而坐，一个圆鼓鼓的爱吹牛的胖子，一个乐天派和他的小女人，一个胖乎乎的娘儿们，她只要一笑，就总也免不了尖声怪叫，所以她最好别笑，另外还有一个，那就是他的朋友，此人根本不吱声，那个男胖子为他付账，他只是听着，同时强装笑脸。都是比较不错的人。那个胖乎乎的婊子每隔五分钟就要抱住她的那位牛皮袋子狂吻一次，并且叫道："你这人可真有主意！"他紧接着就会去舔她的脖子，时间足有两分钟之久。坐在一旁观看表演的另外一个人心里会有什么想法，他们才不管呢。那个牛皮袋子讲道："她于是对他说：您现在都对我做了些什么？她对他说：您现在都做了些什么？我其实还可以讲讲第三件事：鹏。"那个陪同咧嘴笑道："你确实是个老奸巨猾的家伙。"那个牛皮袋子十分得意："我的老奸巨猾哪里比得上你的糊涂呀。"他们喝着牛肉清汤，那胖子忍耐不住，重又打开了话匣子。

"池塘边上坐着一个姑娘，一个钓鱼的跑来，他对她说：'喂，怎么样，菲舍尔小姐，我们什么时候一起去钓鱼呀？'她说：'我根本不叫菲舍尔，我叫福格尔。''哦，这样更好。'"仨人全都哄笑起来。那胖子解释道："我们这里今天没有什锦汤。"那婊子喊道："你这人可真有主意！"

"听着，你知道什么呀。有位小姐说：'您说说看，a propo 到底是什么意思呀？A propo？从前面进来呗！''您瞧'，她说道，'我马上就想到了，这里面有鬼！哼！"非常舒服，非常快活，这姑娘不得不上了六次厕所。"那母鸡于是对那公鸡说，你让我也去一趟吧。服务员，结账，我要了三瓶白兰地，两个火腿面包，三个牛肉清汤加三只橡胶拖鞋。'""橡胶拖鞋，那是烤面包片。""得，您说是烤面包片，我说是橡胶拖鞋。您没有小孩吗？我们家里的摇窝里就躺着一个小的，我总是把一分钱塞进他的嘴里让他舔。好了。小老鼠，走吧。玩笑课上完了，到收款台去，到卡塞尔去。"

时不时地也有一些妇人和姑娘经过亚历山大大街和亚历山大广场，她们的肚子里怀着受到法律保护的三个月以上的胎儿。当这些妇人和姑娘因为外面的炎热而汗流浃背的时候，腹中的胎儿则静静地躺在自己的角落里，拥有适宜的温度，他漫步走过亚历山大广场，但是，一些胎儿会在事后感到不适，所以，不应该笑得太早。

此外，也有些别的人在这一带闲逛，有什么偷什么，一些人已经脑满肠肥，另一些人则正在想办法使自己脑满肠肥起来。汉恩商场已经破败潦倒，除它以外，所有的商家均生意兴隆，然而，这也只是表面现象而已，其实全都是喊声，招徕，唧唧喳喳，喀嚓，噼啪，并非发自森林的鸟叫。

我一回头，发现这世上毫无公正可言，不公在光天化日之下发生，看哪，这是遭受了不公的人们的眼泪，他们得不到安慰，那些让他们遭受不公的人太强大了。所以，我要表扬那些已经去世的死者。

我要表扬那些死者。每一样东西都有它的时日，缝合和撕裂，持有和丢弃。我要表扬那些死者，他们在树底下安息，他们长眠不醒。

埃娃又偷偷地溜来："弗兰茨，你真的不想最后再做点什么吗？现在已经三个星期了，你知道吗，你要是我的男人的话，那你可就关心得太少了。""我不能让别人知道，埃娃，这件事只有你，还有赫尔伯特和那个白铁工知道，再没有别的人了。我不能让别人知道，人家会笑话我的。你可千万别去报警。如果你不想给我什么的话，埃娃，那你就别给了吧。我——会再去——找活干的。""你竟然一点也不伤心，一滴眼泪也没有，——喂，我很想让你有所震动，可我无能为力。""我也一样。"

气氛紧张，罪犯们陷入争吵

十月初，普姆斯担心已久的冲突终于在团伙里爆发。关键就是钱的问题。普姆斯坚持他的一贯意见，认为商品的销售是一个团伙首当其冲的事情，赖因霍尔德和其他的人，包括弗兰茨在内，则认为商品的获得最为重要。应该根据商品的获得，而不是根据销售来进行分配，他们指责普姆斯一直以来收入过高，此人滥用了他在窝主关系网方面的垄断权，那些可靠的窝主只愿意和普姆斯一个人打交道。普姆斯作出很大让步，并同意他们进行一切可能的监督，尽管如此，该团伙依然认定：这些承诺必须马上兑现。他们更赞成集体经营。他说：你们可以这样做。但他们就是不相信他。

斯特拉劳大街的盗窃行动开始。普姆斯虽然毫无积极性可言，但人家还是跟着一起来了。这是一家生产医用纱布的厂子，一座位于斯特拉劳大街的后屋。他们事先打探出，这家私营账房的保险箱里有钱。这应该是对普姆斯的迎头一击：没有商品，只有钱。分钱的时候是搞不了鬼的。所以爱钱如命的普姆斯不惜亲自上阵。他们两人一组地登上消防梯，镇定自若地拧开那把装在账房前门上的锁。那位白铁工开始工作。账房里的柜子全被撬开，只散放着几张马克，邮票，走廊上有两只汽油箱，可以派上用场。他们接下来等待着小卡尔，也就是那位白铁工的工作。不巧得很，他偏偏在这节骨眼上出事了，他在撬保险箱的时候，手被鼓风机烫伤了，不能继续干下去了。赖因霍尔德上前试了试，无奈没有经过训练，普姆斯从他的手里拿过鼓风机，也不行。事情变得棘手起来。他们只好半途而废，门卫肯定马上就到。

他们怒气冲天地提起那两只汽油箱，把汽油浇到所有的家具上，还有那只该死的保险箱上，然后把火柴扔了进去。普姆斯会得意洋洋，是不是？但人家就是不给他机会。把火柴扔得稍稍早一点，给普姆斯来个轻度的烧伤，这个他们可是做到了！这家伙休想在这里得逞。他的整个后背全被烧着了，他们冲下楼梯，招手喊道："门卫，"普姆斯总算勉勉强强地进了汽车。让这小子从这件事上汲取教训吧，看你还有什么可说的。可是，上哪儿弄钱呢。

普姆斯这下可以笑了。商品是，而且永远是最好的。人必须懂行。做事嘛。普姆斯被他们骂为剥削者、资本家、骗子。可他们心里也没准，如果把他逼得太急了，他就会滥用他的关系并重新组建一个团伙。他星期四就会在体育协会里宣布，我做我能够做的事情，随你们的便，我可以提交书面的账目，可不是吗，你根本抓不到这个人的任何把柄，而如果我们不愿意一起干的话，他们就会在协会里说，你们如果不愿意一起干的话，我们也没有办法，这个人做他能做的事，只是他要多得一点点，你们别装蒜了，你们手里都有自己的姑娘，她们都会挣钱，而他的老婆子却是个一钱不值的东西。说到底，他仍将继续作威作福，这个该死的剥削者和资本家。

对于那个在斯特拉劳大街发挥失常的白铁工，他们过去虽然和他没有任何关系，但他们现在却把一腔怨气全都发泄到这个人的头上。这种江湖骗子我们不能要。他烫伤了手，到处求医治病，他过去一直干得很好，但他现在听到的仅仅只是一片骂声。

想把我怎么样，随他们的便好了，他心里这样想着，怒火中烧。我以前自己做生意的时候被人骗了；我只要喝一点点酒，我的老婆就会大吼大叫，除夕夜我回家，谁不在家里？这个不要脸的婆娘。直到7点才回来，和别的男人睡觉去了，她欺骗了我。后来，我没有了生意，也没有了老婆。那个小米泽，赖因霍尔德，这个畜生。她是我的，她不想去他那里，她和我一起坐车去参加舞会，我们沿着那条大道行驶，她很会接吻，不久他就把她从我的身边夺走了，因为我是一个没钱的流浪汉。这个畜生，他把她害死了，这个杀人犯，因为她不愿意跟他，他现在就会去咬那个胖威廉了，我也是在自讨苦吃，我还帮他抬过尸体呢。这的确是个罪孽深重的人，一个不折不扣的杀人犯。而我竟然还心甘情愿地替他，这个流氓，扛着。我真是太蠢了。

注意这个白铁工，这人心里有事

白铁工卡尔环顾左右，想看看自己能和谁说上话。他坐在蒂茨对面的亚历山大喷泉里，旁边是两个工读学校的学生和一个身份不明的人，他自己说，他是有什么事就做什么事，没有什么事的时候，他就是训练有素的车辆修理工。他很会画画，他们一起坐在桌边，吃热乎乎的粗香肠，那个年轻的修理工尽往他的本子上画些放肆的画，女人和男人什么的。那两个学生特别高兴，白铁工卡尔一边向那边看过去，一边在心里想道，他真会画画。三个年轻人大笑不已，那两个学生简直到了忘乎所以的地步，他们刚才去了吕克尔大街，那里正在破案子，他们还没走到跟前去，就被人干净利落地清理了出来。这时，白铁工卡尔向打酒的柜台走去。

与此同时，两个男人慢慢地踱进酒馆，他们左顾右盼，他们和一个人说话，那人抽出证件，他们往那上面看去，讲了几句话，接着，这两个男人就站在了那哥儿的桌旁，仨人吓了一大跳，一动不动，一声不吭。只管放心地往下说吧，这当然是警察啦，这就是吕克尔游乐场的那两个，他们看见我了。修理工继续画他的下流画，没事似的，两个警察中已经有一个对着他的耳朵说道："刑事警察科，"并一把掀开自己的夹克，露出马甲上的铁牌子来。他们也对另外的两人如法炮制。他们没有证件，修理工只随身带着一个医疗卡和一封姑娘写的信，三个人必须跟着警察一起去威廉皇帝大街的派出所一趟。小子们一上车就赶紧招认他们的事情，警察告诉他们，他们根本没在吕克尔大街见过他们，他们在亚历山大喷泉里遇到他们，也纯属偶然，俩小子一听，顿时惊得目瞪口呆。得，那我们真不该说我们是偷偷溜出来的，他们全都笑了起来。那个警察拍着他们的肩膀说道："如果你们再回去，校长是会很高兴的。""哪里呀，他度假去了。"修理工站在警察的值勤室里，他可以自圆其说，他的地址是对的，只是他一个修车的，怎么会有这么柔软的一双手呢，其中的一个警察为此而迷惑不解，他不住地翻来覆去地转动着他的一双手，可是我已经整整一年没有工作了呀，要我告诉您，我把您当什么人看吗，我认为您是个同性恋，是个搞同性恋的男人，这是什么，我根本就没有听说过。

一个小时之后，他重新走进那家酒馆。白铁工卡尔正在桌子边上闲荡，车辆修理工马上向他贴了过去。

"你靠什么过活？"这是 12 点，卡尔开始对他发问。"靠什么。你到底是做什么的？""应该有什么就做什么。""你大概不敢告诉我吧？""得了，你也不是什么车辆修理工。""我是车辆修理工，就跟你是白铁工差不多。""话可不要这么说。你瞧我的手，是火烧的，我甚至还干锁工的活儿。""做这种生意，你大概是自找苦吃吧，是不是？""生意！竹篮打水一场空。""你到底在和谁一起干呢？""小滑头，你要打破砂锅问到底啊。"卡尔问修理工："你参加了什么协会吗？""勋豪瑟四分之一。""这么说，是那家九柱戏俱乐部。""你也知道呀。""我怎么会不知道那家九柱戏俱乐部呢。你去问问，看有谁不知道我白铁工卡尔的，泥瓦匠保尔还在那里吗？"当然在啦，瞧你说的，你认识他，他是我的朋友。""我们一起在勃兰登堡呆过。""没错。是这样的。我说，你也许可以借五个马克给我吧，我已经身无分文了，不然我的女房东会把我赶出去的，我可不想进奥古斯特旅馆，那里的气氛总是很紧张。""五个马克，可以给你。不能再多了。""谢谢。嘿，我们干吗不谈笔生意呢？"

这个车辆修理工是块夹心饼干，既可以和女人有染，又可以和男人有染。当他处境困难的时候，他不是借人家的，就是偷人家的。他、白铁工和另外一个来自勋豪瑟协会的人自立门户，迅速行动，手脚麻利地大干了几场。在哪里，取什么东西，由来自车辆修理工所在协会的那个人告诉他们。他们首先要偷几辆摩托车，这样他们才有行动的自由，而且还可以察看环境。如果外面偶尔有事可做，而他们又有意去做的话，他们的范围也就不只局限在柏林了。

他们即将做的这件事情非常的滑稽。艾尔萨斯大街有家成衣店，这个协会里的几个裁缝很会放东西。当他们仨人在凌晨 3 点跑到这家店子门口的时候，店里的门卫正好也站在那里察看他看守的房子。车辆修理工问道，这房子究竟怎么了，其余的人也走拢来搭讪，说起了盗窃的话题，现在这段时间非常危险，很多顾客的兜里都揣着左轮手枪，谁要是碰上他们，谁就会被他们一枪撂倒。哦，是这种事情呀，那另外的三个人说道，他们是不会这样做的；那么，这店子的楼上到底有没有放什么东西呀？当然有了，放得满满的，什么都有，男装，大衣，随您要。嘿，那还真得上去弄几件新衣服穿穿。"你们大概有些神志不清吧，你们可别给人家惹麻烦。""麻烦，谁在这里说麻烦。这位邻居先生毕竟也是人哪，他也没有什么钱，同行，您在这里守夜，他们付您多少钱呀？""他们，您知道吗，您问也是白搭。六十岁的人，拿几个芬尼的退休金，做什么都不中了，人家想怎么打发就怎么打发。""我是说嘛，这老头大夜晚的站在这里，那可是要得风湿病的呀，您大概也打过仗吧？""战时后备军，在波兰，但没有挖过战壕，您用不着相信，我们被迫进过战壕。""您只管告诉我。我们当时的情况也是一样，老是往战壕里跑，谁不是提着脑袋飞跑啊，所以您现在站到了这里，同行，当心点，别让人跑上去偷了那位体面的先生。您怎么想，邻居，我们做点什么吧，好吗？您坐哪儿，邻居？""不，不，您要知道，做这种事，我的胆子太小了，旁边就是主人的屋子，可千万别让他听见什么，他夜里总是很惊醒的。""告诉您，我们可是鸦雀无声。来吧，我们和您一起喝杯咖啡，煮咖啡的壶你总该有吧，我们互相聊聊。您犯得着为这种人，为这种肥猪，上心吗。"

后来，他们四个人真的坐在了成衣店楼上门卫的值班室里，他们喝着咖啡，车辆修理工最为狡猾，他轻声细语地和门卫聊天，与此同时，另外两人溜到别的地方收集物品。那个门卫一直都想起身离开，他确实有必要出去转上一圈，他不想和这件事情有任何的瓜葛，车辆修理工终于开口说道："您就让他俩去干吧，您什么也没有看见，没人能把您怎么样。""什么也没有看见，这是什么意思。""您知道我们会怎么做吗：我把您捆起来，您受到袭击，您一个老头子，又能反抗到哪里去呢，我现在假戏真做，在您没有觉察之前，把一块毛巾扔到您的身上去，把您的嘴封住，把您的腿绑住。""那好吧。""嘿，您可别找麻烦，您愿意为这种爱摆阔的人，为这头肥猪，脑袋开花吗？来吧，让我们把这罐咖啡喝光，然后，我们后天算账，您住哪儿，把地址写下来，公平分配，说话算数。""那会有多少呢？""这要看他们都拿了些什么了。一百马克您肯定能到手。""二百。""一言为定。"然后他们开始抽烟，把那罐咖啡喝光，再然后，他们把所有的东西归整好，首先得搞辆安全稳妥的汽车来，白铁工打电话，他们很走运，半个小时之后，一辆索伦①汽车就停在了门口。

接下来就发生了那桩滑稽事：那老门卫坐到他的靠把椅里，修理工拿来铜线，把他的两条腿捆了起来，但不是太紧。这老头有静脉曲张，所以他的下肢很敏感。他把他的一条胳膊和电话线缠在一起，而且，他们仁人现在就开始和那老头子开玩笑，问他想要多少，没准是三百或三百五。然后，他们取来两条男童裤和一件结实的夏装。他们用那两条男童裤把门卫绑到沙发椅上，老头说，现在够了。可是，他们更加放肆地对他进行愚弄，他开始反抗，他于是得到了几个耳光，而在他能够喊出声来之前，他的头上已被那件夏装罩住，而且为了保险起见，他的胸前还被系上了一条毛巾。他们把货物拖进汽车里。汽车修理工写了两个纸牌子："小心！刚捆的！"他把它们一前一后地挂在那门卫的身上。他们随后离开。如此舒服地就把钱弄到了手，我们好长时间没

---

① 音译，黑话，意为赃物。

有这样过了。

　　然而，那个门卫却害怕起来，被捆绑的他怒火中烧。我怎么离开这里呢，他们走的时候让门全都大打八开着，别的人还是有可能跑进来偷东西的。他的两只手无法挣脱，但是，腿上的线已经有所松动，要是他能看见就好了。这老头于是缩作一团，一点一点地挪动脚步，背后还拖着那个沙发椅，看上去就像是蜗牛和蜗牛壳，他在屋子里挪动脚步，什么也看不见，一双手紧紧地贴在身体上，他没法把它们伸过去，厚厚的夏装罩在头上，他也没法把它揭下来。他通过头部不断进行的剧烈运动，摸索着来到了门口并向走廊里探去，可是，他怎么也出不了门，所以他现在陷入怒火万丈的深渊，他往后退，然后用他的沙发椅去撞前方和边上的门。沙发椅倒没什么，门却被撞破了，噼里啪啦的声音响彻这座寂静的楼房。这个被蒙住了眼睛的门卫不断地进行着前后交替的运动，砸得门发出噼里啪啦和乒乒乓乓的声响，必须有个人来，我想看东西，应该让这帮狗日的来尝尝这个滋味，我必须把这件夏装揭下来，他想喊救命，可是有这件夏装挡着呢。这种状况还没有持续两分钟，那位店主先生就醒了。三楼住的一些人也来了。只见那老头往后坐到他的沙发椅上，身体歪悬，不省人事。接着便是一片哗然，有人入室行窃，把这老头给捆了，怎么会雇个这么大年纪的人，想节约呗，节约总落不了好。

　　那个小团伙则在欢呼雀跃。

　　哎呀，我们需要普姆斯、赖因霍尔德和那些个争吵吗。

　　然而，决定作出，事情却和他们想的完全是两样。

决定作出，白铁工卡尔被捕并招供

在普伦茨劳的那家小酒馆里，赖因霍尔德走到那位白铁工的跟前，要求他必须到他们那里去，他们一直都想找一个锁工，但是没有找到，卡尔必须到他们那里去。他们走进后厅，赖因霍尔德说道："你为什么不愿意来呢？你都在干些什么呀？我们已经听说了。""因为我不想受你们的嘲弄。""你正好有别的事。""我有什么事，和你们不相干。""你有钱，这我看出来了，不过，先在我们这里干，挣钱，然后拜拜了您，没有这样的事。""说得倒好：没有这样的事！你们先是大吼大叫，我没用，这下又突然跑来说：卡尔必须回来。""你也必须回去，我们没人，不然的话，你就把以前一起干的时候挣的钱交出来。我们不需要临时工。""你肯定会把从我这里拿的钱装进你自己的腰包，赖因霍尔德，钱我是再也没有了。""那你就得和我们一起干。""我是不会这样做的，我已经跟你说过了。""卡尔，你要知道，我们会把你的每一根骨头都打断的，我们会叫你活活地饿死。""可笑。你怕是喝醉了吧。你大概以为我是一头小母猪，你想把它怎么样，就能把它怎么样吧。""好好，哼。你现在就滚吧。你是不是一头母猪，我是无所谓的。你考虑考虑这事吧。我们再找时间谈。""谢谢。"有个割草人。

赖因霍尔德和其余的人一起想办法。他们没有锁工就不能干活，而现在又恰好是旺季，赖因霍尔德接受了两个窝主的定单，他很顺利地就把他们从普姆斯的手里挖了过来。他们一致认为，必须给那个白铁工卡尔一点颜色看看，这家伙是个骗子，他很可能会脱离我们这个团体。

白铁工发现，人家正在设计对付他。他跑来找弗兰茨，弗兰茨现在有很多时间都是坐在自己的小屋里度过的，要弗兰茨透露点消息给他或者帮帮他。弗兰茨说道："你先是在斯特拉劳大街的那家楼上蒙我们，然后你又让我们干坐着没事做，你还说什么呀，打住吧。""那是因为我不想和赖因霍尔德有任何关系。他是一个畜生，这你并不知道。""他人很好。""你是个笨蛋，你真的对世事一无所知，你真的没长眼睛。""别胡说八道让我心烦好不好，卡尔，这个样子我已经受够了，我们想干活，而你却叫我们干坐着。你小心点吧，我告诉你，你的情况不妙。""是赖因霍尔德说的吗？你瞧瞧，我会怎么笑！我要把嘴巴张得大大的，直到不能再大了为止。他大概当我是头小母猪吧，得，我什么也不说了。让他来好了。""你走吧，但我要告诉你，当心点。"

碰巧的事情是：两天之后，白铁工被捕，当时他和他的两个同行正在和平大街干得欢着呢。车辆修理工也同时落网，只有那望风的第三个人安全脱身。警察总局的人不久就查出，卡尔参与过发生在艾尔萨斯大街的那桩盗窃案，咖啡杯上留下了足够的指纹。

可我为什么会被捕呢，卡尔在心里思忖着，这件事情警察又是怎么知道的呢？只会是那个畜生，那个赖因霍尔德，就是他告诉他们的！为了泄愤！因为我没有和他一起干。这个畜生想让我靠边站，这个流氓，设圈套害我们的就是他。这个十恶不赦的流氓，这可真是绝无仅有啊。他偷偷地给车辆修理工写了一封密信，是赖因霍尔德搞的鬼，是他告发的，我会说，他是同伙。车辆修理工在走廊里冲他点头。卡尔上法庭受审，早在警察总局的时候他就说了："赖因霍尔德也有份，他提前溜了。"

警察冷不防地在下午带走了赖因霍尔德。他矢口否认，他可以证明自己不在犯罪现场。当他在审讯的法官那里见到那另外的两个人并和他们面对面地站着的时候，他的脸都气白了，这些狗娘养的竟然说，他也参与了那家成衣店的盗窃案。法官一边听他们说，一边看他们的神情，这件事不大干净，他们彼此都有怨气。不错，两天以后结果出来，赖因霍尔德有不在犯罪现场的证明，他是个无赖，但他和这件事情没有关系。

时间是十月初。

赖因霍尔德又被放了出来，警察们知道，他不干净，他们将对他进行双重监视。那位审讯法官把车辆修理工和卡尔两个人狠狠地训斥了一顿，说他们不应该在这里胡诌，人家赖因霍尔德证明了自己不在犯罪现场。两人全都一声不吭地听着。

卡尔坐在牢房里，心潮起伏。他的小舅子，他那已经离异的前妻的兄弟，跑来看他，他和他相处得很好。他通过他找了一个律师，他坚持要有一个律师，而且是一个对刑事案件在行的。他已经听他说过一些，所以他问他，搞不搞得明白，他问他，帮人埋死人算怎么一回事。"干吗呀，为什么呀？""如果发现一个死人，然后就把他给埋了呢？""大概是被警察开枪打死，而你们又想把他藏起来吧，要不就是别的什么情况？""咳，管他什么情况呢，反正不是自己杀的，但也不想他被别人找到。这会有事吗？""呃，您认识死者吗，您埋他有没有得到好处呢？"哪里有什么好处，只是碍于情面帮帮忙罢了，他躺在那儿，他死了，你不想他被人发现。""是被警察发现吗？这本身只是拾物侵吞。但他究竟是怎么死的呢？""我不知道。我当时不在场。只是替人家把东西拿来。我也没有帮忙。我也什么都不知道，什么都不知道。人躺在那儿，已经死了。人家说，来，搭把手，我们想把他给埋了。""这话究竟是谁对您说的？""埋？咳，一个人呗。我只想知道，我会不会有什么事？""我这就告诉您，我这就告诉您。就您所说的情况来看，实际上算不了什么，至少算不上严重。如果您根本就没有参与，也根本没有从中得到什么利益的话。可是您为什么偏要帮这个忙呢？""搭搭手，我说了，碍于情面，不过这已经无所谓了，反正我根本就没有参与，我也没有从中得到什么利益，发现也罢，不发现也罢。""你们的团体里大概发生过这类性质的政治谋杀吧？""是的。""哎呀，哎呀，可千万别插手。我始终还是不明白您的意图。""就这样吧，律师先生，我想知道的东西，我已经知道了。""您不想把事情跟我说得更详细一些吗？""我想过一夜再说。"

夜里，白铁工卡尔躺在他的床上，他可想睡觉了，却怎么也睡不着，怒火在他的心中燃烧：我现在是世界上的头号大傻瓜，我现在就想把赖因霍尔德给告了，他现在肯定已经觉察到了什么，他根本就不在那儿了，他已经溜之大吉了。我就是一个傻瓜。这个无赖，这个流氓，他让我进局子，我要把事情说出来，逮着谁我就告诉谁。

于是，在卡尔的眼里，这个夜晚变得是如此的漫长，第一个咚什么时候才响呢，什么对我都无所谓了，纯粹的帮个手和掩埋根本不算什么，即使算个什么的话，也不过几个月而已，他，就算是不掉脑袋，也会落个终身监禁，永远也别想再出来。那位审讯官什么时候来呀，现在大概是几点了，赖因霍尔德会利用这段时间坐火车逃跑的。这种流氓真是绝无仅有，而且人家毕勃科普夫还是他的朋友呢，他该靠什么过活呢，他们也会用这样的办法去对待这些残废军人的。

随后，这座蜡像陈列馆似的建筑里热闹非凡，卡尔立即把他的信号棒挂了出去，11点钟的时候他到了法官那里。嘿，瞧他做出一副什么样的神情哪。"您对他追得可真紧啊。您现在有幸对他进行第二次举报。当心，您可千万别给自己惹麻烦。"然而，卡尔随后的陈述是如此的详尽，以至于中午时分就开来一辆汽车，审讯官亲自出马，外加两个身强力壮的刑事警察，卡尔夹在他们中间，手戴镣铐。汽车向弗莱恩森林驶去。

他们沿着那些老路行驶。开车真美气。该死，要是有办法下车就好了。这帮狗日的把人铐了起来，毫无办法可想。他们还有左轮手枪。毫无办法可想，毫无办法可想。汽车飞驰，汽车飞驰，那条大路一晃而过。我把180天送给你，米泽，躺在我的怀里，多么可爱的一个姑娘，那个赖因霍尔德，是个流氓，他肆无忌惮，嘿，你等着吧，小子。再继续想想米泽吧，我要咬你的舌头，她吻起人来真狂热，我们该怎么走，向右还是向左，我无所谓，多么可爱的姑娘啊。

他们翻过山丘，他们进入森林。

弗莱恩森林好美哟，是个温泉浴场，一个玲珑的疗养胜地。那座疗养花园又重新铺上了黄色的鹅卵石，显得干净整洁，后面就是那家带露台的饭店，我们三个人就是在那里吃的饭。在瑞士，在蒂罗尔，人在那里的感觉真的是很不错，因为蒂罗尔有母牛产下的热奶，而瑞士则有黄花闺女，哟嗬。然后，他和她一起跑掉了，我被他用两三百块钱支走，把那可怜的姑娘卖给这样一个流氓，我这是在替他坐牢。

就是这座森林，它弥漫着秋的气息，阳光灿烂，树梢不惊。"我们必须沿着这里走，他打了只手电筒，不是很好找，但我只要看见那个位置，我就能够马上把它认出来，当时非常空旷，先是一棵长得歪歪扭扭的冷杉树，然后就是一个坑。""这里的坑可多了。""您再等等吧，警长先生。我们走了很远，从饭店到那儿花了将近二十或二十五分钟的时间。还没有到呢。""您是跑着去的，这可是您说的。""但那只是在林子里呀，在大街上当然不会了，那样可就太容易引起别人的注意了。"

后来，那片空地出现了，那棵歪歪扭扭的冷杉树就长在那里，一切还是那天的原样。我是你的，她的心被打死了，眼睛被打死了，嘴巴被打死了，我们不再继续走一段么，别贴得这么紧。"就是这棵黑乎乎的冷杉树，没错。"

铁蹄踏破国土，这些男人骑在棕色的马驹上，他们来自遥远的地方。他们不停地打听，那条街道在哪里，直至来到水边，来到大湖之滨，他们方才翻身下马，停止发问。他们把马匹拴在一棵橡树上，他们在水边祈祷，他们跪倒在地，然后他们找来一条小船过湖。他们对着湖水歌唱，他们对着湖水说话。我们无意在湖中寻宝，他们只想对这座伟大湖泊表示敬意，他们的一个首领躺在了湖底。所以，所以啊，这些男人。

两个警察带着铁锹，白铁工卡尔来回走了一圈之后，把那个位置指了出来。他们开始用铲子铲地，刚一下铲子，就发现地是松的，他们于是继续向下挖去，泥土被他们抛得高高地甩了出来，这地已经被人翻过了，坑里放了冷杉果子，白铁工卡尔眼巴巴地站在一旁等着。是这里，就是这里，那个姑娘就是被他们埋在了这里。"那当时到底挖了多深呢？""四分之一米，不会再深了。""那我们肯定马上就能挖到。""就是这里呀，您继续挖吧。""您来挖呀，您来挖呀，要是什么都没有的话，哼！"这地已经被人翻过了，他们从坑里铲出青草，这里刚刚被什么人挖过了，不是昨天，就是今天。她肯定就要出来了，他一直都在用袖子捂鼻子，她肯定已经腐烂不堪了，这都过去几个月了，况且还下过雨。在坑里掘地的那个警察问上面的人："她究竟穿的是什么样的衣服？""一件深色的裙子，粉红色的衬衫。""真丝的？""也许是真丝的，但是浅粉色。""大概是这样的吗？"几个男人中的那一个手里拿着一条高级的镶边，上面沾着泥土，脏兮兮的，但却是粉红色的。他把它拿给那位法官看："也许是袖子上的。"他们继续往下挖。很显然：这里躺过人。要么是昨天，要么是今天，这里已经被人挖过了。卡尔呆若木鸡；没错，他得到了风声，又把她挖了出来，也许把她扔到什么河里去了，这是个什么人哪。法官和警长在一边说话，他们的交谈持续了很长时间，警长同时做着记录。然后，他们三人返回汽车里；留了一个人在现场。

法官一边走，一边问卡尔："这么说，您来的时候，那姑娘已经死了？""是的。""您准备怎样证明这一点呢？""为什么？""呃，要是您的赖因霍尔德说，她是被您杀的，或者说您是帮凶？""我是帮忙抬过。我干吗要杀害这个姑娘呢？""出于同样的原因，出于这个原因，他杀害了她，或者说，据说他杀害了她。""我那晚根本就没有和她在一起呆过。""可下午呆过啊。""可是那以后就没有了啊。那时她可是还活着呢。""这将很难证明您不在犯罪现场。"

在车里，法官问卡尔："出事后的那天晚上，或者说那天夜里，您和赖因霍尔德究竟在哪里？"该死的，那好吧，我这就说。"我出国去了，他把他的护照给了我，我被他支走了，为的是，如果有朝一日事情败露，我就可以证明我不在犯罪现场。""真够稀奇的。那您为什么要这样做呢，这简直是太鲁莽了，您真的和他那样好吗？""也算是吧。我也是个穷人，他给过我钱。""那他现在不再是您的朋友了，或者说，他不再有钱了？""他，我的朋友？不，法官先生。我为什么坐牢，这您是知道的，因为那个门卫什么的。是他把我给出卖了。"

法官和警长互相看了一眼，汽车飞驰，潜入公路的坑洼，跳将起来，那条大路一晃而过，我在这里和她一起兜过风，我把180天送给你。"那你们两人之间是不是出了什么事情，你们的交情完了？""是的，怎么会弄到今天这个地步呢（这家伙想探我们的底，不，我们是不会当着这支菖蒲唧唧喳喳的，你打住吧，我心里清楚得很）。是这样的，法官先生：这个赖因霍尔德是个极其暴躁的人，他连我也不放过，想让我靠边站。""那么，他做了什么不利于您的事情没有？""没有。但他说过类似的话。""就这些吗？""是的。""那好，看看再说吧。"

两天之后，米泽的尸体找到了，地点是同一座森林，距离原来的那个土坑大约一公里处。这个案子一见报，马上就有两个园艺学徒前来提供线索，他们看见过一个男人，孤身只影的，提着一只沉甸甸的箱子在那一带的林子里走动。他们觉得很好笑，那人拖的什么呀，那人后来喘着粗气坐进那个坑里。待他们在半个小时之后折回的时候，那人仍旧坐在那里没走，身上只穿了件衬衫。但他们没再看见那只箱子，大概放进了坑里。他们大致地描述了一下此人的外貌，身高约莫1米75，肩膀很宽，黑色圆顶硬礼帽，浅灰色的夏季套装，芝麻点的上衣，拖着两条腿，好像有病似的，额头很高，有抬头纹。这两个学徒所说的那片地方土坑很多，警犬能力有限，因而所有有嫌疑的坑洼都要挖开检查。在一个坑洼里，人们只挖了几铲子，就触到了一个棕色的、用绳子捆得紧紧的大纸盒子。警长们把它打开，里面放着女人的衣物，一件撕得稀烂的衬衫，透明的长筒袜，一条棕色的旧羊毛裙，脏兮兮的手绢，两把牙刷。这只纸盒虽然潮湿，但还没有完全软化；整个的看上去，似乎刚放不久。不可思议。那个女性死者真的穿着一件粉红色的衬衣。

紧接着，人们又在另一个土坑里发现了那只箱子，女尸在里面呈侧卧屈腿状。她的身体被百叶窗带捆得很紧。傍晚时分，在所有的派出所，警察局对外站点，赶来提供线索的人们络绎不绝，对犯罪嫌疑人进行描述什么的，不一而足。

那时，一到警察总局接受讯问，赖因霍尔德心里立马就明白了，丧钟已经敲响。这不，他还要把弗兰茨也拉下水来。为什么就不能是他呢。那个白铁工卡尔又能证明什么。

有没有人在弗莱恩森林见过我，还说不准呢。也许有人看见我了，在饭店里，在路上，没关系，试一试，弗兰茨必须滚蛋，看他那样子，好像已经陷进去了似的。

走出警察总局的当天下午，赖因霍尔德便马不停蹄地赶到楼上弗兰茨的屋里，白铁工卡尔要出卖我们了，你赶紧开溜吧。弗兰茨于是花了一刻钟收拾行李，赖因霍尔德在一旁帮忙，他们一起痛斥卡尔，随后，埃娃把他安顿在托妮家里住下，这是她在维尔默尔斯多夫的一个老朋友。赖因霍尔德跟着一起坐车去维尔默尔斯多夫，他们一起去买箱子，赖因霍尔德想去国外，他需要一个特大号的，他最先想要一个柜式行李箱，后来又喜欢上了一个木头箱子，最大号的，他拎得动，我不放心行李员，他们老是探听别人的底细，你会得到我的地址的，弗兰茨，问埃娃好。

布拉格发生一起可怕的灾难，已找到二十一名死者，一百五十人被埋。几分钟前，这堆瓦砾还是一幢七层楼的新建筑，现在仍有很多死者和伤者躺在瓦砾之下。这座重达八百吨的钢筋混凝土建筑整个地陷进地下的两层里。一位在大街上值勤的警卫听到了这幢建筑的断裂声，他马上向行人发出警告。他沉着镇定地跳进一辆迎面驶来的有轨电车车厢里，亲自拉闸刹车。大西洋上空狂风肆虐。洋面上目前的情况是，一个接一个的大风低压区正由北美向东移动，而位于中美和格陵兰与爱尔兰之间的两个高压区则遭到扣留。报纸现在已经开始长篇累牍地载文介绍"齐伯林伯爵"及其即将来临的飞行。它们细致入微地探讨着建造飞船的每一个细节、指挥官的人格个性以及这次行动成功的前景，而且还要把激动人心的社论献给与齐伯林飞船所取得的成绩相提并论的德国式的能干。不管这些为飞机而作的宣传都说了些什么，有一点却是可以推想的，即这架飞船将成为未来的空中交通工具。可是，齐伯林没有起飞，艾克内尔不愿意让他遭受无谓的危险。

那个箱子打开着，米泽曾在里面躺过。她是伯尔瑙一个有轨电车售票员的女儿。家里一共有三个孩子，她母亲不服丈夫管，离家出走，为什么，不知道。扔下米泽孤零零的，什么事都得做。她有时在晚上坐车去柏林，进舞厅，去雷斯特曼，偶尔也会有人把她一同带进饭店，后来时间太晚了，后来她就不敢回家了，后来她就留在了柏林，再后来她遇见了埃娃，日子继续往前过。她们在什切青火车站的派出所里。对米泽来讲，一种充满友情的生活开始了，她最初给自己取名索妮亚，她有很多熟人和一些朋友，可是后来，她却和一个人永远地连在了一起，这就是那个壮实的独臂男人，米泽对他一见钟情，到死都对他很好。一个糟糕的结局，一个悲惨的结局，它最终落到了米泽的头上。为什么，为什么，她犯了什么罪，她从伯尔瑙走进柏林的旋涡，她不是，肯定不是，没有过错，起因不过是源于对他的一种炽烈的永不熄灭的爱，他是她的男人，她照顾他就像照顾孩子一样。她被揍扁了，因为她很偶然地站在了那个男人身旁，而这就是生活，很难想象。她坐车去了弗莱恩森林，为了保护她的男友，但她却被人掐死了，掐死了，死了，没命了，而这就是生活。

接着，人们给她的脖子和脸制作模型，而她也只是一个刑事案例、一个技术过程而已，当人放上一根电话线的时候，她已经死了。人们为她制作一个人体着色模型，在她的全身着上自然的颜色，这可以以假乱真，是一种赛璐珞。于是，米泽，她的脸和脖子，就进了一个档案柜，快来吧，快来吧，我们马上就回家，阿辛格尔，你应该安慰我才是，我是你的。她就在玻璃后面，她的脸被打死了，她的心被打死了，她的怀抱被打死了，她的微笑被打死了，你应该安慰我才是，快来吧。

我转过头来，发现这世上全是不公，
不公就发生在光天化日之下

弗兰茨，你为什么叹气，小弗兰茨，为什么埃娃总是不得不偷偷地跑来问你，你在想什么，却得不到回答，而且总是不得不不到回答地离去，你为什么忐忑不安，你还缩作一团，缩作一团缩作一团，小小的角落，小小的窗帘，而且你的步子迈得很小、很微小？你了解生活，你不是昨天才生到这个世界上来的，你对事物有嗅觉，你觉察到了什么。你什么也看不见，你什么也听不见，可是你预感到了，你不敢正眼去看，你把眼睛斜向一边，可是你也不会逃跑，你的决心太大了，你已经咬紧了牙关，你不是胆小鬼，你只是不知道，可能会发生什么事情，你是否应付得了，你的肩膀十分壮实，足以应付。

约伯，这个来自乌斯地方的男人，在他得知一切之前，在没有什么东西能够再次落到他的头上之前，受了多少苦啊。从萨巴来的敌人搞突然袭击，打死了他的牧羊女，上帝之火从天而降，烧死了他的羊群和牧羊人，迦勒底强盗杀死了他的骆驼和赶骆驼的人，他的儿子和女儿们坐在他们的大哥家里，一阵狂风突然从沙漠里席卷而来，吹倒了房子，孩子全被压死了。

这已经很不幸了，然而，这还不够。约伯撕碎了自己的衣服，他咬烂了自己的双手，他扯乱了自己的头发，他把泥土堆到了自己的身上。然而，这还不够。约伯开始生疮长癞，从他的脚跟到大腿，全是疮癞，他坐在沙堆里，脓血从他的身上流出，他拣起一块瓦片刮自己身上的脓疮。

朋友们赶来看他，他们是提幔人以利法、书亚人比勒达和拿玛人琐法，他们从遥远的地方赶来安慰他，他们喊着、叫着，失声痛哭，他们无法认出约伯，约伯太遭罪了，他曾经拥有七个儿子和三个女儿，七千只羊，三千峰骆驼，五百对同轭牛，五百条驴子，以及成群的奴婢。

同来自乌斯地方的约伯相比，弗兰茨·毕勃科普夫，你所失去的并没有他多，灾难正在慢慢地降临到你的头上。而你也正在一小步一小步地走近你的遭遇，你说一千句好话给自己听，你恭维你自己，因为你准备勇敢地走上去，你有决心向前靠近，你的决心大得很，可是，哎，天哪，大得很又怎么样呢？不是这个，哦，不是这个。你对你自己说，你爱你自己：哦，来吧，不会有事的，我们可不能逃避。可是，你心里又愿意，又不愿意。你在叹气：我上哪儿去找保护呢，不幸正在向我袭来，我又能够抓住什么不放呢。不幸正在靠近！而你也在慢慢地接近，就像一只蜗牛，你不是胆小鬼，你不仅仅只有强壮的肌肉，你是弗兰茨·毕勃科普夫，你就是那条眼镜蛇。看哪，它在爬行，一厘米一厘米地向着那里的那只准备进攻的猛兽爬去。

你不会失去任何钱财，弗兰茨，你本人将从心底里开始接受火的洗礼！看哪，那个淫妇已在兴高采烈地引诱！妓女巴比伦！七个天使拿着七只杯子，其中的一个过来说道：来吧，我要把大淫妇巴比伦指给你看，她落脚的地方水很多。这个女人骑在一只猩红色的动物身上，她的手里拿着一只金杯，她的额头上写着一个名字，一桩秘密。这个女人沾满了圣徒的鲜血。

你现在在预感到她的存在，你感到了她的存在。你当然会表现强悍，你当然不会迷失，这还用问吗。

维尔默尔斯多夫大街有一栋花园洋房，洋房里有一个美丽明亮的房间，弗兰茨·毕勃科普夫坐在房间里等人。

那条眼镜蛇蜷曲着身体，躺在地上晒太阳，取暖。无所事事，而他又有的是劲儿，所以他想做点什么，他懒洋洋地躺着，那个胖胖的托妮给他买了一副黑色的角边眼镜，我必须给自己买一套崭新的衣服，也许我还要在自己的脸上弄块疤痕。这时，楼下有人跑进了院子。瞧他急急忙忙的样子。我做什么事都不会晚。这些人如果不是这样匆匆忙忙的话，他们肯定还会再活这么长时间，取得三倍于现在的成绩。六日自行车赛是一样的情况，运动员蹬啊，蹬啊，始终保持着平静，这些人有耐心，煮牛奶是不会溢出来的，让观众去吹口哨吧，他们懂什么呀。

楼道里有人敲门。哎，他们为什么不按门铃呢。该死的，我出去看看吧，这屋子只有一个出口。先听听再说。

你一步一步地走了过去，你说一千句好话给自己听，你恭维你自己，你诱惑你自己，你非常愿意，但不是非常非常愿意，啊，但不是非常非常愿意。

先听听再说。这是谁啊。这女人我认识呀。这声音我很熟呀。尖叫，号啕，号啕。天哪，我的天哪，你当是谁？谁想得到啊。这女人我认识呀。是埃娃。

门开了。埃娃站在门口，那个胖胖的托妮把她抱在怀里。呜咽，哭泣，这姑娘怎么了。谁想得到啊，出了什么事，米泽在喊叫，赖因霍尔德躺在床上。"你好，埃娃，嘿，埃娃，姑娘，嘿，怎么了，你倒是好好说呀，出什么事了吗，不会这么严重吧。""放开我。"看她哭哭啼啼的样子，大概挨打了，被人狠狠地揍了一顿，等等。她跟赫尔伯特说了什么，赫尔伯特知道了孩子的事儿。"是赫尔伯特打你了吗？""放开我，别碰我，哎呀。"她的眼神怎么是这样的。她现在完全不愿意理睬我，这可是她自找的。到底出了什么事，她到底怎么了，还会有人来的，快把门闩上。托妮站在那里安抚着埃娃："别生气了，埃娃，别生气了，你平静点儿，好好说，出了什么事，进来吧，赫尔伯特去哪儿了？""我不进去，我不进去。""好了，进来吧，我们坐下来说，我去煮咖啡。你走吧，弗兰茨。""我为什么要走，我又没干什么坏事。"

埃娃这下怒目圆睁，一双眼睛可怕极了，好像她要吃人似的，她尖叫起来，一把抓住弗兰茨的马甲："要他和我们一起进屋，要他一起进去，要进到这屋里去，你和我一起进去！"她这是怎么了，这女人疯了，是不是有人跟她说什么了。接着，埃娃坐在胖胖的托妮边上，身体在沙发上颤抖。这姑娘看上去有些浮肿，整个人飘忽忽的，这是怀孕所致，而这孩子又是我的，我是不会伤害她的。这时，埃娃搂住胖胖的托妮，对着她一阵耳语，起初难以开口，但最终还是和盘托出了。托妮这下猛地一惊。她拍了一个巴掌，埃娃颤抖着从包里拿出一张揉烂了的报纸，这两人的神经大概出了毛病，她们是不是在我面前演戏呢，那报纸上到底写了什么，没准是我们在斯特拉劳大街干的事，弗兰茨站起身来，吼叫着，这都是些蠢婆娘。"你们这些笨蛋。你们别和我演戏了，你们以为我是跟你们一样的笨蛋吗。""天哪，天哪，"那胖女人坐在那里，埃娃一直在低头沉思，一句话不说，一个劲儿地呜咽和颤抖。弗兰茨于是把手伸到桌子的上方，一把从那胖女人的手里把报纸夺了过来。

报纸上并排登着两张照片，什么，什么，可怕，可怕的毛骨悚然，这可是——我呀，这可是我呀，这是为什么呀，因为斯特拉劳大街，这是为什么呀，毛骨悚然，这可是我和赖因霍尔德呀，标题是：谋杀案，妓女埃米莉·帕尔松克，伯尔瑙人，在弗莱恩森林被谋杀。米泽！这到底是怎么回事。我。炉子后面有只老鼠，它必须出来。

他的手紧紧地攥住那张报纸。他让自己慢慢地坐到一把沙发椅上，整个人在椅子里缩作一团。报纸上都写了些啥。炉子后面有只老鼠。

两个女人目瞪口呆地看着他，她们号啕大哭，她们呆呆地朝他看去，这两个人，怎么回事，谋杀，怎么会是这样的呢，米泽，我疯了，怎么会是这样的呢，这算什么事。他的那只手重新抬起来放到桌子上，这张报纸上写着呢，再念一遍：我的画像，我和赖因霍尔德，谋杀，埃米莉·帕尔松克，伯尔瑙人，在弗莱恩森林，她怎么会跑到弗莱恩森林去呢。这到底是一张什么样的报纸啊，晨报。他的手和报纸一起向上，他的手和报纸一起往下。埃娃，埃娃在做什么，她变换了她的眼神，她冲他走了过来，她不再嚎叫："怎么样，弗兰茨？"一个声音，有人在说话，我必须说点什么，两个女人，谋杀，什么是谋杀，在弗莱恩森林，说我在弗莱恩森林谋杀了她，可我从来就没有去过弗莱恩森林，这林子究竟在哪儿啊。"你说话呀，弗兰茨，你说怎么办。"

弗兰茨看着她，他看着她，两只眼睛睁得大大的，他把那张报纸平摊在手里，他的头在颤抖，他边念边说，断断续续地，嘎嘎作响。发生在弗莱恩森林的谋杀案，埃米莉·帕尔松克，伯尔瑙人，生于1908年6月12日。"是米泽，埃娃。"他用手抠脸，他看着埃娃，他的目光遥远、飘渺、空旷，叫人无法面对。"是米泽，埃娃。是的。你说——怎么办，埃娃。她死了。所以我们没有找到她。""而且你也在报纸上，弗兰茨。""我？"

他重又拿起那张报纸看了起来。是我的画像。

他的上身开始摇晃。"天哪，天哪，埃娃。"她越来越感到害怕，她把一只凳子推到了他所坐的沙发椅旁。他一刻不停地摇晃着他的上身。"天哪，埃娃，天哪，天哪。"他就这样不停地摇晃着。他现在开始大口大口地喘粗气。他此时的表情就像是在嘲笑他自己似的。"天哪，我们怎么办，埃娃，我们怎么办。""人家为什么要把你的像画到那上面去？""哪儿？""那儿。""我怎么知道。天哪，这到底是怎么回事呀，怎么会有这种事呢，哈哈，真是滑稽。"他现在浑身颤抖，两眼无助地看着她，她很高兴，这目光还是蛮有人味的，她的眼泪重新夺眶而出，那胖女人也开始呜咽，随后，他用他的那条胳膊揽住她的后背，他的那只手放在她的肩膀上，他的脸紧贴在了她的脖子上，弗兰茨开始呜咽了：

"这是怎么回事，埃娃，我们的小米泽怎么了，到底出了什么事，她死了，她出事了，现在真相大白了，她没有离开我，她被人杀害了，埃娃，我们的小米泽被人杀害了，我的小米泽，到底出了什么事，这是不是真的，告诉我，这不是真的。"

他在心里想着米泽，他只觉得有什么东西涌上了心头，一阵恐惧感涌上了心头，一种惊恐在向他招手，不幸降临了，有个割草人，他的名字叫死神，他来了，拿着斧头和棍棒，他吹着一只小笛子，然后他拉开他的颌骨，然后他拿起长号，他要吹号，他要敲锣打鼓，那把黑色的可怕的攻城槌即将出现，隆，轻点儿，咚。

埃娃看着他的颌骨慢慢地磨来磨去，嚓嚓作响。埃娃抱住弗兰茨。他的头在颤抖，他的声音传来了，但只发出一个音来，随后便越来越小。声音没有变成话语。

他那时躺在车轮底下，那时就跟现在一样，那里有一个磨坊，一个采石场，它总是往我身上下石子，我竭尽全力地忍着，只要我愿意，我就可以坚持住，没用，它要把我打垮，就算我是一根铁梁，它也要把我打碎。

弗兰茨喃喃自语，叽里咕噜。"要出事了。""要出什么事？"这是一个什么样的磨坊哟，轮子只打转，一个风磨，一个水磨。"你小心点，弗兰茨，他们在找你呢。"他们说是我杀死了她，是我，他的身体又开始颤抖，他的脸又开始呈现出嘲讽的神情，我是打过她一次，他们大概就是这样想的，因为我把伊达打死了。"你坐着别动，弗兰茨，别下楼去，你到底要去哪里，人家正在找你呢，他们知道你只有一只胳膊。""他们抓不着我的，埃娃，只要我不愿意，他们就抓不着我，这你尽管放心好了。我得到楼下去看看广告。我得去看看这个。我得到酒馆里去念念报纸，看都写了些啥，是怎么回事。"接着，他站在埃娃的面前，凝视着她，默默无语，他现在可千万别笑出声来："看着我，埃娃，我身上有鬼吗，看着我。""不，不，"她尖叫着把他抱紧。"嘿，看着我，我身上有鬼吗，我身上肯定有鬼。"

不，不，她尖叫着，哭嚷着，而他则向门口走去，脸上带着微笑，他拿起五斗橱上的帽子，出了门。

看哪，这是他们的眼泪，
他们遭受不公，却得不到安慰

弗兰茨有一只假臂，他平时极少用它，现在，他戴着它上了街，那只假手插在外套的口袋里，雪茄在左边。他这次能出门是很不容易的。埃娃吼叫咆哮，还跑到走廊的门口拦住他的去路，他向她保证，不开溜，并且小心行事，他说："我会再赶回来喝咖啡的。"她这才让他下了楼。

只要弗兰茨·毕勃科普夫一天不想被抓住，警察就一天也别想抓住他。他总有两个天使陪伴左右，为他转移着人们的视线。

下午4点他赶回楼上喝咖啡。赫尔伯特也来了。他们于是首次听到弗兰茨的长篇讲话。他去楼下看了报纸，也从报纸上得知，出卖他们的是他的朋友，那个白铁工卡尔。他不知道，他为什么要这样做。而且这个白铁工卡尔也跟着一起去过弗莱恩森林，米泽就是被他们拖到那里去的。赖因霍尔德用的是暴力。他给自己弄了辆车，也许带着米泽开了一段之后，卡尔才上来，他们联手把她捆了起来，拖到弗莱恩森林，也许是在夜里。也许他们在半路上就已经把她杀害了。"那赖因霍尔德为什么要这样做呢？""那时就是他把我扔到了汽车底下，你们可能已经知道了，他就是凶手，可是没有关系，我并不因此而恨他，人就必须吸取教训，如果他不吸取教训的话，他就会一无所知。那样的话，他就会像个傻瓜一样四处游荡，对世事一无所知，我并不恨他，不，不。他现在想置我于死地，他原以为，他可以控制我，结果不是那么回事，他发现了这一点，因此他就夺走了我的米泽，对她下了这样毒手。而在这种人面前，她又能有什么办法呢。"就为这个，哎为什么，哎就为这个。战鼓隆隆，大队人马前进，前进。当士兵们迈步穿过这座城市的时候，哎为什么，哎就为这个，哎只是因为锵得拉哒砰得拉哒砰。

我当时就是这样迈步走进他的屋里的，而他也是这样回答的，我跑了去，我真该死，我错了。

我跑了去，我错了，错了，错了。

可是，这不碍事，这现在是什么事也碍不着了。

赫尔伯特瞪大眼睛，埃娃一时语塞。赫尔伯特："你为什么对米泽只字不提呢？""这不是我的过错，你没有一点办法，和我那时一样，我在他的房间里，他差点就开枪把我打死了，他做得出来。我告诉你们，一点办法也没有。"

七个头，十个角，手里是一只装满罪孽的杯子。他们这就要把我一举抓获，现在已经没有任何办法可想了！

"哎呀，你要是吱一声就好了，我告诉你，那样的话，米泽，她现在就还活着，只有另外的那个人，他可就要病得很厉害了。""这不是我的过错。别人会做什么，你永远不可能知道。你也不可能知道，他现在会做什么，这你是没法搞清楚的。""我会想办法搞清楚的。"埃娃哀求道："别去他那儿，赫尔伯特，我也很害怕。""我们会小心的。首先搞清楚，这家伙藏哪儿，不出半个小时，警察就会逮住他。"弗兰茨示意道："你别插手，赫尔伯特，他不归你管。你能答应我吗？"埃娃："答应他，赫尔伯特。那你到底要做什么呀，弗兰茨？""做我能做的事情。你们可以把我扔到粪堆里去。"

随后，他快步走到墙角里，背对着他们。

他们听见一声抽泣，抽泣，呜咽，他为自己和米泽哭泣，他们听他哭泣，埃娃在桌旁号啕，那张登着"谋杀案"的报纸还放在桌上，米泽被杀害了，谁也没有做过什么，她遭到了袭击。

所以我要表扬那些已经去世的死者

傍晚时分，弗兰茨·毕勃科普夫又上了路。在巴伐利亚广场，五只麻雀飞过他的头顶。它们就是那五个被打死的坏蛋，弗兰茨·毕勃科普夫已经和它们多次碰面。它们心里正在斟酌，它们应该如何处置他呢，它们应该对他作出什么样的决定呢，它们应该用什么样的办法来使他感到害怕和不安呢，它们打算用哪根横梁来将他绊倒呢。

其中的一个喊道：他在那儿。你们看哪，他戴了一个假臂，他还没有输掉这一局，他不想被人认出来。

第二个：这位体面的先生干尽了坏事。这是一个重刑犯，他们真该把这个人关起来才是，终身监禁非他莫属。打死一个女人，偷东西，入室行窃，而且对另外一个女人，他同样也是罪责难逃。他现在还想干什么？

第三个：他自以为很了不起。他装出一副很无辜的样子。他在演戏，好像他很守规矩似的。你们好好地看看这个无赖吧。如果有警察来，我们就准备把他的帽子掀掉。

第一个又说道：这种人活那么长时间有什么用呢。我是在监狱里坐了九年之后一命呜呼的。我那时比这个家伙还年轻一些，我早早地就死了，所以我再也不能唧唧喳喳地说上一句话了。把帽子拿下来，你这个笨蛋，把你那愚蠢的眼镜取下来，你可不是什么编辑，你这个傻瓜，你甚至连一乘一是多少都不知道，你还要戴上个角边眼镜装什么学者，当心，看他们怎么收拾你。

第四个：别这么大喊大叫的了。你们究竟打算把他怎么样。你们好好地看看他呀，长着一只脑袋，用两条腿走路。我们这些小小的麻雀，我们可以去谴责他。

第五个：你们倒是对着他骂呀。他疯了，他那脑袋瓜子有点毛病了。他带着两个天使一起散步，他的宝贝就是警察总局里的一个人体着色模型，你们对他做点什么吧。你们倒是喊呀。

它们于是在他的头上盘旋、叫喊、嘎嘎作响。弗兰茨抬起他的头来，他的思绪纷乱，那几只鸟在继续争吵和辱骂。

秋高气爽，陶恩卿宫①正在上演《弗兰西斯科最后的日

---

① 电影院名。

子》，猎人俱乐部①有五十个漂亮的舞娘，送一束丁香，你就可以吻我。弗兰茨于是觉得：我的生活到了尽头，我完了，我够了。

电车沿街行驶，它们全都有自己的方向，我不知道，我应该去哪儿。51路北端终点，席勒大街，潘科，布莱特大街，勋豪瑟火车站大道，什切青火车站，波茨坦火车站，诺伦多夫广场，巴伐利亚广场，乌兰德大街，施马根多夫火车站，格鲁内森林，上车吧。您好，我坐在这里，上哪儿都可以，随便。弗兰茨开始凝视这座城市，就像是一条失去了足迹的狗。这是一座什么样的城市啊，多么巨大的城市啊，而他在这里过的是怎么样，怎么样的一种生活啊。他在什切青火车站下车，然后沿着英瓦利登大街走，罗森塔尔门就在那里。法比施服装，前两年的圣诞节，我站在这里叫卖过领带夹。他坐41路去特格尔。当那红色的大墙，左边是红色的大墙，还有那沉重的铁门，出现在他的眼前时，弗兰茨的心情平静了不少。这就是我的生活，我必须看见它，看见它。

大墙红红地矗立着，那条大路沿着墙边展开，41路从这里经过，帕佩元帅大街。西莱尼肯多夫，特格尔，波尔西格发出连续的敲击声。弗兰茨站在那红色的大墙前，向另一边走去，那里有家小酒馆。而大墙后面的那些红房子开始颤抖，沸腾，鼓起腮帮子。所有的窗口都站满了囚犯，一个个地把头伸向铁栏杆，他们的头发剃得只剩下半毫米，他们的样子很可怜，体重不足，每张脸上都是灰色和散乱，他们转动着眼睛，他们在哀诉。这里站的是杀人犯，盗窃，伪造，

---

① 舞厅名。

强奸，应有尽有，他们那灰蒙蒙的脸现出哀怨，他们在坐牢，这些灰头灰脸的家伙，他们现在把米泽的脖子压出了凹痕。

弗兰茨·毕勃科普夫围着这座巨大的、始终在颤抖、沸腾并向他发出呼唤的监狱乱转，他越过田野、穿过森林，然后离开，返回那条绿树成荫的街道。

然后，他走在了那条绿树成荫的街道上。我没有杀害米泽。那不是我干的。我跑到这里来干什么，事情已经过去了，我和特格尔没有关系了，我不知道，这一切都是怎么发生的。

时间已是晚上六点，弗兰茨于是对自己说，我要去找米泽，我得去一趟墓地，他们把她埋在了那里。

那五个罪犯，那几只麻雀，又来到他的身边，它们蹲在一根电线杆子上向下喊道：你去找她吗，你这个恶棍，你还有勇气去找她，你不感到可耻吗？她躺在那土坑里的时候，曾经呼唤过你的名字。你到墓地去好好地看看她吧。

为了我们的死者得以安息。除去死婴，柏林 1927 年死亡 48 742 人。

4 570 人死于肺结核，6 443 人死于癌症，5 656 人死于心脏病，4 818 人死于血管疾病，5 140 死于中风，2 419 人死于肺炎，961 人死于哮喘，562 名儿童死于白喉，死于猩红热的有 123 名，死于麻疹的有 93 名，另有 3 640 名婴儿死亡。出生的人数为 42 696 人。

死者被安葬在墓地上的各个花园里，守墓人一边走路，一边用自己的拐杖戳破纸片。

时间是六点半，天还很亮，一棵山毛榉前，有个非常年轻的女人坐在她的坟头上，她穿着毛皮大衣，没有戴帽子，她把头低着，也不说话。她戴着黑色的羔羊皮手套，她的一只手里拿着一张纸片，是一个小小的信封，弗兰茨念道："我再也活不下去了。请你们再次向我的父母和我那可爱的孩子问一声好。生活于我已是痛苦。比利格尔对我的死负有全部的责任。这下他该快活了。他只是一味地摆布和利用我，他吸干了我的血汗。他是一个无耻的大流氓。我当初只是为了他才到柏林来的，而让我变得如此不幸的人独独是他，我整个地被他给毁了。"

弗兰茨重新把信封还给她："哎，天哪，哎，天哪：米泽在这里吗？"别难过，别难过。他哭道："哎，天哪，哎，天哪，我的小米泽在哪里？"

这里有座坟墓很像一只又大又软的沙发，上面躺着一个博学的教授，他冲着他微笑："我的孩子，什么事让您这样难过？""我很想见到米泽。我只是为此而来。""您瞧，我已经死了，不要把生看得太重，也不要把死看得太重。凡事都可以看开些。当我活够了并开始生病的时候，我都做了些什么呢？您以为我会躺在床上等死吗？那有什么意义啊？我让人把一瓶吗啡放到我的旁边，然后我就说，放音乐，弹钢琴，要爵士乐，最新最流行的。我让人念柏拉图给我听，我请了很多人来吃饭，大家聊得十分愉快，我则乘机偷偷地在桌子底下给自己注射吗啡，一针接着一针，我心里数着数，是致死剂量的三倍。而且，我还一直在听钢琴的演奏，高兴得很，给我念书的人又念起了老苏格拉底。是的，有聪明的人，也有不大聪明的人。"

"念书，吗啡？米泽究竟在哪里呀？"

真可怕，有棵树上吊着一个男人，他的老婆站在一旁，见弗兰茨走过来，就哀求道："您快来吧，剪断他的绳子。他不愿意呆在他的坟里，他总是爬到树上去把自己吊起来。""哦，上帝啊，哦，上帝啊，这到底是为什么呀？""我的恩斯特病了很长时间，谁也帮不了他，人家也不愿意送他去治疗，他们老是说，他在装病。他于是就进了地下室，随身带去了一根钉子和一把锤子。我还听见他在地下室里敲什么来着，我想，他在做什么呢，他干点活儿可能会好过些，省得老是这么闲坐着无聊，说不定他正在做兔子笼呢。可是到了晚上他还没有上来，我就害怕了，心想，他跑哪里去了，地下室的钥匙到底拿上来了没有，钥匙还没有拿上来。邻居就跑下楼去了，后来他们就把警察找来了。他替自己在天花板上钉了一根很粗的钉子，而他的人却瘦得很，但他肯定是早就想去死了。您找什么呢，年轻人？您为什么哭啊？您想自杀吗？"

"不，我的女朋友被人杀死了，可我不知道，她是不是在这里。"

"啊，您到那后面去找找看，那里是新的。"

后来，弗兰茨躺倒在路边的一座空坟旁，他已经无力嚎叫，他去啃上面的泥土：米泽，我们到底做了什么了，他们为什么要这样对待你呀，你什么也没有做啊，小米泽。我能够做什么，为什么不把我也扔进这个坟墓里，我还有多长时间？

后来，他站了起来，勉勉强强地挪动着脚步，他强打精神，穿过一排排墓地，跟跄而去。

弗兰茨·毕勃科普夫，这位有着一条僵硬假臂的男士，到了外面之后，便一头钻进一辆小汽车里，汽车把他载往巴伐利亚广场。埃娃和他有很大，很大，很大的关系。埃娃成天成夜地和他有关系。他不活也不死。赫尔伯特很少露面。

弗兰茨和赫尔伯特又继续花了几天时间来追踪赖因霍尔德。其实，全副武装、四处打探并决心抓住赖因霍尔德的人是赫尔伯特。弗兰茨起初并不愿意，但不久他就上钩了，这是他在这个世界上的最后一帖药方。

要塞全部被包围了，最后的
突围正在进行，那只不过是耍花招而已

时间进入十一月份。夏天早就结束了。雨水一直落到了秋季。在那几个星期里，令人喜悦的炎热充斥了大街小巷，人们穿着轻薄的衣服上路，女人们走起路来就好像是穿着衬衫，这段时间已经变得很久远了；弗兰茨的姑娘，那位米泽，穿一件洁白的裙子，一顶便帽紧紧地贴在她的头上，她去了一趟弗莱恩森林，从此她再也没有回来，这是发生在夏天的事情。法院开始审理贝格曼，此人是经济生活中的寄生虫，既危害公共秩序，又不顾廉耻。齐伯林伯爵在有雾的天气情况下飞抵柏林上空，当他 2 点 17 分飞离弗里德里西斯哈芬的时候，天上是繁星点点。飞船取道斯图加特、达姆斯塔特、美因河畔的法兰克福、吉森、卡塞尔、拉特诺一线，以避开天气预报所说的德国中部的恶劣天气。它在 8 点 35 分飞越瑙恩，8 点 45 分飞越施塔肯。9 点差几分的时候，齐伯林出现在了这座城市的上空，虽然下着雨，屋顶上仍然挤

满了欢迎的人群，飞船在欢呼声中继续其飞越这座城市东部和北部的"8"字形飞行。9点45分，着陆绳第一次在施塔肯落下。

弗兰茨和赫尔伯特在柏林城里穿梭；他们的绝大多数时间都是在路上度过。弗兰茨去了救世军的招待所，去了男人之家，你们注意，你们正在经过奥古斯特大街的奥古斯特招待所。他坐在德累斯顿大街的救世军那里，这地方他曾经和赖因霍尔德一起来过。他们正在唱歌集里的66号：说，为什么还要等，我的兄弟？起来，快到这里来！你的救世主早就在呼唤你，他乐意把和平与安宁送给你。合唱：为什么？为什么？你为什么不过来？为什么？你为什么不愿意要和平与安宁？那精神的跃动，哦，兄弟，你的内心难道没有感觉吗？难道你不愿意摆脱罪恶、得到拯救吗？哦，赶紧飞到耶稣这里来吧！说，为什么还要等，我的兄弟？死神和审判正快步向你靠近！哦，来吧，门还开着，圣餐的葡萄酒现在为你说话！

弗兰茨去了弗罗伯尔大街的那家避难所，走进棕榈树，看他能不能找到赖因霍尔德。他躺到床架上，铁丝网爸爸身上，今天躺这个，明天躺那个，剪头十芬尼，刮胡子五芬尼，他们坐在那里，整理他们的证件，买卖鞋子和衬衫，哎呀，你大概是头一次来这里吧，脱衣服没有的事，那一大早可就够你找的了，你还有什么，靴子，瞧啊，每只靴子你都得分开放进一个床脚里，否则他们会把你偷个精光，连假牙也不放过。你想文身吗？安静点儿，这是夜里。黑色的宁静，鼾声四起，好像拉锯一样，我没有看见他。安静点儿。咚，咚，咚，怎么回事，监狱，我还以为，我是在特格尔。

起床铃响了。他们互相打架。再到街上去，6点，女人们站在那里，等她们的爱人，和他一起去下等酒吧，输光她们那点可怜的钱。

赖因霍尔德不在，我正在找他，这是胡说八道，他又开始瞎玩女人了，艾尔弗丽德，埃米莉，卡罗琳娜，莉莉；棕色头发，金色头发。

而埃娃每晚见到的则是弗兰茨那张呆愣的脸，他无心和她调情，一句好听的话也没有，他低头吃饭，不大吭声，只顾大口大口地喝酒和喝咖啡。他躺在她屋里的那张沙发上不停地号叫："我们找不到他。""哎呀，让他去吧。""我们找不到他。我们能做什么，埃娃?""哎呀，这件事你就不要再去做了，真的没有一点意义，你自己反倒把身体搞垮了。""你并不知道，我们在做什么。这种事——你没有经历过，埃娃，你不懂，赫尔伯特懂一点点。我们该怎么办。我现在就想找到他，只要能找到他，我愿意上教堂下跪祈祷。"

然而，这一切都不是真的。这一切都不是真的；对赖因霍尔德的全部追捕都不是真的，这只是一种呻吟，一种隐秘的恐惧。色子正在为他掷下。他知道，它们将如何落下来。万事万物都会获得自身的意义，一种始料不及的可怕的意义。亲爱的伙计，捉迷藏的游戏玩不长了。

他在暗中监视赖因霍尔德的住处，他长着眼睛却是不看事的，他掉转目光，毫无感觉。很多人从这栋楼旁走过，有几个进到楼里。他自己也进去过，走进去过，哎! 只是因为锵得拉哒砰得拉哒砰。

这栋楼房见他站在那里，便忍不住地发出一声长笑。它很想走动一下，好把它的邻居，侧翼和边房们，召集过来看看这个家伙。一个人，一个戴着假发和假臂的家伙，站在那里，满脸通红，醉醺醺的，他站在那里，嘴里咕哝着什么。

"你好，小毕勃科普夫。今天是 11 月 22 日。老天爷还在下雨。你想感冒吗，你难道不想上你最喜欢的那家酒馆去喝几口白兰地吗？"

"交出来！"

"进来！"

"把赖因霍尔德交出来！"

"上乌尔花园①去吧，你有神经病。"

"交出来！"

随后的一天晚上，弗兰茨·毕勃科普夫在这栋楼里忙活，要把煤油壶和瓶子藏起来。

"你出来吧，别躲了，你这个恶棍，好色之徒。你不敢出来吗！"

这栋楼房："你喊谁呀，他又不在家。你进来吧，你可以查看一下嘛。"

"我不可能挨家挨户地找。"

"他不在这里，他怎么会呆在这里呢，发了疯啊。"

"你把他给我交出来。你不会好过的。"

"我听着呢：不会好过。伙计，回家去吧，好好睡上一觉，你有点醉了，这是因为你一点东西都没吃。"

第二天一大早，他又紧跟在送报的后面来了。

灯们看着他跑，它们摇晃起来："哎呀，不好，起

---

① 位于柏林东部的一家市立癫痫病治疗所。

火了。"

浓烟滚滚，顶楼上的窗户喷出火舌。7点，消防队赶来的时候，弗兰茨已经坐在了赫尔伯特那里，而且是双拳紧握："我什么都不知道，你也什么都不知道，这个不需要你来告诉我，他现在没有落脚的地方，他可能正在找。是的，一把火烧了。"

"哎呀，他不会再有固定的住处了，他会提防的。"

"他在这里住过，他知道，如果他的屋子起火，那就是我干的。我们把他熏走了，你瞧着吧，他就会回来的。"

"我不知道，弗兰茨。"

可是，赖因霍尔德没有出来，柏林依然故我，噼里啪啦，轰轰隆隆，喧嚣嘈杂，报纸上也没说，他们抓到了他，他跑了，他去了国外，他们永远也别想逮住他。

于是，弗兰茨就蜷曲着身子，在埃娃的面前失声痛哭。"我一点办法也没有，我只有硬着头皮坚持下去，就让他把我拖垮吧，他杀死了我的姑娘，我却跟个王八似的站在那里。这太不公平了。这太不公平了。"

"弗兰茨，这又不是别的什么事情。""我一点办法也没有。我已经筋疲力尽。""你为什么就筋疲力尽了呢，小弗兰茨？""我能做的，我都做了。这太不公平了，这太不公平了。"

他有两个天使陪伴左右，萨鲁格和特拉是他们的名字，他们在互相交谈，弗兰茨站在拥挤的人流里，走在拥挤的人流里，他沉默不语，但他们却听见他在失声痛哭。巡逻的警察从他的身边走过，他们没有认出弗兰茨。他有两个天使陪伴左右。

弗兰茨为什么会有两个天使陪伴左右呢，天使陪伴在一个人的左右，此人从前是杀人犯，现在则是盗贼和拉皮条的掮客，1928年，在柏林的亚历山大广场，两个天使竟然陪伴在这样一个人的左右，这难道不是一个天大的玩笑吗。是的，这个关于弗兰茨·毕勃科普夫，关于其艰难、真实而又令人警醒的存在的故事，现在已经发展到这一步了。弗兰茨的反抗和愤怒越是高涨，事情的全部就会越来越清楚。真相大白的那个时刻正在临近。

天使在他的身旁说话，他们的名字是萨鲁格和特拉，当弗兰茨去浏览蒂茨橱窗里的展品时，他们的谈话开始：

"你的看法如何，特拉，如果继续让此人孤零零地站在那里，会不会出事呢，他会不会被抓起来呢？"萨鲁格："总的说来，问题不会很大，我想，不管怎样，他都是会被抓住的，这是不可避免的。那幢红房子，他已经跑去看过了，他是对的，几个星期之后他就会坐在里面了。"特拉："那你的意思就是说，我们其实是多余的？"萨鲁格："有那么一点点意思，——如果不许我们把他从这里带走的话。"特拉："你还是个孩子，萨鲁格，你几千年以后才会明白发生在这里的这件事情。如果我们把这里的这个人带走，把他带到别的什么地方去，带到另一种存在里去，那他就做到了他在这里能够做到的事情了吗？""一千个生灵，你可要知道，就会有七百，不，九百个阻碍。""那么，特拉，干吗偏要保护这个人呢，这到底是什么原因呢，他是个很普通的人，我不明白，我们为什么要保护他。""普通，不普通，这是什么话？乞丐是普通，富人就是不普通了吗？富人明天就会变成乞丐，乞丐明天就会变成富人。这个人很快就会变得心明眼亮起来。

能达到这种程度的人很多。他也快了，他很快就会有感觉的。你看，萨鲁格，经历丰富的人很容易有这样一种倾向：先知道个究竟，然后——消失，死去。他再也不想了。他已经走完了那条历经之路，他累了，他的身体和他的灵魂已经因此而疲惫不堪了。这个你明白吗？"明白。"

"可是，有的人在经历和认识到了很多事情之后，仍然不松懈，不放弃，而是继续去扩展，去延伸，去感受，不是逃避，而是用他的灵魂去应对，去承受，这种人就很了不起。萨鲁格，你是如何变成你今天这个样子的，你过去是个什么样子，你又为什么能够和我一起云游四方，保护众生，这些你并不清楚。""确实如此，特拉，这些我并不清楚，我已经完全丧失了记忆。""你又会慢慢恢复的。就其本身而言，就他自己而言，人永远也谈不上强大，但他的身后还是有些东西的。强大是要去争取的，你并不知道你如何才能变得强大，所以你现在站在了这里，那些危及其他人生命的东西对你不再构成威胁。""可是这个毕勃科普夫，他不想要我们，这可是你自己说的，他想甩掉我们。""他想死，萨鲁格，这么大的一步，这么可怕的一步，还从来没有人走过呢，他万念俱灰，就想死。所以你是对的，很多人之所以失败，原因也就在这里。""而你对这里的这个人还抱有希望？""是的，因为他身体强壮，人也中用，因为他头两次都坚持下来了。所以我们准备呆在他的身边，特拉，我想请你答应我。""好吧。"

一个年轻大夫，块头很大，坐在弗兰茨对面："您好，克雷门斯先生。你到外地去走走吧，这是失去亲人之后常见的症状。必须换一个环境，整个柏林现在都会让您感到压抑，您需要另外一种气候。您不想散散心吗？您是他的弟媳，他有人陪吗？""如果有必要的话，我也是可以去的。""很有必要；我告诉您，克雷门斯先生，目前唯一可做的事情就是：安静，休息，分散一点注意力；分散注意力，但不要太多。否则马上就会走向另一个极端。始终要有节制。现在各地还都是最好的季节；你想去哪儿啊？"埃娃："吃一些补剂，不是也挺好的吗，卵磷脂，睡眠就会改善吧？""我都给您开上，你等等，阿达林①。""阿达林我吃了吐。"（我不需要这种毒药。）"那您就吃泛诺多姆，每晚一片，配薄荷茶服用；茶好，有利于这种药物的快速吸收。您再陪他到动物园去走走。""不，我不喜欢动物。""好吧，那就到植物园去，散散心，但别太过了。""您再给他开点治神经的药吧，有利于恢复体力的。""也许还可以给他开一点点鸦片，调节一下情绪。""我这就喝，大夫先生。""不，您算了吧，鸦片可是非同寻常，我还是给您开卵磷脂吧，一种新制剂，说明书就在里面。再进行一些盆浴，可以使人保持镇静，太太，您有浴缸吧？""什么都有，大夫先生。""很好，您瞧，这就是新住宅的优势。我家里全是自己找人安的，花了好多钱呢，房间也挂上了画，您要是看了，是会大吃一惊的，您在这里是看不到的。那好吧，卵磷脂和盆浴，每两天一次，上午进行，另外还要做一次按摩，好好地揉，所有的肌肉都要揉到，那样的话，这个人就会变得活跃起来。"埃娃："是的，您说得很对。""好好地揉，您瞧着吧，您就会

---

① 一种镇定安眠药。

变得自在一些的，克雷门斯先生。您瞧着吧，您就会好起来的。然后您再出去玩玩。""他这个人不容易对付，大夫先生。""没关系；会好起来的。那么，克雷门斯先生，怎么样？""什么怎么样？""不要垂头丧气，坚持按时服药，别忘了安眠药和按摩。""会的，大夫先生；再见，我也先谢谢您了。"

"这下你如愿了吧，埃娃。""我去给你拿浴液和镇静药。""好吧，去拿吧。""你呆着别动，等我回来。""好。好的，埃娃。"

埃娃穿上大衣，走下楼去。一刻钟后，弗兰茨也走了。

战斗开始。
鼓号齐鸣，我们下地狱

战场诱人，战场!

鼓号齐鸣，我们下地狱，我们一点也不喜欢这个世界，我们对它，连同它上面的、下面的、空中的所有的一切，全都不感兴趣。连同它所拥有的全部的人类，连同它的那些男人和女人，连同它那全部的坏蛋和歹徒，没有一个值得信赖。如果我是一只小鸟，我就会拾起一堆粪土，用我的两只脚将它们抛向空中，然后飞走。如果我是一匹马，一条狗，一只猫，那我能做得最好的事情就莫过于把我的屎拉到这个地球上，然后尽可能快地跑掉。这个世界一点也不热闹，我没有兴趣，再喝他个一醉方休，我倒也不是不能这样做，喝，喝，喝，那地狱般的龌龊就会重新开始。亲爱的上帝创造了这个尘世，这话应该是一个牧师告诉我的，为什么。可是，他把它造得比牧师们所知道的还要好，他也允许我们对着这整个的魔术撒尿，他还给了我们两只手，外加一根绳子，弄走这些龌龊，这个我们办得到，那地狱般的龌龊于是就过去了，祝你们愉快，我的祝福，鼓号齐鸣，我们下地狱。

我要是能够抓住赖因霍尔德，我就不会再生气了，我就会抓住他的脖子，掐断他的脖子，叫他活不成，我的心里就会好受一些，我就会感到满足，那样才算公平，我的心情就会平静。可是这个狗娘养的，他把我害得好惨，他让我再次沦为罪犯，他弄断了我的胳膊，他正在瑞士的什么地方嘲笑我。可怜我像条丧家犬似的到处乱跑，任他愚弄，没有人帮我，甚至连警察也不帮我，他们还要抓我，好像是我杀了米泽似的，这个流氓还在这件事情上对我进行陷害。善有善报，恶有恶报。我受够了，也做够了，我再也无能为力了。我没有反抗，这一点谁也不能否认。然而，是可忍，孰不可忍。既然我杀不了赖因霍尔德，那我就自杀。鼓号齐鸣，我们下地狱。

那是谁呀，走在亚历山大大街上，两条腿一前一后地缓慢移动？他的名字叫弗兰茨·毕勃科普夫，他干的那些个事，你们都已经知道了。一个无赖，一个重刑犯，一个可怜虫，一个失败的人，他现在来了。可恨的拳头打倒了他！可怕的一拳击中了他！别的拳头打过之后又把他放了，留下一道伤口，留下他一个人，伤口可以愈合，弗兰茨仍是老样子，只管继续赶路。现在，那只拳头紧抓不放，那只拳头大极了，它全心全意地晃动着他，弗兰茨一小步一小步地走着，他知道：我的生命已经不再是我的了。我不知道，我现在必须做什么，弗兰茨·毕勃科普夫这下可是彻底地完了。

时间是11月份，大约晚上9点，那帮弟兄们在明茨大街厮混，电车，公共汽车，还有卖报纸的，各种声音裹在一起，嘈杂极了，警察们带上警棍离开营房。

在兰茨贝格大街，有一队红旗正在前进：醒来吧，这世间被上帝罚入地狱的人们。

"穆哈-菲克斯"，亚历山大大街，绝无仅有的上好雪茄，以下各壶为精制啤酒，严禁玩牌，我们请尊敬的客人们自己留意衣帽间，因为我概不负责。老板。早餐从早上6点至中午1点七十五芬尼，一杯咖啡，两个煮鸡蛋和一个黄油面包。

弗兰茨在普伦茨劳大街的那家咖啡馆里找了个位置坐下来，人家都冲着他欢呼："牛皮大王先生！"他们摘掉他头上的假发，他解下他的那条假臂，给自己要了啤酒，把大衣放到自己的膝盖上。

那里有三个人，他们脸色灰暗，不错，是囚犯，大概是逃出来的，不停地胡侃，胡扯。

我渴了，我对自己说，跑这么大老远的，干吗呀，那里有个酒家，里面没准有波兰佬，我把我的香肠和香烟拿给他们看，他们买了，根本也不问我的这些东西都是打哪儿来的，他们给我烧酒，我把东西全放那儿了。早上，他们出门，引起我的注意，我跑进那个酒家，东西都还在，我的香肠和香烟，我就拿起它们走了。干得漂亮，是不是？

警犬，它们有什么能耐呀。我们那里有五个家伙穿墙跑了。这是怎么回事，待我细细地跟你说。那些墙的两边都钉上了金属片，铁片，至少八毫米。但他们却是通过地下，喏，就是水泥地，他们挖了一个洞，一到晚上就挖，一直从那里挖到了墙底下。警察紧跟着跑来说道：我们应该是听得见声音的呀。咳，我们睡着了。我们会听见这种声音吗，为什么非要是我们呢？

一阵大笑，好不快活，哦，你这个欢乐的女人，哦，你这个幸福的女人，我们这一桌子轮流开唱，砰。

当然，没过多久就来人了，你猜是谁，是警察局的警官，大警官施瓦普，他装模作样地说道：这件事情他前天就已经听说了，但他当时正在出差。出差。只要有事，他们就总是出差去了。一杯啤酒，给我也来一杯，三根香烟。

一个年轻的姑娘在为一个个子高高的金发男人梳头，他则在唱歌："哦，太阳堡，哦，太阳堡。"休息一会儿，他又来劲了，他情不自禁地唱起了那个太阳：

"哦，太阳堡，哦，太阳堡，你的枝叶是多么的青葱繁茂。那是1928年的夏天，我不在柏林，不在但泽，我也不在柯尼斯堡，那我究竟在哪里？哎呀呀，你们不知道：在太阳堡，在太阳堡。

"哦，太阳堡，你的枝叶是多么的青葱繁茂。你是一座实实在在的监狱，你那里从早到晚首先充满人道。你那里不打人，没有折磨，没有虐待，没有刁难，你那里所有的东西，能够满足一个人吃喝和抽烟的需要。

"床上是漂亮的羽绒被，烧酒、啤酒和香烟，哎呀，我们这里的日子过得真好，我们的看守对我们照顾周全，用心，也用手，我们愿意把军靴给这些官员，你们应该给我们香烟，用心，也用手。你们应该让我们喝个痛快，用心，也用手，军靴，还有战时的军服，我们愿意让你们卖掉，我们不会改做，你们可以立即卖掉，卖的钱我们正需要，因为我们是可怜的囚犯。

"有那么一两个傲慢的同行，想要把我们出卖，我们要打断他们的骨头，他们应该三思而行，他们应该和我们一起找乐，否则，我们就要教训他们，要他们尝尝我们的厉害，那可不是闹着玩的。

"闹着玩的只有一个人，就是那位长官先生，为什么，他还没有半点觉察。最近来了一个人，本想对太阳堡这座自由的监狱进行彻底审查，但他的感觉却很不好。他感觉如何，他感觉如何，你们听我现在一一道来。我们在那家酒馆集合，两个官员和我们坐在一起，我们来到馆子中间，看，谁来了，到底是谁来了，到底是谁来了。

"听那咚咚声，听那咚咚声，是那位审查官先生来了，你们在说什么呢？我们在说干杯，你应该长寿，审查官老弟应该活着，你应该气得去撞天花板，你应该喝一杯白兰地，你坐到我边上来。

"这位审查官都说了些什么呢？我是审查官先生，咚咚，他站在了那里，我是审查官先生，咚咚，他站在了那里，我要叫人把你们这些囚犯和官员全都关起来，你们将会受到严惩，你们要做好最坏的准备，咚咚，他站在了那里，咚咚，他站在了那里，咚咚。

"哦，太阳堡，哦，太阳堡，你的枝叶是多么的青葱繁茂，他被我们气得脸色发青，于是回去冲着他的老婆大发雷霆；咚咚，这位审查官先生，咚咚，他站在了那里，咚咚，他站在了那里。啊呀呀，你现在碰了一鼻子灰，你可千万别生我们的气啊。"

棕色的裤子和黑色的毛巾衫！一个人从一个包裹里抽出一件棕色的囚服。要把它拍卖给出价最高的人，无情地杀价，棕色之周，一件衣服，买得便宜，值一杯白兰地。谁用得上它呢？高兴，快乐，哦，你这个欢乐的女人，你这个幸福的女人，兄弟，你情人的名字是，我们再喝一杯。然后是一双帆布鞋，这鞋对监狱的地形十分熟悉，鞋跟是草制的，便于逃跑，然后又是一条床单。哎哟，你怎么不把它交给管理员呀。

老板娘悄悄地溜进来，轻轻地把门关上：小声点儿，前面有客人。一个人的眼睛开始去找窗子。他的邻居笑了起来：根本就没有窗子。要是有什么风吹草动，瞧——他把手伸到桌子底下，揭开地上的一个盖子：地窖，最好马上就到隔壁的院子里去，你用不着爬，路都很平整。只是别忘了戴帽子，免得引起怀疑。

一个老头咕哝道："你刚才唱的那支歌真好听。不过，还有些别的。也都不是假的。你知道这一首吗？"他拿出一张纸来，是信纸，皱巴巴的，上面歪歪扭扭地写着："死囚。""可别太伤心了。""伤心是什么意思。这是真的，也会跟你的一样好听。""别哭，别哭，喉咙会哽住的，所以你别哭。"

死囚。从前的他，虽然贫穷，却也洋溢着青春朝气，他走的是正路，他景仰一切高贵品德，对下流和邪恶一无所知。可是那不幸的恶毒精灵站在了他生命的十字路口，人家怀疑他干下一桩恶行，他落入捕快之手。（追捕，追捕，可恨的追捕，那群该死的狗对我穷追不舍，它们是怎么追我的哟，它们几乎置我于死地。这种情况一直在继续，一直在继续，你不知道如何拯救自己，你不知道，你跑不了那么快，你跑，尽你所能地快跑，最后人家还是追上来了。您现在抓到了弗兰茨，我现在扑倒在地，我现在落到了这步田地，那好吧，干杯，祝您胃口好，干杯。）

他的叫喊，他的申明，他的愤怒，全都拯救不了他，证据确凿，他定是法网难逃。虽然那些睿智的法官手忙脚乱（追捕，追捕，可恨的追捕），在他们对他进行宣判的时候（那群该死的狗是怎么追我的哟），可是他的无辜又于他何补，只会损害他的名誉。人类，人类，他失声呼号，你们为什么要践踏我，我没有做过一件害人的事情。（这种情况在继续，你不知道如何拯救自己。继续，继续，你在奔跑，你跑不了那么快，尽你所能吧。）

当他以一个陌生旅人的身份再次走出监狱的高墙时，世界已不是原来的模样，他自己也变成了另外一个人。他漫无目的地跑到河边，桥已经断了，他心情沉重，他怀着满腔的怒火返回，消失在夜幕之中。谁也不愿意给他面包吃（追捕，追捕，可恨的追捕），他于是失去耐心，开始自力更生。这一次他是真的有罪了。

（有罪，有罪，有罪，啊，就是它，你肯定会有罪，你肯定有过罪，你怕是肯定还会再有一千个罪！）这样的行为将受到更为严厉的惩罚，这是道德和伦理的要求，他一边哀怨，一边再次走向那间牢房。（弗兰茨，哈利路亚，你听见了它，还会再有一千个罪，还会再有一千个罪。）是的，再到外面去扑腾一下，抢劫，杀人，猎取财物，把人类，这种野兽，毫不留情地一网打尽。他走了，但他马上又会满载而归的。那最后的陶醉犹如昙花一现，罪孽和惩罚却达终生之久。（追捕，追捕，可恨的追捕，他当时是对的，这件事他做得对。）

他现在没有丝毫的抱怨，任人指责，任人践踏，他默默无语，低头屈服，学会虚伪，学会乞求。他一声不吭地做自己的事，日复一日，始终如一，他的肉体虽然还未变成一具僵尸，他的精神却早已破碎不堪。（追捕，追捕，可恨的追捕，他们马不停蹄地追捕我，我一直都在尽我所能地做事，我现在陷入了肮脏的泥潭，这不是我的罪过，我又有什么办法。我叫弗兰茨·毕勃科普夫，我一直就是这个人，注意。）

他今天走完了他的尘世之路，在这明媚的春光里，他被人送进坟墓，囚犯最好的牢房。监狱的钟声响起，与他诀别，这个对世人而言已是无可救药的浪子只有死在监狱里。（注意了，尊敬的先生们，你们还不了解弗兰茨·毕勃科普夫，他不会为了六分钱出卖自己，如果他非要下地狱不可的话，那么，肯定会有很多很多的人跑到亲爱的上帝那里去替他报名，而且他们肯定还会在里面说：我们先来，弗兰茨随后就到。亲爱的上帝，你用不着惊奇，这个人之所以如此大踏步地跑来，这全是他们拼命追捕的结果，他现在正乘着一辆巨型的马车而来，他在尘世的时候曾经是那么的渺小，他肯定要在天上让人见识一下他是谁。）

他们仍在贴着桌子唱歌、闲聊，弗兰茨·毕勃科普夫此前一直在打盹，他现在开始变得活跃和精神起来。他重新穿戴整齐，他把那只胳膊安上，我们在战争中失去了它，仗总是要打的。只要人还活着，战争就不会停止，关键是，要有组织。

　　随后，弗兰茨站在了咖啡馆的铁台阶旁，站在了大街上。外面下起了毛毛细雨，下起了大雨和倾盆大雨，天虽然很黑，普伦茨劳大街仍然是热闹非凡。对面的亚历山大大街上正在非法集会，警察也在场。弗兰茨于是转过身来，慢慢地向着那个方向走去。

警察总局就在亚历山大广场

　　时间是9点20分。在警察总局有玻璃棚的天井里，正有几个人站在那里说话。他们一边说笑话，一边活动腿脚。一位年轻的警长走过来和他们打招呼。"现在是9点10分，皮尔茨先生，您真的警告过了吗，我们9点钟需要那辆车。""刚才又上去了一个同事，正在给亚历山大营地打电话呢；我们昨天上午就要了那辆车。"一个新面孔过来说道："是的，他们说，那辆车已经派出去了，9点差5分派的，说是走错了路，他们另外再派一辆来。""竟然有这种事情，走错了路，让我们死等。""可不是吗，我问，那车到底在哪里，那人说：是谁在那里说话呀，我说是皮尔茨秘书，他就说，这里是少尉什么的。我说：警长先生让我问一下，少尉先生，我们昨天向贵处订了车，用于9点的大搜捕，我们交的是书面订单，警长让我请你们确认一下，你们有没有接到我们的书面订单。然后就只有你听的份了，他的态度马上变得亲切起来，这位少尉先生，当然，所有的车辆全出动了，出了点小问题啦，等等，等等。"

那些车辆开了进来。先生们和女士们上到一辆车上，是刑侦官员、警长和女官员们。就是这辆车，后来载着包括弗兰茨·毕勃科普夫在内的五十名男女驶进这里，那些天使可能已经离开了他，他的目光和他离开那家咖啡馆时有所不同，但那些天使将会翩翩起舞，你们这些先生和女士，不管你们信不信，事情都将发生。

那辆满载男性和女性平民的车子正在马路上行驶，它不是一辆军车，但却是一辆战斗与审判之车，是一辆载重汽车，那些人坐在长凳上，它越过亚历山大广场，穿行在那些个没有恶意的公车和出租车之间，那辆军车上的人看上去十分惬意，那是不宣而战，他们乘车是为了从事他们的职业，有几个心平气和地抽着烟斗，有一些抽着雪茄，女士们问道：前面的那个男的大概就是报纸上登的那个吧，明天的报纸可有得看了。他们就这样心满意足地沿着兰茨贝格大街向右而去，他们在后面转着圈地驶向他们的目的地，否则的话，那些酒馆事先就会知道它们将要面对的是什么。可是，在下面走路的行人一眼就看得见这辆车子。他们并不长时间地去看它，这东西不好，这东西可怕，它呼啸而过，他们要去抓罪犯，真可怕，竟然还有这种事，我们要去看电影。

他们在吕克尔大街下车，车子停着不走，他们沿街步行而上。这条小街很空荡，这群人走过人行道，吕克尔游乐场就在那里。

攻占楼门，出口设岗，对面设岗，其余的人进去。晚上好，那个服务员面带微笑，我们认识。先生们喝点什么吗？谢谢，没有时间；收款，大搜捕，所有的人都到警察总局去。大笑，抗议，这算什么事，您别装蒜了，骂娘，大笑；只管放轻松点，我有证件，您会高兴的，半个小时您就又回来了，这对我有什么用，我还有事，别激动，奥托，免费参观夜光下的警察总局。只管进来。那辆车里挤满了人，有个人唱道：是谁把奶酪运到了火车站里，这真是岂有此理，怎么可以这样做呢，因为我还没有给它上税；警察觉得自己丢了面子，一脸的怒气，还咆哮不已，因为有人把奶酪运到了火车站里。

那辆车开始发动，所有的人都在挥手示意：是谁把奶酪运到了火车站里。

这不，事情进行得很顺利。我们步行。一位时髦的先生越过路堤，跟人打招呼，派出所的上尉，警长先生？他们进入一个楼道，剩下来的人分散，集合地点普伦茨劳大街，明茨拐角。

亚历山大喷泉水泄不通，时间是星期五，拿到薪水的人会出去喝一杯，音乐，收音机，警察们从打酒的柜台旁挤过，那位年轻的警长正在和一位先生说话，乐队停止演奏：大搜捕，刑侦警察，所有的人都要去警察总局。他们围桌而坐，笑他们自己的，不予理睬，他们继续谈天说地，服务生也继续端茶送酒。过道里，一个姑娘夹在另外两个之间哭喊起来：我的户口已经被注销了，她还没有给我去上，你就去呆一个晚上，又有什么大不了的呢，我不去，我不让穿绿制服的抓我，可千万别抽风啊，这毛病可是没得治的哟。您让我出去，从这里出去是什么意思，如果轮到您了，您就可以出去，车子刚刚才走，那你们可以多要几辆车嘛，您可别让我们太伤脑筋了。服务员，拿一瓶香槟来，我要把腿洗洗。

喂，我得上班去了，我在拉乌那里有事要做，谁为我付这个钟点的钱，行了，反正您现在非走不可，我得上我的工地去，这是对自由的剥夺，这里所有的人都得走，你也一起去，哎呀，你不要太激动了，这些人正在奉命进行搜查，不然的话，他们还来这里干啥呢。

一批又一批的人走出门去，汽车一辆接着一辆地来回奔波，目的地始终是警察总局，警察们走来走去，尖叫声在女厕所里响起，一个黄花闺女躺在地上，她的情人站在一旁，这位情人跑到女厕所去干什么。那姑娘抽筋了，您快看哪；警察们面带微笑，您有证件吗，嗯，对头，那您就呆在这里陪她吧。她仍在这里继续尖叫，您瞧着吧，等人一走光，她就会站起来，两人一起跳探戈。我说了，谁敢抓我，我就让谁的下巴吃上勾拳，第二个就是奸尸。这家酒馆的人差不多都走光了。门口站着一个男人，是被两个警察抓来的，他咆哮道：我到过曼彻斯特，到过伦敦，到过纽约，没有哪一个大城市发生过这种事情，在曼彻斯特，在伦敦，是不会有这种事情的。他们催他快点。只管往路堤上走，您感觉如何，谢谢，向您的已故养狗致意。

11 点差一刻，大搜捕已经进入尾声，只有下面楼梯处和侧边角落里放着的几张桌子旁还坐着人，这时，一个人朝入口走来，虽然这里早就不该再有人进来了。警察们态度坚决，不让任何人过去，但偶尔也会有个把姑娘向橱窗里看：我可是约好了的，不，小姐，那您只有 12 点钟再来一趟了，您的情人现在大概在警察总局。那位老先生却在外面见到了最后一批，末了，入口处还有警察用警棍把人往里面打，因为他们只想出来，不想上车，现在，车一走，就不像刚才那样拥挤了。两个警察一人看着一边，因为又有一些人要进酒馆，他们和警察对骂起来，于是，那个男人镇静自若地从这两个警察的眼皮子底下走进门去。恰好又有一群警察从营房赶来，马路的另一边大声向他们问好，这些人一边走，一边扎紧皮带。此时，那个灰头灰脸的男人进了酒馆，他在柜台边上要了啤酒，然后拿着啤酒上了楼，那个女人一直还在女厕所里尖叫，其他那几个人则在大笑和胡侃，装出一副事不关己的样子。

那个男人坐在一把椅子上，整个桌子就他一个人，他吞咽着啤酒，眼睛往酒馆的下面看去。这时，他的脚碰到了什么东西，那东西躺在墙边的地上；瞧，他把手伸到了下面，一把左轮手枪，有人把它拉下了，这倒不赖，这下我有两了。一个手指头一个，如果亲爱的上帝发问，为什么，那你就说：我坐豪华大马车来，下面得不到的东西，人可以从上面得到。他们要把这里掏空，他们的做法真是太英明了。因为警察总局里有人早餐时吃得太多了，他说，我们必须进行一次大搜捕，肯定会有收获的，然后登在报纸上。不管怎样，也要让上面的人知道知道，我们在干活，也许有人想涨工资，他的老婆要买毛皮大衣，所以他们就去抓这些人，而且偏要选在星期五，人家领了薪水之后。

那个男人戴着帽子，他的右手插在口袋里，他的左手也插在口袋里，如果不是正好要去拿那杯啤酒的话。一个警察令人振奋地走进酒馆里巡视，他头上戴着猎人小帽，帽子上面有把猪鬃刷，到处都是空荡荡的桌子，遍地的烟盒、报纸、巧克力包装纸：一网打尽，最后一辆马上就到。他问那位老先生："您结账了吗？"他一边咕哝，一边直勾勾地瞧着他："我是刚刚才进来的。""咳，您真是不该进来的，您也只有跟着一起走了。""您还是少操点心吧。"这个警察，是个劲很大、宽肩膀的男人，他从上面俯视他，这家伙在怎么看人呢，他想找麻烦。他没有吭声，慢慢地下楼，在酒馆里巡视，老头那闪闪发光的眼睛盯住他不放，哎呀，瞧这人两眼长的，这个人有点不大对劲。他走到门口，那里站着别的警察，他们交头接耳，他们一起走了出去。几分钟后，门又开了。那几个警察又回来了：剩下的人，现在就走，全部都走。服务员大笑道："下次您把我也带上吧，我倒很想看看你们那上面都有些什么骗人的玩意儿。""哦，一个小时以后，您又会忙起来的，您瞧，第一拨走的人已经站在外面了，他们要进来。"

"走吧，先生，您也必须一起走。"他这是在说我呢。如果你有一个女人，你打心眼里对她信任，你就不会对时间地点发问，只要她能够好好地亲吻。

这位先生没有动静。"您，您难道没听见吗，我告诉您，您应该起身了。"你是春光送给我的礼物，因为在我结识你之前，我浪费了我的艺术。应该多来几个才是，没有谁帮过我这个独臂人，我的豪华马车有五匹马。

楼梯边上这时已经站了三个警察，第一个上来了，警察们在酒馆里巡视。那位年轻的大个子警长走在最前面，他们很急。我被他们追够了，我能够做的我都做了，我还是不是人哪。

他于是从口袋里抽出那只左手，并不起身，他坐在那里，对着第一个气势汹汹向他扑来的警察扣动了扳机。砰。我们就是这样来解决尘世间的一切的，军号嗒嗒响，鼓号齐鸣，我们就是这样下地狱的。

那个男人跟跄着倒向一边，弗兰茨站起身来，他想到墙边去，大批人马从门口涌进酒馆。这太好了，都进来吧。他举起胳膊，接着，他的后面来了一个，弗兰茨用肩膀把他甩到一边，接着，他的手遭到猛击，他的脸遭到猛击，他的帽子遭到猛击，他的胳膊遭到猛击。我的胳膊，我的胳膊，我只有一只胳膊，他们把我的胳膊打破了，我该怎么办，他们会把我打死的，先是米泽，然后是我。做什么都无济于事。

做什么都无济于事，做什么，做什么都无济于事。

他跟跄着，在楼梯的扶手旁倒下。

弗兰茨·毕勃科普夫没有办法继续射击了，他跟跄着倒在了楼梯的扶手旁。他放弃了，他诅咒了这种存在，他放下武器投降了。他倒在了地上。

警察们把那张桌子和那些椅子推到一边，在他的身旁蹲下来，把他的身体扳成仰面朝天的姿势，这个男人有一条假臂，两把左轮手枪，他的证件在哪儿，你们等等，他戴的是假发。弗兰茨·毕勃科普夫睁开眼睛，看见他们正在拉他的头发。他们摇晃他的身体，揪住他的肩膀把他往上提，他们让他站了起来，他能站，他必须站，他们把帽子罩到他的头上。所有的人都已经在外面的车子里坐好，他们用手铐铐住弗兰茨·毕勃科普夫的左臂并把他带出门去。明茨大街一阵骚动，一大群人围在那里，刚才里面开枪了，看哪，他现在来了，就是这个人。他们事先已经用小汽车把那个受伤的警察运走了。

　　这辆车原来就是在9点半的时候载着警长、刑侦官员和女官员们驶离警察总局的那辆，他们出发，弗兰茨·毕勃科普夫坐在车上，天使们离开了他，这一点我已经在前面说过了。这几拨人在警察总局有玻璃棚的天井里下了车，通过一个小小的楼梯来到后面楼上的一个又大又长的走廊里，女人们专门有一间房，被释放的人，证件齐全的人，出来的时候必须经过一道由警察组成的封锁线，他们还要对每一个人的胸部，从裤子以下直到靴子，进行检查，男人们大笑不止，走廊里骂声不断，拥挤不堪，那位年轻的警长和官员们来回安慰着他们，要他们耐心一点。警察把守了每一道门槛，上厕所都得有人陪着。

　　里面是穿便装的官员，他们坐在桌旁，对这些人进行讯问，谁有证件，就检查谁的证件，他们在大张大张的纸片上写道：作案现场，地方法院管区，擒获地点，警察局，刑侦四处。您叫什么名字，移交报告，最后一次被捕是在什么时候，您先办我的吧，我还得去上班，警察局长，四处，上午、下午、晚上移交，名和姓，身份或职业，生日，月，年，出生地点，没有住处，不能说明住处，地方调查表明，这个住房说明是不恰当的。在未接到您所在的派出所的回答之前，您只能等着了，不会那么快的，他们也只有两只手啊，而且他们还抓到了这样的一些人，他们给出一个地址，地址也是对的，而且那里也住着个和他们同名同姓的人——人家前脚走，另一个后脚就到，他拿过他的证件，是他从他那儿偷来的，或者跟他交过朋友，或者是黑市交易。查询通缉令记录簿，抽出灰卡，灰卡不在。放在卷宗里的证明材料，和现在的或另外一起犯罪行为有关的物品，被捕者有可能用来伤害自己或他人的物品，属于个人的物品，棍棒，雨伞，小刀，左轮手枪，指节连环铜套。

他们把弗兰茨·毕勃科普夫带了上来。弗兰茨·毕勃科普夫完了。他们把他抓住了。他们用手铐把他带了进来。他把头垂在胸前。他们要在楼下，底层，那位值班警长的房间里，审讯他。可是，这个男人不说话，他在发呆，他时常去抓自己的脸，他的右眼被警棍打中，肿了起来。他也迅速地垂下他的那只胳膊，那只胳膊也挨了几下。

被释放的人穿过楼下那个阴暗的院子向街上走去，这些人和姑娘们手挽着手地走过那个有玻璃棚的天井。如果你有一个女人，你打心眼里对她信任，我们就这样走着，我们就这样走着，我们就这样一路欢歌地走进一家又一家饭馆。我承认上述表格的正确性，签名，已被拘留，整理包装这些东西的官员的姓名和工作号码。送交柏林中心地方法院，151处，奉审判官先生之命。

最后，他们对弗兰茨·毕勃科普夫进行介绍和逮捕。此人在对亚历山大喷泉所进行的大搜捕行动中持枪射击，此外他也触犯了刑法。人们看见此人倒在了亚历山大喷泉里，半个小时之后真相大白，除另外八名通缉犯和那些不可救药的工读学校学生之外，警察还成功地捕获了一条大鱼。因为，这个男人开枪射击之后便倒地不起，他的右臂是假的，他还戴了一个假发套。据此，也根据所掌握的他过去的照片，警察们立即发现，这里面有重大隐情，此人涉嫌卷入妓女埃米莉·帕尔松克在弗莱恩森林被杀一案，并被疑为帮凶，此人就是有犯罪前科的弗兰茨·毕勃科普夫，曾因打人致死和容留卖淫而被判入狱。

去警察局报到的义务，他已经有一段时间没有履行了，我们现在抓住了这一个，那另外的一个，用不了多久也会落网的。

第九章

那么,弗兰茨的尘世之路现在就走完了。现在该是他垮掉的时候了。他落入叫做死神的黑暗势力的魔掌,那是适合他停留的地方。而且,他通过一种意想不到的、超越以前任何一次打击的方式,得知了他对他的看法。

他毫不客气地对他直话直说。他使他认清自己的误区,自己的傲慢和无知。于是,过去的弗兰茨·毕勃科普夫崩溃了,他的生活经历结束了。

这个家伙垮了。还有另一个毕勃科普夫存在,过去的毕勃科普夫比他差远了,人们可以指望他把自己的事情料理得更好一些。

赖因霍尔德的黑色星期三，
但这一章可以略去

警察局预言说："我们现在抓住了这一个，那另外的一个，用不了多久也会落网的，"事实也正是如此。只是和他们的想象不完全一致。他们想的是，他马上就会落网。然而——他们其实已经抓住他了，他走进了那同一个红色的警察总局，是由其他的房间和人手经办的，他现在已经坐在了莫阿比特。

因为赖因霍尔德是个急性子，他三下两下地就把事情给结束了。这小子不喜欢长时间的折腾。他以前是如何对付弗兰茨的，我们也是知道的；这个人要和他玩什么游戏，赖因霍尔德一两天就知道了，而且，他就要把他干掉了。

一天傍晚，这个赖因霍尔德跑到了默茨大街，然后他说，悬赏杀人犯的告示挂在广告柱上，我得先弄些个假证件，然后再让警察把我给抓起来才成，比如抢手提袋什么的。风声紧的时候，监狱才是最安全的地方。事情进行得也算顺利，只是他下手太狠，把那个体面的妇人打了个鼻青脸肿。不过没关系，赖因霍尔德心想，只要能不在公共场合露面就行。在警察总局里，人家从他的身上搜出那些个假证件来，波兰小偷莫洛斯基维希奇，把他带到莫阿比特去，警察总局的人并不知道他们抓的是谁，这个小子还从未坐过牢呢，而通缉令上的相貌描述，谁又能马上记得起来呢。他是静悄悄地走进警察总局的，同样，随后对他所进行的审理也是在悄无声息之中进行的，偷偷地，静静地，轻轻地。可他是一个被波兰警方通缉的小偷，这种流氓地痞跑到街上的繁华地带，不分青红皂白，一拳把人打倒在地，抢走一位女士的手提袋，这真是岂有此理，我们这里不是俄罗斯、波兰，您到底是怎么想的，理应对此来个杀一儆百，判他四年监禁，剥夺公民权利五年，必须按时到警察局报到，等等，等等，不一而足，并没收指节连环铜套。诉讼费由被告承担，我们休息十分钟，暖气开得太足了，请把窗子也打开一小会儿，您还有什么话要说吗？

赖因霍尔德当然是无话可说了，他将保留上诉的权利，人家这样和他说话，令他感到高兴。两天之后，什么事，什么事，什么事都没有了，我们又脱离了危险。那个米泽，那头蠢驴，那个毕勃科普夫，都是些该死的东西，不过，我们最初的愿望，我们已经最先实现了，哈利路亚，哈利路亚，哈利路亚。

这些都是截止目前为止所发生的事情，他们抓住弗兰茨，用车把他带进警察总局，而那个真正的杀人犯，那个赖因霍尔德，已经坐在了勃兰登堡，没有人去想他，他沉没了，被人遗忘了。就在眼皮子底下都没有人能够把他查出来，世界可能真要毁灭了。他没有丝毫的良心上的谴责，如果事情是如他所想的那样进行的话，那他今天就还坐在那里，不然的话，就是在去的路上逃跑了。

　　然而，世界就是这样安排的，最愚蠢的成语说的反倒是真理。如果一个人以为，现在好了，没事了，那其实离没事还差得远着呢。谋事在人，成事在天，善有善报，恶有恶报。赖因霍尔德也被逮住了，他即将毫无选择地走上一条艰难而又痛苦的道路，详情如何，我马上就会一一道来。不过，如果有人对此不感兴趣的话，他完全可以把下面的几页略去不看。

　　《柏林，亚历山大广场》这本书讲的是弗兰茨·毕勃科普夫的命运，书里的这些东西是不错的，人们将会把它们读上两遍和三遍，并记在心里，它们显然是具有真实性的。不过，这个赖因霍尔德所扮演的角色就到此为止了。赖因霍尔德是那种冷酷的、今生今世也不会改变的暴力，正因为如此，他的冷漠无情和铁石心肠将持续到最后一刻，这个人的生命在不可感化之中逝去，——与此同时，弗兰茨则开始屈服，最后，他就像一个元素，经过一定的照射，转化为另外一种元素。啊，说起来是很容易的：我们都是人。如果只有一个上帝的话，——那么在他面前，我们不仅仅只是因为我们的恶和善而有所不同，我们全都拥有另外一种天性和另外一种生活，我们在种属、来源和去向方面是不同的。你们现在就来听一听赖因霍尔德最后的下场吧。

　　在勃兰登堡监狱的制垫厂里，赖因霍尔德必须和另外一个人一起干活，这个人也是波兰人，但却是个真的，而且，这个人也真的是个小偷，一个老手，而且，这个人还认识那个莫洛斯基维希奇。当他听说：莫洛斯基维希奇，这个人我认识呀，他现在在哪儿，他见到赖因霍尔德就说：哎呀，他的变化太大了，这怎么可能呢。然后，他便装作什么都不知道、也不认识他的样子，然后，等他们在厕所里抽烟的时候，他跑到赖因霍尔德跟前，他给了他半根香烟，并和他搭讪，而这个人根本就说不出正确的波兰话来。赖因霍尔德一点也不喜欢这种波兰式的谈话，他溜出制垫厂，因为他有时显得很虚弱，所以工长就把他带到牢房那边去搬东西，那里找他的人会少些。然而，那个杜尔加，那个波兰人却不肯罢手。赖因霍尔德喊道：交成品了！一间牢房挨着一间牢房地喊。他们和那个工长一起呆在杜尔加这里，工长正在数垫子，杜尔加小声对赖因霍尔德说道，他认识一个名叫莫洛斯基维希奇的华沙人，也是小偷，这是不是你的亲戚啊？赖因霍尔德吓了一大跳，便把一小袋烟草推给了这个波兰人，然后继续往前走：交成品了！

那个波兰人很喜欢他的烟草，这件事情有鬼，于是就开始敲诈赖因霍尔德，因为他总能偷偷地弄到一些钱。

这件事情有可能给赖因霍尔德带来巨大的危险，不过，他这一次还是很走运的。他挡住了这一击。他开始制造舆论：那个杜尔加，他的同胞，想做电灯泡，因为他知道他的一些底细。于是放风的时候，便有了一场可怕的斗殴，赖因霍尔德也凶神恶煞般地冲上前去猛揍那个波兰人。他因此而被关了一个星期的禁闭，牢房里空空如也，只到第三天才有被子盖、热饭吃。他出来之后发现，所有的人都安静得很，听话得很。

后来是我们的赖因霍尔德自己捉弄了自己。女人们曾经给他的生活带来幸福与不幸，现在，爱情也要来掐他的脖子了。杜尔加那件事情让他感到十分激动和愤怒，他只有坐在这里，何时才是尽头，他只好让自己受这种人的愚弄和摆布，没有一丝乐趣，感觉是如此孤独，他的心里一天比一天堵得慌。他坐在这里的时间越长，他就越想一拳把那个杜尔加打死解气，于是，他依恋上了一个人，一个入室盗窃犯，这人也是第一次进勃兰登堡，三月份就该出狱了。他们两人首先在烟草的事情上达成一致，他们一起大骂杜尔加，然后，他们成为最亲密无间的朋友，这种经历赖因霍尔德还从未有过，即使不是个女人，而只是个小子，那滋味也美得很，赖因霍尔德在勃兰登堡监狱里心花怒放：那个该死的杜尔加竟然给我带来这般好运。可惜啊，这小子马上就得走了。

　　"只要我还坐在这里，我就得戴这顶黑布帽子，穿这件棕色衣服，你到时候会到哪里去呢，我的康拉德？"这个小子名叫康拉德，反正他自己是这么说的，他是梅克伦堡人，看他那样子，以后会是个大胖子。他和另外两人合伙在波希米亚一带行窃，那两人之中也有一个在这里坐牢，判了十年。这两人在一个黑色的星期三，在康拉德出狱前一天的那个晚上，再次在他们的卧房里相聚，赖因霍尔德纯粹是自掘坟墓，现在又要剩下他孤零零的一个人了——会有人的，你瞧着吧，赖因霍尔德，你马上也会被分到维尔德尔或别的什么地方的郊外小分队去的——，赖因霍尔德不禁心潮起伏，事情到了他这里怎么会变得这样邪门呢，他不明白这一点，这一点他不明白，那个蠢婆娘，那个米泽，还有那头蠢驴弗兰茨·毕勃科普夫，这帮笨蛋，这帮傻瓜，到底跟我有什么关系，要不是他们，我现在早就是外面大街上的一个体面的绅士了，这里坐的全是些没有盼头的穷鬼。赖因霍尔德只觉得心头一阵刺痛，他又是呜咽、又是哀鸣地请求康拉德，带上我吧，带上我吧。他尽力安慰着他，可是不行，这里是不能给人出逃跑的主意的。

他们从木工房的一个领班那里弄来了一小瓶烧酒，康拉德把瓶子递给赖因霍尔德，他喝了起来，康拉德也喝了起来。逃跑是不可能的，最近刚有两个人跑过，至少可以说是企图逃跑，但他们当中只有一个人跑到了洛伊恩多夫大街，本想坐马车走的，没想到一下子就被巡逻队给逮住了，这人也流了好多血呢，都是墙上那该死的玻璃片扎的，他们只好把他抬进了野战医院，天知道，他的两只手还能不能完全好起来。而那另外的一个呢，呃，这一个狡猾些，他一发现有玻璃，就又嗖地一下跳回到下面的院子里去了。

"不，逃跑是根本不成的，赖因霍尔德。"赖因霍尔德于是后悔不已，瘫作一团，他还要在这里坐上四年，而这全是因为他在默茨大街的那场胡闹，因为米泽，还有那头蠢驴弗兰茨。他一口吞下木匠的烧酒，感觉好了许多，东西已被他们拿了出来，刀子放到了包上，封闭的状态结束了，转两下，插上门栓，床搭好了。他们一起躺在康拉德的床上说悄悄话，赖因霍尔德为自己敲响了阴沉的丧钟："哎呀，我告诉你，你到柏林去找谁。你出去之后，就去找我的女朋友，天知道，她现在是谁的女朋友了，我把她的地址给你，你把情况告诉我，你会知道的。然后你再打听一下，我的事怎么样了，你是知道的，那个杜尔加已经有所觉察了。我在柏林认识了一个家伙，特别蠢的一个家伙，他叫毕勃科普夫，弗兰茨·毕勃科普夫——"

他一边轻声诉说，一边抱紧康拉德，后者竖起耳朵听着，只是一个劲地说是，没过多久便什么都知道了。他不得不把赖因霍尔德扶到床上去，他因为愤怒、孤独和对命运的不满而痛哭流涕，他一点办法也没有，他落进了陷阱。康拉德说，四年不算什么，这话也无济于事；赖因霍尔德就是不愿意，不愿意，他受不了了，他不能过这样的生活，这是很典型的监狱综合征。

这就是那个黑色的星期三。星期五，康拉德来到柏林赖因霍尔德女朋友的家里，受到热情接待，他可以尽情地说上好几天，他还从她那里拿到了钱。这是星期五，而到了星期一，赖因霍尔德就要彻底完蛋了。康拉德在湖街碰到一个朋友，他们过去曾经一起吃过救济，这人现在已经失业。康拉德开始向他吹牛，说他过得怎么怎么好，请他下酒馆，然后他们又找了姑娘一起去看电影。康拉德讲了发生在勃兰登堡的一些个乱七八糟的事情。姑娘们走后，他们还在这位朋友的小屋里坐了半宿，这已经是星期二的清晨，就是在这个时候，康拉德开始说，赖因霍尔德是谁，他自称是莫洛斯基维希奇，这小子很体面，这种人在外面一时半会还找不到，他犯的事很严重，正在受通缉，天知道，他的头值多少钱。他刚把这话说出口，他就明白了，自己做了一件蠢事，不过，那位朋友指天指地地保证说，绝不泄露一个字，哎呀，我们会守口如瓶的，康拉德还给了他十个马克。

星期二一到，这位朋友就跑到警察总局的底楼看告示，看是不是对的，通缉谁，是不是那个赖因霍尔德，那个人就叫这个名字，是不是真的就是他，赏金写了没有，那个康拉德是不是随便瞎说的。

而当他念到那个名字的时候，他吃惊得不敢相信这是真的，天哪，在弗莱恩森林杀害妓女帕尔松克，这里真的写着他的名字，他是不是就是这个人呢，天哪，悬赏1 000，哎呀呀，1 000马克。他感到毛骨悚然，1 000马克，他拔腿就走，下午的时候，他又和他的女朋友一起来了，她说，她碰见康拉德了，他问起过他，是的，他会怀疑的，该怎么办，就怎么办，哎呀，你还想什么，这就是个杀人犯，这和你有什么相干，康拉德，康拉德又能把你怎么样，你又不会马上再碰到他，为什么，他上哪儿知道是你干的，这钱，你想想，1 000马克，你正在吃救济，1 000马克，你好好想想吧。"他会不会也去了？""来吧，我们进去。"

里面，康拉德正在一五一十地把他所知道的情况讲给那位值班警长听，莫洛斯基维希奇，赖因霍尔德，勃兰登堡，——但他却不说，他是从哪里知道的。因为他没有证件，所以他和他的女朋友还得先在这里呆上一会儿。后来——万事大吉。

康拉德星期六乘车去勃兰登堡探望赖因霍尔德，赖因霍尔德的女朋友和普姆斯托他捎带了一大堆东西，车厢里放着一张报纸，这是一张旧报纸，第一版上写着："弗莱恩森林的杀人犯被捕。化假名坐牢。"火车在康拉德的身下轰隆作响，铁轨在碰撞，火车轰隆作响。这是什么时候的报纸，这是什么报纸，地方广告报，星期四晚上的。

他们抓住了他。他被带到了柏林。这是我干的。

女人和爱情给这位赖因霍尔德带来了一生的幸福与不幸，也给他带来了最后的厄运。他们把他运到柏林，他的表现跟一个疯子没有什么两样。缺的东西并不多，所以他们把他带进了那个拘留所，他从前的朋友毕勃科普夫也曾在那里坐过。他已经在莫阿比特学会了镇静，他就这样等待着，看对他的审判将会如何进行，看对面的那个弗兰茨·毕勃科普夫，他的帮凶或主谋，会作何反应，可是，人们还并不知道，这个人会变成一个什么样子。

布赫疯人院[①]，坚固的房子

在警察总局的监狱里，在警察总局那幢蜡像陈列馆似的建筑里，人家起先还以为，弗兰茨·毕勃科普夫在踢皮球，装疯卖傻，因为他知道，事关脑袋，但后来，却有医生跑来看这个犯人了，他被送进了莫阿比特的那家野战医院，即使是在那里，他们也掏不出他的半句话来，这个男人看来真的是疯了，他直挺挺地躺着，只是偶尔眨一下眼睛。在他拒绝进食两天之后，他被送到布赫，送进那家疯人院，送进那栋坚固的楼房。这不管怎么说都是不错的，因为总要对这个人进行观察。

他们先把弗兰茨塞进值班室里，因为他总是一丝不挂地躺在那里，也不盖被子，而且，他还老是把衬衫撕得破破的，这是几个星期以来唯一能够证明弗兰茨·毕勃科普夫还是个活物的证据。他总是把两只眼睛闭得紧紧的，他直挺挺地躺在床上，他拒绝任何食物，害得人家不得不用食管探头喂他，在长达数周的时间里，只吃牛奶和鸡蛋，外加一点白兰地。与此同时，这个强壮的男人萎缩了很多，只用一个看

① 位于柏林东北。1906 年 10 月到 1908 年 6 月德布林曾在这里做过助理医生。

守就可以轻而易举地把他放进洗澡水里，弗兰茨倒是很乐意做这件事情，他甚至习惯于坐在洗澡水里说上几句，眼睛也睁开了，又是叹息，又是呻吟，但是，很长很长的话，他是绝对不会说的。

布赫疯人院在村子的后面，离村子还有一段路的距离，那栋坚固的楼房是一座孤零零的建筑，和其他的只住着没有犯罪的病人的房子是分开来的。那栋坚固的楼房坐落在一片宽阔而又低平的空地上，风，雨，雪，严寒，白天和黑夜，可以随心所欲地、尽情地把它簇拥。没有街道，这些元素长驱直入，只有很少的一些树木和灌木，外加几根电线杆子，除此之外，那里就只有雨和雪，风，严寒，白天和黑夜。

呼，呼，风鼓起了胸膛，它先吸气，然后又像一个大胖子似的把气呼出，每一次呼吸都像山一样的沉重，山过来了，轰地一声，和那栋楼房相撞；低沉的声音隆隆作响。呼，呼，树木在摇曳，它们不能跟上节拍，风已向右吹去，它们却还站在左边，喀嚓一声，它们被风折断。排山倒海的重力，咆哮肆虐的狂风，稀里哗啦，喀嚓，噼啪，呼，呼，我是你的，快来吧，我们马上就到了，呼，黑夜，黑夜。

这一声声的呼唤，弗兰茨听到了。呼，呼，风不停止，它可以停止了。那位看护坐在桌旁看书，我可以看见他，呼啸怒号打扰不了他。我也躺了很长时间了。追捕，那该死的追捕，他们追得我抱头鼠窜，我的胳膊和腿全都跑断了，我的脖子也断了，没了。呼，呼，让它去呜咽吧，我还要长时间地躺下去，我不起来，弗兰茨·毕勃科普夫再也不会起来了。而在世界末日的号角响起的时候，弗兰茨·毕勃科普夫没有起来。让他们喊去吧，爱怎么喊就怎么喊，让他们拿着探头来吧，他们现在已经把探头插进我的鼻孔，因为我不愿意张嘴，反正我已经是个饿死鬼了，他们的药有什么用，随便，他们爱怎么着就怎么着。什么破玩意儿，该死的东西，我现在已经吃下去了。那个看护正在喝一杯啤酒，我也喝了啤酒。

呼，打，呼，打，呼，攻城槌，呼，打门。抬起来，快跑，轰鸣，挥舞，狂风巨人们聚在一起商量，深更半夜，怎样做才能让弗兰茨苏醒过来呢，他们并不想打断他的手脚，可这房子也太厚实了，所以他听不见他们的呼唤，如果他能到外面来，离他们近一些的话，他就可以感到他们的存在，听见米泽的喊叫了。他的心里就会明白，他的良知就会醒来，他就会站起来，要是那样就好了，现在就是不知道该怎么办。骨头再硬，只要敢拿斧头去砍，就不愁他不喊。可是，这样直挺挺地躺着，自我封闭，因为不幸而变得跟具僵尸一样，世界上最糟糕的事情莫过于此。我们不可以松懈，要么，我们用攻城槌来攻占这栋坚固的房子，我们把窗户砸碎，要么，我们就把屋顶掀开；如果他能感到我们的存在，如果他能听到这声喊叫，米泽的喊叫，我们把它带上，那他就会活下去，就会更好地去了解生活的真谛。我们必须让他感到恐惧和害怕，他不应该安安静静地躺在床上，我这就去把他的被子掀开，我这就把他刮到地上去，我要把那看护桌上的书和啤酒吹跑，呼，呼，我要把他的灯吹倒，我要把那只灯泡扔到地上去，也许这房子马上就会短路，也许就会起火，呼，呼，疯人院失火了，那座坚固的疯人院失火了。

弗兰茨塞住耳朵，呈僵硬之状。在这栋坚固的房子周围，白天和黑夜，晴天，雨天，交替更迭。

村里来了个姑娘，她站在墙边和那位看护说话："我哭过的，看得出来吗？""不，只是一边脸是肿的。""整个脑袋，后脑勺，所有的地方。唉。"她一边哭，一边从小包里拿出手绢来揩泪，她露出非常苦楚的表情。"我根本没做别的事。家里让我去面包房买点东西，我认识那个小姐，问她在干什么，她告诉我，她今天要去参加面包师的舞会。这种鬼天气哪能老呆在家里呢。而且，她还有一张票，她愿意带上我一起去。一张一个芬尼。那个小姐人还是挺不错的，是不是？""是的。""可您听听我父母都说了些什么，特别是我的妈妈。我不能去。为什么不能，那是个很正经的舞会，再说了，人家也想娱乐一下嘛，要不然生活还有什么意思。不，你不能去，天气太差了，再说爸爸也病了。我就要去。所以我就挨了这顿打，这像话吗？"她一个劲地哭，目光有些呆滞。"整个后脑勺都疼着呢。你现在要让我们省点心，我的妈妈说，你就在家呆着。这真是岂有此理。我为什么就不该去呢，我也是二十岁的人了，我星期六和星期天要出去，我的妈妈说，好吧，如果是星期四，而且那个小姐有票的话。""您要是愿意的话，我还可以给您一块手帕。""啊，我已经哭湿了六块了，我也伤风了，哭了一整天，我该怎么去对那个小姐说呢，我可不能这样肿着个脸去她的店里找她。我当时很想一走了之，我也有一些别的想法，和那个塞普，您的朋友。我现在已经给他去了信，我们完了，他不给我回信，现在完了。""您就让他去吧。您每个星期三都可以看见他在城里和不同的女人一起走。""我很喜欢他。所以我当时很想一走了之。"

一个长着酒糟鼻的老头坐到了弗兰茨的床上。"哎呀，你倒是把眼睛睁开来看一看哪，你是可以听见我说话的。这种球我也踢过。Home, sweet home，你知道吗，甜蜜的家，对我来说，它就在地底下。如果我不在家，那我就是要到地下去了。那些小头者①想把我变成冰河时代的洞穴人，一种洞穴生物，我应该住到这个洞穴里面去。你可知道，什么是冰河时代的洞穴人，这就是我们，醒来吧，这世间被上帝罚入地狱的人们，你们还在被迫忍饥挨饿，你们是战争的炮灰，你们满怀对人民的神圣热爱，你们把自己的一切都献给了人民、生活、幸福和自由。这就是我们，嘿。独裁者在华丽的厅堂里大吃大喝，想借葡萄美酒来消除他的烦躁不安，可是，有一只手早已把那摇摇欲坠的信号写在了丰盛的宴席之上。我是自学成材，我都是自己学来的，都是从监狱里学来的，堡垒，他们现在把我关在这里，他们剥夺人民的行为能力，他们认为，我极大地危害了公共安全。是的，我就是这样的。我是个自由意志者，这一点我可以告诉你，你看见了，我坐在这里，我是这个世界上最平静的人，当然是在人家惹我的时候。人民，强大的、有力的、自由的人民觉醒的时代正在到来，那么，你们这些弟兄，安息吧，你们为我们牺牲了生命，你们是高尚和伟大的。

"喂，你知道吗，同行，你把眼睛睁开看看哪，也好让我知道，你在听我说话呀——这样很好，你只用这样就行

---

① 医学术语。

了，我是不会出卖你的——，你到底做了什么，干掉了一个暴君，刽子手，独裁者，你们该死①，有人喊了起来。你知道吗，你一直躺在这里不动弹，我一晚上都睡不着，外面老是呼呼作响，你也来听听，他们接下来还会把整栋楼都给掀翻的。他们是对的。我今天夜里算了算，算了整整一夜，地球每秒钟绕地球转几圈，我算啊，算啊，我想，是二十八圈，接着我就觉得，我的老婆子似乎就睡在我的身边，我于是就把她叫醒，她说：老头子，你别激动，那只是一个梦。他们把我关了起来，因为我喝酒，而我只要一喝酒，我就会生气，大发雷霆，但只是冲着我自己来的，我会情不自禁地砸碎所有的东西，我的工作因此很受影响，因为我就是不能控制自己的意志。我有一次因为退休金的事去了局里，屋子里坐着那帮粗鲁的家伙，舔着他们的钢笔杆，自以为是什么了不起的大人物。我推开门和他们说话，他们就说：您想干什么，您到底是什么人？我于是一拳砸到桌子上：我根本就不想和您说话，请问尊姓大名，我是薛格尔，请把电话簿给我，我想找政府首脑。我把那间屋子砸了个稀巴烂，两个粗鲁的家伙也领教了我的厉害。"

呼，打，呼，打，呼，攻城槌，呼，打门。抬起来，打下去，轰鸣和挥舞。这个虚伪的家伙到底是谁呀，弗兰茨·毕勃科普夫，一只戴胜，一个戴假肢的糊涂蛋，他想等到下雪，到时候，他就会说，我们走了，再也不回来。他能有什么想法呀，这种人不会思考，他的脑子不灵，他愿意躺在这

---

① 一首名为《红旗》的波兰工人歌曲。

里，他愿意自己是个废物。我们要打破这个家伙的如意算盘，我们的骨头是铁做的，啪嗒，门，当心，喀嚓，门，门上有个孔，门上有条裂缝，当心，门没了，一个大窟窿，一个大洞，呼，呼，当心，呼，呼。

一阵格格声，一阵格格声伴随着狂风出现，伴随着狂风的咆哮和怒号，一阵格格声响起，一个女人转动着她的脖颈，骑在一头猩红色的动物身上。她有七个脑袋，十只角。她嘎嘎地叫着，手里拿着一只杯子，她在嘲笑，她在暗中窥视弗兰茨，她举起杯子，为那些狂风巨人祝福：哒哒，哒哒，你们冷静一点，我的先生们，为这个男人并不是很值得，这家伙并不怎么样，只剩一条胳膊，要肉没有肉，要膘没有膘，他马上就要断气，他们就会放几个热水壶到他的床上去的，我就会喝上他的血了，他身上也只有一点点血了，所以，他再也没法装大了。咦，在哪儿，我说，你们冷静一点，我的先生们。

这就发生在弗兰茨的眼前。那个淫妇摇动着她的七个脑袋，一边嘎嘎叫，一边点头。那只动物一边摇晃着脑袋，一边驮着她走。

葡萄糖和樟脑针，
但在最后，又有一个人出来干预

弗兰茨·毕勃科普夫和医生们较劲。他夺不走他们手里的那根管子，他没有办法把插在鼻子里的管子拔出来，他们往这根橡胶管上浇油，它的探头滑进他的咽喉和食管，牛奶和鸡蛋流进他的胃里。然而，只要喂食一结束，弗兰茨就开始卡脖子、呕吐。这很费劲，也很痛苦，但却很有效，即便他的双手被捆，不能用食指伸进喉咙管里去掏，也不碍事。只要他愿意，就可以马上吐个精光，我们倒要看看，谁的决心更大，是他们，还是我，看这个该死的世界上还有谁敢强迫我。我可不是这些医生的试验品，我是怎么回事，他们是不会知道的。

弗兰茨如愿以偿，他变得一天比一天消瘦。他们为他用尽了办法，劝他，给他号脉，把他抬起来，把他放下去，给他注射咖啡因和樟脑制剂，给他静脉注射葡萄糖和食盐，在他的床头讨论灌肠的前景，也许还应该让他吸吸氧气，氧气面罩他是没有办法扯下来的。他心想，这些高高在上的医生先生关心我什么呀。柏林每天有 100 人死亡，谁如果生病了，手头的钱又不是很多的话，那就没有哪个大夫愿意去看他。他们现在全都跑来了，可是，他们跑来的目的绝对不是因为他们想帮助我。他们还是老样子，他们根本不在乎我，也许他们觉得我很有趣，所以，他们对付不了我，他们就生我的气。他们不能容忍这种事情发生，绝对不能，死人有违院里的规定，有违疯人院的纪律。我要是死了，他们可能就不好交差了，再说，他们以后还要为米泽和别的什么事审讯我呢，所以我的身体必须首先好起来不可，在我看来，这些人才是真正的帮凶，他们连刽子手都谈不上，他们是刽子手的伙计，是替刽子手赶牲口的人，他们竟然还穿着白大褂四处晃悠，真是恬不知耻。

再次查房之后，弗兰茨仍然一如既往地躺在床上，那些被关在疯人院里的病人便开始议论嘲笑，他们被他弄得疲惫不堪，总是注射新药，他们下一步还会把他倒立起来的，他们现在已经盘算着给他输血了，只是上哪儿弄血呢，这里没有人那么傻，愿意让他们抽自己的血，他们不应该再去打搅这个可怜的家伙了，人的意志就是他的天堂，人想要什么，就会要什么。整座楼里的人只是一个劲地问，我们的弗兰茨今天打什么针呢，他们冲着那帮医生的背影嘲笑不已，因为，对付这个人，就是没辙，他们过不了这道坎，这个小子顽固得很，他是世界上最顽固的人，他要让他们全都看一看，他知道，他想要什么。

观察室里，大夫先生们穿上白大褂，他们是主治医生，助理医生，实习医生，医学院的实习生，他们都说：这是木僵状态。年轻的先生对这种状态有着自己独特的见解：他们倾向于这种看法，即弗兰茨·毕勃科普夫的病是精神性的，也就是说，他的木僵的起因在于精神，这是一种表现为抑制和束缚的病态，假如——这个假如听起来是多么的冠冕堂皇，多么的令人遗憾，可惜啊，这个假如让人不得安宁——假如弗兰茨·毕勃科普夫愿意开口说话，愿意和他们一起坐在会议室里，以便和他们一道来消除这个内心的冲突，那么，这个问题是可以通过分析法得到解决的，这也许是一种向最原始的精神层面的倒退。这些年轻的先生打算给弗兰茨·毕勃科普夫来个洛迦诺①疗法。每天上午和下午查完房后，这些个年轻的先生当中，也就是那两位实习医生和医学院的一名实习生当中，便总有一人跑到弗兰茨所在的那间装有铁窗的值班室里进行尝试，尽其所能地和他展开交

---

① 1925年10月，德国外交部长施特雷泽曼发起召诺迦诺会议，各与会国签署《洛迦诺条约》，德国放弃用暴力的方法修改东、西部国界。此处是比喻。

谈。他们采用的方法之一就是视而不见：他们不停地和他说话，好像他全听到了似的，这也是对的，似乎这样就可以把他引诱出来，使之脱离孤立，打破封闭。

当发现这个办法不灵的时候，一个实习医生便开始采取下述措施：他从那边的疯人院里拿来一个静电器，对弗兰茨·毕勃科普夫实施法拉电流疗法，而且是对他的上半身，最后，又用法拉电流对他的颌骨部位、颈部和嘴的底部进行了特别的关照。必须对这个部分进行特别刺激。

几位年长的医生都是精力充沛的人，他们通晓人情世故，为了能够到那座坚固的房子里面去散散步，他们很乐意活动活动腿脚，他们什么都不管。那位主治医生坐在诊疗室里，病历就放在他面前的桌子上，那位护理师把病历从左边给他递了过来，那两位年轻的先生，那些年轻的骨干分子，助理医生和医学院的实习生，站在那扇铁窗户旁聊天。安眠药单已经查阅，新来的看护自我介绍之后就和那位护理师一起出去了，屋里只剩下那些先生，他们翻看最近在巴登-巴登举行的那次会议的记录。那位主治医生："您们不久就会相信，脑软化是由精神决定的，螺旋体是偶然出现在大脑里的虱子。精神，精神，哦，现代人的情感箱！医学要乘着歌声的翅膀。"

那两位先生虽然口里不说，心里却觉得好笑。这老前辈的话真多，人到了一定的年纪，石灰就会在他的大脑里沉积，他也就什么东西都学不进去了。那位主治医生吐着烟圈，一边签字，一边继续说道：

"您看，电还是不错的，比那种胡说一气要好。可是，您如果用的是弱电流，那就一点用也没有。您要是用强的吧，又可能会出事。强电流治疗法，战争中用的，我的天哪。这是不允许的，现代刑罚。"这时，那些年轻的先生鼓起勇气问道，像毕勃科普夫这样的情况，应该怎么办呢？"首先作出诊断，如果可能的话，作出正确的。除去无可争议的精神——我们大家可都是知道歌德和沙米索的，即使时间上久远点——，除这以外，还有流鼻血、鸡眼和大腿骨折。这些大夫都得治，普通的骨折也好，鸡眼也好，该怎么治就怎么治。一条破腿来了，您只管随便对付好了，劝说是治不好它的，那您还可以弹钢琴呀，这也是治不好它的。它希望的事情是，上一块夹板，使骨头正确复位，这样好起来就快了。治鸡眼也是同样的道理。它的要求是，涂药或者给自己买双好一点的靴子。买靴子比较贵，但更实用些。"足以获得退休资格的智慧，精神内涵的级别是零。"那么，像毕勃科普夫这样的情况，应该怎么办呢，主治医生有什么高见吗？""作出正确的诊断。在这里嘛，根据我久经考验的诊断术来看，就是紧张症性质的木僵。顺便提一下，如果没有发现任何器质病变的话，比如，大脑里长东西，肿瘤，中脑里长东西，您应该知道，我们都从所谓的神经型流行性感冒那里学到了什么，至少我们这些老的是知道的。也许我们还会在病理解剖室碰到什么耸人听闻的事情，这也不是头一次了。""紧张症性质的木僵？"他自己倒是真该买双新靴子了。"是啊，这家伙就这么直挺挺地躺着，大汗淋漓的，偶尔眨巴眨巴眼睛，很会察言观色，就是什么都不说，也什么都不吃，看上去就像紧张症。这位刺激先生或者精神原专家最终是会大吃一惊的。饿死，他是不会让自己饿死的。""作出这样的诊断，对这个人有什么好处呢，主治医生先生，还不是一点用都没有吗？"我们现在狠狠地卡住了这个家伙的脖子。那位主治医生纵声大笑，站起身来；那位主治医生走到窗前，拍着那位助理医生的肩膀说道："这不，他首先受到你们两个的关照，亲爱的同事。他至少可以安安静静地睡觉。这对他有好处。您难道不觉得，您和另外一位同事的唠叨最终会让他感到很无聊吗？再说，您知道，我的诊断将会以什么为铁的依据吗？您瞧，我现在就找到了。嘿嘿，如果他真的是精神方面的毛病的话，那他早就动手了。这个老奸巨猾的囚犯看见，来了这么些个年轻的先生，他们当然知道我的巴巴油——对不起，我们都是自己人嘛——，他们想用祈祷法为我治病，在这种人看来，您这是自投罗网。他要的就是这个。他做什么了，他早该做了吧？您瞧，同事，这小子要是真有理智和心计的话——"现在，这只瞎母鸡还以为自己终于找到了一粒谷呢；瞧它咯咯的，叫得多欢哪。"他是有障碍的，主治医生先生，我们认为，这也是一种封闭，但是由精神因素决定的，——和现实的联系丧失，先是失望，失败，然后便对现实提出孩童般的本能要求，重建联系的尝试没有结果。""胡说什么呀，精神的因素。那他有的也只是其他的精神因素。他的封闭和抑制就要停止了。这是他送给你们两个的圣诞礼物。一星期后，他就会在你们的帮助下站立起来，上帝啊，你们用祈祷法替人治病，你们多么伟大啊，这一新疗法受到称颂，你们给远在维也纳的弗洛伊德发贺电，一星期之后，这小子就在你们的搀扶下漫步走廊，奇迹，奇迹，哈利路亚；再过一个星期，这院子他也摸熟了，再过一个星期，通过你们善意的帮助，等你们一转身，哈利路亚，啊呀，他就不见了。""我不明白，也用不着明白，我不相信，主治医生先生。"（我什么都知道，你什么都不知道，咯咯，我们什么都知道。）"可我相信。您还嫩着呢。您肯定有过这样的经历。好了，您别折磨这个人了，您会相信我的，真的没用。"（我要到9号楼去一趟，这帮愣头儿青，那就让亲爱的上帝来安排吧，几点钟了。）

弗兰茨·毕勃科普夫失去知觉，心不在焉，他的脸色惨白，泛黄，脚脖子已经浮肿，是饥饿引起的水肿，他散发着饥饿的气味，散发着甜甜的丙酮味，走进这个房间的人，马上就会发现，这里情况很特别。

弗兰茨的精神已经达到了一个深邃的级别，他只是偶尔才有意识，那些住在楼上储藏室里的灰老鼠，还有那些在外面蹦来跳去的松鼠和野兔，它们能够明白他的心事。老鼠们蹲在他们的屋子里，这幢建筑介于那座坚固的房子和布赫疯人院的中心大楼之间。这时，一个东西从弗兰茨的精神里嗡嗡地飞了出来，它四处闯荡，搜寻，唧唧喳喳，问这问那，它什么也看不见，于是又返回到他那依然躺在床上呼吸的躯壳里。

老鼠们邀请弗兰茨和它们一起吃饭，叫他不要伤心。他为什么这样忧郁。明白了，说话对他而言并不容易。它们催促他，而他却想着彻底了结。人是一只丑陋的动物，是敌中之敌，是世界上最恶心的生物，比猫还要坏。

他说：活在一个人的体内，不好，我更愿意蹲在地底下，更愿意在田野里奔跑、觅食，刮风，下雨，寒潮来了又走，这些都比活在一个人的体内要好。

老鼠在跑，弗兰茨是只蝙蝠，他跟它们一起打洞。

那幢坚固的房子里有床，他躺在上面，医生们跑来维持他身体里的力量，这期间，他的人越来越消瘦，脸色惨白。他们自己都说，他的生命维持不下去了。他身体里曾经是动物的东西，正在田野上奔跑。

此时，一个东西从他的身上偷偷地溜出来，摸索，搜寻，得到解脱，这种感觉在他平时是罕见而又模糊的。它从老鼠洞的上方飘过，在草丛里搜寻，在地里摸索，这里是植物们扎根埋芽的地方。这时，有个东西在和它们说话，它们能够听懂，那是风儿在来回吹动，那是一阵敲击，那就好像是胚芽落在了地上，弗兰茨的精神在返还它们的植物胚芽。可是，时间不好，天寒地冻，谁知道，将来会有多少长起来呢，不过，田野上有的是位置，弗兰茨的身上有很多很多的胚芽，他每天都要离开那座房子，去外面抛洒新的胚芽。

死神慢悠悠、慢悠悠地唱着他的歌

狂风巨人们现在没有了声音，另外一首歌已经开始，他们全都知道这首歌，也知道那唱歌的人。只要他一吱声，他们，哪怕是世界上最狂暴的人，也都会始终保持沉默。

死神慢悠悠、慢悠悠地开始了歌唱。他唱起歌来好像一个结巴，每一个字他都要重复；他每唱完一节，就要重复第一行，而且又会从头开始。他唱起歌来就像拉锯一样。锯子慢慢地启动，然后锯进肉里，发出尖叫，声音越来越大，越来越亮，越来越高，然后，它就戛然一声停止不动了。然后，它又慢慢地、慢慢地往回拉，发出尖叫，而且声音越来越高，越来越紧，发出尖叫，它锯进了肉里。

死神慢悠悠地唱着。

"我要在你的面前出现，现在是时候了，因为你的种子已经飞出那个窗口，你的床单也已被你掀开，你似乎不会再继续躺下去了。我不单单只是收割者，我也不单单只是播种者，我之所以要来到这里，是因为由我出面保护的时候到了。哦，是的！哦，是的！哦，是的！"

哦，是的，这是死神在每一节末尾的唱词。而当他进行剧烈运动的时候，他也会唱，哦，是的，因为这样可以给他带来乐趣。但那些听见了他的歌唱的人，却会把眼睛闭上，这歌声令人难以承受。

死神慢悠悠、慢悠悠地唱着，恶毒的巴比伦在倾听他的歌唱，狂风巨人们在倾听他的歌唱。

"我站在这里，我要做一下记录：躺在这里的这个人，献出他的生命和肉体的这个人，他就是弗兰茨·毕勃科普夫。无论他在哪里，他都会知道，他要到哪里去，他要什么。"

这肯定是一首美丽的歌曲，但弗兰茨听到它了吗，这又是什么意思：这是死神在唱？它是诗歌一类的东西，不是印在书里，就是被人大声地诵读，舒伯特为类似的歌谱过曲，死神和姑娘，但为什么要在这里唱它呢？

我只想说大实话，我只想说大实话，事实是：弗兰茨·毕勃科普夫听见死神了，他听见这个死神了，他听见了他慢悠悠的歌唱，他唱起歌来就像一个结巴，不断地重复，还像一把正在锯木头的锯子。

"我要在这里做一下记录，弗兰茨·毕勃科普夫，你躺着，您愿意到我这里来。是的，弗兰茨，你来到我这里，你做得对。一个没有造访过死神的人，怎么可能兴旺发达呢？那位真实的死神，那位真正的死神。你保护了你自己的全部生命。保护，保护，这就是人类的可怕要求，他们就这样原地踏步，他们这样下去是不行的。"

当吕德斯欺骗你的时候，我曾经和你说过话，你当时喝酒了，你在保护——自己！你的胳膊断了，你的生活陷入危险，弗兰茨，你承认吧，你没有一刻想到过死神，我把一切都给你送来，你却没有认出我来，而当你猜出是我的时候，你就变得越来越狂野和惊恐——竟然当着我的面逃跑了。你的脑子里从来就没想过要放弃你自己和你已经开始的事情。你抽搐得十分厉害，而且这抽搐还没有一点停止的意思，可是这没有用，你自己也感觉到了，这没有用，那个时刻正在来临，这样是没有用的，死神是不会唱轻柔的歌曲给你听的，他也不会用脖套把你勒死。我就是生命和那真正的力量，你终究，终究会愿意放弃你自己。

"什么？什么！你怎么看我，你想把我怎么办？"

"我是生命和那最最真实的力量，我的威力要胜过那最大的炮弹，你不愿意到我这里来找个地方安息。你想体验自己，你想考验自己，没有了我，生命就不可能有价值。来吧，靠近我，这样你才能看见我，弗兰茨，看哪，你正躺在一个深渊里，我要拿把梯子给你，那样，你就会有新的发现。你现在就往我这上面爬吧，我这就把梯子给你放下去，你虽然只有一条胳膊，但你只要抓紧了就行，你的腿也要登紧，抓好了，往上爬，过来吧。"

"天太黑，我看不见梯子，你把它放哪儿了，而且，我一条胳膊也爬不上来。"

"你不要用胳膊爬，你要用两条腿来爬。"

"我没有办法抓紧，你的要求是白搭。"

"那只是因为你不愿意走近我。好吧，我给你弄点亮光出来，那样你就会找到了。"

死神于是从背后伸出他的右手，他一直把这只手藏在背后的原因，这下便不言而自明了。

"如果你没有勇气从黑暗中爬来，我就给你弄点亮光，你过来吧。"

只见一把斧子在空中闪动，白光闪闪。

"过来吧，过来吧！"

只见他挥舞着那把斧子，手臂从他脑袋后面的上方舞到前面，并继续向前划一个弧，划一个圈，那把斧子似乎就要飞出他的手心。说时迟，那时快，他的手在他的脑后举了起来，他的手又在舞动一把斧子。那斧子白光闪闪，一边在空中划着半圆，一边向前砍杀下来，砍，杀，又有一把在嗖嗖作响，又有一把在嗖嗖作响，又有一把在嗖嗖作响。

挥起来，落下去，砍，挥起来，杀下去，砍，挥，落，砍，挥落砍，挥砍，挥砍。

白光闪闪，斧子在挥舞、发亮、砍杀，与此同时，弗兰茨摸索着梯子开始爬行，他在喊叫，在喊叫，弗兰茨在喊叫。他没有退缩。弗兰茨在喊叫。死神来了。

弗兰茨在喊叫。

那是弗兰茨在喊，边爬边喊。

他整个夜晚都在叫喊。弗兰茨，开始前进了。

他叫到了天明。

他叫到了上午。

挥落砍。

他叫到了中午。

他叫到了下午。

挥落砍。

挥，砍，砍，挥，挥砍，砍，砍。

挥，砍。

他叫到了晚上，叫到了晚上。黑夜来临。

他叫到了夜里，弗兰茨叫到了夜里。

他的身体继续向前伸去。他的身体就要躺到砧板上被人大解八块。他的身体自动地向前伸去，也只有向前伸去，他别无选择。那把斧子在空中飞舞。只见白光闪闪，它落下来了。他将被一厘米一厘米地剁成肉酱。而在那些个一厘米的彼岸，彼岸，他的肉体并没有死亡，他在向前伸去，慢慢地继续向前伸去，什么也没有落下来，大家都继续活着。

外面的那些人，从他的床边走过，站在他的床头，翻开他的眼睑，查看有没有反射，触摸他那像线一样的脉搏，他们完全没有听到他的叫喊。他们只看到：弗兰茨张开了嘴巴，就以为，他想喝水，于是就小心翼翼地给他滴了一两滴进去，但愿他别呕了出来，他不再把牙关咬得紧紧的，这就已经很不错了。一个人居然可以这样长时间地活着，真是不可思议。

"我在受苦，我在受苦。"

"你在受苦，这很好。你在受苦，这是再好不过的事情了。"

"啊，别让我受苦，赶紧结果了吧。"

"结果是没有用的。马上就完了。"

"赶紧结果了吧。东西就在你手上。"

"我的手上只有一把斧头。别的东西全在你的手上。"

"我手上有什么东西？你赶紧结果了吧。"

那个声音这时开始咆哮，调子全变了。

无穷的怒火，不可抑制的怒火，疯狂的不可抑制的，无穷无尽的熊熊燃烧着的怒火。

"现在已经到了这个地步，我要站在这里规劝你，我就像个屠夫和刽子手，我必须掐住你的脖子，就像对待一头恶毒的张嘴就乱咬的动物那样。我一而再、再而三地呼唤你，你却把我当成个电唱机，当成个留声机，只在有兴趣的时候才开，所以我只好大声叫唤，你要是够了，就会把我关掉。你就是这样看我的，或者说你就是因为这个才留着我的。你只是因为这个才留着我的，现在你看，这东西变了。"

"我到底做什么了。我对自己还折磨得不够吗。我还没有见过有谁像我这样悲惨、像我这样可怜的。"

"你从来就没有存在过，你这个废物。我这辈子没有见过什么弗兰茨·毕勃科普夫。当我把吕德斯派到你那里去的时候，你并没有睁开眼睛，你就像一把折叠的小刀，接着你就开始喝酒，烧酒，烧酒，你只知道喝酒。"

"我本想规矩做人，是他欺骗了我。"

"我说的是，你没有睁开眼睛，你这个狗杂种！你咒骂骗子和骗子的把戏，却不看看你周围的人，也不问问，这是为什么，为何。你哪有资格评判别人哟，你没长眼睛。你不仅盲目，而且还很放肆、狂妄，好一个来自富人区的毕勃科普夫先生，世界应该跟他想的一样。不是那么回事，我的伙计，你现在看出来了吧。它才不会在乎你呢。赖因霍尔德抓住了你，把你扔到汽车底下，你的那条胳膊被车轧断了，那时，我们的弗兰茨·毕勃科普夫甚至连把折叠的小刀都不如。当他还躺在车轮底下的时候，他就发誓：我要强大起来。却不说：好好想想，动动脑筋——不，他说的是：我要强大起来。你不愿意看到我在对你说话。但你现在在听我说话。"

"毫无觉察，为什么？到底是怎么回事？"

"最后又是米泽，——弗兰茨，可耻啊，可耻，说：可耻，你把可耻这两个字喊出来！"

"我做不到。我确实不知道，为什么？"

"你把可耻这两个字喊出来。她来到你的身边，她很可爱，她保护着你，她喜欢你，而你呢？那是一个什么样的人儿哟，跟花儿似的，可你却把她拿到赖因霍尔德的面前去炫耀。对你是再好不过的了。你一心只想着变得强大起来。你为自己能够和赖因霍尔德进行较量并胜他一筹而感到高兴，你跑去找他，拿她来刺激他。你要好好想一想，对她的死，你是不是也有责任。你居然没有为她掉过一滴眼泪，她是为你才死的呀，不是你又是谁呢"。

"你就只会说：'我'、'我'和'我所遭受的不公'，以及我是多么的高尚，多么的正派，人家不让我有机会显示自己的能耐。说可耻。把可耻这两个字喊出来！"

"我真的不知道。"

"小子，这场战斗你现在已经打败了。我的孩子，你完了。你可以收拾东西滚蛋了。让人给你放点樟脑好防蛀。我这里已经把你除名了。要哭要叫，随你的便。这种无赖都有。长着一颗心，一个脑袋，两只眼睛，两只耳朵，他以为，只要他规矩做人就会万事大吉，规矩做人，他知道什么呀，什么也不看，什么也不听，糊里糊涂地过活，什么也觉察不到，想干什么，就可以干什么。"

"怎么办，到底应该怎么办呢？"

死神的咆哮："我什么都不会跟你说，你别在我的面前喋喋不休。你真的是没长脑袋，没长耳朵。嘿，你根本就没有被生下来过，你根本就没有到这个世界上来过。你是个胡思乱想的怪胎。带着这些狂妄的念头，毕勃科普夫教皇，他必须被生下来，好让我们也知道，世界上的事情都是怎么样的。世界不需要你这样的家伙，它需要清醒的、少一些狂妄的人，这些人明白，世界上的事情都是怎么样的，不是用糖做成的，而是用糖、醒醌和所有的东西混合而成的。你这个家伙，把你的心交过来，好叫你彻底完蛋。也好让我把它扔进垃圾堆，那里才是它的归宿。那张臭嘴你可以自己留着。"

"还是把它留给我吧。让我想想。再想一会儿。一会儿。"

"喂，把你的心交出来。"

"就一会儿。"

"喂，我自己来取了。"

"就一会儿。"

现在，弗兰茨听见了死神的缓慢歌唱

白光闪闪白光闪闪白光闪闪，那道白光白光不闪了。砍落砍，那些个砍落砍停止了。这是弗兰茨用喊叫度过的第二

个夜晚。落砍停止了。他也不再叫喊了。白光不闪了。他的眼睛在眨。他直挺挺地躺着。这是一个房间，一个大厅，人们在里面走动。你不必把嘴巴闭得太紧。没有白光闪闪，没有砍和杀。墙壁。一会儿，一会儿，怎么办。他闭上眼睛。

只见弗兰茨闭上了眼睛，他正在开始做一件事情。你们不会看见他所做的事情，你们只能想，他躺着，也许马上就要死了，他的手指头全都不动了。他在呼唤、行走和漫游。他使出了浑身的解数。他穿过窗户，来到田野，他摇晃着草丛，他爬进了老鼠洞：出来，出来，这里是什么，这是我的什么东西吗？他摇动着一棵小草：放下土豆色拉，出来，胡说八道又有什么用，凡事都没有意义，我需要你们，我不能给任何人放假，我这里有事要做，高兴点，我需要大家伙儿。

他们给他灌牛肉清汤，他咽了下去，不呕吐了。他不愿意，他不想呕吐了。

死神的话就在弗兰茨的口里，谁也不会把它从他的口中夺去，他在口里转动着它，它是一块石头，一块硬邦邦的石头，没有食物从它那里流出。死于这种情况的人数不胜数。他们没有能够活下去。他们不知道，他们只需痛苦一次，仅仅一次，就可以继续活下去，只需一小步，就可以继续活下去，但他们就是迈不出这一步来。他们并不知道，它来得不快，不够快，那是一种虚弱，一种持续几分钟、几秒钟的抽搐，他们就会睡过去的，那时他们就不再叫做卡尔、威廉、米娜、弗兰齐丝卡了——带着厌倦，阴沉的厌倦，满腔的怒火和绝望的挣扎，他们睡过去了。他们不知道，他们只需达到白热的程度，那样的话，他们就变软了，他们就全都是新的了。

来吧——夜晚，它是如此的漆黑一团、虚无缥缈。来吧，黑夜，严寒遍布的田野，冻成了坚冰的水库。来吧，那一座座青砖瓦房透出淡淡的红光，来吧，那些冷得直打哆嗦的旅人，那些进城送菜的马车夫，还有那跑在车前的马儿们。那一片片辽阔、平坦、寂静的平原，郊区火车和特快列车在平原上奔驰，于黑暗之中洒下白光一路。来吧，站台上的人们，那个小姑娘向她的父母告别，她将和两位年长的熟人一起出行，她将越过那条大河，我们已经有车票了，可是上帝啊这么小的姑娘，咳，她会习惯那边的生活的，她应该听话，那样就会顺利。来吧，接纳这些城市，它们全都在一条线上，布雷斯劳，利格尼茨，索莫菲尔德，古本，奥德河畔的法兰克福，柏林，火车从一个火车站开到另一个火车站，每座城市都要轮到，这些城市，这些城市，连同它们的大街小巷，都出现在那些火车站上。柏林连同那条施维德尼茨大街，连同那条威廉皇帝大街环行大道、选帝侯大街，到处都是住宅，人们在里面取暖，深情地互相凝视，冷冰冰地并肩而坐，醒醒的小店和酒馆，这里有人弹奏钢琴，小洋娃娃，这么一首老掉了牙的流行歌曲，好像1928年就没有新东西似的，比如《马多娜，你更美》或《拉默娜》。

来吧——那些小汽车，那些出租车，你知道自己坐过几辆车，车子发出嘎拉嘎拉的响声，你独自一人，或者你旁边坐了一两个人，汽车号码20147。

一个面包被推进炉子里。

这个炉子支在户外，离一座农家小院不远，后面是农田，这东西看上去就像是一个小砖堆。女人们锯了一大堆木头，柴火现在全都集中在炉子边上，他们把柴火塞进炉子。这时，一个女人从院子里走来，手里拿着几张很大的模子，模子上面是生面团。一个小伙子拉开炉门，火焰在里面燃烧，燃烧，燃烧，熊熊地燃烧，一股热浪迎面扑来，他们用铁棍将这些铁皮模子推了进去，面包将在里面膨胀，水分将会蒸发，生面团将会变得金黄。

弗兰茨的半边身子坐了起来。他咽了一口唾沫，他在等待，他那走了神的知觉差不多完全恢复了。他在颤抖，死神都说了些什么。他必须知道，死神都说了些什么。门开了。他就要来了。那场闹剧，它开始了。那个人我认识。吕德斯，我一直在等他。

他们进来了，有人正在用颤抖迎接着他们。吕德斯会有什么事吗？弗兰茨打了个手势，人家以为，他准备从平躺的姿势换成趴着躺的姿势，但他只是想躺得更高一点、更直一点而已。因为他们现在就要来了。他现在高高地躺了起来。开始吧。

他们一个一个地进来。吕德斯，一个可怜兮兮的家伙，一个小矮人。我倒要看看，这个人是怎么一回事。他拿着鞋带上楼。是的，我们就是这样做的。穷困潦倒，破衣烂衫，身上穿的还是战时的那套旧制服，马可牌鞋带，太太，我只想问一下，您难道不能给我喝杯咖啡吗，您的丈夫怎么了，大概是阵亡了吧；他给自己戴上帽子：好了，拿着这点小钱走人。这是吕德斯，他当年和我一起干过。那女人的脸上一片绯红，她这边的面颊雪白，她的手在钱包里找来找去，她的声音沙哑，她跌倒在地。他在箱子里面翻来翻去：全是些破铜烂铁，我得赶紧走了，不然的话，她还会喊的。穿过门厅，关好门，下楼。是的，是他干的。偷。偷了很多东西。他们把那封信交给我，是她的，我这是怎么了，我的两条腿突然被人砍掉了，我的两条腿被人砍掉了，为什么啊，我站不起来了。您要来杯白兰地吗，毕勃科普夫，大概是家里死人了，是的，为什么就为这个，为什么我的两条腿被人砍掉了，我不知道。必须问一问他，必须和他说一说话。你听着，吕德斯，早上好，吕德斯，你过得好吗，不好，我也不好，你过来，坐到那把椅子上去，别走，我到底做了什么对不起你的事，你别走。

来吧。来吧黑夜，小汽车，冻成了坚冰的水库，那个小姑娘和她的父母告别，她要和一个男人和一个女人一起出行，她会习惯那边的生活的，她应该听话，那样就会万事如意。来吧。

赖因霍尔德！啊！赖因霍尔德，呸，魔鬼！你这个无赖，你来了，你想干什么，你想在我面前装大吗，雨水也洗刷不尽你身上的罪恶，你这个流氓，你这个杀人犯，你这个重刑犯，你先把嘴里的烟斗拔掉，然后再和我说话。你来了，这很好，我一直在想你呢，来吧，你这个下流坯，他们还没有抓住你吗，你穿的是蓝色的大衣吗？当心，这个人会叫你完蛋的。"你又是个什么东西呢，弗兰茨？"我，你这个流氓？不是杀人犯，你知道，你杀的是谁吗？"是谁让我来看这个姑娘的，又是谁把这个姑娘打了个头破血流，而且还非要我躲到被子里面不可，你这个牛皮袋子，这些都是谁做的？"这可不是你杀死她的理由。"那又有什么呢，你不是也差点把她给揍扁了吗，嗯？而且，据说兰茨贝格大街那儿的教堂墓地里还躺了个女人，她不会是自己跑进去的吧。嘿，你怎么了？你现在哑口无言了！弗兰茨·毕勃科普夫先生，这个职业牛皮大王，有什么要说的吗？"是你把我扔到汽车底下，是你让人把我的胳膊轧断。"哈哈哈，你可以用马粪纸再给自己接一个嘛。像你这样的蠢驴，还想和我一起干事。"蠢驴？"你难道没有发现你自己就是头蠢驴吗。你现在跑到布赫来装疯卖傻，我过得不错，到底谁是蠢驴呀？"

他走了，地狱之火在他的眼睛里闪烁，他的头上长出犄角，他尖声叫道："来吧，来和我斗吧，显示一下你的能耐，小弗兰茨，小弗兰茨·毕勃科普夫，小毕勃科普夫，哈！"弗兰茨眼皮紧闭。我真不该和他混在一起，我真不该和这种人较劲。我干吗要去咬他呀。

"快来啊，小弗兰茨，快来显示显示你的能耐，你有劲吗？"

我真不该较劲的。他在捉弄我，他还在刺激我，哦，这是一个该死的家伙，我真是不该呀。我比不过他，我真是不该呀。

"你肯定有劲，小弗兰茨。"

我真不该有劲，真不该和这个人较劲。我明白了，那样做是错误的。我都做了些什么呀。走开，让他走开。

他不走。

走开，走开——

弗兰茨大声吼叫，他把十指绞到一起：我得和下一个见面，下一个没来，他为什么还呆着不走？

"我知道，你不喜欢我，我的味道不可口。马上就会有人来的！"

来吧。来吧。那一片片辽阔、平坦、寂静的平原，那一座座孤零零的、透出淡淡红光的青砖瓦房。那些坐落在一条线路上的城市，奥德河畔的法兰克福，古本，索莫菲尔德，利格尼茨，布雷斯劳，这些城市，这些城市，连同它们的大街小巷，都一起出现在那些火车站上。来吧那些行驶着的出租车，那些滑动着的、飞奔着的小汽车。

赖因霍尔德转身离去，却随即又停下了脚步，他两眼放光地盯住弗兰茨说道："哎，谁更有本事，谁赢了，小弗兰茨？"

弗兰茨颤抖着：我没有赢，我知道的。

来吧。

下一个马上就到。

弗兰茨于是坐得更高了，他攥紧了拳头。

一个面包被塞进炉子，一个巨大的炉子。热浪滚滚，炉子劈啪作响。

伊达！他现在走了。谢天谢地，伊达，你怎么来了。这个人可是世界上的头号大流氓。伊达，你来了，这很好，那个家伙刺激我、捉弄我，你对此是怎么想的，我过得不好，我现在坐在这里，你知道，这是哪儿吗，布赫，疯人院，接受观察，要么，我就是已经疯了。伊达，过来，别背对着我。她在做什么呢？她站在厨房里。是的，这姑娘站在厨房里。她站在那里忙着一些琐事，她大概在擦盘子。可她为什么老是缩作一团，老是在一边缩作一团，好像有腰疼似的。

好像有个人在打她，把她打到了一边。别打了，哎呀，这哪像人做的事啊，快别打了，哎呀，放了她吧，放了这姑娘吧，哦，哦，到底是谁在打她，她都站不起来了，站直了姑娘，转过身来，看着我，到底是谁把你打得这么狠。

"你，弗兰茨，我就是被你打死的。"

不不，这不是我干的，这一点法庭上已经证明过了，我只是殴打而已，这不是我的责任。别说了，伊达。

"是的，我就是被你打死的。当心，弗兰茨。"

他喊了起来，不不，他的手攥成拳头，用他的胳膊去挡他的眼睛，可他还是看见了。

来吧。来吧陌生的旅人们，他们的肩膀上扛着大袋的土豆，一个男孩推着一辆手推车跟在他们的身后，他的耳朵冻僵了，因为这天是零下 10 度。布雷斯劳连同那条施维德尼茨大街，连同那条威廉皇帝大街、选帝侯大街。

弗兰茨在呻吟：这样还不如死了的好，这谁受得了啊，干脆来个人把我打死算了，这不是我干的，这我真的是不晓得。他呜咽着，呢喃着，就是说不出话来。那位看护明白，他想要什么东西。他问他。那位看护给他喝了一口温热的红葡萄酒；他必须把红葡萄酒温热，这是同屋另外两个病人的坚决要求。

伊达继续缩作一团。你别再缩作一团了，伊达，我为此进了特格尔，对我的惩罚已经过去了。她于是不再缩作一团，她于是坐了下来，她把头埋得低低的，她变得越来越小、越来越模糊。她躺在了那里——棺材里，而且—— 一动不动。

呻吟，弗兰茨的呻吟。他的眼睛。那位看护坐到他的床前，握住他的手。快把棺材拿开，快把它推走，我站不起来，我站不起来。

他活动着自己的那只手。可是那棺材却没有一丝动静。他够不着它。弗兰茨于是绝望地哭了起来。他用绝望而呆滞的目光盯住它不放，不放。棺材于是在他的眼泪和绝望之中消失。但弗兰茨仍在继续哭泣。

可是，读者诸君，弗兰茨·毕勃科普夫到底在哭什么呢？他哭他正在受苦，哭他正在受的苦，也哭他自己。这一切竟然都是他干的，而他竟然变成了这副模样，他为此痛哭流涕。现在，弗兰茨·毕勃科普夫正在为他自己哭泣。

这是一个明亮的中午，正是楼里送饭的时候，那辆送饭的推车在楼下启动，返回疯人院，推车的人是那些伙食看护和两个来自那座乡村别墅的轻病号。

在这个中午，米泽来到弗兰茨身旁。她的表情非常平静、柔和。她身穿一件休闲女服，一顶便帽紧贴在她的头上，帽子悬在耳朵的上方，遮住了额头。她全神贯注地、平静而又真挚地凝视着弗兰茨，还是他所熟悉的那个样子，还是他和她当初在街上或饭馆里约会时的那个样子。他请她靠近一些，她于是就靠近了一些。他希望她能把手递给他。她把她的两只手伸进他的一只手里。她戴着皮手套。把你的手套脱了吧。她脱下手套，把手给他。过来，米泽，别这么见外好不好，亲我一下。她于是平静地走到他的面前，深情地，深情地凝视着他，吻他。留下来吧，他对她说，我需要你，你得帮衬帮衬我。"我不能，小弗兰茨。我是个死人，这你是知道的。"你就留下来吧。"我真的非常想，但我不能。"她又开始吻他。"你知道了吧，弗兰茨，弗莱恩森林的事。你不会生我的气，对不对？"

她走了。弗兰茨蜷缩着身体。他睁大眼睛，瞪大眼睛。他看不见她。我做了什么啊。我为什么再也得不到她了。要是我不把她拿到赖因霍尔德面前去炫耀的话，我就不会和这个家伙为伍了。我都做了什么呀。现在怎么办。

他的面部完全扭曲，口里发出一阵结巴：要她再来。那位看护只听懂了"再"字，就又往他那张开着的、干燥的嘴里灌葡萄酒。弗兰茨只有喝下，他能有什么选择。

生面团躺在高温里，生面团开始膨胀，酵母在推动着它，泡泡起来了，面包出来了，颜色变得金黄。

死神的声音，死神的声音，死神的声音：

强又有什么用，规规矩矩又有什么用，哦，是的，哦，是的，你好好看看她。去认识吧，后悔去吧。

弗兰茨又有什么，他扑倒在地。他毫无保留。

什么是痛苦，可以在这里得到描述

什么是痛苦和受难，可以在这里得到描述。痛苦是多么的灼人，多么的撕心裂肺。因为痛苦，它已经袭来了。很多人在诗歌里描写过的痛苦。教堂的墓地每一天都在目睹痛苦。

这里要描写的是，痛苦如何折磨弗兰茨·毕勃科普夫。弗兰茨没有坚持，他献身了，他扑倒在地，要为痛苦献身。他投身于那灼人的大火，好让自己被烧死，被消灭，变成灰烬。痛苦对弗兰茨·毕勃科普夫所进行的折磨，是值得庆贺的。我们这里要说的是由痛苦来实现的毁灭。折断，砍掉，打倒在地，溶解，这就是它做的事情。

每一样东西都有它的时日：扼杀与治愈，打碎与建造，哭与笑，哀怨与舞蹈，寻找与丢失，撕碎与缝合。现在是扼杀、哀怨、寻找和撕碎的时候了。

弗兰茨把十指绞到一起，他等待着死神、仁慈的死神的到来。

他心想，死神，仁慈的、了结生命的死神正在走近。傍晚时分，为了迎接死神，他又重新坐了起来，他的浑身在颤抖。

中午，那些对他进行过沉重打击的人，第二次来到他的面前。弗兰茨说：该怎么样就怎么样吧，这就是我，弗兰茨·毕勃科普夫要和你们一起上路，带上我吧。

他用剧烈的震颤迎接着吕德斯那可怜巴巴的形象。恶毒的赖因霍尔德趿拉着鞋向他走来。他用剧烈的震颤迎接着伊达的话、米泽的脸，那是她，现在都齐了。弗兰茨哭啊，哭啊，我有罪，我不是人，我是畜生，是野兽。

在这个黄昏时分，弗兰茨·毕勃科普夫，从前的运输工人，小偷，流氓，杀人犯，死了。躺在那张床上的是另外一个人。这另外的一个人有着和弗兰茨一样的证件，模样也和弗兰茨一样，但他在另外的一个世界里叫的是一个新名字。

这也就是弗兰茨·毕勃科普夫的毁灭过程，我原来的打算是，从弗兰茨离开特格尔监狱写到他在 1928 至 1929 年之交的冬天于布赫疯人院的死亡为止。

但我现在还要附带着讲一讲一个有着和他一样的证件的

新人最初的时日。

恶毒妓女的撤退，伟大的献祭者、
鼓手和刀斧手的凯旋

在那荒凉的地带，在监狱的红墙根下，在田野里，四处都是肮脏的积雪。战鼓隆隆，没有休止。妓女巴比伦败下阵来，她在胜利者死神隆隆的战鼓声中，落荒而逃。

那淫妇在退缩、吵闹、胡说和喊叫："这家伙怎么样，你从他那里得到什么了，弗兰茨·毕勃科普夫，把你的戈特利布·舒尔茨，把他熬汤喝了吧。"

鼓声震天，死神击鼓两手不闲："我看不见你杯子里的东西，你这个泼妇。那个叫做弗兰茨·毕勃科普夫的男人，他就在这里，我已经彻底结果了他的性命。但是，由于他的强壮和善良，他应该去承载一种新的生活，你滚吧，我们两个没有什么好说的了。"

只见她胡乱冲撞，继续叫嚷，死神则乘车离去，他那巨大的灰色斗篷在空中飞舞，霎时间，图片和风景在他的四周涌现，从脚底到胸口，将他轻轻地缭绕。叫喊，枪声，喧嚣嘈杂，凯旋和欢呼包围着死神。凯旋和欢呼。那女人身下的那只动物受到惊吓，一个劲地尥蹶子。

那条河，贝雷西亚①，正在行进中的军团。

军团沿贝雷西亚河行进，天气严寒，寒风刺骨。他们是从法国开拔过来，伟大的拿破仑领导他们前进。北风吹，雪

———————————
① 第聂伯河的一个支流。暗喻拿破仑进军俄国的惨败。

花飘，子弹嗖嗖。他们在雪地里搏斗，他们冲锋，他们阵亡。但口中却始终在呼喊：皇帝万岁，皇帝万岁！牺牲，牺牲，这就是死神！

火车轰鸣，炮声隆隆，手雷开花，炮火掩护，科明德斯达默斯①和朗格马尔克②，亲爱的祖国你可以放心，亲爱的祖国你可以放心。掩体炸飞了，战士倒下了。死神转动他的斗篷，唱道：哦，是的，哦，是的。

前进，前进。我们迈着坚定的步伐走上战场，一百名军乐队员和我们一起前往，朝霞，晚霞，照耀我们去夭亡，一百名军乐队员敲锣打鼓震天响，咚咚锵，咚咚锵，我们不成功，我们就会以失败告终，咚咚锵，咚咚锵。

死神转动着他的斗篷唱道：哦，是的，哦，是的。

炉子在燃烧，炉子在燃烧，炉子前面站着一个母亲和七个儿子，他们的身后是族人的呻吟，有人要他们发誓，放弃他们民族的神祇。他们神采奕奕，镇定自若地站在那里。你们愿意放弃和臣服吗？第一个说不，于是受到折磨，第二个说不，于是受到折磨，第三个说不，于是受到折磨，第四个说不，于是受到折磨，第五个说不，于是受到折磨，第六个说不，于是受到折磨，第七个说不，于是受到折磨。那位母亲站在那里对儿子们进行鼓励。最后，她说不，于是受到折磨。死神转动着他的斗篷唱道：哦，是的，哦，是的。

那个有着七只脑袋的女人撕扯着那只动物，可它就是爬不起来。

---

① 巴黎东北的一个地方。1917 年德军和法军曾在此激战。
② 第一次世界大战时的著名战场之一。

前进，前进，我们走上战场，一百名军乐队员和我们一起前往，他们吹吹打打，哨声鼓声震天响，咚咚锵，咚咚锵，这一个顺利，另一个以失败告终，这一个站着，另一个倒下，这一个继续冲锋，另一个一动不动，咚咚锵，咚咚锵。

欢呼和叫喊，前进，六人一组，两人一组，三人一组，法国大革命在前进，俄国革命在前进，农民战争，再洗礼派教徒，在前进，他们全都跟在死神后面过来了，跟在他后面的是一阵阵的欢呼声，他们走向自由，自由，旧世界必须灭亡，醒来吧，喂，清晨的空气，咚咚锵，咚咚锵，六人一组，两人一组，三人一组，兄弟们，走向太阳，走向自由，兄弟们，走向光明，从那黑暗的过去放射出来的光明正在向我们招手，齐步走，右左，左右，咚咚锵，咚咚锵。

死神转动着他的斗篷，一边大笑，一边红光满面地唱道：哦，是的，哦，是的。

那只动物终于被那个大淫妇巴比伦扯了起来，它开始奔跑，它在原野上飞快地奔跑，它消失在白雪之中。她转过头来，冲着红光满面的死神嚎叫。那只动物在她的咆哮之下摔倒，那女人在那只动物的头上摇晃。死神收起他的斗篷。他红光满面地唱道：哦，是的，哦，是的。那片原野也在沙沙作响：哦，是的，哦，是的。

万事开头难

在布赫，那个曾经是弗兰茨·毕勃科普夫的、惨白的、卧床不起的男人一开口说话，一睁开眼睛，就受到警官和大夫的仔细盘问，警官是为了查明他都做了些什么样的坏事，大夫则是为了诊断病情。这个男人从警官那里得知，他们抓住了一个名叫赖因霍尔德的人，这个人以前，在他的生活中，在他早年的生活中，扮演了一个角色。他们谈到勃兰登堡，问他还认不认识一个叫做莫洛斯基维希奇的，这个人现在又在哪里。不论人家重复多少次，他都一概保持沉默。人家让他一个人安安静静地呆了一整天。有个割草人，他的名字叫死神。他正在磨刀霍霍，那把刀现在锋利了许多。蓝色的小花，你可要小心。

第二天，他当着那位警长的面进行了供述，他和发生在弗莱恩森林的那件陈年旧事毫不相干。如果这个赖因霍尔德说的是别的什么话的话，那——他就是搞错了。这个骨瘦如柴的苍白男人应该拿出他当时不在犯罪现场的证明。几天之后这件事情才算有了可能。这个男人全力抗拒，他不要走回头路。那条路似乎被封锁了。他呻吟着吐露出一些个数据来。他在呻吟，让他去吧。他目光呆滞，恐惧得像条狗似的。原来的那个毕勃科普夫已经死了，这个新的还在沉睡不醒。对这个赖因霍尔德不利的话，他一句也不说。我们都是一根绳上的蚂蚱。我们都是一根绳上的蚂蚱。

他的陈述得到证实，这些陈述和米泽的那位靠山及其侄儿的证词是一致的。大夫们也更加清楚了。紧张症的诊断黯然失色。那是心理的创伤，并发一种神志昏迷状态，这个人的家庭出身不大清白，看得出来，他和酒精的关系十分密切。这场诊断之争终究是无关痛痒，这个家伙肯定没有装病，他得的是一种轻度癫狂，原因并不在于他的父母糟糕，而这才是最重要的。好了，打住吧，不说了，但他在亚历山大喷泉持枪射击，违犯了第 51 条。很想知道，我们还会不会再抓到他。

这个摇摇晃晃的男人，人家仍用已经死去的弗兰茨·毕勃科普夫的名字来称呼他，他在这座楼里四处转悠，做点送饭的事情，不再受到任何人的盘问，但他并不知道，有人还在他的背后进行各种各样的调查。他的那条胳膊是怎么回事，是在哪里掉的，他是在哪里接受的治疗，这些问题让警官们绞尽了脑汁。他们去问马格德堡的那家诊所，这可是老黄历了，但警察们就是对老黄历感兴趣，哪怕是二十年的也无所谓。但他们什么也没有问到，我们是大团圆的结局，那个赫尔伯特也是个靠女人过活的男人，这些小子们手头全都有漂亮姑娘，他们把什么事都推到她们头上，还要她们把挣的钱全部上交。在这种事情上，谁也不会相信这些警察，说不定他们有时也会拿这些姑娘的钱呢，但他们同时还会自食其力。那些弟兄对此闭口不谈。

暴风雨，暴风雨也从这个男人的身边过去了，他这一次得到了彻底的原谅。我的儿子，这次你拿到了一张返程票。

这天，人家让他出院。警察局不再怀疑他，即使到了外边，它也将在暗中对他进行监视。放在储藏室里的那些属于老弗兰茨的东西被拿出来，如数返还给他，他把这些东西重新穿在身上，那外套上还沾着血，那是一个警察用警棍打他脑袋时流出来的，这条假臂我不想要了，这个假发也是您的，您可以留着，您这儿演戏的时候用得上，我们这里每天都演戏，但我们不戴假发，出院证明您拿好，再见，护理师先生，哎，如果天气好，您就来布赫看看我们吧，一言为定，谢谢，我给您开门。

这个，这个我们也算经历过了。

亲爱的祖国，你尽管放心，
我睁开了眼睛，我没有掉进陷阱

毕勃科普夫现在是第二次离开一座囚禁过他的房子。经过一路的长途跋涉，我们抵达终点，我们最后再陪弗兰茨走一小步。

他当年离开的第一座房子是特格尔监狱。那时，他惊恐地站在那堵红色的大墙边上，他开始挪动脚步，41路来了，把他带往柏林，那里的房子不是静静的矗立，那些屋顶企图袭击弗兰茨，在他周围的一切变得安静起来，而他又有足够的力量在此立足并重新开始之前，他不得不长时间地走路和蹲坐。

他现在虚弱无力。他不能再看见那座坚固的楼房了。可是你看哪，他在什切青火车站下车，在郊区火车站，那座巨大的波罗的海饭店伫立在他的面前，一动——不——动。这些房屋保持着静止的状态，这些屋顶结得很，他尽可以放心地在下面走动，用不着躲到昏暗的庭院里去。是的，这个男人——我们想把他叫做弗兰茨·毕勃科普夫，以便把他和那第一个区别开来，弗兰茨在接受洗礼的时候也曾有过第二个名字，是依照他的外祖父，他母亲的父亲而起的——，这个男人现在正沿着英瓦利登大街缓缓上行，经过阿克尔大街，向着布鲁隆大街而去，经过那个黄色的室内市场，平静地看着那些商店和楼房，这些人来去匆匆，而这一切我有很长时间没有看见了，而现在我又回来了。毕勃科普夫走了很久。毕勃科普夫现在又回来了。你们的毕勃科普夫现在又回来了。

来吧，来吧那一片片辽阔的平原，那一座座红色的、点着灯的青砖瓦房。来吧冻得直打哆嗦的、肩膀上扛着袋子的旅人们。那是重逢，那胜过重逢。

他坐进布鲁隆大街的一家酒馆，他拿起一张报纸。会不会在哪里登着他的名字，或者米泽的，或者赫尔伯特的，或者赖因霍尔德的？全都没有。我应该去哪里，我将会去哪里？埃娃，我要见埃娃。

她已经不在赫尔伯特那里住了。女房东把门打开：赫尔伯特被他们抓走了，警察把他的东西查了个底朝天，他没有回来过，东西放在楼上的地上，应该便宜地处理掉，我会去问一下的。弗兰茨·卡尔在西边她那靠山的公寓里找到了埃娃。她接纳了他。她很乐意接纳这位弗兰茨·卡尔·毕勃科普夫。

"是的，赫尔伯特被他们抓走了，判了他两年，我为他尽了最大的努力，他们也问了很多关于你的问题，先是特格尔，你现在怎么样，弗兰茨？""我很好，我从布赫出来了，他们把我赶出来的。""他们给我出了份精神失常的证明书。""我前两天已经在报纸上看到了。""看他们还有什么要写的。但我的身体很虚弱，埃娃。疯人院的伙食就是疯人院的伙食。"

埃娃看着他的眼睛，那是一种宁静、黯淡和搜寻的目光，她还从未看见弗兰茨有过这样的目光。她对自己只字不提，她也出了点事，是和他有关的事，但他已经非常麻木，她给他找了一间屋子，她应该帮他，他什么事也不该做。当他坐在那间屋子而她又准备走的时候，他甚至说道：不，我现在什么事也做不了。

那他接下来干什么了呢？他慢慢地开始上街，他在柏林城里四处游荡。

柏林，北纬 52 度 31 分，东经 13 度 25 分，二十座长途火车站，一百二十一条市郊铁路，二十七条环行铁路，十四条城市铁路，七条调车铁路，电车，高架铁路，公共汽车，只有 a 皇城，只有 a 维也纳。女人的渴望用三句话表达，三句话就可以包容女人的全部渴望。您想不到吧，一家新约克公司发布一项新的化妆品，赋予发黄的视网膜以年轻人才有的清新淡蓝。最美的眼球，从深蓝色到棕褐色，统统可以通过这些软管得到。干吗要把这么多的钱用于干洗皮衣。

他在这座城市里穿梭。只要心灵健康，这里的很多东西都可以使人变得健康。

首先是亚历山大广场。它总是少不了的。它并没有什么好看的，那一整个冬天，冷得吓人，他们没有工作，是什么东西，还是什么东西，全都晾在那里，那架巨大的打桩机现在立在格奥尔格教堂广场，工人们正在挖掘汉恩商场的瓦砾，他们已经铺下了许多铁轨，这里也许要变成一座火车站了。此外，亚历山大广场仍然是热闹非凡，但最重要的却是：它在那里。人流不断地向那边涌去，路面十分泥泞，因为柏林市政厅非常的高雅和人道，要让全部的积雪慢慢地、逐渐地自行融化为泥泞，以至于没有人敢来动我一根毫毛。当有汽车驶过的时候，你可以就近跳到一家走廊里去，不然的话，你的礼帽上就会免费得到一堆垃圾，而且你还有被人扣上侵犯公共财产罪名的危险。我们原来的那家"穆哈-菲克斯"咖啡馆已经关门，拐角处又开了一家新馆子，名字叫做"墨西哥"，举世震惊：厨房主管在烤肉架旁的橱窗里，印第安人的木屋，亚历山大营地四周砌起了一圈建筑围栏，天知道，那里出了什么事，有人正在一家家地拆店子。电车里是人满为患，水泄不通，大家都有事，而车票始终还是二十芬尼一张，五分之一个帝国马克的现金；如果愿意的话，也可以花上三十或者给自己买辆福特。还有高架铁路，没有一等和二等，只有三等，大家全都有位子，坐在软垫上美气得很，这种情况也是有的。行车期间严禁擅自下车，违者将处以一百五十马克以下的罚金；如果不谨防下车的话，就会有遭受电击的危险。要想鞋子锃亮，常用阿古保养。上下车请抓紧时间，人多时从中门上。

这全是些好东西，可以帮助一个人站立起来，就算是他的身体虚弱一点，但只要心灵健康就行。不要站在门口不走。可不是吗，弗兰茨·毕勃科普夫健康着呢，要是人人都像他那样身强力壮就好了。一个大男人，如果连站都站不稳的话，那就根本不值得去为他讲一个长长的故事了。在一个有雷阵雨的天气里，正当一个流动书商站在街上大骂自己收入微薄的时候，凯撒·福拉施伦来到他那装满书籍的推车旁。他听了他的破口大骂之后，拍着那个男人湿漉漉的肩膀说道："别骂了，把太阳留在心里吧，"他这样安慰着他，接着便消失了。这就是那首著名的太阳之歌的起因。这样的太阳，当然是另外的一个啦，毕勃科普夫的心里也有，再加上一小杯烧酒，汤里面又放了很多的麦芽精，这都使得他慢慢地康复起来。请允许我再在这段文字里，向您提供特拉本美味园 1925 年的部分优秀产品，价格优惠，五十瓶九十马克，包括就地打包，或者每瓶一马克六十芬尼，不带杯子和箱子，箱子我将计价收回。帝约帝尔和动脉硬化。毕勃科普夫没有动脉硬化，他只是觉得自己有点虚弱，他在布赫进行了极度的禁食，几近饿死的边缘，所以需要时间补充体力。因此他也没有必要去找那个磁疗师，那是埃娃的想法，因为她自己做过，效果不错。

　　一个星期之后，埃娃和他一起去给米泽上坟，她当时就有了吃惊的理由，她发现，他好多了。他没有一滴眼泪，只是把一大把郁金香放到地上，摸了摸那个十字架，随即便挽起埃娃的胳膊，和她一同离去。

　　他和她面对面地坐在那家甜食店里，吃着一种叫做蜜蜂刺的奶油点心，用以表示对米泽的纪念，因为这是她生前最爱吃的东西，总也吃不够，真的很好吃，但也不是太有名。好了，我们的小米泽，我们已经去看过了，但不能老上墓地去，那里容易着凉，下一次恐怕要等到明年她过生日的时候了。你瞧，埃娃，我没有必要，你尽可以相信我，往米泽那里跑，对我而言，即使没有墓地，她也在，赖因霍尔德也是，是的，赖因霍尔德，我不会忘记他，就算是我的胳膊重新长出来了，我也不会忘记他。有些事情，你要是忘了，那你肯定就是一堆废物，就不是人。毕勃科普夫就这样一边和埃娃说话，一边吃着蜜蜂刺。

　　埃娃以前曾想做他的女朋友，但现在呢，她现在连自己都不想做了。先是米泽的事情，接着又是疯人院，这对她的打击太大了，尽管她从心底里喜欢他。而那个小东西，她肚子里曾经怀过的他的孩子，也没有了，她摔了一跤，原本是多么好的一件事情啊，其实就不应该有的，这终究也是最好的结果了，尤其是在赫尔伯特不在的时候，她的靠山也更是高兴得很，她没有孩子了，因为这个好心的男人终究还是明白过来，那个小东西很有可能是别的什么人的种，他的这种想法也是可以理解的。

他们就这样平静地坐在一起，想后，思前，吃蜜蜂刺和一个搭配攒奶油的巧克力圆球。

齐步走，右左，右左

1928年9月1日，来自贝尔瑙的埃米莉·帕尔松克在柏林附近的弗莱恩森林被害，法庭以谋杀罪和包庇罪对赖因霍尔德和白铁工马特，又名奥斯卡·菲舍尔，进行起诉。开庭的那天，我们还会看到这个男人。毕勃科普夫被免予起诉。这个独臂的男人引起了普遍的兴趣，极大的轰动，谋杀自己的情人，黑社会的爱情生活，她死后，他精神失常，被疑为同谋犯，悲剧性的命运。

这个独臂的男人出庭作证，正如鉴定所说的那样，他现在已经完全恢复健康，可以接受讯问：死者，他叫她米泽，和赖因霍尔德没有过暧昧关系，赖因霍尔德和他曾经是好朋友，但赖因霍尔德对女人有一种可怕的、自然的癖好，所以事情就闹到了这个地步。他不知道，赖因霍尔德是不是天生的虐待狂。他猜测，米泽可能在弗莱恩森林对赖因霍尔德进行过反抗，他于是就在盛怒之下做出了这件事情。您了解他青少年时期的一些情况吗？不，那时我还不认识他。他一点也没有跟您说起过吗？他喝酒吗？是的，情况是这样的：以前他是不喝酒的，但他后来开始喝了，喝多少，他不知道，以前他连一口啤酒都受不了，只喝汽水和咖啡。

这就是他们从毕勃科普夫那里得到的有关赖因霍尔德的全部情况。至于他的胳膊，他们的较量，他们的决斗，他只字未提，我真不该这样，我真不该和这个人为伍。埃娃和好几个普姆斯的人坐在旁听席上。赖因霍尔德和毕勃科普夫彼此对视。对这个站在被告席上、夹在两个警卫之间、面临着生死存亡的家伙，那位独臂人没有同情，只有一种奇怪的依恋。我有过一个战友，比他更好的不会再有。我禁不住地想去看他，不停地去看他，对我来讲，没有什么比看你更重要的了。世界是糖和屎的混合物，我可以平静地看着你，而不眨一下眼皮，我知道，你是谁，在这里，小子，我碰到的是站在被告席上的你，到了外面，我还会碰到你一千次，但不管怎样，我也不会变成铁石心肠。

赖因霍尔德的打算是，如果他在法庭上有个三长两短的话，他就叫普姆斯的整个产业难堪，他们要是惹恼了我，我就让他们全都蹲大狱，这是他最后的王牌，尤其是毕勃科普夫想在法官面前邀功请赏的时候，这个狗杂种，事情全是因为他。可是后来旁听席上坐了普姆斯的人，那个是埃娃，那几个是警官，这些警察我们认识。他于是平静了许多，变得犹豫不决和思前想后起来。在外靠朋友，总要出来的呀，而且里面也用得上啊，那些警察我们已经有好长时间没有孝敬他们了。再说，这个毕勃科普夫也表现得出奇的规矩。听说他在布赫呆过一阵子。奇怪，这个笨蛋的变化怎么这样大，奇怪的眼神，好像他的眼珠子转不动似的，大概在布赫生了锈吧，说起话来也慢得很。这家伙的脑袋还有问题。见赖因霍尔德一声不吭，毕勃科普夫就知道，他对这个人没有什么可感激的了。

赖因霍尔德被判十年监禁，激情杀人，酗酒，性冲动型的个性，缺乏关爱的青少年时期。赖因霍尔德没有上诉。

宣判的时候，旁听席上有人叫了起来，接着便是大声的抽泣。那是埃娃，她因为想起米泽，所以不能自持。听到她的声音，毕勃科普夫从证人席上转过头来。他勉勉强强地支撑着，不让自己倒下，他用手捂住了额头。有个割草人，他的名字叫死神，我是你的，她漂漂亮亮地来到你的身边，保护你，而你呢，可耻，喊可耻。

诉讼刚过，一家中型工厂就向毕勃科普夫提供了一个做门卫的职位。他接受了。我们关于他的生活的报道也就到此为止。

我们来到了这个故事的结尾。它的确很长，但它必须扩展，不停地扩展，直至达到那个顶点，那个最终让光明来普照全体的转折点。

我们走过了一条黑暗的大路，刚开始的时候，路上没有一盏灯，大家只知道，顺着这里走，渐渐地，路上变得越来越亮，越来越亮，最后，那盏灯就挂在那里，大家终于读到了灯下的那块路牌。这是一个特殊的揭示过程。弗兰茨·毕勃科普夫没有像我们那样去走这条路。他沿着这条黑暗的街道一路飞跑，他撞到了树上，他跑得越多，撞到树上的次数也就越多。路上是漆黑一团，他撞到树上，他惊恐地闭上眼睛。他撞到树上的次数越多，他就越是惊恐地闭紧眼睛。他撞得头破血流，几乎失去知觉，他总算抵达了终点。当他跌倒在地时，他睁开了眼睛。那盏灯在他的头上明亮地闪烁，那块路牌清晰可见。

最后，他在一家中型工厂里做门卫。他不再孤零零地站在亚历山大广场。他的左边和右边都是人，他的前边走着人，他的后边也走着人。

个人孤独的行动是很多不幸的根源。如果多几个人，情况就不同了。人们必须养成听取他人意见的习惯，因为别人说的话和我也有关。那样，我才知道我是谁，我可以做什么。在我的四周，在四面八方，一场我的战役正在打响，我必须留意，在我没有觉察之前，我就过来了。

他是一家工厂的门卫。命运到底是什么？当我一个人时，它比我强。当我们是两个人时，它要想压过我就难了。当我们是十个人时，就更难了。而当我们是成千上万，是一百万的时候，那就非常的困难了。

不过，和别人在一起，也确实是要美好一些。我有感觉，我对事物又有了一次全面的了解。船没有大锚就不能停稳，而一个人失去了许多别的人就不成其为人。什么是真与假，我心里现在将会清楚得多。我因为一句话而上当受骗，我不得不为此付出惨痛的代价，这种事再也不会发生在毕勃科普夫的身上了。那些词句正振聋发聩地向人冲来，一定要小心，别让它们给轧倒了，你如果不留意汽车，它就会把你轧死。在这个世界上，我不会为任何事情随便发誓。亲爱的祖国，你尽管放心，我睁开了眼睛，不会这么快就掉进陷阱。

经常有人群、旗帜、音乐和歌声从他的窗前经过，毕勃科普夫漠然地瞅着门外，依然长时间地静静地呆在屋里。闭上嘴巴，齐步走，和我们其他人共同前进。我要是跟着一起前进的话，我事后就得为人家的想法掉脑袋。所以，凡事我都会首先好好地合计合计，如果时机成熟，并且也适合我的话，我是会去看齐的。人被赋予了理智，那些傻瓜却用拉帮结伙来替代它。

毕勃科普夫做着他那门卫的工作，验收号码，检查车辆，看都有谁进进出出。

醒来吧，醒来吧，这世界要出事了。这世界不是糖做的。要是他们扔毒气弹①，我肯定会被憋死，不知道，他们为什么要扔，不过，这并不重要，已经有人在这上面下过工夫了。

打仗的时候，他们把我拉上，我不知道为什么，战争没有我也照样打，这样我就有了责任，我活该。醒来吧，醒来吧，你不是一个人。老天爷可以下冰雹，下雨，人对此是没有办法的，但是还有好多其他的事情，人是可以对付得了的。所以，我再也不会像以前那样喊叫了：命运，命运。人们不必敬畏命运，而应该正视它，把握它，摧毁它。

醒来吧，睁开眼睛吧，注意，成千上万的人是一个整体，没有醒来的人，不是遭人嘲笑，就是被人宰割。

战鼓在他的身后齐鸣。前进，前进。我们迈着坚定的步伐走上战场，一百名军乐队员和我们一起前往，朝霞，晚霞，照耀着我们去夭亡。

---

① 影射第一次世界大战中对毒气的使用。

毕勃科普夫是一个小工人。我们知道我们知道什么，我们不得不为此付出了高昂的代价。

走向自由，走向自由，旧世界必须灭亡，醒来吧，早晨的空气。

齐步走，右左，右左，前进，前进，我们走上战场，一百名军乐队员和我们一起前往，他们吹吹打打，哨声鼓声震天响，咚咚锵，咚咚锵，这一个顺利，另一个以失败告终，这一个站着，另一个倒下，这一个继续冲锋，另一个一动不动，咚咚锵，咚咚锵。

图书在版编目(CIP)数据

柏林，亚历山大广场/(德)德布林著；罗炜译.
—上海：上海译文出版社，2017.12（2023.2重印）
（译文经典）
ISBN 978-7-5327-7653-5

Ⅰ.①柏⋯ Ⅱ.①德⋯ ②罗⋯ Ⅲ.①长篇小说—德
国—近代 Ⅳ.①I516.44

中国版本图书馆 CIP 数据核字(2017)第 280199 号

Alfred Döblin
Berlin Alexanderplatz
Walter-Verlag
Zürich und Düsseldorf

柏林，亚历山大广场
[德] 阿尔弗雷德·德布林 著 罗炜 译
责任编辑/裴胜利 装帧设计/张志全工作室

上海译文出版社有限公司出版、发行
网址：www.yiwen.com.cn
201101 上海市闵行区号景路 159 弄 B 座
江阴市机关印刷服务有限公司印刷

开本 787×1092 1/32 印张 18.5 插页 5 字数 338,000
2017 年 12 月第 1 版 2023 年 2 月第 3 次印刷
印数：7,001—9,000 册

ISBN 978-7-5327-7653-5/I·4692
定价：88.00 元